JOHN STEPHENS

Das Buch Rubyn

GOLDMANN
Lesen erleben

Buch

Nach den aufregenden Abenteuern des letzten Winters sind die Geschwister Kate, Michael und Emma weiter auf der Suche nach ihren verschollenen Eltern. Doch ihre Feinde sind ihnen und dem mächtigen Buch Emerald, das sich in ihren Händen befindet, dicht auf den Fersen. Die wilde Verfolgungsjagd treibt Kate bis in das verzauberte, aber auch brandgefährliche New York von vor hundert Jahren. Auf der verzweifelten Suche nach einem Weg zurück zu Michael und Emma trifft sie einen geheimnisvollen Jungen, dessen Schicksal auf gefährliche Weise mit dem ihren verknüpft scheint.

Michael und Emma suchen derweil das zweite der Bücher vom Anbeginn. Die Spur führt sie in eine verborgene Welt, in der sie Polarstürmen trotzen, einen uralten Wächterorden aufspüren und schrecklichen Wesen die Stirn bieten müssen. Werden die beiden das Buch Rubyn finden und seine Mächte meistern können – bevor Kate für sie auf immer verloren ist?

Weitere Informationen zu John Stephens
sowie zu lieferbaren Titeln des Autors
finden Sie am Ende des Buches.

John Stephens

Das Buch Rubyn

Die Chroniken
vom Anbeginn 2

Roman

Aus dem amerikanischen Englisch
von Alexandra Ernst

GOLDMANN

Die Originalausgabe erschien 2012 unter dem Titel
»The Fire Chronicle – The Books of Beginning, Book Two«
bei Alfred A. Knopf, einem Imprint
von Random House, Inc., New York.

Dieses Buch ist auch als E-Book erhältlich.

MIX
Papier aus verantwortungsvollen Quellen
FSC® C014496
FSC
www.fsc.org

Verlagsgruppe Random House FSC® N001967
Das FSC®-zertifizierte Papier *Super Snowbright* für dieses Buch
liefert Hellefoss AS, Hokksund, Norwegen.

1. Auflage
Taschenbuchausgabe Oktober 2013
Wilhelm Goldmann Verlag, München,
in der Verlagsgruppe Random House GmbH

Dieses Werk wurde vermittelt durch die
Literarische Agentur Thomas Schlück GmbH, Garbsen
Umschlaggestaltung: UNO Werbeagentur, München
Umschlagmotiv: FinePic®, München;
Anais MAI/getty images; Rekha Garton/getty images
NG · Herstellung: Str.
Druck und Bindung: GGP Media GmbH, Pößneck
Printed in Germany
ISBN: 978-3-442-47748-7
www.goldmann-verlag.de

Besuchen Sie den Goldmann Verlag im Netz

Für Arianne

J. S.

Inhalt

Prolog

Der Junge war klein, und er war neu im Waisenhaus, was bedeutete, er musste das schlechteste Bett im Schlafsaal nehmen – das Bett, welches am meisten durchgelegen war, am muffigsten roch und in einer Nische ganz hinten im Raum stand. Und als der Schrei ertönte – ein Schrei, wie ihn der Junge noch nie gehört hatte und der in seine Brust zu greifen und sein Herz zu zerquetschen schien –, war er das letzte der verängstigten, kreischenden Kinder, das zur Tür hinausrannte.

Am Fuß der Treppe erwartete die Kinder dichter Nebel. Sie wandten sich nach rechts und hetzten durch die weite Halle. Ihre Schritte schallten laut in dem hohen Raum. Der kleine Junge wollte ihnen folgen, als zwei Gestalten aus dem Nebel traten. Sie waren schwarz gewandet und hielten lange, gezackte Schwerter in der Hand. Ihre Augen glühten gelb und sie stanken nach Moder und Fäulnis.

Der Junge wartet geduckt, bis sie weg waren, und floh dann in die andere Richtung.

Er rannte, so schnell er konnte. Die Angst saß ihm in der Kehle. Er wusste, dass er weg musste, sich irgendwo verstecken. Irgendwie gelangte er ins Büro des Heimleiters und hörte Stimmen auf dem Gang. Er duckte sich hinter den großen Schreibtisch, die Beine eng an den Körper gezogen.

Die Tür zum Büro wurde aufgestoßen. Ein Licht ging an. Zwei grüne Hausschuhe kamen ins Blickfeld des Jungen und er hörte den Heimleiter winseln: »Bitte ... bitte tun Sie mir nichts ...«

Dann kam die kalte und leicht lispelnde Stimme eines Fremden. »Aber, aber, wofür halten Sie mich denn? Ich will nur drei Kinder.«

»Nehmen Sie sie! Nehmen Sie drei Kinder! Nehmen Sie zehn, wenn Sie wollen! Nur tun Sie mir nichts!«

Der Fremde trat näher. Der Fußboden knarrte unter seinem Gewicht.

»Das ist aber großzügig von Ihnen. Allerdings bin ich auf drei ganz bestimmte Kinder aus. Geschwister, ein Junge und zwei Mädchen. Sie hören auf die liebreizenden Namen Kate, Michael und Emma.«

»Aber ... sie sind nicht ... nicht mehr hier. Wir haben sie weggeschickt, schon vor mehr als einem Jahr ...«

Der kleine Junge hörte ein ersticktes Gurgeln und sah, wie die Füße in den grünen Hausschuhen in die Höhe schwebten. Sie zuckten und zappelten. Die Stimme des Fremden war gelassen und gleichgültig.

»Und wo haben Sie sie hingeschickt? Wo kann ich sie finden?«

Der Junge hielt sich die Ohren zu, aber immer noch hörte er das erstickte Keuchen und die mörderische, lispelnde Stimme: »Wo sind die Kinder ...?«

KAPITEL 1

Der Brief im Baum

Kate schrieb den Brief zu Ende, steckte ihn in einen Umschlag, klebte ihn zu und ging dann zu dem alten Baum. Sie hob die Hand und ließ den Brief in den ausgehöhlten Stamm fallen.

Er kommt bestimmt, dachte sie.

Sie hatte ihm von ihrem Traum geschrieben, von dem, der sie seit einer Woche jede Nacht aus dem Schlaf riss. Wieder und wieder hatte sie schweißgebadet in der Dunkelheit gelegen und gewartet, bis sich ihr Herz beruhigt hatte, erleichtert darüber, dass Emma, die neben ihr schlief, nicht erwacht war, erleichtert, dass es nur ein Traum gewesen war.

Nur dass es eben doch kein Traum war.

Er kommt bestimmt, dachte Kate. Wenn er das liest, wird er kommen.

Es war ein warmer, schwüler Tag. Kate trug ein leichtes Sommerkleid und flache Ledersandalen. Das Haar hatte sie im Nacken mit einem Gummiband zusammengefasst. Ein paar Strähnen hatten sich gelöst und klebten feucht an ihren Wangen. Sie war fünfzehn und seit dem letzten Jahr ein ganzes Stück größer geworden. Ansonsten hatte sie sich nicht verändert. Mit ihren dunkelblonden Haaren und den haselnussbraunen Augen war sie auffallend hübsch. Aber wenn man sie genauer betrachtete, bemerkte man die Sorgenfalten, die sich in ihre Stirn gegraben hatten, und die verkrampften Arme und Schultern, die sie steif und ungelenk wirken ließen. Ihre Fingernägel waren bis auf die Haut abgeknabbert.

Im Grunde genommen hatte sich überhaupt nichts verändert.

Kate stand immer noch neben dem Baum und spielte gedankenverloren mit dem Medaillon, das an ihrem Hals hing.

Vor mehr als zehn Jahren waren Kate, ihr Bruder Michael und ihre Schwester Emma von ihren Eltern getrennt worden. Sie waren in Waisenhäusern aufgewachsen, von denen einige angenehm und sauber gewesen waren, geführt von Menschen, die freundlich zu Kindern waren. Die meisten jedoch waren unwirtlich und schäbig gewesen, mit Erziehern, die Kinder als lästig und überflüssig betrachteten. Kate und ihre beiden jüngeren Geschwister hatten nie erfahren, warum ihre Eltern sie verlassen hatten oder warum sie nicht zurückkehrten. Aber dass sie zurückkommen und sie irgendwann einmal wieder eine Familie sein würden, daran hatten die Kinder nie gezweifelt.

Es war Kates Aufgabe gewesen, auf ihren Bruder und ihre Schwester aufzupassen. Sie hatte es ihrer Mutter versprochen, die vor so vielen Jahren in jener Nacht am Weihnachtstag in ihr Zimmer gekommen war. Kate hatte es immer noch vor

Augen: wie ihre Mutter sich über sie beugte und das goldene Medaillon um ihren zarten Hals legte. Und dann Kate das Versprechen abnahm, Michael und Emma zu behüten.

Und Kate hatte ihr Versprechen gehalten, Jahr für Jahr, Waisenhaus um Waisenhaus, selbst als sie in größerer Gefahr schwebten, als sie sich je hatten vorstellen können, umringt von mächtigen Feinden.

Aber was, wenn Dr. Pym jetzt nicht kam? Wie sollte sie Michael und Emma weiter beschützen?

Doch er würde kommen, redete sie sich ein. Er hat uns nicht im Stich gelassen.

Wenn das so ist, meldete sich eine kleine Stimme in ihrem Kopf, *warum hat er euch dann hierher geschickt?*

Unwillkürlich wandte Kate sich um und schaute den Hügel hinab. Dort, zwischen den Bäumen hindurch, sah sie die baufällige Fassade und die schiefen Türmchen des Edgar Allan Poe Waisenhauses für schwer erziehbare Kinder.

Zu Kates Verteidigung muss gesagt werden, dass sie Dr. Pyms Entscheidung, sie wieder hierher zu schicken, nur dann infrage stellte, wenn sie verzweifelt oder erschöpft war. Sie wusste, dass der Zauberer sie nicht wirklich verlassen hatte. Aber die Tatsache blieb: Von allen Waisenhäusern, in denen die Kinder über die Jahre untergekommen waren, war das Edgar Allan Poe Waisenhaus das schlimmste. Eiskalt im Winter, brütend heiß im Sommer, das Wasser aus den Leitungen war braun und schlammig, die Böden schmierig und verdreckt; durch die Decken regnete es herein, und das Gelände wurde von verwilderten Katzen durchstreift, die sich ständig kreischende und fauchende Kämpfe lieferten.

Und als ob das nicht genug wäre, gab es da noch Miss

Crumley, die pummelige Kate und ihre Geschwister aus tiefster Seele verabscheuende Leiterin des Waisenhauses. Miss Crumley hatte im letzten Jahr gehofft, sie habe sich ihrer endgültig entledigt. Als die drei einige Zeit später vor der Tür standen und ihr einen Brief von Dr. Pym überreichten, in dem dieser erklärte, dass das Waisenhaus in Cambridge Falls »wegen einer Schildkrötenplage« geschlossen werden musste, war sie ganz und gar nicht erfreut gewesen. Zumal Dr. Pym, der Miss Crumley bat, die Kinder »vorläufig« aufzunehmen, sich nicht darüber ausgelassen hatte, wie lange sie die Gören nun wieder am Hals haben würde.

Miss Crumley hatte versucht, sich über diesen Punkt Klarheit zu verschaffen. Aber als sie Dr. Pym anrufen wollte, um ihm zu erklären, dass sie die Kinder unter keinen Umständen aufnehmen würde, hatte sie feststellen müssen, dass alle Informationen, die Dr. Pym ihr übermittelt hatte – die Telefonnummer des Waisenhauses, die Adresse und die Zeugnisse über die glücklichen und gesunden Kinder in seiner Obhut – aus ihren Akten verschwunden waren. Und weder die Telefongesellschaft noch irgendein Amt konnten Miss Crumley weiterhelfen, ja es sah ganz danach aus, als habe ein Ort namens Cambridge Falls niemals existiert. Schließlich musste Miss Crumley aufgeben. Aber sie ließ die Kinder spüren, dass sie nicht willkommen waren, und bei jeder sich bietenden Gelegenheit fing sie die Geschwister ab, drängte sie in irgendeine dunkle Ecke, pikste sie mit ihren dicken Fingern und überschüttete sie mit Fragen.

»Wo genau liegt dieses Cambridge Falls?« – *Piks* – »Warum ist es auf keiner Karte verzeichnet?« – *Piks* – »Wer ist dieser Dr. Pym?« – *Piks* –

»Ist er überhaupt ein richtiger Doktor?« – *Piks* –

»Was ist da oben überhaupt geschehen? Ich weiß, dass da irgendwas nicht stimmt! Antwortet mir!« – *Piks, piks, piks*.

Nachdem Miss Crumley ihr dreimal in einer Woche ein Büschel Haare ausgerissen hatte, schlug Emma vor, ihr doch einfach die Wahrheit zu sagen – dass Dr. Stanislaus Pym ein Zauberer war, dass Miss Crumley Cambridge Falls nicht auf der Karte finden konnte, weil es Teil der magischen Welt war, die sich vor der normalen Welt verbarg, und sie dort ein altes, in grünes Leder gebundenes Buch gefunden hatten, mit dem man durch die Zeit reisen konnte, dass sie mit Zwergen gegen unheimliche Monster und eine böse Hexe gekämpft und nebenbei ein ganzes Dorf gerettet hatten und zu Helden geworden waren. Sie alle, auch Michael.

»Danke«, hatte Michael sarkastisch gesagt.

»Gern geschehen.«

»Aber das können wir nicht sagen. Sie würde uns für verrückt halten.«

»Na und?«, hatte Emma erwidert. »Ich wäre lieber im Irrenhaus als hier.«

Schließlich hatte Kate sie schwören lassen, bei ihrer ursprünglichen Geschichte zu bleiben: Dr. Pym wäre ein ganz gewöhnlicher Mann und überhaupt nichts Bemerkenswertes hätte sich ereignet. »Wir müssen Dr. Pym vertrauen«, hatte Kate gesagt.

Wir haben nämlich gar keine andere Wahl, dachte sie jetzt.

Sie hörte gedämpfte Musik und blickte den Hügel hinab zu dem großen gelben Zelt auf dem Rasen vor dem Waisenhaus. Heute fand Miss Crumleys Party statt und die ersten Gäste trafen bereits ein.

In den vergangenen zwei Wochen hatte jedes einzelne Kind im Waisenhaus von morgens bis abends geschuftet, hatte Unkraut gejätet, Beete geharkt, Hecken gestutzt, Fenster geputzt, Müll und Unrat aus dem Haus geschafft, Käfer und Kakerlaken aus den Ecken und Nischen vertrieben – alles nur für ein Fest, zu dem sie nicht einmal eingeladen waren.

»Und dass ihr mir ja nicht an den Fenstern klebt und meine Gäste angafft!«, hatte Miss Crumley die Kinder heute Morgen beim Frühstück angeblafft. »Mr Hartwell Weeks hat kein Verlangen danach, eure dreckigen, speckigen kleinen Gesichter zu sehen.«

Mr Hartwell Weeks war der Präsident des Maryland-Heimatvereins und Ehrengast der Party. Der Heimatverein veranstaltete wöchentlich Bustouren zu »historisch bedeutsamen Bauwerken« in der Gegend, und weil das Waisenhaus früher einmal eine Waffenfabrik gewesen war, wollte Miss Crumley unter allen Umständen dafür sorgen, dass es in die Liste aufgenommen wurde. Dann hätte sie die Möglichkeit, unbedarften Touristen zehn Dollar pro Kopf abzuknöpfen, und sie durch das Waisenhaus zu schleppen.

»Und wenn ihr das vermasselt« – sie sprach zu allen Kindern, warf aber Kate und ihren Geschwistern besonders bösartige Blicke zu – »dann lasst euch gesagt sein, dass ich immer wieder Anfragen von Labors bekomme, die nach Kindern für besonders gefährliche Experimente suchen, solche, für die man keinen guten Hund verschwenden würde. Ich wüsste da schon ein paar Kandidaten.«

Kate betrachtete die Männer in blauen Jacketts und weißen Hosen und die Frauen in pastellfarbenen Kleidern, die um das Waisenhaus stolzierten und im Schatten des Festzelts verschwanden. Aber eigentlich schaute sie gar nicht richtig hin. Sie dachte wieder an ihren Traum, sah vor sich die gelbäugigen Kreaturen durch den Nebel treten, hörte die Stimme des Mannes ihren Namen und die ihrer Geschwister aussprechen. Wenn sie bloß wüsste, ob die Ereignisse, die sie in diesem Traum sah, bereits passiert waren oder in der Zukunft lagen! Wie viel Zeit blieb ihnen noch?

Sie vertraute Dr. Pym. Sie vertraute ihm wirklich. Aber sie hatte entsetzliche Angst.

»Tja, sie hat's mal wieder geschafft!«

Kate drehte sich um und sah ihren Bruder Michael schwer atmend den Hügel hinaufstapfen. Sein Gesicht war gerötet und er schwitzte. Seine Brille rutschte ihm ständig auf die Nasenspitze. Über der Schulter hing der Riemen einer abgewetzten Leinentasche, die beim Laufen gegen seine Hüfte schlug.

Kate zwang sich zu einem Lächeln.

»Was hat sie geschafft?«

»Sich in Schwierigkeiten zu bringen«, sagte Michael mit übertriebener Verzweiflung. »Miss Crumley hat sie beim Eiscrememopsen erwischt. Ich dachte schon, sie bekommt einen Herzanfall. Miss Crumley, meine ich. Nicht Emma.«

»Okay. Danke, dass du mir Bescheid gesagt hast.«

»Das ist alles? Du bist nicht sauer?« Michael hatte eindeutig mehr erwartet. »Kate, du weißt, dass ich das nicht gern sage«, fuhr er fort, »aber du bist zu nachsichtig mit ihr. Dr. Pym hat uns hierher geschickt, damit wir uns bedeckt halten. Damit uns niemand findet. Wie soll das gehen, wenn Emma sich ständig Ärger einhandelt? Du musst mal ernsthaft mit ihr reden.«

Innerlich seufzte Kate. »Worüber reden?«, fragte sie.

»Darüber, dass sie sich vernünftiger benehmen muss! Ihren Kopf benutzen muss! Ich war in ihrem Alter sicher nicht so achtlos.«

Er sagte das so, als ob er von einer lange zurückliegenden Zeit sprach.

»Also gut«, sagte Kate. »Ich werde mit ihr reden.«

Michael nickte wohlwollend. »Ich habe gehofft, dass du einsehen würdest, wie wichtig das ist. Ich habe übrigens das perfekte Zitat für diese Gelegenheit. Vielleicht kannst du es irgendwie einflechten. Moment mal …« Er griff in seine Tasche und Kate wusste ganz genau, dass er gleich *Alles über Zwerge* herausziehen würde. So wie sie das Medaillon ihrer Mutter nie aus den Augen lassen würde, so bewahrte Michael das kleine ledergebundene Buch wie einen Schatz auf. In der Nacht, als sie von ihren Eltern getrennt wurden, hatte ihr Vater es seinem Sohn auf die Bettdecke gelegt. In den Jahren, die folgten, hatte Michael das Zwergenhandbuch Dutzende Male gelesen. Es war, so wusste Kate, für Michael eine Möglichkeit, einem Vater nahe zu sein, an den er sich kaum erinnern konnte. Dadurch hatte er für alles, was Zwerge betraf, ein Faible entwickelt – was sich bei den Ereignissen in Cambridge Falls, als sie einem Zwergenkönig geholfen hatten, seinen Anspruch auf den Thron durchzusetzen, als äußerst nützlich erwiesen hatte. Für diese Unterstützung hatte Michael von König Robbie McLaur einen silbernen Orden bekommen und war zum Königlichen Wächter über alle Zwergentugenden ernannt worden. Mehr als einmal hatten Kate und Emma ihn dabei ertappt, wie er – den Orden an die Brust geheftet – sich im Spiegel betrachtete und dabei eine möglichst imposante Haltung einzunehmen versuchte. Kate hatte Emma beschworen, ihren Bruder deswegen nicht aufzuziehen, aber Emma hatte abgewunken und gemeint, das sei unter ihrer Würde.

»Also, wo haben wir es denn…?« Das Zwergenhandbuch war etwa so groß und so dick wie ein Gebetbuch. Der schwarze Ledereinband war abgewetzt und vernarbt. Michael blätterte es durch. »Oh, da ist die Geschichte über diese beiden Elfenprinzen, die einen Krieg angezettelt haben, weil sie sich nicht einigen konnten, wer von ihnen das schönere Haar hätte. Typisch Elfen! Wenn ich ein Elf wäre, würde ich vor Scham in den Boden versinken.«

»Ach, da ist es! Das Zitat von König Killin Killick… nein ehrlich, so hieß er wirklich! Es ist nicht etwa ein Spitzname, weil er so viele Leute gekillt hat – nun ja, das vielleicht auch –, aber es war trotzdem sein richtiger Name. Und er sagte einmal: *Ein großer Anführer lebt nicht in seinem Herzen, sondern in seinem Kopf.*« Michael klappte das Buch zu und lächelte. »Im Kopf, nicht im Herzen. Das ist der Punkt. Das muss sie lernen. Und zwar schleunigst.«

Nachdem Michael gesagt hatte, was zu sagen war, rückte er die Brille auf seiner Nase zurecht und schaute seine Schwester erwartungsvoll an.

Michael war ein Jahr älter als Emma. Genauer gesagt, *fast* ein Jahr. Was bedeutete, dass sie jedes Jahr ein paar Wochen lang gleich alt waren. Und das war für Michael immer die schlimmste Zeit des Jahres. Als Zweitältester von drei Geschwistern klammerte er sich an die Überlegenheit seiner kleinen Schwester gegenüber. Dass er und Emma oft für Zwillinge gehalten wurden, war dabei nicht besonders hilfreich.

Sie hatten beide kastanienbraune Haare, dunkle Augen und die gleiche schmale Statur. Kate wusste, dass Michael eine Heidenangst hatte, Emma würde ihm eines Tages über den Kopf wachsen. Ihr war aufgefallen, dass Michael jedes Mal, wenn Emma ein Stück größer geworden war, sich besonders aufrecht hielt, als ob er der Meinung sei, dass er dadurch ein paar Zentimeter herausschinden könnte. Aber jedes Mal, wenn er so herumlief, fragte ihn Emma, ob er auf die Toilette musste, bis er es schließlich wieder sein ließ.

In fünf Tagen würde er dreizehn werden. Kate wusste genau, dass er es kaum erwarten konnte. Und weil er ihr dann nicht mehr so auf die Nerven gehen würde, konnte auch sie es kaum erwarten.

»Ich werde darüber nachdenken.«

Er nickte zufrieden. »Was hast du Dr. Pym geschrieben?«, wollte er wissen. »Ich habe gesehen, wie du einen Brief in den Baum gesteckt hast.«

Auf diese Art blieben sie mit dem Zauberer in Kontakt. Jeder Brief, der in den hohlen Baum gelegt wurde, kam im nächsten Moment bei ihm an. Das jedenfalls hatte er den Kindern weisgemacht. Aber weil sie seit ihrer Ankunft in Baltimore nichts mehr von ihm gehört hatten, fragte sich Kate allmählich, ob nicht alle Nachrichten, die sie ihm geschrieben hatte, noch ungelesen im Baum lagen.

Kate zuckte mit den Schultern. »Ich wollte wissen, wie lange wir noch hier bleiben müssen.«

»Wir sind schon fast acht Monate hier.«

»Ich weiß.«

»Sieben Monate und dreiundzwanzig Tage, um genau zu sein.«

Sieben Monate und dreiundzwanzig Tage, dachte Kate. Sieben Monate und dreiundzwanzig Tage, seit sie am Weihnachtsmorgen erwacht waren – gerade zurückgekehrt aus der Vergangenheit – und erfahren hatten, dass Dr. Pym und Gabriel in der Nacht zuvor das Haus verlassen hatten und es in Cambridge Falls nicht mehr sicher war.

Im Grunde genommen hatte das Kate nicht einmal überrascht. Seit sie und ihre Geschwister im Besitz des magischen Buches Emerald waren, mit dessen Hilfe man durch die Zeit reisen konnte, und seit sie wusste, dass sie drei dazu bestimmt waren, auch die beiden anderen legendären Bücher der Chroniken vom Anbeginn zu finden, war ihr klar: Man würde sie jagen.

Behutsam hatte Kate ihre beiden Geschwister an diesem Weihnachtsmorgen eingeweiht. Sie erzählte ihnen vom grässlichen Magnus, der sie brauchte, um an die Bücher zu kommen, und vor dessen Macht sich sogar Dr. Pym fürchtete.

Der Schnee war derweil vor dem Fenster lautlos zu Boden gefallen. Die Welt war still und weiß gewesen. Kate hatte sich zwingen müssen, weiterzusprechen.

»Und da ist noch etwas. Während der letzten zehn Jahre, in denen wir von Waisenhaus zu Waisenhaus gepilgert sind, hat der grässliche Magnus Mom und Dad gefangen gehalten. Es ist unsere Aufgabe, sie zu befreien. Aber dafür brauchen wir die Bücher.«

Am nächsten Tag hatten die Kinder gepackt, Kate hatte die Chronik der Zeit in ihre Tasche geschoben und gemeinsam waren sie nach Baltimore zurückgekehrt.

Jetzt, hier oben auf dem Hügel, eine warme Spätsommerbrise auf der Haut spürend, dachte Kate an das Buch Emerald.

Am Ende ihres Abenteuers in Cambridge Falls hatte sie gelernt, die Chronik ihrem Willen zu unterwerfen. Sie wusste, wie sie sich selbst, Emma und Michael durch Zeit und Raum schicken konnte.

Wenn Dr. Pym nicht kommt, dachte Kate, kann ich sie mit Hilfe des Buchs retten.

»He, das hätte ich beinahe vergessen: Hast du gehört, was in St. Anselm passiert ist?«

Kates Kopf ruckte herum. »Was?«

»Ein paar Kinder haben darüber gesprochen. Letzte Nacht ist irgendeine Bande dort eingebrochen. Man sagt, dass Mr Swattley – kannst du dich noch an ihn erinnern? – nun, man sagt, er wurde ermordet. Heh … was ist denn los?«

Kate zitterte. St. Anselms war das Waisenhaus, in dem sie drei gelebt hatten, bevor sie erst hierher und anschließend zu Dr. Pym gekommen waren. Es war das Waisenhaus aus ihrem Traum.

»Michael?« Kate bemühte sich um eine feste Stimme. »Michael … kann ich auf dich zählen?«

»Wie meinst du das?«

»Wenn ich nicht hier wäre, könnte ich mich doch darauf verlassen, dass du auf Emma aufpasst, nicht wahr? Geduld mit ihr hast. Dass du der Anführer bist.«

»Kate …«

»Bitte versprich's mir. Bitte.«

Es entstand eine lange Pause. Dann sagte Michael: »Natürlich, ich verspreche es.«

Sie wollte ihm gerade von ihrem Traum erzählen – von all ihren Träumen –, da sah sie, dass Michael an ihr vorbei zum Waldrand schaute. Sie folgte seinem Blick.

Den ganzen Sommer lang hatte es kaum geregnet. Fast jeden Tag schien die Sonne von einem wolkenlosen Himmel auf die Erde herab. Aber dort hinten, am Horizont, türmte sich ein wahres Gebirge aus schwarzen, dicken Wolken auf. Sie bewegten sich – kamen auf die Kinder zugerollt, wurden mit jeder Sekunde größer und dunkler. Es kam Kate so vor, als ob ein riesiger schwarzer Vorhang vor den Himmel gezogen würde. Sie wich zurück.

»Wir müssen Emma finden.«

KAPITEL 2

Der Sturm

Michael und Kate rannten den Hügel hinunter auf den asphaltierten Spielplatz. In einem gelben Zelt unter strahlend blauem Himmel nahm die Party von Miss Crumley ihren Lauf. Vom Wald rückte die schwarze Wolkenbank immer näher.

Michael blieb stehen.

»Was ist denn?«, fragte Kate. »Wir müssen zu …«

»Emma! Sie ist in Miss Crumleys Büro eingeschlossen! Weil sie die Eiscreme gestohlen hat. Wir brauchen den Schlüssel!«

Kate starrte ihn an und dachte fieberhaft nach. Der Feind hatte sie aufgespürt, daran gab es keinen Zweifel. Nur das Buch Emerald konnte sie jetzt noch retten. Aber es war versteckt …

»Kannst du den Schlüssel besorgen? Während ich die Chronik hole, machst du das?«

Michael wirkte wie erstarrt, die Selbstsicherheit der vergangenen Minuten wie weggeblasen.

»Michael!«

»J...ja«, stammelte er. »Ich hole den Schlüssel.«

»Wir treffen uns im Büro! Beeil dich!«

Kate drehte sich um und rannte auf das Haus zu.

Als sie durch die Tür gestürzt kam, sah sie, dass sich etliche Kinder an den Fenstern versammelt hatten und die näher kommenden Wolken bestaunten. Sie nahm sich nicht die Zeit, ihnen zu sagen, dass sie vom Fenster weggehen sollten. Wenn sie und ihre Geschwister erst fort waren, wäre auch die Gefahr für die anderen Kinder gebannt. Kate rannte durch die Eingangshalle zur Kellertreppe und stürmte, drei Stufen auf einmal nehmend, nach unten. Als sie im Edgar Allan Poe Waisenhaus ankamen, hatte Kate als Erstes das Buch Emerald in zwei dicke Plastiktüten gewickelt und war dann in den Keller geschlichen, während Michael und Emma Wache gestanden hatten. Mit einem Löffel, den sie aus dem Speisesaal stibitzt hatte, lockerte sie drei Backsteine in der Wand hinter der Heizung und versteckte das Buch Emerald dahinter.

Im Keller war keine Menschenseele. Kate holte den staubigen Löffel unter dem Heizkeller hervor und fing an, an den Backsteinen zu hebeln. Anfangs war sie regelmäßig hierher gekommen, meistens mitten in der Nacht, um sich zu vergewissern, dass die Chronik der Zeit noch immer sicher verwahrt war. Aber nun war sie seit zwei Monaten nicht mehr im Keller gewesen. Denn es war eine Tatsache, dass Kate die Gegenwart des Buches spüren konnte, egal wo sie sich aufhielt. Zwischen ihr und der Chronik bestand eine Verbindung; das Buch war ein Teil von ihr geworden. Als sie das schwere, in

Plastikfolie gewickelte Päckchen aus der Nische zog, zitterten ihre Hände vor Erregung.

Im Sonnenlicht, das durch das gelbe Zeltdach fiel, sahen die etwa vierzig Gäste der Gartenparty aus, als litten sie an Malaria. Die Männer stolzierten in blauen Jacketts mit goldenen Knöpfen und aufgestickten roten Schildkröten auf den Brusttaschen umher, während die Damen lange, weit geschnittene Sommerkleider trugen und breitkrempige Hüte mit Blumenschmuck. Auf einem Tisch standen Schüsseln mit gelber Götterspeise und verschiedenen Eissorten, die sich bereits verflüssigten. Auf einem anderen waren Krüge mit Eistee und Limonade angerichtet worden. In einer Ecke saß ein Streichquartett und fiedelte lustlos daher. Die Musiker schwitzten sichtlich in ihren Fracks.

Michael entdeckte Miss Crumley inmitten der Gäste. Die Leiterin des Waisenhauses trug ein dottergelbes Kleid und unterhielt sich mit einer Frau, die den längsten und dünnsten Hals hatte, den Michael je gesehen hatte. Ihr Kopf sah aus, als säße er am Ende einer Nudel. Daneben stand ein kleiner, teigig wirkender Mann. Er hatte teigige Hände, teigige Wangen, und sogar die Speckrolle an seinem Nackenansatz hatte eine gewisse Schwammigkeit. Noch eine halbe Stunde im Ofen, dachte Michael unwillkürlich, und er ist durchgebacken.

Der Mann redete laut und gestikulierte dabei mit seiner Gabel. An der Art, wie Miss Crumley an seinen Lippen hing, erkannte Michael Mr Hartwell Weeks, den Präsidenten des Heimatvereins, in seiner ganzen Pracht.

»Historienspiele!«, rief er und schwenkte seine Gabel. »Historienspiele, meine liebe Miss Crummy …«

»Crumley«, verbesserte ihn die Leiterin des Waisenhauses.«

»… so zieht man die Massen an! Wenn Sie einsteigen wollen, brauchen Sie ein hochklassiges Historienspiel!«

»Ja, gewiss doch«, gurrte die Dame mit dem Nudelhals, deren Kopf hin und her schwankte.

»Was für ein Spiel?« Miss Crumley beugte sich vor. »Ich verstehe nicht.«

Michael trat hinter die Gruppe. Nervös umklammerte er den Riemen seiner Tasche. Wie sollte er sie bloß dazu bringen, dass sie ihm den Schlüssel zu ihrem Büro gab? Sollte er behaupten, es würde brennen? Oder das Waisenhaus stünde unter Wasser? Er musste sich etwas einfallen lassen!

»Ein Historienspiel! Suchen Sie sich ein historisches Ereignis aus und spielen Sie es nach! Machen Sie eine gute Show draus! Also, dieser Laden hier …« Der Mann schnickte mit der Gabel in Richtung des Waisenhauses und schleuderte dabei versehentlich ein Stück Käsekuchen auf den Hut einer Dame, die neben ihm stand. »Worin liegt die historische Bedeutung? Hmm? Was war hier los?«

»Nun, das Gebäude wurde 1845 errichtet …«

»Langweilig! Ich bin schon eingeschlafen!«

»Während des Bürgerkriegs diente es als Waffenfabrik …«

»Schon besser! Immer weiter, Crummy! Das ist der Stoff, aus dem Legenden sind!«

»Und es wurde von der Armee der Konföderierten angegriffen.«

»Ha! Bingo!«

»Oh ja!« Michael sah, dass sich Miss Crumley für die Idee erwärmte. Auf ihrer Oberlippe glitzerten Schweißtropfen. »Und stellen Sie sich vor: Diese Bestien haben mit Kanonenkugeln auf die Nordseite gefeuert! Da habe ich mein Büro! Was wäre geschehen, wenn ich mich dort aufgehalten hätte?«

Michael spürte eine kühle Brise im Nacken. Der Sturm kam immer näher. Kate hatte inzwischen bestimmt das Buch geholt. Er musste sich beeilen …

»Fantastisch!« Mr Hartwell Weeks krümmte sich leicht vor und breitete die Arme aus. »Ich sehe es genau vor mir! Die Schlacht um das Waisenhaus. Diese herzlosen Rebellen! Das Brüllen der Kanonen! Bumm! Bumm! Tote Waisenkinder liegen kreuz und quer auf dem Boden wie Konfetti! Das müssen Sie auf die Bühne bringen, Crummy …«

»Crumley, bitte. Aber damals war es noch gar kein Waisenhaus …«

»Lassen Sie sich doch von Details die Show nicht verderben! Wenn Sie die Schlacht inszenieren, nehmen wir Sie mit auf die Tourliste. Ich habe noch Südstaaten-Uniformen. Und für die Kanonen kann ich Ihnen einen guten Preis machen. Sie müssen lediglich für die toten Waisenkinder sorgen!«

»Ja, gewiss doch«, gluckste die nudelhalsige Dame.

»Natürlich keine echten toten Waisen. Wir sind ja keine Barbaren.«

»Miss Crumley«, meldete sich Michael zu Wort.

Die Leiterin des Waisenhauses hörte ihn nicht. Ihre Gedanken wanderten auf einem nachgestellten Schlachtfeld umher, das ihr Busladungen voll zahlender Touristen einbringen würde.

»Mr Weeks«, sagte sie und rieb sich die Hände, »kommen

Ihnen zehn Dollar als Eintritt nicht ein bisschen wenig vor? Wären zwölf nicht angemessener?«

»Zwölf? Ha!« Der teigige Mann pikste sie mit seiner Gabel in den Bauch und entlockte ihr ein Kichern. »Sie sind von der hungrigen Sorge, stimmt's? Also schön…«

»Miss Crumley!«

Die Gespräche ringsum verstummten. Michael sah, wie sich die Waisenhausleiterin versteifte. Die nudelhalsige Dame spähte zu ihm hinunter, wobei sich ihr Hals zu einem U verbog.

»Crummy«, dröhnte Mr Hartwell Weeks, »ich glaube, wir haben schon den ersten Freiwilligen! Na, wärst du gern ein totes Waisenkind?«

Miss Crumley wandte sich langsam um. Ihr Lächeln klebte noch auf ihrem Gesicht, aber ihre Augen verrieten den unbändigen Zorn, der sie gepackt hatte. Mit gepresster Stimme fragte sie: »Ja, mein Lieber?«

»Ich brauche den Schlüssel für Ihr Büro«, sagte Michael und rückte nervös seine Brille zurecht. »Es… es wird gleich was Schlimmes passieren.«

»Habt ihr das gehört?«, blökte Mr Weeks den Partygästen zu. »Etwas Schlimmes wird passieren! Was denn, mein Junge? Glaubst du etwa, die verdammten Rebellen werden wieder angreifen? Zum Henker, ich wünschte, sie würden es tun! Ich würde diesen Hundesöhnen mal gründlich in den Hintern treten! Ha! So etwa!« Er stieß seine Gabel in Richtung eines alten Mannes, der mit einem Rollator unterwegs war, und schrie: »Zurück in den Urwald, ihr Wilden!« Der alte Mann humpelte eilig davon.

Miss Crumley schob ihr Gesicht ganz nah an Michaels heran und senkte ihre Stimme, sodass nur er sie hören konnte.

»Hör mir zu, kleiner Teufel, du drehst dich jetzt schön brav um und marschierst wieder ins Haus. Hast du mich verstanden?«

»Nein, Sie haben nicht verstanden …«

»Ich sagte: Abmarsch!« Sie zischte jetzt mit zusammengekniffenen Augen. »Es sei denn, du möchtest deiner Schwester Gesellschaft leisten …«

Einer Frau wurde der wagenradgroße Hut vom Kopf geweht, der dann über den Rasen trudelte. Der Wind trug auch einen Stapel Servietten davon, die fein säuberlich auf dem Tisch gelegen hatten, erst eine, dann zwei und schließlich ein gutes Dutzend. Wie ein Vogelschwarm flatterten sie davon.

»Also ich muss schon sagen, Crummy«, sagte Mr Hartwell Weeks und deutete mit einem teigigen Finger nach oben. »Die Wolken da sehen gar nicht gut aus.«

Bei diesen Worten drehten sich viele Partygäste um, genau in dem Moment, als die Wolkenbank die Sonne auslöschte. Es war, als würde im Bruchteil einer Sekunde die Nacht anbrechen. Ein kollektives Aufkeuchen erklang, und Michaels Herz wurde schwer, als er sah, wie sich die Wolken immer dichter zusammenbrauten, wie eine stetig anwachsende Welle. Dann roch er Schwefel und sah gebannt eine graue Regenwand quer über den Spielplatz heranstürmen und alles auf ihrem Weg verschlingen. Mr Hartwell Weeks, der Schrecken der Konföderierten, kreischte auf: »Rennt um euer Leben!« Und dann brach das Chaos aus. Regen prasselte auf das Zelt. Michael wurde zu Boden gestoßen. Er versuchte, sich wieder aufzurappeln, während die Leiterin des Waisenhauses flehentlich rief: »Es ist doch nur ein Schauer! Das geht gleich vorbei! Bleiben Sie doch, es gibt noch Eiscreme!« Aber die

Gäste rannten über den sumpfigen Rasen, der mit zertrampelten Damenhüten übersät war. Keiner achtete auf sie.

Michael war gerade wieder aufgestanden, als er am Arm gepackt und herumgerissen wurde.

»Das ist alles deine Schuld!« Miss Crumleys Haar glich einem tropfnassen Helm. Rinnsale aus grüner Wimperntusche flossen über ihre Wangen. Ihre Gäste waren fort, genauso wie die Musikanten, die eilig ihre Instrumente zusammengepackt hatten. »Ich weiß nicht, wie du es gemacht hast, aber ich weiß genau, dass es deine Schuld ist!«

Michael schoss der Gedanke durch den Kopf, dass die Frau ausnahmsweise einmal recht hatte. Aber noch ehe er ein Wort sagen konnte, fuhr ein Windstoß über den Rasen, riss das Zelt aus der Verankerung und hob es wie ein riesiges gelbes Segel in die Luft. In einem Anfall von Panik ließ Miss Crumley Michael los und packte eins der Seile, mit denen das Zelt befestigt gewesen war. In Sekundenschnelle wurde sie vom Boden und in die Höhe gerissen. Hin und wieder schrammten ihre Füße über das Gras, und ein paar Mal schlug sie hart auf, bis sie schließlich losließ und mit dem Gesicht in einer Pfütze landete.

Michael rannte zu ihr.

»Hilf mir auf!«, befahl die Frau. Sie war über und über mit Schlamm bespritzt, hatte beide Schuhe verloren, und ihr Kleid hing nur noch in Fetzen. »Hilf mir auf, du Bösewicht!«

»Es tut mir wirklich leid«, sagte Michael, griff in ihre Tasche und zog die Schlüssel heraus. »Ganz ehrlich.«

»Haltet den Dieb!« Miss Crumleys Kreischen verfolgte ihn bis zur Tür des Waisenhauses.

Drinnen herrschte heilloses Durcheinander. Kinder rannten kreuz und quer durch die Dunkelheit und schrien vor Entzücken über das unbändige Wetter.

»Michael!« Kate tauchte auf. Sie war außer Atem und ihre Augen waren schreckengeweitet. In ihren Armen hielt sie das Buch Emerald. Sie drückte es fest an die Brust, gab sich aber keine Mühe mehr, es vor neugierigen Blicken zu schützen.

»Hast du …?«

»Ja!«

Und in dem Moment, als Michael den Schlüsselbund in die Höhe hielt, erklang der erste Schrei. Er kam von draußen, noch ein ganzes Stück weit entfernt, aber er übertönte den Regen und den Wind und ließ jedes Kind im Haus zur Salzsäule erstarren. Michael schaute seine Schwester an. Sie beide wussten, wer diesen Schrei ausgestoßen hatte: ein Morum Cadi – ein Kreischer. Eins von den abstoßenden, untoten Geschöpfen, die sie schon in Cambridge Falls verfolgte hatten. Und als der Schrei durch das Haus hallte, empfand Michael wieder die gleiche erstickende Angst.

Es ist wahr, dachte er. *Sie haben uns gefunden.*

Das Kreischen erstarb. Die Kinder rührten sich wieder, aber die Furcht hatte sie gepackt und sie klammerten sich aneinander und weinten. Kate riss Michael die Schlüssel aus der Hand und rannte den Gang entlang.

»Komm mit!«, rief sie ihm zu.

Miss Crumleys Büro befand sich im Nordturm, am Ende einer steilen Wendeltreppe. Michael und Kate rannten durch die dichter werdende Dunkelheit hinauf. Oben angekommen hörten sie Emma, die gegen die verschlossene Tür hämmerte und brüllte: »Lasst mich raus! Lasst mich raus! Hilfe!«

»Emma!«, schrie Kate. »Wir sind's! Wir holen dich da raus!«

Im Dämmerlicht tastete sie nach dem Schlüsselloch, und einen Moment später war die Tür offen und Emma, die Jüngste der Familie, ihre kleine Schwester, lag in ihren Armen.

»Alles klar?«, fragte Kate. »Bist du verletzt?«

»Nein, mir geht's gut. Aber habt ihr den Schrei gehört?«

»Ja.« Kate trat in das Büro, zog Michael und Emma mit sich und schloss die Tür.

Miss Crumleys Büro war ein kleiner runder Raum mit vier Fenstern. In der Mitte des Raums standen ein Tisch und zwei Stühle und an einer Wand ein stählerner Aktenschrank und ein alter, schäbiger Kleiderschrank.

»Kate!«

Emma stand an einem der Fenster. Michael und Kate traten neben sie, gerade in dem Moment, als ein Blitz über den Himmel zuckte. Aus dem Wald traten drei Gestalten und hasteten über den asphaltierten Hof auf das Waisenhaus zu. Die Kinder erkannten die ruckartigen Bewegungen der Kreischer. Alle drei Ungeheuer hatten ihre Schwerter gezückt.

Mit kurzen Worten erläuterte Kate ihren Plan. Sie würde sie mit Hilfe des Buchs nach Cambridge Falls bringen. Sobald sie weg waren, würden die restlichen Kinder in Sicherheit sein.

»Schnell«, sagte Kate, »nehmt …«

Aber weiter kam sie nicht. Das Fenster zersplitterte, eine vermoderte, graugrüne Hand griff hinein und packte Kate am Arm. Emma schrie auf und klammerte sich an Kates anderen Arm, unter dem sie die Chronik der Zeit trug. Durch das zerbrochene Fenster sah Michael den schwarzen Kreischer, der am Fenstersims hing.

»Michael!«, schrie Emma. »Hilf mir doch!«

Michael sprang vor, packte Kate um die Taille und zog sie vom Fenster weg. Regen fegte durch die geborstene Fensterscheibe in den Raum. Michael glaubte schon, sie würden Erfolg haben und Kate von der Kreatur wegzerren können, aber als er aufblickte, sah er, dass der Kreischer Kate noch immer gepackt hielt und sich anschickte, ins Zimmer zu kriechen.

»Hört auf!«, schrie Kate. »Ihr zieht ihn bloß rein! Lasst mich los!«

»Was?« Michaels Gesicht war immer noch an ihrer Taille vergraben. »Nein! Dann …«

»Lasst los! Ich weiß, was ich tue. Jetzt macht schon!«

In ihrer Stimme lag eine solche Bestimmtheit, dass Michael und Emma sie unwillkürlich losließen. Der Oberkörper des Kreischers ragte durchs Fenster hinein und die Kreatur bohrte ihre Finger in Kates Unterarm. Ein Zischen drang aus seiner Kehle. Als Michael sah, wie Kate ein paar Finger zwischen die Seiten der Chronik schob, wusste er, was sie vorhatte.

Kate schaute Michael an.

»Denk dran«, sagte sie, »was auch geschieht: Pass auf Emma auf.«

»Aber …«

»Denk dran: Du hast es versprochen.«

Und dann waren Kate und der Kreischer verschwunden.

»Kate!«, schrie Emma. »Wo ist sie hin?«

»Sie … sie hat den Kreischer mit in die Vergangenheit genommen«, sagte Michael keuchend. »Wie die Gräfin. Sie hat ihn in die Vergangenheit mitgenommen, um ihn dort loszuwerden.«

Sein Herz hämmerte. Er musste sich mit einer Hand auf dem Schreibtisch abstützen.

»Aber warum ist sie nicht zurückgekommen?« Emmas Gesicht war nass, ob vom Regen oder ihren Tränen konnte Michael nicht sagen. Vermutlich von beidem. »Sie hätte doch sofort zurückkommen müssen!«

Emma hatte recht. Wenn Kates Plan funktioniert hätte und sie den Kreischer in der Vergangenheit hätte abschütteln können, wäre sie im nächsten Moment zurückgekehrt. Wo steckte sie nur?

Der Schrei eines weiteren Kreischers hallte zu ihnen hinauf, und sie hörten schwere Stiefelschritte auf der Treppe, die näher und näher kamen. Die Kinder wichen von der Tür zurück.

Michael hörte, wie Emma seinen Namen schrie.

Was sollte er tun? Was konnte er tun?

Dann flog die Tür auf und im Rahmen stand die schwarze, zerlumpte Gestalt eines Kreischers. Im selben Moment packten von hinten zwei Hände die Kinder.

KAPITEL 3
Der Teufel von Castel del Monte

»Und da wären wir auch schon.«

Sie traten in eine schmale Gasse, die zu beiden Seiten von im Zerfall begriffenen Mauern eingefasst war und zu einem verlassenen Platz führte. Hinter ihnen befand sich eine hohe Steinmauer mit einer Holztür. Durch diese Tür waren sie gekommen. Michael blickte über die Mauer hinweg und sah einen Olivenhain, der sich den Hügel hinaufzog. Der Himmel war leuchtend blau und die Luft heiß, trocken und still. Michael schaute zu seiner Schwester; Emma betrachtete genau wie er ihre Umgebung. Sie schien unverletzt zu sein. Wenigstens das.

Dann wandte sich Michael dem Mann neben ihnen zu.

Er war groß und dünn, hatte unordentliches Haar, trug einen abgewetzten Tweed-Anzug und eine dunkelgrüne Krawatte, die irgendwie angesengt aussah. Der Stiel einer alten Pfeife ragte aus der Tasche seines Jacketts und eine Brille mit einem verbogenen Schildpatt-Rahmen saß schief auf seiner Nase. Er sah noch genauso aus, wie Michael ihn in Erinnerung hatte.

Michael rückte seine eigene Brille zurecht, hüstelte und streckte die Hand aus.

»Danke, Sir. Sie haben uns das Leben gerettet.«

Dr. Stanislaus Pym nahm Michaels Hand und schüttelte sie.

»Aber mein Junge«, sagte der Zauberer, »das war doch selbstverständlich.«

Als der Kreischer durch die Tür in Miss Crumleys Büro gebrochen war, hatte Michael eine Hand auf seiner Schulter gespürt. Er war herumgewirbelt, in Erwartung, einen weiteren Morum Cadi zu sehen, der sich von hinten angeschlichen hatte. Aber die Hand auf seiner Schulter – und die auf Emmas – gehörte keinem Kreischer. Zu Michaels Überraschung hatte sich stattdessen Dr. Stanislaus Pym, seines Zeichens Zauberer, aus dem Kleiderschrank gelehnt, und noch bevor Michael ein Wort herausbekam, waren er und seine Schwester in den Schrank gezerrt worden. Hinter ihnen schlug die Tür zu. Michael befand sich in völliger Dunkelheit, eingequetscht zwischen dem Ellbogen des Zauberers und der Seitenwand des Schranks. Der Duft nach Dr. Pyms Tabak und der feuchte, säuerliche Geruch von Miss Crumleys Schuhen war ihm in die Nase gezogen. Hinter der Tür, in Miss Crumleys Büro, schleuderte der Kreischer die Möbelstücke beiseite, um schneller an den Schrank heranzukommen. Dann murmelte Dr. Pym: »Noch eine Drehung«, es ertönte ein scharfes Klicken, und als Michael schon glaubte, im nächsten Moment würde ein Schwert die Holztür des Schrankes durchbohren, hatte Dr. Pym die Tür aufgestoßen, und der Kreischer samt Miss Crumleys Büro waren verschwunden. An ihrer Stelle warteten vor der Tür Steinmauern, Olivenbäume, der blaue Himmel und herrliche Stille.

»Hört ihr beiden bitte mal mit dem Händeschütteln auf?!«, brüllte Emma. »Was ist denn bloß los mit euch?!«

Michael ließ die Hand des Zauberers los. »Ich wollte nur höflich sein.«

»Dr. Pym!« Emmas Stimme war schrill und verzweifelt. »Sie müssen zurück! Sie müssen Kate finden! Sie …«

»… hat die Chronik der Zeit benutzt. Ich weiß. Erzählt mir genau, was passiert ist.«

Mit so wenigen Worten wie möglich berichteten Michael und Emma, was geschehen war.

»Sie hat vermutlich versucht, den Kreischer in die Vergangenheit zu bringen«, sagte Michael. »Aber sie ist nicht zurückgekommen.«

»Wir müssen sie finden!«, verlangte Emma. »Aber schnell!«

»Ja, gewiss«, sagte der Zauberer. »Wenn ihr jetzt bitte geradeaus gehen würdet. Auf der anderen Seite der Piazza ist ein Café. Wartet dort auf mich.«

»Dr. Pym«, ließ sich Michael nun vernehmen. »Wo sind wir eigentlich?«

»In Italien«, lautete die Antwort.

Und damit drehte sich der Zauberer um, zog einen verzierten goldenen Schlüssel aus der Tasche, steckte ihn in das Schlüsselloch, trat durch die Tür auf die andere Seite der Mauer und zog sie hinter sich zu. Michael war verwirrt. Wohin war Miss Crumleys Schrank verschwunden? Wie kamen sie plötzlich nach Italien? Wo wollte Dr. Pym jetzt wieder hin? Neugierig ging Michael zu der Tür, lauschte einen Moment und öffnete sie dann.

Er sah in das gleichgültige Gesicht einer Ziege.

»Er wird sie finden.« Emma hatte sich nicht vom Fleck gerührt, die Arme um sich geschlungen, als ob sie sonst jeden Moment auseinanderfallen würde. »Dr. Pym wird sie finden.«

Michael sagte nichts.

Gemeinsam gingen sie schweigend durch die Gasse. Auf der Piazza angekommen, sah Michael, dass sie sich in einem winzig kleinen am Hang liegenden Dorf befanden. Links von ihnen ragte eine Kirche auf. Ein weißer Hund trippelte vorbei. Gegenüber, auf der anderen Seite der Piazza, befand sich das Café. Unter einer roten Markise standen zwei Tische, an denen niemand saß.

Vor der Tür hing ein bunter Perlenvorhang, und die Kinder gingen hindurch in einen hellen, mit Fliesen ausgelegten Raum, dessen Wände aus rauem Stein bestand, als wäre er aus dem nackten Fels geschlagen worden. Das Café war gut besucht, etwa die Hälfte der Tische besetzt, hauptsächlich von älteren Männern und Frauen. Die Bedienung war eine Frau mit einem verwaschenen grünen Kleid unter einer weißen Schürze. Ihre schwarzen Haare, die von grauen Strähnen durchzogen waren, hatte sie am Hinterkopf zu einem Knoten zusammengefasst. Sie war kleiner als Michael, sogar kleiner als Emma, und sie sauste herum wie eine Hummel, summte hierhin und dorthin, stellte Wein- und Wasserflaschen auf Tische und räumte das Geschirr ab. Als sie die Kinder bemerkte, scheuchte sie die beiden zu einem Tisch und überschüttete sie mit einem italienischen Wortschwall. Ohne etwas bestellt zu haben, bekamen sie eine Flasche mit Limonade und zwei Gläser.

»Alles wird gut«, sagte Michael. »Kate kommt schon klar.«

Emma gab keine Antwort. Ihr Gesicht war starr vor Sorge. Aber sie streckte den Arm aus und nahm Michaels Hand.

Die Kinder saßen fast eine Stunde da und warteten. Die Kohlensäure sprudelte leise aus ihrer Limonade. Die Gäste kamen und gingen. Die Männer waren hager und hatten zerfurchte und kantige Gesichter. Sie trugen altmodische, abgewetzte Anzüge, weiße Hemden und staubige schwarze Hüte. Sie sahen aus, als hätten sie ihr ganzes Leben im Freien verbracht, während die Hände der schwarzhaarigen und schwarzäugigen Frauen von der schweren Arbeit dick und knotig geworden waren. Die winzige Frau im grünen Kleid hatte sie alle im Griff. Sie schob ihnen Stühle unter den Allerwertesten, schaffte Essen und Wein herbei, auch wenn sie gar nichts bestellten. Und Michael sah, dass die Gäste sie liebten. Je mehr die kleine Frau schimpfte und herumsauste, desto lauter das Gelächter und die fröhlichen Gespräche.

Dieser Ort ist ein guter Ort, dachte Michael. Eine Zuflucht. Er verstand, warum der Zauberer sie hierher gebracht hatte.

Plötzlich sprang Emma auf, und als Michael sich umdrehte, teilte sich der Perlenvorhang und Dr. Pym trat ein.

Michael fühlte, wie sich sein Herz verkrampfte. Der Zauberer war allein.

Dr. Pym setzte sich auf einen Stuhl.

»Ihr werdet euch freuen zu hören, dass die Morum Cadi dem Waisenhaus den Rücken gekehrt haben und dass weder Miss Crumley noch den Kindern ein Leid geschehen ist.«

»Und?«, rief Emma. »Wo ist Kate? Sie sagten doch, Sie würden sie finden!«

Die Gespräche ringsum verstummten. Die alten Männer und Frauen schauten zu ihnen hinüber.

Der Zauberer seufzte. »Ich konnte sie nicht finden. Es tut mir leid.«

Michael packte die Holzkante des Tischs und holte mehrmals tief Atem.

»Dann haben Sie nicht gründlich genug gesucht!« Emmas Stimme war nun das Einzige, was in dem Restaurant zu hören war. Es herrschte Totenstille. »Vielleicht ist sie gar nicht im Waisenhaus! Sie müssen weitersuchen! Wir kommen mit! Na los doch!«

Sie wollte den Zauberer von seinem Stuhl hochzerren.

»Emma«, sagte der alte Mann mit leiser Stimme. »Katherine ist nicht in die Gegenwart zurückgekehrt. Nicht in Baltimore und auch sonst nirgends.«

»*Das wissen Sie doch gar nicht!*«

»Doch, das weiß ich. Jetzt setz dich bitte wieder hin. Die Leute schauen schon her.«

Widerstrebend ließ Emma seinen Arm los und sank auf ihren Stuhl zurück. An den anderen Tischen setzten die Gespräche wieder ein. Die kleine Frau kam herbeigesaust, stellte ein Glas Rotwein vor den Zauberer und schoss dann wieder davon.

»Wir müssen logisch an die Situation herangehen«, sagte Dr. Pym mit gesenkter Stimme. »Nehmen wir einmal an, dass Katherine mit Hilfe der Chronik in die Vergangenheit gereist ist und sich dort der üblen Kreatur entledigen konnte. Warum ist sie nicht gleich wieder zurückgekehrt? Vielleicht hat etwas oder jemand sie aufgehalten …«

Emma hieb mit der Faust auf den Tisch. »Also müssen wir ihr helfen! Das sage ich doch die ganze Zeit! Wir müssen was unternehmen!«

»Emma hat recht«, nickte Michael. »Wir brauchen einen Plan. Wir...«

»Ihr müsst begreifen«, sagte der Zauberer und beugte sich vor, »dass ihr rein gar nichts unternehmen könnt, wenn eure Schwester in der Vergangenheit gefangen ist. Ihr nicht und ich auch nicht. Niemand. Sie ist außerhalb unserer Reichweite. Das ist eine Tatsache, die ihr akzeptieren müsst.«

Michael und Emma wollten etwas sagen, aber es fiel ihnen absolut nichts ein. Die Endgültigkeit der Worte des Zauberers und die sachliche und bestimmte Art, mit der er sie vorbrachte, machten sie sprachlos.

»Andererseits«, und damit nahm Dr. Pym wieder seine übliche vertraueneinflößende Haltung ein, »glaube ich nicht, dass das passiert ist. Eure Schwester ist eine der bemerkenswertesten Personen, die mir je begegnet sind – und wenn man bedenkt, wie lange ich schon lebe, könnt ihr euch vorstellen, was das bedeutet. Egal, mit welchen Hindernissen und Gefahren sie auch konfrontiert ist, wenn es einen Weg gibt, zu euch zurückzukehren, dann wird sie ihn finden.«

»Aber...« In Emmas Augen standen die Tränen und sie verschränkte die Finger ineinander, damit sie nicht so zitterten, »aber warum ist sie dann nicht zurückgekommen?«

Der Zauberer lächelte. »Meine Liebe, woher willst du das denn wissen?«

»Aber... Sie haben doch gerade gesagt!«

»Aha!«, rief Michael aus.

Dr. Pym und Emma schauten ihn an.

»Du weißt, was ich sagen will?«, erkundigte sich der Zauberer.

»Na ja … nicht direkt«, lenkte Michael ein. »Aber ich hatte so das Gefühl, dass … Verzeihung.«

»Ich möchte euch das Wesen der Zeit erklären.« Der alte Mann tauchte seinen Zeigefinger in das Weinglas und kleckste eine Linie aus wässrig roten Punkten auf die Tischplatte. »Ihr dürft euch die Zeit nicht als eine Straße vorstellen, die sich vor uns erstreckt. Es ist eher so, dass jede nur erdenkliche Zeit – die Vergangenheit, die Gegenwart und die Zukunft – bereits existiert. Sagen wir mal, wir sind hier.« Er deutet auf einen Punkt in der Mitte der Linie. »Und eure Schwester ist hier, in der Vergangenheit.« Sein Finger fuhr ein Stück die Linie nach hinten. »Sie beschließt, unser Hier und Jetzt zu überspringen und … hier zu landen, in der Zukunft.« Damit deutete er auf einen Punkt am anderen Ende der Linie. »Dann müssen wir einfach nur vorwärtsgehen und abwarten. Irgendwann werden wir sie treffen.«

»Sie meinen«, sagte Michael, »dass sie irgendwann morgen plötzlich auftaucht?«

»Morgen, übermorgen, nächste Woche – wann genau, weiß niemand.«

»Aber warum sollte sie das tun?«, wollte Emma wissen. »Warum ist sie nicht einfach gleich wieder zurückgekommen?«

Der alte Mann zuckte mit den Schultern. »Wer weiß? Wir werden sie fragen müssen, wenn wir sie treffen. Bis dahin müsst ihr euch auf eure eigene Aufgabe konzentrieren. Das wäre auch Katherines Wunsch.«

Michael sah, dass Emma nickte. Der Zauberer hatte ihr

einen Strohhalm gereicht und Emma packte ihn hoffnungsvoll mit beiden Händen. Er dagegen hatte Mühe mit der Vorstellung, dass Kate irgendwo in der Zukunft auf sie wartete. Er wollte daran glauben, wollte es von ganzem Herzen. Aber wenn Dr. Pym sich nun irrte? Wenn Kate nie mehr zurückkam? Er sah mit einem Mal sein Leben vor sich liegen, ein Leben ohne seine Schwester. Es war ein dunkler Weg.

Er trank einen Schluck und schob dann das Glas beiseite. Die Limonade schmeckte schal.

Dr. Pym schaute auf die Uhr und schlug vor, zu Abend zu essen. Er sprach mit der kleinen Frau, die er Signora nannte, auf Italienisch, während sich Emma im Restaurant umschaute und die Leute betrachtete. »Guck dir die an!«, sagte sie. »Und dieser kahlköpfige Kerl da drüben!«

Es war erstaunlich, dachte Michael, wie schnell Emma die Behauptung des Zauberers akzeptiert hatte. Sie glaubte fest daran, dass Kate in die Zukunft gesprungen war und sie nur vorangehen mussten, um sie wiederzufinden. Eine andere Möglichkeit gab es für sie nicht mehr.

Wie schön, wenn man so jung ist, dachte Michael und seufzte wehmütig.

Als das Essen aufgetragen wurde – Nudeln mit Würstchen und Erbsen, ein Salat aus roten und gelben Tomaten mit Scheiben aus weichem, weißem Käse und Basilikumstreifen oben drauf und eine Pizza mit Zwiebeln, Knoblauch und winzigen Fischen, die Emma herunterpulte und ihrem Bruder auf den Teller legte – gab sich Michael den Anschein, als würde er herzhaft zugreifen, aber jeder Bissen kostete ihn große Mühe.

»So«, sagte der Zauberer und rollte seine Pizza zusammen

wie einen Pfannkuchen, »nun möchte ich mich erst einmal entschuldigen, dass ich keinen eurer Briefe beantwortet habe. Aber jetzt sind wir ja wieder zusammen, und ich möchte alles wissen, was seit Weihnachten passiert ist, alles, was ihr mir nicht in euren Briefen erzählt habt. Ich bin ganz Ohr.«

Die Kinder protestierten und verlangten, dass er zuerst ihre Fragen beantworten solle, aber der Zauberer bestand darauf, und schließlich gaben sie nach und erzählten ihm von ihren schlimmen Tagen und Nächten im Waisenhaus, von Miss Crumleys Kaltherzigkeit, von den Wildkatzen, die während des Sommers immer weniger wurden, und von den merkwürdigen Fleischeintöpfen, die der Koch servierte, über die Woche im Juli, als die Dusche kaputt war und sich die Leute noch am anderen Ende der Straße über den Gestank beschwerten. Eine Geschichte führte zur nächsten, und als sie fertig waren, merkte Michael, dass seine Schultern und sein Nacken nicht mehr ganz so verkrampft waren. Er hatte zwei Teller mit Nudeln gegessen und die Welt sah nicht mehr ganz so düster aus. Es musste ihm niemand sagen, dass der Zauberer genau dies beabsichtigt hatte.

»Wie ganz und gar entsetzlich!«, kommentierte Dr. Pym ihre Erzählung. »So, und jetzt habt ihr vermutlich ein paar Fragen an mich.«

»Oh ja«, sagte Emma mit vollem Mund. »Wo waren Sie die ganze Zeit? Wo ist Gabriel? Warum sind Sie Weihnachten so plötzlich aufgebrochen? Wer ist dieser blöde Magnus-Kerl? Und wo hält er unsere Eltern gefangen?«

»Und was tun wir hier?«, ergänzte Michael.

»Du meine Güte, das ist ja eine ganze Sintflut von Fragen! Aber ich werde die letzte zuerst beantworten. – Oje!«

Der Zauberer hatte in ein dickes Gebäckstück gebissen, das mit Sahne gefüllt war, und ein großer Klecks davon war auf seiner Krawatte gelandet. Er blickte sich suchend nach seiner Serviette um – die direkt vor ihm lag – fand sie nicht und wischte die Sahne mit dem Zeigefinger ab, den er daraufhin genüsslich ableckte.

»Wir befinden uns hier in dem hübschen Dörfchen Castel del Monte«, sagte er dann, »weil wir hier mit jemandem verabredet sind. Ich war gerade auf dem Weg hierher, als ich einen Brief eurer Schwester erhielt.«

»Das war der von heute!«, sagte Michael. »Was steht drin?«

»Dazu komme ich später. Jedenfalls habe ich umgehend den Kurs in Richtung Baltimore geändert. Es schien mir das Einfachste zu sein, euch mit hierher zu bringen. Was Gabriel betrifft: Er ist auf einer Mission, in meinem Auftrag. Es ist dieselbe Mission, die uns Weihnachten so überstürzt zur Abreise zwang. Im Augenblick möchte ich nicht mehr dazu sagen.«

»So eine Überraschung!«, sagte Emma sarkastisch. »He, kriegen wir noch mehr von diesen Sahneschnitten? Sie haben die eine nämlich ganz allein aufgegessen.«

Bevor Dr. Pym die Hand heben und eine Bestellung aufgeben konnte, stellte die Signora einen Teller mit einer Sahneschnitte vor Emma hin.

»Was ist mit unseren Eltern?«, fragte Michael. »Haben Sie herausgefunden, wo sie gefangen gehalten werden?«

»Nein«, antwortete der Zauberer, »zu meinem Bedauern nicht.«

Schweigen senkte sich über die kleine Gruppe. Irgendwann fing draußen auf der Piazza eine Glocke an zu läuten. Dr. Pym klatschte in die Hände.

»Das ist unser Stichwort. Alle anderen Fragen müssen warten.«

Er winkte der kleinen Signora und sagte etwas zu ihr auf Italienisch. Michael schaute derweil in seiner Tasche nach, ob er auch alles dabeihatte. Er sorgte stets dafür, dass die Tasche für alle Fälle fertig gepackt war, und ihn überkam ein warmes Gefühl der Zufriedenheit, als er alles an seinem Platz sah: das Zwergenhandbuch, König Robbies Orden, der ihn, Michael, als Wächter der Zwergentugenden auswies, sein Notizbuch und die Stifte, ein Taschenmesser, ein Kompass, eine Kamera und Kaugummis.

Plötzlich gab es ein ohrenbetäubendes Krachen, und als Michael aufblickte, sah er, dass die Signora einen großen Teller mit Nudeln und Tomatensoße hatte fallen lassen. Sie gestikulierte zu Michael und Emma und stieß einen Schwall italienischer Worte hervor, die augenscheinlich an Dr. Pym gerichtet waren. Der Zauberer antwortete ihr und die Frau bekreuzigte sich mehrmals schnell hintereinander. Im Restaurant war es totenstill geworden.

»Was ist los?«, fragte Emma im Flüsterton.

Michael zuckte ratlos mit den Schultern.

»Kinder«, sagte Dr. Pym und legte ein paar Geldscheine auf den Tisch. »Wir müssen gehen.«

Alle Blicke folgten ihnen bis zur Tür. Die Piazza war menschenleer, nur der weiße Hund streunte noch herum, und selbst er schien sie misstrauisch zu beäugen. Die untergehende Sonne tauchte die Welt in ein weiches, bernsteinfarbenes Licht. »Hier entlang«, sagte Dr. Pym und ging mit schnellen Schritten die Hauptstraße entlang. Nach ein paar Hundert Metern war das Dorf zu Ende. Dr. Pym wandte sich den Hügel hinauf und führte die Kinder durch ein Tor in einen Olivenhain. Der Boden war trocken, felsig und steil.

»Dr. Pym«, keuchte Emma. »Was war da eben los? Was *ist* hier los?«

»Ich sagte euch doch, dass ich einen Mann aufsuchen will. Was ich euch nicht sagte, ist, dass ich seit beinahe zehn Jahren nach ihm gesucht habe. Erst kürzlich habe ich seine Spur gefunden und sie führte in dieses Dorf. Ich habe die Signora nach dem Weg zu seinem Haus gefragt.«

»Und deshalb hat sie den Teller fallen gelassen?«

»Ja. Es scheint, dass er von den Einheimischen für eine Art Teufel gehalten wird. Oder vielleicht auch als *der* Teufel höchstpersönlich. Die Signora war ein bisschen durcheinander.«

»Ist er gefährlich?«, erkundigte sich Michael. Dann fügte er hinzu: »Ich bin doch jetzt der Älteste und damit verantwortlich für Emmas Sicherheit.«

»Oh *bitte*!«, stöhnte Emma.

»Ich würde nicht behaupten, dass er gefährlich ist«, erklärte der Zauberer. »Jedenfalls nicht sehr.«

Sie stiegen weiter hügelan, wobei sie einem schmalen, gewundenen Pfad folgten. In der Ferne hörten sie Ziegen blöken, und die Glocken, die sie um den Hals trugen, klangen gedämpft und melancholisch in der Stille. Trockene Grashalme zerkratzten den Kindern die Beine. Das Licht wurde schwächer, und es dauerte nicht lange, da konnte Michael das Dorf hinter sich nicht mehr erkennen. Der Pfad endete an einer fast völlig zusammengebrochenen Steinmauer. Daran war ein Stück Holz befestigt auf dem in schwarzer Farbe etwas geschrieben stand.

»Was steht da?«, fragte Emma.

»Da steht«, sagte der Zauberer und beugte sich vor, um besser lesen zu können, »*Sehr geehrte Schwachköpfe* – oh Gott, was für eine Einleitung! –, *noch einen Schritt weiter und ihr betretet Privatbesitz. Unbefugte werden erschossen, gehängt, zu Brei geprügelt und noch einmal erschossen. Die Krähen werden euch die Augen auspicken, eure Leber wird auf dem offenen Feuer geröstet* – herrje, das ist ja ekelhaft, und es geht noch eine ganze Weile so weiter…« Sein Blick wanderte zum Ende der Holztafel. »*Also kehrt um, wenn ihr noch Grips im Hirn habt. Mit freundlichen Grüßen, der Teufel von Castel del Monte.*« Dr. Pym richtete sich auf. »Nicht gerade einladend, nicht wahr? Na los, weiter geht's!«

Und damit kletterte er über die Mauer.

Michael überlegte gerade, ob es nicht klüger wäre, vorher anzurufen, aber Emma sprang schon auf der anderen Seite der Mauer herunter, und er beeilte sich, ihr zu folgen. Sie waren gerade einmal zehn Meter weit gekommen, als ein Krachen ertönte und etwas durch das Laub über ihren Köpfen zischte. Michael und Emma ließen sich flach zu Boden fallen.

»Wisst ihr was?« Dr. Pym war stehen geblieben, machte aber keine Anstalten, sich zu ducken. »Ich glaube, er hat gerade auf uns geschossen.«

»Echt?«, ließ sich Emma von unten vernehmen. »Was Sie nicht sagen!«

Ein weiteres Krachen ertönte und von einem nahe gelegenen Baum splitterte Rinde ab.

Eine Stimme brüllte etwas auf Italienisch.

»Also wirklich«, sagte Dr. Pym. »Das ist doch lächerlich!« Er hob seine Stimme. »Hugo! Würdest du bitte aufhören, uns zu beschießen? Das ist wirklich sehr lästig!«

Eine Weile herrschte Stille.

Dann rief die Stimme auf Englisch: »Wer ist da?«

Vorsichtig hob Michael den Kopf und blickte den Hügel hinauf. Oben zwischen den Bäumen stand ein kleines Steinhaus, aber den Mann, der geschossen hatte, sah er nicht.

»Ich bin es – Stanislaus Pym! Hugo, ich möchte mit dir reden!«

Ein raues Gelächter war die Antwort. »Pym? Du Trottel! Kannst du nicht lesen? Unbefugte werden erschossen! Jetzt mach kehrt, marsch, marsch, und befördere deinen Kadaver von meinem Grund und Boden, bevor ich der Welt einen Gefallen tue und eine Kugel durch die Hafergrütze jage, die du Gehirn nennst! Ha!«

»Hugo«, sagte der Zauberer, als würde er mit einem unartigen Kind sprechen. »Glaubst du wirklich, ich hätte den weiten Weg unternommen, nur um wieder umzukehren? Ich komme jetzt rauf.«

Michael glaubte, ein wütendes Gemurmel zu hören.

»Hugo?«

Ein Wutgebrüll ertönte, und dann: »Also gut, komm rauf, mach schon! Ich wusste ja schon immer, dass es bei deinen beschränkten geistigen Fähigkeiten zu viel verlangt ist, von dir Respekt vor dem Privatbesitz anderer Leute zu verlangen!«

Dann ertönte ein Geräusch, als ob jemand einen Baumstamm mit Fußtritten malträtierte.

Dr. Pym schaute die Kinder an. »Jetzt besteht keine Gefahr mehr.«

»Sind Sie sicher?«, fragte Michael.

»Ähm, vielleicht sollten Sie vorgehen«, schlug Emma vor.

»Das ist nicht nötig. Vertraut mir.«

Die Kinder standen auf und wischten sich Staub und Holzstückchen von Armen und Beinen. Es waren noch einmal fünfzig Meter bis zu dem Steinhäuschen, aber der Mann kam erst zum Vorschein, als sie nur noch zehn Schritte von der Tür entfernt waren. Dann trat er plötzlich hinter einem Karren hervor, der auf der Seite lag. Seine Erscheinung war in jeder Beziehung merkwürdig. Er war klein und hatte ein breites Gesicht. Seine Kleidung war verblichen und ausgefranst vom vielen Waschen. Die seit Langem nicht mehr gestutzten schwarzen Haare und der Bart rahmten wild und unbändig sein Gesicht. Dicke Brauen beschatteten die Augen, aber was die Kinder in diesen lasen, war unmissverständlich: Dieser Mann würde sich mit der ganzen Welt anlegen, falls nötig. Er hatte das Gewehr in der linken Hand.

»Stanislaus Pym«, schnaubte der Mann höhnisch. »Das muss mein Glückstag sein. Ich bin überrascht, dass du bloß zehn Jahre brauchtest, um mich zu finden. Wahrscheinlich hattest du Hilfe.«

»Du hättest nicht untertauchen sollen, Hugo. Dadurch ist alles noch viel komplizierter geworden.«

»Und du solltest dich nicht so benehmen wie ein aufgeplatztes Furunkel! Aber die Welt ist nun einmal nicht vollkommen.«

Damit wandte er sich um und stapfte durch die Tür ins Haus. Dr. Pym und Emma folgten. Sobald sie eingetreten war, hielt sich Emma die Nase zu. Der Gestank war überwältigend. Michael kam als Letzter herein. Er blieb im Türrahmen stehen. Direkt neben dem Eingang befand sich eine alte Holztruhe, auf der ein gerahmtes Schwarz-Weiß-Bild stand. Das Foto zeigte zwei Männer in langen schwarzen Roben vor einem Backsteingebäude. Der größere der beiden war gut und gerne zehn oder noch mehr Jahre jünger als der andere. Er hielt etwas in der Hand, was wie ein zusammengerolltes Diplom aussah. Er trug eine Brille mit einem Metallrahmen und seine Hand lag auf der Schulter des zweiten Mannes, eines kleinen, korpulenten Kerls mit wilden schwarzen Haaren. Es war unverkennbar, dass es sich bei dem Schwarzhaarigen um den Teufel von Castel del Monte handelte.

In diesem Moment schoss die Hand des Teufels vor und stieß das Foto mit der Vorderseite auf die Truhe.

»Hier wird nicht herumgeschnüffelt«, knurrte er.

Michael stand noch ein paar Sekunden einfach so da und wartete, bis sich sein hämmerndes Herz etwas beruhigt hatte. Er wusste nicht, warum der Zauberer Emma und ihn hierher gebracht hatte oder wer der schwarzhaarige Mann war. Aber eins wusste er ganz genau: Der große junge Mann auf dem Foto war sein Vater.

KAPITEL 4

Dr. Hugo Algernon

»Würdest du bitte die Tür schließen, mein Junge?«, bat Dr. Pym.

Michael fragte sich, ob das eine gute Idee war. Das Haus stank nach Stall. Die Hälfte des Raums war mit schmutzigem Stroh vollgestopft; dies war offensichtlich der Teil, in dem die Ziegen hausten. Drei von ihnen lungerten an der rückwärtigen Wand herum und fraßen, während sie die Besucher ausdruckslos betrachteten. Die andere Seite des Raumes wurde von dem Mann bewohnt. Neben der Truhe gab es noch eine speckige Matratze, einen alten Holztisch, zwei Stühle, eine verbeulte Gaslampe, einen Kamin mit ein paar glimmenden Holzscheiten darin, einen Haufen dreckigen Geschirrs – Töpfe, Pfannen, Tassen, Teller und Schüsseln. Und Hunderte von Büchern. An einigen war herumgenagt worden; andere waren halb aufgefressen, vielleicht von Mäusen oder von den tierischen Mitbewohnern des Mannes – oder, dachte Michael insgeheim, vielleicht in einem Anfall von Wahnsinn von ihm selbst.

Als Michael die Tür schloss, rang der Mann mit einer Ziege um einen Stapel Papiere.

»Lass los, du Bösewicht! Ich warne dich, Stanislaus!«

Michael brauchte einen Moment, bis ihm klar wurde, dass der Mann mit der Ziege sprach.

»Hugo«, sagte der Zauberer lächelnd, »hast du etwa diesen kleinen Burschen nach mir benannt? Ich bin gerührt.«

»Dazu besteht kein Grund«, grunzte der Mann, der sich mit der Ziege immer noch ein Tauziehen um die Papiere lieferte. »Er ist der dümmste Ziegenbock von ganz Italien. Ich habe einen Namen gesucht, der das ganze Ausmaß seiner Dummheit widerspiegelt. Deiner stand ganz oben auf meiner Liste – *Argh*!«

Die Ziege hatte den Kopf nach hinten gerissen, dem Mann rutschte der Papierstapel aus den Händen und er fiel mit einem Rums auf den Hintern. Mit einem triumphierenden Meckern trabte die Ziege durch die offene Hintertür hinaus und über den Hügel, wobei sie den Kopf mit dem Papierstapel im Maul hin und her schwenkte.

»Seit zehn Jahren arbeite ich an diesem Buch!«, schrie der Mann, sprang auf und schüttelte seine Faust in Richtung der Ziege. »Jedes Mal, wenn ich ein kleines Stückchen weiterkomme, fressen diese idiotischen Ziegen es auf. Aber vermutlich können sie den Mist, den ich fabriziere, besser beurteilen als die sogenannten Experten.« Er warf Dr. Pym einen Blick zu. »Anwesende ausdrücklich eingeschlossen.«

»Das hast du also die ganze Zeit gemacht?«, erkundigte sich der Zauberer. »Du hast ein Buch geschrieben? Worüber, wenn ich fragen darf?«

»Es heißt *Über die Dämlichkeit in der magischen Welt* und ich muss wohl nicht betonen, dass du darin eine Hauptrolle spielst. Ich habe sogar daran gedacht, ein Foto von dir aufzunehmen, aber ich möchte ja meine Leser nicht abschrecken. Ha!«

»Ich habe gewiss Fehler gemacht«, sagte der Zauberer.

»Hör sich das einer an! Die Vernunft spricht aus ihm! Wenn ich du wäre, Pym, würde ich mir wahrscheinlich von morgens bis abends ins Gesicht schlagen.« An einem Haken über dem Feuer hing ein kleiner Kessel, und der Mann schenkte sich eine Tasse von dem heißesten und schwärzesten Kaffee ein, den Michael je zu Gesicht bekommen hatte. Er brodelte aus der Tülle des Kessels wie kochender Schlamm. Der Mann meinte, er würde ihnen ja etwas anbieten, wenn dann nicht der Eindruck entstände, er fordere sie zum Bleiben auf. Dann, ohne Vorwarnung, drehte er sich ruckartig um und fixierte Michael.

»Kennen wir uns?«

»Nein«, sagte Michael schüchtern. »Wir … sind uns noch nie begegnet.«

»Hugo, dies sind Freunde von mir, Michael und Emma. Kinder, das ist Dr. Hugo Algernon.«

»Ja, ja, ja«, sagte der Mann und ließ sich auf einen Stuhl fallen. »Bringen wir's hinter uns. Was willst du hier? Mir irgendeinen neuen idiotischen Plan präsentieren? Kannst du vergessen! Du hast mich einmal reingelegt; das wird dir kein zweites Mal gelingen.«

Der Zauberer zog sich den zweiten Stuhl heran, während sich die Kinder auf einen umgedrehten Waschzuber setzten, der augenscheinlich noch nie benutzt worden war.

»Ich bin aus zwei Gründen hier«, sagte Dr. Pym. »Aber ich muss schon sagen, es war ganz schön mühsam, dich ausfindig zu machen …«

»Niemand hat dich darum gebeten.«

Der Zauberer seufzte. »Ich bin hier, um dich zu warnen. Und um dir eine Frage zu stellen.«

»Du willst mich warnen? Wovor? Das würde mich mal interessieren!«

»Jean-Paul Letraud und Kenji Kitano sind tot.«

Michael sah, dass die Nachricht den Mann nicht kalt ließ, obwohl er sich alle Mühe gab, unbeteiligt zu wirken.

»Ermordet?«

»Ja.«

»Wann?«

»Von Jean-Paul erfuhr ich Weihnachten. Kenji war ein paar Wochen später dran.«

Michael wechselte einen Blick mit seiner Schwester. Dem Ausdruck auf ihrem Gesicht nach zu urteilen, dachte sie das Gleiche wie er.

»Dr. Pym …«

»Ja, mein Junge, das war der Grund, warum ich Weihnachten fort musste. Jean-Paul und Kenji waren Freunde von mir und Kameraden der Zaubererzunft. Ich hätte es dir schon früher gesagt, aber das Café schien mir dafür nicht der geeignete Ort zu sein.«

»Wer war es?«, fragte Michael. »Wer hat sie getötet? War es …?«

»Wer sie getötet hat?«, donnerte der haarige Mann. »Was glaubst du denn? Der grässliche Magnus! Der Unsterbliche! Der …«

»Ja«, unterbrach ihn Dr. Pym. »Oder besser gesagt, seine Gefolgsleute.«

Dr. Hugo Algernon sprang auf und lief hin und her, wobei er seine Fäuste gegeneinander schlug und schnaubte: »So was hätte nicht passieren dürfen, Stanislaus. Erinnerst du dich nicht? Ich schon! Ich erinnere mich! Ich weiß noch, als du uns alle zusammengerufen hast.« Er imitierte spöttisch die Stimme des Zauberers. »*Wir müssen jetzt handeln. Wir müssen seiner Macht ein Ende bereiten, ein für allemal.*« Er stieß ein raues Gelächter aus. »Das hat ja gut funktioniert, meinst du nicht auch? Ha!«

»Es hat funktioniert«, sagte der Zauberer ruhig. »Seine Macht wurde deutlich gemindert.«

»Oh, gemindert, ja, gemindert. Sag das mal Jean-Paul und Kenji. Die würden sicher begeistert sein. Gemindert, ha!«

Dr. Pym seufzte. »Ich bin nicht hergekommen, um mich mit dir zu streiten, sondern um dir zu sagen, dass du Vorkehrungen treffen solltest. Er macht Jagd auf alle, die sich einstmals gegen ihn stellten.«

»Wovon reden Sie beide?«, fragte Emma verwirrt.

»Meine liebe …«

»Emma hat recht.« Michael versuchte, sich möglichst aufrecht hinzusetzen und blickte sehr ernst drein, wie man es vermutlich von einem älteren Bruder erwarten würde. »Tut mir leid, Dr. Pym, aber Sie sagen immer, dass jetzt nicht der richtige Zeitpunkt für Erklärungen ist, und dann schleppen Sie uns irgendwohin, und wir haben keine Ahnung, wo wir sind, aber irgendwelche Irren schießen auf uns – nichts für ungut, Dr. Algernon –, und das ist einfach nicht in Ordnung! Wer ist der grässliche Magnus? Was will er? Worüber reden

Sie und Dr. Algernon? Wir haben ein Recht darauf, zu wissen, was vor sich geht!«

Normalerweise redete Michael nicht so viel, jedenfalls nicht an einem Stück, und als er fertig war, war er außer Atem. Emma starrte ihn staunend an.

»Ha!« Hugo Algernon schlug mit der Faust auf den Tisch. »Der Junge hat Feuer! Na mach schon, Pym, sag's ihnen! Sag ihnen, was du in den vergangenen paar Tausend Jahren über den grässlichen Magnus herausgefunden hast! Wird nicht mehr als zehn Sekunden dauern.«

Der alte Zauberer runzelte die Stirn, aber dann nickte er. »Hugo benimmt sich zwar heute außerordentlich zänkisch, aber er hat recht. Unser – mein – Wissen über den grässlichen Magnus ist bedauerlicherweise sehr spärlich. Ich halte ihn für einen Mann, einen Menschen. Und für einen mächtigen Zauberer, so viel ist sicher. Darüber hinaus bleibt er ein Rätsel. Woher er kommt? Wie sein richtiger Name lautet? Ich weiß es nicht. Was ich euch sagen kann, ist dies: Er wandelt auf der Erde, seit die ersten Städte aus dem Sand der Wüste gegraben wurden. Es hat immer einen grässlichen Magnus gegeben. Seine Macht schwankt, mal ist sie stärker, mal schwächer. Er erhebt sich und wird zurückgeschlagen. Und seit es die Bücher gibt, ist es sein erklärtes Ziel, sie in seinen Besitz zu bringen.«

»Nicht schlecht«, sagte Hugo Algernon. »Zwanzig Sekunden. Du weißt mehr, als ich dachte.«

Der Zauberer fuhr unbeirrt fort. »Ich habe immer wieder den Versuch unternommen, ihn zu stellen, das letzte Mal vor etwa vierzig Jahren. Ich habe eine Gruppe von Magiern, Zauberern, Hexen und Spiritisten um mich versammelt – Dr.

Algernon war einer von ihnen. Wir haben ihn gejagt und aufgespürt. Viele unserer Freunde fanden den Tod. Aber wir waren siegreich. Er wurde vernichtet.«

Hugo Algernon stieß ein weiteres verächtliches »Ha!« aus und warf seinen leeren Becher über die Schulter, wobei er die drei Ziegen aufscheuchte, die meckernd aus dem Haus trappelten.

»Das glaubten wir jedenfalls.« Dr. Pym rieb sich die Augen. »Aber wir mussten erkennen, dass der Tod jemanden wie ihn nicht aufhalten kann. Gefangen im Land der Toten, hatte sein Geist weiterhin großen Einfluss und gewaltige Macht über seine Anhänger.«

»Und jetzt«, sagte Hugo Algernon, »begleicht er alte Rechnungen.«

»Er tut mehr als das, mein Freund. Er versammelt eine Armee.« Der Zauberer schaute die Kinder an. »Ihr habt nach Gabriel gefragt. Während ich all jene aufsuche und warne, die mir bei meinem Kampf gegen den grässlichen Magnus halfen, beobachtet er die Bewegungen des Feindes. Er schwebt fast ständig in großer Gefahr, seit ihr ihn zuletzt gesehen habt.« Dr. Pym wandte sich wieder an seinen alten Freund. »Die Macht des Feindes wächst, Hugo. Du kannst dich ruhig auf diesem Berg verstecken und behaupten, es gäbe nur Narren auf der Welt. Aber der Krieg wird kommen. Und er wird dich finden.«

Einen Moment lang wirkte der wilde Mann unsicher. Dann verzog sich sein Mund zu einem verächtlichen Grinsen. »Die Warnung ist angekommen und schon wieder vergessen. Aber du wolltest mir noch eine Frage stellen. Mach schnell – ich muss deinen Namensvetter suchen, bevor er mein ganzes Buch aufgefressen hat. Mir ist während deiner Schwafelei eine Idee für ein neues Kapitel gekommen. Die Überschrift lautet *Paranoide, altersschwache Narren*. Ha!«

»Also schön«, sagte der Zauberer. »Ich möchte gerne wissen, wann und wo du Richard und Clare Wibberly das letzte Mal gesehen hast?«

Draußen wurden die Schatten länger und Dr. Algernon entzündete die Gaslampe. Ehe er sie auf den Tisch stellte, hielt er sie hoch und betrachtete Emmas und Michaels Gesicht. Nachdem er Michael etliche Sekunden in die Augen geschaut hatte, seufzte er.

»Ich wusste es. Du bist deinem Vater wie aus dem Gesicht geschnitten.«

»Wirklich?« Michael merkte, wie sich sein Mund zu einem Lächeln verzog. »Ich meine… wirklich?«

»Wenn ich's dir doch sage. Bist du taub?«

»Nein…«

»Du siehst genauso aus wie er. Ich will es nicht noch einmal sagen müssen.« Dann schaute er zu Emma. »Seid ihr Zwillinge?«

»Nein!«, rief Michael hastig. »Ich bin ein Jahr älter.«

»Nun«, sagte Emma, »im Moment sind wir beide zwölf Jahre alt.«

Michael wollte schon widersprechen, als sich Dr. Algernon an den Zauberer wandte.

»Wo ist die dritte, Pym? Es gibt noch eine Schwester, nicht wahr?«

»Unglücklicherweise war es ihr nicht möglich, uns zu begleiten. Aber wir werden sie schon bald wiedersehen.«

»Oh ja«, sagte Emma. »Sehr, sehr bald.«

Der Mann grunzte und stellte die Lampe auf den Tisch.

»Ich weiß nicht, was Pym euch erzählt hat. Nicht viel, nehme ich an. Aber die meisten von uns, die wir uns mit der Magie beschäftigen, hängen zum Schluss zwischen zwei Welten: der magischen und jener der Menschen. Wir hatten richtige Berufe; ein paar Deppen hatten sogar Familien. Neben meinen anderen, nun sagen wir *außergewöhnlichen* Interessen, unterrichtete ich Anthropologie und Mythologie in Yale. Euer Vater war mein Student und anders als die meisten Studenten war er kein totaler Idiot. Ich merkte gleich, dass er Magie für real hielt. So was kommt im Fachbereich Anthroplogie manchmal vor. Einige Leute ahnen die Wahrheit, können aber nicht auf die Universität gehen und einfach Magie studieren. Also wählen sie Anthropologie und Mythologie, weil sie spüren, dass die Geschichten, die dort erzählt werden, und die Ergebnisse der Forschungsarbeiten die Welt zeigen, wie sie früher war. So wie euer Vater.

Damals war ich ein großer Narr. Ich dachte, Magie hätte eine Chance und Leute wie euer Vater könnten hilfreich sein. Also habe ich mich seiner angenommen. Ich habe ihm alles beigebracht, was ich weiß. Ich kann mich noch erinnern, dass er eine ungewöhnliche Vorliebe für Zwerge hegte ...«

»Zwerge?« Michael sprang vor Aufregung fast auf die Füße. »Wirklich? Ich habe ebenfalls ein ... nun sagen wir, ein Interesse an Zwergen.«

»Damit will er sagen, dass er voll auf sie steht«, sagte Emma.

»Hatte er eine besondere Vorliebe?«, erkundigte sich Michael eifrig. »Wobei man ja gar nicht weiß, wo man anfangen soll, bei Zwergen. Sie sind so vielschichtig ...«

Hugo Algernon kratzte sich am Bart. »Nun, er hat immer diesen Spruch vom alten König Killick zitiert. Irgendwas über einen großen Anführer, der …«

»… in seinem Kopf lebt und nicht in seinem Herzen!«, vervollständigte Michael den Satz. »Das Zitat kenne ich! Ich habe gerade heute darüber geredet. Unglaublich!« Er klatschte in die Hände und grinste bis über beide Ohren. Nicht nur, dass sein Vater und er Zwerge über alles schätzten, nein, sie liebten sogar denselben Spruch! Wenn das kein Zeichen war, ein Omen für … nun, für irgendetwas Gutes jedenfalls. »Wissen Sie noch, was er von Elfen hielt? Ich vermute, er hielt sie für ziemlich lächerlich, oder …?«

Dr. Pym hüstelte. »Vielleicht sollten wir bei der Sache bleiben. Hugo, wenn du bitte fortfahren würdest.«

»Schön, schön. Also, in seinem zweiten Studienjahr erzählte ich Richard von den drei Büchern.« Hugo Algernon schaute zu Dr. Pym. »Wie viel wissen sie über die Bücher?«

»Ich denke, sie möchten gerne alles erfahren, was du darüber zu sagen hast.«

»Nun, dann hört gut zu: Die Bücher vom Anbeginn sind drei unglaublich alte und mächtige magische Bücher. Wenn man den Gerüchten Glauben schenkt, dann können sie buchstäblich die Welt neu erschaffen. Ihren Anfang nehmen sie wohl in Rhakotis, einer alten Stadt in Ägypten, wo sie von einer Bande wirrköpfiger und dämlicher Zauberer bewacht wurden. Wohlgemerkt, das ist meine ganz persönliche Meinung zu der Sache. Alles war gut, bis eines Tages vor etwa zweitausendfünfhundert Jahren Alexander der Große auftauchte und die Stadt niederbrannte. Von diesem Tag an waren die Bücher verschwunden.

Euer Vater hörte diese Geschichte und bekam sie nicht mehr aus dem Kopf. Warum wurden die Bücher nie gefunden? Wäre es nicht fantastisch, wenn er sie aufspüren könnte? Und so weiter, und so weiter. Ich habe ihm gesagt, er solle die Sache vergessen. Seit Tausenden von Jahren suchen Magier und Zauberer nach den Büchern und keiner hat auch nur eine Spur von ihnen gefunden.

Richard machte seinen Abschluss, verließ die Universität, heiratete und entschied, dass die Welt noch nicht ausreichend bevölkert sei. Und so wurdet ihr drei Sprotten geboren. Das Nächste, was ich hörte, war, dass der alte Pym hier sich an seine Rockschöße gehängt hatte. Er hatte einen Artikel eures Vater gelesen und hielt ihn fortan für die Entdeckung des Jahrhunderts. Die Zeit verging. Eines Tages war ich in Buenos Aires. Dort lebte ein alter Zauberer, hatte eine totale Meise unterm Pony, war aber ein ausgezeichneter Archivar und Sammler seltener Manuskripte. Nach seinem Tod durfte ich mir seine Bibliothek vornehmen. Das Haus war eine Ruine, wurde lediglich durch Staub und Mäuseköttel zusammengehalten. Wie auch immer, ich war gerade in meine Studien vertieft, als plötzlich der Fußboden der Bibliothek einstürzt. Ich hätte mir fast den Hals gebrochen. Als ich mich von dem Schock erholt hatte und mich umsah, erkannte ich, dass ich in einer Art Gewölbe gelandet war. Hier lagerten stapelweise alte Bücher und Dokumente. Ich brauchte ein Jahr, um alles durchzusehen und zu katalogisieren und dann … fand ich diesen Brief. Er war in einem veralteten portugiesischen Dialekt geschrieben. Höllisch schwer zu übersetzen. Aber ich hatte so ein Gefühl. Es war ein Brief aus dem achtzehnten Jahrhundert, von einem Mann an seine Ehefrau. Offensichtlich befand er sich auf einer Art Geschäftsreise. Er schrieb, er sei später als geplant in die Stadt gekommen; alle Gasthäuser seien überfüllt und er müsse sich ein Zimmer mit einem Kranken teilen. Sein Zimmergenosse läge im Fieberwahn. Die ganze Nacht habe er irgendetwas von einem magischen Buch gebrabbelt, das er und ein paar andere vor langer Zeit aus Ägypten weggebracht und versteckt hätten. *Ich muss eine Karte zeichnen*, habe er immer wieder gekeucht. *Ich muss eine Karte zeichnen*.«

»Und was geschah dann?«, fragte der Zauberer.

Hugo Algernon zuckte mit den Achseln. »Nichts weiter. Der Rest des Briefes beschäftigte sich mit einem Schwein, das der Mann gekauft hatte, wie fett und wohlgenährt es war und so weiter und so weiter.«

»Und wo fand diese Begegnung statt?«

»In Malpesa.«

»Aha.«

»Was ist Malpesa?«, fragte Michael.

»Malpesa«, antwortete der Zauberer, »ist eine Stadt an der Südspitze von Südamerika, an der Küste von Tierra del Fuego, in unserer Sprache Feuerland genannt. Anfangs war es ein Indianerdorf, dann wurde daraus ein Handelsposten, ein Zwischenstopp für Schiffe, die vom Atlantik in den Pazifik fuhren. Und als sich die magische Welt von der Welt der Menschen löste, verschwand Malpesa mit ihr.« Der alte Mann wandte sich wieder zu Hugo Algernon. »Als du diesen Brief gelesen und erkannt hattest, was er bedeutet, warum hast du dich an Richard gewandt und nicht an mich?«

»Weil du Schwachkopf nicht aufzutreiben warst! Ich dachte, Richard könnte dich finden! Und …« Er zögerte und schaute Michael und Emma an. Ein Großteil des Zorns und der Wildheit schienen zu weichen. »Und ich wusste über die Kinder Bescheid. Richard hatte mir gesagt, wer sie sind. Die Kinder aus der Prophezeiung, die drei, die schließlich die Bücher zusammenbringen und ihr Schicksal erfüllen würden.«

Michaels Nacken verkrampfte sich. Bereits die Gräfin hatte Kate gegenüber diese Prophezeiung erwähnt. Aber die Hexe hatte nichts davon gesagt, was das Schicksal der Bücher war oder was diese ganze Sache für die drei Geschwister bedeutete.

Hugo Algernon fuhr fort: »Als ich aus Buenos Aires zurückkehrte, rief ich ihn an. Etwa eine Woche später kam Richard zu mir nach Hause. Er hatte Clare mitgebracht. Es war fast Mitternacht. Ich wusste gleich, dass etwas nicht stimmte. Aber er bestand darauf, dass ich ihm sage, was ich entdeckt hatte. Und das tat ich.«

»Wann war das?«

»Weihnachten vor zehn Jahren.« Hugo Algernon schaute Michael und Emma an. »Ich glaube, ich bin der letzte Mensch, der eure Eltern gesehen hat.«

Der Wind hatte die Eingangstür aufgedrückt, aber keiner erhob sich, um sie wieder zu schließen. Michael spürte die kalte Brise auf seinem Nacken. Emma hatte die Hände ineinander verkrampft.

Michael musste daran denken, wieviel mehr er und Emma mittlerweile über das Schicksal ihrer Eltern wussten. Aber es gab noch so viele offene Fragen. Waren ihre Eltern jemals in Malpesa angekommen? Hatten sie die Karte gefunden? Wer waren dieser kranke Mann und die Gefährten, von denen er gesprochen hatte? Und dann gab es da noch das Geheimnis des Buches. Dr. Pym hatte ihnen erzählt, wie er das Buch Emerald, die Chronik der Zeit, aus Ägypten mitgebracht und Tausende von Jahren versteckt hatte, ehe er sie in die Obhut der Zwerge gab. Um welches der beiden verbliebenen Bücher ging es in dem Bericht des kranken Mannes? Welche Kräfte besaß es? Zum zigsten Mal wünschte sich Michael, dass Kate bei ihnen wäre.

Der Zauberer stand schließlich auf und schloss die Tür. Dann kehrte er zum Tisch zurück. »Das ist noch nicht alles, nicht wahr?«, sagte er.

Hugo Algernon fuhr sich mit den schmutzigen Fingern durch den Bart und schüttelte resigniert den Kopf.

»Ich habe erst ein paar Tage später herausgefunden, dass die Kinder verschwunden waren. Ich versuchte, Kontakt mit dir aufzunehmen, aber – wie du ja weißt – ohne Erfolg.«

»Kommt mir irgendwie bekannt vor«, murmelte Emma.

»Ich habe mit einigen der anderen gesprochen, zum Beispiel mit Jean-Paul. Ohne etwas zu verraten, nur dass ich mit dir über Richard und Clare reden müsste. Vielleicht hat das jemand mitbekommen. Möglicherweise gab es einen Spion irgendwo. Ich weiß es nicht.« Der Mann grub seine Fingernägel in die hölzerne Tischplatte. »Dann, vielleicht eine Woche später, klopfte es an der Tür. Ich öffnete, nichts Böses ahnend, und da stand er. Und grinste.« Hugo Algernon hob den Kopf und schaute die Kinder an. »Wenn ihr jemals einem Mann begegnet – einem Riesen, kahlköpfig, kein einziges Haar auf dem Kopf – dann lauft. Lauft, so weit ihr könnt, und bleibt nicht stehen.«

»Rourke«, sagte der Zauberer.

»Ja. Es war Rourke.« Das Holz der Tischplatte knarrte unter seinem harten Griff.

»Und was ist dann passiert?«

»Was dann passiert ist? Du willst wissen, wie lange ich mich gewehrt habe, bevor ich meine Freunde verriet? Oh, sehr lange Zeit, sei versichert. Aber er war zu stark. Und er drang in meinen Kopf ein. Er lachte die ganze Zeit. Ich hörte mich selbst sagen, dass Richard und Clare nach Malpesa gegangen waren. Am nächsten Morgen wachte ich auf und erkannte, dass ich nicht nur meine Freunde ans Messer geliefert hatte, sondern dass Rourke etwas in mir zerstört hatte. Ich war nie ein großer Zauberer, und wir beide wissen das, aber was immer an Magie in mir gesteckt hatte, war fort. Ich verließ mein Haus. Brach alle Brücken hinter mir ab. Ich … verschwand einfach.«

Nun verstand Michael plötzlich, warum dieser Mann zehn Jahre lang allein in einem einsamen Häuschen in den Bergen Italiens gelebt hatte. Er versteckte sich nicht vor dem grässlichen Magnus. Sondern vor dem, was er getan hatte. Er versteckte sich vor sich selbst. Michael empfand ein merkwürdiges, aber sehr starkes Mitgefühl für ihn.

»Aber warum hat Rourke das Buch nicht gefunden?«, fragte Dr. Pym. »Wir wissen, dass er Richard und Clare gefangen nahm, und ich bin sicher, dass er ihnen alles entlockte, was sie wussten.«

Hugo Algernon schüttelte den Kopf. »Ich habe ihnen einen Zauber mitgegeben, der alles Wissen über die Bücher aus ihrem Gedächtnis löschte. Vermutlich hatten sie Gelegenheit, ihn anzuwenden, bevor sie geschnappt wurden. Ich hätte ebensolche Vorsichtsmaßnahmen treffen sollen. Aber wie es scheint, hat Rourke von mir nur den Namen Malpesa erfahren.«

»Von dem kranken Mann oder der Karte hast du nichts verraten?«

»Nein. Ich habe zwar meine Freunde betrogen, aber das Geheimnis des Buches habe ich so tief in mir vergraben, wo nicht einmal er es finden konnte.«

»Sie hätten ihm gar nichts verraten dürfen!«, schrie Emma und hämmerte mit ihren kleinen Fäusten auf den Tisch. »Sie hätten gar nichts sagen dürfen!«

Hugo Alternon nickte und sagte: »Du hast recht, Kind. Das sage ich mir auch seit zehn Jahren.«

Er stand auf und ging zum Kamin. Er zog einen losen Stein über dem Kaminsims heraus, griff in die Öffnung und holte ein in Leder gewickeltes Päckchen heraus.

»Das sind meine Original-Notizen. Ich bewahre sie dort in der Nische auf, damit die Ziegen sie nicht auch noch fressen. Ich wusste, dass du mich früher oder später aufspüren würdest.« Er reichte dem Zauberer den Packen. »Der Krieg mag kommen, Stanislaus, aber ich kann dir nichts mehr nutzen. Die Magie hat mich verlassen.« Dann wandte er sich an Michael und Emma. »Wenn ihr euren Vater findet, sagt ihm, dass es mir leidtut. Sagt ihm, dass Hugo Algernon nicht weiter ist als ein alter Narr.«

Dr. Pym ging zur Tür und steckte seinen goldenen Schlüssel in das Schloss. Er drehte ihn viermal rechts herum und siebenmal nach links; dann folgte ein Klicken und er stieß die

Tür auf. Sonnenschein flutete in das kleine Haus. Michael und Emma blickten über eine weite blaue Wasserfläche. Die Sonne stand schon tief und blendete sie, aber nur der Eingang des Häuschens ließ die Strahlen ein. Die Fenster blieben dunkel.

»Hier entlang, Kinder.«

Michael warf noch einen Blick auf den Teufel von Castel del Monte. Er saß am Tisch und streichelte eine kleine Zeige, die an seinem Hosenbein knabberte.

»Dr. Algernon ...«

Der zottelhaarige Mann hob den Kopf und das Sonnenlicht aus einer anderen Welt erleuchtete zum ersten Mal seine Augen. Sie waren dunkelbraun und sehr traurig.

»Wir werden sie finden«, sagte Michael. Er wollte schon über die Schwelle treten, als ihn der Mann zurückrief.

»Warte.«

Hugo Algernon ging zu dem gerahmten Foto, das Michael bei seinem Eintritt betrachtet hatte, und löste es aus dem Rahmen.

»Hier«, sagte er und schob Michael das Foto in die Hände.

Michael schaute seinen Vater an – jung, lächelnd, voller Hoffnung. Er zog *Alles über Zwerge* aus seiner Tasche und steckte das Foto zwischen die Seiten. »Danke.«

Der Mann nickte und wandte sich ab. Michael trat durch die Tür.

Sie standen auf einer Klippe. Statt der Tür zu Dr. Algernons Häuschen befand sich hinter ihnen nun die Tür zu einem weiß getünchten Haus mit roten Holzläden. Vor den Fenstern hingen Kästen mit bunten Blumen, deren Duft sich mit dem salzigen Aroma des Meeres vermischte. Michael betrachtete die tief stehende Sonne. War es Sonnenaufgang oder Sonnenuntergang?

»Dr. Pym …«

»Wir sind in Galizien, im Westen Spaniens.« Der Zauberer steckte den goldenen Schlüssel in seine Jackentasche. »Dieses Haus gehört einem Freund von mir. Er ist nicht da, aber wir werden die Nacht hier verbringen und morgen nach Malpesa aufbrechen.«

»Wird Kate dort sein?«, fragte Emma. Michael spürte, dass sie sich Mühe gab, nicht zu hoffnungsvoll zu klingen, aber trotzdem verzweifelt hoffte, dass es so sein würde.

»Wir werden sehen, meine Liebe.«

Dr. Pym legte sanft seine Hand auf ihre Schulter und führte sie ins Haus.

Die Kinder saßen am Küchentisch, während Dr. Pym ihnen warme Milch machte und sie mit Geschichten von allerlei Merkwürdigkeiten unterhielt, die er auf seinen Reisen gesehen hatte.

Unter anderen Umständen hätte Michael alles in seinem Notizbuch aufgezeichnet, aber jetzt war ihm ganz und gar nicht danach.

Als es dunkelte, schaltete Dr. Pym die Lampe über dem Tisch an, und Michael schaute aus dem Fenster. Die Nacht senkte sich über das Land. Und plötzlich legte sich die Erschöpfung nach einem langen Tag, der in Baltimore begonnen hatte, als Kate und er vor dem Sturm weggelaufen waren, auf seine Schultern.

Michaels Kopf fühlte sich an, als sei er aus Stein, seine

Arme und Beine wogen tausend Pfund. Aber nachdem sie ihre Milch getrunken und die Gläser abgespült hatten, nachdem Emma Dr. Pym umarmt hatte und zu Bett gegangen war, blieb Michael trotzdem noch in der Küche.

»Ja, mein Junge?« Dr. Pym stopfte seine Pfeife. »Was hast du auf dem Herzen?«

»Wer war der Mann, der Dr. Algernon gezwungen hat, unsere Eltern zu verraten? Arbeitet er für den grässlichen Magnus?«

»Sein Name lautet Declan Rourke, und er ist in der Tat ein treuer Gefolgsmann des grässlichen Magnus, seine rechte Hand, wenn du so willst, und in meinen Augen ein sehr gefährliches und unberechenbares Individuum, dem man aus dem Weg gehen sollte.«

»Und Sie glauben, dass er unsere Eltern entführt hat?«

Dr. Pym hatte seine Pfeife angezündet und süßer Mandelduft zog durch die Küche.

»Ich denke schon. Ich glaube, sie folgten Dr. Algernons Hinweisen, und irgendwo auf dem Weg liefen sie Rourke in die Arme.« Traurig schüttelte er den Kopf. »Richard und Clare glaubten, dass sie die Bücher finden müssten, um euch zu beschützen. Alles andere – einschließlich ihrer eigenen Sicherheit – war zweitrangig.«

Michael nickte. Trotzdem machte er keine Anstalten, nach oben zu gehen. Er merkte, dass er den Riemen seiner Tasche in seinen Fingern verknotet hatte. Sein Zeigefinger war in den Knoten geraten und die Fingerspitze wurde langsam blau. Er zerrte ihn heraus und langsam begann das Blut wieder zu zirkulieren.

»Ist noch etwas, mein Junge?«

»Was stand in dem Brief, den Kate Ihnen geschickt hat? Wegen dem Sie nach Baltimore kamen.«

»Sie hatte einen Traum. Sie sah, wie ein Waisenhaus von der Armee des grässlichen Magnus angegriffen wurde. Sie erkannte eins der Waisenhäuser, in denen ihr gelebt hattet. Sie wusste, dass es nur eine Frage der Zeit war, bis sie euch finden würden. Warum fragst du?«

»Es ist nur, weil ... Sie nahm mir das Versprechen ab, mich um Emma zu kümmern. Ganz so, als ob sie wüsste, dass sie nicht mehr bei uns sein würde. Ich habe mich nur gefragt, ob sie so was in der Richtung geschrieben hat.«

»Das hat sie in der Tat.«

»Ehrlich?«

»Vor einigen Monaten schrieb sie mir von einem anderen Traum, den sie hatte. In diesem Traum hattest du ein Buch in den Armen, das sie nicht kannte. Emma war bei dir und ihr beide wart von Feuer umgeben.«

»Und Kate war nicht da?«

Der Zauberer schüttelte den Kopf.

Michael zögerte noch immer. Wieder fing er unbewusst an, mit dem Schulterriemen seiner Tasche zu spielen und ihn sich um die Finger zu winden.

»Ich weiß, was du mich in Wirklichkeit fragen willst.«

Michael schaute auf.

»Du willst wissen, was es mit der Prophezeiung auf sich hat, die Dr. Algernon erwähnt hat, in der es heißt, dass drei Kinder die Bücher zusammenbringen und ihr Schicksal erfüllen werden. Die Wahrheit ist, dass ich nicht weiß, worin dieses Schicksal besteht.«

»Aber Sie haben eine Ahnung, oder nicht?«

»Mag sein. Aber ich werde nicht darüber reden. Du musst verstehen: Die Magie der Bücher ist ohnegleichen. In den Büchern liegt die Macht, unser aller Existenz zu verändern, die Welt neu zu ordnen. Stell dir vor, die Bücher gelangten in die Hände jener, deren Herzen voller Hass und Wut sind. Mit einer solchen Macht hätte der grässliche Magnus alles Leben in seiner Hand. Das ist der Grund, warum unsere Aufgabe so wichtig ist. Und warum so vieles von dir abhängt.«

Michael sagte nichts. Er hatte den Eindruck, dass seine Brust von einem eisernen Band zerquetscht werden würde.

»Aber Katherine glaubt an dich und ich tue es auch. Und da ich weiß, dass ein anstrengender Tag vor uns liegt, möchte ich, dass du jetzt schlafen gehst.«

Als Michael ins Schlafzimmer kam, lag Emma schon im Bett. Das Licht war aus. Michael fand sich im Mondschein zurecht, wobei er sich Mühe gab, leise zu sein.

Da sprach Emma ihn in der Dunkelheit an.

»Michael?«

»Ja.«

»Glaubst du wirklich, dass Kate irgendwo in der Zukunft auf uns wartet?«

Michael holte tief Atem und überlegte, was Kate an seiner Stelle wohl sagen würde.

»Ja«, log er. »Das glaube ich.«

»Ich auch.«

Michael zog die Schuhe aus und kletterte ins Bett. Er stellte seine Tasche auf den Boden. Das Fenster stand offen und er hörte weit entfernt die Wellen gegen die Felsen branden.

»Michael?«

»Ja.«

»Lass mich nicht allein, ja?«

»Das werde ich nicht.«

Kurz darauf war Emma eingeschlafen. Aber obwohl er hundemüde war, lag Michael noch lange wach und beobachtete den Mond, der übers Meer wanderte. Er dachte an seine Eltern, die verschwunden waren, an Kate, die sich irgendwo in der Zeit verirrt hatte, und daran, dass jetzt alles von ihm abhing.

Ach Kate, dachte er, wo bist du?

KAPITEL 5

Rafe

»Nee, guck doch, sie bewegt sich. Die is nich tot.«

»Piks sie doch noch mal.«

Kate spürte, wie etwas sie in die Rippen stieß. Sie stöhnte und versuchte, dieses Etwas wegzuschieben.

»Siehste? Ich hab doch gesagt, die is nich tot.«

»Schade. Wir hätten fünf Dollar für sie gekriegt, wenn sie tot gewesen wär.«

»Hä? Wieso das denn?«

»Rafe sagt, dass man Leichen an die Doktoren verkaufen kann. Die geben einem fünf Doller für ’nen Kadaver.«

»Was machen die denn mit den Toten?«

»Die schneiden sie auf, um sich die Eingeweide und das alles angucken zu können.«

»Fünf Dollar? Echt?«

»Ja. Piks sie doch noch mal.«

Die Stimmen gehörten Kindern, wahrscheinlich Jungen.

Kate hielt es für das Beste, sie anzusprechen, bevor sie auf dumme Ideen kamen.

»Ich … ich bin nicht tot.«

Mühsam öffnete sie die Augen und stemmte sich in eine sitzende Position hoch. Ihr Kopf, nein, ihr ganzer Körper pochte vor Schmerz. Als ob sie einen Marathon gelaufen, in eine Prügelei geraten und dann systematisch einige Stunden lang durchgerüttelt worden wäre. Sie blickte sich um. Sie lag auf einem Holzboden. Die Luft war kalt, das Zimmer klein, und durch die winzigen, verdreckten Fenster drang nur wenig Licht. Zwei Jungen beugten sich über sie. Sie schätzte sie auf etwa zehn Jahre. Ihre Gesichter und Hände starrten vor Schmutz. Ihre Kleidung war zerrissen, geflickt, wieder zerrissen und erneut geflickt. Sie trugen Wollmützen. Einer von ihnen hatte einen Stock in der Hand.

»Ich bin nicht tot«, wiederholte Kate.

»Tja«, sagte der eine und konnte seine Enttäuschung nicht verhehlen, »sieht ganz so aus.«

»Wo bin ich?«

»Du liegst auf dem Boden.«

»Nein, ich meine, wo bin ich hier?«

»Wovon redest du? Du bist in der Bowery.«

Das Weiße in den Augen der Jungen leuchtete vor dem Hintergrund ihrer schmutzigen Gesichter.

»Die Bowery.« Der Name kam ihr irgendwie bekannt vor, aber sie wusste nicht, woher. »Wo ist das?«

»Jetzt mach aber mal halblang«, sagte der andere. Er lächelte; die fünf Dollar, die er für Kates Leiche hätte bekommen können, waren offenbar vergessen. »Du weißt nich, in welcher Stadt du bist? Du bist in New York.«

»In New York? Aber wie …?« Und dann fiel es ihr ein.

Sie erinnerte sich an den Sturm, der um das Waisenhaus wütete, und an den Kreischer, der durch das Turmfenster brach und sie am Arm packte. Sie erinnerte sich, dass sie – das erste Mal seit neun Monaten – die Macht des Buchs Emerald beschworen hatte, und an ihr Entsetzen, als seine Magie sie durchströmte.

Dann erinnerte sie sich, dass sie die Augen geöffnet hatte und sich an einem Strand unter gleißender Sonne wiedergefunden hatte, vor sich drei hölzerne Schiffe mit hohen Masten und weißen Segeln, die sich auf dem schimmernden tiefblauen Meer näherten. Der Schmerz in ihrem Arm verriet ihr, dass der Kreischer sie nicht losgelassen hatte. Ohne nachzudenken, rief sie die Magie ein zweites Mal an, und wieder durchströmte sie ihren Körper. Einen Moment später kämpfte sie mit der Kreatur auf der Zinne einer hohen Steinmauer. Es war Nacht. Flammen zuckten in den dunklen Himmel. Beißender Rauch drang in ihre Nase. Überall Geschrei – eine brennende Stadt. Und noch immer hatte die Kreatur ihren Arm gepackt. Kate war in Panik geraten. Ihr Plan funktionierte nicht. Sie merkte, wie sie schwächer wurde. Und dann rief sie die Magie ein drittes Mal an. *Bitte, hilf mir*, flehte sie stumm, und einen Augenblick später stand sie auf einem morastigen Feld unter grauem Himmel. Sie hörte immer noch Geschrei, und dann ein anderes Geräusch, wie das Surren eines Insektenschwarms, der dicht an ihrem Gesicht vorbeiflog. Und noch immer hielt der Kreischer sie fest. Und dann war da diese Explosion, das Gefühl, in die Luft gehoben zu werden …

Und danach erinnerte sie sich an nichts mehr.

Später wachte sie auf. Sie lag im Schlamm. Männer mit Gewehren liefen an ihr vorbei, die Münder aufgerissen. Sie schrien wohl, aber alles, was sie hörte, war das Klingeln in ihren Ohren. Der Kreischer lag ein paar Meter von ihr entfernt und zwischen ihnen das Buch Emerald. Dann rührte sich die Kreatur und kroch auf das Buch zu. Kate wusste, dass ihr Leben davon abhing, es als Erste zu erreichen. Sie wusste auch, dass die Kreatur näher dran war als sie. Und dann sah sie, wie das Ungeheuer von einer zweiten Explosion weggerissen wurde. Mit letzter Kraft hatte sie den Arm vorgestreckt und ihre Hand auf das Buch gelegt.

Kate sprang auf die Füße.

»Wo ist es?«

»Wo is was?«

»Mein Buch! Ich hatte ein Buch! Ein grünes Buch!«

Auf dem Boden lagen staubige Lumpen, verbeulte Blechdosen, Fetzen von vergilbten Zeitungen, feuchte und faulig riechende Jutesäcke. Kate wühlte sich durch die Haufen aus Unrat, warf Gegenstände von rechts nach links, sodass sich die beiden Jungen eilig zur Tür zurückzogen.

»Was habt ihr damit gemacht? Wo ist es?«

»Wir ham kein Buch!«, sagte der Junge mit dem Stock.

»Ja, was solln wir auch mit 'nem Buch?«, sagte der zweite, als ob die Vorstellung, ein Buch zu besitzen, so ziemlich das Dümmste war, was er je gehört hatte.

Ein niederschmetternder Gedanke schoss Kate durch den Kopf.

»Wie … wie lange bin ich schon hier?«

»Keine Ahnung.«

»Wann habt ihr mich gefunden? Es ist wichtig!«

»Vor ein paar Stunden«, sagte der zweite Junge. »Ich hab dich gefunden. Du hast einfach hier gelegen. Ich hab Jake geholt.« Er nickte dem Jungen mit dem Stock zu. »Wir ham gedacht, du bist tot. Dann hätten wir 'nen Karren geholt und dich zu 'nem Doktor von der Universität gebracht. Die fünf Dollar hätten wir gut gebrauchen können.«

Kate bekam keine Luft mehr. Sie schob sich zwischen den beiden Jungen hindurch und ging zur Tür. Bleiches Sonnenlicht blendete sie, als sie nach draußen trat, und sie hob den Arm, um ihre Augen zu schützend. Blinzelnd sah sie sich um. Sie stand auf einem Dach. Unter ihr erstreckte sich ein Labyrinth aus niedrigen Gebäuden, so weit das Auge reichte. Das Zimmer, in dem sie zu sich gekommen war, musste eine Art Speicher sein. Es war beißend kalt. Ihr Atem stand in kleinen Wölkchen vor ihrem Mund. Unter ihren Füßen knirschten Eis und Schnee. Kate war sommerlich gekleidet, und obwohl sie die Arme um ihren Körper schlang, drang ihr die Kälte bis in die Knochen.

Sie trat an den Rand des Dachs und schaute hinab. Das Gebäude war nur sechs Stockwerke hoch. Unter sich erkannte sie riesige Schneewehen, zwischen denen Menschen auf den Gehwegen wie durch hohe, nach oben hin offene Tunnel dahineilten. Auf den Straßen trotteten Pferde, die Karren und Kutschen zogen. Autos oder Busse waren nirgends zu sehen. Kate lauschte auf Motorengeräusche, auf Hupen und das Quietschen von Reifen, aber die Stadt war still. Sie schaute zum Horizont. Kein einziger Wolkenkratzer.

Ihr Herz schlug schneller und eine weitere Erinnerung kam ihr in den Sinn. Als Michael in der Vergangenheit geblieben war, gefangen von der bösen Gräfin, waren sie und

Emma zu ihm zurückgekehrt, um ihn zu retten. Sie waren gerade mal eine halbe Stunde in der Vergangenheit gewesen, als das Buch Emerald plötzlich verschwand. Die Gräfin hatte ihnen erklärt, wie das Buch Emerald, das in diese Zeit gehörte, seine Dominanz behauptete. Dass nur eine Kopie des Buches zur selben Zeit existieren durfte.

Der Junge hatte gesagt, er hätte sie vor ein paar Stunden gefunden. Das Buch Emerald aus der Zukunft war schon lange verschwunden.

Eine Hand packte sie am Arm, und sie wirbelte herum, weil sie einen Moment lang dachte, der Kreischer wäre zurückgekehrt. Es war einer der Jungen.

»Pass besser auf. Sonst fällst du noch runter.«

Kate trat von der Kante zurück. »Was für ein Datum ist heute?«

»Wir ham Dezember. Den Tag weiß ich nich.«

»Ich meine, was für ein Jahr?«

»Machst du Witze?«

»Sag's mir einfach.«

»Wir ham 1899«, sagte der andere Junge. »Wie kommt's, dass du das nich weißt?«

Kate gab keine Antwort. Sie schaute nur hinaus auf die schneeweißen Dächer der Stadt. Ihr war kalt, sie fühlte sich allein und sie war im Jahr 1899 gefangen. Wie sollte sie jemals wieder heimkommen?

Die Jungen, die auf die Namen Jake und Beetle hörten, erklärten ihr, dass sie nun, da sie ja – leider – mehr oder weniger am Leben war, ihnen folgen und mit einem gewissen Rafe reden müsse. Kate hatte keine Ahnung, wer dieser Rafe war, und auch nicht die Absicht, sich zu ihm schleppen zu lassen. Das sagte sie den beiden Jungen. Sie musste jetzt vor allen Dingen einen Weg finden, wie sie zu ihrem Bruder und ihrer Schwester zurückkehren konnte. Aber das sagte sie nicht.

»Wo geht's hier runter?«

»Du kannst nich einfach so weglaufen«, meinte Beetles. »Da draußen holst du dir den Tod.«

Da hatte er allerdings recht. Während er und sein Freund jeweils zwei Jacken übereinander trugen, darunter mehrere Hemden und eine dicke Wollhose – alle Kleidungsstücke waren mehrfach geflickt, aber nichtsdestotrotz warm –, hatte Kate nur alte Sandalen und ein ärmelloses Sommerkleid an. Schon jetzt zitterte sie vor Kälte. Außerdem, so bemerkte sie, klebte überall an ihr getrockneter Schlamm.

»Na schön. W…wo«, setzte sie mit klappernden Zähnen an, »w…wo bekomme ich einen Mantel her?«

»Drüben auf der Bowery.«

»Ich dachte, ich wäre in der Bowery.«

»Ich mein doch die Straße. Komm mit.«

Die Jungen brachten sie zur Feuerleiter, einem wackeligen, verrosteten Skelett, das notdürftig an der Seite des Gebäudes befestigt war. Die beiden sausten sorglos nach unten und brachten das Gerüst zum Erbeben. Kate eilte ihnen nach, wobei sie sicher war, dass sich das Gestänge jeden Moment aus der maroden Verankerung lösen und nach unten auf die Straße stürzen würde. Die Leiter endete etwa zweieinhalb Meter oberhalb des Erdbodens und die beiden Jungen hängten sich an die unterste Sprosse und ließen sich dann fallen. Sie landeten auf allen vieren. Kate wollte es ihnen gleichtun, aber als sie an der Sprosse hing, konnte sie einfach nicht loslassen.

»Mach schon!«, brüllten die Jungen. »Is gar nich tief! Mach schon!«

Sie stöhnte vor Schmerz, als ihre Füße auf die harten Steine trafen und der Schmerz durch ihre Fußgelenke schoss. Ihre Handgelenke brannten.

»Na endlich«, sagte Jake. »Ich dachte schon, du willst dir's da oben gemütlich machen.«

»Vielleicht 'nen Laden aufmachen oder so?«, ergänzte Beetles.

»Ja. Den Ich-hänge-in-der-Luft-und-hab-zu-viel-Schiss-um-loszulassen-Laden.«

»Sehr witzig«, versetzte Kate. »Zeigt ihr mir jetzt vielleicht, wo ich einen Mantel bekommen kann?«

Sie brachten sie zu der Straße, die Kate vom Dach des Gebäudes aus gesehen hatte. Ihre Füße sanken tief in die Schneewehen ein und die Eiskrusten zerkratzten ihre nackten Beine. Sie versuchte, die entgeisterten Blicke der Passanten zu ignorieren: ein Mädchen in einem dünnen Kleid, das den Leuten wohl wie ein Nachthemd vorkam, mitten im Winter … Sie folgte ihren beiden Führern durch eine kleine Gasse bis zu einer Straße, die breiter als die erste war und von Buden und Ständen flankiert wurde. Dunkel gekleidete Männer und Frauen drängten sich zwischen den Läden, während die Verkäufer auf der Straße standen und sie abzufangen versuchten, indem sie ihre Waren in den unterschiedlichsten Sprachen anpriesen.

»Das hier is die Bowery«, sagte Beetles. »Hier kriegst du 'nen Mantel.«

»Ich … ich habe kein Geld.«

Die beiden Jungen blieben stehen. Kate musste ebenfalls anhalten und fing sofort an, wie Espenlaub zu zittern.

»Haste was zum Tauschen?«, fragte Jake. »Was is mit dem Medaillon?«

Kates Hand fuhr zu ihrem Hals. Ihre vor Kälte tauben Finger fummelten an dem goldenen Medaillon herum. Ihre Mutter hatte es ihr gegeben, in jener Nacht, bevor ihre Eltern verschwanden.

»Das … das geht nicht.«

»Was dann?«

Aber Kate hatte nichts weiter bei sich. Das Medaillon ihrer Mutter war der einzige Gegenstand von Wert, den sie besaß. Und sie war am Erfrieren, wirklich und wahrhaftig am Erfrieren. Sie konnte die Passanten um Hilfe bitten, aber dann würde sie erklären müssen, wer sie war und woher sie kam …

»Die Kette ist aus Gold. Die kann ich eintauschen. Aber nicht das Medaillon.«

Die Jungen brachten Kate zu einem stummen alten Mann, der die Kette betrachtete, nickte und ihr einen schäbigen, mottenzerfressenen Mantel und eine Wollmütze gab. Dankbar zog sie beides an und kurz darauf zitterte sie schon nicht mehr ganz so stark.

»Also schön«, sagte Jake. »Wir helfen dir. Jetzt musst du mitkommen, zu Rafe.«

Erneut weigerte sich Kate.

»Das wird Rafe gar nich gefallen«, bemerkte Beetles.

»Es ist mir völlig egal, was Rafe gefällt und was nicht.«

Und damit wandte sie sich von den Buden und Ständen ab. Sie zitterte immer noch, denn es war wirklich sehr kalt, und Mantel und Hut waren ziemlich fadenscheinig. Aber sie hatte das Medaillon ihrer Mutter und sie würde nicht erfrieren. Das war die Hauptsache.

Die Frage ist jetzt, dachte sie, wie komme ich nach Hause?

Ihre Ausgabe der Chronik war verschwunden, weil das Buch bereits in dieser Zeit existierte. Kate wusste, wo diese Version des Buches Emerald war: weit im Norden, in den Bergen um Cambridge Falls, versteckt in einem Gewölbe unter der alten Zwergenstadt. Als ihr da oben auf dem Dach klar geworden war, was geschehen war, hatte sie zuerst daran gedacht, sich dorthin durchzuschlagen und das Buch an sich zu bringen. Aber diesen Plan hatte sie gleich wieder aufgegeben. Das Buch musste in dem Gewölbe bleiben, damit sie und Michael es in der Zukunft finden konnten. Es kam ihr komisch vor, dass sie sich um zukünftige Ereignisse sorgen musste, Ereignisse, die erst in hundert Jahren passieren würden – und die zugleich für sie bereits Vergangenheit waren. Aber das waren die Unwägbarkeiten der Zeitreisen. Und um die Wahrheit zu sagen, war Kate erleichtert, dass sie nicht noch einmal durch den langen, mit Wasser gefluteten Tunnel schwimmen musste, der zu dem Gewölbe führte. Beim letzten Mal hatte sie mitansehen müssen, wie ein Zwerg von einer grausigen Kreatur in die Tiefe gerissen wurde. Sie war wirklich nicht scharf darauf, dorthin zurückzukehren.

Ihre zweite Idee war, oberflächlich betrachtet, viel leichter umzusetzen. Sie konnte Dr. Pym aufsuchen und sich von ihm nach Hause schicken lassen. Die Gräfin hatte Kate ebenfalls ohne das Buch Emerald durch die Zeit reisen lassen; die Hexe hatte die Magie in Kate wachgerufen, die Macht der Chronik, die auch jetzt noch durch ihre Adern floss. Kate hegte keinen

Zweifel, dass Dr. Pym das Kunststück ebenfalls fertigbrachte. Aber wie sollte sie ihn finden? Ob die Zwerge helfen könnten? Laut Michael konnte ein Zwerg mehrere Hundert Jahre alt werden. War es möglich, dass Robbie McLaur schon am Leben war? Er konnte vielleicht mit dem Zauberer Kontakt aufnehmen. Und wieder einmal schien es Kate, als ob ihre einzige Hoffnung in Cambridge Falls läge. Aber es war eine mühselige Reise dorthin. Sie müsste mit dem Zug nach Westport fahren, jemanden finden, der sie auf die andere Seite des Sees brachte, und dann wartete der lange Weg in die Berge auf sie. Abgesehen davon brauchte sie Geld, um Fahrkarten und Essen zu kaufen, und Schuhe und Socken und einen Pullover und …

Nur mit Mühe kämpfte sie die Panik nieder. Eins nach dem anderen. Sie würde es schon schaffen.

Sie merkte, wie die Jungen neben sie traten, und als sie zur Seite schaute, sah sie, dass beide eine schwarze, dampfende Kartoffel von einer Hand in die andere warfen. Es sah aus, als würden sie mit der Kartoffel jonglieren. Dabei bliesen sie so lange darauf, bis die beiden Kartoffeln abgekühlt waren. Mit einer feierlichen Geste brachen die beiden Jungen die heiße Köstlichkeit auseinander und atmeten tief ein, als der Dampf zu ihren Gesichtern aufstieg.

»Willste auch was?«, fragte der Junge namens Jake.

Noch ehe sie antworten konnte, brach er seine Kartoffel in zwei Hälften und gab ihr eine davon. Die Schale war schwarz und verkohlt, aber das Innere war weich und mit einem gelblichen, weichen Fett bestrichen. Während sie aß, merkte Kate, dass ihr warm wurde, und sie war dem Jungen dankbar, der sein Essen mit ihr teilte. Sie nahm es den beiden Kindern nicht übel, dass sie ihre Leiche hatten verkaufen wollen. Sie waren arm und 1899 mussten fünf Dollar ein kleines Vermögen sein.

Das Trio bahnte sich einen Weg durch den überfüllten Markt, und Kate fragte sich, wer diese Jungen waren. Hatten sie Familien? Wohl kaum. Ihre Kleidungsstücke waren wahllos zusammengestückelt und ihre Gesichter viel zu schmutzig. Lebten sie vielleicht in einem Waisenhaus? Ebenfalls unwahrscheinlich. Kate wusste, wie solche Kinder aussahen. Selbst die rebellischen unter ihnen hatten etwas Gehetztes, das diesen Jungen fehlte. Wo also wohnten sie? Wer kümmerte sich um sie?

Sie kamen an eine Kreuzung. Ein spindeldünner dunkelhaariger Mann stand mitten in einer kleinen Gruppe von Menschen und redete laut in einer Sprache, die Kate nicht verstand. Er hatte einen langen schwarzen Bart, trug kein Hemd, und in seiner Hand hielt er eine brennende Fackel. Mit einem lauten Schrei strich sich der Mann die Fackel über seine bleiche, eingesunkene Brust, über seinen Arm und seinen Kopf, und plötzlich stand sein ganzer Oberkörper samt Kopf und Bart in Flammen.

Kate wollte schon schreien und um Hilfe rufen, als die Zuschauer anfingen zu klatschen. Der Applaus klang gedämpft, denn die meisten Passanten trugen Handschuhe. Und dann sah sie, dass die Haut des Mannes weder verbrannt noch verkohlt war – stattdessen grinste er. Was ging hier vor?

Dann hörte sie es: »Dracheneier! Echte Dracheneier! Züchten Sie Ihren eigenen Drachen!«

Eine rotgesichtige Frau mit zotteligen Haaren kam auf sie zu. Ihre Hände und Unterarme waren mit Brandnarben übersät. An ihrem Arm baumelte ein Korb, der mit trockenem Stroh ausgepolstert war, und darin lagen drei riesige Eier. Sie waren dunkelgrün und ledrig. Jedes war so groß wie eine Grapefruit, und von allen stieg Rauch auf.

»Dracheneier!«, rief die Frau und ging weiter die Straße entlang. »In drei Wochen schlüpfen die Kleinen! Wie wär's mit einem Drachen als Haustier?«

Kate drehte sich zu den Jungen um, die sich das Fett von den Fingern leckten und völlig unbeeindruckt schienen.

»Habt ihr das gesehen?«

»Was gesehen?«, fragte Jake.

»Was meinst du mit *was*? Den brennende Mann! Die Leute haben geklatscht! Und dann diese Frau, die die ... Eier verkauft.«

Der Junge zuckte mit den Schultern. »Der Mann is Yarkov. Der steckt sich ständig in Brand.«

»Und ich wette, das sind keine echten Dracheneier«, bemerkte Beetles. »Wahrscheinlich schlüpft'n Huhn raus oder so was.«

Kate war über ihre Reaktion so verblüfft, dass sie unwillkürlich einen Schritt zurücktrat, woraufhin sie von hinten grob angestoßen wurde.

»He! Pass doch auf, wo du hintrittst!«

Sie drehte sich um und sah eine gedrungene, bärtige Gestalt, die sie sofort als Zwerg erkannte. Er hatte über jede seiner Schultern eine tote Gans gehängt. Die langen Hälse der Vögel baumelten schlaff über seinen Rücken. Mit einer verächtlichen Bemerkung über trampelige Touristen marschierte der Zwerg davon. Die Gänseköpfe schlugen im Takt gegen seine Fersen.

»Das war ein Zwerg«, stieß Kate hervor.

»Klar war das'n Zwerg«, sagte Beetles, der sich jetzt die Zähne mit einem Holzspan säuberte. »Was soll's denn sonst gewesen sein?«

»Aber…«, stammelte Kate, »aber…«

Und dann endlich begriff sie. Sie erinnerte sich an den Tag, an dem sie und Emma mit Abraham am Feuer gesessen hatten. Der alte Hausmeister hatte ihnen erzählt, dass die magische Welt einmal ein Teil der normalen Welt gewesen war. Dann aber hatte sich die magische Welt von dem Rest gelöst und existierte nun im Verborgenen. Abraham hatte ihnen auch das Datum genannt, an dem diese Trennung vonstatten gegangen war: der erste Tag des 20. Jahrhunderts. Kate war im Dezember des Jahres 1899 gelandet. Das bedeutete…

»Es ist immer noch da«, sagte Kate. »Magie ist immer noch mitten unter uns.«

»Hier nich«, sagte Beetles und ruckte mit dem Kopf in die Richtung, in die der Zwerg gegangen war. »Zum magischen Viertel geht's da lang.«

»Zeig mir den Weg.«

Kurz darauf stand Kate am Anfang eines Wohnblocks. Die schlammige Straße war voll von notdürftig zusammengezimmerten Buden, Verkäufer priesen ihre Waren an, Kunden drängten sich wegen der Kälte geduckt vorbei. Dafür, dass es sich um eine Straße voller Magier und Zauberei handelte, sah alles ziemlich normal aus, fand Kate. Dann bemerkte sie, dass eins der Gebäude, ein rötliches Haus mit einem breiten Schaufenster im Erdgeschoss, mit jedem Gebäude, das jeweils rechts von ihm stand, die Plätze tauschte, was zur Folge hatte, dass sich das rote Haus langsam die Straße hinauf bewegte.

Und Kate sah ein anderes Haus erschauern, wenn eine Windböe es erfasste, und die Fenster eines dritten Hauses zwinkerten ihr ständig zu – was Kate ganz und gar nicht behagte.

Und zwischen den normal aussehenden Männern und Frauen schlenderten Zwerge durch die Straße. Sie rauchten ihre langen Pfeifen und niemand nahm Notiz von ihnen. Es gab noch andere Kreaturen, die kleiner waren als Zwerge. Sie hatten keine Bärte, trugen aber Fellmützen. Sie standen in kleinen Grüppchen zusammen und diskutierten, wobei sie ständig mit ihren dünnen Fingerchen aufeinander zeigten. Kate betrachtete sie voller Faszination, bis eine Frau mit einem Korb an ihr vorbeiging und ihre Aufmerksamkeit auf sich zog. Das Gesicht der Frau war lieb, wie das einer freundlichen Großmutter, und Kate wollte sie schon anlächeln. Doch dann sah sie, dass sich der Inhalt des Korbs bewegte: Er war bis zum Rand mit sich windenden Schlangen angefüllt.

»Komm weiter«, sagten Jake und Beetles. Sie nahmen sie rechts und links am Arm und führten sie von den Schlangen weg.

An der ersten Bude wurden Perücken aus Feenhaar verkauft, und zwar in verschiedenen Farben: Gold und Silber, Schneeweiß und ein außerordentlich schreiendes Pink. Am Stand daneben gab es Mittelchen, mit denen man Flüche rückgängig machen konnte, direkt danach folgte einer, wo man welche kaufen konnte – für Warzen, Furunkel, Hexenschuss … Es gab drei oder vier Stände, in denen Wahrsager ihre Kunst feilboten. Eine Hellseherin war in Kates Alter und betrachtete sie aufmerksam, als sie vorbeiging. An einer Ecke wurden Kröten verkauft – von einem Mann, der selbst wie eine aussah und seine Waren mit einer tiefen, krächzenden Stimme ausrief.

Vor einem großen Zelt hämmerten vier schwitzende Zwerge mit nackten Oberkörpern rhythmisch auf Ambossen. Es war ein mächtiges Geklirre und Gehämmer, während ein fünfter Zwerg am Blasebalg stand und das Feuer der Schmiede so anfachte, dass Kate doch tatsächlich ihren Mantel aufknöpfte. In einem anderen Zelt gab es Eier – nicht nur Dracheneier, sondern auch Einhorneier, Greifeneier, Mantikoreier und welche von Wesen, von denen Kate noch nie etwas gehört hatte. Aus einem Zelt, dessen Eingang mit einem schweren Tuch verhängt war, quoll dicker grüner Rauch hervor und breitete sich gallertartig auf den Pflastersteinen aus. Kate folgte dem Beispiel der beiden Jungen und stieg vorsichtig über die Rauchtentakel hinweg. An einem weiteren Stand standen Tausende mit Korken verschlossene Glasflaschen, und die Jungen erklärten, dass man hier Wandelzauber kaufen konnte. Damit konnte man sein Äußeres verändern, und viele der allzu auffälligen aussehenden magischen Kreaturen bedienten sich ihrer, wenn sie unter Menschen waren. Als Kate und ihre Begleiter vorbeigingen, trank gerade ein hochgewachsener, dünner Mann, dessen Haut mit grünen, schimmernden Fischschuppen überzogen war, eine Phiole leer und verwandelte sich in einen gedrungenen, korpulenten Mann mit braunen Haaren. Und dann war da noch die Bude mit den aufgestapelten Holzkisten und dem Schild, auf dem stand: »Alles, was beißt.« Als sie zum dritten Mal an diesem Stand vorbeikamen, obwohl sie immer nur geradeaus gegangen waren, erklärten ihr die Jungen, dass einige Verkäufer diesen Trick anwandten: Sie ließen den eigenen Stand immer wieder vor den Kunden auftauchen. Schließlich gab es noch Zelte, in denen Männer und Frauen in dunklen Umhängen und mit seltsamen Tätowierungen auf Gesicht und Händen sich eng aneinandergekauert über brodelnde schwarze Kessel beugten, aus denen es nach toten Fischen, verbrannten Haaren und Erbrochenem roch. Um diese Zelte machte Kate einen großen Bogen.

Die Straße beschrieb eine Kurve und wurde allmählich schmaler und dunkler. Beetles zupfte Kate am Ärmel.

»Wir sollten umkehren.«

»Warum? Da gibt es doch noch mehr …«

»Hier is Gnom-Land. Hier is es nich mehr sicher.«

»Wer sind die Gnome?«, fragte Kate.

»Die Gnome sind die Gnome. Das is die Bande, die diesen Teil der Bowery kontrolliert. Die sind erst seit'n paar Monaten hier, aber sie sind echt böse.«

»Echt böse«, wiederholte Jake.

»Wir sollten umkehren und zu Rafe gehen.«

»Ja, keine Mätzchen mehr. Rafe will bestimmt mit dir reden.«

Kate gab keine Antwort. Ein Gedanke hatte sich in ihrem Kopf festgesetzt: Konnte womöglich jeder Zauberer oder jede Hexe sie durch die Zeit nach Hause schicken? Vielleicht musste sie gar nicht zu Dr. Pym. Vielleicht war es nicht nötig, nach Cambridge Falls zu fahren. Ihr Blick fiel auf eine Frau mit einem dunkelgrünen Schultertuch, die vor einem Zelt saß, dessen Inneres hinter einer Abdeckung aus Segeltuch verborgen war. Sie hatte braune Haare mit silbrigen Strähnen darin, und in ihren Augen lag ein sanfter Ausdruck, der Kate Vertrauen einflößte. Sie entwand sich dem Griff der Jungen und ging zu der Frau.

»Entschuldigen Sie.«

Die Frau schaute auf. »Ja?«

»Ich bitte um Verzeihung«, sagte Kate zögernd, »aber … sind Sie eine … Hexe?«

»Das bin ich. Brauchst du Hilfe?«

»Ja. Bitte.«

»Nun, dann tritt ein. Mal sehen, was ich für dich tun kann.«

Die Frau stand auf und lüftete einladend die Zeltabdeckung. Kate zauderte kurz und fragte sich, ob sie unklug handelte. Aber der Zweifel verflog so rasch, wie er gekommen war. Die Reise nach Cambridge Falls war lang und beschwerlich, und diese Frau war hier, direkt vor ihr.

Die Frau lächelte, als ob sie Kates Gedanken lesen könnte. »Ich verspreche dir, mein Kind: Ich beiße nicht.«

Kate nickte und trat in das Zelt. Sie schaute hinter sich und sah, dass Jake und Beetles hektisch gestikulierten, sie solle zurückkommen. Dann ließ die Frau die Abdeckung über den Eingang fallen und die beiden Jungen waren verschwunden.

»Erst einmal das Wichtigste: Möchtest du Tee? Du siehst halb erfroren aus. Setz dich; hinter dir steht ein Stuhl.«

Zu Kates Überraschung war es im Inneren des Zeltes warm und gemütlich. Drei oder vier übereinander liegende Teppiche hielten die Kälte des Pflasters ab. Ein bulliger schwarzer Ofen, dessen Rohr hinauf durch das Zeltdach nach draußen führte, sorgte für angenehme Wärme. Gegenüber des Sessels, in dem sich Kate niedergelassen hatte, stand ein weiterer, und daneben eine hölzerne Anrichte, aus der die Frau einen kleinen irdenen Krug holte. Sie öffnete ihn, zog eine Handvoll grünschwarzer Blätter heraus und ließ sie in einen Topf rieseln, der auf dem Ofen stand. Kurz darauf erfüllte der Duft nach Pfefferminze das Zelt.

»Herrlich«, sagte die Frau. »Das erinnert mich immer an Weihnachten.«

»Ich habe kein Geld«, begann Kate. »Ich weiß nicht, wie ich Sie bezahlen …«

Die Frau winkte ab. »Darüber machen wir uns später Gedanken. Was hast du für Kummer? Geht es um einen Jungen? Ich bin berühmt für meine Liebeszauber.«

»Nein, es ist kein Junge.«

»Ärger mit deinen Eltern? Du wünschst dir mehr Verständnis? Rück doch ein bisschen näher an den Ofen, meine Liebe.«

Kate gehorchte. Ihre Zehen tauten auf und schmerzten, als das Gefühl in sie zurückkehrte.

»Es … geht nicht um meine Eltern.«

»Dann vielleicht ein Schönheitszauber? Obwohl ich nicht glaube, dass ich dich noch hübscher machen könnte.« Sie reichte Kate eine Tasse mit dampfend heißem Tee. »Trink das.«

»Ich muss in die Zukunft reisen.«

Die Frau erstarrte und schaute sie an. Sie gab sich keine Mühe, ihre Überraschung zu verbergen.

»Diesen Wunsch hört man nicht alle Tage. Und warum möchtest du das?«

»Weil … ich dort herkomme. Ich bin nur durch einen Zufall hier gelandet.«

Die Frau setzte sich in den anderen Sessel. Es war so eng in dem Zelt, dass sich ihre Knie und die von Kate berührten. Die Augen der Frau waren tiefblau und freundlich.

»Mein Kind, ich glaube, es ist besser, wenn du mir alles der Reihe nach erzählst.«

Kate schaute nach unten in den unberührten Tee. »Das ist kompliziert. Ich … darf Ihnen nicht alles erzählen. Aber die Magie, die mich hierher brachte, ist zum Teil noch in mir drin. Sie können sie benutzen, um mich nach Hause zu schicken. Das hat schon einmal jemand gemacht. Sie …«

»Was ist los mit dir, Kind?«

Kate begann, sich unbehaglich zu fühlen. Sie fing an zu schwitzen. Es war so eng hier …

»Nichts. Alles in Ordnung. Können Sie mir helfen?«

»Nun, ich will nicht so tun, als sei ich die mächtigste Hexe der Welt. Aber es ist tatsächlich Magie in dir. Ich habe es gleich gespürt, als du hereingekommen bist.«

»Also schicken Sie mich zurück?«

Kate hörte selbst, wie verzweifelt sie klang. Und sie hatte nicht die Wahrheit gesagt: Etwas stimmte nicht. Sie sah plötzlich alles verschwommen. Das Gesicht der Frau vor ihr war nur noch ein Schemen.

»Geht es dir gut? Gib mir das, bevor du es fallen lässt.«

Die Tasse wurde ihr aus der Hand genommen. Kate wollte aufstehen. Sie musste raus hier. Sie brauchte frische Luft, um wieder klar denken zu können.

»Wo willst du hin, Kind?«

»Ich will nur … ich muss …«

Und dann fiel sie nach vorne in eine bodenlose Dunkelheit.

Als sie erwachte, hörte sie Stimmen, und einen Moment lang glaubte sie, wieder mit Jake und Beetles auf dem Dach zu sein. Aber dies waren keine Kinderstimmen. Sie klangen rau und kehlig und als ob jedes Wort ihnen Mühe bereiten würde. Dann hörte sie die Stimme der Hexe.

»Versucht nicht, mich aufs Kreuz zu legen. Sie ist etwas Besonderes.«

Kate schlug die Augen auf. Sie lag am Boden, Wange und Stirn ruhten auf einem der Teppiche. Ihre Gedanken waren vernebelt. Die Hexe hatte sie betäubt. Etwas war in dem Tee gewesen. Wie lange mochte sie bewusstlos gewesen sein? Neben den Eisenfüßen des Ofens sah sie zwei Paar schmutzige Stiefel.

»Wir ham noch nie hundert Dollar gezahlt. Das weißte doch.«

Die Stimme klang wie die eines wilden Tieres, das man sprechen gelehrt hatte. Jedes Wort glich einem Knurren. Kate musste weg hier. Sie betete, dass niemand auf sie achtete, und robbte auf den Eingang zu.

»Ich sage es euch«, beharrte die Hexe, »diese hier steckt voller Magie. Und es ist mächtige Magie. Mächtiger als alles, was mir je untergekommen ist. Er will sie haben, ganz bestimmt. Glaubt mir: Er will sie haben.«

»Siebzig Dollar.«

»Einhundert. Und wenn er meint, dass sie es nicht wert ist, bekommt er sein Geld zurück.«

»Die Leute sagen ganz verrückte Sachen«, grollte die raue Stimme. »Alle versuchen noch abzustauben, was sie kriegen können, vor der großen Trennung.«

»Das hat nichts damit zu tun. Hundert Dollar ist fair.«

»Gut. Aber wenn er nich zufrieden is, kommen wir wieder.«

Kate wusste, dass ihr die Zeit davonlief. Sie musste es

wagen. Sie versuchte, sich hochzustemmen, aber ihre Arme gaben unter ihr nach. Sie war zu schwach. Zu schwach, um zu fliehen. Zu schwach, um zu kämpfen. Ledrige Hände mit scharfen Fingernägeln griffen sie unter die Schultern und hievten sie auf die Füße. Kate sah, wie die Hexe ein Geldbündel abzählte.

»Bitte …«

Die Hexe lächelte. Ihre Augen waren noch genauso sanft wie vorhin. »Du hättest um einen Liebeszauber bitten sollen, Kindchen.«

Kate wurde an der Rückseite des Zeltes ins Freie gezerrt, mitten hinein in die Menschenmenge. Unglücklicherweise half ihr die frische Luft nicht dabei, wieder einen klaren Kopf zu bekommen. Sie versuchte, die Aufmerksamkeit der Passanten zu erregen.

»Bitte … helfen Sie mir …«

»Sei still«, knurrte einer ihrer Wächter. »Keiner kümmert sich um dich.«

Und das schien tatsächlich die Wahrheit zu sein. Denn während die beiden das taumelnde Mädchen durch die Menge zerrten, schauten die Menschen hier und da auf, um nachzusehen, was da vor sich ging, und wandten dann den Blick schnell ab. Kate konnte es ihnen nicht verdenken, denn jetzt, im hellen Tageslicht, konnte sie ihre Kidnapper in voller Größe sehen. Oberflächlich betrachtet, sahen sie aus wie gedrungene, kräftige Männer in dunklen Anzügen und Mänteln, die runden Hüte tief ins Gesicht gezogen. Aber es waren keine Männer. Ihre Haut war die von Tieren, rau, dick und narbig. Ihre Nägel waren lang und scharf, wie Krallen. Die Koteletten an den Seiten ihrer Gesichter bestanden aus abstehenden borstigen Haaren, und ihr Unterkiefer war stark nach vorne gewölbt, wodurch zwei kurze, gelbe Reißzähne sichtbar wurden. Nein, das waren keine Männer. Aber was genau waren sie? Und was hatten sie mit ihr vor?

»Wohin … wohin bringen Sie mich?«

»Zum Boss. Jetzt halt die Klappe oder wir reißen dir die Zunge raus.«

Sie zerrten sie durch eine schmale Gasse. Hier war es dunkel und menschenleer. Die Geräusche der breiten Straße verklangen hinter ihr. Kate wusste nicht, wann sie angefangen hatte zu schluchzen. Es wurde ihr nur mit einem Mal bewusst, dass sie am ganzen Leib zitterte und nicht die Kälte war der Grund dafür. Was ging hier vor? Was würde mit ihr geschehen? Und mit Michael und Emma? Mit ihren Eltern? Wie hatte sie nur so dumm sein können? Warum war sie nicht einfach nach Cambridge Falls zu Dr. Pym gegangen? Sie hatte alle, die sie liebte, dem Untergang preisgegeben!

Zu allem Überfluss überrollte die Wirkung des Giftes, das ihr die Hexe verabreicht hatte, ihren Körper erneut. Kates Arme und Beine wurden schwer und gefühllos. Sie blieb stehen, aber ihre Entführer schleppten sie einfach mit, zogen und zerrten sie vorwärts, sodass ihre Füße über das Pflaster schleiften. Ihr war klar, dass sie nicht viel länger bei Bewusstsein bleiben konnte. Ihr fehlte die Kraft, um dagegen anzukämpfen.

Dann hörte sie, wie etwas durch die Luft sauste. Es gab einen dumpfen Aufprall und der Kidnapper links von Kate grunzte und ging zu Boden. Aus seinem Griff entlassen, taumelte auch Kate. Sie drehte sich um und sah, wie sich die andere Kreatur knurrend im Kreis drehte, ein Messer in der

Hand. Zu spät bemerkte der zweite Entführer die Schnur, die sich um seinen Hals gelegt hatte, und als von oben eine Gestalt heruntergesprungen kam, zog sich die Schnur straff zusammen, sodass die Kreatur gezwungen war, sich auf die Zehenspitzen zu stellen, um nicht erdrosselt zu werden. Die Schnur war um die unterste Sprosse einer Feuerleiter gelegt, und die Gestalt, die von oben herabgesprungen war, nahm jetzt das Ende und band es an einem Regenrohr fest, das aus einer Hauswand ragte. Kates Entführer blieb nichts anderes übrig, als auf Zehenspitzen tänzelnd zu versuchen, die Schnur an seinem Hals abzustreifen.

Derjenige, der ihr aus heiterem Himmel zu Hilfe kam, war ein Junge. Er schien in Kates Alter zu sein, vielleicht etwas älter. Er hatte strubbeliges schwarzes Haar, bleiche Haut und eine Nase, die mindestens einmal gebrochen gewesen war. Angesichts der Kälte war er dünn gekleidet, aber es wirkte nicht so aus, als ob er fror. Kate sah zu, wie er zu der am Boden liegenden Kreatur ging und ihr das Messer aus dem Rücken zog. Er wischte die Klinge an dem schwarzen Mantel des Toten ab und schob sie dann wieder in die Scheide an seiner Hüfte. Dann verpasste der Junge der knurrenden Kreatur, die immer noch mit der Schnur kämpfte, einen Tritt, der dafür sorgte, dass sie quer durch die Gasse taumelte. Schließlich schaute er zu Kate, die sich während der ganzen Zeit nicht gerührt hatte. So verblüfft sie von seinem plötzlichen Auftauchen gewesen war, so fassungslos schien der Jungen bei ihrem Anblick zu sein. Er erstarrte und riss die Augen auf.

»D…du?«, stammelte er.

Kate wusste nicht, was sie sagen sollte. Sie hatte den Jungen noch nie in ihrem Leben gesehen.

Er zog sie auf die Füße.

»Wir müssen hier weg. Es werden bald noch mehr Gnome hier sein. Kannst du laufen?«

»Wer … bist du?«

»Ich heiße Rafe.«

Der Name hallte in dem dunklen Nebel in ihrem Kopf wider.

»Die beiden Jungen …«

»Ja, sie haben mich geholt.«

»Woher … woher kennst du … mich?«

Sie eilten durch die Straße. Kate stützte sich auf ihn. Sie fühlte, wie sie abglitt. Und als sich die Dunkelheit über sie senkte, hörte sie ihn sagen: »Spielt keine Rolle. Du hättest nicht herkommen sollen …«

KAPITEL 6

Malpesa

»Zurück!«

»Wäre es nicht besser wegzulaufen?«

»Nein!«

»Aber …«

»Dann denkt er, ihr seid seine Beute!«

Dieses Argument überzeugte Michael, und er drückte sich fest in die Nische, die Schulter eng an Emma gepresst. Er hörte das langsame *Wumm-Wumm-Wumm* der Schritte, die sich näherten, und bei jedem *Wumm* rieselte Staub von den Steinsäulen des Gangs. Seine Zuversicht wankte.

»Sind Sie sicher …?«

»Ruhe!«, zischte ihm Emma zu.

»Genau«, befahl auch der Zauberer.

Ehe sie das Haus auf den Klippen in Spanien verlassen hatten, hatte Dr. Pym gewarnt: »Denkt daran – Malpesa ist eine Stadt, in der die Menschen Seite an Seite mit Zwergen und Elfen leben, mit dem Meervolk, Hexen und Zauberern, nicht ganz stubenreinen Trollen …«

»Trolle!«, rief Michael aus und bemühte sich, nicht allzu erschrocken zu klingen. »Aber Trolle fressen doch … Kinder, oder?«

»Nun«, erklärte der Zauberer, »es stimmt schon, dass Trolle eine gewisse Vorliebe für Kinder an den Tag legen, aber die Chancen, dass wir einem über den Weg laufen, sind so astronomisch gering, dass ich die ganze Sache eigentlich gar nicht hätte erwähnen sollen. Denkt einfach nicht mehr daran.«

Astronomisch gering, dachte Michael, als die Erde erzitterte und die Kreatur in Sicht kam. Na klar.

Der Troll war so groß wie ein ausgewachsenes Mammut, und verfügte über eine Art Elefantenhaut – grau, faltig und lose am Körper hängend – aber nicht annähernd über die Intelligenz eines Dickhäuters. Im Gegenteil: Michael hatte noch nie ein Lebewesen gesehen, das eine derartige Dummheit an den Tag legte. Der Troll, der da angestapft kam, war damit beschäftigt, eines seiner riesigen Ohren mit einer Gartenharke zu säubern, wobei er neben enormen Klumpen Ohrenwachs auch grünlich schimmernde Brotkrusten, eine zerbrochene Teekanne und eine perplex dreinschauende Seemöwe herauskratzte.

»Wir haben Glück«, sagte Dr. Pym, nachdem der Troll mit donnernden Schritten an ihnen vorüber war. »Wenigstens war er bekleidet.«

Sehr zum Ärger der Kinder hatten sie den ganzen Tag in dem Haus an der spanischen Küste verbracht. Dr. Pym hatte ihnen erklärt, dass es in Malpesa vor Spionen des grässlichen Magnus nur so wimmelte und sie es nicht riskieren konnten, die Stadt bei Tag zu betreten. Die Kinder hatten behauptet, dass sie sich um die Gefahr nicht scheren würden und sie Kate und ihre Eltern so schnell wie möglich finden wollten. »Das mag wohl sein«, hatte der Zauberer erwidert, »doch ich habe meine Gründe, warum wir bis zur Dunkelheit warten.« Weitere Erklärungen hatte er verweigert und zu guter Letzt hatten Michael und Emma den Tag damit verbracht, lustlos die Klippen und den nahe gelegenen Strand zu erkunden, während die Sonne wie eine Schnecke ihre Bahn am Firmament zog.

Der Zauberer war den ganzen Nachmittag lang fort gewesen. Nach Einbruch der Dunkelheit kehrte er zurück, beladen mit dicken Hosen und Hemden, Pullovern, Mänteln, Wollsocken und Stiefeln, die den Kindern überraschend gut passten. »Es ist immer noch Winter in Südamerika«, sagte er. »Wir müssen uns dementsprechend kleiden.«

Mit Hilfe des goldenen Schlüssels und nach einer letzten Warnung, dass die Kinder seine Anweisungen genau befolgen müssten, hatte Dr. Pym sie durch die Küchentür in ein anderes Land geführt.

Und es war keine Minute vergangen, da begegneten sie dem Troll.

Während nun die Schritte des riesigen Wesens verklangen, forderte der Zauberer die Kinder auf, ihm zu folgen und bog in eine schmale Gasse ein.

Michael zögerte.

Die Sonne war schon gesunken, aber es war immer noch hell genug. Was er sah, war eine Stadt aus der Kolonialzeit. Die Straßen waren gepflastert und von drei- oder vierstöckigen Häusern mit rot gedeckten Dächern und ausgedehnten Arkaden gesäumt. Über das Nest aus Häusern erhob sich ein halbes Dutzend Türme. Links von Michael führte die Straße zu einem Hafen, wo etliche Fischerboote vertäut lagen. Ihre schwarzen Netze waren zum Trocknen an die Masten gehängt worden, was den Schiffen ein geisterhaftes wie auch elegantes Aussehen verlieh. Sie wirkten ein bisschen wie eine Gruppe trauernder Witwen. Neben den Booten lagen Wasserflugzeuge, die sanft auf den Wellen schaukelten. Dahinter erstreckte sich die blauschwarze Fläche des Meeres. Als Michael den Kopf in die andere Richtung drehte, sah er, dass die Stadt von hohen Bergen eingefasst war, deren Hänge schneebedeckt waren und deren Gipfel bis in die Wolken ragten.

Er war wie verzaubert: würdevolle alte Gebäude, eine herrliche Umgebung, und wenn man aus der Haustür trat, konnte man jederzeit einem Zauberer begegnen. Oder einem Zwerg!

Den Troll und seine Angst vor dem riesigen Monstrum hatte Michael bereits vergessen.

Ich bin zu spät geboren worden, dachte er und gestattete sich einen melancholischen Seufzer.

»Michael!«, hallte Dr. Pyms Stimme die Gasse hinunter. »Bitte nicht trödeln!«

Der Zauberer führte sie durch eine Reihe verwinkelter Sträßchen. Die Pflastersteine waren hier und da mit Eis überzogen. Sie kamen an Restaurants und Ladengeschäften vorbei – Lebensmittelläden, Bekleidungsgeschäfte, Kaufhäuser –, wie man sie in jeder beliebigen Stadt der Welt fand, und daneben gab es Gasthäuser, an denen Schilder mit der Aufschrift »Wir haben Zwergenbetten!« hingen, und Läden, die Zaubersprüche für Seefahrer verkauften – Schutzzauber gegen Ertrinken und Beschwörungen für gutes Wetter, sogar ein Trank, der einen befähigte, mit Walen zu sprechen.

Sie sahen dick eingemummte Männer und Frauen, die durch die Geschäfte schlenderten, und Zwerge, gekleidet in schwere dunkle Mäntel und Wollmützen mit langen Troddeln, die seelenruhig ihre Tonpfeifen schmauchten.

Sie gingen über unzählige Kanäle überspannende Brücken. Es waren so viele, dass es den Anschein hatte, die Stadt läge nicht auf dem Land, sondern mitten im Meer. Die meisten Kanäle waren nur wenige Meter breit, aber plötzlich weitete sich die Straße und gab den Blick frei auf einen breiten Strom, gesäumt von stattlichen, mit Säulen geschmückten Gebäuden, von denen viele schon bessere Tage gesehen hatten. Die Nacht hatte sich über Malpesa gesenkt und die Lichter spiegelten sich im dunklen Wasser wider. Männer fuhren auf schmalen schwarzen Booten über den Kanal und riefen einander zu. Ihre Stimmen warfen ein Echo, während sie unter den Steinbrücken hindurchsteuerten.

»Hier sieht es aus wie in Venedig«, bemerkte Dr. Pym. »Nur dass es keine Touristen gibt.«

»Dafür gibt es Trolle«, brummte Emma.

»Na, wenn ich die Wahl hätte, würde ich Trolle jederzeit vorziehen.«

»Dr. Pym«, setzte Michael an, »können Sie uns sagen, wohin wir gehen?«

»Das wirst du schon bald sehen, mein Junge.«

Und dann marschierte er mit seinen schnellen, langen Schritten weiter.

Die Kinder wussten, dass sie hier waren, um nach der Karte zu suchen, von der in Hugo Algernons Brief die Rede war, diejenige, der auch ihre Eltern vor zehn Jahren auf der Spur gewesen waren. Es blieb ihnen auch nicht verborgen, dass Dr.

Pym eine Idee hatte, wo sie suchen sollten, aber bislang hatte der Zauberer über das Ziel ihrer Reise geschwiegen.

»Wenn ich euch sagen würde, wohin wir gehen«, hatte er noch in dem kleinen Klippenhaus in Spanien gesagt, »würde ich euch damit nur beunruhigen.«

Als ob diese Ankündigung allein nicht schon reichen würde, um uns Angst zu machen, dachte Michael.

Sie eilten weiter, durch ein Labyrinth aus Straßen, über eine Brücke nach der anderen, und während sie so gingen, warf Michael Emma einen verstohlenen Blick zu. Heute Morgen nach dem Frühstück hatte er seine neue Autorität als ältester Wibberly zu untermauern versucht. Er wollte die Sache klären, bevor sie »zu ihrer Mission aufbrachen«, wie er sich ausdrückte, weil – so meinte er – ihr Überleben davon abhing, dass Emma seinen Anordnungen widerspruchslos folgte.

»Wir sind beide zwölf Jahre alt«, sagte sie.

»Ja, schon. Aber nur noch drei Tage. Ich bin ja eigentlich schon dreizehn.«

»Bis dahin sind wir gleichberechtigt.«

»Aber Kate hat mir die Verantwortung übertragen, weißt du noch? In Miss Crumleys Büro, da hat sie gesagt: *Pass auf Emma auf.*«

»Wahrscheinlich, weil ihr Blick zuerst auf dich fiel. Wenn sie mich angesehen hätte, hätte sie vermutlich gesagt: *Emma, pass auf Michael auf. Er kommt nicht ohne dich zurecht.*«

»Das bezweifle ich.«

»Ach, ist ja auch egal.« Emma tätschelte seinen Arm. »Ich passe trotzdem auf dich auf.«

Dann war sie fortgegangen und hatte Kiesel ins Meer geworfen. Und damit war die Sache erledigt gewesen.

»Wir sind da«, sagte Dr. Pym jetzt.

Sie kamen aus einer der zahlreichen Gassen und standen an einem Kai. Vor ihnen erstreckte sich die schier endlose schwarze Wasserfläche. Michael hatte das Gefühl, an eine Grenze gelangt zu sein. Hinter ihnen lag Malpesa mit all den Lichtern und dem Lärm, aber vor ihnen war nur Dunkelheit. Das einzige Geräusch war das sanfte Klatschen der Wellen gegen den steinernen Kai.

»Uns bleiben noch ein paar Minuten«, sagte Dr. Pym. »Die Brücke wird nicht erscheinen, bis die Nacht endgültig hereingebrochen ist.«

»Was für eine Brücke?«, fragte Michael.

»Das wirst du schon sehen, mein Junge. Aber da das wohl unser letzter ruhiger Moment für heute sein wird, wollte ich die Gelegenheit nutzen, und dir etwas geben.«

Mit diesen Worten zog der Zauberer einen Gegenstand aus der Tasche, er hatte die Form und die Größe einer Murmel und bestand aus milchigem, blaugrauem Glas. Ein dünner Draht verlief durch die Murmel und war an einem Lederband befestigt, als ob der Besitzer sie wie einen Anhänger um den Hals tragen sollte.

»Dies erreichte mich vor ein paar Wochen in meinem Haus in Cambridge Falls. Es war keine Nachricht beigefügt, aber auf dem Umschlag stand: »Für den ältesten Wibberly.«

»Und wer hat es geschickt?«, fragte Emma.

»Das, meine Liebe, ist eine gute Frage. Wer weiß davon, dass ihr drei in Cambridge Falls wart? Zuerst fallen mir da der grässliche Magnus und seine Gefolgsleute ein. Aber so etwas Seltsames sieht ihm eigentlich nicht ähnlich. Eine andere Möglichkeit, und das ist nur eine von vielen, wäre –«

»Unsere Eltern«, sagte Michael. Den Absonderlichkeiten der Zeitreise war es zu verdanken, dass ihr Abenteuer in Cambridge Falls stattgefunden hatte, bevor sie überhaupt geboren worden waren, und Dr. Pym hatte ihren Eltern erzählt, was geschehen war – oder besser: was geschehen würde. »Glauben Sie, es ist von unseren Eltern?«

»Ich weiß es nicht. Das ist ja einer der Gründe, warum ich mir Sorgen mache.«

»Und der andere Grund?«

»Dass ich keine Ahnung habe, was dieses verflixte Ding ist. Aber da ich keinerlei Fluch oder sonstiges Übel darin ausmachen konnte, denke ich, es ist an der Zeit, es dir zu übergeben.«

Emma hatte unwillkürlich danach gegriffen, aber der Zauberer fiel ihr in den Arm.

»Meine Liebe, es war an den ältesten Wibberly adressiert, und im Augenblick ist wohl Michael der rechtmäßige Träger.«

Emma schmollte, aber Michael war umso erfreuter.

Na endlich, dachte er.

Er hob die Kugel an dem Lederriemen in die Höhe. »Was soll ich damit machen?«

»Wir können sie zerschlagen«, meinte Emma.

Michael sah entgeistert, dass der Zauberer nickte. »Ihr wärt überrascht, wie viele magische Gegenstände ihre Geheimnisse preisgeben, wenn man sie zerschlägt. Unglücklicherweise wird dadurch auch der Gegenstand zerstört, und wenn er von euren Eltern kommt, wäre es eine Schande, wenn die Botschaft aus irgendeinem Grund verloren ginge. Aber wie auch immer, es ist deine Entscheidung.«

Michael spürte, dass sie ihn beobachteten. Die Glaskugel fühlte sich leicht an, fast, als sei sie hohl.

»In Wirklichkeit ist Kate die Älteste«, sagte er schließlich. »Ich werde das aufheben, bis sie wieder da ist.«

Er war sich dessen bewusst, dass er mit seiner ersten Entscheidung als Ältester der Geschwister die Verantwortung wieder auf Kate übertragen hatte, aber es fühlte sich gut an, auszusprechen, dass er daran glaubte, seine Schwester werde zurückkehren. Es war ein Akt des Vertrauens. Michael lächelte, als er das Lederband um seinen Hals legte.

»Ausgezeichnet«, sagte der Zauberer. »Ich denke, mittlerweile ist es auch dunkel genug.«

Dann wandte Dr. Pym der Stadt den Rücken, nahm eine Münze aus seiner Tasche und warf sie ins Wasser. Unmittelbar danach schimmerte die Luft auf und eine Brücke erschien, die sich bogenförmig vom Kai übers Meer wölbte. Sie bestand aus schwarzem Granit und wurde von zwei düster aussehenden Steinfiguren bewacht. Die Statuen waren grob behauen und trugen schwere Steinschwerter in den Händen. Kapuzen und lange Gewänder verbargen Gesichter und Hände.

»Jenseits dieser Brücke«, sagte der Zauberer, »liegt eine Insel. Seit tausend Jahren begraben dort die Einwohner von Malpesa – sowohl die Menschen als auch die magischen Geschöpfe – ihre Toten. Dort hoffe ich zu finden, weswegen wir gekommen sind. Folgt mir. Wir dürfen keine Zeit verlieren.«

Und mit diesen Worten ging er an den steinernen Wächtern vorbei auf die Brücke.

Es kam Michael so vor, als ob die Luft mit jedem Schritt kälter werden und sie in eine Strömung eintreten würden. Als sie den höchsten Punkt der Bogenbrücke erreicht hatten, sah Michael vor ihnen aus der Dunkelheit die Silhouette einer Insel auftauchen. Der scharfe, salzige Meeresgeruch vermischte sich mit etwas anderem – dem Geruch nach schwarzer Erde, nach Moder und Fäulnis. Auch das diesseitige Ende der Brücke wurde von zwei steinernen Wächtern gehütet. Michael und Emma folgten dem Zauberer, der ungerührt zwischen den Statuen hindurchging und die Insel der Toten betrat.

Dr. Pym hob die Hand. »Ich brauche einen kleinen Moment, um mich zu orientieren …«

Die Kinder hielten sich hinter ihm und wagten kaum zu atmen. Von seiner Position aus konnte Michael die Abmessungen der Insel nicht erfassen. Die Gräber und Grüfte – von denen einige mehrere Meter hoch und mit schneebemützten Steinstatuen geschmückt waren – standen dicht an dicht und zogen sich scheinbar bis zum Horizont. Zwischen ihnen führten schmale Wege hindurch. Michael hatte den Eindruck, in einem uralten, verwucherten dunklen Wald zu stehen, aus dessen Dickicht ihn von allen Seiten Augen beobachteten.

Während sie darauf warteten, dass Dr. Pym den richtigen Weg fand, schob Michael nervös die Hand in seinen Beutel und überprüfte, ob alles da war – sein Notizbuch, Stift, Taschenmesser, Kompass, König Robbies Medaille, sein Zwergenhandbuch, Kaugummi. Nachdem er sich versichert hatte, dass alles an seinem Platz war, fuhr seine Hand zur Brust, wo er nach der runden Glaskugel tastete, die an seinem Hals hing. Es fühlte sich bereits an, als sei sie ein Teil von ihm.

Eine Wolke schob sich zur Seite, und der Mond überzog die Landschaft mit einem bleichen, unirdischen Licht, das sich in den Schneeflecken widerspiegelte.

»Hier entlang«, sagte Dr. Pym. »Haltet euch dicht bei mir.« Und er marschierte zwischen den hoch aufragenden Grabsteinen davon.

Emma und Michael hatten Mühe, ihm zu folgen, denn Dr. Pym schritt mit seinen langen Beinen rasch aus, und folgte einem Weg, den nur er sehen konnte. Es kam Michael so vor, als ob die Gräber immer enger zusammenrückten. Es wurde immer dunkler. Er hatte Angst, dass er oder Emma hinfallen könnten, ohne dass der Zauberer es bemerkte, dass er einfach weiterlaufen und sie in einem Labyrinth aus Grabsteinen allein lassen würde.

»Dr. Pym«, versuchte er es noch einmal, »was machen wir hier?«

»Und könnten Sie vielleicht ein bisschen langsamer gehen?«, ergänzte Emma. »Ihre Beine sind hundertmal länger als meine.«

»Ich bitte um Entschuldigung. Und ich denke, dass es tatsächlich Zeit ist, euch zu erklären, warum ich euch an diesen unangenehmen Ort gebracht habe. Ihr erinnert euch doch an den Brief, den Dr. Algernon gefunden hat, nicht wahr? Natürlich erinnert ihr euch: an die Geschichte des Schweinehändlers, der dem Mann mit dem hohen Fieber begegnete, der ihm von einem magischen Buch erzählte, das man vor langer, langer Zeit aus Ägypten weggeschafft hatte.«

»Ja, und er wollte eine Karte zeichnen«, sagte Michael und huschte an einem Grab vorbei, aus dem ein dumpfes, ersticktes Gurgeln drang. »Der Kranke, meine ich.«

»Ganz richtig, mein Junge. Was wir nicht wissen, ist, was danach geschah. Starb der kranke Mann? Hat er noch eine Karte anfertigen können? Es bleibt uns nichts anderes übrig, als unsere Fantasie spielen zu lassen.« Er blieb stehen und las die Inschrift auf einem Grabstein. Dann ging er in eine andere Richtung weiter. »Also, wenn sich der Kranke erholt und Malpesa verlassen hat, dann haben wir keine Möglichkeit, ihn oder seine Karte zu finden. Er hätte überall hingehen können, und wer weiß, welches Schicksal ihn ereilt hat. Aber nehmen wir einmal an, dass der Mann wirklich sehr, sehr krank war. Nehmen wir an, er ist in Malpesa gestorben. Wenn das der Fall war, wurde er auf dieser Insel bestattet.«

»Und Sie glauben, dass die Karte mit ihm vergraben wurde?«, fragte Emma und fügte dann hinzu: »Sie gehen übrigens immer noch viel zu schnell.«

»Genau das glaube ich. Und ich vermute, dass auch eure Eltern diesen Gedanken hatten.«

»Okay«, nickte Michael. »Aber wir kennen noch immer nicht seinen Namen. »Wir können doch nicht anfangen, die Gräber aufzubuddeln, bis wir ihn gefunden haben.«

»Ja, das würde ewig dauern«, sagte Emma.

»Und außerdem wäre es verwerflich«, ergänzte Michael.

»Ja«, sagte Emma, ohne rechte Überzeugung. »Das außerdem.«

Michael ärgerte sich, dass Dr. Pym ihm nicht schon früher von seinem Vorhaben erzählt hatte. Michael hätte ihnen allen viel Zeit und Mühe sparen können, indem er auf die augenfälligen Probleme hingewiesen hätte, wie etwa die Unmöglichkeit, das Grab eines Namenlosen zu finden, der vielleicht vor Hunderten von Jahren gestorben war – vielleicht aber auch nicht. Als ältester anwesender Wibberly hatte er wohl das Recht, an allen Planungsaktivitäten beteiligt zu –

»Ich glaube, hier ist es«, sagte Dr. Pym.

»Was?«, fragte Michael.

»Das Grab. Ich glaube, dies ist das Grab, das wir suchen.«

Der Zauberer stand vor einem rechteckigen Sarkophag. Er war knapp drei Meter lang, einen Meter breit und etwa einen Meter zwanzig hoch. Michael konnte keinen Unterschied zwischen diesem Grab und den anderen sehen, an denen sie vorbeigekommen waren.

»Das war ja leicht«, bemerkte Emma.

»Aber«, wandte Michael ein, »woher wollen Sie das wissen?«

»Die Gebiete auf dieser Insel wurden zu unterschiedlichen Zeiten erschlossen. Der Brief des Schweinehändlers datierte aus dem letzten Viertel des achtzehnten Jahrhunderts. Das würde bedeuten, dass unser Verstorbener in diesem Areal hier bestattet wurde.« Der Zauberer beschrieb mit seinem Arm einen Halbkreis. »Ich dachte, wir müssten eine Weile suchen, aber wie es scheint, haben wir Glück.«

»Aber woher wollen Sie wissen, dass dies sein Grab ist?«, bohrte Michael nach. »Wir wissen doch immer noch nicht, wie er hieß.«

»Mein Junge«, sagte der Zauberer. »Ich brauche seinen Namen nicht. Wir haben doch dies hier.«

Er bedeutete ihnen, näher zu treten. Und dort, eingemeißelt in der Mitte des steinernen Deckels, befanden sich unter einer Glasur aus Eis drei ineinander verschränkte Kreise. Michael zeichnete dieses Symbol später in sein Notizbuch.

»Was ist das?«

»Es ist etwas, das ich seit zweitausend Jahren nicht mehr gesehen habe«, antwortete der Zauberer. Er streckte die Hand aus und fuhr die Kreise mit dem Zeigefinger nach. »Vor langer Zeit, lange bevor Alexander der Große Rhakotis angriff und dafür sorgte, dass die Chroniken vom Anbeginn in alle Himmelsrichtungen zerstreut wurden und verloren gingen, wurden die Bücher unter einem Turm mitten in der Stadt aufbewahrt. Die Magier, welche die Bücher geschaffen hatten, gründeten den Orden der Wächter, eine Gruppe wilder Krieger, die geschworen hatten, die Chroniken mit ihrem Leben zu beschützen.«

»Moment mal!«, rief Michael aus. »Daran erinnere ich mich. Die Gräfin hat uns davon erzählt.«

Der Zauberer nickte. »Als der Angriff erfolgte, floh ich mit dem Buch Emerald, wie ihr ja wisst, und übergab es später der Verantwortung der Zwerge von Cambridge Falls.«

Michael nickte anerkennend. Seiner Meinung nach hätte der Zauberer keine bessere Wahl treffen können.

»Ich habe immer vermutet, dass es dem Orden gelang, mindestens ein weiteres Buch in Sicherheit zu bringen. Aber obwohl ich unermüdlich danach gesucht habe, fand ich weder eine Spur der verschwundenen Chroniken, noch des Ordens. Das heißt, bis jetzt. Dies hier«, sagte er und legte seine Hand flach auf das Grab, direkt unterhalb der drei Kreise, »ist das Zeichen des Ordens.«

Michaels Herz schlug schneller. Er beschloss, dem Zauberer zu verzeihen, dass er ihn als ältesten anwesenden Wibberly nicht eingeweiht hatte. Ausnahmsweise.

»Wenn wir Dr. Algernons Brief Glauben schenken können«, fuhr Dr. Pym fort, »und dies das Grab jenes von Fieberqualen geschüttelten Mannes ist, dann dürfen wir annehmen, dass es dem Orden tatsächlich gelang, eines der Bücher aus Rhakotis wegzubringen. Die Frage ist nun: Hat unser verblichener Freund eine Karte angefertigt? Und wenn ja, ist diese Karte noch hier oder haben eure Eltern sie an sich genommen? Es gibt nur eine Möglichkeit, das herauszufinden.«

»Sie meinen«, sagte Michael zögernd, »dass wir das Grab öffnen müssen?«

»Ich fürchte ja.«

»Dieser tote Typ hier«, sagte Emma, »ist doch wohl kein Zombie oder so was in der Art?«

»Ich glaube, die Wahrscheinlichkeit ist sehr gering.«

»Das haben Sie auch bei den Trollen gesagt. Und was ist passiert?«

»Meine Liebe, ich verspreche dir: Er ist kein Zombie.«

Der Zauberer wies die Kinder an, zum Fuß des Grabes zu gehen, während er sich am Kopfende positionierte.

»Denkt dran: Gerader Rücken! Hebt aus den Beinen heraus.«

»Dr. Pym«, wandte Michael ein, »das ist massiver Stein. Der wiegt doch mindestens tausend Pfund.«

»Michael ist ein bisschen schwach auf der Brust«, sagte Emma. »Aber ich kriege das schon hin.«

Michael wollte sie schon zurechtweisen, aber der Zauberer ließ ihn nicht zu Wort kommen.

»Ich habe da eine Ahnung, dass der Deckel nicht so schwer ist, wie er aussieht. Alles bereit? Auf drei: Eins, zwei … drei!«

Zu Michaels Überraschung konnten sie den Deckel tatsächlich mühelos hochheben.

»Das war's«, sagte der Zauberer. »Passt auf eure Finger und Zehen auf, wenn ihr den Deckel absetzt.«

Sie lehnten die Abdeckung des Grabs an die Seite des Sarkophags.

Emma schaute Michael an. »Komm bloß nicht auf die Idee, mir zu danken.«

»Also bitte! Dr. Pym hat doch bestimmt …«

»Hm, das ist interessant.«

Dr. Pym spähte in das Grab hinein. Die Kinder beugten sich ebenfalls über den Rand.

»*Ahhhhhh!*«, kreischte Emma und torkelte rückwärts.

Der gesamte Boden des Sarkophags war eine einzige Masse aus kleinen, wimmelnden Körpern. Michael brauchte eine Weile, bis er begriff, was er da sah. Es waren …

»Ratten!«

Es waren so viele, dass man unmöglich ihre Zahl abschätzen konnte. Vielleicht Hunderte, vielleicht mehr. Sie zappelten und krabbelten übereinander. Lange, nackte Schwänze peitschten hierhin und dorthin. Ihre graubraunen Leiber schoben und glitten übereinander und untereinander. Ihre Augen glitzerten wie schwarze Juwelen.

»Das sind Ratten!«, sagte Michael noch einmal.

»Steht nicht einfach so da!«, kreischte Emma. »Macht was! Macht sie tot!«

»Und warum sollte ich das tun, meine Liebe?«

»Warum? Was meinen Sie mit *Warum*? Das sind *Ratten*!«

Emmas Körper war stocksteif. Auf ihrem Gesicht lag ein Ausdruck reiner Panik. Michael dachte, man könnte fast glauben, Emma hätte Angst. Aber das war doch lächerlich. Er hatte noch nie erlebt, dass Emma vor irgendetwas Angst hatte, selbst vor Dingen, vor denen jeder andere schreiend weggelaufen wäre, wie riesige, behaarte Spinnen. Einmal hatten sie im Unterricht Besuch von einem Naturforscher gehabt, der eine ganze Reihe von Schlangen, Echsen und Spinnen mitbrachte. Nach einer Weile gelang es einer riesigen schwarz-gelben Tarantel, in die Freiheit zu entschlüpfen. Alle anderen Kinder hatten wie am Spieß gebrüllt und waren auf die Stühle geklettert. Aber Emma, die in der ersten Reihe gesessen hatte, hob die Spinne ganz ruhig auf und setzte sie in ihr Terrarium zurück.

»Sagt mal«, wandte sich der Zauberer an die Kinder, »fällt euch an diesen Ratten nichts auf?«

»Ähm«, sagte Emma mit zitternder Stimme, »sie sind immer noch am Leben und Sie gedenken nicht, das zu ändern?«

Aber Michael überlegte einen Moment lang nach und sagte dann: »Sie geben keine Geräusche von sich.«

»Genau«, erwiderte der Zauberer. »So viele Nager auf einem Haufen sollten eigentlich einen Höllenlärm veranstalten. Aber das tun sie nicht. Was bedeutet, dass an der Sache mehr dran ist, als es oberflächlich betrachtet den Anschein hat.«

»Ich muss mich gleich übergeben«, murmelte Emma.

Der Zauberer ging zu einem knorrigen Baum, der zwischen zwei Grüften wuchs, und brach einen langen, trockenen Zweig ab. Michael sah zu, wie der Zauberer den Stock in die wirbelnde, zappelnde Masse schob. Und zu Michaels Verblüffung fuhr der Stock ohne Widerstand geradewegs durch sie hindurch.

»Eine Illusion. Um Eindringlinge abzuschrecken. Da sind keine Ratten. Es fühlt sich so an, als gäbe es dort einen Schacht.«

Emma kam einen kleinen Schritt näher. »Also sind sie nicht echt?«

»Nein. Einer von euch beiden sollte mit mir nach unten kommen, während der andere hier oben wartet und die Gegend im Auge behält. Für den Fall, dass uns jemand gesehen hat.«

»Sie meinen nach unten in dieses Rattenloch klettern?«, fragte Emma fassungslos. »Ähm…«

»Ich mache es«, sagte Michael schnell. »Emma kann hier oben bleiben.«

»Sehr gut«, sagte der Zauberer. Dann brach er den trockenen Zweig in drei Teile und reichte einen davon Emma.

»Wenn du ihn an irgendeiner Oberfläche reibst, wird er sich entzünden. Aber mach das nur, wenn du vorhast, zu uns nach unten zu kommen. Andernfalls sieht man dich meilenweit.« Er schaute Michael an. »Ich gehe vor.«

Er schwang seine langen Beine über die Seite der Gruft. Michael und Emma beobachteten fasziniert und angeekelt zugleich, wie sich sein Fuß in die wimmelnde Flut aus Leibern senkte. Einen Moment lang sah es so aus, als ob die Kreaturen verwirbelt würden, dann verschwand erst der eine Fuß in dem Nest aus Ratten, dann der andere, gefolgt von seinen Beinen, seiner Brust und schließlich seinem Kopf.

Die Kinder waren allein. Michael wandte sich zu Emma.

»Ist dir warm genug?«

»Ja.«

»Stell dich nicht auf eine Gruft. Man kann Umrisse und Silhouetten auch im Dunkeln gut erkennen.

»Okay.«

»Und Geräusche werden über weite Strecken getragen, also kein Singen oder Pfeifen oder sonst irgendwas, klar?«

»Klar.«

»Ach, und starre nicht zu lange auf eine Stelle. Schau hin und dann wieder weg, dann wieder hin. Das ist ein alter Pfadfindertrick.«

»Michael …«

»Ja?«

»Ich komme schon klar. Sei du auch vorsichtig.« Sie umarmte ihn und drückte ihn an sich. »Ich hab dich lieb.«

Sie ließ ihn los und Michael stand einfach nur da. Er wusste nicht, was er sagen sollte.

»Mach schon«, sagte Emma schließlich. »Dr. Pym wartet auf dich.«

Michael nickte und stieg über die Seite des Sarkophags, holte tief Atem und ließ sich dann hinab.

KAPITEL 7
Aus Drei wird Eins

»Nimm das.«

Dr. Pym reichte Michael eine brennende Fackel. Sie befanden sich in einer großen Höhle direkt unter dem Sarkophag. Michael war nicht wohl dabei gewesen, in das Gewimmel aus Rattenleibern einzutauchen, und obwohl er wusste, dass es nur ein Trugbild war, presste er fest Mund und Augen zu, als er sich hindurchschob. Doch nichts biss oder kratzte ihn, und eine Sekunde später stand er vor einem Schacht, der sich im Boden des Grabmals vor ihm auftat. An seine Felswand war eine Leiter aus Eisensprossen eingelassen. Der Zauberer hatte von unten zu ihm hochgerufen und Michael hatte etwa dreißig Meter unter sich das rote Leuchten von Dr. Pyms Fackel gesehen.

»So«, sagte Dr. Pym, als Michael schließlich neben ihm stand, »jetzt müssen wir überlegen, welchen Weg wir nehmen.«

Die Höhle war anders als die Tunnel und Gänge, in die es

Michael und seine Schwestern in Cambridge Falls verschlagen hatte. Decke wie Boden waren mit Stalagmiten und Stalaktiten besetzt, sodass es den Anschein hatte, als befände man sich in dem mit spitzen Zähnen bestückten Maul eines riesigen Tiers. Und überall war Wasser. Es tropfte mit einem ständigen *Pling! Pling! Pling!* von der Decke, säuselte in kleinen Rinnsalen über die Wände und sammelte sich in Pfützen am Boden. Und die Luft selbst war so feucht und schwer von dem Geruch nach Mineralien, dass einem jeder Atemzug vorkam wie ein Löffel voll Medizin.

Michael sah, dass sie zwei Tunnel zur Auswahl hatten, die von der Höhle aus in entgegengesetzte Richtungen führten.

»Also, ich würde mal sagen«, meinte der Zauberer und deutete nach links, »dass dieser Tunnel hier uns nach Malpesa zurückbringt. Während der da«, und damit zeigte er nach rechts, »weiter unter dem Friedhof zu verlaufen scheint. Was meinst du?«

Michael hatte überhaupt keine Meinung. Er musste an Emma denken, die oben auf dem Friedhof ganz allein war. Er hoffte, dass sie seinen Rat befolgen würde. Und er hoffte, dass ihr nichts geschehen würde.

Dann versuchte er, sich auf seine Aufgabe zu konzentrieren.

»Tja …«

»Oder wir könnten da langgehen!«

Dr. Pym deutete auf die gegenüberliegende Höhlenwand. Zunächst sah Michael nur Felsen und das Spiel der Schatten, die durch die Fackeln auf die Wand geworfen wurden. Aber als er genauer hinschaute, erkannte er, dass einer der Schatten in Wirklichkeit eine schmale Spalte war, kaum mehr als ein Riss in der Felswand.

Der Zauberer lächelte. »So ein Glück, dass wir beide schlank sind, was?«

Sie mussten sich seitlich hindurchquetschen und die scharfen Felskanten zerrissen Michaels Jacke und seine Hosenbeine. Einmal schlug er sich das Knie an und musste sich auf die Zunge beißen, um nicht laut aufzuschreien. Endlich weitete sich der Spalt, sodass Michael und Dr. Pym normal gehen konnten. Aber es war immer noch dunkel und die einzigen Geräusche waren ihre Schritte und das leise Flackern der Fackeln. Michael blieb dicht hinter dem Zauberer und fing an, Fragen zu stellen – hauptsächlich, damit er die Stimme seines Begleiters hören konnte.

»Dieser Brief, den Dr. Algernon fand, der war also zweihundert Jahre alt, richtig?«

»Richtig.«

»Und der kranke Mann, der Typ von dem Orden, sagte, dass er und die anderen das Buch aus Ägypten gebracht haben. Und das war vor etwa zweitausend Jahren, stimmt's?«

»Richtig. Ach, Michael, mein Lieber …«

»Ja, Sir?«

»Pass bitte auf, dass du meinen Anzug nicht in Brand steckst. Ich habe nur den einen.«

»Entschuldigung.« Michael hielt ein bisschen mehr Abstand zwischen seiner Fackel und Dr. Pyms Rockschößen. »Also muss doch dieser kranke Mann wirklich sehr, sehr alt gewesen sein, oder?«

Michael hörte Dr. Pym kichern. Der Klang hallte von den Wänden wider.

»In der Tat. Was uns zu einer weiteren Frage bringt. Es gibt noch zwei weitere Chroniken vom Anbeginn. Jede davon verfügt über eine einzigartige Macht. Sag mal, haben du und deine Schwestern vielleicht schon mal überlegt, welche Mächte das sein könnten?«

Das hatte Michael tatsächlich. Er und Emma hatten schon oft über dieses Thema spekuliert, während Kate sich kategorisch geweigert hatte. Sie meinte, die Bücher seien, was sie seien. »Ich will erst darüber nachdenken, wenn es unbedingt sein muss«, hatte sie immer gesagt. Aber alles, was er und Emma sich ausgemalt hatten – die Macht zu fliegen, Superkräfte zu entwickeln, die Fähigkeit, mit Insekten zu reden (was Michael faszinierend fand, weil er davon überzeugt war, dass Insekten eines Tages die Weltherrschaft übernehmen würden), jeden Tag einen Eimer voll Eiscreme essen zu können (was in Emmas Augen nicht zu überbieten war), die Fähigkeit, über lange Distanzen mit Leuten reden zu können (was wiederum Michaels Idee war, die von Emma mit der Bemerkung quittiert wurde, so etwas gäbe es schon, man würde es Telefon nennen) – all das kam ihm plötzlich zu belanglos oder schlicht albern vor.

»Ja, nachgedacht schon. Aber uns ist nichts eingefallen.«

»Dann will ich dir einen Tipp geben«, sagte der Zauberer. »Du hast soeben völlig zu Recht darauf hingewiesen, dass der Mann, von dem im Brief des Schweinehändlers die Rede ist, etwa zweitausend Jahre alt gewesen sein muss. Aber die Mitglieder des Ordens waren ganz normale Menschen mit einer ganz normalen Lebenserwartung. Wie erklärst du dir dann, dass dieser Bursche so lange gelebt hat?«

»Sie meinen … es hatte etwas mit dem Buch zu tun?«

»Aber gewiss. Welchen Namen würdest du einem solchen Buch geben? Denk daran, das Buch hat Macht über die Existenz eines Menschen, wie das Buch Emerald Macht über die Zeit hat. Und das Buch Emerald ist die Chronik der Zeit. Du musst in großem Maßstab denken, mein Junge.«

Darauf gab es nur eine Antwort: »Die … die Chronik des Lebens?«

»Genau. Es wird auch das Buch Rubyn genannt. Und wie gesagt: Die Gabe eines langen Lebens ist nur ein Teil seiner Macht. Der Hüter des Buches – jener Kranke, von dem der Schweinehändler erzählt – und seine Gefährten versteckten das Buch Rubyn an einem geheimen Ort, und so lange sie in seiner Nähe waren, lebten sie weiter, ein Jahrhundert nach dem anderen. Dann kommt dieser Mann nach Malpesa. Vielleicht hat er die Chronik des Lebens bei seinen Gefährten gelassen und außerhalb der Reichweite seiner Macht wird der Mann krank und stirbt. Warum er sich zu einer solchen Reise aufgemacht hat, ist eine Frage, die ich nicht beantworten kann.«

Sie gingen weiter, aber Michaels Neugier war noch nicht befriedigt.

»Dr. Pym?«

»Ja?«

»Das letzte Buch, die dritte Chronik, ist also … nun, es ist …«

Der Zauberer blieb stehen und drehte sich zu ihm um.

»Ja«, sagte der alte Mann. »Das letzte Buch ist die Chronik des Todes. Aber das soll uns jetzt nicht bekümmern.« Er betrachtete den Jungen, wobei sich das Licht der Fackel in den Brillengläsern des alten Mannes brach. Es sah so aus, als ob kleine Flammen in seinen Augen tanzten. »Hugo hat recht. Du siehst deinem Vater wirklich sehr ähnlich.«

Und wieder fühlte Michael trotz allem, was passiert war und was immer noch vor ihnen liegen mochte, ein warmes Glühen, das sich von seiner Brust bis hinunter in seine Fingerspitzen und seine Zehen ausbreitete. Er genoss jede Sekunde dieses Gefühls.

Ganz leise sagte er: »Cool.«

»Ja«, sagte der Zauberer, »das ist wirklich cool.«

Zehn Meter weiter fanden sie die Inschrift.

Ein Teil der Tunnelwand war glatt geschmirgelt worden, und jemand hatte dort das gleiche Zeichen eingemeißelt wie auf dem Sarkophagdeckel: drei ineinander verschlungene Kreise. Darunter war – ebenfalls in den Stein gehauen – etwas zu sehen, was Michael für Schriftzeichen hielt, obwohl ihm die Sprache gänzlich unbekannt war. Sie erinnerte ihn entfernt an Chinesisch oder Japanisch, weil die Zeichen kunstvoll und verziert gearbeitet waren. Aber es gab keinerlei Zwischenräume, alles schien ineinanderzufließen. Michael konnte nicht einmal erkennen, ob man es von links nach rechts oder umgekehrt, von oben nach unten oder von unten nach oben lesen musste.

Er fand es wunderschön.

»Erstaunlich.« Dr. Pym hielt seine Fackel ganz nah an die Wand und packte Michaels Schulter. »Nach all diesen Jahren … Ich habe so lange gesucht. Wir sind nah, ganz nah dran.«

»Was steht da?«, fragte Michael. »Können Sie das lesen?«

»Ja, das kann ich. Es ist die uralte Sprache, in der die Chroniken vom Anbeginn verfasst sind. Hier steht der Schwur des Ordens geschrieben.« Er deutete auf die Schrift unter dem Symbol und las laut vor. Seine Stimme wurde als Echo von den Tunnelwänden zurückgeworfen: »*Bezeugt, ihr alle, dass ich, ein Namenloser, meine Stärke, mein Leben, meinen letzten Atemzug diesem heiligen Ziel weihe. Nichts und niemand wird antasten, was ich zu schützen geschworen habe. Dies sei mein Eid, bis der Tod mich davon entbindet.*«

Michael fand, dass dies ein sehr guter Schwur war. Wenn ein Zwerg ihn geschrieben hätte, wäre vermutlich noch die eine oder andere Androhung von Gewalt eingeflochten, wie etwa Helme einschlagen oder Harnische durchbohren, oder eine hübsche Metapher, die den Schwur mit einem zehnmal gehärteten Schwert verglichen hätte. Aber Michael war sich darüber im Klaren, dass man nicht bei allem Zwergenstandards anlegen durfte.

»Aber der Text geht noch weiter«, bemerkte Dr. Pym in diesem Moment und tippte mit dem Finger auf den unteren Teil der Inschrift. »*Ich habe versagt. Meine Mission ist gescheitert. Ich lasse zurück, was mir überantwortet wurde, in der Hoffnung, dass der wahre Hüter eines Tages kommen möge. Triff die Wahl des Weisen, und du wirst nicht sterben. Triff die Wahl des Narren, und du wirst dich zu mir gesellen … Und aus Drei wird Eins.*«

»Was soll das heißen?«, fragte Michael.

»Aus Drei wird Eins, ist eine Anspielung auf die Chroniken vom Anbeginn. Nach der Legende werden die drei Bücher eines Tages wieder zusammenkommen und als Einheit ihr Schicksal erfüllen. Aber was mich viel mehr interessiert, ist dieser Teil hier: *Ich lasse zurück, was mir überantwortet wurde, in der Hoffnung, dass der wahre Hüter eines Tages kommen möge*. Das hört sich so an, als ob unser geheimnisvoller Freund tatsächlich eine Art Karte hinterlassen hat, die uns zur Chronik des Lebens führt. Vielleicht lacht uns der Glücksstern.«

»Warten Sie, was ist das?« Michael deutete auf eine schmale Zeile unterhalb der Inschrift. Es sah so aus, als sei sie in einer anderen Sprache verfasst als der Rest.

Der Zauberer beugte sich dichter heran und brach dann in Gelächter aus.

»Was ist?«, insistiere Michael. »Was steht da?«

»*Grabmahl- und Tunnelbau durchgeführt von Osborne und Söhnen, Zwergen-Bauunternehmung, Malpesa.*« Der Zauberer musste immer noch lachen. »Ich hab mich schon gewundert, wie es unserem kranken Freund wohl gelungen sein mochte, diese Grabstätte anzulegen. Aber er hat Zwerge dafür angeheuert.«

»Und er hatte keine Sorge, dass sie sein Geheimnis verraten könnten?«, fragte Michael und bekam noch während er das sagte ein schlechtes Gewissen.

»Oh, ich denke nicht, dass er ihnen die ganze Wahrheit verraten hat, aber in Teilen wohl schon. Er muss ihnen vertraut haben. Zwergenbaumeister sind für ihre Diskretion berühmt. Es gibt keinen Tresorraum, keine Gruft in der magischen Welt, der nicht von einem Zwerg angelegt wurde. Es überrascht mich, dass du das nicht wusstest.«

»Na ja«, verteidigte Michael sich, »man kann nicht erwarten, dass ein einzelner Mensch wirklich alles über Zwerge weiß. Sie sind so tiefgründig und vielschichtig. Bei Elfen ist es etwas anderes; was es über sie zu wissen gibt, könnte man sich in zwanzig Minuten aneignen, aber bei Zwergen …«

»Ja, ja, genau. Aber komm jetzt.«

Während sie weitergingen, dachte Michael an den Hüter,

der in der Inschrift erwähnt wurde und daran, was Dr. Pym ihm über Kates Traum erzählt hatte, in dem er ein seltsames Buch hielt. War das Buch in ihrem Traum die Chronik des Lebens? Und was war mit dem »wahren Hüter«? Wenn er das Buch des Lebens bekam, war das Buch des Todes dann für Emma bestimmt?

Darüber wird sie nicht glücklich sein, dachte Michael.

»Oh je.«

Michael blieb neben dem Zauberer stehen. Vor ihnen war der Weg zu Ende. Der Tunnel war durch einen Haufen Geröll und Steine versperrt, der bis zur Decke reichte.

»Die Decke ist eingestürzt«, sagte Dr. Pym. »Sieht so aus, als sei das erst kürzlich geschehen. Es könnte eine Weile dauern, bis wir das in Ordnung gebracht haben – he, mein Junge, was machst du denn da?«

Michael kletterte über den Abhang aus kleinen und großen Steinen. Er hatte dicht bei der Decke ein kleines Loch oder die Öffnung zu einem Durchschlupf entdeckt. Als er den Durchlass erreicht hatte, stemmte er sich mit den Füßen gegen einen großen Steinbrocken und hielt sich mit einer Hand an der Wand fest, während er mit der Fackel, die er in der anderen Hand hielt, in das Loch leuchtete.

»Es führt bis zur anderen Seite«, keuchte er, noch atemlos von dem steilen Anstieg. »Es sind nur etwa drei Meter. Ich glaube, ich passe da durch.«

»Nein. Auf keinen Fall.«

»Dr. Pym, je länger wir hier unten sind, desto länger ist Emma allein da oben auf dem Friedhof. Ich will doch nur mal nachsehen. Bitte.«

»Michael …«

»Wenn Kate hier wäre, würden Sie es ihr erlauben. Das wissen Sie sehr gut.«

Der Zauberer seufzte. »Also schön. Aber du fasst nichts an, ohne dich vorher mit mir abzusprechen, verstanden?«

Michael versprach es und entledigte sich seines dicken Mantels. Dann schob er sich, die Hand mit der Fackel voraus, in den schmalen Tunnel. Er war enger, als Michael gedacht hatte. Er musste auf dem Bauch kriechen und mit Unterarmen und Ellbogen vorwärtsrobben. Es dauerte nicht lange und seine Arme und Schultern, seine Beine, sein Kinn und seine Schädeldecke waren mit Schrammen und Schürfwunden übersäht.

Und dann blieb er stecken.

Er wand und schlängelte sich hin und her, aber es nutzte nichts. Er beschwor sich, nicht in Panik zu geraten, er war ja fast auf der anderen Seite. Dann streckte er die Arme vor, packte die größten Steine, die er erreichen konnte und stemmte gleichzeitig einen Fuß gegen einen Felsen. Mit aller Kraft zog er sich nach vorne. Er legte so viel Schwung in seine Bewegung, dass er sich förmlich aus dem Tunnel katapultierte, wie der Druck den Korken aus einer Sektflasche.

Sofort war er wieder auf den Füßen und tastete nach seiner Fackel. Hinter sich hörte er die Stimme des Zauberers: »Michael, sag etwas! Was war das für ein Geräusch? Bist du verletzt?«

Michael machte den Mund auf, aber kein Laut kam heraus. Im Licht seiner Fackel erkannte er, dass er in einer kleinen Kammer stand. Vor ihm befand sich ein hölzerner Tisch und ein Stuhl. Und auf dem Stuhl saß etwas, das ihn anstarrte.

Emma war auf das Dach eines großen Mausoleums geklettert und von ihrem Ausguck aus konnte sie sowohl in das Rattengrab schauen – was sie aber nicht tat – und weit über die zerklüftete Silhouette des Friedhofs. Die Brücke nach Malpesa war nicht mehr zu sehen. Alles war dunkel und still.

Um sich die Zeit zu vertreiben und um nicht an das Rattengewimmel denken zu müssen – selbst wenn es nicht echt war –, stellte sich Emma vor, dass Kate aus der Vergangenheit zurückgekommen wäre und neben ihr säße. Sie musste nur den Kopf drehen, und da würde Kate sitzen, sie anlächeln und in die Arme nehmen. Je länger sie sich das ausmalte, desto wirklicher wurde das Bild, bis Emma tatsächlich glaubte, Kate sei da und warte nur darauf, dass ihre kleine Schwester ihre Anwesenheit bemerken würde.

Schau nicht hin, befahl sie sich. *Es ist niemand da. Schau nicht hin.*

Emma schaute hin. Sie war allein.

Als sie sich wieder umdrehte, musste sie sich mit der Hand über die Augen wischen. Die Lichter von Malpesa verschwammen in der Ferne. Sie schlang die Arme um ihre Knie und wiegte sich leicht vor und zurück.

Ich will Kate wiederhaben, dachte sie. Ich will Kate ich will Kate ich will Kate ich will Kate …

Die Nacht war kalt und düster. Nichts rührte sich auf dem Friedhof.

Was Michael und der Zauberer jetzt wohl machten?

Sie schaute auf. Die Lichter in der Ferne waren immer noch leicht verschwommen und wieder rieb sich Emma über die Augen. Sie schaute erneut hin. Die Lichter bewegten sich. Sie wollte schon aufstehen, dachte dann aber an Michaels

Warnung und duckte sich. Dann spähte sie durch die Dunkelheit.

Die Brücke nach Malpesa war wieder da. Eine lange Reihe aus Fackeln bewegte sich darüber hinweg auf die Insel zu.

Emma griff nach dem Stock, den der Zauberer ihr gegeben hatte, und rannte zur Kante des Mausoleums. Sie musste Dr. Pym warnen. Aber dann hörte Emma eine Stimme, ganz in der Nähe: »Sie sind hier. Schwärmt aus! Findet sie!«

Erschrocken erkannte Emma, dass eine zweite Truppe sich bereits auf dem Friedhof befand. Sie hatte sie nicht bemerkt, weil sie an Kate gedacht hatte! Sie verfluchte sich und ihre Unachtsamkeit. Dr. Pym hatte ihr eine einzige Aufgabe zugeteilt und die hatte sie vermasselt!

Sie hörte das Trampeln von schweren Stiefeln. Dann kam wieder diese Stimme. Sie hatte einen Akzent, den Emma nicht einordnen konnte.

»Findet die Kinder! Habt ihr gehört? Ich will die Kinder!«

Sie ließ sich vom Mausoleum herab und ging daneben in die Hocke, sah Fackeln blitzen zwischen den Grabsteinen auf. Sie musste etwa zehn Meter über offenes Gelände rennen, um zu dem Rattengrab zu gelangen. Auf dieser Strecke würde sie völlig ungeschützt sein. Aber es gab keinen anderen Weg. Emma riss sich zusammen, sauste hinüber zu dem offenen Steinsarkophag, kletterte hinauf – und erstarrte.

Unter ihr wogte ein Meer aus Ratten. Panik stieg in ihr auf.

Sie hörte die schweren Stiefelschritte näher kommen.

Spring, befahl sie sich selbst. *Jetzt sofort!*

Und damit stieg sie in das Grab hinunter und betete, dass sie sich nicht würde übergeben müssen.

Was da auf dem Stuhl saß und Michael anschaute, war ein Skelett. Der Tote – Michael war sich ziemlich sicher, dass es sich um einen Mann handelte – war in die Fetzen eines uralten, zerfallenen Waffenrocks gekleidet und saß direkt an der Mitte des Holztisches, von wo aus er jedem, der die Kammer betrat, entgegenblickte. Die Hände des Skeletts ruhten auf dem Tisch, die rechte umklammerte den Griff eines gezückten Schwertes. An einem Fingerknochen seiner linken Hand hing ein Goldring mit dem Zeichen, das Michael mittlerweile vertraut war: die drei ineinander verschlungenen Kreise.

Es kam Michael so vor, als ob das Skelett ihn betrachten würde.

»Michael!« Die Stimme des Zauberers überschlug sich fast. »Antworte mir! Bist du verletzt? Bist du in Gefahr?«

»Mir … mir geht's gut! Warten Sie mal einen Moment!«

Michael trat vorsichtig näher an den Tisch mit dem Skelett. Das Gerippe rührte sich nicht.

Okay, dachte Michael, ganz ruhig. Schauen wir mal, was wir hier haben.

Der Tisch war gedeckt, als würde der Knochenmann Besuch erwarten. Drei Gefäße standen in einer Reihe und davor ein antiker Metallkelch. Der Kelch stand nicht vor dem Skelett, sondern auf Michaels Seite des Tischs. Michael schaute wieder zu dem Gerippe. Es hatte sich immer noch nicht gerührt.

Er rief sich die Worte ins Gedächtnis, die in der Wand eingemeißelt waren.

Ich lasse zurück, was mir überantwortet wurde, in der Hoffnung, dass der wahre Hüter eines Tages kommen möge. Triff die Wahl des Weisen, und du wirst nicht sterben. Triff die Wahl des Narren, und du wirst dich zu mir gesellen …

Es war ein Rätsel! Man musste aus einem der Gefäße trinken.

Michael rieb sich die Hände. Das wurde ja immer besser. Er liebte Rätsel und Geheimnisse, alle Fragen, die mit Logik beantwortet werden konnten.

»Du listiger Bursche«, sagte er zu dem Skelett. Er fühlte sich schon viel besser. Er drehte sich um und wollte Dr. Pym zurufen, was er entdeckt hatte …

Dann hielt er inne.

Es gab keinen Zweifel, dass der Zauberer dieses Rätsel in Sekundenschnelle lösen konnte. Aber vielleicht war dies die Gelegenheit, auf die er gewartet hatte. Er war jetzt der Älteste. Er hatte Kates Rolle übernommen. Aber Michael war sich darüber im Klaren, dass ihm niemand zutraute, dieser Aufgabe gewachsen zu sein. Dies war seine Chance, sich zu beweisen. Er sah sich schon aus dem Tunnel klettern und hörte Dr. Pym fragen: »Was hast du herausgefunden? Was muss ich tun?« Er würde sich bescheiden den Staub von den Kleidern klopfen und sagen: »Sparen Sie sich Ihren Atem, Dr. Pym. Ich habe das Rätsel schon gelöst. Mit guter, altmodischer Logik.« Selbst Emma würde beeindruckt sein.

»Michael, was ist da bei dir los?«

»Nur noch eine Minute!«

Er musste sich beeilen.

Triff die Wahl des Narren, und du wirst dich zu mir gesellen …

Diese Aussage bedurfte keiner Erklärung: Wenn man das falsche Gefäß wählte, wurde man selbst zum Skelett.

Triff die Wahl des Weisen, und du wirst nicht sterben.

Dieser Mann – wenn es ein Mann gewesen war – hatte Tausende von Jahren gelebt, dank der Chronik des Lebens.

Die Sache war klar: In zwei Gefäßen befand sich Gift. Das dritte dagegen würde den Weg zum Buch Rubyn weisen. Er musste nur die richtige Wahl treffen.

Er blickte zu dem linken Gefäß. Es bestand aus rötlich braunem Ton, war geformt wie ein dickbauchiger Krug und mit einem Korken verschlossen. Michael zog den Korken heraus und roch an dem Inhalt. Angeekelt fuhr er zurück. Es war, als ob jemand den Krug mit schleimigem Flussschlamm gefüllt, mit Kerosin und Essig vermischt hätte, und mit etwas, das wie nasser Hund roch. Michael steckte den Korken wieder in die Öffnung und griff nach dem mittleren Gefäß.

Dies war eine schlanke Flasche aus Rubinglas, halb voll mit einer dunklen Flüssigkeit. Michael entfernte den Korken, beugte sich vor und schnüffelte – allerdings viel vorsichtiger als beim ersten Mal. Er schnüffelte noch einmal. Das war doch nicht möglich! Was immer sich in der Flasche befand, roch nach Limonade!

Er wandte sich dem letzten Gefäß zu, einer kleinen Phiole aus Metall, die aussah wie ein Parfümfläschchen. Auf dem Verschluss befand sich ein Knopf, der wie eine winzige Klaue geformt war, und als Michael darauf drückte, sprang der Verschluss auf. Er hob das Fläschchen an die Nase. Er roch nichts. Er hielt es noch näher an sein Gesicht und atmete tief ein. Nichts. Er verschloss die Flasche wieder und stellte sie auf den Tisch.

»Michael!« Die Stimme des Zauberers klang jetzt eher verärgert als besorgt. »Würdest du mir bitte endlich sagen, was bei dir los ist?«

»Hier ist keine Karte! Nur ein Tisch mit drei Flaschen. Oh, und ein Skelett. Aber das sitzt bloß da.«

Michael betrachtete den Knochenmann. Er hatte sich doch nicht bewegt, oder? Michael versuchte sich daran zu erinnern, ob der Kopf des Skeletts schon immer so geneigt gewesen war.

»Michael, ich verbiete dir, aus irgendeiner Flasche zu trinken! Du kommst jetzt sofort zurück! Hast du mich gehört?«

»Ich … ich muss mir nur den Schuh binden!«

»Ach, Herrgott noch mal! … Oh, warte einen Moment, mein Junge …«

Michael glaubte, auf der anderen Seite des Schutthaufens eine weitere Stimme zu hören, die seiner Schwester. Der Zauberer rief ihr etwas zu. Er überlegte, ob auf dem Friedhof wohl etwas geschehen war. Was auch immer es war, Michael spürte, dass die Zeit knapp wurde.

Triff die Wahl des Weisen, und du wirst nicht sterben …

Triff die Wahl des Narren, und du wirst dich zu mir gesellen …

Das Zeug in dem Tonkrug roch wie Gift, aber vielleicht war genau das der Punkt. Wenn man ein Rätsel erdachte, versteckte man die Lösung stets dort, wo es der andere am wenigsten erwartete. In diesem Fall war der eklige, nach Hund stinkende Trank Michaels erste Wahl.

Oder war das zu offensichtlich? Hatte der Knochenmann nicht annehmen müssen, dass ein Besucher automatisch die auf den ersten Blick unwahrscheinlichste Lösung für die richtige halten würde? Wäre es nicht viel raffinierter, wenn die Flüssigkeit, die am wenigsten gefährlich wirkte, auch tatsächlich ungefährlich war? In diesem Fall würde Michael sich für die Rubinglasflasche und die nach Limonade riechende Flüssigkeit entscheiden.

Aber dann blieb immer noch der kleine Metallflakon übrig.

Der nach gar nichts roch. Wie passte er in die Gleichung? Und wenn er es recht bedachte: Mussten nicht auch die Gefäße selbst in Betracht gezogen werden? – Ein Tonkrug, eine Glasflasche, ein Metallflakon. Was bedeutete das? Oder lag des Rätsels Lösung in der Anordnung der Gefäße auf dem Tisch?

Gib's zu, sagte Michael sich, du hast keine Ahnung, welches Gesöff das richtige ist.

Ganz leise murmelte er: »Ene, mene, muh…« Dann verstummte er peinlich berührt.

Triff die Wahl, befahl er sich stumm. *Du musst nur eine Wahl treffen. Jetzt mach schon!*

Er zog den Korken aus dem Tonkrug und kippte ihn so, dass die Öffnung nach unten in den Kelch zeigte. Seine Hände zitterten und er musste den Krug mit dem Körper stützen. Langsam, fast widerwillig, rutschte stinkender, grüngelber Schleim in den Kelch. Michael starrte hinein. Wie sollte er das trinken? Dafür brauchte er einen Löffel. Oder eine Gabel.

Als Michael den Kelch an die Lippen hob, musste er sich die Nase zuhalten, um nicht zu würgen. Er sah, wie der Schleim schmatzend auf seinen Mund zukroch. Ihm war klar, dass er eine Dummheit beging. Wenn er mehr Zeit hätte, könnte er die Lösung finden. Er war nur froh, dass Kate ihn nicht sehen konnte, oder Dr. Pym oder sein Vater oder G. G. Greanleaf, der Verfasser von *Alles über Zwerge* …

Abrupt setzte Michael den Kelch ab. Der grüngelbe Schleim war nur noch eine Haaresbreite von seinen Lippen entfernt gewesen.

Michael zog das Handbuch für Zwerge aus seiner Tasche. Er wusste genau, in welchem Kapitel er suchen musste, und schlug das Buch auf. Dann las er: *Rätsel sind seit jeher Bestand-*

teil einer magischen Quest, und es muss niemanden verwundern, dass Zwerge darin wahre Meister sind.

Michael fühlte, wie sich Erleichterung in ihm breitmachte. Der gute alte G. G. Greanleaf!

> *Der Schlüssel für des Rätsels Lösung ist der Erschaffer des Rätsels selbst. Man muss sich in ihn hineinversetzen. Was bezweckte er mit dem Rätsel? Wer soll es lösen? Wer nicht? Es ist von großer Bedeutung, sich genau an die Anweisungen zu halten – sie wurden nicht ohne Grund geschrieben. Und wenn gar nichts hilft, sollte man das Rätsel einfach mit der Axt zertrümmern. Das ist manchmal sehr hilfreich.*

Michael klappte das Handbuch zu und betrachtete das Skelett. Der Mann war einer der letzten Wächter der Chronik gewesen. Er hatte das Buch beschützen wollen. Daher hatte er gewollt, dass die meisten Leute den Test nicht bestehen. Aber wenn jemand einfach nach einem der drei Gefäße greifen würde, hätte er immer noch eine 1:3-Chance, den richtigen Trank zu erwischen. Dieses Risiko war in Michaels Augen zu hoch. Der Wächter hätte nicht gewollt, dass einer von drei Halunken, die hierherkämen und nach der Chronik suchten, Erfolg haben würde. Vielleicht einer von Hundert. Der eine. Der wahre Hüter.

Michael war sich plötzlich sicher, dass keine der drei Flüssigkeiten die richtige Antwort bereithielt. Wenn er den grüngelben Schleim getrunken hätte, wäre er jetzt tot.

»Michael!«

Emmas Stimme riss ihn aus seinen Gedanken. Er konnte Fackelschein in dem kleinen Durchschlupf flackern sehen.

»Was ist? Was ist los?«

»Du musst da rauskommen!« Sie klang verzweifelt. »Sie kommen! Es sind Dutzende!«

»Wer? Wovon ...?«

»Kreischer! Ich hab sie gesehen! Beeil dich!«

»Aber wir wissen immer noch nicht, wo das nächste Buch ist! Ich kann ...«

»Michael«, ließ sich jetzt der Zauberer vernehmen. »Wir finden einen anderen Weg, das Buch aufzuspüren. Komm jetzt zurück. Das ist ein Befehl!«

Aber Michael hatte sich schon wieder dem Tisch zugewandt. Er hatte das sichere Gefühl, dass sie das Buch nie finden würden, wenn er jetzt kniff. Alles hing von seiner Entscheidung ab. Alles hing von ihm ab. Er klappte das Handbuch für Zwerge noch einmal auf und las den Absatz zum zweiten Mal: *Es ist von großer Bedeutung, sich genau an die Anweisungen zu halten – sie wurden nicht ohne Grund geschrieben.*

Die Anweisungen, dachte Michael.

Triff die Wahl des Weisen, und du wirst niemals sterben. Triff die Wahl des Narren, und du wirst dich zu mir gesellen. Und aus Drei wird Eins.

Über Michaels Rücken lief ein Schauer der Erregung.

Und aus Drei wird Eins ...

Dr. Pym hatte behauptet, dies beziehe sich auf die drei Chroniken vom Anbeginn, und vermutlich stimmte das ja. Aber vielleicht bedeutete es noch etwas anderes.

Der grüngelbe Schleim in dem Kelch hatte sich noch mehr verfestigt. Michael riss den Korken aus der rubinroten Flasche und goss die nach Limonade duftende Flüssigkeit ebenfalls in den Kelch. Es zischte und blubberte und das Gebräu wurde schwarz und stank noch mehr als vorher – wenn das überhaupt möglich war. Aber Michael öffnete bereits den kleinen Flakon und kippte ihn in den Kelch. Heraus kamen nur ein paar farblose Tropfen. Aber das Resultat war verblüffend. Das Zischen und Blubbern versiegte und die Flüssigkeit in dem Kelch nahm eine silbrig schimmernde Farbe an.

»Michael, das ist die letzte Warn –«

»Ich trinke aus allen drei Gefäßen!«

Er wollte sie wissen lassen, was er tat. Nur für den Fall, dass er sich irrte.

Bevor Michael den Kelch an die Lippen hob, konnte er sich eine letzte dramatische Geste nicht verkneifen. Er hob den Kelch und prostete dem Skelett zu. Unglücklicherweise fiel ihm auf die Schnelle kein passender Trinkspruch ein. Schließlich stotterte er bloß: »Na denn …«

Und trank.

Es war, als ob ihm Eiswasser ins Herz gegossen worden wäre. Der Kelch fiel klappernd zu Boden und Michael sank auf die Knie. Die Kälte breitete sich durch seinen Körper aus und er fing an zu zittern. Aber das konnte nicht stimmen; er war sich so sicher gewesen. Er wollte nach seiner Schwester rufen, aber seine Stimme versagte. Er fühlte, wie seine Lungen einfroren und sich Eis in seinen Herzkammern absetzte. Sein Blick verschleierte sich und ihm wurde schwarz vor Augen. Er sank nach vorn, die Stirn gegen den Steinboden gepresst. In seinem ganzen Körper hämmerte es.

Was für eine Art zu sterben, dachte Michael. Das Hämmern kam und ging. Michaels Blick wurde wieder klar, und er erkannte, dass das Hämmern sein Herzschlag war. Er spürte, wie Wärme und Leben in seine Glieder zurückkehrten, und er holte tief Atem. Dann hörte er Emma, die seinen Namen rief und ihn anflehte, doch bitte, bitte zurückzukommen …

»Bin schon unterwegs!«, schrie er und sprang auf. »Mir geht's gut!«

Aber es ging ihm sogar besser als gut, denn ganz plötzlich wusste er, wo die Chronik des Lebens verborgen lag.

Was danach passierte, nahm er nur noch undeutlich wahr. Er kletterte durch die Öffnung oberhalb des Schuttberges, wo ihn auf der anderen Seite helfende Hände erwarteten. Emma drückte ihn an sich und versicherte ihm, er sei ein Idiot, und Dr. Pym schrie, sie müssten sich beeilen, es bliebe keine Zeit mehr …

Und dann rannten sie. Durch den Tunnel bis zu der Höhle unterhalb des Sarkophags. Sie hörten die Kreischer dicht über sich. Der Zauberer rief den Kindern zu, sie mögen ihm folgen, und stürzte sich in den Tunnel, der nach Malpesa führte.

Und sie rannten, so schnell sie konnten.

Sie mussten den Hafen erreichen, wo jemand auf sie wartete, wie Dr. Pym versicherte. »Ich hatte so ein Gefühl«, keuchte der Zauberer, »dass wir Malpesa möglicherweise in aller Eile würden verlassen müssen. Ich habe vorgesorgt.«

Hinter ihnen hallten die entsetzlichen Schreie der Kreischer durch den Tunnel, hüllten sie ein und ließen dass Innere der Kinder schrumpfen und kalt und schwach werden. Aber sie rissen sich zusammen und rannten weiter.

Ganz plötzlich weitete sich der Tunnel zu einem breiten Kanal, durch den ein dunkler Fluss strömte. Sie stiegen ins Wasser, das eiskalt und schleimig war und ihnen bis an die

Knie reichte. Platschend kämpften sie sich voran, auf die gegenüberliegende Wand zu, wo sie im Licht ihrer Fackeln die Mündung eines weiteren Tunnels erkannten. Diese Öffnung war mit Backsteinen ausgekleidet, und Michael wusste, dass sie die Kanalisation von Malpesa erreicht hatten. Hinter ihnen erzitterte die Luft unter den Schreien der Kreischer, und als sie sich umdrehten, sahen sie dunkle Schemen aus dem Tunnel preschen, den sie gerade eben verlassen hatten.

»Lauft!«, schrie der Zauberer. »Nicht stehen bleiben! Überlasst sie mir!«

Michael machte zwei Schritte und merkte dann, dass Emma sich nicht rührte. Er packte sie am Arm und zerrte sie mit sich durch das dunkle Wasser.

»Keine Angst!«, schrie er. »Das Kreischen kann dir nichts anhaben!«

»Ich … ich weiß!«, schrie sie zurück. »Hör auf, mir ins Ohr zu brüllen!«

Michael warf einen Blick über seine Schulter und sah Dr. Pym, der sich den Kreischern entgegenstellte. Aber er schaute nicht in Richtung der Ungeheuer, sondern nach oben in die Dunkelheit. Michael und Emma erreichten die gegenüberliegende Höhlenwand und Michal half seiner Schwester den schmalen Absatz über ihnen zu erklimmen, der entlang des Kanals verlief. Dann drehte er sich wieder um und sah Dr. Pym auf sich zuwaten, sich nach oben auf den Absatz ziehen und sie tiefer in den Kanalschacht drängen. Immer mehr der Ungeheuer strömten wie Ratten aus dem anderen Tunnel. Dann hörte Michael ein gewaltiges Rauschen und Brüllen und eine mächtige Welle ergoss sich aus der Dunkelheit und füllte den Tunnel bis kurz unter ihren Kanalschacht. Sie raste durch die Tunnel und riss die Kreischer mit sich.

Michael packte eine Sprosse der eisernen Leiter, die an der Wand des Schachtes nach oben führte. Emma kletterte voraus und er folgte ihr dichtauf. Als sie oben ankamen, sahen sie, dass sie durch einen Brunnen neben einer alten Kirche an die Oberfläche gelangt waren. Die Stadt lag still. Alles schlief. Der Zauberer kletterte über die Brunnenmauer und Emma fragte ihn gerade, ob die Flutwelle sein Werk gewesen war, als sie plötzlich ein mächtiges Dröhnen hörten. Die Erde erzitterte, und dann bog die riesige, unförmige Gestalt eines Trolls um die Ecke. Er schwang eine mächtige, mit Metallnägeln besetzte Keule und griff sie an.

Es war, als würde man vor einem Erdbeben fliehen. Die Erde schwankte und schaukelte so heftig, dass sie Mühe hatten, das Gleichgewicht zu halten. Der Zauberer lief ihnen voraus in eine schmale Gasse, durch die der dicke Troll ihnen nicht folgen konnte, und Michael hörte die Kreatur hinter sich vor Wut brüllen und mit der Keule die umliegenden Hauswände bearbeiten. Sie rannten weiter einen gewundenen Kanal entlang, an dessen Böschung Boote vertäut waren, und sie hörten erst einen Schrei, dann noch einen und noch einen. Die Kreischer kamen von allen Seiten. Sie kreisten die Fliehenden ein.

Im Laufen schien Dr. Pym die Architektur der Stadt zu verändern. Brücken verschwanden hinter ihnen und Gebäude rückten zusammen, sodass ihren Feinden der Weg versperrt war. Aber bei jeder Biegung tauchten drei oder vier Morum Cadi auf, zückten die Schwerter und nahmen kreischend die Verfolgung auf.

»Zum Hafen«, keuchte Dr. Pym ein ums andere Mal. »Wir müssen zum Hafen.«

Und dann bogen sie um die Ecke des Hauptkanals und sahen sich einem Dutzend Kreischer gegenüber, die vor der Brücke standen. Vor ihnen ragte ein Mann auf. Es war der größte Mann, den Michael je gesehen hatte. Er trug einen langen dunklen Mantel, schwarze Lederhandschuhe und auf seinem Glatzkopf spiegelte sich das Licht der Straßenlaternen. Allein schon der Anblick dieses Mannes erfüllte Michael mit Furcht. Emma packte ihren Bruder am Arm.

»Doktor!« Der Mann breitete die Arme wie zum Willkommen aus. »Wir haben schon auf sie gewartet! Jetzt ist es aber genug mit dem Herumgerenne. Wir wecken sonst noch die Nachbarn.«

»Du kriegst sie nicht, Rourke!« Der Zauberer stellte sich vor die Kinder. »Nur über meine Leiche.«

»Ach, wissen Sie, Doktor«, sagte der Mann und lächelte, »den Gefallen kann ich Ihnen tun.«

Die Kreischer griffen an, aber Dr. Pym blies auf seine Fackel, und mitten auf der Straße erhob sich eine Wand aus Flammen. Dann hob der Zauberer die Arme, als ob er ein Orchester dirigieren wollte, und ein Feuerball fuhr in die Luft und flog in großem Bogen über die Stadt.

»Dr. Pym!«, schrie Emma. »Was sollen wir denn jetzt machen?«

»Wenn wir nicht zum Hafen gelangen können«, sagte der Zauberer grimmig, »dann muss der Hafen eben zu uns kommen. Hier entlang!«

Sie rannten zu einem verfallenen vierstöckigen Gebäude, das sich an den Rand des Kanals klammerte. Dr. Pym stieß die aus modrigen Holzplanken bestehende Tür auf und scheuchte sie eine breite Treppe hoch.

»Aufs Dach! Beeilt euch!«

Während sie nach oben eilten, hörte Michael, wie die Tür aus den Angeln gerissen wurde. Seine Beine waren schwer und die Muskeln brannten vor Anstrengung. Vom obersten Stock aus führte eine eiserne Leiter an verfaulten Dachbalken vorbei nach oben, und der Zauberer trieb sie immer weiter, bis sie auf einem geneigten, nur noch zur Hälfte mit Ziegeln bedeckten Dach standen. Sie blickten über die Stadt und das dunkle Wasser des Kanals. Der Zauberer schickte einen weiteren Feuerbogen in den Himmel. Dort hing er und leuchtete.

»Wer …«, keuchte Michael, »wer war dieser Mann?«

»Das war Rourke«, antwortete Dr. Pym. »Die rechte Hand des Feindes. Ich muss mich konzentrieren. Sie werden uns jeden Moment erwischen. Wir brauchen Zeit. Zeit ist das allerwichtigste.«

Überall in der Stadt läuteten die Glocken und Michael sah Lichter in den Fenstern angehen. Stimmen riefen einander ängstlich und beunruhigt zu. Und dann hörten sie die Kreischer. Einige kamen über die Eisenleiter aufs Dach, andere kletterten an der Hauswand nach oben und zogen sich über die Dachkante hinauf.

»Zurück!«, befahl der Zauberer den Kindern.

Michael und Emma wollten zurückweichen, aber sie fanden kaum Halt. Die Ziegel waren lose und einer gab unter Michaels Füßen nach. Michael rutschte aus und wäre beinahe vom Dach gefallen.

Überall waren jetzt Kreischer. Dr. Pym schleuderte den

Kreaturen eine Flammensichel entgegen. Die trockenen Fetzen ihrer Uniformen gerieten sofort in Brand und etliche der Ungeheuer fielen wie riesige Fackeln vom Dach. Das ganze Gebäude erzitterte. Michael hörte von unten wütendes Gebrüll. Er spähte über die Dachkante und sah zwei Trolle auf das Haus einhämmern wie Holzfäller auf einen Stamm. Emma dagegen hatte sich darauf verlegt, mit Ziegeln um sich zu werfen, so schnell sie konnte. Es gab keine Fluchtmöglichkeit, sie saßen in der Falle.

Da packte Dr. Pym Michaels Arm und beugte sich dicht an sein Ohr. Die Feuersichel wehrte die Kreischer für den Moment ab.

»Michael, hör mir zu! Du musst die Chronik des Lebens finden. Alles hängt von dir ab. Du weißt, wo sie versteckt ist, nicht wahr? Du kannst sie finden.«

»J…ja.«

»Der grässliche Magnus darf sie nicht haben. Versprich mir das. Versprich es mir!«

»Ich … verspreche es.«

»Du bist ihr Hüter. Katherine hat es vorausgesehen. Hast du das begriffen? Sag mir – hast du das begriffen?!«

Michael nickte, aber er spürte, wie Panik in ihm hochstieg. Plötzlich wurde ihm bewusst, dass er nicht bereit war. Warum hatte er so getan, als ob er alles unter Kontrolle hätte? Er versuchte etwas zu sagen, aber seine Kehle war wie ausgedörrt und die Worte wollten nicht kommen.

Dann schrie Emma etwas und deutete zum Kanal.

Der Zauberer wirbelte herum. »Dem Himmel sei Dank, er hat mein Signal gesehen.«

Michael hörte jetzt Motorengebrumm, das stetig lauter

wurde. Und dann sah er ein Flugzeug, das durch den Kanal gefahren kam. Die Kufen schnitten breite Spuren in das stille Wasser. Das Flugzeug glitt unter einer Brücke durch und würde in wenigen Sekunden bei ihnen sein.

»Wenn ihr im Wasser landet – nein, hör mir zu, Michael – wenn ihr im Wasser landet, halte deine Schwester gut fest. Ihr werdet nur eine Chance haben, aufgenommen zu werden.«

»Sie … sie kommen doch mit«, stammelte Michael.

»Nein. Jemand muss hier bleiben. Rourke weiß über das Grab Bescheid. Er wird schon bald herausfinden, wo sich die Chronik des Lebens befindet. Ich bin der Einzige, der ihn zumindest eine Zeit lang aufhalten kann. Ich kann euch einen Vorsprung verschaffen.«

»Aber … ich …«

»Ich weiß, wovor du Angst hast. Vertraue Emma. Vertraue dir selbst. Du hast ein gutes Herz. Lass dich davon leiten.«

»Aber Sie können doch nicht …«

»Er kommt. Ihr müsst jetzt springen.«

Michael sah den glatzköpfigen Mann aufs Dach steigen.

»Springt! Jetzt!«

Er stieß Michael auf Emma zu. Michael packte seine Schwester an der Hand. Ihnen blieb keine Zeit mehr.

»Wir müssen springen!«

»Was ist mit Dr. Pym?«

»Er kommt nicht mit.«

Bevor Emma noch etwas sagen konnte, umklammerte Michael ihre Hand ganz fest, schob seine Brille in den Beutel, nahm drei Schritte Anlauf – und dann sprang er, und Emma blieb nichts anderes übrig, als mit ihm zu springen.

Sie fielen und fielen. Die Wasseroberfläche zu durchbrechen, war wie auf Beton zu treffen. Michael wurde nach unten gedrückt und Emmas Hand löste sich aus seiner. Er kämpfte sich nach oben, und als er mit dem Kopf durchs Wasser stieß, sah er vor sich den Propeller des Flugzeugs. Emma war ganz in seiner Nähe und blickte sich orientierungslos und ängstlich um. Er schwamm zu ihr, schlang seine Arme um sie, und als im letzten Moment das Flugzeug abdrehte und der Propeller nur wenige Zentimeter an ihnen vorbeiwirbelte, fühlte sich Michael von stahlharten Fäusten gepackt. Er und Emma wurden aus dem Wasser und hinein ins Flugzeug gezogen. Emma schrie laut auf, und Michael, der immer noch – alle viere von sich gestreckt – auf dem Boden lag und nach Atem rang, sah, wie sie Gabriel umarmte. Es war Gabriel, der sie in Sicherheit gezogen hatte und jetzt dem Piloten etwas zurief. Das Flugzeug erhob sich in die Luft, streifte mit der Unterseite der Kufen ganz leicht ein Brückengeländer und stieg dann höher und höher. Michael setzte seine Brille wieder auf und taumelte zur offenen Tür. Dort draußen sah er zwei Schemen auf einem Dach einander gegenüberstehen. Ihre Konturen wurden von Flammen beleuchtet und von der Hitze verzerrt. Dann geriet das ganze Gebäude ins Wanken und fiel in sich zusammen. Steine und Mörtel polterten in den Kanal. Höher und höher stieg das Flugzeug, bis Malpesa unter ihnen verschwand und es nichts mehr gab, außer dem Wind und dem Motorengebrumm und der Dunkelheit des Nachthimmels. Emma klammerte sich an Michael und weinte.

»Oh Michael … Dr. Pym, er … oh Michael!«

KAPITEL 8
Die Wilden

»Ich möchte meinen, Master Jake …«

»Ja, Master Beetles?«

»Mir will scheinen, als ob sie endlich aufwacht.«

Kate schlug die Augen auf. Wieder lag sie auf dem Boden und wieder ruhten zwei Augenpaare auf ihr. Aber der Raum, in dem sie sich befand, war nicht der Dachboden, auf dem sie das erste Mal erwacht war, und die beiden Jungen piksten sie auch nicht mit Stöcken. Sie saßen auf zwei zerkratzten Holzstühlen, die Füße auf umgedrehte Obstkisten gelegt. Dicht neben ihnen bullerte ein Eisenofen. Beide Jungen rauchten Pfeifen.

»Wie lange habe ich geschlafen?«, wollte Kate wissen und setzte sich auf.

Der Junge namens Beetles zog die Pfeife aus dem Mund und schien angestrengt nachzudenken.

»Wie lange hat sie wohl geschlafen, was würden Sie sagen, Master Jake? Fünf Stunden?«

»Och, mir will scheinen, es waren eher sechs, Master Beetles.«

»Sechs Stunden? Tatsächlich?«

»Aber mindestens. Ich dachte schon, sie würde einen Laden aufmachen und …«

»Ja, ja, schon gut«, sagte Kate.

»Ach, tatsächlich?«, grinste Beetles. »Was für einen Laden denn, Master Jake?«

»Na ja, einen Ich-schlafe-den-ganzen-Tag-und-drücke-mich-vor-der-Arbeit-Laden, Master Beetles.«

Kate schüttelte den Kopf, während sich die beiden Jungen vor Lachen die Bäuche hielten. Beetles machte viel Aufhebens davon, seine Mütze zu ziehen und sich tief vor seinem Freund zu verneigen, augenscheinlich vor Ehrfurcht über seinen unschlagbaren Witz. Kate schaute sich um.

Bleiches Winterlicht zwängte sich durch ein einziges schmutz- und frostverkrustetes Fenster und beleuchtete nur spärlich den kleinen, einfachen Raum. Abgesehen von dem Ofen, den Obstkisten und den Stühlen, auf denen die beiden Jungen saßen, gab es nichts zu sehen. Wände und Boden bestanden aus mächtigen grauen Steinquadern, nur die Dachbalken waren aus Holz.

Kate sah, dass sie auf einer zusammengefalteten Decke gelegen hatte und eine zweite Decke über ihre nackten Füße ausgebreitet gewesen war. Die Geste kam ihr merkwürdig fürsorglich vor. Sie trug immer noch den Wollmantel, für den sie in der Bowery ihre Goldkette eingetauscht hatte. Ihre Hand fuhr in ihre Tasche, tastete nach dem vertrauten, ovalen Medaillon und fand es auch. Sie brauchte eine neue Kette, so schnell wie möglich. Ihr fehlte das Gewicht des Medaillons um ihren Hals. Sie wollte es jederzeit spüren können und wissen, dass es noch da war.

Dann dachte sie an den magischen Markt, an die Hexe, die sie betäubt und an die beiden Gnome verkauft hatte. Sie erinnerte sich daran, dass sie von einem anderen Jungen gerettet worden war. Rafe. Sie sah ihn vor ihrem geistigen Auge, wie er von oben herabgesprungen kam. Er hatte sie erkannt. Aber wie war das möglich? Wer war er?

Sie schaute zu Jake und Beetles. Sie fochten gerade einen Wettstreit aus, wer den größten Rauchkringel blasen konnte, aber immer wenn einem einer gelang, hustete der andere wie zufällig oder sprang auf, als ob ihn ein Floh gebissen hätte, um das zarte Rauchgebilde zu zerstören. Es dauerte eine Weile, bis Kate klar wurde, dass die Lust an der Zerstörung der Rauchkringel das eigentliche Spiel war.

Sie hatten dabei so viel Spaß, dass Kate unwillkürlich lächeln musste.

»Wisst ihr eigentlich«, sagte sie, »dass Rauchen ungesund ist?«

Die Jungen fanden diese Behauptung zum Schreien komisch.

»Hör sich das einer an, Rauchen soll ungesund sein!«, kicherte Beeltes. »Wo doch jeder weiß, dass der Körper hin und wieder ein Pfeifchen braucht.«

»Die beste Medizin auf der Welt!«, nickte Jake und blies wieder einen Kringel.

»Rauchen is ungesund! Ha, ha!«

»Und ausgerechnet sie muss uns sagen, was gesund und ungesund is«, ergänzte Jake. »Ham wir ihr nich gesagt, sie soll sich von dieser Hexe fernhalten?«

»Ham wir«, pflichtete Beetles ihm bei. »Wir ham's ihr gesagt, aber sie hat's trotzdem getan.«

»Also gut«, sagte Kate. »Das nächste Mal höre ich auf euch.«

»Das wär besser«, meinte Beetles, »weil wir Rafe nich immer rechtzeitig finden können, wenn du in Schwierigkeiten steckst.«

»Dieser Rafe ... ist er dejenige, der mich hierher gebracht hat?«

»Ja«, antwortete Beetles. »Du warst ohnmächtig. Rafe musste dich den ganzen Weg tragen.«

Kate dachte an die Decke über ihren Füßen und fragte sich, ob derselbe wilde Junge, den sie in der dunklen Gasse erlebt hatte, dafür verantwortlich war.

»Wo ist er?«

»So so, das is ja ma ganz was Neues, was, Master Jake?«, grinste Beetles. »Plötzlich will sie den guten Rafe doch sehen!«

»Klar, weil sie in ihn verknallt ist, oder was meinst du?«

Kate spürte, wie ihr die Hitze ins Gesicht stieg, und war dankbar für das schummrige Licht.

»Ich will ihm danken, weil er mein Leben gerettet hat.«

Und ihn fragen, woher er mich kennt.

»Er ist sehr beschäftigt, unser Rafe«, sagte Beetles. »Er hat uns befohlen aufzupassen, dass du nich wegläufst.«

»Obwohl du das jetzt bestimmt nicht mehr tust, wo du ihn doch heiraten willst«, sagte Jake.

»Ganz recht, Master Jake, ganz recht«, kicherte Beetles.

»Du solltest 'nen Laden aufmachen. Den Ich-will-Rafe-heiraten-und-hundert-Babys-von-ihm-haben-Laden«, prustete Jake.

Kate schwieg und wartete, bis sich die beiden beruhigt hatten.

»Wo bin ich hier?«, fragte sie schließlich.

»Im Unterschlupf, natürlich!«

»In was für einem Unterschlupf?«

»In was für einem Unterschlupf?«, wiederholte Jake. »In unserem, was denn sonst! Im Unterschlupf der besten und raffiniertesten Bande von New York!«

»Der ganzen Welt!«, sagte Beetles.

»Ja, die beste Bande der ganzen Welt! Das sind wir: Die Wilden!«

Der Unterschlupf entpuppte sich als alte, verlassene Kirche. Früher einmal war es wohl ein beeindruckendes Bauwerk gewesen, denn als Kate aus dem kleinen Hinterzimmer, in dem sie erwacht war, ins Kirchenschiff trat, war sie sprachlos von dessen Ausmaß. Säulen ragten fast dreißig Meter in die Höhe und stützten eine gewölbte Decke. Viele der Buntglasfenster waren zerbrochen und mit Brettern vernagelt, aber diejenigen, die noch intakt waren, sprenkelten das Innere des alten Gemäuers mit grünen, roten, gelben und blauen Lichtflecken, die sich zu herrlichen und vielfältigen Mosaiken zusammenfanden. Überall auf dem Steinfußboden lagen Decken und Kissen. Mit Laken waren einzelne Bereiche abgeteilt. Kate fand, es wirkte wie der Schlafsaal eines riesigen Waisenhauses.

Sie sah etwa zwanzig Kinder, sowohl Mädchen als auch Jungen. Die meisten waren in Jakes und Beetles' Alter. Während Kate mit ihren beiden Begleitern zwischen den notdürftigen Lagern hindurchging, fiel ihr auf, dass die Kinder zwar weder besonders sauber noch gut gekleidet waren, dass sie aber alle gut genährt und glücklich aussahen. In ihrem Leben waren Kate und ihre Geschwister schon in vielen Waisenhäusern gewesen, und sie spürten in der Regel sofort, welche Atmosphäre herrschte. War es ein glücklicher Ort, ein trauriger, ein düsterer? Waren die Menschen hier gemein oder großherzig?

Kate wusste sofort, dass dies hier ein guter Ort war.

In der Mitte des Kirchenschiffs standen etliche Kinder an einem langen Tisch und sortierten Gegenstände – Taschenuhren, seidene Tücher, Ringe, Halsketten, Ohrringe, kleine verzierte Dosen, Pelzmäntel und Schals –, während ein Junge mit einer Kladde sorgfältig die Gegenstände auflistete, die die Kinder ihm nannten.

»Was machen sie da?«, fragte Kate.

»Sie sortieren die Tageseinnahmen.«

»Was für Tageseinnahmen?«

»Na, was die einzelnen Gruppen so rangeschafft haben. Ziemlich fette Beute, wenn du mich fragst.«

Kate dämmerte allmählich, wovon die beiden Jungen redeten und worum es sich bei dem Haufen auf dem Tisch handelte.

»Moment mal – ihr seid *Diebe*?«

»Ganz recht«, sagte Beetles, drückte stolz die Brust raus und hakte die Daumen in seine Hosenträger. »Die besten Diebe von New York City.«

»Oder von Brooklyn«, sagte Jake.

»Oder so«, nickte Beetles. »Obwohl wir noch nie da waren.«

Kate wusste, wie ungerecht es war, wütend auf die Kinder

zu sein. Aber sie konnte einfach nicht anders. »Das also ist eure Bande? Ihr seid eine Bande von Dieben?«

»Ja«, sagten sie und nickten glücklich. »Und Rafe hat uns alles beigebracht.«

»Er ist der Beste, unser Rafe«, sagte Jake.

»Der Allerbeste«, ergänzte Beetles.

»Na toll«, sagte Kate und biss sich auf die Zunge. »Das ist ja ganz toll.«

Nachdem Jake und Beetles ihr versichert hatten, *wie* toll es war, fragte sie die beiden, wo sie Rafe finden konnte und wurde von ihnen in das sogenannte Unterrichtszimmer geschickt.

»Was unterrichtet er denn?«, wollte Kate wissen. »Vielleicht wie man Taschen ausräumt? Oder in Häuser einbricht?«

Aber die beiden Jungen lachten bloß und gingen voraus, wobei sie ihr bedeuteten, ihnen zu folgen. Der Raum befand sich am Ende eines Gangs im hinteren Bereich der Kirche. Er war hell, hatte einen Boden aus Holzdielen und einen großen Kamin. Als Kate und ihre Begleiter eintraten, schürte der Junge namens Rafe, der sie in der Gasse gerettet hatte, gerade das Feuer, sodass es hell aufloderte und knisterte. Ein Dutzend Kinder, alle jünger als Jake und Beetles, saßen ihm zugewandt auf dem Boden. Ein Mädchen mit schmalen Schultern und nervösem Blick stand neben Rafe.

Vor dem Feuer sah Kate eine Kerze stehen, die nicht angezündet war.

»Bist du bereit?«, fragte Rafe das Mädchen.

Sie nickte, obwohl sie ganz offensichtlich Angst hatte. Keins der Kinder rührte sich oder sagte etwas.

»Was geht hier vor?«, wollte Kate leise wissen.

Beetles bedeutete ihr zu schweigen. »Schau zu.«

Rafe legte seine Hand auf die Schulter des Mädchens. »Dann los.« Und das Mädchen streckte ihre kleine, zitternde Hand in das Feuer …

»Nein!«

Kate stürzte hinzu und riss das Kind zurück. Sie war noch rechtzeitig gekommen. Das Mädchen hatte keine Brandwunden davongetragen, und Kate drückte das verdatterte Kind fest an sich, als ob sie Angst hätte, dass der Junge versuchen würde, ihr die Kleine wegzunehmen.

»Was machst du denn da?«, schrie sie ihn an.

Rafe betrachtete sie ausdruckslos.

»Heda, Rafe!«, sagte Beetles fröhlich. Er und Jake waren bei der Tür stehen geblieben. »Wir ham auf sie aufgepasst, wie du gesagt hast.«

»Sie is nich weggelaufen, weil sie in dich verliebt is«, grinste Jake.

»Das«, sagte Kate mit fester Stimme, »ist nicht wahr.«

»Alles klar.« Der dunkelhaarige Junge wandte sich den Kindern zu. »Wir machen später weiter.« Die Kinder, einschließlich des Mädchens, das sich aus Kates Umarmung befreit hatte, hasteten aus dem Zimmer. Rafe stellte den Schürhaken neben dem Kamin ab. »Der Boss will mit dir reden.«

»Antworte mir – was hattest du mit ihr vor?«

»Ich unterrichte sie. Ich versuch's jedenfalls.«

»Worin? Wie sie sich am besten verbrennt?!«

Der Junge warf ihr einen langen Blick zu. Dann bückte er sich und legte ruhig seine eigene Hand direkt ins Feuer. Kate keuchte auf. Fassungslos sah sie, dass der Junge sich die Hand nicht verbrannte. Die Haut blieb hell und rein. Dann streckte er die andere Hand aus und berührte den Kerzendocht. Eine Flamme flackerte auf.

Der Junge nahm seine Hand aus dem Feuer und berührte Kates Handgelenk. Seine Finger waren kühl.

»Ich hätte nicht zugelassen, dass sie sich verbrennt.«

Er blies die Kerze aus.

»Jetzt komm. Der Boss wartet.«

Er brachte sie zum Glockenturm, wo eine riesige Eisenglocke am Boden lag. Sie hatte einen langen Riss und der Boden unter ihr war geborsten. An der Wand entlang schlängelte sich eine Holztreppe nach oben.

»Warte …«, sagte Kate.

Der Junge blieb auf der zweiten Stufe stehen.

»Ich begreife das nicht … Bist du … ein Zauberer?«

Der Junge lachte. »Zauberer lesen Bücher und kennen 'ne Menge Sprüche. Ich bin kein Zauberer.«

»Aber was du da gerade gemacht hast … mit dem Feuer …«

»Das ist bloß etwas, was ich kann.«

»Und die anderen Kinder, haben die auch …?«

»Jedes Kind hier hat Magie in sich. Das ist der Grund, warum sie hier sind. Wir bringen ihnen bei, damit umzugehen. Das ist alles.«

Er wollte sich abwenden, aber Kate sprach weiter.

»Ich wollte … dir danken. Dafür, dass du mir das Leben gerettet hast. Mich befreit hast aus den Händen dieser … Dinger.«

»Der Gnome.«

»Ja.«

»Jake und Beetles wollten dich höchstpersönlich retten. Was ich getan habe, habe ich zu *ihrem* Schutz getan.«

Er stand da, die Hand auf dem hölzernen Geländer, und Kate suchte in seinem Gesicht nach einem Zeichen des Erkennens, nach einem Hinweis darauf, dass sie ihm schon früher begegnet war.

Aber da war nichts.

Kate spürte, wie sie verlegen wurde, und zog ihren Mantel fester um sich. Sie begriff nicht, was hier vor sich ging, wer dieser Junge war, woher diese Kinder kamen, aber sie sagte sich, dass es keine Rolle spielte. Wichtig war nur, dass es ihr gelang, nach Cambridge Falls zu kommen, zu Dr. Pym, und dass sie gemeinsam mit ihm einen Weg fand, zu Emma und Michael zurückzukehren.

»Hör zu, ich bin dir wirklich dankbar …«

»Das sagest du bereits.«

»Aber ich muss fort. Ich habe einen langen Weg vor mir, und je eher ich aufbreche, desto besser.«

»Wo willst du hin?«

»Nach Norden.«

»Und wie willst du dahin kommen?«

Kate scharrte nervös mit den Füßen. »Ich weiß nicht. Ich wollte den Zug nehmen.«

»Hast du Geld für eine Fahrkarte?«

»Nein, aber …«

»Vermutlich hast du auch kein Geld für Essen, oder?«

Kate schwieg.

»Es wird bald dunkel und dann wird es viel kälter werden. Auch mit dem Mantel bist du viel zu dünn angezogen. Wie willst du dich warm halten?«

»Ich weiß nicht, aber …«

»Sieht so aus, als wüsstest du nicht viel. Außer, wie du am schnellsten erfrierst.«

Kate machte den Mund auf, um zu widersprechen, aber der Junge ließ sie nicht zu Wort kommen. »Du musst mit dem Boss reden.« Und damit stieg er die Treppe hinauf. Nach ein paar Augenblicken folgte ihm Kate schmollend.

Der Glockenturm war hoch und keiner von ihnen sprach während des Aufstiegs. Hier und da waren einzelne Stufen zersplittert, Bretter hingen lose oder fehlten ganz. Sie mussten über die Lücken springen und bei jedem Sprung spürte Kate ganz deutlich den Abgrund unter sich. Aber jedes Mal behielt sie der Junge fest im Blick, jederzeit bereit, sie aufzufangen, falls sie ausrutschte. Sie achtete sorgfältig darauf, wo sie hintrat. Sie wollte ihm nicht noch einmal danken müssen.

Je höher sie kamen, desto kälter wurde es. Der Wind, der durch die Ritzen in den Wänden blies, wurde immer stärker. Kate wurde schwindelig. Sie fühlte sich ganz hohl; sie hatte nichts mehr gegessen, seit Jake und Beetles die Kartoffel mit ihr geteilt hatten. Und davor? Wann war ihre letzte richtige Mahlzeit gewesen?

Oben im Glockenturm hockten Dutzende Tauben auf den Seilen um den Glockenstuhl und gurrten leise. Das Gefieder hatten sie zum Schutz gegen die Kälte aufgeplustert. In der Mitte des Dachs prangte ein großes, zerklüftetes Loch, und Kate sah ein Stück des grauen Winterhimmels.

Durch eine Falltür, die offen stand, führte eine Leiter hinauf.

»Warte mal …«

Der Junge drehte sich um, den Fuß auf der ersten Sprosse. »Was ist jetzt schon wieder?«

Er schaute sie an und Kate verspürte ein Beben in ihrer Brust. Das Gefühl war nicht neu. Sie hatte es schon einmal gefühlt, unten, in dem Unterrichtszimmer, als sie neben ihm gestanden und er seine Hand ins Feuer gelegt hatte. Aber jetzt, als sie hier allein in dem engen Glockenturm waren und er sie unverblümt anschaute, war das Gefühl noch stärker und stiftete in ihrem Herzen eine große Verwirrung.

»In der Gasse. Als du mich gerettet hast. Es hatte den Anschein, als würdest du mich kennen. Wie ist das möglich?«

Der Junge betrachtete ihr Gesicht. Es war so, als würde man von einem wilden Tier taxiert werden; in seinem Blick lag etwas Ungezähmtes, das einem Angst einjagen konnte. Kate zwang sich, ihm standzuhalten.

»Ich habe mich geirrt«, sagte Rafe. »Du siehst bloß jemandem ähnlich, den ich kenne.« Er stieg die Leiter nach oben und ließ Kate stehen. Sie atmete tief ein und aus, bis der Junge zu ihr hinunterrief: »Kommst du?«

Sie kletterte durch die Falltür und stand im Freien. Das Dach des Glockenstuhls bestand aus einer großen, rechteckigen Fläche, gekrönt von einem spitzen Turm, der von Säulen getragen wurde. Kate musste unwillkürlich an einen riesigen Pavillon denken. Das Ganze hatte zwar ein Dach, aber keine Wände. Drei riesengroße Eisenglocken, die genauso aussahen wie jene am Fuß des Glockenturms, hingen über ihr. Sie sah die Stelle, wo die heruntergefallene Glocke gehangen hatte, wie eine Zahnlücke in einem grinsenden Gesicht.

Es war bitter kalt. Kate schlang die Arme um ihren Körper und schaute nach rechts, die prächtigen Alleen entlang, bis zu der weiten Fläche des Parks, der wintertot und weiß in der Ferne schimmerte. Dann schaute sie in die andere Richtung, über die wilde Ansammlung aus Straßen und Häusern, aus dem Downtown New York bestand. Hinter sich blickend, sah sie, dass die Kirche am Ufer eines breiten grauen Flusses stand, an dessen Rändern sich Eis gebildet hatte.

Dann schaute sich Kate im Glockenturm um.

Etwa fünfzehn Meter von ihr entfernt saß eine Frau an einem Schreibtisch und schrieb etwas. Sie schien ganz in ihre Tätigkeit versunken zu sein. Auf dem Tisch stapelten sich Papiere, die mit Steinen beschwert waren, damit der Wind sie nicht hinwegtragen konnte. Ihre Kanten und Ränder flatterten wie winzige Segel. Kälte oder Wind schienen der Frau nichts auszumachen. Sie schrieb unbeirrt weiter.

Kate schätzte sie auf Anfang fünfzig. Ihre grauen Haare trug sie kurz wie ein Mann und sie hatte ein langärmeliges, hochgeschlossenes schwarzes Kleid an und um die Schultern einen schwarzen Schal gelegt. Ihrer Haltung nach zu urteilen war sie streng und unbeugsam. Kate konnte die rechte Hand nicht sehen, aber an der linken, mit der sie schrieb, steckten keine Ringe. Sie trug auch keine Halskette, keine Brosche und keinen Ohrschmuck. Kate hatte den Eindruck, einer ungeheuer willensstarken Frau gegenüberzustehen, deren inneres Feuer sie nicht nur hier oben wärmte und vor dem eisigen Wind schützte, sondern auch alles an ihr weggebrannt hatte, was nicht unbedingt nötig war.

Kate fühlte, wie sich eine Last auf ihre Schultern legte. Der Junge hatte ihr einen schweren, langen Mantel umgehängt.

»Dein Mantel taugt nicht viel. Der hier ist aus Bärenfell.«

Der Mantel bestand aus einem dichten schwarzen Pelz und war sehr schwer und warm. Der Junge zog ihn nach vorne, sodass er um ihren Körper lag wie ein Umhang. Es kam Kate so vor, als ob er bewusst ihrem Blick auswich. Kate dachte an die Decke, die über ihren Füßen gelegen hatte, während sie schlief, und sie war sich sicher, dass er es gewesen war, der sie dorthin gelegt hatte.

»Komm mit.«

Er drehte sich um und ging quer durch den Glockenturm, wobei er das Loch in der Mitte weiträumig umlief. Kate folgte ihm. Der Saum des Bärenfellmantels schleifte über den Boden.

Rafe blieb vor dem Schreibtisch stehen, und gemeinsam warteten sie darauf, dass die Frau Notiz von ihnen nahm. Schließlich legte sie den Stift beiseite und schaute auf.

»So«, sagte sie. Ihre Stimme klang, als würden Steine übereinander schaben. »Du bist also das Mädchen, dem wir diese ganze Aufregung verdanken.«

Sie stand auf und kam um den Schreibtisch herum. Sie war nicht besonders hoch gewachsen, aber obwohl sie Kate nur um fünf oder sechs Zentimeter überragte, hielt sie sich so aufrecht, dass sie viel größer wirkte. Sie hatte scharfe graue Augen, und ihr Gesicht war faltig und wettergegerbt, als ob sie den größten Teil ihres Lebens im Freien verbracht hätte. Kate dachte, sie würde an Deck eines Segelschiffs passen oder in die Prärie des amerikanischen Westens, fast so, als ob diese Frau die weite, offene Natur bräuchte, um Raum für ihren starken Willen zu haben. Die grauen Augen betrachteten Kate aufmerksam. Der Blick war nicht unfreundlich, aber es lag kein Mitgefühl und keine Sanftheit darin.

»Wie lautet dein Name, Mädchen?«

»Kate ... Katherine.«

»Ich bin Henrietta Burke.«

Sie streckte ihre linke Hand aus, und erst dann erkannte Kate, dass die rechte Hand der Frau, die sie in den Falten des schwarzen Schals verborgen glaubte, fehlte. Der Arm endete am Ellbogen und der Ärmel war über dem Stumpf zusammengenäht. Kate hatte ihre eigene rechte Hand schon ausgestreckt, zog sie ungeschickt zurück und reichte der Frau ihre linke. Henrietta Burke schüttelte Kates Hand kurz und fest. Es war, als würde man einem Adler die Hand geben.

»Du hast bemerkt, dass ich meine rechte Hand verloren habe. Vor zehn Jahren wurde ich von einem Haufen Narren und Idioten in St. Louis in die Enge getrieben. Sie beschuldigten mich der Hexerei. Womit sie natürlich recht hatten. Und aus irgendeinem Grund dachten sie, dass sie mir meine rechte Hand abschneiden müssten, um mich davon abzuhalten. Sie mussten schon bald darauf erfahren, wie sehr sie sich geirrt hatten. Es war mühsam, das Schreiben und die Ausübung der Magie mit der linken Hand zu erlernen, aber man kann alles, wenn man es wirklich will.

»Ja, Ma'am.« Kate wusste nicht recht, was sie sonst sagen sollte.

»Bitte entschuldige, dass wir uns hier oben treffen. Aber ich finde, dass die Kälte den Verstand schärft. Stimmt es, dass du aus der Zukunft kommst?«

Kate war sprachlos. »Ähm ... woher ...?«

»Es ist mein Geschäft herauszufinden, was man sich so erzählt. Und ich möchte dich bitten, meine Fragen präzise und ohne zu zögern zu beantworten. Ich habe wenig Zeit und noch weniger Geduld. Ich frage dich noch einmal: Kommst du aus der Zukunft?«

»Ja.«

»Und du möchtest wieder dorthin zurückkehren?«

»Ja.«

»Aber dazu brauchst du die Hilfe einer mächtigen Hexe oder eines erfahrenen Zauberers. Aus diesem Grund hast du dich der Hexe auf dem magischen Markt anvertraut, die daraufhin versucht hat, dich an die Gnome zu verkaufen. Korrekt?«

»Ja. Können Sie …?«

»Dich zurückschicken? Nein. Obwohl ich über recht ordentliche Fähigkeiten verfüge, übersteigt das, was du verlangst, meine Kräfte. Bring Scruggs zu mir.«

Die letzte Bemerkung galt dem Jungen. Rafe ging zum Rand des Glockenturms, griff nach einem Seil und kletterte rasch nach oben, wo er Kates Blicken entschwand. Kurz darauf hörte Kate seine Schritte über das Dach wandern.

»Scruggs«, sagte Henrietta Burke und schenkte sich aus der Kanne auf ihrem Schreibtisch eine Tasse Kaffee ein, »war einstmals ein herausragender Zauberer. Aber er hat es übertrieben und einen Zauber gewoben, der ihn zerbrochen hat. Trotzdem ist er immer noch mächtig. Er hat einen Verschleierungszauber über die Kirche gelegt. Die Polizei oder die Gnome könnten direkt an uns vorbeilaufen und würden uns nicht sehen. Jetzt verbringt er die meiste Zeit damit, mit den Vögeln zu reden.«

Erneut erklangen oben auf dem Dach Schritte. Dann erschien der Junge wieder und rutschte am Seil herunter. Er trug etwas auf dem Rücken. Als sie genauer hinschaute, sah Kate, dass es ein alter, knochiger Mann mit zerzausten Haaren war, der in einen mottenzerfressenen braunen Mantel gehüllt war. Als Rafes Füße den Boden berührten, löste der alte Mann seine Beine, die er um die Hüften des Jungen geschlungen hatte, und nahm seine Hände von Rafes Hals. Ohne Kate oder Henrietta Burke eines Blickes zu würdigen, setzte er sich auf einen Stuhl neben dem Schreibtisch und fing an, an seinen Fingernägeln zu kauen.

»Scruggs«, sagte die Frau, »dies ist das Mädchen. Kannst du ihr bei dem helfen, worüber wir gesprochen haben?«

Scruggs wirkte auf Kate so, als ob er selbst dringend Hilfe bräuchte. Seine Gesichtshaut war schlaff und grau, die Augen waren blutunterlaufen, seine Hände knorrig und geschwollen. Sein langes, fettiges Haar war seit Ewigkeiten nicht mehr gekämmt worden. *Er braucht Hilfe*, dachte sie, *aber vor allem ein heißes Bad.*

Der alte Mann starrte Kate an und grunzte, immer noch an seinen Fingernägeln kauend. »Sie hat die Macht«, krächzte er dann. »Sie kämpft dagegen an, aber ich kann sie herauslocken.«

»Danke, Scruggs.« Henrietta Burke wandte sich wieder zu Kate. »Weißt du, was morgen Nacht geschieht, Kind?«

»Die … Trennung?«

»Ja. Am letzten Tag des Jahres löst sich die magische Welt von der Welt der Menschen und wird sich fortan im Verborgenen aufhalten. Dieser Prozess wurde seit Jahrzehnten geplant. Kannst du dir ein Ereignis dieser Größenordnung vorstellen?« Henrietta Burke trat an den Rand des Glockenturms und schaute über die Stadt. »Ein Zauber musste gewirkt werden, mit dem das Erinnerungsvermögen eines jeden lebenden Menschen manipuliert werden kann. Große Flächen Land mussten unsichtbar gemacht werden. Und jede magische Gemeinschaft, jedes Dorf, jede Siedlung musste zustimmen, dass die Mitglieder und Einwohner sich der Trennung unterwerfen und niemals den Menschen zu erkennen geben würden. Natürlich gibt es noch Narren, die von dieser Maßnahme nicht überzeugt sind, aber selbst sie beugen sich ihr. Die Trennung ist der Schlüssel zu unserem Überleben.« Sie drehte sich um und blickte Kate an. »Ich sage dir das alles, damit du begreifst, dass ich Scruggs' volle Aufmerksamkeit und seine gesamten Kräfte benötige, bis die Trennung vollzogen ist. Die nächsten vierundzwanzig Stunden werden äußerst gefährlich sein. Danach werde ich dich nach Hause schicken. Kannst du so lange warten? Wenn nicht, steht es dir frei, zu gehen, wohin du willst.«

Kate wollte schon dankend ablehnen, da sie nicht die Absicht hatte, ihr Schicksal in Scruggs Hände zu legen, trotz allem, was die Frau über seine angeblichen Fähigkeiten behauptete – der alte Mann hatte gerade eine Schale mit Suppe auf dem Schreibtisch entdeckt und versuchte nun, sie mit den Fingern zu essen –, aber dann besann sie sich. Was für eine Möglichkeit blieb ihr sonst noch? Wie sollte sie nach Cambridge Falls zu Dr. Pym kommen? Der Junge hatte recht. Sie hatte kein Geld und trug immer noch ihre Sommersandalen. Wie sollte sie für die Fahrkarte bezahlen, für Essen und für warme Kleidung?

»Und was muss ich dafür tun?«

Die Frau lächelte, wenn man das, was sich auf ihrem Gesicht abspielte, überhaupt so nennen konnte. Die schmale Linie ihres Mundes wurde ein paar Millimeter weiter. »Du hast also begriffen, dass nichts auf dieser Welt umsonst ist. Gut. Ich bin froh, dass die jungen Mädchen der Zukunft keine kompletten Närrinnen sind.«

»Ich werde nicht stehlen …«

Die Frau lachte. Es klang wie ein Peitschenhieb. »Und trotzdem leistest du dir noch Skrupel. Die Wahrheit ist, dass ich noch nicht weiß, was ich für meine Hilfe verlangen werde. Ich werde meinen Preis nennen, wenn es so weit ist, und du kannst selbst entscheiden, ob du ihn zahlst oder nicht. Ist das akzeptabel?«

Kate warf einen Blick zu Rafe, der am Rand des Daches stand. Sie hatte ihn ein paar Minuten lang nicht angeschaut. Als sie jetzt zu ihm hinsah, wandte er rasch die Augen ab. Aber in dem kurzen Moment davor sah Kate den Ausdruck, auf den sie gewartet hatte: Er kannte sie. Er hatte sie angelogen, denn er kannte sie.

»Ich warte auf eine Antwort.«

Immer noch den Blick dem Jungen zugewandt, sagte Kate: »Einverstanden.«

Miss Burke wies Rafe an, wärmere und unauffälligere Kleidung für Kate zu finden und ihr etwas zu essen und einen Platz zum Schlafen zu besorgen. Morgen, meinte sie, würden sie weiterreden. Als Kate und der Junge wieder im Kirchenschiff standen, rief Rafe ein Mädchen, das vielleicht ein oder zwei Jahre jünger als Emma war.

»Sie braucht was zum Anziehen«, sagte er zu dem Mädchen. »Jungenklamotten. Die Gnome sind hinter ihr her. Je weniger sie wie ein Mädchen aussieht, desto besser.« Als das Mädchen Kate an der Hand nahm und mit sich zog, rief Rafe hinterher: »Denk an eine Mütze für ihre Haare!« Ohne sich umzudrehen, rief das Mädchen zurück: »Hältst du mich für blöd?« Und dann, zu Kate gewandt: »Er tut so, als könnte ich nicht selbst denken.«

Das Mädchen brachte Kate in einen Raum, in dem sich getragene Kleidungsstücke stapelten. Sie tauchte buchstäblich in einen Haufen hinein und warf Wollhosen, Hemden, Pullover und Schals nach rechts und links. Kate fing auf, was angeflogen kam.

»Probier die Sachen mal an«, sagte das Mädchen.

Es war dasselbe Mädchen, dessen Hand Kate aus dem Feuer gezogen hatte. Kate überlegte, ob sich die Kleine an sie erinnerte und wollte sie schon fragen, besann sich dann aber eines Besseren. Sie vermutete, dass sie dieselbe Antwort bekommen würde wie eben Rafe.

Kate musste an Emma denken. Das Mädchen erinnerte sie an ihre jüngere Schwester. Sie vermisste Emma, sie vermisste sie so sehr, dass sich ihr Körper verkrampfte und sie aufschluchzte.

»Geht's dir gut?« Das Mädchen hielt eine Hose hoch, in der Kate und noch vier oder fünf andere Personen bequem Platz gehabt hätten. »Du siehst aus, als müsstest du gleich weinen. Keine Angst. Wir finden schon was Passendes.«

Kate wischte sich über die Augen und zwang sich zu einem Lächeln. »Ich weiß. Danke.«

Nachdem sie etliche Kleidungsstücke verworfen hatte, weil sie entweder zu groß, zu klein, zu löchrig oder zu stinkig waren oder den Anschein hatten, als hätten es sich etliche kleine Lebewesen in dem Stoff bequem gemacht, stand Kate in einer dicken Wollhose, einem weichen Baumwollhemd und einem zweiten, dickeren Wollhemd, einer kurzen Segeltuchjacke und schweren Wollsocken da. Den Mantel, den sie in der Bowery gekauft hatte, hatte sie übergezogen. Sie hatte sich an ihn gewöhnt und wollte sich nicht von ihm trennen. Das Mädchen, das unermüdlich um sie herumsauste und ständig in Bewegung schien, kauerte sich zu Kates Füßen und arbeitete sich durch ein gutes Dutzend Paar Stiefel. Diejenigen, die ihr nicht gefielen, warf sie einfach über die Schulter auf einen großen, unordentlichen Haufen.

»Perfekt!«, verkündete das Mädchen schließlich.

Kate sah, dass sie zwei unterschiedliche Stiefel trug, aber sie passten und die Absatzhöhe war in etwa gleich.

»Jetzt noch eine Mütze!«

Und wieder tauchte das Mädchen in den Haufen.

»Dieser Rafe, wer ist er eigentlich?«, fragte Kate.

»Rafe? Er ist der Beste!«

»Ja, das habe ich schon gehört. Und abgesehen davon?«

»Er hat mich hierher gebracht.« Nur die Beine des Mädchens lugten noch aus dem Haufen heraus, durch den sie sich gerade pflügte. »Meine Eltern sind an der Schwindsucht gestorben. Danach hab ich in einer Fabrik gearbeitet. Schrecklich war es da. Es gab dort ein Haufen Mädchen wie mich. Der Fabrikbesitzer hat uns eingesperrt und wir mussten Tag und Nacht nähen. Er hat uns geschlagen und uns kaum etwas zu essen gegeben.«

»Aber…« Kate war entsetzt. »Das geht doch nicht… Es gibt doch Gesetze!«

»Gesetze? Ha! Wenn du ein Kind bist und noch dazu Magie in dir hast, dann holt dich irgendein Mensch von der Straße und lässt dich für sich arbeiten. Keinen kümmert's. Die Sachen, die wir herstellen, sind nämlich was Besonderes. Egal, was es ist – ob Schuhe oder Schränke. In allem, was wir herstellen, steckt Magie. Die Kleidung, die wir nähten, machte die Leute, die sie trugen, hübscher oder größer oder schlanker. Der Fabrikbesitzer hat viel Geld dafür verlangt. Er hat die Polente geschmiert. Keinen kümmert's.«

»Warum bist du nicht weggelaufen?«

»Sei doch nicht blöd«, sagte das Mädchen in genau dem Ton, in dem Emma das gesagt hätte. »Nur weil man Magie in sich hat, kann man noch lange keine Blitze aus der Nase rotzen.« Sie tauchte mit einer Handvoll Mützen wieder aus dem Haufen auf. »Na ja, Rafe hat uns gefunden. Er hat den Mann – einen erwachsenen Mann! – fürchterlich verdroschen. Er hat uns gesagt: *Ihr könnt eurer Wege gehen oder ihr könnt mit mir kommen. Ihr müsst arbeiten, aber niemand wird euch schlagen und ihr könnt gehen, wann immer ihr wollt.* Er hat alle Kinder hier gerettet. So wie Miss B ihn gerettet hat, als er klein war. Du kennst doch die Geschichte, oder?«

Kate schüttelte den Kopf und das kleine Mädchen senkte die Stimme zu einem verschwörerischen Flüstern.

»Verrate nicht, dass ich's dir gesagt habe. Rafe hat einen Mann getötet. Er war erst sechs Jahre alt und er hat dem Mann ein Messer ins Herz gestochen.« Abigail tat so, als würde sie Kate erdolchen, verzog das Gesicht zu einer Grimasse und stöhnte : »Uaaarrrgh!« Dann sprach sie mit normaler Stimme weiter. »Als ihn der Pöbel – Menschen natürlich! – durch die Stadt gejagt hat, stellte sich Miss B ihnen in den Weg. Sie wussten gleich, dass sie eine Hexe ist. Sie meinte, sie würde den Ersten, der Rafe anfasst, in ein Schwein verwandeln. Dann hat sie einen von den Kerlen tatsächlich in ein Schwein verwandelt, um den anderen zu beweisen, dass sie's kann. So hat es angefangen mit den *Wilden*. Rafe war der Erste. Und er fand den Rest von uns.«

Das Mädchen nahm eine Mütze und versuchte, sie Kate über den Kopf zu stülpen.

»Ich glaube, die ist zu klein«, meinte Kate.

Aber noch während sie das sagte, schien sich die Mütze zu dehnen, sodass sie wie angegossen passte. Das Mädchen warf die anderen Mützen beiseite.

»Prima!«

Und als Kate an sich herabsah, erkannte sie, dass die zwei unterschiedlichen Stiefel plötzlich zusammenpassten. Und ihre Kleidung, die mehr schlecht als recht gesessen hatte, wirkte mit einem Mal wie maßgeschneidert. War das die Magie der Kinder? Floss sie in alle Gegenstände, die sie berührten?

»Gehen wir was essen«, sagte das Mädchen mit einem breiten Grinsen. »Bevor nichts mehr übrig ist!«

Und sie hüpfte fröhlich aus dem Zimmer.

Kate stand da. In ihrem Kopf drehte sich alles. Wer waren diese Kinder? Und wer war *er*? Wer war Rafe? Mit sechs Jahren hatte er einen Mann getötet. Dann hatte er sich aufgemacht, andere Kinder zu retten. Das ergab doch alles keinen Sinn.

Und was Kate am meisten beschäftigte, war die Frage: Woher kannte Rafe sie?

In diesem Augenblick war der Junge, um den sich Kates Gedanken drehten, ein Dutzend Blocks südlich des Hauptquartiers unterwegs. Er huschte durch eine Straße, die schon bald aus den Karten New Yorks verschwinden würde. Die Nacht war hereingebrochen. Dicke weiße Schneeflocken segelten vom dunklen Himmel. Der Junge steuerte auf ein schäbiges Haus zu, stieg ein paar Stufen hinunter und klopfte dreimal an die Tür zur Kellerwohnung.

Eine Frau, eine alte Vettel, den Schal eng um die knochigen Schultern gezogen, öffnete die Tür. Rafe ließ ein paar Münzen in die von Altersflecken übersäte Hand der Greisin gleiten, die daraufhin zur Seite trat und ihn einließ. Es roch nach gekochtem Kohl, Schweiß und Tabak. Auf dem Boden oder entlang der Wand saßen Männer und Frauen und unterhielten sich flüsternd in den unterschiedlichsten Sprachen.

Am Ende eines langen Flurs blieb der Junge vor einer Tür stehen. Zuckendes Kerzenlicht leckte unter der Tür hervor. Rafe hob die Hand, um zu klopfen, doch eine Stimme kam ihm zuvor: »Tritt ein.«

Er kam in ein kleines Zimmer, in dem nur eine einzige Kerze brannte. Ein Mädchen mit dunklen Haaren und dunklen Augen, gerade einmal vierzehn Jahre alt, saß an einem Tisch. Auf der anderen Seite des Tischs, ihr gegenüber, stand ein leerer Stuhl. Neben der Kerze befanden sich auf dem Tisch lediglich noch eine flache Tonschale, ein Messer und einige kleine Krüge.

Der Junge zog ein zusammengefaltetes Stück Stoff aus seiner Hosentasche. Er schlug es auseinander und brachte ein einzelnes blondes Haar zum Vorschein, das er dem Mädchen reichte.

Dann sagte er: »Ich will wissen, wer sie ist.«

Der Junge saß da und schaute zu, wie das Mädchen die Tonschale mit Wasser füllte, Öl darauf sprenkelte, das blonde

Haar in der Kerzenflamme ansengte und dann in die Schale fallen ließ. Die Flüssigkeit in der Schale trübte sich. Ein paar Sekunden lang betrachtete das Mädchen die ölige Wasserfläche, dann schaute sie auf. Ihre Augen waren klar.

»Sie kommt aus der Zukunft.«

»Warum? Was macht sie hier? Was will sie?«

»Sie will wieder nach Hause. Aber indem sie hierher gekommen ist, hat sie den Lauf der Dinge verändert.«

»Was soll das heißen?«

Das Mädchen starrte ihn eine Weile an.

»Du bist ihr früher schon begegnet.«

Das war keine Frage, sondern eine Feststellung. Der Junge nickte. »Ich sah sie in einem Traum.«

Das Mädchen streckte die Hand aus, und der Junge riss sich eins seiner eigenen Haare aus, das er ihr daraufhin reichte. Sie versengte sein Haar ebenfalls und ließ es dann zu dem blonden Haar in die Schale fallen. Diesmal dauerte es lange, ehe sie wieder aufblickte.

»Du wirst gejagt.«

»Aber von wem? Von den Gnomen? Ich habe heute einen der ihren getötet …«

»Das ist nicht der Grund, warum sie hinter dir her sind. *Du* bist der Grund, warum sie überhaupt hierher gekommen sind. Der Grund, warum sie sich in diesem Land, in dieser Stadt aufhalten. Sie suchen *dich.*«

»Wovon redest du?«

»Du hast etwas, was sie brauchen. Etwas, das ihr Herr und Meister braucht. Wenn sie nicht gewesen wäre, hätten sie dich heute gefangen. Dein Weg hätte den des Riesen gekreuzt. Aber das Auftauchen des Mädchens hat alles verändert.«

»Was verändert? Wie verändert? Hätte man mich getötet?«

»Nein, du hättest dich ihnen angeschlossen.«

Der Junge lachte. »Ich? Mich den Gnomen anschließen? Du bist verrückt!«

Er wollte aufstehen, aber das Mädchen sagte: »Der Riese hätte dir Macht angeboten. Die Macht, deine Freunde zu beschützen. Die Macht, deine Feinde zu bestrafen. Er hätte dir die Antworten versprochen, nach denen du verlangst. Du hättest nicht widerstehen können.«

Der Junge setzte sich wieder. »Und was geschieht jetzt?«

»Das ist nicht klar. Das Mädchen ist der Schlüssel. Durch sie wirst du dein Schicksal begreifen. Aber das weißt du ja schon. Der Traum hat es dir verraten.«

Als der Junge wieder sprach, war seine Stimme leise und gepresst. »Und der Rest meines Traums? Was ist damit? Wird auch das in Erfüllung gehen?«

Das Mädchen nickte. »Ja. Sie wird dir zeigen, wer du bist. Und dann wird sie sterben.«

KAPITEL 9

Eis

Als sie Malpesa hinter sich ließen, herrschte im Inneren des Flugzeugs ein heilloses Chaos: Emma schrie und tobte, sie müssten umkehren und Dr. Pym holen, klammerte sich abwechselnd erst an Gabriel und dann an Michael und brüllte den Piloten an, er sei ein Idiot und solle gefälligst wenden. Beide Kinder waren klatschnass und zitterten vor Kälte; das Wasser im Kanal war eisig gewesen. Währenddessen nahm Gabriel still und gelassen die Dinge in die Hand, wickelte die Kinder in Decken und reichte ihnen trockene Kleidung, die er sich vom Piloten geborgt hatte. Der Pilot war zwar ein recht kleiner Mann, aber seine Kleider wirkten an Michael und Emma immer noch lächerlich groß. Nachdem sie trockene Sachen anhatten, wurde ihnen langsam wieder warm, und Emma fand sich widerstrebend mit der Tatsache ab, dass das Flugzeug nicht umdrehen würde, um Dr. Pym abzuholen. Sie flogen weiter.

Gabriel untersuchte sie auf Verletzungen und versorgte die Schnitte und Kratzer, die Michael davongetragen hatte. Als Gabriel vor ihm kniete, bemerkte Michael die grauen Strähnen im schwarzen Haar des großen Mannes und die Falten in seinem Gesicht. Ihm wurde bewusst, dass – anders als Dr. Pym – Gabriel nur ein Mensch war. Es waren fünfzehn Jahre seit ihrem Abenteuer in Cambridge Falls vergangen. Gabriel sah immer noch unüberwindlich stark und kräftig aus. Aber Michael spürte unwillkürlich eine neue Behäbigheit, nicht in den Bewegungen, sondern in der Haltung des Mannes.

»Wie fühlst du dich?«

Michael zuckte mit den Schultern. Er wusste nicht, wie er diese Frage beantworten sollte. Zu viel war geschehen. Und er kam sich in den Kleidern des Piloten dumm vor.

»Ihr werdet den Zauberer wiedersehen«, sagte Gabriel.

»Und Kate?«

»Sie auch.«

»Woher weißt du das?«

»Weil ich sie kenne.«

Michael hatte Gabriel erzählt, was auf dem Dach geschehen war, dass der Zauberer zurückgeblieben war, um zu verhindern, dass Rourke ihnen folgte – oder wenigstens, um ihnen einen Vorsprung zu verschaffen. Ihm, Michael, fiel die Aufgabe zu, das Buch Rubyn zu finden. Es konnte ihm niemand verübeln, dass er nicht erwähnte, wie er beinahe zusammengebrochen wäre und Dr. Pym angefleht hatte, er möge doch mitkommen, weil er sich der Aufgabe nicht gewachsen fühle. Beschämt vergrub Michael diese Erinnerung an einem tiefen, dunklen Ort, wo er sie hoffentlich nie mehr wiederfinden würde.

Das Flugzeug hatte keine Sitze, nur einige Klappbänke und

so saßen sie nebeneinander am Boden, in Decken gehüllt und mit dem Rücken gegen die Kabinenwand gelehnt. Emma hatte Gabriels Hand ergriffen und hielt sie in ihrem Schoß, teils weil es angenehm war, teils um sicherzugehen, dass ihr Freund nicht einfach wieder verschwand.

»Sag mir«, forderte Gabriel ihn auf, »was du über die Chronik des Lebens weißt.«

Michael holte tief Luft und erzählte – auch für Emma, die es noch nicht wusste –, wie er in die Kammer mit dem Skelett gekommen war und dass er die Flüssigkeiten der drei Behälter gemischt und getrunken hatte. Danach war ihm plötzlich klar geworden, wo die Chronik des Lebens verborgen war.

»*Das* hast du da drin gemacht?« Emma boxte ihn auf den Arm. »Das war ja wohl ober-dämlich! Mach so was nie wieder, hörst du? *Nie wieder!*«

»Okay.«

»Das will ich dir auch geraten haben.« Und sie boxte ihn noch einmal, für alle Fälle.

Michael rieb sich die schmerzende Stelle am Arm und musste unwillkürlich grinsen.

»Was meinst du damit, du hättest plötzlich gewusst, wo das Buch ist?«, wollte Gabriel wissen. »Hattest du eine Vision?«

»Ich weiß nicht. Es war eher so, als ob ich mich daran erinnern würde, wo es ist. Als ob ich derjenige wäre, der es versteckt hat. Das hört sich verrückt an, nicht wahr?«

»Ja«, sagte Emma.

»Nein«, sagte Gabriel. »So etwas ist nicht ungewöhnlich in der magischen Welt. Der tote Mann hat irgendwie seine Erinnerungen in diesen Flüssigkeiten kondensiert, und als du sie getrunken hast, gingen sie auf dich über.«

»Aber ich sehe nur Bruchstücke«, sagte Michael. »Nichts, was ich auf einer Karte wiederfinden würde.«

»Na ja, aber irgendeine Richtung muss ich dem Piloten angeben. Wohin sollen wir fliegen?«

Ohne nachzudenken, sagte Michael: »Nach Süden. Sag ihm, wir fliegen nach Süden.«

»Es gibt nichts südlich von Malpesa.«

»Oh doch«, sagte Michael. »Da gibt es etwas.«

Gabriel schaute ihn lange an, nickte und ging dann zum Cockpit.

Michael setzte sich, in seine Decke gewickelt, und überließ sich dem Geschaukel und Gebrumm des Flugzeugs. Gabriel kam zurück und erklärte, das Flugzeug habe genug Treibstoff, um einen Außenposten auf dem Ronne-Gletscher an der Küste der Antarktis zu erreichen. Dort würden sie das Flugzeug auftanken, warme Kleidung für die Kinder kaufen und nachdenken, wie es weitergehen sollte. Der Flug zur Antarktis würde fast die ganze Nacht dauern.

»Deine Schwester macht es richtig.«

Michael blickte zur Seite und sah, dass Emma die Augen geschlossen und ihren Kopf an seine Schulter gelehnt hatte. Sie schlief. Als Michael sich wieder zu Gabriel wandte, betrachtete der große Mann sein Gesicht aufmerksam. Michael war klar, dass Gabriel abschätzte, ob er genug Kraft hatte für das, was vor ihnen lag.

»Mir geht's gut«, sagte Michael. »Ich bin nur müde.«

Aber seine Stimme klang so schwach und ängstlich, dass nicht einmal er selbst seinen Worten Glauben schenkte,

Gabriel legte seine Hand auf Michaels Arm. Es war eine merkwürdig sanfte und gleichzeitig elegante Geste. Dann ging er zum Cockpit und Michael lehnte den Kopf gegen die vibrierende Wand des Flugzeugs. Emma rutschte näher an ihn heran. Er schaute aus dem Fenster, aber draußen war alles dunkel. Sie flogen nach Süden, zum Ende der Welt. Er schloss die Augen. Aber es dauerte lange, bis er Schlaf fand.

Michael träumte von Schnee. Er träumte von weißen Feldern und Tälern, von Ebenen und Bergen, alles überzogen mit Schnee, so weit das Auge reichte. Er flog darüber hinweg. Er schwebte. Er war allein, aber er hatte keine Angst.

Zwei Riesen kauerten in der Ferne. Er flog näher und näher und schließlich zwischen ihnen hindurch und dann weiter durch die Zähne eines Drachen.

Dann kam er in einen langen Tunnel. Ringsum pulsierte es rot. Die Hitze war unerträglich. Seine Haut knisterte wie trockenes Papier. Jeder Atemzug verbrannte seine Lungen. Plötzlich stand er neben einem blubbernden See und die Hitze wurde immer schlimmer. Er starrte auf die feurige Oberfläche –

»Michael! Michael! Wach auf!«

Emma rüttelte ihn. Er schlug die Augen auf und wusste zuerst nicht, wo er war. Dann erkannte er den Innenraum des Flugzeugs, sah Gabriel ihre Sachen zusammenpacken. Und er erinnerte sich.

»Alles klar?«, fragte Emma. »Du hast Geräusche gemacht.«

»Habe ich was gesagt?

»Nicht mit Worten. Es war eher ein *Mmmmrrrraaaaggghhhh* oder so ähnlich.«

»Oh.«

»Wir sollten uns bereit machen. Gabriel meint, wir landen bald. Und Michael …«

»Was?«

»Er meint, dass wir vielleicht Pinguine sehen!«

Michael rieb sich die Augen und schaute aus dem Fenster. In dem trüben Licht des frühen Morgens ragten geisterhafte weiße Klippen vor ihnen auf. Michael sah eine riesige Eisplatte von der Klippe abbrechen und majestätisch, fast wie in Zeitlupe, ins Meer sinken. Dann flog das Flugzeug über die Wand aus Eis hinweg und fortan gab es nur noch Weiß. Unter ihnen und vor ihnen.

Ich habe uns hergebracht, dachte Michael. Was immer passiert, es ist meine Verantwortung.

Er zog die Stiefel an.

»Da! Guck mal! Verscheuch ihn bloß nicht!«

Der Pinguin watschelte auf sie zu, die flachen Flügel ausgebreitet, um seinen pummeligen Körper im Gleichgewicht zu halten. Er reichte ihnen gerade bis an die Knie und seine mit Schwimmhäuten versehenen Füße verursachten ein dumpfes Patschen auf dem harten Eis. Michael und Emma standen stocksteif da, während der kleine Vogel an ihnen vorbeitapste und hinter einem Gebäude verschwand.

»Das ist das Schönste, was ich je gesehen habe«, sagte Emma leise.

Es war neun Uhr morgens und die Sonne ging gerade auf. Es waren lediglich zehn Grad minus, was offensichtlich für die hiesigen Verhältnisse ziemlich warm war. Das Flugzeug, dessen Kufen auch wie Ski eingesetzt werden konnten, war auf einer Landebahn aus festgebackenem Schnee neben dem Außenposten gelandet. Die Siedlung selbst erinnerte an eine

Raumstation auf dem Mond. Sie bestand aus knapp einem Dutzend flacher Metallgebäude, deren gewölbte Dächer mit Antennen gespickt waren. Halbrunde Tunnel schlängelten sich von einem Gebäude zum anderen.

Wie ein Dorf irgendwelcher Außerirdischer, dachte Michael, oder der Bau eines Riesenhamsters.

Gabriel hatte die Kinder angewiesen, im Flugzeug zu warten, bis er mit neuen, warmen Kleidungsstücken zurückkehrte. Er brachte auch ihre alte Sachen wieder mit, die er in den Trockner der Wäscherei gesteckt hatte. Es war ein Glück, dass Dr. Pym sie mit warmen Kleidern versorgt hatte, bevor sie nach Malpesa aufgebrochen waren, denn der Laden hier im Außenposten führte keine Kindersachen. Gabriel hatte einfach Kleidung in der kleinsten verfügbaren Größe gekauft: lange Unterwäsche, schwere Parkas mit pelzverbrämten Kapuzen, wattierte Schneehosen, die über ihre normalen Hosen gezogen wurden, gefütterte Handschuhe, Skimasken, die nur das Gesicht freiließen, Pelzmützen, Schneebrillen und klobige Stiefel, die sie über den alten Stiefeln trugen. »Stiefel für unsere Stiefel«, bemerkte Emma. »Cool.« Michaels Parka und seine Hosen passten ihm leidlich, aber die Ärmel von Emmas Parka musste Gabriel abschneiden, ebenso wie den Aufschlag ihrer Hosen. Die Schnittstellen versiegelte er mit dickem Klebeband. Als beide Kinder fertig angekleidet waren, hatte Michael den Eindruck, sich in einem altmodischen Taucheranzug zu befinden, als ob er sich zu einer Tiefseeexpedition aufmachen würde. Emma schaute ihn an und kicherte.

»Du siehst aus wie das Michelin-Männchen.«

»Ach ja? Nur zu deiner Information: Du siehst genauso aus wie ich.«

Als sie versuchte, ihn zu boxen, verlor sie das Gleichgewicht und fiel vornüber.

Trotz der extrem dicken Kleidung verschlug die Kälte Michael den Atem, als sie aus dem Flugzeug kletterten. Es war eine Kälte, wie sie die Geschwister noch nie erlebt hatten. Sie standen da, atmeten hechelnd ein und aus und versuchten, sich an das Gefühl von scheinbar schockgefrosteten Lungen zu gewöhnen. In diesem Moment erblickten sie den Pinguin, den Emma ohne Umschweife auf den Namen Derek taufte. Sein Anblick versetzte sie in Hochstimmung, und sie machten sich auf den Weg in die Cafeteria des Außenpostens, um zu frühstücken.

Die Fenster der Metallhütte waren vor feuchter Hitze beschlagen. Der Boden bestand aus einem Stahlgitter, durch das der Schnee, den die Menschen hereinschleppten, nach unten fallen und schmelzen konnte. Es gab ungefähr ein Dutzend Tische und etwa die Hälfte davon war besetzt. Gabriel und der klein gewachsene Pilot saßen in einer Ecke. Gabriel besorgte den Kindern Tabletts und Teller und ging gemeinsam mit ihnen zur Theke, um das Essen zu bestellen: Rührei, Pfannkuchen, Speck, Toast und Bratkartoffeln. Als Michael sich an dem Getränkespender einen heißen Kakao zapfte, fielen ihm die Blicke auf, mit denen er und Emma beäugt wurden. Gabriel hatte ihnen gesagt, dass die Außenstation ein Zwischenstopp für Forscher, Entdecker, Ölsucher und Händler auf dem Weg in die Antarktis war und dass es dementsprechend keine Kinder gab.

»Wir brechen auf, sobald wir gegessen haben und das Flugzeug aufgetankt ist. Je weniger Fragen gestellt werden, desto besser.«

Vor ihnen auf dem Tisch lag ausgebreitet eine Karte der Antarktis.

»Also«, sagte Gabriel zu Michael, »solange das Wetter mitspielt, wird uns Gustavo fliegen, wohin wir wollen. Aber du musst unseren Kurs bestimmen.«

»Das ist nicht so einfach«, gab Michael zurück. »Da sind nur Bruchstücke in meinem Kopf. Aber als Nächstes sollten wir nach einem Zwillingsberg Ausschau halten, zwei Gipfel, riesig hoch und schmal. Es gibt noch andere Berge ringsum, eine ganze Bergkette, würde ich sagen, aber diese beiden sind die höchsten. Und sie stehen direkt nebeneinander. Könnt ihr damit etwas anfangen?«

Gabriel redete auf Spanisch mit dem Piloten, und Michael sah, dass Emma schon ihre Pfannkuchen und die Hälfte ihres Rühreis gegessen hatte. Ihm war klar, dass er sich beeilen musste, bevor sie sich auch noch über sein Frühstück hermachte. Der Pilot sagte etwas zu Gabriel und deutete auf eine Stelle auf der Karte. Michael sah einen schraffierten Streifen, von dem er wusste, dass es Berge waren.

»Er sagt«, übersetzte Gabriel, »dass du das Doppelhorn meinst. Das sind zwei Gipfel am Ende des Victoria-Gebirges. Mit dem Flugzeug sind wir in etwa zwei Stunden da. Wie geht es von dort aus weiter?«

»Zwischen den Bergen gibt es eine Höhle«, sagte Michael, während er auf einem Stück Speck kaute. »Vor der Höhle befindet sich eine Felsformation, die dem Ganzen den Anschein eines aufgerissenen Mauls mit riesigen Zähnen gibt. Der Tote nannte diesen Ort *die Drachenzähne*.«

Gabriel wandte sich wieder an den Piloten, der etwas erwiderte und den Kopf schüttelte.

»Er kennt die Höhle nicht. Aber das hat nichts zu bedeuten. Und von da aus?«

»Danach«, sagte Michael und wehrte Emmas Gabel ab, die einen seiner Pfannkuchen aufspießen wollte, »ist eine Lücke in meinem Gedächtnis. Ich sagte ja, dass alles nur aus Einzelteilen besteht. Aber jenseits der Höhle sollten wir auf einen Vulkan stoßen. Und im Inneren des Vulkans liegt das Buch Rubyn verborgen.«

Wieder sagte Gabriel etwas zu dem Piloten, und wieder schüttelte der den Kopf. Dann rollte der Pilot die Karte zusammen, stand auf und verließ die Cafeteria.

»Er sagt«, wandte sich Gabriel an die Kinder, »dass es in dieser Gegend keine Vulkane gibt und er davon wüsste, wenn es sie gäbe, weil er schon oft über diese Region geflogen ist. Aber er wird uns an den Fuß des Doppelhorns bringen, und dort werden wir sehen, ob wir die Höhle finden. Hoffen wir, dass das Wetter hält.«

»Der Vulkan ist dort«, sagte Michael, der von seiner eigenen Überzeugung überrascht war. »Das weiß ich genau.«

Gabriel nickte. »Ich glaube dir. Aber was mir Sorge bereitet, ist diese Höhle. Die Erinnerungen, die dir vermacht wurden, sind mehr als zweihundert Jahre alt. In der Zwischenzeit können Lawinen abgegangen sein; es kann Erdbeben gegeben haben. Die ganze Landschaft ist möglicherweise verändert. Wer weiß, ob es die Höhle oder ihren Zugang überhaupt noch gibt. Aber wie auch immer, wir werden sehen. Jetzt esst auf, die Sonne wird bald aufgehen.«

»Ich hole mir noch einen Nachschlag«, sagte Emma, »weil

dieses Michelin-Männchen mir nichts abgeben will.« Und damit nahm sie ihren mit Sirup beschmierten Teller und marschierte zur Theke.

Wenig später waren sie in der Luft. Die Sonne hatte sich über den Horizont erhoben und während des Flugs sauste Emma von einer Seite des Flugzeugs zur anderen und drückte sich die Nase an den Fenstern platt. In der vergangenen Nacht war sie zu müde und zu aufgewühlt gewesen, um ihren allerersten Flug zu genießen.

Aber heute war sie satt und ausgeruht. Doch den eigentlichen Grund für ihre überschäumende Laune hatten sie Gabriel zu verdanken. Nach dem Frühstück, als sie das Café verließen, hatte Michael gehört, wie er ihr zuflüsterte: »Ich würde dich niemals mehr allein lassen«, und Emma war ihm um den Hals gefallen. Seitdem wirkte sie wieder ganz wie sie selbst und nun, mit der Sonne über sich und einem wunderschönen, fremdartigen Land unter sich, hatte sie all ihre Sorgen vergessen und erfreute sich an jedem Augenblick.

Michael war nicht so ruhig und gelassen.

Die Gewissheit, die er in der Cafeteria gespürt hatte, war einer Reihe von Zweifeln gewichen. Was, wenn der Pilot recht hatte und es keinen Vulkan gab? Oder wenn es ihn gab, der tote Wächter ihnen aber eine Falle gestellt hatte? Michael besaß nur ein paar Erinnerungsfetzen des Toten; was er beabsichtigt hatte, wusste er nicht. Möglicherweise führte er Emma und Gabriel ins Verderben! Er wollte mit Gabriel darüber reden, wollte, dass der Mann seine Sorgen beschwichtigte, aber er hatte Angst, seinen Gefährten seine Unsicherheit zu offenbaren. Er redete sich ein, dass er nicht schwach erscheinen dürfe.

»Michael!«, schrie Emma. »Schnell!«

Er trat zu ihr ans Fenster.

»Guck mal!« Sie deutete nach unten. »Da ist Derek!«

Michael erkannte lediglich eine kleine dunkle Gestalt auf der weißen, weiten Ebene.

»Bist du sicher, dass er es ist?«

»Oh, ganz sicher. Ich würde Derek überall erkennen.« Sie drückte die Stirn gegen die Fensterscheibe und schaute nach unten. »Ich möchte zu gerne wissen, wo er hingeht.«

Eine Hand legte sich auf Michaels Schulter. Es war Gabriel, der den Kindern bedeutete, ihm ins Cockpit zu folgen. Michael und Emma stellten sich in den engen Raum hinter den Piloten, der grinste und nach vorne deutete.

Emma keuchte auf.

Direkt vor ihnen erhob sich eine mächtige Gebirgskette. Weiße Gipfel ragten aus der weißen Ebene. Die Berge waren breit und ausladend und standen dicht an dicht, aber zwei Gipfel stachen deutlich heraus. Sie befanden sich ganz vorne und sie waren die höchsten und schmalsten Gipfel der Bergkette. Es gab keinen Zweifel.

Das Doppelhorn, dachte Michael.

Er erlebte ein intensives *Déjà-vu*. Denn obwohl er diese Berge zum ersten Mal sah, kannte er sie aus der Erinnerung des toten Wächters. Es war ein merkwürdiges, beunruhigendes Gefühl, als ob sein Sinn dafür, wer und was er war – definiert durch die Dinge, die er kannte, an die er sich erinnerte, die er erlebt hatte – mit etwas anderem zu verschmelzen drohte. Etwas, das er nicht benennen konnte.

»Sind das die Berge?«, fragte Gabriel.

»Ja.« Michaels Stimme war über dem Dröhnen der Motoren kaum zu hören.

Der Pilot sagte etwas zu Gabriel, der daraufhin nickte und sich den Kindern zuwandte.

»Wir werden in zwanzig Minuten dort sein. Gustavo wird ein paar Meilen vom Fuß des Doppelhorns entfernt landen. Wir müssen bis zum Gebirge laufen. Macht euch fertig.«

Michael zitterten die Hände, als er versuchte, den Reißverschluss seines Parkas hochzuziehen, und er wandte sich ab, damit niemand es bemerkte. Es dauerte nicht lange und beide Kinder waren dick in Parkas, Skimasken, Mützen, Schneebrillen und Handschuhe eingemummelt. Jetzt fehlten nur noch die steifen, monströsen Stiefel, die Gabriel für sie gekauft hatte. Die Kinder waren nicht mehr in der Lage, sich zu bücken, sodass Gabriel sie anwies, sich auf den Boden zu legen, während er die neuen Stiefel über ihre alten stülpte und die Verschlüsse einschnappen ließ. Dann hob er sie beide wieder vom Boden auf und überprüfte noch einmal, ob ihre Kleidung gut saß.

Michael konnte sich kaum rühren, und er fragte sich, wie um alles in der Welt er drei oder vier Meilen weit laufen sollte.

Das Flugzeug zitterte und schaukelte, während es langsam an Höhe verlor. Michael hielt sich an einem Riemen an der Wand fest und sah Gabriel zu, der sich über einen großen Rucksack beugte, in dem Lebensmittel, Wasser, heißer Tee, ein Notzelt, Seile, eine Eisaxt und andere nötige Utensilien steckten. Er befestigte einen schlanken, etwa einen Meter langen, sorgfältig in Segeltuch gewickelten Gegenstand an dem Gepäck. Michael wusste, dass es Gabriels Machete war, mit der er bereits in Cambridge Falls gekämpft hatte. Der Anblick der Waffe führte Michael noch einmal deutlich vor Augen, dass sie keine Ahnung hatten, was vor ihnen lag.

Das Flugzeug schlitterte über den eisigen Boden. Michael und Emma verloren den Halt, flogen nach vorn und prallten gegen die Kabinenwand. Die dicke Kleidung bewahrte sie vor Verletzungen. Noch zwei weitere Male setzte das Flugzeug hart auf und hob wieder ab, denn der Untergrund war so glatt wie ein gefrorener See. Endlich blieb das Flugzeug auf dem Boden, rutschte noch etwa hundert Meter weiter und kam dann zum Stehen.

Michael schaute zu seiner Schwester.

»Alles in Ordnung?«

»Mir ist heiß«, maulte Emma. »Wann machen die endlich die Tür auf?«

»Ich meinte …«

»Ich weiß, was du meintest. Mir ist bloß heiß.«

Gabriel überprüfte noch ein letztes Mal ihre Kleidung.

»Es ist noch vier Stunden lang hell. Wenn wir die Höhle finden, diese Drachenzähne, gehen wir weiter. Wenn nicht, kehren wir entweder zum Flugzeug zurück oder schlagen ein Lager auf, wenn wir eine geschützte Stelle finden. Gustavo wird bis Mitternacht auf uns warten und dann zum Außenposten zurückfliegen. Er wird drei Tage lang jeden Tag wiederkommen und bis zum Abend auf uns warten. Seid ihr bereit?«

Michael merkte, dass Gabriel ihn anschaute und von ihm eine Antwort erwartete. Er kam auf die Idee zu sagen: »Wisst ihr, jetzt, wo ich so darüber nachdenke, finde ich, dass wir die Sache abblasen sollten.« Aber er wusste, dass dies nicht die

Antwort war, die Gabriel hören wollte. Ihr Weg führte sie vorwärts, nicht zurück. Gabriel wollte Michael lediglich die Möglicheit geben, ihre Mission offiziell zu starten.

Michael reckte die Schultern und hob die Hand, um die Brille zurechtzurücken, bemerkte dann aber, dass er eine Schneebrille darüber trug. Also rückte er stattdessen die Schneebrille zurecht.

»Ja. Gehen wir.«

Gabriel öffnete die Tür, und es war, als ob die Kälte der ganzen Welt in das Flugzeug wehte. Gabriel brachte zuerst den Rucksack nach draußen. Dann half er Emma aus dem Flugzeug. Michael sah, dass Gustavo sie mit einem besorgten Blick beobachtete.

»Danke fürs Mitnehmen«, sagte Michael. Seine Stimme klang durch die Skimaske gedämpft. »Bis bald. Hoffentlich.«

Und damit folgte er Emma nach draußen.

Der Untergrund war mit einer dicken Eiskruste bedeckt, sodass sie keine Schneeschuhe brauchten. Das Doppelhorn ragte vor ihnen auf. Die weißen Konturen zeichneten sich scharf vor dem blauen Himmel ab und die Gipfel neigten sich einander zu. Gabriel ging voraus, Emma folgte ihm, und Michael bildete die Nachhut. Er drehte sich noch einmal um und sah die bleiche Scheibe der Sonne dicht über dem Horizont hängen. Er fühlte sich wie ein Astronaut auf einem fremden Planeten.

Das zusätzliche Gewicht der Kleider und Stiefel machte das Laufen beschwerlich. Es dauerte nicht lange und Michaels Beine waren bleischwer. Seine Uhr befand sich unter dicken

Schichten aus Kleidung und der einzige Hinweis auf ihr Vorwärtskommen waren die Berge vor ihm – die ihm nach geraumer Zeit noch genauso weit entfernt vorkamen wie am Anfang ihres Marsches. Das Flugzeug hinter ihnen allerdings wurde kleiner und kleiner.

Michael schätzte, dass sie eine halbe Stunde unterwegs waren, als Gabriel stehen blieb, sich umdrehte und an den Kindern vorbei in die Ferne schaute.

»Was ist los?« Michael konnte nichts erkennen, außer dem Flugzeug – ein winziger, dunkler Fleck in der Ferne.

»Ich bin mir nicht sicher.«

Gabriel kniete sich nieder und holte ein Seil und eine Reihe von Karabinerhaken aus seinem Rucksack. Er führte das Seil durch die Haken, die er dann an seiner Jacke und an den Parkas von Michael und Emma befestigte. Auf diese Weise waren sie miteinander verbunden.

»Wozu ist das gut?«, fragte Emma.

»Nur zur Sicherheit.«

Sie gingen weiter. Der Boden stieg an. Michael fror, obwohl es ihm schier unmöglich vorkam, dass einem Menschen unter einer derart dicken Schicht aus Kleidungsstücken kalt werden konnte. Um sich abzulenken, dachte er an Dr. Pyms Bibliothek in Cambridge Falls. Wie sehr wünschte er sich, mit einer Tasse heißer Schokolade und seinem Handbuch über Zwerge dort neben dem Feuer zu sitzen! Draußen schneite es. Drinnen war es mollig warm. Er knabberte eine Kleinigkeit, vielleicht gegrillten Käse.

Als er sich dieses Bild vor Augen führte und gerade dachte, dass es doch schöner war, über Abenteuer zu lesen, als sie tatsächlich zu erleben, fiel ihm auf, wie blass sein Schatten geworden war. Während der ganzen Zeit hatte sich sein Schatten, scharf umrissen und schwarz auf dem weißen Boden, vor ihm hergeschoben, aber mit einem Mal war er kaum noch zu sehen. Er drehte sich um und sah, dass die Sonne verschwunden war. Aber das ergab gar keinen Sinn. Es waren noch mehrere Stunden bis zum Sonnenuntergang. Dann erkannte er, dass er auch das Flugzeug nicht mehr sehen konnte. Ein ungutes Gefühl machte sich in seiner Magengrube breit.

»Gabriel –«

Weiter kam er nicht. Dann traf sie der Sturm mit voller Wucht. Es war wie eine Flutwelle, die über ihnen zusammenschlug und Michael gegen Emma schleuderte. Bäuchlings auf dem Eis liegend, wurden die Kinder einfach nach vorne über die glatte Fläche getrieben. Michael tastete nach etwas, an dem er sich festhalten konnte, aber seine Hände fühlten nichts außer dem Eis unter sich. Er kam sich vor wie ein Blatt, das von einem Wirbelsturm vom Baum gerissen und auf die andere Seite des Kontinents geweht wurde. Dann, mit einem Ruck, hielten sie an. Gabriel hatte seine Stiefel gegen den Boden gestemmt, die Klinge der Axt ins Eis gegraben und das Seil, das sie miteinander verband, mehrmals um seinen Arm geschlungen. Wie ein Fischer, der sein Netz einholt, zog er die Kinder zu sich, den Rücken gekrümmt, um die Wucht des Sturms abzuhalten. Michael und Emma kauerten sich in die Wölbung seines Körpers. Ein Heulen betäubte ihre Ohren. Man konnte kaum die Hand vor Augen sehen.

Eine Weißblendung, dachte Michael. Er hatte das Wort irgendwo gelesen. Wir erleben eine Weißblendung.

Emma schrie etwas, aber ihre Worte wurden vom Sturm davongerissen.

Gabriel beugte sich vor und brüllte gegen den Wind an: »Ich werde das Notzelt aufschlagen! Wir können nicht zum Flugzeug zurück. Wir würden uns verirren. Wir müssen den Sturm aussitzen!«

»Aber wir sind so nah dran!«, schrie Michael zurück. »Wenn wir zur Höhle gelangen, sind wir in Sicherheit!«

»Die finden wir nie! Selbst die Berge sind verschwunden!«

»Ich finde sie!«

Die Worte überraschten selbst Michael. Er hatte sie weder gedacht noch sie sich zurechtgelegt, aber er wusste, dass er die Wahrheit sagte. Während der ganzen Zeit war er von einer unsichtbaren Macht angezogen worden. Erst jetzt, wo sie angehalten hatten, wurde er sich ihrer bewusst. Aber er war sich sicher, dass er die Höhle finden würde, wenn er sich von dieser Macht leiten ließe.

»Was ist los?« Emma wandte sich von Michael zu Gabriel. »Ich kann überhaupt nichts hören!«

Gabriel starrte Michael an. Seine Augen lagen hinter den dunklen, mit Reif überzogenen Gläsern der Schneebrille verborgen.

»Bist du sicher? Es ist riskant.«

Was er damit sagen will, ist, dass wir alle sterben könnten, dachte Michael. Dass wir uns hoffnungslos verirren oder in eine Gletscherspalte stürzen könnten. Ein Lager aufzuschlagen, wäre die vernünftigste Lösung.

Er schaute Emma an, deren Blick zwischen Michael und Gabriel hin und her wanderte. »Häh? Was hast du gesagt? Es ist so laut! Häh?« Es war einfach nicht fair. Michael würde jederzeit sein eigenes Leben riskieren, aber warum musste er auch noch Emmas aufs Spiel setzen? Oder Gabriels? »Du musst dich entscheiden!«, schrie Gabriel.

Michael schloss die Augen. Der Zug war immer noch da, als ob ein unsichtbarer Haken in seiner Brust verankert wäre. Er wusste, es war das Buch Rubyn.

»Ja! Ich kann es finden!«

»Was finden?«, schrie Emma. »Wovon redet ihr da?«

Gabriel gab keine Antwort, sondern ordnete das Seil neu an, sodass Michael nun vorne ging.

»Wir folgen dir!«

Er reichte Michael die Eisaxt und Michael stand auf und setzte sich in Bewegung. Bei jedem Schritt musste er kämpfen, um nicht vom Sturm umgeweht zu werden. Das Vorwärtskommen war unglaublich anstrengend, weil er sich beim Gehen gleichzeitig zurücklehnen musste – dem brüllenden Wind entgegen. Zwischen den Böen klarte es hin und wieder auf und Michael konnte für einen kurzen Moment vier oder fünf Meter weit sehen. Aber die meiste Zeit stand nur undurchdringliches Weiß vor seinen Augen.

Bitte, dachte er, ich darf mich nicht irren.

Doch er war sich sicher: Was er fühlte, war die Chronik des Lebens, das Buch Rubyn, das ihn zu sich rief. Der Zug wurde mit jedem Schritt stärker. Er musste an einen Ausflug denken, den er, seine Schwestern und ein paar andere Kinder vor ein paar Jahren unternommen hatten. Sie waren auf einem Bauernhof gewesen, mitten im Nirgendwo, und der Fahrer des Busses, ein nörgelnder junger Mann, hatte im Radio nach einem Sender gesucht, der ausnahmsweise keine Banjo-Musik spielte, wie er sich ausdrückte. Endlich hatte er Erfolg. Die Musik klang anfangs kratzend und weit entfernt, aber je länger sie fuhren und je näher sie der Station kamen, von der das Signal ausging, desto deutlicher und klarer wurde die Musik.

Genauso war es jetzt. Michael dachte, dass er seiner eigenen Musik immer näher kam.

»Michael!«

Emma hatte ihm ins Ohr geschrien. Jetzt packte sie ihn an der Schulter und deutete nach vorn.

Michael schaute auf. Er hatte zu Boden gestarrt und sich darauf konzentriert, seine Begleiter vor einem Sturz in eine Gletscherspalte zu bewahren. Und da sah er es: Keine vier Meter voraus, immer nur kurz sichtbar durch das Wirbeln der Schneeflocken, bewehrt von drei mit Schnee und Eis bedeckten Felssäulen, die aussahen wie Reißzähne – die dunkle, wie ein aufgerissenes Maul wirkende Höhlenöffnung.

Nur Sekunden später standen sie in der Höhle, stampften mit den Füßen und schlugen sich den vom Wind festgepappten Schnee von den Kleidern. Sie schüttelten die Eiskristalle aus ihren pelzverbrämten Kapuzen, während draußen immer noch der Sturm tobte. Gabriel gab Michael einen Klaps auf die Schulter.

»Gut gemacht.«

Michael zuckte mit den Schultern, was aber wegen des dicken Parkas niemand sah.

»Ach, na ja, war ja keine große Sache.«

»Tja«, sagte Emma, »da hast du vermutlich recht.«

»Na, weißt du«, gab Michael pikiert zurück, »eigentlich war es doch eine ziemlich große Sache.«

Da lachte Emma und klatschte in die Hände, was wegen ihrer Handschuhe nur ein dumpfes *Popp!* machte, und sie sagte: »Aber klar war das eine große Sache! Wenn König Robbie hier wäre, würde er dir vermutlich gleich ein Dutzend Medaillen verleihen!«

»Ha-ha!«, sagte Michael. Aber insgeheim dachte er, dass eine Medaille durchaus angebracht wäre.

»Ist dir immer noch kalt?«, fragte ihn Emma. »Du zitterst ja.«

Es stimmte, Michael zitterte, aber das hatte nichts mit der Kälte zu tun. Man hätte glauben können, dass der Erfolg, die Höhle bei diesem Sturm gefunden zu haben, sein Selbstbewusstsein gestärkt hatte. Aber das Gegenteil war der Fall. Er begriff nicht, wie das alles zu erklären war, wie es möglich war, dass ihm dieses Kunststück gelungen war. Er hatte den Eindruck, jegliche Kontrolle verloren zu haben, und dieses Gefühl machte ihm Angst. Michael sagte sich, dass er unglaublich viel Glück gehabt hatte, sich aber nicht darauf verlassen konnte, dass diese Glückssträhne andauerte.

»Ich muss mich nur bewegen.«

»Dann gehen wir weiter.« Gabriel hatte drei Taschenlampen aus seinem Rucksack geholt und reichte je eine den Kindern. »Du bist der Führer, Michael. Geh voraus.«

Michael schaute Emma an, die nur mit den Schultern zuckte und sagte: »Sieh nur zu, dass du uns nicht umbringst.«

Daraufhin drehte sich Michael um und gemeinsam machten sie sich auf den Weg tiefer in die Höhle hinein.

Die Höhle unterschied sich von allen anderen unterirdischen Gängen und Tunneln, in denen die Kinder je gewesen waren, denn Wände, Boden und Decke waren mit einer dicken Eisschicht überzogen. Es sah aus wie das blauweiße Innere einer Muschel. Glücklicherweise hatten die Stiefel, die Gabriel gekauft hatte, dicke Profile und hafteten gut auf der glatten Fläche. Trotzdem gingen sie langsam und vorsichtig. Das Licht der Taschenlampen funkelte und glitzerte auf den Wänden, und die Herzen der Kinder schlugen schneller, da es wirkte, als würden sie von Tieren belauert, die sie mit glühenden Augen aus der Dunkelheit beobachteten.

Es dauerte nicht lange und das Toben des Sturms verklang. Der Tunnel führte zu einer weitläufigen Kammer, und sie sahen einen schmalen Pfad, der an der Wand entlang führte. In der Mitte der Kammer lag ein See aus schwarzem Eis. Michael spähte in die Tiefe und sah Wesen mit Klauen und Zähnen und Flügeln, die in ewigem Schlaf eingefroren waren. Der Tunnel ging auf der anderen Seite des Sees weiter und nach einer Weile wich das Eis und der nackte Fels wurde sichtbar. Erst waren noch hier und da Eiskristalle zu sehen, dann verschwanden auch diese. Michael zog die Skimaske aus, schlug die Kapuze zurück und öffnete seinen Parka.

Dann schaltete er die Taschenlampe aus.

»Michael…«, flüsterte Emma.

»Ich sehe es.«

Vor ihnen lag das Ende des Tunnels. Licht drang durch die Öffnung. Nicht das trübe, graue Dämmern des Schneesturms, sondern Sonnenlicht, golden, warm und hell.

Aber das war nicht möglich. Michael wusste, dass es nicht möglich war. Und dann…

»Michael, hörst du das?«

»Ja.«

Was sie hörten, war Vogelgezwitscher.

KAPITEL 10

Das Ende der Welt

»Hast du davon gewusst?«

»Nein.«

»Du hast nichts davon in deiner Vision …?«

»Nein.«

»Weil … weißt du … es ist … Wow!«

Ja, dachte Michael. Ganz recht: Wow!

Sie waren aus dem Tunnel getreten und befanden sich weit oberhalb eines riesigen, halbmondförmigen Tals. Von der Klippe aus, auf der sie standen, fielen nackte Felswände fast zweitausend Meter ab bis ins Tal, das ringsum von schneebedeckten Bergen umgeben war. Michael schätzte, dass der Canyon mindestens zwei Kilometer breit war. Das Tal verlief in beide Richtungen, soweit das Auge reichte. Der Himmel war von einem reinen, kristallklaren Blau, und die Luft war warm und still. Weit unter ihnen bedeckte ein Teppich aus grünen Baumwipfeln den Boden des Tals.

Michael überlegte, ob er ein Foto machen sollte, entschied sich aber dagegen. Ein Foto konnte die atemberaubende Schönheit dieser Landschaft nicht einfangen.

»Aber wir sind doch am Südpol!«, rief Emma. »Hier sollte es Pinguine geben. Und Schnee. Und … Eisbären!«

»Eisbären leben am Nordpol.«

»Ach, du weißt, was ich meine. Das hier ist …«

»Es ist das Buch«, fiel Michael ihr ins Wort. »Vor Tausenden von Jahren sah es hier bestimmt genauso aus wie am Rest des Südpols. Dann hat der Orden die Chronik des Lebens hergebracht und damit alles verändert.«

Schweigend betrachteten sie das üppige grüne Tal. Dann sagte Gabriel: »Da.«

Er deutete nach rechts. Hinter der Biegung des Tals, oberhalb eines Abhangs, schlängelte sich – kaum wahrnehmbar – ein dünner schwarzer Rauchfaden in die Luft.

»Der Vulkan«, flüsterte Michael.

»Erstaunlich«, wunderte sich Emma. »Du hast dich also nicht geirrt.«

»Du musst nicht so überrascht tun«, beklagte sich Michael.

»Aber ich bin überrascht«, sagte Emma. »Ganz ehrlich.«

Ihnen wurde heiß. Sie fingen an zu schwitzen und entledigten sich so schnell sie konnten ihrer Polarausrüstung. Gabriel verstaute die Parkas und Stiefel, die langen Unterhosen, die Schneebrillen, Handschuhe und Mützen in der Höhle, damit sie für die Rückreise gerüstet waren. Michael bemerkte die blaugraue Murmel, die an seinem Hals hing und an die er in den letzten vierundzwanzig Stunden keinen Gedanken verschwendet hatte. Im Augenblick war nicht der rechte Augenblick, darüber nachzudenken, wer sie ihm geschickt hatte und zu welchem Zweck, aber Michael schwor sich, dass er den ersten ruhigen Moment dazu benutzen würde, sich die Murmel näher anzusehen.

Von dem Plateau, auf dem sie standen, führten grob in die Klippe gehauene Stufen bis auf den Grund des Tals. Gabriel befestigte das Sicherheitsseil an seinem Gürtel und denen der Kinder.

»Zuerst klettern wir nach unten«, sagte er, »und dann machen wir uns auf den Weg zum Vulkan.«

Die Stufen waren jeweils etwa sechzig Zentimeter hoch und führten mehr oder weniger senkrecht hinab, sodass sie es eher mit einer Felsenleiter zu tun hatten. Einmal spähte Michael nach unten, um zu prüfen, wie weit sie noch gehen mussten. Er stellte fest, dass er sehr tief fallen würde, falls er den Halt verlor. Von da an richtete er seine ganze Aufmerksamkeit auf die nächste zu bewältigende Stufe. Je weiter sie nach unten kamen, desto wärmer und feuchter wurde die Luft. Michaels Brille rutschte ihm ständig auf die Nasenspitze und das T-Shirt klebte an seinem schweißnassen Rücken. Vogelrufe hallten durch das Tal und kurz darauf vernahm man das Plätschern von Wasser.

Auf halbem Weg machten sie Rast. Gabriel verteilte Brot, Salami und Trockenfrüchte, die er aus seinem Rucksack hervorzauberte. Michael schaute auf seine Armbanduhr. Die Sonne müsste bald untergehen, dachte er, und doch war es noch hell. Plötzlich vernahmen sie einen Schrei, der nicht von einem Vogel zu stammen schien. Er kam aus Richtung des Vulkans. Er war rau und wild und brachte alles im Tal zum Schweigen.

»Was war das?«, flüsterte Emma.

Gabriel schüttelte den Kopf. »Ich weiß es nicht.«

Michael war ebenfalls ratlos. Aber ihm war klar, dass die Kreatur, die diesen Schrei ausgestoßen hatte, sehr, sehr groß sein musste.

Schweigend beendeten sie ihre Mahlzeit und setzten dann ihren Abstieg fort. Eine halbe Stunde später erreichten sie die Wipfel der Bäume. Von hoch oben betrachtet, hatte die Landschaft auf Michael wie ein undurchdringlicher Dschungel gewirkt, aber jetzt erkannte er, dass hier Redwoods wuchsen. Er hatte die Mammutbäume schon auf Fotos und in Filmen gesehen, aber diese waren größer und höher als alles, was er sich je vorzustellen vermocht hatte. Der Boden des Tals war in Wahrheit viel weiter unter ihnen als sie gedacht hatten, so riesig waren die Bäume. Es dauerte noch geraume Zeit, bis sie ganz unten waren.

»Ich will gar nicht dran denken«, sagte Emma, als sie schließlich wieder festen Boden unter den Füßen hatten, »dass wir den ganzen Weg wieder hinaufklettern müssen.«

Das Licht war jetzt schwächer geworden; die Sonne ging langsam unter. Und hier im Schatten der mächtigen Bäume war es noch dunkler.

»Ich weiß, dass ihr müde seid«, erklärte Gabriel, »aber wir sollten trotzdem noch weitergehen. Ich möchte gerne näher am Vulkan unser Lager aufschlagen, damit wir gleich morgen früh unser Ziel erreichen.«

Michael nickte und Emma stöhnte. Sie marschierten weiter, wobei niemand mit auch nur einem Wort erwähnte, dass der merkwürdige und unheimliche Schrei aus der Richtung gekommen war, in die sie gerade gingen. Michael hatte das Gefühl, durch einen Wald voller schlafender Riesen zu laufen. Selbst Gabriel betrachtete ehrfürchtig die gewaltigen rotbraunen Baumstämme. Aber sie kamen nur langsam voran, denn der Waldboden war von einem dicken Teppich aus hoch wachsenden Farnen überwuchert, und Gabriel musste ihnen mit seiner Machete den Weg freihacken.

Außer ihnen rührte sich kaum etwas in diesem Wald. Die Vögel blieben oben in den Baumkronen und die einzigen anderen Lebewesen in der näheren Umgebung waren glänzende rot-schwarze Käfer, die an den Stämmen hochkrabbelten und hin und wieder mit einem lauten Sirren und Klackern die Flügel ausbreiteten und zwischen den Bäumen hindurchflogen. Sie hatten die Größe von ausgewachsenen Sumpfschildkröten, und die Kinder begriffen schnell, dass sie sich ducken mussten, wenn sie einen kommen hörten, nachdem Michael von einem der Käfer am Hinterkopf getroffen und förmlich von den Füßen gerissen worden war.

Und trotzdem, dachte Michael, während er den blauen Fleck hinter seinem Ohr betastete, wenn es hier nur Vögel und Käfer gibt, warum fühle ich mich dann so beobachtet?

Als sie sich vorwärtskämpften, hörten sie das Geräusch von fließendem Wasser, und schließlich erreichten sie einen Fluss, der etwa vierzig Meter breit war. Sein Wasser war klar und er floss mit rascher Strömung mitten durch den Canyon. Ihnen war heiß von der langen Wanderung und Gabriel willigte in eine kurze Rast ein. Sie legten sich bäuchlings auf den Boden und tauchten die Gesichter ins Wasser. Es war eisig kalt und sie tranken, bis ihnen die Zähne wehtaten.

Derart erfrischt, machte sich die kleine Truppe wieder auf den Weg. Sie folgten dem Fluss, bis es so dunkel war, dass man kaum noch die Hand vor den Augen sehen konnte. Die Beine der Kinder waren bleischwer, und als Emma zum fünfzehnten Mal gesagt hatte: »Hier ist doch ein guter Platz für ein Lager«, beschloss Gabriel, auf einem großen Felsen zu übernachten, von dem aus sie den Fluss in beide Richtungen überblicken konnten. Er holte etwas von dem Proviant aus seinem Rucksack – Wurst, Brot und Trockenfrüchte – und erklärte, dass er kein Feuer anzünden würde. Das Risiko, gesehen zu werden, sei zu groß. Michael fragte sich, ob auch Gabriel den Eindruck hatte, dass sie beobachtet wurden. Aber der große Mann verlor kein Wort darüber. Nachdem sie gegessen hatten, schnitt Gabriel einen Arm voll Farnwedeln ab und errichtete daraus ein gut gepolstertes, weiches Bett auf dem Felsen. In dem Augenblick, als Emma sich hinlegte, war sie auch schon eingeschlafen.

»Geh auch schlafen«, sagte Gabriel zu Michael. »Ich werde Wache halten.«

Michael hatte wirklich die Absicht, Gabriel zu bitten, ihn in ein paar Stunden zu wecken, damit er die nächste Wache übernehmen konnte, aber sein ganzer Körper tat ihm weh, und er war so müde, dass er sich vom sanften Murmeln des Flusses einlullen ließ. Michael legte sich neben seine Schwester und schlief ein.

Michael träumte.

Wieder war er in dem langen dunklen Tunnel und ging auf das rote Leuchten zu.

Wieder stand er vor dem See aus Feuer und starrte mit brennenden Augen hinein, während seine Kehle von der Hitze brannte.

Er wusste, dass die Chronik des Lebens irgendwo in der Nähe war. Aber wo?

Und dann hörte er Musik. Sie schien von überallher zu kommen. Die Hitze ließ nach. Er konnte wieder ohne Schmerzen atmen. Es war, als würde ihm eine Last von den Schultern genommen. Er fühlte sich so leicht wie eine Feder, als ob er in den Himmel schweben und davonfliegen könnte …

Eine Hand rüttelte ihn wach.

Es war noch dunkel. Gabriel beugte sich über ihn und legte warnend den Finger an die Lippen. Musik säuselte durch den Wald und Michael erkannte in ihr die Melodie aus seinem Traum. Er setzte sich auf. Wäre Gabriels Hand nicht gewesen, die immer noch auf seiner Schulter lag, wäre er aufgesprungen und der Musik nachgelaufen.

»Ich hörte …«

»Ja, es fing vor einer Minute an. Ich gehe nachschauen. Du bleibst bei deiner Schwester.« Gabriel stand auf und warf Michael dann einen strengen Blick zu. »Du bleibst auch bestimmt bei ihr, nicht wahr?«

»Aber natürlich bleibe ich bei ihr.«

Der große Mann blickte ihn unverwandt an. In seinen Augen stand eine Frage. Michael wurde rot. »Nur … die Musik ist so … wunderschön.«

»Versuche, nicht hinzuhören.«

»Okay.«

Immer noch schaute Gabriel ihn an. Michael merkte, dass er summte. Er riss sich zusammen.

Gabriel sagte: »Ich bin bald wieder da.« Dann zog er seine Machete aus der Scheide und verschwand geräuschlos zwischen den Bäumen.

Michael betrachtete seine Schwester. Emma lächelte im Schlaf. Michael hatte noch nie erlebt, dass Emma im Schlaf gelächelt hatte. Normalerweise schlief sie mit geballten Fäusten, als ob sie in ihren Träumen Boxkämpfe ausfechten würde. Er frage sich, ob sie die Musik hören konnte. Sie war so wunder-wunderschön …

Nein! Gabriel hatte ihm gesagt, er solle nicht hinhören.

Michael nahm seine Brille ab, legte sich bäuchlings auf den Felsen und schöpfte mit der hohlen Hand Wasser aus dem Fluss, das er sich dann ins Gesicht spritzte. Das Wasser war eiskalt und Michael war hellwach.

So ist's besser, dachte er.

Dann wurde ihm klar, dass er sich jetzt wohler fühlte, weil er die Musik deutlicher hören konnte. Er stand auf und schaute sich in der Dunkelheit um, die nur vom Glanz der Sterne erleuchtet wurde. Das Wasser tropfte von seinem Gesicht. Alles um ihn herum – die Luft, das Wasser, die Erde und die Felsen – schienen der Melodie zu lauschen. Aber Gabriel hatte doch gesagt, er solle nicht hinhören! Na ja, dachte Michael, Gabriel war ein toller Kerl und er hatte ein paar wirklich nützliche Tricks auf Lager, aber Musikalität war offensichtlich nicht seine starke Seite. An einer solchen Musik konnte nichts Gefährliches sein. Es war ein Lied über die Luft und das Wasser, über die Bäume und Vögel – es war ein Lied über das Leben. Und es forderte einen zum Tanzen auf. Michael wiegte sich vor und zurück, während er seine rechte Hand erhoben hatte und damit hin und her wedelte, als würde er einen Taktstock schwingen. *Und ich tanze doch so gerne*, dachte Michael, obwohl er noch nie in seinem Leben auch nur einen einzigen Tanzschritt gemacht hatte.

Er rüttelte Emma wach.

Sie stöhnte und kniff die Augen zusammen. »Hör auf damit …«

»Emma, wach auf!«

»Aber ich habe gerade so schön geträumt, und da war diese …«

Sie verstummte. Sie hatte die Musik gehört.

»Es ist kein Traum!«

»Ich weiß!« Michael wusste sich vor lauter Glück kaum zu fassen. Er hatte eine fantastische Idee. Er hatte Gabriel versprochen, dass er bei Emma bleiben würde, aber was wäre, wenn sie gemeinsam nach dem Ursprung dieser Musik suchen würden? »Komm mit! Wir müssen sie finden!«

Er packte Emma an der Hand und zog sie mit sich in den Wald. Die Musik kam aus Richtung des Vulkans. Merkwürdigerweise schienen die Farne, die ihnen den ganzen Tag das Vorwärtskommen so erschwert hatten, sich jetzt fast bereitwillig zur Seite zu neigen, um den Kindern den Weg freizugeben.

»Wo … ist Gabriel?«, keuchte Emma.

»Er wollte die Musik suchen.«

»Glaubst du, wir treffen ihn?«

»Vielleicht. Wenn nicht, suchen wir nach ihm, während wir tanzen!«

»Oh ja!«, jubelte Emma, die normalerweise das Tanzen genauso verabscheute wie Michael. »Und dann kann Gabriel auch mittanzen!«

»Weißt du, wahrscheinlich ist er schon dort und tanzt längst!«, lachte Michael.

Und dann, ganz plötzlich, waren sie da.

Es war eine große, kreisrunde Lichtung, die von hohen Bäumen umringt wurde. Am Rande der Lichtung standen Farne, doch auf der Lichtung selbst wuchs nur niedriges, dichtes und samtweiches Gras. Auf der gegenüberliegenden Seite traten Gestalten mit Fackeln zwischen den Bäumen hervor. Sie waren zu weit weg, um sie genau erkennen zu können, aber Michael wusste, dass sie diese Musik machten. Und erst da erkannte er, dass die Musik in Wirklichkeit Gesang war. Stimmen erzeugten diese wundervollen Klänge.

Emma stieß einen leisen Schrei aus, aber Michael hielt sie zurück.

»Was machst du denn? Wir müssen –«, protestierte Emma.

»Mir kam gerade ein schrecklicher Gedanke.« Sie kauerten im Schatten des Waldrandes. Michael blickte Emma ernst und eindringlich an. Er wollte, dass sie begriff, was er jetzt sagen musste. »Was, wenn wir nicht passend angezogen sind? Ich möchte mich nicht lächerlich machen.«

Emma starrte ihn an und nickte dann. »Da ist etwas Wahres dran.«

»Ja, nicht wahr?« Michael verfluchte sich im Stillen, dass er nicht daran gedacht hatte, elegantere Kleidung mitzunehmen. Er hätte wissen müssen, dass er sie brauchen würde.

Die Gestalten schritten auf die Mitte der Lichtung zu. Im Näherkommen wurden ihre Gesichter im Schein der Fackeln sichtbar. Die Kinder hielten den Atem an.

»Michael, sind das …?«

»Ja.«

»Wirklich? Ich meine … wirklich und wahrhaftig?«

»Ja.« Seine Stimme war nur ein trockenes Krächzen, aber trotzdem stieß er hervor: »Das sind Elfen.«

Es waren etwa vierzig an der Zahl. Einige trugen Fackeln, andere hatten Laternen dabei. Alle sangen sie, und obwohl sie nicht tanzten, war ihr Gang, ja sogar die kleinste Bewegung eleganter und graziöser als jeder Tanz. Und jeder Einzelne von ihnen, erkannte Michael niedergeschlagen, war makellos gekleidet.

Die Elfenmädchen – jedenfalls hielt Michael sie dafür – trugen lange weiße und cremefarbene Gewänder aus einem zarten, fedrigen Material, während die Elfenjungs weiße Hosen und Hemden anhatten sowie rosa-weiß, blau-weiß und grün-weiß gestreifte Jacken. Sie trugen außerdem noch Strohhüte mit passend farbigen Bändern, während die Damen zierliche Sonnenschirme über ihren Schultern drehten. Ein paar Elfen hatten auch Tennisschläger mit Holzrahmen dabei.

Michael schätzte die Mode der Elfen auf die Zeit um 1900, und der logische Teil seines Gehirns – der im Augenblick zugegebenermaßen im Sparmodus funktionierte – informierte ihn darüber, dass sich vor etwa hundert Jahren die magische von der menschlichen Welt gelöst hatte. Die Elfen schienen einfach den Trend der damaligen Zeit beibehalten zu haben.

Und wie recht sie hatten, dachte Michael. Sie sahen einfach wunderbar aus.

»Ihre Kleider sind herrlich!« Emma wäre beinahe in Tränen ausgebrochen. »Wo sollen wir solche Kleider herbekommen?«

»Pst!«, wies Michael sie zurecht. »Ich will zuhören.«

Die Elfen waren in der Mitte der Lichtung zusammengekommen, und ihr ätherischer, wortloser Gesang, den Michael und Emma in ihren Träumen vernommen hatten, wechselte mit einem Mal die Melodie. Jetzt war es ein fröhliches Liedchen, so unbeschwert und trällernd wie eine Sommerbrise.

Und diesmal verstand Michael, was gesungen wurde.

Oh, sie muss fressen, fressen, fressen,
sie platzt aus allen Nähten.
Ihr Leib ist lang und schlank,
die Nägel scharf wie Eis,
die Augen hell wie Diamanten.
Und doch – der Magen knurrt.
Oh, sie muss fressen, fressen fressen,
sie platzt aus allen Nähten …

»Wovon handelt das Lied?«, wollte Emma wissen.

»Keine Ahnung«, sagte Michael. »Aber es ist ein so liebliches Lied, findest du nicht auch?«

»In der Tat«, sagte Emma, »ein liebliches, liebliches Lied.«

Und Emma dachte, dass sie das Wort »lieblich« nicht halb so oft benutzte, wie sie sollte, und sie nahm sich vor, dies umgehend zu ändern. Lieblich war ein so liebliches Wort.

»Lieblich lieblich lieblich lieblich …«

»Was machst du da?«, flüsterte Michael.

»Ich sage nur das Wort *lieblich*«, antwortete Emma.

»Oh«, sagte Michael nachdenklich, als ob er sich fragte, warum er nicht daraufgekommen war. »Ich verstehe.«

Und während sie den Elfen zuschauten und dem Lied lauschten, murmelten sie im Takt der Melodie: »… lieblich lieblich lieblich lieblich lieblich lieblich lieblich …«

Einige der Elfen schlugen Räder auf der Lichtung, andere spielten Bockspringen, und einer fuhr auf einem altmodischen Hochrad um die fröhliche Gesellschaft. Ein paar Elfen hatten Weidenkörbe geöffnet und veranstalteten ein Picknick, das aus Getränken und Kuchen bestand. Zwei Elfen machten sich an etwas zu schaffen, das in Michaels Augen so aussah wie eine Jahrmarktsbude. Die ganze Szene kam ihm merkwürdig vertraut vor. Irgendwann dämmerte es Michael, dass er diese Dinge schon gesehen hatte, in alten Filmen, wo sich die Leute auf einem ländlichen Rummelplatz mit Apfelwettessen und Bällewerfen amüsierten. Die Gewohnheiten und Traditionen der Elfen waren – genau wie ihre Mode – über hundert Jahre alt. Michael war entzückt.

»Lieblich«, murmelte er. »Lieblich.«

Das Lied ging weiter:

Ihre Arme sind so wohlgeformt,
ihre Taille schlank und fest.
Ihre Nase hat nicht ihresgleichen,
und die Zähne, die Zähne, oh mögen sie ewig strahlen …
Oh, sie muss fressen, fressen, fressen,
sie platzt aus allen Nähten …

»Hast du gewusst, dass es hier Elfen gibt?«, fragte Emma flüsternd.

»Nein, aber es ist eine wirklich nette Überraschung«, sagte Michael.

»Da hast du recht. Wie sehen meine Haare aus?«

Es war das erste Mal in ihrem Leben, dass Emma diese Frage stellte.

Michael schaute sie an. Sie hatte seit gestern, als sie in dem kleinen Haus in Spanien übernachtet hatten, nicht geduscht, und danach waren sie durch ein Grab in einen unterirdischen Gang geklettert, durch eine Kanalisation gerannt, durch Abwässer gewatet, hatten sich durch einen Schneesturm gekämpft – von der Wirkung von dicken Pelzmützen und Skimasken auf die Frisur ganz zu schweigen – und hatten auf einem Bett aus Farnwedeln geschlafen.

»Ganz ehrlich?«

»Ja.«

»Es sieht aus wie ein Taubennest. Tut mir leid. Aber du hast einen Zottelkopf.«

»Schon gut«, sagte Emma. »Du hast auch einen Zottelkopf.«

»Schau mal, was sie da haben!«, rief Michael aus.

Die Elfen hatten einen langen Schminktisch mit vier Spiegeln aufgestellt. Neben jedem Spiegel lagen Bürsten, Kämme, Pinzetten, Nagelfeilen, verschiedene Cremes und Wässerchen, Puder und andere Schminkutensilien. In den Kindern stieg ein solches Verlangen nach diesen Schönheitsmittelchen auf, dass sie um ein Haar aufgesprungen und auf die Lichtung gerannt wären. Womöglich hätten sie nicht an sich halten können, wenn nicht die Schemel an dem Schminktisch in Windeseile von Elfenmädchen und -jungen besetzt gewesen wären, die sich die Frisur richteten, die Wangen puderten und unsichtbare Härchen auszupften – obwohl mehrere einfach nur dasaßen, sich im Spiegel bewunderten und ausriefen: »Du siehst fantastisch aus! Ja wirklich. Du siehst einfach fantastisch aus!«

»Wir können uns so nicht sehen lassen«, sagte Michael. »An meinem Taschenmesser ist eine Schere. Wir schneiden uns einfach die Haare ab. Kein Haar ist immer noch besser als ein Zottelkopf.«

»Warte«, sagte Emma. »Ich habe eine bessere Idee.«

Sie rannte ein Stück in den Wald hinein und kehrte mit einem Arm voll Farnwedeln zurück.

»Wir machen uns einfach hübsche Hüte. Dann wird niemand unsere Zottelhaare bemerken.«

Michael konnte kaum fassen, was für atemberaubende Ideen Emma heute hatte. Erst die Sache mit dem Wort *lieblich* und jetzt der Einfall mit den Hüten!

Sie machten sich gleich an die Arbeit und schnitten mit Michaels Taschenmesser die Farnwedel in fünfzehn bis zwanzig Zentimeter lange Stücke. Aber bald wurde ihnen klar, dass sie keine Möglichkeit hatten, die Wedel zu befestigen. Da schlug Michael vor, die feuchte, schlammige Erde unter den Bäumen als Klebstoff zu benutzen.

»Wir schmieren uns die Erde auf den Kopf und kleben die Palmwedel einfach dran.«

Emma war so begeistert von dem Vorschlag, dass sie Michael versicherte, er sei ihr Lieblingsbruder.

»Ich bin doch dein einziger Bruder«, gab Michael zu bedenken.

»Ich weiß! Ist das nicht großartig? Jetzt beeil dich. Der Tanz fängt bestimmt gleich an!«

Rasch kleisterten sich die Kinder den Schlamm auf die Köpfe, von den Augenbrauen über die Ohransätze bis zum Nacken. Solcherart mit einem Schlamm-Helm versehen, packten sie wahllos Farnwedel und klatschten sie in den Schlamm auf ihrem Kopf. Es dauerte nicht lange, und ihre Köpfe waren mit schlaffen grünen Blättern bedeckt, deren Spitzen in alle Richtungen abstanden.

»Wie sehe ich aus?«, fragte Michael seine Schwester.

»Großartig. Und ich?«

»Du siehst unglaublich aus. Du solltest diesen Hut immer tragen. Auch wenn wir nicht tanzen.«

»Genau das Gleiche habe ich eben auch gedacht!«, sagte Emma begeistert.

»Wollen wir?«, fragte Michael.

»Oh ja! Lass uns tanzen!«

»Warte!« Michael holte die blau-graue Glasmurmel unter seinem Shirt hervor und ließ sie auf seiner Brust baumeln wie ein Schmuckstück. Er war noch nie ein großer Fan von Schmuck gewesen, aber dieses Stück verlieh ihm das besondere Etwas.

»Oh, ich will auch so was.«

»Ich leih es dir später mal aus.«

Und gerade wollten sie auf die Lichtung stürmen, als sich das Lied plötzlich veränderte:

Wir haben dir ein Geschenk gebracht,
damit du gedenkst, was du warst.
Denn tief unter dieser hässlichen Haut
steckt noch die Prinzessin.
Bitte komm zurück, oh komm zurück!
Du fehlst uns.
Bitte komm zurück, oh komm zurück!
Tausch dein golden Band für dies.«

Die Kinder sahen vier Elfen aus dem Schatten der Bäume treten. Sie trugen eine Art Sänfte, auf der ein Gegenstand lag, der von einem schwarzen Tuch verhüllt wurde. Die Elfen sangen immer lauter und lauter und fassten einander an den

Händen, sodass sie in einem großen Kreis um die geheimnisvolle Sänfte tanzten.

Da sie spürten, dass etwas Bedeutsames – und vermutlich ganz und gar Wundersames – geschehen würde, verharrten die Kinder unter den Bäumen.

Die vier Elfen trugen die Sänfte bis zur Mitte der Lichtung und setzten sie dort ab. Es war nicht genau zu erkennen, was sie dort taten, denn das flackernde Licht der Fackeln und die tanzenden Elfen versperrten größtenteils die Sicht. Aber mit einem Mal rissen zwei der Elfen das schwarze Tuch beiseite, und Michael erhaschte den Blick auf etwas Geisterhaftes, Weißes, und er glaubte, Gold aufblitzen zu sehen. Dann gerieten die tanzenden Elfen förmlich in Raserei. Sie sprangen und wirbelten umher, schneller und schneller, und ihr Gesang erfüllte das ganze Tal. Michael dachte, dass er seines Lebens nicht mehr froh werden würde, wenn er nicht sofort dort hinausgehen und sich dem Reigen anschließen würde.

»Michael!«, rief Emma. »Wir müssen …«

»Ich weiß, ich weiß!«

Beide Kinder vergewisserten sich rasch, dass ihr blättriger Kopfschmuck noch am rechten Fleck saß, und wollten sich gerade unter die Tanzenden mischen, als ein Schrei durch die Luft gellte. Es war der gleiche wilde, entsetzliche und Angst einflößende Schrei, den sie am Nachmittag gehört hatten, als sie ins Tal hinabgestiegen waren. Der Gesang verstummte abrupt. Die Fackeln erloschen und die ganze Gesellschaft der Elfen samt Jahrmarktsbude, Picknick-Körben, Hochrad und Schminktisch verschwand.

Alles war dunkel und still. Die Kinder standen einsam und allein in ihren Schlamm-Farn-Helmen am Rand der Lichtung.

Michael spürte, wie sein Körper schwer wurde. Er hatte nicht länger das Verlangen zu singen und zu tanzen. Er erinnerte sich wieder daran, dass er Tanzen verabscheute. Und was war das da auf seinem Kopf? Er schaute Emma an, die er im hellen Licht der Sterne gut erkennen konnte, und sah ein Gewirr aus Schlamm und Farnwedeln auf ihrem Kopf. Feuchte Erde lief ihr über die Wangen.

»Habe ich einen Haufen Dreck und Blätter auf dem Kopf?«, fragte Emma.

»Ja«, sagte Michael und hoffte inständig, dass das, was er da an seinem Ohr spürte, kein Käfer war. »Und ich?«

»Du auch.«

Wortlos klaubten die Kinder die Farnwedel von ihren Köpfen und wischten den Schlamm so gut es ging ab. Über ihre äußere Erscheinung verloren sie kein Wort mehr.

»Wo sind die ganzen Elfen hin?«, fragte Emma.

Michael zuckte die Achseln; er war immer noch viel zu durcheinander, um sich darüber Gedanken zu machen. Er hatte immer schon gewusst, dass Elfen faul und nutzlos waren, aber offensichtlich waren sie auch in der Lage Lieder zu singen, die einen dazu brachten, sich herauszuputzen und sich Matsche auf den Kopf zu schmieren …

Wir sind wirklich dämlich, dachte er, dämliche Gören, nichts weiter.

Während er so auf die Lichtung starrte, bemerkte er, dass die Elfen den geheimnisvollen Gegenstand aus der Sänfte zurückgelassen hatten. Er wollte plötzlich unbedingt wissen, was das war.

»Warte auf mich.«

»Was? Nein, Michael, nicht …«

Emma wollte ihn festhalten, aber Michael rannte bereits geduckt über die Lichtung. In dem Moment, als er den Gegenstand erreichte, gellte ein weiterer Schrei durch das Tal. Es klang viel näher als beim letzten Mal. Was immer diesen Schrei ausstieß, bewegte sich auf sie zu.

Trotzdem blieb Michael eine ganze Weile einfach stehen und starrte den Gegenstand an. Es war eine Figur aus Eis. Ein Elfenmädchen. Sie musste etwa in Michaels Alter sein und ihr kristallklares Haar fiel in sanften Wellen über ihren Rücken. Sie lächelte fröhlich. Obwohl Michaels Verachtung der Elfen einen neuen Höhepunkt erreicht hatte, musste er zugeben, dass sie das schönste Wesen war, das er je gesehen hatte. Er streckte die Hand aus und fuhr mit dem Finger über den Arm des Elfenmädchens. Er fühlte die Kälte und die Nässe, als das Eis zu schmelzen begann. Ein schmaler goldener Reif, wie eine zierliche, schlichte Krone, saß auf ihrem Kopf. Ohne sich dessen bewusst zu sein, griff Michael danach und nahm den Reif an sich. Das Elfenmädchen aus Eis wirkte so lebendig, dass es Michael nicht verwundert hätte, wenn sie dagegen protestiert hätte. Natürlich tat sie es nicht und als Michael den goldenen Reif in seinen Händen betrachtete, erkannte er, dass er aus Dutzenden von hauchzarten, miteinander verwobenen Goldfäden gemacht war.

Was hatte das alles zu bedeuten?

Ein neuerlicher Schrei riss Michael aus seinen Gedanken. Diesmal klang es ganz nah. Dieses Ding kam auf sie zu, und zwar schnell.

»Michael!«

Emma rannte zu ihm. Ohne nachzudenken, steckte Michael den goldenen Reif in seine Tasche. Er schrie Emma zu, sie solle umkehren, als ein Ruf ertönte. Michael drehte sich um und sah Gabriel aus der entgegengesetzten Richtung auf die Lichtung stürmen.

»Runter!«, brüllte der Mann. »Runter! Lasst euch fallen!«

Wieder dieser Schrei, diesmal fast über ihren Köpfen. Bevor Michael nach oben schauen konnte, wurde er grob zu Boden gestoßen.

»Liegen bleiben«, befahl Gabriel.

Emma rief immer noch nach ihrem Bruder, und Michael, der flach auf dem Boden lag, hörte das Rauschen von mächtigen Schwingen. Er hob den Blick, schaute an Gabriel vorbei, und sah, wie ein riesiges Ungetüm aus dem Nachthimmel herabstieß, seine Schwester packte und sich mit ihr wieder in die Luft erhob.

KAPITEL 11

Die Schneeballschlacht

»He, wach auf! Komm schon, wach auf!«

Abigail, die Kleine, die ihr beim Einkleiden geholfen hatte, beugte sich über Kate und rüttelte sie.

»Ich bin wach«, sagte Kate benommen.

Ringsum in der alten Kirche begann ein neuer Tag. Kinder machten ihre Betten, entzündeten Feuer in den Öfen und fegten den Steinboden sauber. Es war so kalt, dass Kate den Atem vor ihrem Gesicht sehen konnte.

»Rate mal, was passiert ist«, forderte Abigail sie auf.

»Hat es angefangen zu schneien?« Kate gähnte. Sie griff unter ihr Kopfkissen, wo sie vor dem Schlafengehen das Medaillon ihrer Mutter versteckt hatte, und schob es in ihre Tasche.

»Nein. Das heißt, ja schon. Es hat die ganze Nacht geschneit. Aber das meine ich nicht. Rafe war gerade hier.« Abigail konnte ihre Aufregung kaum bezähmen. »Und er hat gesagt, dass Miss B heute ein großes Fest geben will, weil doch Silvester ist und die Nacht der großen Trennung und überhaupt!«

»Oh!« Kate schaute sich um, aber Rafe war nirgends zu sehen.

»Als wir das letzte Mal ein Fest gefeiert haben, hat Scruggs ein Feuerwerk gemacht. Er hat einen Gnom herbeigezaubert. Viele Kinder haben Angst gekriegt und geschrien. Ich nicht. Na ja, jedenfalls nicht sehr. Wenn er das noch mal macht, werde ich überhaupt nicht schreien. Zieh deine Stiefel an, wir wollen frühstücken. Mensch, du trödelst aber ganz schön! Bist du morgens so langsam, weil dir kalt ist?«

Das Frühstück wurde an zwei langen Tischen im Erdgeschoss serviert. Es gab Rührei, Kartoffeln und in dicke Scheiben geschnittenes geröstetes Brot. Die Köchin war ein dreizehnjähriges Mädchen, das eine ganze Armee von jüngeren Kindern beschäftigte, die ihre Aufgabe sehr ernst zu nehmen schienen. Alle redeten nur von dem Fest, das am Abend stattfinden würde, und wie ihr Leben nach der Trennung werden würde.

»Wenn die magische Welt unsichtbar wird«, sagte ein kleiner Junge, dessen Haare in alle Richtungen abstanden, »heißt das dann, dass wir auch unsichtbar werden?«

»Nein, du Dummchen!«, erwiderte Abigail. »Wir werden nur für die Menschen unsichtbar sein!«

»Und werden die Menschen dann wirklich vergessen, dass es so etwas wie Zauberer und Drachen gibt?«, wollte ein Mädchen am anderen Ende des Tischs wissen.

»Sie vergessen diese Dinge nicht. Sie werden nur nicht mehr glauben, dass es sie gibt.«

»Also, wenn ich unsichtbar bin …«, setzte der kleine Junge mit den abstehenden Haaren erneut an.

»Du wirst nicht unsichtbar sein!«, fiel ihm Abigail ins Wort.

»Vielleicht wird sein Gehirn unsichtbar werden!«, rief ein anderer Junge.

»Ja, es ist schon unsichtbar geworden!«, fügte ein dritter hinzu.

»Ist es nicht!«, sagte der kleine Junge, blickte aber dennoch besorgt drein und berührte vorsichtig seinen Kopf.

Kate hörte zu, hielt sich aber aus dem Gespräch heraus. Sie dachte daran, wie sie mitten in der Nacht aufgewacht war. In der Kirche war es dunkel und still gewesen. Abigail hatte neben ihr gelegen und sich an sie gekuschelt. Kate hatte den Arm um das kleine Mädchen gelegt, wie sie es so oft bei Emma gemacht hatte. Sie war gerade wieder am Einschlafen, als sie einen Schatten bemerkte, der zwischen den Kindern herumschlich. Es war Rafe, den sie seit ihrer Unterhaltung mit Henrietta Burke auf dem Glockenturm nicht mehr gesehen hatte. Er ging von Bett zu Bett, berührte eine Schulter oder strich sanft über einen Kopf, flüsterte diesem oder jenem Kind etwas zu, ließ sie wissen, dass er da war und auf sie aufpasste.

Das laute Scheppern von Töpfen und Pfannen riss Kate aus ihren Gedanken. Sie blickte auf und sah Jake und Beetles auf einer Bank stehen. Über die Rufe und das Gelächter der anderen Kinder hinweg verkündeten die beiden Jungen laut, dass sie in einer besonderen Mission unterwegs seien, die Rafe einzig und allein ihnen anvertraut hatte, weil er sonst niemanden für klug genug hielt – woraufhin sich ein Johlen und ungläubiges Gelächter erhob. Einige Kinder riefen: »Klar doch, träumt weiter!« oder »Ihr meint wohl, er konnte sonst niemanden finden, der dumm genug war, die Arbeit zu erledigen, was?« Ein paar warfen Brotstückchen nach den beiden Angebern, die Beetles geschickt auffing und sich in den Mund stopfte.

»... und deshalb«, schmatzte Beetles, »werden wir euch jetzt eure Aufgaben zuteilen, die ihr gefälligst besonders gründlich erledigen werdet. Es geht nämlich um die Party!«

Diese Ankündigung wurde mit Jubelrufen aufgenommen, woraufhin sich die beiden Jungen verbeugten. Es regnete Brotkrümel, begleitet von lautstarken Aufforderungen: »Macht schon! Los doch! Lest vor!« Und dann zog Beetles eine Liste aus der Tasche und beide verlasen die Namen und Aufgaben, die diesen Kindern von Rafe und Henrietta Burke zugewiesen worden waren.

»Und denkt dran: Ihr müsst euch beeilen!«, sagte Beetles und schluckte das letzte Brotstück hinunter.

»Ja«, sagte Jake, »wenn ihr also vorhattet, nach dem Frühstück hier zu hocken und einen Laden aufzumachen – vergesst es!«

Nach dem Frühstück ging Kate nach oben und holte ihren Mantel. Sie hatte Abigail versprochen, bei der Arbeit zu helfen. Sie wollte gerade in das Kirchenschiff einbiegen, als eine Hand aus der Dunkelheit schoss und sie am Arm packte.

»Warum bist du hier?«, verlangte eine krächzende Stimme zu wissen.

Es war Scruggs, der alte Zauberer. Er war in einen alten zerschlissenen braunen Umhang gewickelt, immer noch ungewaschen und mit wildem Blick. Kate spürte, dass er auf sie gewartet hatte.

»Ich wollte meinen Mantel holen …«

»Nein! Hier!« Sein Griff, mit dem er sie umklammert hielt, wurde schmerzhaft. »Warum hast du der Chronik befohlen, dich hierher zu bringen?«

Kate spürte eine Kälte, die nichts mit der Tatsache zu tun hatte, dass Winter war. »Sie wissen es?«

Der alte Mann grinste. »Dass du die Hüterin des Buchs Emerald bist? Natürlich weiß ich das. Es steht dir ins Gesicht geschrieben, jedenfalls für all jene, die Augen haben, zu sehen. Du bist wegen des Jungen hier, nicht wahr?«

»Ich … Ich weiß nicht, wovon Sie reden. Welcher Junge?«

Er schüttelte sie am Arm und zischte: »Du bist wegen des Jungen hier! Wegen Rafe!«

»Was? Nein! Ich bin nur zufällig hier gelandet. Ich will nichts weiter als nach Hause!«

Sie versuchte, sich seinem Griff zu entwinden, aber der alte Mann hielt sie eisern fest.

»Du sprichst die Wahrheit.« Er schien beinahe überrascht zu sein. »Also warst es gar nicht du. Es war das Buch Emerald.« Und dann murmelte er: »Interessant, sehr interessant …«

»Wovon reden Sie denn überhaupt?«, wollte Kate wissen.

Der Mann beugte sich näher. »Du glaubst, es war Zufall, dass du hierhergekommen bist? Ausgerechnet jetzt? Zu dieser Zeit? An diesen Ort? Es war nicht deine Absicht, das ist mir klar. Es war die Chronik! Das Buch verfolgt seine eigenen Pläne! *Ihn* kenne ich schon seit Jahren. Hab's Henrietta ja schon immer gesagt, aber sie wollte nicht auf mich hören.

Doch jetzt bist du da. Die Dinge fügen sich zusammen, oh ja. Und natürlich musste es jetzt geschehen, wo die Trennung kurz bevorsteht.«

»Was soll das alles? Was meinen Sie? Wer *ist* Rafe?«

»Verrate mir«, sagte der alte Mann und rückte noch näher an Kate heran, »bist du hier, um uns zu retten oder um uns zu vernichten?«

Nur mit Mühe gelang es Kate, sich zu beherrschen. »Ich will bloß nach Hause«, sagte sie ruhig.

Plötzlich erklang Musik. Geigenspiel schwebte durch die Kirche. Kate versteifte sich.

»Was ist los, Mädchen? Magst du keine Musik?«

Kate gab keine Antwort. Als sie das letzte Mal Geigenspiel gehört hatte, war sie an Bord des Schiffs der Gräfin gewesen. Die Geigenmusik hatte die Ankunft des grässlichen Magnus angekündigt. Aber damals war die Musik wild gewesen, fiebrig und unirdisch. Diese Melodie war ganz anders. Es war ein langsames, klagendes Lied und es war eindeutig von dieser Welt. Es kam aus einem Raum am anderen Ende der Halle.

Der alte Mann schnaubte. »Wir werden sehen, was passiert, nicht wahr? Wir werden sehen, wir werden sehen …«

Er ließ ihren Arm los und schlurfte davon. Kate blieb noch einen Moment stehen. Die Musik durchdrang sie, beunruhigte sie, nahm sie gefangen. Dann drehte sie sich um und eilte nach draußen.

Es schneite noch immer. Seit gestern waren mehr als zwanzig Zentimeter Schnee gefallen, obwohl das meiste davon schon wieder zertrampelt und an den Rand des Gehwegs geschaufelt worden war. Kates Atem stand ihr in kleinen

Wölkchen vor dem Gesicht und sie vergrub ihre Hände tief in den Manteltaschen. Abigail schien die Kälte nichts auszumachen. Sie hatte vier oder fünf leere Segeltuchtaschen über dem Arm hängen und wiederholte laut, was sie alles besorgen mussten.

Sie wollten sich gerade auf den Weg machen, als hinter ihnen lautes Rufen ertönte: »He! Wartet mal!« Gleich darauf kamen Jake und Beetles angelaufen.

»Wir kommen mit«, sagte Beetles keuchend.

»Hat Rafe euch aufgetragen, mich zu beobachten?«, fragte Kate ärgerlich.

Die beiden Jungen wechselten einen Blick und schauten dann wieder Kate an. »Nein.«

»Hm, ihr seid ziemlich schlechte Lügner.«

»Na ja«, sagte Beetles, »vielleicht hat er's uns aufgetragen, vielleicht auch nich. Aber wir sagen's dir nich. Nich mal, wenn du uns folterst.«

»Ja«, sagte Jake. »Du kannst uns die Köpfe abschlagen, sie kochen und vierteilen, wir sagen's dir trotzdem nich.«

»Stimmt!«, ergänzte sein Freund. »Ha!«

»Also gut, kommt mit«, seufzte Kate.

Es war lustig, die Jungen dabeizuhaben. Zu viert verbrachten sie einen fröhlichen Morgen in der Stadt, während sie von Geschäft zu Geschäft gingen und die Sachen einkauften, die auf Abigails Liste standen.

Als Erstes gingen sie in die Käserei, wo Abigail zwei mittelgroße Käselaibe erstand. Die Jungen bettelten zwar, sie solle doch das riesige Käserad im Schaufenster kaufen, das fast so groß war wie Kate und das man wie ein Wagenrad durch die Stadt hätte rollen müssen. Aber Abigail schüttelte nur den

Kopf. »Jungs«, murmelte sie mit einem vielsagenden Blick zu Kate. »Das ist der Grund, warum *ich* das Geld habe.« Danach gingen sie zum Pastetenverkäufer und bestellten fünf Dutzend Pasteten mit den unterschiedlichsten Füllungen: Schinken und Käse, Kartoffeln und Kräuter, Käse und Kartoffeln und Pilze. Und nachdem Jake und Beetles Abigail auf Knien angefleht und ihr angeboten hatten, eine Woche lang ihre Arbeiten zu erledigen, ließ sie sich erweichen und kaufte für jeden eine Pastete mit Würstchen, Zwiebeln und Käse. »Ich hätte ihnen die Pasteten sowieso gekauft«, vertraute sie Kate an, während sie durch den lautlos fallenden Schnee gingen. Die Jungen liefen voraus und spähten sich gegenseitig in die Pasteten, lobten den Geschmack der eigenen Füllung und erklärten gleichzeitig, der andere sei Opfer eines üblen Betrugs gewesen, weil sich in seiner Pastete nur Hundefutter befände.

Danach kehrten sie in einem Schokoladengeschäft ein. Der Duft nach heißer Schokolade machte allein schon das Atmen zum Genuss. Abigail kaufte fünf Pfund Schokolade, aus der Kakao gekocht werden würde. Der Ladenbesitzer, ein freundlicher, dicker Mann, schenkte den Kindern je eine Tasse heiße Schokolade ein. Sie setzten sich auf Eichenfässer, die am Schaufenster standen, und sahen zu, wie draußen der Schnee zu Boden fiel. Männer und Frauen hasteten mit ihren Bündeln und Paketen vorbei. Die Pferdekarren und Kutschen holperten über das unebene Pflaster der Straße und die Hufe der Zugtiere schleuderten grauweißen Schneematsch in die Höhe.

Als Nächstes gingen sie in eine Konditorei, wo Abigail eine lange und komplizierte Bestellung aufgab, die später am

Nachmittag abgeholt werden würde, und dann in eine Kelterei, wo verschiedene Säfte verkauft wurden. Die Jungen beklagten den Umstand, dass Abigail nicht in ein Süßigkeitengeschäft oder zu den Chinesen geschickt worden war, wo es Feuerwerk zu kaufen gab.

»Also wirklich!«, schnaubte Abigail. »Seid doch froh, dass ihr überhaupt mitkommen durftet! Wenn ihr zu Hause geblieben wärt, hättet ihr den ganzen Tag Kartoffeln schälen müssen!«

Bis zum Nachmittag waren Abigails Taschen bis zum Platzen gefüllt. Jeder von ihnen trug seinen Teil, wobei die Jungen jammerten, weil ihnen die Füße wehtaten und sie Hunger hatten. Abigail sagte, dass sie noch eine Sache erledigen müsse, und zwar in Chinatown. Dort würden sie auch etwas essen. Die Jungen bekamen große Augen. »Moment mal!«, rief Beetles aus. »Holst du etwa Sachen für Scruggs' Feuerwerk?« Abigail lächelte und sagte: »Rafe hat's mir aufgetragen, bevor wir losgegangen sind.« Die Jungen vollführten Freudensprünge und eilten voraus. Die schmerzenden Füße waren vergessen.

In Chinatown waren die Straßen von kleinen Zelten aus Segeltuch gesäumt, in denen Schalen mit heißer Nudelsuppe verkauft wurden. Zwischen den Zelten waren Tische aufgebaut, wo große, knorrige Wurzeln in unterschiedlichen Farben angeboten wurden und Gläser und Krüge mit getrockneten, schwärzlichen Blättern. An einem Stand gab es ausschließlich Zähne zu kaufen, von ganz winzigen Zähnchen bis zu einem riesigen Reißzahn, der so lang war wie Kates Arm. Männer und Frauen in wattierten Jacken huschten zwischen den Ständen hindurch. Die Männer hatten lange, fest geflochtene Zöpfe, die ihnen bis über den Rücken fielen. Wohin Kate auch blickte, überall gab es Neues und Faszinierendes zu sehen. Sie wünschte, Michael und Emma wären bei ihr.

»He!«, rief Beetles plötzlich, »da is Rafe! He, Rafe!«

Kate sah den älteren Jungen vor einem Verkaufsstand, etwa zwanzig Meter weit entfernt. Er benahm sich so, als sei er bei etwas Verbotenem ertappt worden, und wollte sich schon davonschleichen. Dann schien er es sich anders zu überlegen und drehte sich zu ihnen um.

»Was machst du denn hier, Rafe?«, fragte Jake. »Erledigst du auch Einkäufe für das Fest?«

Er hat hier auf mich gewartet, zuckte es Kate durch den Kopf.

»Wir wollten gerade die Sachen für das Feuerwerk besorgen, wie du mir gesagt hast«, meinte Abigail. »Aber vorher müssen wir etwas essen, weil diesen beiden armen Schluckern der Magen in den Kniekehlen hängt.«

»Stimmt gar nicht!«, protestierte Jake.

»Nicht im Mindesten«, fiel Beetles ein. »Im Gegenteil: Wir ham uns Sorgen gemacht, dass ihr vielleicht vor Hunger in Ohnmacht fallen könntet.«

Abigail lachte sie aus.

»Geht zu Fung, gleich um die Ecke«, sagte Rafe. »Da gibt's das beste Essen in Chinatown.«

»Ja, klar«, sagte Beetles. »Zu Fung. Kennen wir. Hat 'ne grüne Tür.«

»Eine rote Tür«, sagte Rafe.

»Ach ja?«, sagte Beetles. »Dann ham sie die wohl neu gestrichen.«

Dann schaute Rafe Kate an und sagte: »Geht schon vor. Sie kommt gleich nach.«

Die Kinder gingen weiter und Kate und Rafe blieben allein zurück. Sie sah die Schneeflocken in seinen Haaren und auf seinen Schultern schmelzen. Unter seinen Augen lagen dunkle Ringe. Sie fragte sich, ob er letzte Nacht überhaupt geschlafen hatte.

»Sind das die Kleider, die Abigail dir gegeben hat?«, fragte er.

Kate schaute an sich herab. Die schäbigen Wollhosen und die alten Stiefel, das geflickte Hemd und die abgewetzte Jacke waren ihr plötzlich peinlich.

»Ja. Stimmt was nicht damit?«

»Nein. Ich hätte es nur überprüfen sollen, bevor du losgezogen bist. Wo ist deine Mütze?«

Kate zog sie aus ihrer Tasche.

»Ich habe sie nicht gebraucht. Mir war nicht kalt …«

»Die Mütze soll dich nicht bloß warm halten. Setz sie auf.«

Kate fasste ihre Haare zusammen, schob sie nach oben und zog die Mütze darüber. Rafe streckte die Hand nach ihrem Gesicht aus und sie wich zurück.

»Halt still.«

Er schob ein paar blonde Haarsträhnen unter die Mütze und sie fühlte seine Fingerspitzen an ihren Ohren.

»Okay. Jetzt zeig mir deine Hände.«

Sie streckte die Hände aus und er nahm sie und betrachtete sie von allen Seiten. Ihr fiel auf, wie sauber und weiß ihre Hände im Vergleich zu seinen waren. Vor dem Stand nebenan brannte ein kleines Feuer. Rafe bückte sich, schaufelte vom Rand des Feuers ein bisschen abgekühlte Asche und Ruß auf die Hand und rieb ihr den noch warmen schwarzen Puder über die Handflächen, Finger und über die Handrücken. Dann streckte er erneut seine Hände nach ihrem Gesicht aus. Diesmal hielt Kate still, obwohl sie zu ihrem Unmut wieder das Beben in ihrer Brust verspürte, und ließ es zu, dass seine Finger über ihre Stirn und ihre Wangen strichen. Währenddessen betrachtete sie sein Gesicht, seine tiefen grünen Augen, die leicht gekrümmte Nase, und sie bemerkte, dass er sich alle Mühe gab, ihrem Blick auszuweichen. Sie hatte das Gefühl, dass er genauso nervös war wie sie. Er trat zurück und klopfte sich die rußgeschwärzten Hände an den Hosenbeinen ab.

»So. Jetzt könntest du in aller Ruhe an einem Gnom vorbeilaufen, ohne dass er dich erkennen würde.«

»Danke«, sagte Kate mit schwacher Stimme.

»Was ist das?

Es dauerte einen Moment, bis Kate begriff, was er in der Hand hielt. Dann sah sie, dass es das Medaillon ihrer Mutter war. Er musste es aus ihrer Tasche gezogen haben, während er ihre Kleidung überprüfte. Rafe klappte es auf und betrachtete das zehn Jahre alte Foto von ihr, Michael und Emma.

»Gib das her!«

Kate riss ihm das Medaillon aus der Hand und umklammerte es mit ihrer Faust.

»Ich wollte es dir nicht stehlen«, sagte der Junge. »Aber du solltest dir eine Kette besorgen, statt es in deiner Tasche zu tragen. So könntest du es leicht verlieren.«

»Ich hatte eine Kette«, sagte Kate wütend. »Ich habe sie für diesen Mantel eingetauscht.«

»Ach ja? Na, wenn's eine Goldkette war, hat man dich ausgeraubt.«

»Mit Ausrauben kennst du dich ja bestens aus, nicht wahr?«

Ihr Gesicht brannte. Die Nervosität war wie weggeblasen.

»Also, wer ist das? Die auf dem Bild, meine ich.«

Kate starrte ihn an und überlegte, ob sie antworten sollte. »Mein Bruder und meine Schwester«, sagte sie schließlich. »Das Bild wurde vor zehn Jahren aufgenommen. Sie sind der Grund, warum ich zurück muss.«

»Was ist mit deinen Eltern? Wo sind die?«

Kate schwieg und der Junge schien zu begreifen. Ein paar Sekunden lang standen sie stumm da, dann sagte Kate: »Was ist jetzt? Ich habe Hunger.«

Sie wandte sich ab, aber Rafe legte seine Hand auf ihren Arm. »Ich bringe dich zu den anderen.«

Er bog in eine schmale Gasse ein und ging ihr voraus zu einer Treppe, die zu einer Tür mit einem Symbol führte, das Kate nicht kannte.

»Da ist es.«

Kate wollte sich wortlos abwenden, als der Junge sagte: »Ich hätte das Medaillon nicht nehmen dürfen. Es tut mir leid.«

Kate blieb stehen, zwei Stufen über ihm. Sie wusste ohne den Schatten eines Zweifels, dass er wegen ihr nach Chinatown gekommen war und es ihm wirklich leid tat. Sie dachte an ihre Begegnung mit Scruggs heute Morgen und hörte sich sagen: »Komm doch mit rein.«

Er schüttelte den Kopf. »Ich bin nicht hungrig.«

»Aber du hast doch noch nichts gegessen, oder? Wie ich gehört habe, kriegt man hier das beste Essen in ganz Chinatown.«

Er betrachtete sie einen Moment schweigend, dann nickte er, ging an ihr vorbei und öffnete die Tür. Zwei bodenlange, dicke, gewebte Vorhänge hingen hinter der Eingangstür. Sie hielten die Kälte ab. Rafe wartete, bis Kate die Tür hinter sich geschlossen hatte. Einen Augenblick lang standen sie dicht beieinander in dem engen Raum zwischen Tür und Vorhang. Dann schob Rafe die Stoffbahnen beiseite und gemeinsam traten sie ein.

Drinnen war es laut, voll und verräuchert. In der Luft hing schwer der Geruch nach Bratenfett, Zwiebeln und Ingwer. Die Bänke an den langen Tischen waren voll besetzt, und am anderen Ende des Restaurants befand sich eine Theke, hinter der etwa ein Dutzend Köche Bestellungen entgegennahm und lautstark weitergab, während dampfende Schüsseln in die Hände der wartenden Gäste geschoben wurden. Es gab ein paar Zwerge an den Tischen, aber die meisten Speisenden waren Chinesen, die – so kam es Kate vor – alle durcheinanderredeten. Die Menschen saßen und standen so dicht gedrängt, dass Kate unwillkürlich einen Schritt zurücktrat.

»Da sind sie«, sagte Rafe und deutete auf Jake, Beetles und Abigail, die an einem Tisch saßen und winkten.

»Aber da ist kein Platz«, sagte Kate.

»Wir setzen uns an die Theke.«

Er nahm Kate bei der Hand und führte sie durch die Menge. An der Theke fanden sie noch ein Fleckchen, wo sie sich niederlassen konnten. Sie saßen Schulter an Schulter mit den Gästen rechts und links von ihnen. Eine niedrige Wand trennte den Raum hinter der Theke von der Küche, und Kate schaute zu, wie ein junger chinesischer Koch eine Zwiebel in einer derart atemberaubenden Geschwindigkeit klein hackte, dass sie sicher war, irgendjemand würde heute Fingerkuppen als Beilage in seiner Suppe finden.

Rafe gab die Bestellung auf, und gleich darauf landeten zwei Schalen mit dampfend heißen, honigfarbenen Nudeln vor ihnen. Sie schwammen in einer milchigen Brühe, zusammen mit verschiedenen, für Kate nicht näher zu bestimmenden Gemüsestückchen, klein geschnittenen Eiern und Hühnerfleisch. Rafe reichte ihr zwei Stäbchen, und sie schaute genau zu, wie er seine Stäbchen zwischen den Fingern und der Krümmung seines Daumens balancierte. Er bemerkte ihren Blick.

»Gibt's so was nicht, da wo du herkommst?«

»Doch, schon. Aber ich habe sie noch nie benutzt. Schon gar nicht bei Suppe.«

Er grinste. Es war das allererste Mal, dass er sie offen anlächelte.

»Schlürfen gehört auf jeden Fall dazu.«

Er demonstrierte, wie man sich einen Haufen Nudelenden in den Mund stopfte und sie dann einsaugte, wie durch einen Strohhalm. Das Geräusch, das man dabei erzeugte, war unbeschreiblich und nur dadurch zu rechtfertigen, dass alle anderen es genauso machten.

»Ich vermute, Tischmanieren waren zu dieser Zeit noch nicht erfunden«, sagte Kate mit einem schiefen Lächeln.

»Versuch's mal.«

Kate merkte, dass ihr der Magen knurrte. Seit der Pastete, die sie sich mit Abigail geteilt hatte, hatte sie nichts mehr gegessen. Das war Stunden her. Kate wandte sich ihrer Schale zu. Die Nudeln waren dick und glitschig, und sie brauchte vier Anläufe, um auch nur eine einzige zwischen ihren Stäbchen festzuklemmen. Sie beugte sich dicht über die Schüssel, weil sie Angst hatte, sie würde die Nudel verlieren, wenn sie die Stäbchen höher heben würde. Die Nudel klatschte gegen ihre Wange, als sie sie einsaugte.

»Und?«

Kates Augen wurden groß. Sie drehte sich zu Rafe um. »Das schmeckt fantastisch!«

»Sag ich doch.« Und wieder grinste er sie an.

Eine Zeit lang vergaß Kate alles außer ihren Nudeln und sie schlürfte so laut und ungeniert wie jeder im Restaurant. Als sie aufblickte und sah, wie Rafe seine Schale hob und die Brühe trank, tat sie es ihm nach. Jetzt wurde sie mutiger und hob die Nudeln hoch, manchmal mit einem Stück Ei oder Hühnerfleisch. Dann senkte sie die köstliche Portion in den nach oben gewandten Mund. Und obwohl der Laden völlig überfüllt war, laut und stinkend, und obwohl sie ständig angerempelt und gestoßen wurde oder kalte Luft an ihrem Nacken fühlte, wenn jemand durch die Vorhänge an der Tür trat, war es wunderbar. Es war, als ob Kate alles, was sie tagtäglich mit sich herumschleppte – die Gedanken an ihre Eltern, die Sorge um ihre Geschwister und das Verlangen, zu ihnen zurückzukehren –, vor der Tür abgelegt hätte. Hier, eingezwängt an der schmuddeligen Theke war sie – wenn auch nur kurz – einfach nur ein Mädchen, das in einem fremdartigen und aufregenden Restaurant mit einem gleichaltrigen Jungen eine Schale Nudeleintopf aß.

»Du kommst also wirklich aus der Zukunft?«

»Ja.«

»Und die Trennung funktioniert? Die Menschen vergessen tatsächlich, dass Magie existiert?«

Kate nickte. »Sie glauben, Zauberei gibt's nur im Märchen. Das dachte ich früher auch.«

»Tja«, sagte der Junge und rührte nachdenklich mit den Stäbchen in den Resten seiner Suppe herum, »dann hat Miss B vielleicht doch recht. Vielleicht sollten wir uns einfach nur verstecken.«

Kate schaute ihn an. Ein ungutes Gefühl machte sich in ihr breit.

»Nicht alle Menschen hassen magische Geschöpfe. Du kannst nicht alle über einen Kamm scheren.«

Der Junge drehte sich zu ihr um. Der Blick in seinen grünen Augen hatte ein Feuer, das Kate förmlich versengte. Es kostete sie Mühe, nicht wegzuschauen.

»Klar hassen sie uns. Was, denkst du, ist mit Miss Bs Arm passiert? Wer, meinst du, hat das getan? Ich sag's dir: Menschen.«

»Aber das ergibt doch keinen Sinn. Ihr seid doch auch Menschen! Ihr seid nicht anders. Ihr könnt bloß zaubern!«

Der Junge lachte, aber es lag keine Freude darin. »Und du meinst, das reicht nicht? Sie hassen uns, weil wir Dinge tun können, zu denen sie nicht fähig sind. Sie haben Angst und sind neidisch.« Der Junge bog eins der Stäbchen zwischen seinen Fingern. »In anderen Städten gab's schwere Unruhen. Menschen haben magische Viertel niedergebrannt, die Leute verjagt oder ermordet. Das ist der Grund für die Trennung. Wir müssen uns schützen. Danach leben wir zwar immer noch mitten unter ihnen, aber sie wissen es nicht. Ich vermute mal, wir tun das Richtige.« Das Stäbchen zerbrach und er legte die beiden Teile auf die Theke.

Eine Weile sagte keiner von beiden etwas, dann fragte Kate: »Hast du heute Morgen Geige gespielt?«

Der Junge schaute sie an.

»Ich war in der Halle«, sagte sie. »Ich habe die Musik gehört.«

Rafe nickte. »Meine Mutter hat's mir beigebracht. Eine Erinnerung an ihr Heimatdorf. Sie wollte immer, dass ich ihr vorspiele, sagte, es erinnere sie an zu Hause.«

»Oh. Ist sie …?«

»Sie ist tot.«

»Das tut mir leid.«

Wieder schwiegen sie, was nicht weiter auffiel, weil ringsum so ein Lärm herrschte.

»He, seid ihr fertig?« Beetles und Jake standen hinter ihnen.

»Abigail is schon draußen«, erklärte Jake. »Sie meint, wir müssten uns beeilen und den Rest von der Liste besorgen. Sie kommandiert uns ganz schön rum.«

»Ich komme gleich«, sagte Kate.

Die Jungen nickten und drängten sich durch die Menge nach draußen. Kate schaute Rafe an.

»Danke fürs Essen.«

Rafe nickte. Und dann, mit einem Ruck, als ob er gerade einen Entschluss gefasst und Angst hätte, es sich anders zu überlegen, griff er in seine Jacke und zog eine kleine, prall gefüllte Geldbörse hervor.

»Hier. Nimm das.«

Kate schaute auf die Börse und dann zu ihm. Rafe wich ihrem Blick aus.

»Was ist das?«

»Geld. Damit kommst du zu diesem Ort im Norden. Oder wo immer du hinwillst.«

»Ich verstehe nicht. Miss Burke sagte, es würde ein paar Tage dauern …«

»Das hat nichts mit Miss B zu tun.«

»Aber ich verstehe nicht ...«

»Da gibt es nichts zu verstehen.« Der Junge sprach immer noch mit gemäßigter Stimme, aber man merkte, dass er ärgerlich wurde. Er schaute Kate jetzt an und in seinem Ausdruck lag Verzweiflung. »Ich sage dir: Geh. Ich bitte dich darum.«

»Aber warum tust du das? Und warum ausgerechnet jetzt?«

»Ich habe meine Gründe. Nimm's einfach. Klar?«

Er packte ihre Hand und bog ihre Finger um die Geldbörse. Kate wusste nicht, was sie denken sollte. Sie spürte, dass der Junge sie beschützen wollte, aber sie ahnte auch, dass er mehr wusste, als er sagte.

»Und du willst mir nicht sagen, warum?«

»Ich kann nicht ...«

»Oder woher du mich kennst? Ich weiß genau, dass es so ist. Du musst es nicht leugnen.«

Der Junge sagte nichts. Kate zog ihre Hand unter seiner weg. Sie fühlte die Schwere der Geldbörse, die Form der Münzen unter dem alten, weichen Leder. Sie könnte nach Cambridge Falls fahren, von dort einen Weg zurück nach Hause finden, wieder mit ihren Geschwistern vereint sein – aber dann würde sie nie das Geheimnis dieses Jungen erfahren. Und sie dachte daran, was Scruggs gesagt hatte: dass die Chronik der Zeit sie aus einem bestimmten Grund hierher gebracht hatte. Konnte Rafe dieser Grund sein? Und wenn ja: Wer war er?

Sie legte die Geldbörse auf die Theke.

»Dann werde ich bleiben.«

Und mit diesen Worten ging sie nach draußen.

Abigail und die Jungen waren satt und gut gelaunt. Sie gingen zum Feuerwerker, verlangten das, was Scruggs ihnen aufgeschrieben hatte, und machten sich dann auf den Rückweg zur Kirche. Kate schaute sich mehrmals um, aber von Rafe war nichts zu sehen. Sie war zutiefst verwirrt.

Und dann erlebte sie etwas, was sie in noch größere Verwirrung stürzte.

An einer Querstraße angelangt, sahen sie ein Zwergenpaar aus einem kleinen Haus treten. Es war das erste Mal, das Kate einen weiblichen Zwerg zu Gesicht bekam, und sie stellte fest, dass die Zwergenfrauen aussahen wie die Männer, nur ohne Bart. Die beiden trugen Möbel heraus und luden sie auf einen Eselskarren.

»Seht ihr das?«, sagte Jake. »Die machen sich davon, bevor die Trennung stattfindet. Vielleicht geh'n sie nach Norden in eins dieser Reservate.«

»Nach der Trennung«, wandte sich Beetles erklärend an Kate, »gibt's ein paar Straßen in der Stadt, in der nur magische Geschöpfe leben. Normale Menschen wissen gar nich, dass diese Straßen existieren. Aber viele Zwerge und Kobolde und andere Wesen, die nich als Menschen durchgeh'n oder sich keine Verwandlungszauber leisten können, verlassen die Stadt.«

Plötzlich wurde der Zwerg von einem Gegenstand am Kopf getroffen, der über sein Gesicht und seine Schulter spritzte. Es war ein Schneeball. Dann traf ein anderer Schneeball die Zwergenfrau im Rücken. Ein paar prallten gegen den Karren. Kate sah drei missmutig dreinschauende Teenager auf der anderen Straßenseite, die Schneebälle rollten und grölten.

»Macht, dass ihr wegkommt!«

»Schert euch zum Teufel!«

»Wir wollen euch hier nicht haben!«

Sie warfen noch eine Salve Schneebälle und trafen sowohl die Zwerge als auch die Gegenstände auf dem Karren. Eine kleine Statuette fiel hinunter und zersplitterte auf dem Pflaster. Kate wollte hinzueilen, voller Wut, unsicher, was genau sie tun wollte, aber entschlossen, *irgendetwas* zu tun. Doch Abigail packte sie am Arm und zog sie zurück.

»Lass mich los! Siehst du nicht, was da vorgeht?«

»Es ist besser, keinen Ärger zu machen«, sagte Abigail leise. »Rafe sagt, dass wir uns heraushalten sollen, wenn es Scherereien gibt. Die beiden kommen schon klar. Siehst du?«

Der Zwerg und seine Frau waren auf den Karren gestiegen und fuhren nun die Straße entlang, verfolgt von den Schmährufen und Schneebällen der Jugendlichen. Die Scherben der kleinen Figur blieben im Rinnstein liegen.

»Komm weiter«, sagte Abigail und zog Kate mit sich.

Kate war erschüttert von dem, was sie gesehen hatte. War am Ende doch alles, was Rafe ihr gesagt hatte, die Wahrheit? Die Jugendlichen schienen die Zwerge regelrecht zu hassen, aus keinem anderen Grund als dem, dass sie anders waren. Kate drehte es der Magen um.

»Also ist es wirklich immer so?«

Abigail lachte. »Das war noch gar nichts.«

»Es ist noch schlimmer?«

»Schlimmer? Hast du gehört, was mit Rafes Mutter passiert ist?«

»Was meinst du? Sie ist tot.«

»Ja, und wie ist sie gestorben? Ein Mensch, ohne einen Funken Magie in sich, hat sie getötet.«

»Was?« Kate blieb wie angewurzelt stehen.

»Niemand redet darüber, aber alle wissen Bescheid. Warum, glaubst du wohl, hasst Rafe die Menschen so sehr? Und eines Tages wird er sehr mächtig sein. Ich habe gehört, wie Scruggs Miss B erzählt hat, dass …«

Kate packte das Mädchen am Arm und zog sie zu sich herum. »Was hast du gehört? Sag's mir!«

Abigail war überrascht über Kates Heftigkeit. »Nichts Wichtiges. Ich war nur mal oben im Glockenturm, ohne dass die beiden davon wussten. Da habe ich gehört, wie sie über Rafe redeten.«

»Und was hat Scruggs gesagt? Bitte, Abigail, es ist wichtig!«

»Nur das, was ich dir gerade gesagt habe: dass Rafe einmal ein mächtiger Zauberer sein wird. Warum?«

Darauf wusste Kate keine Antwort. Aber sie war davon überzeugt, dass zwischen Rafe und ihr irgendeine Verbindung bestand, und auch zwischen Rafe und Michael und Emma. Und den Büchern. Aber wieso? War er ihr Freund oder ihr Feind? Das musste sie unbedingt herausfinden.

Genau in diesem Moment hörten sie eilige Schritte hinter sich. Sie drehten sich um und sahen Beetles und Jake mit roten Gesichtern und einem breiten Grinsen auf sich zustürmen.

»Wir müssen weg!«, rief Beetles.

»Warum?«, wollte Kate wissen. »Was ist passiert?«

»Na ja, du weißt doch, dass wir eigentlich nichts tun sollten«, sagte Jake im Rennen. »Tja, und genau das haben wir *nich* getan.«

»Wir ham Schneebälle geworfen«, erklärte Beetles. »Wir

wollten gar nich, dass sie sich verwandeln, ham gar nich an Magie gedacht, aber im Flug ham sie die Farbe verändert und sind ganz klebrig und schleimig geworden …«

»Da sind sie!«

Der Schrei ertönte vom anderen Ende des Blocks. Kate drehte sich um und sah die drei streitsüchtigen Jugendlichen herbeirennen, angeführt von einem zornig aussehenden Jungen mit einem verkniffenen Gesicht, der von oben bis unten mit grünem Schleim beschmiert war.

»Holt euch die Missgeburten!«

»Weg hier!«, schrie Kate.

Es bedurfte keiner weiteren Aufforderung. Die Kinder rasten durch die Straßen, gefolgt von den Jugendlichen, die vor Zorn und Erregung heulten.

»Könnt ihr … nicht … irgendwas machen?«, keuchte Kate. »Irgendwas … Magisches?«

»Um zu zaubern, muss man ruhig sein«, erwiderte Beetles. »Es funktioniert nich, wenn man Angst hat.« Dann fügte er hinzu: »Obwohl ich natürlich keine Angst hab.«

»Ich auch nich«, stellte Jake klar.

Kates Gedanken überschlugen sich. Sie zweifelte nicht daran, dass die Jugendlichen sie einholen würden. Doch dann sah sie hinter der nächsten Kreuzung eine breite Straße mit vielen Fußgängern, Kutschen und Karren. Auf einer belebten Straße gab es bestimmt Verstecke. Das konnte funktionieren, solange jemand ihre Verfolger ablenkte.

»Hört zu, wenn wir um die Ecke biegen, geht ihr in Deckung. Ich werde dafür sorgen, dass sie mir folgen.«

»Geht nich«, sagte Jake. »Rafe hat uns befohlen, auf dich aufzupassen.«

»Blödmann!«, fuhr Beetles ihn an. »Das sollten wir ihr doch nich sagen!«

»Wir haben keine Zeit zum Streiten! Ihr kümmert euch um Abigail. Wir treffen uns im Hauptquartier!«

»Ich brauche niemanden, der sich um mich …«, setzte Abigail an, aber in diesem Moment bogen sie um die Ecke. Kates Blick fiel auf eine Treppe, die ins Untergeschoss eines Hauses führte, in dem sich ein Lebensmittelladen befand. Dorthin stieß sie die Kinder.

»Da runter! Schnell!«

Jake und Beetles packten Abigail und zerrten sie die Treppe hinunter, wo sie von der Straße aus nicht gesehen werden konnten. Kate sprang mitten in den Verkehr. Sie hörte Fluchen und das Wiehern von Pferden, Peitschenknallen und das Schnappen von Zügeln, doch sie stürmte unbeirrt voran. Ihre Füße rutschten im Schneematsch aus. Sie blickte weder nach rechts noch nach links, bis sie die andere Straßenseite erreicht hatte. Dann drehte sie sich um. Die drei Jugendlichen standen an der gegenüberliegenden Ecke und blickten sich suchend um.

»He! Hier bin ich! Kommt und holt mich!«

Vor Zorn brüllend sprinteten sie los.

So ist's gut, dachte Kate. Kommt nur her.

Dann drehte sie sich um und rannte um ihr Leben.

Aber sie war noch nicht weit gekommen, als sie erkannte, dass die Jungen sie einholen würden. Sie waren zu groß, zu schnell und zu wütend. Sie hörte ihre Schritte hinter sich, die immer lauter und lauter wurden. Dann tauchte das Ende einer Feuerleiter vor ihr auf. Sie dachte, wenn sie dort hinaufklettern und die Leiter nach oben ziehen würde, konnte sie entkommen. Kate holte alles aus sich heraus, und dann, fünf Meter von der Leiter entfernt, rannte sie in einen Mann, der aus einem Ladengeschäft trat.

Es war, als wäre sie gegen eine Mauer geprallt. Ihr Kopf ruckte nach hinten, ihr Körper flog rückwärts und knallte auf den Gehweg. In ihrem Kopf drehte sich alles und die Welt vor ihren Augen verschwamm. Die Mütze war heruntergerutscht, und sie musste ihre Haare nach hinten schieben, um den Mann zu erkennen, der über ihr stand. Es war ein Berg von einem Mann in einem langen Pelzmantel und einer Pelzmütze. Er hatte sich nicht gerührt.

»Alles in Ordnung, Mädchen? Du solltest schauen, wohin du läufst. Wer rennt denn auch so blindlings durch die Straßen?«

Sie hörte, wie die Jungen hinter ihr schlitternd zum Stehen kamen. Sie blickte sich um. Ihr war immer noch schwindelig, und sie wagte nicht, aufzustehen. Der große Junge mit dem verkniffenen Gesicht, flankiert von seinen beiden Freunden, deutete mit dem Finger auf den Mann im Pelzmantel.

»Lassen Sie sie in Ruhe! Die gehört uns!«

Kate wusste, dass sie weglaufen musste, aber sie wusste ebenso gut, dass sie umfallen würde, wenn sie nur den Versuch machte, sich aufzurappeln.

»Und was habt ihr mit einem süßen, unschuldigen Mädchen wie diesem da zu schaffen?«, fragte der Mann. »Sie hat doch gewiss nichts angestellt. Schaut sie euch an: ein Gesicht wie ein Engel!«

»Sie ist 'ne Missgeburt! Sie …«

Kate, die immer noch zu den Jungen schaute, sah, wie sie

innehielten. Irgendetwas, das sie gesehen hatten, veranlasste sie, sich eines Besseren zu besinnen.

»Was wolltet ihr gerade über Missgeburten sagen?«, fragte der Mann.

Der große Junge sah aus, als würde er gleich vor Wut explodieren.

»Ihr kriegt noch, was ihr verdient. Ihr alle!«

»Macht, dass ihr wegkommt«, sagte der Mann, »ehe ich die Geduld verliere.«

Der Anführer der Jugendlichen spuckte auf den Boden. Dann drehten sich die drei um und stapften schmollend davon. Kate, die allmählich wieder klar sehen konnte, erhob sich langsam und wollte sich bei dem Mann bedanken. Sie erstarrte. Rechts und links von ihr stand mit einem Mal je ein Gnom mit einem schwarzen Filzhut auf dem Kopf. Zwei Paar kleine, böse Augen funkelten sie an.

»Sie ist es«, sagte einer der Gnome. »Ich erkenne sie.«

»Natürlich ist sie es«, gurrte der große Mann. »Es steht ihr ins Gesicht geschrieben.«

Er legte seine große Hand auf Kates Arm. »Würdest du uns die Freude machen, ein Stückchen mitzukommen? Wir möchten dich gerne jemandem vorstellen. Dieser Jemand brennt geradezu darauf, dich kennenzulernen. Ach, aber wo habe ich nur meine Manieren?« Er zog die Pelzmütze und entblößte seinen Glatzkopf. »Mein Name ist Rourke.«

KAPITEL 12

Zur Festung

Zweimal stellte Gabriel Michael auf die Füße und zweimal gaben die Knie unter dem Körper des Jungen nach und er sank zu Boden.

»Wenn du noch einmal hinfällst«, warnte Gabriel und zog ihn ein drittes Mal hoch, »dann werde ich dich liegen lassen.«

»Dieses … Ding – es hat Emma mitgenommen!«

»Ich weiß.«

»*Aber es hat sie mitgenommen!*«

»Ja, und ich kann nicht beides tun: dieses Vieh verfolgen *und* dich tragen. Also entweder bleibst du auf deinen Füßen stehen oder ich lasse dich zurück.«

Sie befanden sich noch auf der Lichtung, und Michael starrte in die Richtung, in der die Kreatur mit Emma in den Klauen verschwunden war. Die Ader, die unter der Narbe auf Gabriels Wange sichtbar war, pochte. Michael wusste, wie schwer es dem großen Mann fiel, Emma nicht umgehend hinter herzustürzen. Ich muss mich zusammenreißen, dachte Michael.

Gabriel ließ seine Schultern los. Michael schwankte, aber er blieb stehen.

»Dieses Ding«, stammelte Michael, »hast du es gesehen …?«

»Ja.«

»Und es war wirklich ein … Ich meine, es war tatsächlich …«

»Ja.«

Offensichtlich wollte keiner von beiden den Namen des Wesens aussprechen. Aber Michael reichte es schon, dass Gabriel dasselbe gesehen hatte wie er: die mächtigen, ledrigen, fledermausartigen Flügel, den langen, schlangengleichen Körper, die Zacken auf dem Rücken der Kreatur, die riesigen Krallen, die Emma gepackt und hochgehoben hatten …

Er hatte es sich nicht eingebildet. Seine Schwester war von einem Drachen geraubt worden.

»Aber …« Einen Moment lang fühlte er sich so schwach und verloren, dass er befürchtete, gleich wieder in sich zusammenzusinken und von Gabriel zurückgelassen zu werden. »Was sollen wir jetzt machen?«

»Wir werden deine Schwester finden und das Ungeheuer töten, das sie geraubt hat.«

»Aber was … Was ist, wenn sie schon …?«

Gabriel machte einen Satz auf Michael zu und packte ihn am T-Shirt. Sein Gesicht war verzerrt und seine Stimme nur noch ein Grollen.

»Sie lebt. Sie lebt und wir werden sie finden. Jetzt komm!«

Und damit lief er in großen Sprüngen über die Lichtung davon. Michael folgte ihm mit unsicheren Schritten.

Michael verlor jegliches Zeitgefühl. Eine halbe Stunde. Eine Stunde. Vor ihm verschwand Gabriel immer wieder in der Dunkelheit und überließ Michael sich selbst, der sich durch die dicht wachsenden Farne kämpfen musste. Und immer wieder, gerade wenn Michael davon überzeugt war, dass Gabriel ihn im Stich gelassen hatte, tauchte der Mann hinter einem Baumstamm auf und zischte: »Hier entlang! Beeil dich!« Und Michael schob sich weiter zwischen den Farnwedeln hindurch, die ihm gegen die Arme und ins Gesicht schlugen. Er konnte nur einen einzigen Gedanken fassen, der sich ständig in seinem Kopf wiederholte:

Ich habe Kate verloren und jetzt habe ich Emma verloren …

Ich habe Kate verloren und jetzt habe ich Emma verloren …

Ich habe Emma verloren …

Ich habe Emma verloren …

Dann, ganz plötzlich, hatten sie die Bäume und Farne hinter sich gelassen. Michael trat auf eine steinige Ebene hinaus, wo Gabriel auf ihn wartete. Der Enge des Waldes entkommen, empfand Michael die unendliche Weite des Nachthimmels als Befreiung. Er atmete tief durch.

»Da! Siehst du?«

Gabriel deutete das Tal entlang zu dem Vulkan, der sich etwa eine Viertelmeile vor ihnen erhob. Michael hatte nicht darauf geachtet, in welche Richtung sie gegangen waren. Er war sprachlos. Der Fuß des Vulkans nahm beinahe die gesamte Breite der Ebene ein. Die steilen Hänge liefen auf eine Spitze zu, wie bei einer Pyramide, und er musste fast zweitausend Meter hoch sein. Aus dem Kegel drang ein unheimliches rotes Glühen.

Ungefragt brachen die Erinnerungen des toten Mannes, die

er in Malpesa aufgesogen hatte, in Michaels Gedächtnis ein, und wieder war ihm, als erlebe er ein *Déjà-vu*. Das Buch Rubyn war ganz in der Nähe.

»Siehst du es?«, fragte Gabriel.

Michael merkte, dass Gabriel auf etwas deutete, das sich im unteren Drittel am Hang des Vulkans befand. Dort flackerte ein Licht in der Dunkelheit. Michael konnte die Umrisse eines großen Gebäudes erkennen. Die Erinnerung des Toten versorgte ihn mit den nötigen Informationen.

»Das ist die Festung des Ordens«, sagte er. »Hierher haben sie das Buch gebracht.«

»Im Augenblick«, sagte Gabriel, »will ich nichts weiter als deine Schwester finden.«

Sie hasteten weiter.

Der Fuß des Vulkans bestand aus riesigen schwarzen Felsbrocken. Michael musste auf allen vieren hinaufklettern, während Gabriels lange Beine ihn beinahe mühelos über die Steinhaufen trugen. Es dauerte nicht lange, und die Steine wurden kleiner, gingen über in Geröllhalden, auf denen Michael alle zwei Schritte strauchelte. Trotzdem kämpfte er sich unermüdlich weiter. Die Konturen der Festung hoben sich scharf vor dem dunklen Himmel ab, und Michael erkannte Einzelheiten: die mächtigen, etwa fünfzehn Meter hohen Mauern aus schwarzem Stein, die Wehrgänge und Zinnen, wo die Verteidiger Position beziehen konnten. Von dem Gebäude innerhalb der Mauern sah er nur einen einzelnen Turm, der in den Nachthimmel emporragte und in dessen oberster Kammer jenes Licht leuchtete, das sie von Weitem gesehen hatten.

Die Festung bot einen beeindruckenden und ehrfurchtgebietenden Anblick. Aber Michael fragte sich unwillkürlich, ob es klug gewesen war, ein Gebäude ausgerechnet am Abhang eines Vulkans zu errichten.

»Immerhin«, stieß er im Hinaufklettern hervor, »könnten sie alle in die Luft fliegen.«

Gabriel stand bereits vor dem doppelflügeligen Eingangstor, das die gesamte Höhe der Festungsmauer einnahm, als Michael zitternd vor Anstrengung und völlig außer Atem zu ihm trat.

»Tut mir leid. Eigentlich bin ich echt fit. Muss an der Höhe liegen …«

»Schau mal.« Gabriel deutete auf die drei ineinander verschränkten Kreise, die in die Tür geschnitzt waren. Ringsum war es immer noch still. Nichts rührte sich, weder im Tal, noch in der Festung.«

Michael flüsterte: »Glaubst du, sie … sie wissen, dass wir hier sind?«

Gabriel hob einen großen Stein auf und hämmerte damit so lange auf die Tür ein, bis sie aufschwang. Die Schläge dröhnten durch das Tal.

»Ja.«

Gabriel ging vor. Sie durchquerten einen Burghof mit gestampftem Lehmboden. Michael zögerte, aber als keine Pfeile aus der Dunkelheit sirrten, entspannte er sich und schaute sich um. Die Festung war auf einem Plateau erbaut worden, das etwa vierzig Meter breit und noch einmal doppelt so lang war. Im Zentrum des Burghofs, wo er und Gabriel standen, befand sich ein zweistöckiges Gebäude mit hohen, schmalen Fenstern. Der schlanke Turm mit dem Licht an der Spitze erhob sich an der hinteren Ecke des Gebäudes. Innen an den

Festungsmauern zogen sich hölzerne Wehrgänge aus Leitern und Stegen entlang. Von hier aus konnte man die Burg verteidigen. Außerdem gab es noch einen kleinen Pferch für das Vieh, eine Schmiede und ein paar Hütten. Alles war leer und verlassen.

Gabriel zog seine Machete. »Halte dich hinter mir.«

Michael sah keinen Grund zum Widerspruch.

Gabriel ging auf das zweistöckige Gebäude zu und trat ohne Umschweife die Tür auf. Sie betraten einen großen, hohen Saal, dessen Längsseite von mächtigen Säulen gesäumt war. Mitten im Saal befand sich eine Öffnung im Boden, aus der ein blutrotes Glühen drang. Dieses Gebäude war der Bergfried, erkannte Michael. Hierher zogen sich die Bewohner zurück, falls die Festungsmauern eingenommen wurden.

Langsam näherten sie sich dem Loch in der Mitte des Bodens. Es war quadratisch und jede Seite war etwa fünf Meter lang. Stufen führten hinunter und endeten vor einem schweren, eisernen Fallgitter, hinter dem Michael den Anfang eines Tunnels ausmachte. Das rote Glühen kam aus den Tiefen des Vulkans, Hitze stieg aus der Öffnung auf und brannte in Michaels Augen. Trotzdem fühlte er, wie ihn eine unsichtbare Macht weiterzog.

»Die Chronik des Lebens ist da unten«, sagte er leise.

»Aber sie ist dort nicht allein.«

Michael warf Gabriel einen fragenden Blick zu.

»Das Tor wird von außen verschlossen«, sagte Gabriel. »Es ist nicht dazu da, um unerwünschte Besucher draußen zu lassen, sondern um etwas dort drinnen einzusperren.«

Er wies nach oben und Michael folgte seinem Blick. Im Dach des Bergfrieds befand sich ein riesiges, zerklüftetes Loch, und zwar direkt über der Öffnung im Boden, vor der sie standen. Es sah ganz so aus, als ob etwas Großes – etwa so groß wie ein Drache – aus dem Tunnel unter ihnen gekrochen war und dann das Dach nach draußen durchbrochen hatte.

Aber das Fallgitter vor dem Tunnel war wieder verschlossen, was bedeutete, dass der Drache zurückgekehrt war. Michael dachte an die Kreatur, die er auf die Lichtung hatte niederstoßen sehen, an die riesigen, rasiermesserscharfen Krallen und an die Reißzähne, die so lang waren wie sein Unterarm.

»Ich denke«, sagte er und gab sich Mühe, seine Stimme entschlossen und fest klingen zu lassen, um zu verschleiern, wie zittrig er sich fühlte, »ich denke, wir sollten da runter gehen, nicht wahr?«

»Ja.«

Michael nickte. Und plötzlich wusste er: Wenn in den Tunnel zu gehen, der einzige Weg war Emma zu retten, würde er es tun – egal wie viel Angst er hatte.

»Aber zuerst«, ließ sich Gabriel vernehmen, »werden wir den Turm durchsuchen.«

»Was? Wieso denn?«

»Der Drache hat das Tor nicht verschlossen. Ich will wissen, wer es war.«

Er steuerte auf eine Tür am anderen Ende des Saals zu. Sie stand offen und gab den Blick frei auf eine Treppe, die nach oben führte. Michael beeilte sich, mit ihm Schritt zu halten.

Ein paar Augenblicke lag der Saal still und verlassen da. Dann löste sich ein Schatten von einer der Säulen. Die Gestalt, in einen Umhang gehüllt, schlich den beiden hinterher und zog dabei ein Schwert.

»Emma!«

Michael stürmte vor und schlang die Arme um seine Schwester.

Er und Gabriel waren die Treppe bis zur Spitze des Turms nach oben gestiegen. Auf dem letzten Absatz hatte Michael nach draußen geschaut und den mit Sternen überzogenen Nachthimmel betrachtet, die schimmernden schneebedeckten Berge, den rot glühenden, rauchenden Krater des Vulkans; in einem Kohlebecken in der Wand des Turms loderte ein Feuer. Michael hatte Angst vor dem, was sie erwartete, da sah er Gabriel mit einem Ruck stehen bleiben. Er blickte an ihm vorbei – und da war sie: Emma, seine Schwester, lebendig und unverletzt.

»Oh Emma!« Er umarmte sie, als wollte er sie nie mehr loslassen. »Ich hatte solche Angst um dich! Gabriel auch. Wir hatten beide so schreckliche Angst!«

Gabriel sagte etwas, aber Michael beachtete ihn gar nicht.

»Emma«, sagte er und nahm sie am Arm. Er trat ein Stück zurück. Jetzt, wo er sie in Sicherheit wusste, musste er mit ihr reden, wie es die Aufgabe eines älteren Bruders war. »Ich weiß, dass du viel durchgemacht hast, aber ich habe dir doch gesagt, dass du nicht auf die Lichtung gehen sollst. Das war eine ziemlich bittere Lektion, aber du hast sie gelernt, nicht wahr? Vielleicht passt du das nächste Mal besser auf, wenn ich dir etwas sage.«

»Michael …«

»Einen Moment noch, Gabriel. Emma, hörst du mir überhaupt zu?«

»Nein, ich glaube nicht, dass sie dich hört.«

»Was? Aber was …?«

Und da erst merkte Michael, dass seine Schwester, während er sie umarmt hatte, weder geächzt noch versucht hatte, ihn wegzustoßen, und sie hatte auch nicht gespottet, ob er nicht lieber einen Zwerg in die Arme nehmen wollte.

»Etwas hat sie eingefroren«, sagte Gabriel.

Michael starrte seine reglose Schwester an. Ihre Arme waren ganz steif und ihre Augen starr. In ihren dreckverkrusteten Haaren klebte ein eingerollter Farnwedel. Als er die Hand ausstreckte und ihn entfernte, konnte er die Kälte ihrer Haut spüren.

Mit schwacher, fast hoffnungsloser Stimme fragte er: »Kannst du sie wieder gesund machen?«

Gabriel schüttelte den Kopf.

»Was ist mit Dr. Pym?«

Gabriel zögerte nur den Bruchteil einer Sekunde, aber Michael hatte verstanden. Sie hatten den Zauberer in Malpesa zurückgelassen, wo er um sein Leben kämpfen musste. Wer konnte sagen, wann – und ob überhaupt – sie ihn wiedersehen würden.

Dann, ganz plötzlich und ohne Vorwarnung, wirbelte Gabriel herum. Die Machete zischte durch die Luft und es folgte ein lautes metallisches Klirren.

Michael drehte sich um und sah einen Mann in einem Umhang, der ein Schwert in der Hand hielt. Der Mann taumelte rückwärts.

Er hatte mandelfarbene Haut, lange, ungepflegte Haare und einen zotteligen schwarzen Bart. Er war kleiner als Gabriel und sehr dünn. Seine Kleidung war fadenscheinig und geflickt und ihre einzelnen Teile passten irgendwie nicht zusammen, als wären sie von unterschiedlichen Trägern ausgeliehen, wodurch der Mann aussah wie ein heruntergekommener Clown. Michaels Augen wanderten zu dem Brustlatz des ausgeblichenen Waffenrocks des Mannes, den drei ineinander verschränkte Kreise zierten.

Gabriel machte einen Schritt nach vorn, mehr um Michael zu schützen als um selbst anzugreifen, aber der Mann ließ das Schwert fallen, warf die Arme nach oben und sank auf die Knie. »Ich ergebe mich!«, rief er. »Bringt mich nicht um. Bitte bringt den armen Bert nicht um!« Und daraufhin brach er in Tränen aus.

Michael betrachtete das Häufchen Elend auf dem Fußboden. »Er ist irgendwie ganz anders als ich erwartet hatte«, bemerkte er.

»Vermutlich ist er schon sehr lange hier«, erwiderte Gabriel, »und wahrscheinlich ganz allein. Einsamkeit kann eine verheerende Wirkung auf den menschlichen Geist haben.«

Ganz offensichtlich, dachte Michael.

Der Mann hatte aufgehört zu wimmern und hoffte wohl mittlerweile, dass Gabriel und Michael ihn – zumindest vorläufig – nicht ermorden würden. Er hatte sich auf die niedrige Steinbank gesetzt, die an der Wand entlang verlief, und beruhigte seine Nerven, indem er knirschend einen glänzenden schwarzen Käfer verspeiste, den er aus der Tasche seines Umhangs gezogen hatte.

»Ich hatte mir den Wächter nur irgendwie … sauberer vorgestellt. Und ich hätte nicht gedacht, dass er Bert heißen würde.«

»Willst du ihn befragen oder soll ich es tun?«, wollte Gabriel wissen.

Natürlich galt es als Nächstes herauszufinden, wer der Mann

war. War er tatsächlich ein Mitglied des Ordens? War er allein oder gab es noch andere? Saß der Drache hinter dem Eisentor eingesperrt, im Inneren des Vulkans? Bewachte er das Buch Rubyn? Welche Verbindung gab es zwischen dem Drachen und dem Mann? Warum hatte der Drache Emma hier oben im Turm gelassen? Und am Allerwichtigsten: Was war mit ihr geschehen und wie konnte man es rückgängig machen?

Michael schaute zu seiner Schwester. Ihr Mund stand leicht offen, als ob sie etwas sagen wollte. Die Augen hatte sie verengt und auf ihrer Stirn lag eine Falte. Michael sah, dass die Hände zu Fäusten geballt waren. Er kannte diese Anzeichen. Er hätte sich denken können, dass seine Schwester sehr, sehr wütend gewesen war, als man sie eingefroren hatte.

»Ich mache es.« Emma war seine Schwester. Er war für sie verantwortlich.

»Gut. Ich bin direkt hinter dir, wenn du mich brauchst. Aber beeil dich.« Gabriel warf ihm einen eindringlichen Blick zu. »Ich möchte ungern von diesem Drachen überrascht werden.«

Michael, der dazu ebenfalls keine Lust verspürte, trat rasch einen Schritt vor.

»Also schön. Ich möchte Ihnen ein paar Fragen stellen.«

Der Mann hatte mit einem Käferbein zwischen seinen Zähnen herumgestochert. Jetzt setzte er sich auf, strich mit beiden Händen seinen Bart glatt und setzte ein übereifriges Lächeln auf. Er war verrückt, das war nicht zu übersehen, dachte Michael, aber er schien nett-verrückt zu sein und nicht Ich-töte-dich-Ich-töte-dich-verrückt.

»Ach, ich liebe eine gute Unterhaltung! Ich bekomme so gern Besuch, aber Bert hatte keinen mehr seit … nun, seit …

noch nie.« Er sprach schnell und trillernd, wie ein aufgescheuchter Vogel. »Ach, Bert tut das Ganze so leid, nein wirklich!« Er tat so, als hielte er ein Schwert in den Händen und würde damit ausholen. »Ich … na ja, wisst ihr, ich dachte, ihr wärt Elfen.«

»Nun ja, dann ist Ihre Reaktion wohl verständlich«, sagte Michael. »Mir würde es auch nicht gefallen, wenn Elfen in meinem Haus herumschnüffeln würden.« Noch während er das sagte, kramte Michael in seinem Gedächtnis hervor, was in *Alles über Zwerge* zum Thema »Verhör« geschrieben stand. Wieder einmal dachte Michael bewundernd, dass dieses Buch wirklich für alle Lebenslagen geeignet war. Er erinnerte sich daran, dass der Autor G.G. Greenleaf vorschlug, zunächst einmal eine kameradschaftliche Beziehung zu dem Befragten aufzubauen. Und dann, wenn dessen Wachsamkeit nachließ, solle man ihm *mit der Keule eins überziehen. Das wird ihn lehren, sich zu widersetzen. Ha!* Michael hatte nicht vor, gewalttätig zu werden, aber die Sache mit der kameradschaftlichen Beziehung schien ihm eine gute Idee zu sein. Und so sagte er in kumpelhaftem Ton: »Sagen Sie mal, mein Freund. Sie sind doch einer vom Orden, nicht wahr? Einer der Wächter des Buchs.«

Der Mann schüttelte den Kopf. »Nein, nein. Bert ist nicht einer vom Orden –«

»Aber Sie haben doch das Zeichen auf Ihrer –«

»Bert ist nicht *einer* vom Orden. Er *ist* der Orden! Er ist der Letzte des Ordens. Anfang, Mitte und Ende.« Stolz schlug er sich gegen die Brust.

Michael rief sich die stille, verlassene Festung ins Gedächtnis und entschied, dass der Mann die Wahrheit sagte.

»Was ist mit den anderen geschehen?«

»Weg«, sagte der Mann schnell. Zu schnell. Michael vermutete, dass an dieser Geschichte mehr dran war. »Bert ist schon sehr, sehr, sehr, sehr lange allein.« Und damit schnickte er sich einen weiteren Käfer in den Mund.

»Aber Sie sind nicht vollkommen allein. Da gibt es doch noch den Drachen.«

Durch den Mann fuhr ein Ruck. Seine Stimme sank zu einem Flüstern herab. »Du hast den Drachen gesehen?«

»Ja. Im Wald.« Und als sei die Existenz des Drachen nichts weiter Verwunderliches, fuhr er fort: »Nur mal so aus Neugier, wo ist der Drache jetzt eigentlich?«

Der Mann hob einen Finger an die Lippen und deutete auf den Vulkan. »Schläft«, raunte er. »Besser nicht wecken.«

Michael machte sich in Gedanken eine Liste aus Punkten, zu denen er später zurückkommen wollte: der Drache, was mit den Gefährten des Mannes geschehen war … Jetzt aber musste er zum Kern der Befragung kommen.

»Was können Sie mir über meine Schwester sagen?«

Die Augen des Mannes wurden groß. »Das ist deine Schwester? Oh. Oh nein …!«

»Was meinen Sie damit – oh nein? Was ist mit ihr geschehen?«

»Na ja, sie ist eingefroren, das sieht man doch. Ich dachte wirklich, das wäre offensichtlich.«

»Das sehe ich selbst!«, gab Michael empört zurück und ließ einen Moment lang seine kameradschaftliche Maske fallen. »Aber wodurch wurde sie eingefroren? Drachen frieren doch keine Leute ein. Jedenfalls nicht, dass ich wüsste. Davon steht nirgends etwas geschrieben.«

Der Mann zwirbelte nervös Bartsträhnen um seine Finger. »Hm. Nun ja. Bert wusste ja nicht, dass sie deine Schwester ist. Weißt du, der Drache hat sie einfach in Berts Schoß fallen lassen! Sie war … sehr laut. Hat gedroht. Sie meinte, ein Kerl würde kommen und Bert den Kopf abschlagen! Laut laut laut! In all den Jahren hat Bert keinen derartigen Lärm gehört. Und sie hat Bert gegen das Schienbein getreten – ganz fest! Bert wird einen blauen Fleck bekommen.«

Er wollte sein Hosenbein aufrollen.

»Hören Sie auf damit! Was haben Sie getan?«

»Getan? Och, nicht viel …«

Michael funkelte ihn an, so böse er konnte. Er überlegte ernsthaft, ob er den Tipp mit der Keule nicht doch in die Tat umsetzen sollte. Der nervöse Wächter schien das zu spüren. Er griff in eine seiner Taschen und zog ein zusammengefaltetes Stück Stoff heraus.

»Bert war früher geschickt mit magischen Rezepten. Sie haben uns Magie beigebracht, die Zauberer meine ich. Vor langer, langer Zeit.« Er schlug das Tuch auseinander und enthüllte eine versengte Nadel. Dann murmelte er etwas, was wie ein Kuchenrezept klang. »Zwei Teile Drachenblut. Drei Teile Todesschatten. Die Zunge eines Faultiers, nicht zu fein gemahlen. Wasser aus einer jungfräulichen Quelle. Etwas Salz. Das Ganze erhitzen. Und dann – ein schneller Stich …« Er deutete eine stechende Bewegung mit der Nadel an. »Und Stille.«

»Sie haben Sie betäubt?«

Der Mann nickte und griff dann in eine Tasche seines Umhangs. »Ein Käfer gefällig?«

»Ich will keinen Käfer! Ist sie …« Michael musste schlucken, ehe er weitersprechen konnte. »Ist sie am Leben?«

»Oh ja, ja! Sie ist noch am Leben. Aber das Leben in ihr ist erstarrt. Wie in einem eingefrorenen Fluss. Ein ziemlich mächtiger Zauber. Nur ein einziger Stich genügt.« Wieder stach er mit der Nadel in die Luft.

»Wie wird das wieder rückgängig gemacht? Sie ist meine Schwester! Ich bin für sie verantwortlich!«

Michael hatte nun endgültig den gelassenen, kumpelhaften Ton abgelegt und schrie den Mann an. Am liebsten hätte er sein Gegenüber am Bart gepackt und tüchtig durchgeschüttelt.

»Geht nicht.«

»Geht nicht? Was geht nicht? *Wollen* Sie es uns nicht sagen? Vielleicht kann mein Freund hier Sie überzeugen …«

»Rückgängig geht nicht. Gibt kein Gegenmittel. Jedenfalls hat Bert keins. Aber sie sieht doch gar nicht so übel aus. Du kannst sie irgendwo hinstellen. Sie würde sich in jedem Raum gut machen.«

»Meine Schwester ist doch kein Möbelstück!«

»Aber nein, aber nein«, beeilte sich der Mann zu sagen. »Doch eine Unterhaltung mit ihr wird in Zukunft recht einseitig sein, das ist dir doch klar, oder?«

»Ich schlage ihm den Kopf ab«, knurrte Gabriel.

Die Unterlippe des Mannes fing an zu zittern und er stieß ein jammerndes Stöhnen aus.

»Ach, hören Sie bloß auf damit!«, fuhr Michael ihn an. »Sie sind der Letzte eines uralten und ehrwürdigen Ordens aus Kriegern! Zeigen Sie doch etwas Haltung!«

Der Mann zog sich den Umhang über den Kopf und versteckte sich darunter. Michael nahm die Gelegenheit wahr, um sich zu sammeln. Das Gespräch verlief nicht gut. Es schien keine Möglichkeit zu geben, Emma aus ihrer Starre zu erwecken, zumindest keine unkomplizierte, und je mehr Zeit verging, desto wahrscheinlicher war es, dass der Drache aufwachte. Und was dann? Michael hatte zwar großes Vertrauen in Gabriels Kräfte, aber ein Drache war immerhin ein Drache. Und er hatte immer noch nichts über die Beziehung zwischen dem Wächter und dem Drachen herausgefunden. War der Mann der Meister der Kreatur? Es sah nicht so aus. Aber irgendein Band musste es zwischen ihnen geben, denn sonst hätte der Drache den Mann schon vor langer Zeit getötet.

Michael bemerkte, dass er unbewusst die blau-graue Murmel rieb, die um seinen Hals hing. Könnte die Glaskugel ihm weiterhelfen? Vielleicht sollte er sie einfach zerschlagen, wie Emma es vorgeschlagen hatte? Aber was, wenn ein Gegner sie geschickt hatte? Solange Emma in diesem Zustand war, schien ihm dieser Versuch zu riskant. Michael ließ die Murmel wieder unter sein Shirt gleiten.

Wir gehen zu Plan B über, dachte Michael. Wir brechen jetzt auf, bevor der Drache aufwacht. Gabriel trägt Emma zum Flugzeug. Wir suchen Dr. Pym – vorausgesetzt, er ist noch am Leben – und er erlöst Emma aus ihrer Starre. Und später kommen wir zurück und holen uns die Chronik.

Emma zu helfen stand an erster Stelle.

Aber Michael wusste, dass sie diesen Ort nicht verlassen konnten, bevor sie nicht die Geschichte des Wächters gehört hatten. Sie brauchten jede mögliche Information, wenn sie später zurückkehren und das Buch Rubyn holen wollten.

»Ich möchte, dass Sie uns alles erzählen. Wie Sie hierher gekommen sind. Was mit den anderen Wächtern passiert ist.

Wo der Drache herkommt. Fangen Sie ganz von vorne an. Aber beeilen Sie sich.«

»Und wenn Sie uns anlügen«, fügte Gabriel hinzu, »dann werde ich Ihnen wirklich den Kopf abschlagen.«

Während der Mann seine Geschichte erzählte, schaute Michael hin und wieder zu seiner Schwester. Halb erwartete er, dass sie plötzlich anfangen würde zu lachen und erklären, dass sie nur einen Witz gemacht hatte, dass sie gar nicht eingefroren gewesen war.

Aber sie rührte sich nicht.

Keine Sorge, schwor er im Stillen. Ich lasse dich nicht im Stich.

»Vor viertausend Jahren«, begann der Mann mit seiner Erzählung, »als die Welt ein ganz anderer Ort war als heute – viel staubiger zum Beispiel –, da gab es einen Großen Rat, bestehend aus sehr klugen Zauberern, in einer Stadt namens Rhakotis an der Küste des Mittelmeers.«

Zu Michaels Verzweiflung schien der Wächter nicht in der Lage zu sein, seine Geschichte geradlinig zu erzählen. Immer wieder verlor er den roten Faden und berichtete von irgendwelchen essbaren Früchten oder ließ sich über die Intelligenz von Kamelen und die Dummheit von Vögeln aus, beschrieb detailliert Berts außerordentliche Sanftmut und bot dabei Michael und Gabriel immer wieder von seinem Käfervorrat an – ein Angebot, das beide jedes Mal dankend ablehnten, begleitet von der drängenden Bitte, doch endlich auf den Punkt zu kommen …

»Und diese klugen Zauberer hielten es für eine großartige

Idee, ihre größten, schrecklichsten und geheimsten Geheimnisse aufzuschreiben, Geheimnisse, in denen es um die Erschaffung der Welt ging. Und so entstanden die drei Bücher. Eins handelte von der Zeit. Eins vom Leben. Und das dritte handelte vom Tod. Sie wurden in drei getrennten Gewölben aufbewahrt, tief unter der Stadt. Und was für eine herrliche Stadt es war …!«

Nun folgte eine Aufzählung der Sehenswürdigkeiten von Rhakotis, bis ein Knurren von Gabriel den Mann wieder auf den richtigen Pfad zurückführte.

»Nun, und die klugen Zauberer gründeten in ihrer außerordentlichen Klugheit einen Orden der Wächter, die schwören mussten, die Bücher mit ihrem Leben zu beschützen. Es gab immer nur zehn Wächter, aber sie waren Meister der Magie und des Kampfes, und sie wurden unterstützt durch die Macht der gesamten Zaubererschaft.« Er kratzte sich am Bart. »Die Zeit verging, ebenso wie die Klugheit der Magier. Vielleicht waren sie von vornherein nicht so klug gewesen, wie alle immer dachten. Hier kommt Bert ins Spiel. Er war ein junger Wächter. Mit hellen Augen. Voller Tatendrang. Und freundlich und sanftmütig und …«

»Den Teil können Sie überspringen«, erklärte Michael.

»Und dann änderte sich auf einmal alles.« Der Mann sprang auf und begann, hin und her zu laufen, wobei er wild mit den Armen gestikulierte. Michael und Gabriel stellten sich vor Emma, damit der Wächter nicht aus Versehen ein Stück von ihr abbrach. »Es war ein schöner Tag. Die Sonne schien. Bert war oben auf dem Wachturm, als plötzlich aus dem Nichts tausend Schiffe vor der Küste auftauchten. Feuer überzog den Himmel. Drachen verwüsteten den Osten der

Stadt. Sandtrolle griffen von Süden aus an. Es war Alexander, der junge Eroberer, und die klugen Zauberer waren machtlos. Alexander war zu stark und er hatte viele dunkle Magier in seiner Armee versammelt. Es war nun an Bert und seinen Brüdern, die Bücher aus der Stadt zu schaffen. Aber als wir die Gewölbe erreichten, lag dort nur noch die Chronik des Lebens. Die anderen beiden Bücher waren verschwunden.«

Die Gedanken des Mannes schienen abzugleiten. Er stand auf, strich sich über den Bart und murmelte: »Es war nicht Berts Schuld, er hat sein Bestes gegeben, dem alten Bert kann man keinen Vorwurf machen …« Michael berührte ihn am Arm und der verwirrte Mann kam wieder zu sich.

»Am Ende gelang nur vier Wächtern die Flucht aus der Stadt. Alle anderen starben im Kampf. Die Überlebenden flohen nach Süden, zum Grund der Welt. Dort lebten Elfen in Eis und Schnee. Anfangs mochte Bert sie. Er hätte es besser wissen müssen.«

»Warum?«, fragte Michael. »Was haben die Elfen getan?«

Der Mann gab keine Antwort. Er war völlig in seiner Geschichte versunken.

»Bert und die anderen wurden in die Magie des Buchs hineingezogen. Das Tal wurde fruchtbar und grün. Die Wächter erlangten ewiges Leben. Sie erbauten diese Festung und versteckten das Buch Rubyn erneut. Die Zeit verging. Ein Jahrhundert nach dem anderen. Die Wächter hatten eine Schale, die – mit Wasser gefüllt – die Welt da draußen zeigte. So vieles hatte sich verändert. Aber wie sehr sie auch suchten und suchten, sie fanden keine Spur der anderen beiden Bücher. Sie blieben verschwunden.« Der bärtige Mann mit den wilden Augen blickte Michael an und grinste. »Aber sie erfuhren von einer Prophezeiung. Die wahren Hüter der Bücher würden erscheinen und sie wieder zusammenführen. Bert überzeugte die anderen, dass es ihre Pflicht sei, die Chronik des Lebens so lange zu bewachen, bis dieser Hüter auftauchte. Und dann … und dann …«

Seine Kraft war mit einem Mal aufgebraucht. Der Mann sank an der Wand in sich zusammen. Michael und Gabriel mussten geraume Zeit warten, bis er sich wieder so weit erholt hatte, dass er fortfahren konnte.

»Menschen sind nicht dafür geschaffen, Tausende von Jahren zu leben. Der Geist des stärksten Mannes wird brüchig und verdorrt. Einer von Berts Brüdern behauptete schließlich, dass er der wahre Hüter der Chronik sei und dass Bert und die anderen ihm das Buch vorenthielten. Bruder brachte Bruder um. Oh, welch ein Morden! Welch ein Verrat! Das Blut, das Blut! Schrecklich. Ganz entsetzlich.« Er bedeckte das Gesicht mit seinem Bart und sprach gedämpft durch die verfilzten Haare. »Berts falscher Bruder wurde niedergemacht und dann waren nur noch Bert und ein anderer Bruder übrig. Wir waren zu wenige, um die Chronik verteidigen zu können. Berts letzter Bruder erbot sich, in die Welt hinauszuziehen, um den wahren Hüter zu suchen. Arme, tapfere Seele! Der arme Bert, ganz allein!« Und wieder fing der Mann an zu greinen.

Michael und Gabriel wechselten einen Blick. Beide dachten das Gleiche: Der andere Wächter, derjenige, welcher weggegangen war, musste der Mann sein, dessen Gerippe Michael und Dr. Pym in Malpesa entdeckt hatten.

»Und wo kommt der Drache her?«, fragte Michael. »Und

was haben die Elfen angestellt, dass Sie ihnen nicht vertrauen? Und würden Sie bitte aufhören zu weinen?«

Der Mann hob, mit einem Mal gut gelaunt, den Kopf und lachte. Dabei klatschte er sich vergnügt auf die Knie. »Ja! Ja! Die Elfen. Als Bert allein war, haben sie ihr wahres Gesicht gezeigt. Sie haben versucht, das Buch zu stehlen! Aber sie wussten nicht, dass Bert und seine Brüder ein Drachenei aus Rhakotis mitgebracht hatten. Bert brütete es in der Hitze des Vulkans aus und unterwarf den Drachen dem Willen der Chronik. Als die Elfen die Festung angriffen, nun …«

»Ho, ho, ho«, kicherte Michael. »Damit haben sie wohl nicht gerechnet, was?«

Dann sah er Gabriels tadelnden Blick und wurde wieder ernst.

»Und das war's!«, sagte der Mann, klatschte wieder in die Hände und wirkte sehr mit sich zufrieden. »Jetzt sag Bert die Wahrheit«, fügte er hinzu und beugte sich vor, wobei er Michael eindringlich ansah. »Du bist wegen des Buchs hier, nicht wahr?«

»Nun … ja.«

»Ha! Ich wusste es! Aber die eigentliche Frage, die große Frage ist …«

Der Mann kam ganz nah an Michael heran. Sein Atem rasselte durch seinen Bart. Er legte Michael eine zitternde Hand auf die Schulter, woraufhin sich Gabriel versteifte, bereit, Michael zur Hilfe zu eilen, falls es nötig sein sollte.

»Bist du der wahre Hüter? Der Hüter, auf den Bert gewartet und gewartet hat?«

Das Gesicht des Mannes war faltenlos unter dem Schmutz und dem verfilzten Haar. Nur die Augen verrieten sein Alter.

Es waren Augen, die fast dreitausend Jahre nur aus einem einzigen Grund hatten vorbeiziehen sehen. Und nun stellten sie diese Frage: *Ist es vorbei? Ist es endlich vorbei?*

Es waren die traurigsten Augen, die Michael je erblickt hatte.

»Bist du der Hüter?«

Das war eigentlich eine einfache Frage, auf die es eine einfache Antwort gab. Dr. Pym hatte ihm versichert, dass Michael der Hüter der Chronik des Lebens war. Und er hatte das Buch gefühlt, hatte gespürt, wie es nach ihm rief. Aber es auszusprechen und damit anzuerkennen, war eine ganz andere Sache.

Doch vor diesen Augen gab es kein Entkommen.

Leise sagte er: »Ja, das bin ich.«

Der verrückte Wächter nickte und nahm seine Hand von Michaels Schulter. »Nun, das werden wir ja bald sehen, nicht wahr?«

»Was … was meinen Sie damit?«

»Du willst deine Schwester erlösen, stimmt's? Die kreischende Schienbeintreterin.«

»Aber gewiss …«

»Und du hast den Wald gesehen. Dort, wo jetzt die Bäume wachsen, waren einstmals nur Eis und Schnee. Was, glaubst du, hat das Leben und die Fruchtbarkeit entstehen lassen? Die Chronik! Sie wird auch deine Schwester wieder ins Leben rufen. Sie wird das Leben erwecken, das in ihr schlummert. Das ist der einzige Weg.«

»Dann sollten wir keine weitere Zeit verschwenden«, sagte Gabriel und steuerte auf die Treppe zu. »Wir wissen, dass die Chronik im Vulkan versteckt ist.«

»Nein!« Der Mann sprang auf und versperrte ihm den Weg. »Der Drache wird euch töten!«

»Aber sind Sie nicht der Meister des Drachen?«, wollte Michael wissen. »Sie sagten doch, sie hätten ihn ausgebrütet.«

»Nein, nein, nein! Der Drache gehorcht Bert nicht! Er … Sie dient nur der Chronik. Sie duldet Bert, weil Bert auch der Chronik verpflichtet ist. Aber«, sagte er und beugte sich wieder dicht zu Michael, »die Chronik ist wirklich im Vulkan, und der Drache wird jeden töten, der ihn betritt. Selbst Bert. Nur der wahre Hüter kann ungehindert passieren.« Er packte Michael an der Schulter. »Um deine Schwester zu retten, musst du in den Vulkan gehen und dich dem Drachen stellen. Allein.«

KAPITEL 13

Hallo, Häschen!

Natürlich wollte Gabriel an Michaels Stelle gehen. Er meinte, die Warnung des Wächters sei bedeutungslos.

»Warum sollten wir uns auf das Wort eines Irren verlassen, der Käfer knabbert, als wären es Chips?«

»Hör sich das einer an«, murmelte der Wächter. »Er hat die Käfer noch gar nicht probiert!«

»Dann gehen wir wenigstens zusammen!«, beharrte Gabriel.

Sie waren noch immer im Turm. Emma war nach wie vor eingefroren. Nur der Himmel hatte sich gewandelt. Er war nicht mehr tintenschwarz, sondern von einem tiefen, dunklen Blau. Michael blieb fest.

»Wir können nicht beide gehen. Was ist, wenn wir beide getötet werden? Dann ist niemand mehr da, der sich um Emma kümmert. Und wenn du gehst und getötet wirst, kann ich sie nicht allein hier herausschaffen. Ich muss gehen und du musst hierbleiben. Mehr gibt es dazu nicht zu sagen.«

»Und wenn der Drache dir nicht gehorcht?«, fragte Gabriel. »Was dann?«

Damit meint er wohl, was sein wird, wenn ich getötet werde, dachte Michael.

»Dann bringst du Emma zu Dr. Pym.«

»Dann lass uns jetzt zu ihm gehen und wiederkommen, wenn es deiner Schwester wieder gut geht. Es ist nicht nötig, ein solches Risiko einzugehen.«

Michael schüttelte den Kopf. Sie hatten keine Ahnung, was in Malpesa passiert war, nachdem sie losgeflogen waren. Was, wenn Dr. Pym Rourke lediglich für eine kurze Weile hatte aufhalten können? Möglicherweise war der Kahlkopf bereits auf der Spur der Chronik des Lebens. Michael war bereit gewesen, dem Buch den Rücken zu kehren, als er noch keine andere Möglichkeit gesehen hatte, Emma zu retten. Aber jetzt, da sie die Chance hatten, Emma zu erlösen, *wenn* sie das Buch bekamen, mussten sie diese Chance auch ergreifen. Selbst wenn es für Michael bedeutete, allein in den Vulkan zu gehen.

Immerhin hatte er das Rätsel mit den Tränken in Malpesa gelöst. Er konnte es schaffen!

Am Ende gab Gabriel nach. Michael hatte recht und Gabriel wusste das.

Gabriel kniete sich hin und zog ein Messer aus seinem Gürtel. Es war ein Geschenk von Robbie McLaur, dem König der Zwerge von Cambridge Falls. Die Klinge war gut dreißig Zentimeter lang und überraschend leicht. Sie durchschnitt Knochen so mühelos wie Papier, behauptete Gabriel. Und sie war völlig nutzlos im Kampf gegen einen Drachen, was sowohl Gabriel als auch Michael wussten. Dennoch bedankte sich Michael und steckte das Messer in seinen Gürtel. Er fühlte sich trotz allem besser, weil er Zwergenstahl bei sich trug.

»In meinem Volk gibt es ein Sprichwort«, sagte Gabriel und legte ihm schwer die Hand auf die Schulter. »Ein Mann kann nur einmal sterben.«

Michael fragte sich, ob das eine Ermutigung sein sollte.

»Das ist … gut zu wissen.«

»Erinnerst du dich noch an jenen ersten Morgen in meiner Hütte? Nachdem ich euch vor den Wölfen gerettet hatte?«

»Ja.«

»Du hattest deine Schwestern an die Gräfin verraten, weil du hofftest, dass sie dir als Gegenleistung helfen würde, deine Eltern zu finden. Erinnerst du dich?«

Michael starrte zu Boden. Ob er sich erinnerte? Die Erinnerung daran verfolgte ihn Tag und Nacht. Es war das Schlimmste, was er je getan hatte. Durch seine Dummheit und seine Schwäche hätte er beinahe das verloren, was ihm am meisten bedeutete: die Liebe seiner Schwestern. Allein daran zu denken, bereitete ihm Qualen, und trotzdem hatte Michael in den neun Monaten, die seit jenen Ereignissen in Cambridge Falls vergangen waren, immer wieder vor seinem geistigen Auge abgespult, was er getan hatte, hatte sich gehasst und verflucht und sich immer wieder geschworen, dass er Kate und Emma nie wieder im Stich lassen würde, egal, was passieren mochte.

»Schau mich an.«

Michael hob den Kopf und blickte Gabriel in die Augen.

»Du bist nicht mehr der Junge von damals. Tag für Tag entscheiden wir, allein durch unsere Taten, wer wir sind. Deine Schwestern können sich glücklich schätzen, dich als Bruder zu haben. Und mir ist es eine Ehre, dich meinen Freund zu nennen.«

Michaels Kehle wurde eng. Er brachte kein Wort heraus, sondern konnte nur nicken. Dann wischte er sich über die Augen und umarmte seine Schwester. Er drückte die dünnen Arme an ihrer Seite und flüsterte ihr ins Ohr: »Ich komme bald wieder.« Dann drehte er sich um und folgte dem letzten Wächter der Chronik des Lebens die Treppe hinunter.

In dem großen Saal im Erdgeschoss angekommen, starrte Michael auf die Öffnung im Boden, hinter der die Mündung des Tunnels lag. Der Wächter drehte an einem eisernen Griff, der an einer Säule angebracht war. Eine Kette klirrte und rasselte, und dann hob sich das eiserne Fallgitter.

»Sie wird merken, dass du kommst.«

»Sie? Der Drache ist ein Weibchen?«

»Oh ja. Also, du hast nichts zu befürchten, wenn du der wahre Hüter des Buches bist. Sie dient dem Buch und das Buch dient dem Hüter.«

»Okay.«

»Wenn du allerdings nicht der wahre Hüter bist, wird sie dich vermutlich fressen.«

»Okay.«

»Vielleicht röstet sie dich erst.«

»Okay.«

»Vielleicht verschlingt sie dich aber auch roh.«

»Ich hab's kapiert.«

Das Tor war offen. Michael stand da und fühlte die sengende Hitze wie eine Welle über sich hinwegrollen.

»Machen Sie das Tor nicht zu«, sagte er und ging die Stufen hinab.

Es war genauso wie in seinem Traum.

Der lange Tunnel.

Das rote Glühen in der Ferne.

Die alles versengende brennende Hitze.

Nur war dies kein Traum, sondern Wirklichkeit, und Michael wusste, was vor ihm lag.

Ein paar Meter hinter dem Fallgitter beschrieb der Tunnel einen Bogen und verlief dann geradewegs immer weiter abwärts. Der schwarze poröse Fels fühlte sich warm an und in der Luft lag der bittere Geruch nach Schwefel. Anfangs schritt Michael so entschlossen aus, weil er an Emma dachte, die erstarrt oben im Turm saß. Aber mit jedem Meter, den er zurücklegte, wurde der Sog der Chronik des Lebens stärker, und es dauerte nicht lange, da bewegten sich Michaels Füße wie von selbst, angezogen von der Magie des Buches Rubyn.

Plötzlich stieg der Tunnel wieder an, und in der Luft lag ein neuer Geruch, der Michael völlig unbekannt war. Dafür gab es nur eine Erklärung: Es war der Geruch nach Drache.

Michael, der wusste, dass er ganz in der Nähe des Drachenhorts war, kniete sich hin und zog mit zitternden Händen sein Handbuch über Zwerge heraus. G.G. Greenleaf hatte mehrfach über Drachen geschrieben und Michael fand die entsprechenden Absätze mühelos. Er las:

Drachen sind versessen auf Gold – in Maßen gar keine schlechte Eigenschaft.... Feuer kann Drachen nichts anhaben, was nicht weiter verwundert.... Alle Drachen sind schrecklich eitel, und ich könnte auch nach reiflicher Überlegung nicht sagen, wer eitler ist, ein Drache oder ein Elf (kleiner Tipp: ein Elf). .. Man sollte sich niemals auf eine

Unterhaltung mit einem Drachen einlassen, denn sie sind unübertroffene Lügner und hinterlistige Betrüger; allerdings ist das vermutlich nicht weiter von Bedeutung, weil man ohnehin als Toast endet, sollte man je mit einem Drachen ins Gespräch kommen. … Nenne niemals einen Drachen Wurm, egal, wie sehr er es verdient!

Michael klappte das Buch zu. Er fühlte sich kein bisschen besser. Er wollte gerade aufstehen, als er mit dem Daumen die scharfe Kante des Fotos berührte, das Hugo Algernon ihm gegeben hatte. Er zog es heraus und da war sein Vater. Er lächelte ihm aus den Abgründen der Vergangenheit zu. Michael merkte, wie sich in seiner Brust ein dicker Knoten aus Traurigkeit bildete. Würde er seinem Vater eines Tages leibhaftig gegenüberstehen? Würden sie sich irgendwann zusammensetzen und über ihre Liebe zu allen Zwergendingen reden, wie Michael es sich schon oft vorgestellt hatte? Würde ihm sein Vater dann sagen, wie stolz er auf seinen Sohn war? Hier, in dieser stinkenden, backofenheißen Höhle, nur wenige Meter vom Nest eines Drachen entfernt, hatte Michael große Zweifel, ob dieser Tag jemals kommen würde.

Michael steckte das Foto wieder zwischen die Seiten, und dann, aus einem Impuls heraus, schlug er das Buch auf einer beliebigen Seite auf und begann zu lesen.

In diesem Frühling fielen die Horden der Trolle ins Zwergenland ein, brandschatzten und plünderten alles auf ihrem Weg. König Killin Killick hob eine Armee aus und ritt den Ungeheuern entgegen. Ein Junker, der neben dem König ritt, fragte ihn nach dem Geheimnis seiner langen und erfolgreichen Re-

gentschaft. König Killick erwiderte, dass »ein großer Anführer nicht in seinem Herzen lebt, sondern in seinem Kopf«.

Es war das Zitat, das – sofern man Hugo Algernon Glauben schenkte – sein Vater so sehr liebte. Es war das Zitat, das auch Michael liebte und an das er sich stets zu halten versuchte. Er las weiter.

»Gefühle vernebeln die Sinne«, erklärte der König. »Nur wer einen klaren Kopf behält, wird am Ende triumphieren.« Unglücklicherweise war es ein warmer Tag und Killick hatte beschlossen, ohne Helm auszureiten. In dem Moment sprang ein Troll aus einem Baum und spaltete seinen edlen Kopf entzwei. Aber trösten wir uns damit, dass die Trolle zwar die Armee aufrieben, marodierend durchs Land zogen, es schließlich unterwarfen und Killicks Hauptstadt in Trollheim umbenannten – wobei sie wieder einmal ihre Fantasielosigkeit in Sachen Namensgebung bewiesen –, die Worte des großen Königs jedoch die Zeiten überdauert haben und uns immer wieder ein Vorbild sind.

Michael klappte das Buch zu und stand auf. Er fühlte sich gestärkt. Als er das Buch wieder in seine Tasche steckte, musste er den goldenen Reif beiseite schieben, den er der Eisfigur der Elfen abgenommen hatte. Er rückte seine Brille zurecht. Es wird Zeit, dachte er.

Nach siebenundzwanzig nervösen Schritten hatte er die Höhle erreicht.

Gabriel stand auf der Spitze des Turms. Er hatte den Matsch von Emmas Wangen entfernt und die letzten Reste Farn aus ihrem Haar. Er fragte sich die ganze Zeit, ob er richtig daran getan hatte, Michael allein in den Vulkan gehen zu lassen. Hätte das die Billigung des Zauberers gefunden? Hatte er nach all der Sorge einen Fehler gemacht, als es am meisten darauf ankam?

Fünfzehn Jahre zuvor wäre Gabriel in Cambridge Falls fast im Kampf gefallen, hätten ihn nicht König Robbie McLaurs Zwerge gefunden und ihm das Leben gerettet. Als er sich dann später bei sich im Dorf von seinen Verletzungen erholte, hatte ihn der Zauberer Stanislaus Pym besucht und ihm vom grässlichen Magnus erzählt, von seiner Gier nach den Büchern und was das für die Kinder bedeutete.

»Der Feind weiß, dass ihn die Kinder zu den Büchern führen werden, und er wird sie jagen.«

Das war im Herbst gewesen, die Luft knisternd kalt und Gabriel hatte gerade wieder begonnen ohne Krücken zu gehen. Der Zauberer war fortgefahren: »Unsere einzige Chance besteht darin, die Bücher zuerst aufzustöbern, und dazu benötige ich einen starken Verbündeten an meiner Seite. Einen, dem die Kinder am Herzen liegen.«

Gabriel hatte gerade antworten wollen, dass er sich auf ihn verlassen könnte, da hatte der Zauberer ihm die Hand auf den Arm gelegt und gesagt: »Sei dir gewahr, worum ich bitte. Wir sind im Krieg und er wird Jahre um Jahre währen. In dieser Zeit werde ich dich jeden Tag benötigen. Trotz deiner Stärke, bist du doch bloß ein Mensch, dem nur die Dauer eines Menschenlebens zur Verfügung steht. Ein Leben in dem du eine Frau finden und eine Familie gründen könntest. Bedenke, welchen Preis du zahlen müsstest.«

Damals hatte Gabriel im Wald oberhalb seines Dorfes gestanden und an dieses Leben gedacht, das er führen könnte. Dann hatte er an Kate gedacht, an Michael und ganz besonders an Emma, die auf eine Art sein Herz berührt hatte, die er niemals für möglich gehalten hätte.

»Sind Sie sicher, dass die Kinder unversehrt bleiben, wenn wir die Bücher finden?«

»Ja.«

»Dann bin ich Ihr ergebener Diener.«

Gabriel hatte diese Entscheidung nie bereut. Seine einzige Furcht war immer nur gewesen, dass er seine Aufgabe nicht gut genug erfüllen könnte. Und genau daran dachte er, als er sich umwandte, um in den Vulkan hinabzusteigen, nach Michael zu suchen und ihm zu helfen, so gut er es vermochte, – als ihn ein vernichtender Schlag auf den Hinterkopf traf.

Die Höhle war rund, vielleicht fünfzehn Meter im Durchmesser, die Decke verlor sich in der Dunkelheit und der Boden wurde fast völlig von einem See aus Lava eingenommen. Ringsum an den Wänden verlief ein schmaler Grat aus schwarzem Stein. Auf der anderen Seite des Lavasees erkannte Michael die Öffnung eines weiteren Tunnels. Der Drache ließ sich nicht blicken.

Michael trat an den Rand des Sees. Seine Augen tränten von der Hitze und den Dämpfen. Er starrte auf die blubbernde und brodelnde Oberfläche und dachte: Das darf doch nicht wahr sein!

Die Anziehungskraft des Buches war so stark wie noch nie

zuvor und ihren Ursprung hatte dieses Kraft – im Lavasee! Der Orden hatte das Buch Rubyn in kochender Lava versenkt! Er konnte es nicht fassen. Er hätte es wahrhaftig nicht geglaubt, wenn das unsichtbare Band nicht versucht hätte, ihn geradewegs in den See hineinzuziehen. Und er musste zugeben, dass die Strategie der Wächter gut überlegt war: Vorausgesetzt, die Lava konnte dem Buch nichts anhaben – wovon Michael ausging –, war dies das beste und sicherste Versteck, das er sich vorstellen konnte.

Na toll, dachte Michael. Und wie soll ich es da herausbekommen?

Suchend blickte er sich um, ob er irgendwo einen langen Stock entdecken konnte.

»Hallo, Häschen.«

Michael taumelte rückwärts, stolperte und riss sich den Handrücken am Felsboden auf. Ein tiefes, katzengleiches Kichern hallte von den Höhlenwänden wider.

»Aber, aber, was für ein ungeschicktes Häschen du doch bist.«

Michael blickte nach oben. Er ahnte, woher die Stimme kam, und als er genau hinschaute, sah er eine große Gestalt vor der dunklen Höhlendecke. Der Drache hing dort – verkehrt herum, wie eine Fledermaus.

»B…bleib wo du bist! Komm nicht näher!«

»Das Häschen kommt in mein Heim und fängt an, mich herumzukommandieren? Wo hast du deine Manieren gelernt? Du hast übrigens eine sehr komische Nase. Das sehe ich von hier aus.«

Die letzte Bemerkung hätte Michael aus dem Maul eines Drachen nicht erwartet, aber er kümmerte sich nicht weiter darum, sondern war bemüht, wieder auf die Füße zu kommen. Er atmete mehrmals tief ein und aus und beruhigte sich damit, dass der Drache seinen Befehlen gehorchen musste. Nachdem seine Panik verflogen war, kam ihm ein Satz aus dem Zwergenhandbuch in den Sinn: *Feuer kann Drachen nichts anhaben*. Und da wusste Michael, wie er an die Chronik herankommen konnte: Der Drache würde sie für ihn holen.

Der gute alte G. G., dachte Michael. Er ist immer da, wenn man ihn braucht.

»Du hast recht«, sagte er in freundlicherem Ton. »Es tut mir leid. Ich war nur überrascht, das ist alles. Darf ich mich vorstellen? Mein Name ist Michael P…ähm Wibberly.«

»Pähm-Wibberly? Was für ein seltsamer Name.«

»Nein, nur Wibberly, ohne Pähm.«

»Nun, Michael Nur-Wibberly. Es freut mich, dich kennenzulernen. Ich habe nur selten Gäste.«

»Tatsächlich?«, sagte Michael. »Die Leute wissen ja gar nicht, was ihnen entgeht!«

Michaels Selbstvertrauen wuchs mit jeder Sekunde, und er hatte wirklich den Eindruck, dass er seine Sache ziemlich gut machte. Schaut mich an, dachte er, hier stehe ich und unterhalte mich mit einem Drachen. Er überlegte, dass es eine gute Idee wäre, ein Bild von sich und dem Drachen zu machen – nachdem er die Chronik in den Händen hatte. Schließlich hatte seine Polaroid-Kamera einen Selbstauslöser. Er schaute sich nach einem geeigneten Felsen um, auf den er die Kamera stellen konnte.

»Vielen Dank, Michael Nur-Wibberly. Ich möchte dir versichern, dass ich daran denken werde, wie höflich du warst, nachdem ich dich aufgefressen habe.«

»Ähm … wie bitte?«

»Ich sagte, ich werde daran denken, wie höflich du warst, nachdem ich dich gefressen habe. Denn genau das habe ich vor, weißt du?«

Keine Panik, ermahnte sich Michael. Sie weiß nicht, dass ich der wahre Hüter bin.

»Ich fürchte«, sagte er und bemühte sich um einen zuversichtlichen Ton, »dass du mich nicht fressen kannst.«

»Nein, was für ein süßes Häschen du doch bist! Aber du irrst dich. Ich kann und ich werde und ich muss. Ich habe keine andere Wahl.«

Michael hörte, wie stahlharte Krallen über Felsen kratzten, hörte das metallische Schaben von Schuppen. Die riesige Echse ließ sich von der Decke herab. Michael fühlte sich mit einem Mal winzig klein. Er wünschte, dass Gabriel ihm in den Tunnel gefolgt wäre und nun mit seiner Machete hervorspringen und ihn beschützen würde.

Sei nicht dumm, dachte er. Du bist allein. Gabriel wollte mitkommen, aber du hast es ihm verboten. Jetzt konzentrier dich gefälligst!

»Hör zu, Drache.« Er schlug einen strengen Ton an, in dem er etwa mit einem übermütigen Welpen gesprochen hätte. »Du wirst mich nicht fressen, verstanden? Du kannst nicht! Also schlag dir das aus dem Kopf. Ich bin der wahre Hüter!«

»Der was?«

»Der wahre Hüter! Ich bin der Hüter der Chronik des Lebens. Das ist der Grund, warum ich hier bin. Und du wirst mir das Buch holen!«

»Tatsächlich?« Der Drache schien ernsthaft überrascht.

»Ja! Ich brauche das Buch, weil ich meine Schwester erlösen muss.«

»Das war deine Schwester, die ich von der Lichtung geklaubt habe? Ja, jetzt erkenne ich eine gewisse Ähnlichkeit, obwohl mir scheint, dass sie die hübschere Nase abgekriegt hat. Nun denn, was ist dir lieber? Soll ich dich roh fressen oder möchtest du vorher noch etwas geröstet werden?«

»Aber du musst tun, was ich dir sage! Das hat mir der Mann – der Wächter – erzählt!«

Gelächter bollerte durch die Höhle.

»Dieser Lügenbold! Darf ich dich etwas fragen, Häschen? Hat er dir gesagt, was mit den anderen Mitgliedern des Ordens geschehen ist? Hat er dir erzählt, warum er allein ist? Allein mit mir?«

Michael bekam einen steifen Nacken, weil er ständig nach oben schauen musste. »Das tut doch jetzt überhaupt nichts zur Sache!«, sagte er gereizt. »Komm einfach runter, hol das Buch für mich, dann machen wir noch schnell ein Foto und …«

»Hat er dir erzählt, dass er glaubt, die Chronik gehöre rechtmäßig ihm, und dass er zwei seiner Gefährten deswegen im Schlaf ermordete?«

Michael rührte sich nicht. Trotz der überwältigenden Hitze lief ihm ein Schauer über den Rücken.

»Das… das kann nicht sein.«

»Oh doch, und ob. Nur einem Mann gelang die Flucht, und seitdem fürchtet mein Meister, dass der mit Verstärkung zurückkehren könnte, um ihm das Buch wegzunehmen. Und da komme ich ins Spiel. Ich muss ihm helfen, diese Blutbeute zu beschützen.«

»Nein, das ist nicht… Nein! Einer der anderen Wächter

wurde verrückt! Und du bist hier, um die Chronik vor den Elfen zu schützen. Deshalb hat er dich ausgebrütet. Der Orden brachte das Drachenei aus Rhakotis mit. Er hat es uns erzählt!«

Michael befahl sich, ruhig zu bleiben und nicht auf die Tricks des Drachen hereinzufallen. Dass die Echse jetzt wieder lauthals lachte, war allerdings nicht sehr hilfreich.

»Das Buch vor den Elfen schützen? Was sollten die Elfen mit einem dummen alten Buch anfangen? Und er hat mich auch nicht aus einem Ei ausgebrütet, das kann ich dir versichern.« Der Drache wurde mit einem Mal ernst. »Aber du hast recht. Die Elfen werden ihm nicht zu nahe kommen. Möchtest du den Grund dafür erfahren?«

»Ich bin an deinen Lügen nicht interessiert.«

»Schlechte Manieren, wie ich schon sagte«, seufzte der Drache, aber er fuhr fort, als ob Michael darum gebeten hätte, die Geschichte zu hören.

»Weißt du, Häschen, nachdem er seine Gefährten entweder umgebracht oder vertrieben hatte, war mein Meister nicht mehr bei klarem Verstand. Er sah in jedem einen Feind. Und die Elfen lebten in der Nähe. Sie waren mächtig. Er war davon überzeugt, dass sie hinter seinem Schatz her waren. Also suchte er eines Tages die Elfenprinzessin in ihrem Wald auf – ihr Reich liegt am anderen Ende des Tals. Er täuschte und betrog sie, belegte sie mit einem Fluch und hält sie seitdem gefangen. Du wirst sie nicht zu Gesicht bekommen, aber sie ist hier. Die Elfen wagen es nicht, meinen Meister anzugreifen.«

»Und sie … sie haben das Buch nie gewollt?«

»Nein. Mein idiotischer Meister hat einen Feind bezwungen, der nie einer war, und sein Schatz ist sicher vor einem Volk, das ihn nie haben wollte. Wenn das kein Wahnsinn ist! Und jetzt hat er auch noch dich hereingelegt. Armes Häschen, zum Untergang verdammt.«

»Du lügst. Drachen lügen doch ständig.«

»Nun, dann stell mich doch auf die Probe. Gib mir einen Befehl und warte ab, ob ich ihn befolgen muss. Das wird lustig!«

Michael gefiel dieses Gespräch immer weniger. Er wollte das Buch haben und nach Hause gehen. Das Foto war nicht so wichtig.

»Ich warte, Häschen. Gib mir einen Befehl.«

»Geh … geh und hol mir die Chronik des Lebens.«

»Hm. Nein.«

»Ich sagte«, wiederholte Michael mit aufsteigender Panik in der Stimme, »geh – und – hol – mir – die – Chronik!«

»Ich habe dich beim ersten Mal schon verstanden, Häschen. Du musst nicht schreien.«

»Also hol sie!«

»Hol sie doch selber.«

»Hör auf!«

»Womit soll ich aufhören?«

»Hör auf, mir zu widersprechen!«

Der Drache lachte. »Du bist so süß, wenn du wütend bist.«

Michael zitterte am ganzen Leib. Seine Fäuste waren verkrampft und in seinen Augen brannten Tränen der Verzweiflung. Das konnte nicht wahr sein. Das durfte einfach nicht wahr sein.

»Aber warum sollte … Warum …?«

»Warum sollte er lügen? Warum sollte er dich ins Verderben schicken? Soweit ich das verstehe – ich kann seine Gedanken nicht lesen, aber ich fühle, was er fühlt, wir sind miteinander verbunden –, hat er Angst vor deinem Gefährten, diesem großen, kräftigen Mann, und er wollte euch beide hinters Licht führen. Und so hat er euch Bert vorgestellt.«

»Aber … er ist Bert. Oder nicht?«

»Ja. Und nein. Er ist auch Xanbertis, Mörder und Eidbrecher. Und er will, dass ich dich töte. Deshalb frage ich dich noch einmal – und hör auf, zum Tunnel zu schauen, du wirst nirgendwo hingehen –, möchtest du roh oder gebraten gefressen werden? Mir wäre gebraten lieber. Das gibt nicht so eine Sauerei.«

Michael hörte ein Knurren, das zweifelsohne aus dem Bauch der Kreatur drang.

»H…hör zu«, stotterte er, »t…tu nichts… Unüberlegtes…«

Michael hatte die Hand in seine Tasche gesteckt und kramte hektisch darin herum, auf der Suche nach irgendetwas, das den Drachen davon abhalten könnte, ihn zu fressen. Seine Finger berührten sein Taschenmesser, den Kompass, die Kamera, das Zwergenhandbuch, die Medaille von King Robbie – alles nutz- und wertloses Zeug in seiner gegenwärtigen Lage.

»W…wenn du gegen deinen Willen festgehalten wirst, dann kann ich dir h…helfen. Ich kenne einen sehr mächtigen Z…Zauberer.«

Weglaufen half nichts. Der Drache würde ihn sofort einholen. Aber es musste doch etwas geben, irgendetwas…

»Moment mal! Ich schenke dir das hier!«

Michaels Finger hatten sich um den goldenen Reif geschlossen, den er von der Eisfigur des Elfenmädchens genommen hatte. Es war keine Kostbarkeit, eigentlich nur eine Kleinigkeit, verglichen mit seinem Leben, aber mehr hatte er nicht anzubieten. Im Zwergenhandbuch war von der Lust der Drachen auf Gold die Rede und G. G. Greenleaf hatte sich noch nie geirrt.

Trotzdem traf die Reaktion des Drachen Michael völlig unvorbereitet.

In dem Moment, als er den goldenen Reif aus der Tasche zog, stieß der Drache ein so wildes Gebrüll aus, dass sein Atem Michaels Körper wie ein Sturmwind traf. Etwas glänzend Goldenes schoss auf ihn zu, Krallen und Zähne blitzten. Michael duckte sich entsetzt. Und dann tat er etwas. Er tat es, ohne nachzudenken, aber zweifellos rettete es ihm das Leben. Er hielt den goldenen Reif über die kochende Lava.

»Ich werfe ihn hinein!«

Der Drache landete ein Fußbreit hinter ihm. Die Wucht seines Leibs erschütterte den Felsen. Michael fühlte den Atem des Ungetüms wie den heißen Windhauch einer Esse. Er verbrannte die kleinen Härchen in seinem Nacken. Der Drache roch nach glühendem Eisen, Schwefel und nach etwas anderem, das Michael nicht so recht einordnen konnte. Es kam ihm fast vor wie … Parfüm?

Einen Augenblick sagte keiner von beiden etwas.

»Dann wirf es hinein«, knurrte der Drache schließlich. »Mir ist es egal.«

»Nein, ist es nicht!« Alles an Michael zitterte, seine Hand, seine Beine, seine Stimme. »Es wird in der Lava schmelzen, und zwar sofort. Wenn ich es fallen lasse, wirst du es niemals bekommen.«

»Wenn du das tust«, sagte der Drache, »bringe ich dich um.«

»Aber du willst mich doch sowieso umbringen.«

»Richtig. Aber wenn du schon sterben musst, kannst du mir ebenso gut die Krone geben. Sei kein schlechter Verlierer.«

Michaels Arme wurden schwer. Er schaute nach unten und sah eine mächtige Kralle nur wenige Zentimeter von seinem rechten Fuß entfernt. Zu Michaels Überraschung lag eng um das Fußgelenk des Drachen ein goldenes Band, fast wie ein Armreif. War das der Grund, warum der Drache den goldenen Reif unbedingt haben wollte? Damit er auch einen für sein linkes Fußgelenk hatte? G.G. Greenleaf hatte recht. Drachen waren entsetzlich eitle Geschöpfe.

»Na, komm schon, Häschen. Gib mir die Krone und ich verspreche, dass ich dich sehr schnell – und gleichmäßig – durchbraten werde.«

»Warte! Ich will die Chronik sehen! Wenn ich schon sterben muss, dann will ich sie wenigstens einmal sehen. Das musst du mir zugestehen.«

»Und dann gibst du mir die Krone?«

»Ja.«

»Schwörst du es?«

»Ja.«

»Worauf willst du schwören? Was ist dir am wichtigsten?«

»Meine Schwestern«, sagte Michael ohne zu zögern. »Ich schwöre beim Leben meiner Schwestern.«

»Dann ist es abgemacht, Häschen.«

Michael hörte das Kratzen der Krallen, die sich vom Fels abstießen, und als er sich umdrehte, sah er, wie der Drache abhob. Einen Augenblick lang schwebte er über dem See.

Die goldenen Schuppen spiegelten das rote Glühen der Lava wider, die breiten, ledrigen Schwingen waren weit ausgebreitet und der mit Zacken besetzte Schwanz peitschte hin und her. Michael hielt die Luft an, denn die Kreatur war trotz ihrer angsteinflößenden Erscheinung auch unbeschreiblich schön. Dann stürzte der Drache nach unten und tauchte wie ein Seehund in die brodelnde Lava.

Michael ließ den goldenen Reif fallen und rannte los.

Er rannte, wie er noch nie zuvor gerannt war und nie mehr im Leben rennen würde. Auf jener kurzen Strecke zwischen dem Drachenhort und dem Ausgang des Tunnels unterhalb des großen Saals war Michael Wibberly, der in der Schule noch nie ein Wettrennen gewonnen hatte und der immer als Letzter in eine Mannschaft gewählt wurde, der schnellste Junge der Welt.

Aber es nutzte ihm nichts.

Als er um die letzte Ecke bog, bremste er ab und blieb wie angewurzelt stehen. Seine Augen weiteten sich vor Entsetzen. Das Fallgitter am Ende des Tunnels war heruntergelassen.

Michael warf sich mit seinem ganzen Gewicht gegen die Stangen. »Gabriel! Gabriel!«

Stiefelschritte hasteten die Treppe hinunter.

»Was denn – du bist immer noch am Leben?«

Michaels Knie fingen an zu zittern. Auf der anderen Seite des Tors stand der Wächter. Der Mann sah noch genauso aus wie oben im Turm – dieselbe bunt zusammengewürfelte Kleidung, dasselbe zerzauste Haar, derselbe zottelige Bart. Nur aus seinem Gesicht war jeglicher Wahnsinn verschwunden. Alles, was Michael darin erkannte, war ein schadenfroher, gieriger Triumph.

Der Mann hatte einen hölzernen Prügel in der Hand.

»Dein Freund hatte einen ziemlich harten Schädel. Ich musste ihm dreimal eins überziehen, bevor er liegen blieb. Wo ist denn nur dieser verflixte Drache …?«

In dem Moment erklang wütendes Gebrüll am anderen Ende des Tunnels.

Der Wächter grinste Michael an und kicherte. »Oh-oh!«

»Lassen Sie mich raus! Bitte, lassen Sie mich raus. Sie wird mich töten! Sie …«

Eine Hand schoss zwischen den Eisenstäben hindurch und packte Michael am T-Shirt.

»Die Chronik gehört mir, Freundchen. Ich bewache sie seit fast dreitausend Jahren. Um ihretwillen habe ich das Blut jener vergossen, die mir auf der Welt am teuersten waren. Weder du noch jemand anderer wird das Buch jemals bekommen. Hast du verstanden? Niemals!« Er beugte sich näher und starrte in Michaels entsetztes Gesicht. »Ich habe mich immer gefragt, wen mein alter Kamerad zu mir schicken würde. Ich habe mit Zauberern gerechnet, mit Elfenkriegern, Truppen bis an die Zähne bewaffneter Zwerge, die mir meinen Schatz stehlen wollen. Und dann, nach all der Zeit, tauchen zwei Kinder hier auf. Ihr seid seine tollen Helden.«

Der Mann kicherte irre, und Michael fing wieder an, seine geistige Gesundheit in Zweifel zu ziehen. Er hörte, wie der Drache mit donnernden Schritten näher kam.

»Wissen Sie was?«, sagte Michael. »Sie sind ein Trottel.«

Das Gelächter brach abrupt ab. »Was –?«

Mehr brachte er nicht mehr heraus, ehe Gabriel, der sich von hinten an ihn herangeschlichen hatte, ihn mit dem Knauf seiner Machete bewusstlos schlug.

Michael fing an zu schreien: »Drache... Tor... schnell, bitte, bitte, schnell!« Gabriel stolperte die Treppe wieder nach oben, und als er sich seitlich drehte, sah Michael das Blut auf seinem Gesicht und dem Haar. Hinter ihm im Tunnel knisterte es vor Hitze; es war, als würde die Luft Feuer fangen. Dann begann das Tor sich langsam zu erheben, ganz langsam. Michael legte sich flach auf den Bauch und kroch darunter durch. Ein Henkel seiner Tasche verfing sich in einem der Eisenstäbe, und er zerrte hektisch daran, um ihn zu lösen. Der Boden unter ihm erzitterte, und dann war er durch, krabbelte über den bewusstlosen Körper des Wächters und schrie: »Mach es zu! Mach es zu!« Er sprintete die Treppe hoch in den Saal, während ihn das widerhallende Brüllen des Drachen verfolgte.

Zu Michaels Überraschung blieb der Drache vor dem Tor stehen. Er hatte erwartet, dass sich die Kreatur voller Zorn dagegenwerfen und an dem Eisen reißen würde. Michael lag auf dem Steinfußboden des Saals und rang nach Atem. Sein Herz raste, während er dem Fauchen des Drachen lauschte.

Und dann lachte der Drache.

»Häschen, du machst mir die Sache wirklich nicht leicht. Wenn du nicht so niedlich wärst, könnte ich fast böse werden. Ich vermute, du weißt, dass dieses Tor mit einem Bannzauber belegt ist. Ansonsten hätte ich es bereits vor langer Zeit niedergerissen.«

»Natürlich«, keuchte Michael. Er hatte keine Ahnung gehabt.

»Obwohl mein Meister ohnmächtig ist, bin ich unglücklicherweise immer noch an seinen Befehl gebunden, dich zu töten. Und du glaubst doch nicht wirklich, dass ich nach zweihundert Jahren keinen anderen Weg aus dem Vulkan gefunden habe, nicht wahr?«

Michael sprang auf die Füße. Er hörte, wie der Drache sich eilig durch den Tunnel entfernte.

»Gabriel, wir müssen …«

Aber Gabriel lag bewusstlos am Boden. Die Verletzungen, die der Wächter ihm zugefügt hatte, waren für den großen Mann letztlich doch zu viel gewesen. Michael vergewisserte sich rasch, dass sein Freund noch atmete und hechtete dann auf die Treppe zu, die in den Turm führte. Er hatte keinen Plan. Aber Emma war da oben im Turmzimmer. Sie war ganz allein. Während er nach oben rannte, verfluchte er sich dafür, dass er überhaupt in den Vulkan gegangen war. Wie dumm er gewesen war! Wie arrogant! Seit Cambridge Falls hatte er sich kein bisschen verändert. Er hatte geglaubt, dass er klüger sei als alle anderen, aber das stimmte nicht, und jetzt musste seine Schwester den Preis für seine Dummheit bezahlen. Dass er ebenfalls sein Leben lassen würde, kam Michael überhaupt nicht in den Sinn. Er dachte nur daran, dass er Emma und Kate enttäuscht hatte – wieder einmal.

Als Michael die letzte Treppenstufe erreicht hatte, sah er Emma, genau wie er sie verlassen hatte – bewegungslos und ins Leere starrend. Über ihnen ertönte ein Kreischen. Michael wirbelte herum und sah den Drachen, von dessen Flügeln rot glühende Lava tropfte, aus dem Krater des Vulkans aufsteigen. Der Drache wendete – ein Geschöpf des Feuers, rot und golden brennend vor dem blauschwarzen Himmel – und ließ sich aufreizend langsam und graziös in den Sinkflug fallen.

Michael packte Emma am Arm und zog ihren steifen Körper zur Treppe. Aber bereits nach einigen Stufen stolperte er, riss Emma mit sich, und gemeinsam fielen sie bis auf den nächsten Absatz. Michaels Nase blutete, sein ganzer Körper war zerschlagen. Er kniete über Emma und sagte immer wieder: »Es tut mir leid. Es tut mir so leid.« Plötzlich wurde ein Teil des Dachs weggerissen. Michael sah den Drachen in der Luft schweben, bereit für einen neuerlichen Angriff. Er warf sich über seine Schwester, um sie zu schützen, aber der Drache blieb, wo er war. Er benutzte seinen mächtigen Schwanz wie einen Morgenstern und schlug damit den Rest des Daches in Trümmer. Nach wenigen Sekunden lag der Treppenabsatz, auf dem sich Michael und Emma befanden, im Freien. Der Drache ließ sich auf der Mauer nieder.

Etwas landete neben seinen Füßen.

»Da, Häschen. Ich habe dir versprochen, dass du einen Blick auf die Chronik werfen darfst, und ich halte meine Versprechen.«

Michael sprang auf und stellte sich vor Emma. Dann zog er das Messer, das Gabriel ihm gegeben hatte. Von Angesicht zu Angesicht der mächtigen Kreatur gegenüber raubte allein ihre Größe Michael den Atem. Obwohl er sich auf alle viere niedergelassen hatte, türmte sich der Drache immer noch über dem Jungen auf. Michael war winzig, verglichen mit der Echse. Er war klein, kleiner als ein Hase. Aber er wich nicht zurück, obwohl ihm die Beine zitterten.

Der Drache betrachtete ihn durch schmale, blutrote Augenschlitze.

»Ich will dich wirklich nicht fressen, Häschen. In einem anderen Leben hätten wir Freunde sein können. Aber ich habe nicht die Macht, mich dem Willen meines Meisters zu widersetzen.«

»Ich …«, stammelte Michael, »habe keine Angst vor dir.«

»Oh doch, die hast du. Aber du versuchst, sie zu unterdrücken. Und das ist es, was zählt. Weil du so mutig bist, gestatte ich dir, mich ein einziges Mal mit deiner kleinen Nadel zu kitzeln, bevor ich dich töte. Tritt näher.«

Michael machte einen zögernden Schritt nach vorn. Er fühlte die Hitze von dem Drachenleib aufsteigen. Die Kreatur hatte recht. Er fürchtete sich zu Tode. Aber er war auch wütend. So sollte es nicht enden: er und Emma getrennt von Kate; Emma leblos und unfähig, sich zu wehren; er ganz allein.

»Du hast ja keine Ahnung!«, schrie er. Die Tränen liefen ihm über die Wangen. »Du weißt nichts über uns! Über mich und meine Schwestern – warum wir das alles tun. Du bist … du bist bloß ein blöder Wurm!«

»So ist's gut, Häschen. Lass deinem Zorn freien Lauf. Dein Tod wird so rasch sein, dass du es nicht einmal merken wirst. Jetzt stich zu.«

Im dampfenden Atem des Drachen beschlugen Michaels Brillengläser. Aber als er das Messer hoch über seinen Kopf hob, sah er wieder das goldene Band um das Fußgelenk des Drachen. Er zögerte. Wenn das Band tatsächlich aus Gold bestand, hätte es doch in der Lava schmelzen müssen. Es sei denn, dachte Michael, es war verzaubert, genauso wie das Eisengitter. Pötzlich kam ihm das Lied der Elfen in den Sinn, das er auf der Lichtung gehört hatte:

»… Tief unter dieser hässlichen Haut
steckt noch die Prinzessin.
Bitte komm zurück, oh komm zurück!
Tausch dein golden Band für dies.«

Der Drache hatte von einem Fluch gesprochen, mit dem der Wächter die Elfenprinzessin belegt hatte …

Und der Drache war ein Mädchen …

Aber war das möglich? War das wirklich möglich?

»Stich zu, Häschen! Jetzt gleich! Jetzt oder nie!«

Ihm blieb keine Zeit mehr zum Zögern oder Nachdenken. Michael stieß mit dem Meser nach unten. Er spürte, wie das Messer durch das goldene Band schnitt und tief hinein in das Bein des Drachen. Der Drache kreischte wutentbrannt auf und stieg in die Höhe. Die Fänge sirrten durch die Luft. Michael kniff die Augen zu und wartete darauf, von diesen Krallen zerfetzt zu werden.

Ich habe mich geirrt. Ich bin tot. Emma ist tot. Ich habe uns beide umgebracht.

Und er verspürte eine unbändige, niederschmetternde Traurigkeit, die größer und mächtiger war als seine Angst vor dem Tod. Er hatte versagt. Er hatte seine Schwestern im Stich gelassen.

Dann vernahm er ein Stöhnen. Etwas fiel auf den Treppenabsatz. Michael öffnete die Augen. Der Drache war verschwunden. An seiner Stelle lag inmitten der Trümmer des Turms ein Mädchen, eine Elfe, das Ebenbild der Eisfigur von der Lichtung. Und neben ihr lag ein rot schimmerndes Buch.

Also, dachte Michael, da soll mich doch …

Und dann wurde er ohnmächtig.

KAPITEL 14

Das Treibhaus

»*Trennung*. So nennen sie es. Ich nenne es Kapitulation. Es ist feige und niederträchtig. Wir sind Löwen, die vor Ratten den Schwanz einziehen. Die Natur selbst müsste bei diesem Gedanken aufbegehren. Zigarre?«

Rourke zog ein Lederetui aus der Innentasche seines Pelzmantels und klappte es auf. Darin lagen vier Zigarren, nebeneinander aufgereiht wie Geschosshülsen in einem Patronengürtel. Die Kutsche holperte über das Pflaster, und Rourke, der Kate gegenübersaß, hatte seine langen Beine ausgestreckt und die Füße auf den Sitz neben ihr gelegt. Er schien sehr mit sich zufrieden zu sein.

»Nein, danke«, stieß Kate hervor.

»Tja, mir wird davon speiübel, und das ist die reine Wahrheit.«

Rourke biss das Ende der Zigarre ab und spuckte es mit solcher Heftigkeit aus dem Kutschenfenster, dass es einem

Mann den Hut vom Kopf stieß. Er kicherte und zündete sich an seinem Daumen ein Streichholz an. Kurz darauf zog süßer Zigarrenrauch durch die Kutsche.

»Ich streite ja nicht ab, dass etwas geschehen muss. Die Menschen haben sich stark vermehrt, und dann dieser Hass und die Unterdrückung unserer Art! Schlimm ist das. Aber die Natur lehrt uns, dass der Stärkere obsiegt. Ich will dir eine Geschichte erzählen. Warst du schon mal in Irland?«

Kate schüttelte knapp den Kopf.

»Da bin ich zu Hause. Ein wunderschöner und gleichzeitig ein tragischer Ort. Ich wuchs in einem Waisenhaus außerhalb von Dublin auf, das unter der Leitung der Schwestern der Lieben und Ewiglichen Wohltätigkeit stand. Meine Eltern habe ich nie kennengelernt. Obwohl mir gesagt wurde, dass meine Mutter zur Hälfte eine Riesin war – was angesichts meiner Körpergröße durchaus glaubhaft erscheint. Aber wie es halt ist, wurde ich als Missgeburt betrachtet. Als ein Ding, das nicht menschlich ist. Und so wurde ich auch behandelt.«

Kate sagte nichts. Sie hörte nur mit halbem Ohr zu. Sie kramte in ihren Taschen. Es musste doch da sein. Sie konnte es unmöglich verloren haben …

»Bereits mit neun war ich größer als jeder erwachsene Mann in Dublin und die guten Schwestern verkauften mich an den Besitzer eines Steinbruchs. Er kettete mich an einen Pfahl und ich musste jeden Tag zwölf Stunden lang große Steine in kleine Stücke zerschlagen. Aber noch war ich nicht ausgewachsen, weißt du? Mit jedem Tag wurde ich größer und stärker. Schließlich bekam mein Herr und Meister Angst vor mir. Seine Furcht war so groß, dass er plante, mich umzubringen. Glücklicherweise bekam ich Wind von seinem unseligen Vorhaben, befreite mich und schlug ihm mit demselben Hammer, mit dem ich seine Steine zerkleinern musste, den Schädel ein. Ach, was für ein großer Tag das doch war! Dunkel und blutig und herrlich!«

Er lächelte, in Erinnerungen versunken, und stieß eine Rauchwolke aus.

»Natürlich wurde ich erwischt. Zum Weglaufen war ich zu dumm. Man wollte mich hängen, sobald ein Seil gefunden war, das mich hätte halten können. Aber in der Nacht vor der Hinrichtung saß ich allein in meiner Zelle und plötzlich war ich nicht mehr allein. *Er* war bei mir.« Der Mann beugte sich eifrig vor. »Und was hat er wohl zu mir gesagt? Er sagte: *Declan Rourke, du bist kein Mensch. Ihre Gesetze haben keine Macht über dich. Wenn ich dich befreie, wirst du mir willig dienen?* Und was habe ich wohl geantwortet? *Bruder*, sagte ich, *wenn du mich hier herausholst, dann kratze ich dir den Schlamm von den Stiefeln.* Und genau das tat er und machte aus mir den Mann, der ich heute bin. Er hat mir die Augen geöffnet und mir Macht verliehen. Ein großer, großer Mann. Und du, Mädchen« – der kahlköpfige Riese lächelte und lehnte sich wieder zurück – »wirst ihn schon bald kennenlernen.«

Die Kutsche fuhr durch ein geöffnetes Schmiedeeisentor in den Hof eines imposanten, vierstöckigen Gebäudes, das inmitten anderer herrschaftlicher Häuser stand. Ein Gnom trat vor und öffnete den Schlag. Rourke schaute Kate durch den Rauch seiner Zigarre an.

»Geht's dir gut, Mädchen? Du siehst so blass aus.«

»Ich … ich habe etwas verloren«, sagte Kate. »Es war in meiner Tasche.«

»Was war es? Ich schicke einen Gnom zu der Stelle, wo wir

uns begegnet sind. Wahrscheinlich ist es dir aus der Tasche gefallen, als wir zusammenstießen.«

Kate stellte sich vor, wie einer der Gnome das Medaillon ihrer Mutter aufhob und in seiner ekelhaften Hand hielt. Da war es ihr schon lieber, wenn sie es nie mehr wiedersah.

»Es ist nicht wichtig.«

»Wenn das so ist«, sagte er und winkte mit der Zigarre, »folge mir. Mein Meister erwartet dich.«

»Wir machen euch keinen Vorwurf.«

»Aber das sollten Sie!«, schrie Abigail und zeigte mit dem Finger auf die beiden Jungen. »Sie haben schließlich die Schneebälle geworfen! Wenn die beiden nicht gewesen wären, hätten uns die großen Jungs nicht gejagt und die Gnome hätten sie nie erwischt! Es ist allein ihre Schuld!«

Beetles und Jake waren ungewöhnlich still. Sie standen nebeneinander und drehten ihre Mützen in den Händen. Beetles, Jake und Abigail hatten sich im Glockenstuhl eingefunden und in einer Reihe vor Henrietta Burkes Schreibtisch aufgestellt. Rafe hielt sich abseits. Der alte Zauberer Scruggs, wie immer in seinen schäbigen braunen Mantel gehüllt, lehnte an einer der Säulen. Die Sonne stand schon tief und blinzelte bleich durch die Wolken. Bald würde es dunkel sein.

»Und ihr seid ganz sicher, dass es Rourke war?«, fragte Henrietta Burke.

»Er war es«, sagte Beetles leise. »Da gibt's nix dran zu rütteln. Sie ham sie in eine Kutsche gesteckt und in das Haus in der Oberstadt gebracht. Wir sind ihnen gefolgt, die ganzen zwanzig Meilen hinter der Kutsche hergerannt.«

»Ja, ihr seid wirklich zwei Helden«, schnaubte Abigail spöttisch.

»Das reicht«, sagte Henrietta Burke. »Ihr Kinder könnt gehen.«

Abigail, Jake und Beetles liefen zur Falltür. Die Jungen blieben stehen und schauten zu Rafe.

»Wir wollten nich, dass ihr was passiert«, sagte Jake. »Wir ham sie gemocht.«

»Ja«, sagte Beetles. »Es tut uns echt leid.«

Rafe nickte. Er hielt etwas in seiner rechten Hand umklammert. Sobald die Jungen weg waren, wandte er sich Henrietta Burke zu.

»Ich werde sie da rausholen.«

Die Frau schüttelte den Kopf. »Es war von vornherein nicht deine Aufgabe, dich um sie zu kümmern. Und das gilt jetzt mehr denn je.«

»Haben Sie nicht gehört? Sie wurde erwischt, als sie die Kinder beschützen wollte! Wir schulden ihr –«

»Unsere Verantwortung liegt bei den Kindern hier! Den ganzen Tag lang gab es Berichte über Menschen, die das magische Volk angreifen. Die Menschen spüren, dass etwas geschehen wird. Ich brauche dich hier. Die Trennung wird in wenigen Stunden vollzogen. Das Mädchen muss allein zurechtkommen.«

»Nein.«

Henrietta Burke hatte sich bereits wieder ihren Unterlagen zugewandt. Jetzt hob sie ruckartig den Kopf. Selbst Scruggs, der an seinen Fingernägeln gekaut hatte, wurde aufmerksam.

»Wie bitte?«

Rafe trat nah an den Tisch heran. »Scruggs' Zauber sorgt

dafür, dass die Kirche menschlichen Augen verborgen bleibt. Sie brauchen mich nicht. Sie wollen bloß nicht, dass ich dorthin gehe. Seit die Gnome dort aufgetaucht sind, haben Sie versucht, mich von dort fernzuhalten. Warum?«

»Weil nichts damit gewonnen ist, wenn wir uns mit diesen … diesen Leuten anlegen.«

»Das ist es nicht. Ich weiß, dass Rourke nach mir sucht.«

»Woher weißt du das?«

»Das spielt keine Rolle. Sagen Sie mir, was er von mir will.«

Henrietta Burke starrte ihn an. Ihr Gesichtsausdruck verriet nichts. Schließlich seufzte sie. »Es ist nicht Rourke, der hinter dir her ist. Er ist nur der Helfershelfer. Es ist sein Meister. Ein Wesen, dem niemand an Macht gleichkommt.«

»Wer immer es ist, was immer er von mir will, ich bin bereit zu verhandeln. Ich kann ihn dazu bringen, dass er das Mädchen gehen lässt …«

»Er wird das Mädchen niemals freilassen. Und wenn du dieses Haus betrittst, gehst du in dein Verderben.« Der Blick ihrer grauen Augen schien weicher zu werden. »Ich weiß, dass du sie retten willst. Aber du darfst dich deswegen nicht opfern.«

»Was verschweigen Sie mir?« Rafe schlug mit der Faust auf den Tisch. *»Was wollen die von mir?«*

Henrietta Burke warf Scruggs einen Blick zu. Dann schaute sie wieder zu dem Jungen und schüttelte den Kopf.

Rafe trat zurück. »Wie Sie wollen. Aber ich werde sie da rausholen.«

»Warum? Was für eine Verbindung besteht zwischen dir und diesem Mädchen? Warum gehst du ein solches Risiko ein?«

Einen Augenblick blieb Rafe still. Er öffnete die Hand und

schaute auf das goldene Medaillon, das Beetles ihm gegeben hatte. Die Jungen hatten es auf dem Gehweg gefunden, nachdem Kate verschleppt worden war. »Sie haben Ihre Geheimnisse, ich habe meine.«

Er wollte sich schon abwenden, als Scruggs sich zu Wort meldete.

»Warte.« Der alte Zauberer rappelte sich auf. »Es gibt eine Möglichkeit, sie zu retten und trotzdem zu entkommen. Du darfst nur nicht bemerkt werden, wenn du das Haus betrittst …«

Kate hatte erwartet, dass man sie geradewegs zum grässlichen Magnus führen würde. Aber nachdem Rourke sie in das große Haus gebracht hatte, fand sie sich inmitten hektischer Geschäftigkeit wieder. Gnome in Hemdsärmeln rückten Möbel hin und her, schleppten Champagnerkisten, Tabletts voller Hummer und Austern auf Eis und riesige Blumenkörbe. Kleine Geschöpfe mit runzeligen Gesichtern – Kobolde, wie Kate später erfuhr – wienerten Böden, putzten Fenster und polierten Messinggriffe und Leuchter, indem sie darauf spuckten und nach Leibeskräften wienerten.

»Wir haben heute Abend eine kleine Gesellschaft«, erklärte Rourke, während er Kate eine breite Treppe hinaufführte. »Du hast dir einen guten Zeitpunkt für deinen Besuch ausgesucht.«

Er hielt sie immer noch am Arm gepackt und zog sie durch eine große Tür in einen Ballsaal. Kate war erst einmal in einem Ballsaal gewesen, und zwar im Haus der Gräfin in Cambridge Falls. Neben diesem hier wirkte derjenige der Gräfin wie ein Zwergenzimmer. Den Boden bedeckten glänzende, honigfarbene Holzdielen. Rechts führten Flügeltüren auf einen Balkon, der zur Straße hinausging. Links von Kate reflektierten Wandspiegel die schneebedeckte Landschaft draußen vor den Fenstern gegenüber. Eine Gruppe Gnome platzierte rot gepolsterte Sessel entlang den Wänden, während in der Mitte des Saals ein riesiger Kronleuchter aus Kristall abgesenkt worden war, bis er fast den Boden berührte. Drei Kobolde steckten mit Hilfe von langen Metallzangen weiße Kerzen in die unzähligen Halter.

Rourke blieb mit Kate neben dem Kronleuchter stehen.

»Madame Kobold.«

Eins der kleinen Geschöpfe drehte sich um. Die Koboldfrau war etwa neunzig Zentimeter groß, das Gesicht voller Falten und Runzeln, wie ein alter Apfel. Sie trug ein graues Kleid, das bis auf den Boden fiel, und der Kopf wurde von einem verblichenen roten Tuch bedeckt.

»Diese junge Dame hat eine Audienz bei unserem Meister. Bringt sie ein wenig auf Vordermann, ja?«

Die kleine Frau legte die Zange weg, sagte etwas in scharfem Ton zu einer anderen Koboldfrau, die den Boden schrubbte, und nahm zwei von Kates Fingern in ihre kleine, raue Hand.

»Bis bald, Mädchen«, sagte Rourke.

Die Koboldfrau führte Kate aus dem Ballsaal durch einen dunklen Korridor, an dessen Wänden Porträts hingen. Die zweite Koboldfrau folgte ihnen. Kate dachte, dies sei ihre Chance zu entkommen. Immerhin war sie fast zweimal so groß wie die Kobolde, und als sie die Treppe erreichten und die Koboldfrau, die sie führte, nach oben gehen wollte, versuchte Kate ihre Hand wegzureißen, um zu fliehen.

»Ahhhh!«

Kate sank auf die Knie, als die Koboldfrau ihr die Finger so stark verdrehte, dass sie zu brechen drohten. Die zweite Koboldin sprang ihr mit beiden Füßen in den Rücken, sodass Kate flach aufs Gesicht fiel. Die erste Koboldfrau bog und verdrehte Kates Finger, während die zweite auf ihrem Rücken auf und ab sprang. Nach einer Weile spähte die Koboldin mit dem roten Kopftuch in Kates Gesicht.

»So«, sagte sie mit einer hohen, quäkenden Stimme, »haben wir noch mehr Ärger von dir zu erwarten?«

»Nein!«, schrie Kate, als die andere Koboldin mit ihren Puppenfingern in Kates Haare griff und daran zerrte.

»Aha, aber alle Großfüße sind Lügner, oder nicht?«, sagte die runzlige Koboldin und verpasste Kates Nase eine schmerzhafte Drehung.

»Nein, ich lüge nicht! Versprochen!«

»Hmpf«, sagte die kleine Frau mit dem roten Kopftuch. Sie ließ Kates Finger los und nickte der anderen zu, die daraufhin ihre Hand aus Kates Haaren löste und von ihrem Rücken kletterte. Die erste Koboldfrau ging voraus die Treppe hinauf, und Kate folgte gehorsam, mit schmerzenden Fingern, brennender Kopfhaut und einem geprellten Rücken.

Sie wurde in einer Wanne voll brühend heißem Wasser gebadet und so lange geschrubbt, bis sie das Gefühl hatte, keine Haut mehr am Leib zu haben. Ihre Haare wurden gewaschen, die abgeknabberten Fingernägel gerade gefeilt. Eine der Koboldfrauen fuhr mit einem Kamm durch ihre Haare und zerrte so fest an den Strähnen, dass Kate die Tränen in die Augen traten. Sie steckten sie in ein Unterkleid und dann in ein langärmeliges, hochgeschlossenes elfenbeinfarbenes Gewand, dessen Dekolleté aus zarter Spitze bestand. Schließlich zwang eine der Koboldinnen Kates Füße in ein Paar Lederstiefel, die mit Dutzenden von Haken geschlossen wurden, während die andere ihre Haare frisierte und zu einem dekorativen Zopf flocht.

Die Tür ging auf und Rourke trat ein.

»Aha, ich wusste doch, dass sich unter dem ganzen Dreck eine junge Dame verbirgt!«

Die Koboldfrau mit dem roten Kopftuch zog Kate vor einen Spiegel. Kate erkannte das Mädchen kaum, das ihr dort entgegenblickte. In dem altmodischen, hochgeschlossenen Kleid sah sie aus wie eine junge Frau aus einem Roman oder einem Film. Ihre blonden Haare glänzten. Sie waren hochgesteckt und betonten Linien und Kurven in Kates Gesicht, von denen Kate nicht einmal gewusst hatte, dass sie sie besaß. Sie betrachtete ihre Nägel, an denen keine Spur ihrer nervösen Knabberei mehr zu erkennen war.

»Ja«, sagte Rourke, »jetzt bist du bereit.«

Er führte sie eine Treppe hinauf. Anders als im Rest des Hauses, war es hier still und friedlich. Kate und der große Mann gingen durch einen schwach beleuchteten Flur. Die Holzdielen knarrten unter Rourkes Gewicht. Kate schaute aus dem Fenster und sah, dass es bereits dunkel wurde. Der Abend brach an. Es schneite wieder.

Und dann, mitten auf dem Flur, hörte sie das Geigenspiel.

Kate stolperte. Die Beine drohten, unter ihr nachzugeben.

»Immer langsam«, sagte Rourke und hielt sie am Ellbogen fest.

Es war nicht Rafes Geigenspiel, nicht die klagende, winterlich-melancholische Melodie, die er an diesem Morgen gespielt hatte. Dies war jene Musik, die Kate auf dem Schiff der Gräfin gehört hatte. Sie war fiebrig und verführerisch zugleich. Es war ein Lied, das erklingen würde, wenn die Welt in Flammen stünde. Der grässliche Magnus war gekommen.

Am Ende des Flurs stand ein Gnom. Er öffnete eine Tür, als Kate und der kahlköpfige Mann herankamen. Die Musik strömte aus dem Raum hinter der Tür und Rourke legte eine Hand an Kates Rücken. Mit einem Schubs beförderte er sie ins Zimmer, wie man eine Maus in einen Schlangenkäfig schieben würde. Dann schlug die Tür hinter ihr zu.

Mit Mühe behielt Kate das Gleichgewicht. Die Geige verstummte. Kate stand auf einem schmalen Kiesweg, der durch einen Dschungel zu führen schien. Ringsum wuchsen ölig glänzende, dickblättrige Pflanzen, hohe, mit stacheligen Wedeln versehene Palmen, ausladende Farne, Gewächse mit orangefarbenen, roten, gelben und violetten Blütenbüscheln. Alles war üppig und fruchtbar, die Luft warm und feucht. Kate blickte nach oben und sah dort die Glaskuppel des Treibhauses. Die Hitze hatte die Scheiben beschlagen lassen und vernebelte die Welt außerhalb des Hauses.

Eine Stimme sprach aus den Tiefen des Dschungels: »Komm zu mir, Kind.«

Kate erschauerte. Sie kannte diese Stimme. Es war die Stimme jenes Wesens, das in den Körper der Gräfin gefahren war. Sie war kalt, uralt und gnadenlos.

»Ich bin es nicht gewohnt, etwas zweimal zu sagen.«

Ganz langsam setzte Kate auf dem Kiesweg einen Fuß vor den anderen. Die kleinen Steine knirschten unter den Sohlen ihrer neuen Stiefel. Sie hielt den Atem an und bereitete sich darauf vor, ihrem Feind ins Auge zu sehen. Als sie um eine Biegung kam, wich der Dschungel zurück und der Weg endete in einer Sackgasse. Und dort, umringt von einem tropischen Regenwald, saß ein alter Mann in einem hölzernen Rollstuhl, eine Decke auf dem Schoß ausgebreitet.

Er war der älteste Mensch, den Kate je gesehen hatte, mehr Skelett als Mensch. Es war, als ob ihm das Fleisch ausgesaugt worden wäre und der Körper nur noch von Haut und Knochen zusammengehalten werden würde. Er war knorrig und verdreht, wie ein uralter Baum, und sein Leib war eingesunken. Aber seine Hände und sein Kopf waren auf groteske Weise übergroß. Seine schuppige Haut schimmerte grünlich. Er sah aus wie etwas, das aus einem Grab gekrochen war. Er hob den klobigen Kopf, und Kate sah, dass die Augen des alten Mannes getrübt waren. Er schnippte mit den Fingern und ihm gegenüber erschien ein Stuhl.

»Setz dich.«

Als Kate sich nicht rührte, ertönte ein Zischen. Eine unsichtbare Macht riss sie vorwärts und stieß sie auf den Stuhl.

»So ist es besser.«

Die Stimme war immer noch dieselbe wie die, welche sie auf dem Schiff der Gräfin vernommen hatte – voller Energie und Lebenskraft. Aber war dieser Greis wirklich der grässliche Magnus? Kate hatte sich den grässlichen Magnus als eine Person von unvorstellbarer Macht vorgestellt, nicht als ein schwächliches Wrack mit milchigen Augen.

Der alte Mann grinste und entblößte einen Mund voll gelber und zersplitterter Zahnstümpfe.

»Du fragst dich, wie dieser Kadaver, der vor dir sitzt, der grässliche Magnus sein kann, nicht wahr? Wie ist es möglich, dass er eine derartige Macht beansprucht und Angst und Entsetzen in die Herzen der Menschen sät? Nun, man könnte sich auch fragen, wieso ein junges Mädchen, kaum mehr als ein Kind, die Macht in sich trägt, über die Zeit zu gebieten. Man sollte sich nie von Äußerlichkeiten täuschen lassen. Macht ist Macht. Äußere Erscheinungen«, und dabei schnippte er wieder mit den Fingern, »können sich verändern.«

Aus heiterem Himmel tauchte ein Spiegel auf, und Kate, die hineinschaute, sah ein altes Weib mit silbernen Haaren und einem runzeligen Gesicht, von dem die Haut abzufallen schien. Aufkeuchend hob Kate die Hände und sah ihre geschwollenen Fingerknöchel, die dicken, klauenartigen Nägel. Aber noch ehe sie schreien konnte, wedelte der alte Mann kurz mit der Hand, und Kate sah ihr wirkliches Ich im Spiegel.

»Vertraue niemals dem äußeren Schein, mein Kind.«

Kates Herz hämmerte, während der alte Mann kicherte. In seiner Brust rasselte es schleimig. Kate zwang sich zur Ruhe. Selbst wenn das tatsächlich der grässliche Magnus war, konnte er nichts über sie wissen. Sie würden sich erst in hundert Jahren auf dem Schiff der Gräfin in Cambridge Falls begegnen. Sie musste sich nur beherrschen. Dann würde sie schon wieder hier rauskommen.

Der alte Mann legte den Kopf schräg, als ob er einer gedämpft klingenden Melodie lauschen würde.

»Wir sind uns schon einmal begegnet, nicht wahr? Oder nein, wir werden uns begegnen. In der Zukunft.«

Kate sagte nichts. Konnte der Mann ihre Gedanken lesen?

Der alte Zauberer sprach weiter.

»Die Hüterin des Buches Emerald. Natürlich. Ich wusste es

in dem Moment, als du hier in der Stadt ankamst. Ich konnte nicht genau bestimmen, wo du warst, aber ich habe deine Gegenwart gespürt. Und wie passend, dass du heute Nacht hier bist, ausgerechnet heute! Weißt du, warum diese Nacht so bedeutungsvoll ist, Kind?«

»Es geht … um die Trennung«, sagte Kate, die froh darüber war, über etwas reden zu können, mit dem sie sich nicht verriet. »Um Mitternacht verschwindet die magische Welt.«

»Ja. Wir ziehen uns zurück. Wir verlassen die Welt der Menschen, nur aus dem einen Grund: weil sie uns für unsere Macht hassen und sie uns zahlenmäßig – zehntausend zu eins – überlegen sind.«

Kate wusste nicht, was sie darauf sagen sollte, und so schwieg sie.

»Jene, die zum Rückzug blasen, meinen, dass wir nicht länger Seite an Seite mit den Menschen leben können. Sie werden immer stärker, während wir schwächer werden. Sie sagen, dass das Zeitalter der Magie schon lange vorbei ist. Dass die Trennung, der Rückzug, die Kapitulation unsere einzige Hoffnung zu überleben ist. Teilweise stimme ich dem zu.« Der Rollstuhl mit dem Mann kroch auf Kate zu. »Es ergibt keinen Sinn, auf einem Niveau mit den Menschen leben zu wollen. Wir sind nicht gleich und wir werden es nie sein. Aber die Magie kann erneut die Welt beherrschen. Alles, was dazu nötig ist, ist der Wille und die Macht. Ich habe den Willen, und bald, schon sehr bald, werde ich auch die Macht haben.«

Bis jetzt hatte Kate nur daran gedacht, sich selbst zu schützen und so wenig wie möglich von sich preiszugeben. Plötzlich jedoch fing sie an zu verstehen.

»Ich habe all das schon vor langer Zeit vorausgesehen. Als die Magie noch stark und mächtig war. Damals wollte es keiner glauben, doch ich wusste, dass die Menschen eines Tages triumphieren würden. Ich versuchte, die anderen zu überzeugen. Aber Zauberer kämpfte gegen Zauberer. Elfen kämpften gegen Zwerge, die gegen Gnome kämpften, die gegen Drachen kämpften. Niemand beachtete den wahren Feind. Und die Macht, die wir brauchten, war da. Sie befand sich sogar gebündelt an einem Ort, als ob sie nur darauf wartete, dass ich komme und sie mir nehme.«

»Die Chroniken vom Anbeginn«, flüsterte Kate.

»Genau. Aber die Zauberer von Rhakotis waren trotz ihrer Gelehrsamkeit Narren. Sie hatten die Bücher nur deshalb geschrieben, damit die Welt erfahren möge, dass sie sie geschrieben hatten. Sie wollten sie nie benutzen. Und dennoch«, sagte der alte Mann und wiegte seinen monströsen Kopf, »besaß der Rat eine große Macht. Jahrhundertlang waren sie zu stark, um angegriffen zu werden. Aber meine Zeit kam, als Alexander geboren wurde. Ich half dem Kriegerfürsten, die Stadt zu erobern.«

»Sie haben sich mit einem Menschen verbündet«, bemerkte Kate, die sich die Spitze nicht verkneifen konnte. »Ich dachte, Sie hassen die Menschen.«

Der grässliche Magnus zuckte mit den Schultern. »Der Krieg schafft die merkwürdigsten Allianzen. Außerdem habe ich ihn schon kurz darauf getötet.«

»Aber die Bücher haben Sie nicht bekommen, nicht wahr?«

Der alte Mann wandte ihr seine blassen Augen zu, und ein unsichtbares Gewicht legte sich auf Kates Brust. Im Gesicht des Mannes ließ sich keine Regung erkennen. Das Gewicht wurde schwerer. Kate war entschlossen, weder zu schreien, noch um Gnade zu flehen, aber die Last wurde immer erdrückender, und schließlich ächzte sie, nach Atem ringend: »Aufhören! Bitte!« Der Druck verschwand und sie holte tief Luft.

»Du hast recht, Kind«, fuhr der Alte fort, als ob nichts geschehen wäre. »Als ich in dem Gewölbe ankam, waren die Bücher verschwunden. Zweieinhalb Jahrtausende habe ich nach ihnen gesucht. Und währenddessen wurden die Menschen stärker und die magische Welt schwächer. Und wie soll jetzt dieses Problem gelöst werden? Wir verkriechen uns wie Hunde. Aber ich habe noch nicht aufgegeben. Ich werde die Bücher finden, und dann wird die Menschheit erzittern. Deine Ankunft ist nur das erste Zeichen. Sag mir, wo sind die beiden anderen Bücher?«

»Ich weiß es nicht.«

Er lachte. »Ich glaube, du bist nicht ganz ehrlich zu mir.«

Er krümmte einen knorrigen Finger, und Kate fühlte, wie die Magie in ihrem Inneren aufstieg. Sie versuchte, sie zu unterdrücken, aber der Mann war zu stark. Das Treibhaus verschwand und Kate war plötzlich an einem ganz anderen Ort. Und dann – sie musste einen Aufschrei unterdrücken – sah sie Michael.

Feuer umloderte ihn. Er hielt ein Buch mit einem roten Ledereinband an die Brust gedrückt. Kate war allerdings klar, dass sie nicht wirklich bei ihm war und Michael sie nicht sehen konnte.

So schnell wie das Bild gekommen war, verschwand es, und Kate war wieder im Treibhaus. Sie fühlte, wie die Magie in ihr zur Ruhe kam.

»Wie du siehst, Kind, weißt du es sehr wohl. Das war die Chronik des Lebens. Und derjenige, der sie hielt – war das dein Bruder?«

Kate packte die Armlehnen des Stuhls, auf dem sie saß, und schwieg.

»Nun, wir werden uns später damit beschäftigen. Jetzt haben wir andere, wichtigere Dinge zu erledigen.« Sein Rollstuhl kroch wieder ein paar Zentimeter vorwärts und der Mann schob seinen riesenhaften Kopf zu Kate heran. »Denn die Trennung ist nicht der eigentliche Grund, warum die heutige Nacht von solcher Bedeutung ist. Heute Nacht ist etwas ganz Besonderes«, sagte er und zeigte sein gelbzahniges Grinsen, »weil ich sterben werde.«

»Was?«

Mehr brachte Kate nicht heraus. Aus dem Augenwinkel sah sie eine große rote Schlange rechts von sich durchs Unterholz kriechen. Sie achtete nicht darauf. Der alte Zauberer kicherte.

»Bist du überrascht? Hast du gedacht, der grässliche Magnus sei unsterblich? Aber der Tod ist der Ozean, in den alles Wasser fließt. Elfen mögen Tausende von Jahren leben, Zwerge ein paar Hundert. Zauberer und Hexen sind den Menschen sehr ähnlich; wir leben ein oder zwei Jahrhunderte. Danach müssen wir zu entsprechenden Maßnahmen greifen, wenn wir unser Leben verlängern wollen. Der Körper, den du vor dir siehst, ist dreihunderteinundvierzig Jahre alt, und heute Nacht werde ich endlich sterben.«

»Aber … ich verstehe nicht. Wir … wir begegnen uns in … der Zukunft.«

»Du wirst mir begegnen, bist mir schon begegnet, ja. Aber

du sahest einen anderen. Was geschieht, wenn ein König stirbt? Ein neuer König nimmt seinen Platz ein, erbt alle Titel und die Macht des alten und gewandet sich in den Umhang des toten Herrschers. Der grässliche Magnus ist ein Mensch, aber gleichzeitig viele Menschen.

Ich bin der neunte Magnus. Ich wurde als Junge auserwählt. Ich hatte keine Ahnung, wer ich war, was mein Schicksal sein würde. Ich wurde berufen. Und als ich erwachte, nahm ich nicht nur den Titel des grässlichen Magnus an, sondern all die Macht und die Erinnerungen meines Vorgängers, des achten Magnus. Und wenn ich heute Nacht sterbe, werde ich ebenfalls wiedergeboren werden, denn ich werde Macht und Geist an meinen Nachfolger übergeben. Er wird uns in die Zukunft führen. Wird der größte und mächtigste von uns allen sein. Und der letzte. Es wird ihm zufallen, die Welt wieder zu dem zu machen, was sie einstmals war. Und er wird nicht versagen.«

Kate schüttelte den Kopf. Die Hitze des Raums ließ sie schwindelig werden.

»Es gibt … noch einen? Noch einen grässlichen Magnus?« In dem Moment, in dem sie die Frage stellte, kam ihr ein schrecklicher Gedanke. Sie fühlte Angst in sich aufsteigen. »Wer ist es?«

»Ein Junge. Es ist immer ein Junge. Er hat keine Ahnung von seiner Macht. Weiß nichts von seinem Schicksal. Aber bereits jetzt ist er stark. Andere können es fühlen.«

Kate konnte kaum noch atmen. Die Hitze und die Feuchigkeit erstickten sie fast. Sie hätte sich am liebsten den Kragen ihres Kleides aufgerissen.

Das ist unmöglich. Es darf nicht sein!

Der alte Zauberer sprach weiter.

»Rourke hat den Jungen im ganzen Land gesucht. Es hat Jahre gedauert, ihn zu finden, und immer noch verbirgt ihn ein Schleier aus Magie vor meinen Augen. Zweifellos denkt derjenige, der ihn vor unserem Zugriff bewahrt, dass er ihn beschützt.« Er machte eine wegwerfende Handbewegung. »Es spielt keine Rolle. Der Junge wird heute Nacht zu mir kommen. Er wird den Weg finden. Er kann seinem Schicksal nicht entrinnen. Er wird kommen und die Linie wird ungebrochen weiterbestehen.«

Kate musste sich an den Armlehnen des Stuhls festhalten, weil sie sonst zu Boden gesunken wäre.

»Wie … wie lautet sein Name?«

Das uralte Geschöpf, das vor ihr saß, lächelte sie an. Kate spürte, dass der Mann auf diesen Moment gewartet hatte.

»Das fragst du, Kind, obwohl du ihm schon begegnet bist? Ich weiß es, denn ich kann ihn in deiner Aura fühlen. Ich fühlte es in dem Moment, in dem du eingetreten bist.« Die Augen des Alten wurden klar, und Kate starrte ihn voller Schrecken an, denn sie glühten smaragdgrün. Erst heute Morgen hatte sie in diese Augen geblickt, als Rafe ihr das Gesicht mit Ruß eingerieben hatte.

»Er wird kommen«, zischte der alte Mann. »Er wird kommen und der grässliche Magnus wird weiterleben.«

Kate, einer Ohnmacht nahe, merkte, dass ein Gnom das Treibhaus betrat und sie aus dem Stuhl hob. Sie hörte den grässlichen Magnus sagen: »Schließ sie in ein Zimmer ein und bewache sie gut. Sie wird heute Nacht mein Gast bei der Zeremonie sein.« Sie fühlte die kalte Luft auf ihren Wangen, als sie in den Flur gebracht wurde.

Am Fuß der Treppe trat Rourke zu ihnen. »Ich werden sie tragen«, sagte er und nahm sie dem Gnom aus den Armen. Dann hörte sie Geschrei unten an der Treppe. Der Nebel in ihrem Kopf lichtete sich, denn die Stimme, die da unten etwas rief, war die Stimme von Rourke. Aber Rourke war doch hier und hielt sie in den Armen. Auch der Gnom schien das merkwürdig zu finden. Und dann, ohne Vorwarnung, trat Rourke dem Gnom fest vor die Brust, sodass der wie ein Geschoss durch die Fensterscheibe stürzte. Schwere Schritte näherten sich über die Treppe. Kate sah die Luft vor sich flimmern, und dann stand neben ihr nicht Rourke, sondern Rafe.

»So weit, so gut«, sagte der Junge. »Jetzt sollten wir machen, dass wir wegkommen.«

KAPITEL 15

Die Chronik des Lebens

Michael erwachte, sah den strahlend blauen Himmel über sich und hatte einen wundervollen Augenblick lang keine Ahnung, wo er sich befand.

Dann erschien ein Gesicht vor seinen Augen. Das Gesicht hing verkehrt herum und es kam ihm sehr, sehr nahe.

»Wie kannst du damit nur etwas sehen? Es ist doch alles verschwommen!«

Mit einem Satz war Michael auf den Füßen. Er ließ den Blick über die schemenhaften Konturen des bewaldeten Tals gleiten, über die schneebedeckten Berge, den Vulkan, die Trümmer des Turms …

Okay, dachte er, während sein Herz aus seiner Brust zu galoppieren drohte. Okay, ich weiß wieder, wo ich bin.

Dann fuhr seine Hand zum Hals und er fühlte zu seiner Erleichterung die Erhebung der Glaskugel unter dem Hemd, die immer noch an dem Lederband hing. Er griff nach dem

Brillenbügel, um sie zurechtzurücken, und merkte, dass er gar keine Brille trug. Die Gestalt, in deren Schoß sein Kopf gelegen hatte, hatte sie aufgesetzt.

»Du brauchst dieses schreckliche Ding doch gar nicht, stimmt's?« Das Elfenmädchen hatte die Brille wieder abgenommen und hielt sie, als würde sie glitschigen Seetang in der Hand halten. »Du siehst ohne sie viel besser aus. Bis auf deine Nase. Hattest du einen Unfall?«

»Was? Nein!«

»Dann wurdest du gewiss von einem Zauberer verflucht.«

»Nein ...«

»Du bist mit dieser Nase geboren? Nun ja, wenn wir erst verheiratet sind, werde ich es einfach vermeiden, dir allzu oft ins Gesicht zu schauen, damit ich keine Angst vor dir bekomme.«

Michael war immer noch benommen von seiner Ohnmacht und hatte Mühe zu folgen. Außerdem war das, was das Elfenmädchen gerade in Aussicht gestellt hatte, viel zu entsetzlich, um darüber nachzudenken. Er hatte keine Ahnung, wie er darauf reagieren sollte. Und so sagte er einfach: »Kann ich bitte meine Brille ...« Doch dann brach er ab. »Warte mal – wo ist Emma? Meine Schwester? Und wo ist die Chronik?«

»Dein riesenhafter Freund hat sie nach unten getragen. Er hat dieses vermaledeite Buch mitgenommen. Ich hätte nichts dagegen, wenn ich dieses blöde Ding nie mehr zu Gesicht bekäme!«

»Gabriel? Geht es ihm gut?«

»Bestens. Soll ich die Brille nicht einfach wegwerfen? Einverstanden?«

»Nein! Ich brauche sie! Bitte.«

»Oh, wie du willst.« Das Elfenmädchen tänzelte herüber und reichte ihm die Brille. »Der Rest der Welt mag bei deinem Anblick erschauern, aber in meinen Augen wirst du stets der hübscheste Mann von allen sein. Vorausgesetzt natürlich, ich schaue dir nicht zu oft ins Gesicht.« Sie machte einen Knicks. »Prinzessin Wilamena, zu deinen Diensten.«

»Du bist ... eine Prinzessin?«

»Aber gewiss doch! Warum, glaubst du, wollte ich unbedingt meine Krone wiederhaben?« Sie berührte den goldenen Reif, der jetzt auf ihrem Haupt saß. »Findest du, dass sie mir steht?«

»Was? Oh ja, sicher ... sehr gut.«

Mit der Brille auf der Nase konnte Michael das Elfenmädchen endlich deutlich erkennen. Sie war das genaue Ebenbild der Eisskulptur von der Lichtung. Ihr Haar, fand er, hatte die Farbe von Morgenlicht. Ihre Augen waren blauer als ein wolkenloser Sommerhimmel. Ihre Nase ...

Moment mal – blauer als ein wolkenloser Sommerhimmel?, dachte Michael. Was ist bloß in mich gefahren? Sie hat blonde Haare und blaue Augen, mehr nicht.

Aber schon musste er insgeheim ihre Stimme mit Vogelgezwitscher vergleichen und die weiße, reine Haut mit frisch gefallenem Schnee ...

Aufhören, befahl er sich. *Du bist von irgendeinem Elfenzauber befallen, das ist alles.*

»Oh, wie herrlich!«, rief das Elfenmädchen und klatschte in die Hände. »Du hast dich schon in mich verliebt!«

»Das habe ich nicht ...«

»Ach, sei nicht dumm. Du solltest diesen lächerlichen

Ausdruck auf deinem Gesicht sehen. Übrigens, ist dir schon aufgefallen, wie sanft sich mein Haar in der Brise wiegt?«

»Hör mal«, sagte Michael mit so viel Strenge, wie er aufbringen konnte. »Ich will von dir eine Garantie dafür, dass du dich nicht wieder in einen Drachen verwandelst. Also, wie steht's?«

Bei diesen Worten wurde das Gesicht der Elfenprinzessin ernst. Sie bückte sich und hob das zerschnittene goldene Band auf, das inmitten der Trümmer lag. Michael sah, dass es geschrumpft und nur noch so groß wie ein Armreif war. In den zarten Händen der Elfe sah es klobig und unschön aus. Wilamena fuhr mit den Fingern über den Schnitt, den Michaels Messer gezogen hatte.

»Es ist fast zweihundert Jahre her, dass ich Xanbertis im Wald begegnete. Er bot mir dieses Armband als Zeichen der Freundschaft zwischen dem Orden und meinem Volk an. Ich hatte keine Ahnung von den schrecklichen Taten, die er begangen hatte. Ich nahm es an und wurde so zu seiner Sklavin. Zwei Jahrhunderte voller Dunkelheit und Feuer. Eine Gefangene in meinem eigenen, grausigen Körper. Aber das ist Vergangenheit. Der Drache ist tot. Und ich bin erlöst – dank dir!«

Mit tränenfeuchten, bewundernden Augen blickte sie zu ihm auf.

Und Michael dachte: Das arme Ding hat eine schlimme Zeit hinter sich.

Dann dachte er: Ihr Haar bewegt sich wirklich ganz entzückend …

Die Elfenprinzessin klatschte wieder freudig in die Hände.

»Oh, du bist doch in mich verliebt?«

»Was? Nein, ich wollte bloß ...«

»Doch, bist du! Mein Häschen!«

»Bitte nenne mich nicht Häschen!«

»Hasi!«

Und mit einem graziösen Hüpfer war sie an seiner Seite und küsste ihn auf die Wange. Michael wich taumelnd zurück.

»Und das lass bitte auch bleiben! Ich meine es ernst!«

Seine Wangen brannten, und dort, wo sie ihn geküsst hatte, kribbelte seine Haut.

»Du hast recht«, sagte sie. »Zum Küssen haben wir später noch Zeit – viel Zeit!

Jetzt habe ich aber genug von diesem Unsinn, dachte Michael.

»Ich will meine Schwester sehen, und zwar sofort.«

Sie fanden Emma im Quartier des Wächters, einem niedrigen Gebäude an der hinteren Mauer der Festung. Die Möblierung war einfach – eine Holzkiste, ein schmales Bett, ein Stuhl und ein Tisch –, aber gemessen an der schlampigen Erscheinung des Wächters, war diese Unterkunft überraschend sauber und ordentlich. Gabriel hatte Emma auf das Lager gebettet und etliche Decken über sie gebreitet. Als Michael und die Elfenprinzessin eintraten, saß er neben Emma und hielt ihre kleine, leblose Hand in seinen riesigen Pranken. Michael hatte den Eindruck, dass der große Mann schon sein Stunden so dasaß und über seine Schwester wachte.

Gabriel, dessen Kopf verbunden war, stand auf und schloss Michael in seine Arme.

»Ich bin so stolz auf dich.«

»Oh, na ja … weißt du …« Michael fehlten mit einem Mal die Worte. »Es war keine große … ach, du weißt schon …«

Michael wollte Gabriel das Messer zurückgeben, aber der weigerte sich, es anzunehmen.

»Du hast es dir redlich verdient. König Robbie wäre gewiss derselben Meinung.«

Michael bedankte sich und steckte das Messer wieder in seinen Gürtel.

Das rote, ledergebundene Buch lag auf dem Tisch neben dem Bett. Michael hatte seine Magie gleich gespürt, als er den Raum betrat. Es juckte ihn in den Fingern, das Buch in die Hand zu nehmen. Aber als er Gabriels Platz auf dem Stuhl einnahm, richtete er zunächst seine ganze Aufmerksamkeit auf seine Schwester. Abgesehen von der Tatsache, dass sie nun unter Decken auf einem Bett lag, befand sie sich noch in demselben Zustand wie vorher. Ihre Augen starrten ins Leere. Auf ihrem Gesicht lag nach wie vor ein Ausdruck von Zorn, der Mund war leicht geöffnet. Michael nahm die zur Faust geballte Hand, die auf der obersten Bettdecke lag. Sie war kalt wie Stein.

Alles wird gut, dachte er. Ich bin jetzt bei dir.

Und dann wandte er sich dem Buch zu.

Es war kleiner und dicker als das Buch Emerald. Die Form erinnerte ihn an *Alles über Zwerge*, ein Buch, das Michaels Vorstellung von Vollkommenheit ziemlich nahe kam. Wie er geahnt hatte, war die Chronik des Lebens vom Feuer und der Lava unversehrt geblieben. Tatsächlich befand sich das Buch in einem viel besseren Zustand als sein Zwergenhandbuch, dessen schwarzer Ledereinband verkohlt und vom Alter abgewetzt war. Michael sah, dass in den Einband der Chronik ein

Muster eingeprägt war. Er war sich nicht sicher, um was genau es sich handelte, aber die Wellen und Wirbel ließen ihn an Flammenzungen denken. Einen Moment lang überlegte Michael, ob dieses Muster eine Bedeutung hatte; dann schob er diese Frage beiseite und wandte sich dem auffälligsten und ungewöhnlichsten Teil des Buches zu.

Zwei Metallhäkchen, die sich über den Buchrücken wölbten, hielten etwas umklammert, das aussah wie ein altmodischer Stift. Er war etwa fünfzehn Zentimeter lang, glatt und schmal, und das eine Ende lief schräg zu. Er schien aus Knochen zu bestehen.

»Was ist das?«

»Das ist der Griffel.« Prinzessin Wilamena stand hinter ihm, und obwohl er ihr den Rücken zuwandte, war sich Michael überdeutlich ihrer Gegenwart bewusst, und der Tatsache, dass ihr Haar nach Frühling und Honig roch und …

Konzentrier dich!, beschwor er sich.

»Was macht man damit?«

»Ach Dummchen, man setzt damit die Magie der Chronik in Gang! Du musst den Namen der Person, die du zu heilen wünschst, aufschreiben – und fertig! Die Sache ist erledigt. Das ist doch praktisch, nicht wahr?«

»Ja«, sagte Michael. »Das ist es wirklich. Danke.«

»Habe ich dafür nicht einen Kuss verdient?«

Michael überhörte die Frage geflissentlich. Er zog den Griffel aus den Klammern. Er war leicht – als ob er hohl wäre.

»Und jetzt muss ich nur Emmas Namen in das Buch schreiben? Das scheint mir viel zu einfach zu sein.«

Das Elfenmädchen lachte. »Weißt du überhaupt, was die Chronik ist, du Häschen?«

»Ich habe dir doch gesagt, dass du …«

»Schon gut. Sei still und hör zu, dann kannst du etwas lernen. Die Chronik ist ein Archiv, man könnte fast sagen *das* Archiv, und zwar von allem Leben. Jede Kreatur, die läuft, spricht, atmet, singt, lacht, weint oder Seifenblasen pustet – ich liebe Seifenblasen, wusstest du das? –, also jede lebendige Kreatur ist in der Chronik verzeichnet. Und die Liste verändert sich ständig, so wie das Leben um uns mit jeder Sekunde vergeht oder neu geboren wird. Aber wenn du jemandes Namen in das Buch schreibst, dann fügst du diese Person einer ganz besonderen Liste zu.«

»Aber Emma ist doch schon am Leben, sie ist nur eingefroren …«

»Wie ich gerade erklären wollte: Die Chronik ist vor allem ein Archiv, aber der Griffel ermöglicht es dir, die Macht des Buches – die Macht des Lebens – auf ein bestimmtes Wesen zu konzentrieren, entweder, um es ins Leben zu rufen, oder – wie im Falle deiner lieben kleinen Schwester –, um es zu heilen. Alles, was du tun musst, ist, den Namen niederzuschreiben, mit deiner lieben kleinen Hasenhand.« Dann hörte Michael, wie sie Gabriel zuflüsterte: »Er mag es nicht, wenn ich ihn Hase nenne, aber ich tue es trotzdem, weil er ein so süßes kleines Häschen ist. Findest du nicht auch?«

Statt einer Antwort grunzte Gabriel nur.

Michael öffnete das Buch. Die Seiten waren leer, aber Michael hatte nichts anderes erwartet. Doch während die Seiten im Buch Emerald glatt und weiß waren, bestand das Buch Rubyn aus rauem Papier, das überall Holzreste aufwies. Michael blätterte bis zur Mitte und legte das aufgeschlagene Buch auf seine Knie. Er zögerte. Er hatte den Eindruck, dass dies einer der strahlendsten Augenblicke seines Lebens war. Um hierher zu gelangen, hatte er schwierige Hindernisse überwinden und sich großen Gefahren stellen müssen. Wenn Dr. Pym oder Kate oder König Robbie – oder sein Vater – nur erfahren würden, was er geleistet hatte! Als Michael die Spitze des Griffels auf die Seite setzte, breitete sich ein Lächeln auf seinem sonst so ernsten Gesicht aus. Mit schwungvollen Strichen schrieb er den Namen seiner Schwester.

Nichts geschah.

»Ähm, Hasi …«

»Was?«, fragte Michael gereizt.

»Du brauchst Tinte. Die Worte werden nicht von selbst auf dem Papier erscheinen.«

»Na, das hättest du mir auch gleich sagen können. Hat der Wächter vielleicht Tinte …?«

»Oh, normale Tinte funktioniert nicht.« Die Elfenprinzessin trat vor, nahm seinen Daumen in eine Hand und den Griffel in die andere. Michael wollte gerade fragen, was sie vorhatte – wobei er nicht umhin konnte, ihre rosenzarte Haut zu bewundern – als sie ihm die scharfe Spitze in den Daumenballen stieß.

»Au!«

»Ach sei doch nicht so ein Baby-Häschen. Hier, siehst du?« Und damit tauchte sie den Griffel in den Blutstropfen, der aus seinem Daumen quoll. »Das Blut dient nicht nur als Tinte, sondern es schmiedet auch das Band zwischen dir und dem Buch. Ein bisschen gruselig, ich gebe es zu, aber sehr wirkungsvoll. Jetzt weck deine arme Schwester auf. Dann können wir nach draußen gehen und du darfst mir die Haare flechten.«

Michael ging nicht auf ihren letzten Vorschlag ein (obwohl

ihm eine kleine Stimme in seinem Kopf versicherte, dass die Idee ganz wundervoll klang), sondern holte tief Atem, warf einen letzten Blick auf das reglose Gesicht seiner Schwester und setzte den Griffel an.

Er zuckte zusammen. Es war, als hätte man eine Gabel in eine Steckdose gerammt. Ein Stromschlag fuhr durch den Griffel in seinen Arm und von dort aus durch seinen ganzen Körper.

»Was ist los?«, wollte Gabriel beunruhigt wissen. »Ist er in Gefahr?«

»Nein, er schafft eine Verbindung mit der Chronik des Lebens«, flüsterte die Elfenprinzessin. »Schau!«

Es kam Michael so vor, als ob all seine Nervenenden summten und vibrierten, von den Fingerspitzen über die Ohrläppchen bis zu seinen Fußsohlen. Nach dem ersten Schreck war das Gefühl nicht einmal unangenehm. Während Michael sich entspannte, bemerkte er, dass seine Sinne unnatürlich geschärft waren. Er sah goldene Flecken in Emmas Augen, die ihm noch nie zuvor aufgefallen waren, roch den leicht hefigen Geruch der Seife, die sie in Baltimore im Waisenhaus verwendet hatten, hörte – obwohl ihm das unmöglich erschien – sogar das leise, flatternde Schlagen ihres Herzens.

Er fing an zu schreiben, und die Buchstaben rauchten und loderten, während er sie niederschrieb, als ob er den Namen in die Seite des Buches einbrennen würde. Dann, ganz plötzlich, richtete sich Emma mit einem Ruck auf und schrie: »Das sollten Sie besser nicht …!« Sie verstummte und sagte: »Huch? Wie kommt ihr denn hierher?« Und dann brach ein lautes und freudiges Durcheinander los. Gabriel zog Emma in seine Arme, Wilamena applaudierte und küsste Emma, während sie ihr versicherte, dass sie so glücklich sei, Emma als Schwester zu bekommen, und Emma sagte: »Ähm, wer bist du eigentlich? Und wo ist der Drache?« Und inmitten all des Trubels saß Michael still und stumm auf seinem Stuhl. Seine Hände, mit denen er das Buch zuklappte, zitterten, und sein Gesicht war vor Angst kalkweiß.

»Ich war also auf der Lichtung, und dieser große, dämliche Drache …« Emma schaute zu Wilamena. »Oh, Entschuldigung.«

»Ach was!« Die Elfenprinzessin winkte ab. »Schon gut. Wir sind immerhin eine Familie. Oder werden es zumindest bald sein.«

»Hä?«

»Vergiss es«, sagte Michael.

»Nun, dann flogen wir über den Wald«, fuhr Emma mit ihrer Erzählung fort, »was ich zugegebenermaßen ziemlich cool fand, und dann landeten wir auf dem Turm, und dieser haarige, stinkige Kerl hat mich mit einer Nadel gepikst, und dann bin ich aufgewacht und ihr wart alle da.«

Sie befanden sich nach wie vor im Quartier des Wächters. Emma hatte gerade erfahren, was geschehen war, während sie eingefroren war. Michael hatte nur wenig gesprochen; das meiste hatte Emma von Gabriel und Wilamena erfahren.

»Das Häschen war wirklich außerordentlich tapfer«, hatte Wilamena abschließend erklärt.

»Was für ein Häschen? Gibt's hier ein Häschen?«

»Sie meint mich«, bemerkte Michael düster.

»Er war bereit, sein Leben für dich zu opfern. Stell dir vor:

ein kleines Häschen wie er, das sich gegen einen Drachen erhebt, nur mit einem winzigen Zwergenmesser in der Hand.«

Michael merkte, wie alle ihn anstarrten. Hastig bat er Emma, ihre Geschichte zu erzählen. Als sie damit fertig war, verkündete Gabriel, dass es Zeit war aufzubrechen.

»Es ist ein weiter Weg zurück zum Flugzeug, und wir müssen uns beeilen, wenn wir vor Einbruch der Nacht dort sein wollen. Aber mit leerem Magen können wir nicht loslaufen. Gibt es Vorräte hier in der Festung?«

»Oh ja«, sagte die Elfenprinzessin. »Ich zeige sie euch.«

Michael sah die Gelegenheit gekommen, um sich von den anderen zurückzuziehen. Er erklärte, dass er sich den Schlamm aus den Haaren waschen wolle, während sich Gabriel und Wilamena um das Essen kümmerten. Dann machte er sich eilig davon.

Michael ging geradewegs in den Bergfried. Lichtspeere fielen auf den Boden des Saals. Der Wächter war an eine Säule gekettet, die Hände hinter dem Rücken gefesselt, das Kinn auf der Brust. Michael blieb ein Stück vor ihm stehen. Er zitterte. Er hatte sich zusammenreißen müssen, seit er Emma wiedererweckt hatte und nur darauf gewartet, herkommen zu können.

»Sie müssen …« Er versuchte, das Zittern in seiner Stimme zu unterdrücken. »Sie müssen mir erklären, wie die Chronik funktioniert. Prinzessin Wilamena wollte es mir beibringen, aber … vermutlich wusste sie nicht alles oder sie hat es vergessen. Bitte sagen Sie mir, was ich falsch mache. Sie wissen es, da bin ich mir sicher!«

Langsam hob der Mann seinen Kopf und schaute Michael an.

Er wirkte noch heruntergekommener und elender als zuvor. Seine Augen waren gerötet, das Haar mit Blut verkrustet und sein Waffenrock war an der Schulter zerrissen.«

Aber bei Michaels Anblick lächelte er. »Also hast du die Chronik benutzt, um deine Schwester zu erlösen. Was ist passiert? Ich will alle Einzelheiten hören.«

»Sagen Sie mir bloß, wie ich das Buch richtig einsetzen kann. Ich muss es wissen. Bitte.«

»Du willst es mir nicht erzählen? Also schön. Ich weiß es auch so: Einen Moment lang warst du eins mit deiner Schwester. Ihr Herz war dein Herz. Alles, was sie jemals gefühlt hat, fühltest du. Und ich vermute, dass es dir nicht gefallen hat, stimmt's?«

Sein Ton war schadenfroh, und was er beschrieb, war genau das, was Michael erlebt hatte. Er hatte gefühlt, wie sich die Macht des Buches erhob, aber er war zu fasziniert gewesen, zu verzaubert, um zu bemerken, was geschah. Und als er es schließlich merkte, war es zu spät. Wie ein Schwimmer, der sich in eine starke Strömung verirrt hat und nur zusehen kann, wie das Ufer immer weiter entschwindet, war auch Michael in einem tiefen, endlosen Ozean davongetrieben.

Oder besser gesagt: Er war zu Emma getrieben. Genau so, wie der Wächter es darstellte, hatte sich ihr Leben für ihn geöffnet. Nicht nur ihr Leben, sondern auch ihr Herz. Er hatte verstanden, wie es war, als Jüngste von drei Geschwistern aufzuwachsen, ohne jegliche Erinnerung an die Eltern, ohne eine Erinnerung an ein Leben vor den zahllosen Waisenhäusern, an eine Familie. Ihm war klar geworden, dass er und Kate Emmas ganze Welt waren, dass Emma, die tapferste Person, die er kannte, vollständig von der Angst aufgefressen wurde, dass sie ihren Bruder und ihre Schwester verlieren könnte und ganz allein zurückbleiben würde. Und Michael hatte gespürt, dass die zerbrechlichen Fundamente ihrer Welt in sich zusammengefallen waren, als er sie und Kate an die Gräfin verraten hatte. Er hatte verstanden, wie schwer es ihr gefallen war, ihm zu vergeben, ihm wieder zu vertrauen, und dass die sichere Gewissheit, ihr Bruder und ihre Schwester würden immer für sie da sein, unwiderbringlich verloren war.

»Sagen Sie's mir, bitte«, flehte er und wischte sich die Tränen aus dem Gesicht. »Was habe ich falsch gemacht?«

»Was du falsch gemacht hast? Dein einziger Irrtum besteht darin, dass du dir einbildest, der wahre Hüter zu sein, Junge.« Der Wächter beugte sich vor. Er war wütend und riss an seinen Fesseln. »Die Chronik des Lebens knüpft ein Band zwischen dir und der Person, deren Name im Buch erscheint. Das Leben dieser Person – egal, wie schrecklich, wie düster, wie schmerzvoll es auch sein mag – wird zu deinem eigenen. Was sie fühlt, fühlst auch du. So ist es und so wird es immer sein.«

»Aber … das ist nicht gerecht!«, rief Michael. Ihm war klar, dass er sich kindisch benahm, aber er konnte nicht anders. »Das Buch Emerald bringt einen durch die Zeit. Warum kann nicht …«

Der Wächter lachte. »Das ist die Chronik des *Lebens*! Und das Leben besteht aus Schmerzen! Der wahre Hüter muss in der Lage sein, den Schmerz der ganzen Welt auszuhalten. Ist dein Herz so stark, Junge? Ich glaube nicht. Du kannst ja kaum deinen eigenen Schmerz ertragen, geschweige denn den eines anderen. In dem Moment, als ich dich sah, sagte ich zu mir: Dieser Junge verkriecht sich vor dem Leben. Er tut alles, um dem Schmerz auszuweichen. Aber vor diesem Buch kann man nicht davonlaufen.« Der Wächter spuckte aus. Auf seinem Antlitz lag ein Ausdruck abgrundtiefer Verachtung. »Du wolltest das Buch Rubyn haben, jetzt gehört es dir. Aber du bist nicht der wahre Hüter!«

Neben dem Bergfried entdeckte Michael ein Wasserfass. Er tauchte den Kopf hinein und schrubbte sich den festgebackenen Schlamm aus den Haaren. Als er es so sauber gewaschen hatte, wie es unter den Umständen möglich war, trocknete er sich das Gesicht mit seinem Hemd ab und lehnte sich an das Fass. Er atmete langsam und tief, ein und aus, ein und aus.

»Michael?«

Hastig setzte er sich die Brille auf und drehte sich um. Vor ihm stand Emma.

»Ich habe dich überall gesucht.«

»Entschuldige«, sagte er, »ich …«

»Bist du böse auf mich?«

»Was?«

»Ich dachte, du bist vielleicht böse auf mich. Du weißt schon, weil ich gestern Abend nicht auf dich gehört habe und auf die Lichtung gelaufen bin …«

»Natürlich nicht! Nein. Wie kommst du darauf?«

Wasser tropfte aus seinen Haaren auf seine Brillengläser, aber Michael konnte Emma gut erkennen, mit ihrem schlammverkrusteten Haar und dem schmutzigen Gesicht. Sie wirkte so klein und unsicher.

»Na ja, du sahst nicht besonders glücklich aus, als ich wieder wach war, und dann bist du einfach weggelaufen und …

und … ich kann einfach nicht glauben, was du alles getan hast!« In ihren Augen glänzten Tränen. »Du hast gegen einen Drachen gekämpft – meinetwegen! Ich habe das vorhin nicht sagen wollen, weil es dieses Elfenmädchen nichts angeht, aber ich werde dir niemals, nie im Leben vergessen, was du für mich getan hast. Und wenn du böse bist …«

»Emma, ich bin dir nicht böse. Ich wollte nur …« Er wusste, dass er irgendetwas sagen musste, und er entschied sich für die Wahrheit, zumindest für einen Teil davon. »Ich hatte Angst. Es tut mir leid.«

Emma schluchzte erleichtert auf und warf sich in seine Arme. Mit aller Kraft drückte sie ihn an sich. »Mir tut es auch leid. Ich hätte auf dich hören sollen.« Sie standen eine ganze Zeit lang eng umschlungen da, und Michael, der sich gerade wieder halbwegs zusammengerissen hatte, glaubte, erneut zu zerbrechen. *Sei stark*, befahl er sich. *Du musst stark sein*.

Endlich ließ Emma ihn wieder los und wischte sich mit dem Handrücken die Tränen aus den Augen.

»Nicht weggehen, hörst du?«

Sie huschte an ihm vorbei, beugte sich über den Rand des Wasserfasses und wusch sich die Haare in dem nun leicht bräunlichen Wasser. Die Vormittagssonne war hell und warm. Michaels eigene Haare waren schon fast wieder trocken. Er schwor sich, die Chronik des Lebens nie wieder zu benutzen. Es reichte, wenn er sie vor dem grässlichen Magnus versteckt hielt.

Als Emma fertig war, schüttelte sie den Kopf, und die Wassertropfen flogen in alle Richtungen.

»He, Michael.«

»Ja?«

»Darf ich das Buch mal sehen?«

Michael zögerte nur eine Sekunde. Dann ging er zu seiner Tasche und zog die Chronik heraus, die er neben das Zwergenhandbuch gesteckt hatte. Emma blätterte das Buch Rubyn durch.

»Wo steht mein Name? Ich dachte, du hättest meinen Namen aufgeschrieben.«

»Er ist verschwunden.«

»Und du hast wirklich mit deinem Blut geschrieben?«

»Ja.«

»Wie eklig. Und ist das der Stift?«

»Der Griffel.«

»Oh.«

Emma fuhr mit der Hand über das eingravierte Muster auf dem Einband und gab Michael das Buch zurück. Ohne einen Blick darauf zu werfen, steckte Michael die Chronik des Lebens wieder in seine Tasche und hängte sie sich über die Schulter. Er fühlte das Gewicht gegen seine Hüfte drücken und stieß den Atem aus, den er angehalten hatte.

»Also gehört die Chronik des Lebens dir? So wie die Chronik der Zeit Kate?«

»Sieht so aus.«

»Dann bekomme ich das letzte Buch. Nimm's mir nicht übel, aber ich hoffe, ich muss nicht auch mit meinem Blut reinschreiben. Igitt!«

Michael überlegte, ob er ihr sagen sollte, dass das nächste und letzte Buch die Chronik des Todes war, beschloss dann aber, dass diese Information keine Eile hatte.

»Michael, geht es dir wirklich gut?«

Er betrachtete Emma, der das nasse Haar wirr am Kopf klebte, und dachte: Sie lebt. Egal, welchen Preis ich dafür zahlen musste, das war es wert.

Er sagte: »Ja, mir geht's gut.«

Und er schaffte es sogar, ein kleines, echtes Lächeln hervorzupressen.

»Darf ich dich noch etwas fragen?«

»Klar.«

Da entdeckte Michael einen vertrauten schalkhaften Funken in Emmas Augen und er wappnete sich für das, was jetzt kommen würde.

»Ist diese Prinzessin Wie-heißt-sie-doch-gleich jetzt offiziell deine Freundin?«

»Nein«, sagte Michael fest. »Ganz bestimmt nicht.«

Emma grinste. »Bist du sicher? Weil …«

»Natürlich bin ich nicht seine Freundin!«

Beide wandten sich um und sahen die Elfenprinzessin an der Ecke des Bergfrieds stehen. Sie hatte die Hände in die Hüften gestemmt und funkelte Emma an.

»Ich bin nicht irgendeine Freundin! Zwischen uns ist es ernst!«

»So, so«, sagte Emma und grinste ihren Bruder breit an.

»Ich soll euch zwei Dinge ausrichten«, erklärte Wilamena. »Erstens, das Frühstück ist fertig. Zweitens, im Tal steigt schwarzer Rauch auf. Offensichtlich hat jemand namens Rourke euch ausfindig gemacht.« Sie klatschte fröhlich in die Hände. »Ich hoffe, ihr habt tüchtigen Hunger!«

KAPITEL 16
Nehmt Abschied, Brüder

Kate hatte keine Zeit, etwas zu sagen oder Rafe zu fragen, wie er sie gefunden hatte und wie es ihm gelungen war, sich in Rourke zu verwandeln. Keine Zeit, um zu fragen, warum er gekommen war. Nachdem der Blendzauber, der ihn als den riesenhaften, kahlköpfigen Iren hatte erscheinen lassen, verblasst war, und von unten die Schreie und die trampelnden Stiefelschritte näher kamen, packte Rafe sie an der Hand, und gemeinsam rannten sie die Treppe hinauf, durch eine Tür und hinaus in die Kälte aufs Dach.

Die Nachtluft vertrieb den Rest von Kates Benommenheit, und in diesem Moment, als sie auf den unberührten Schnee schaute und Rafes Hand in ihrer spürte, zögerte sie.

»Was?«, wollte Rafe wissen. »Was ist los?«

Was sollte sie ihm sagen? Dass sie gerade erfahren hatte, dass der grässliche Magnus, ihrer aller Feind, nicht *ein* Mann war, sondern viele? Dass heute Nacht ein neuer Magnus an die Stelle des alten, sterbenden treten würde, und dass er, Rafe, der Auserwählte war?

»Wir müssen weg hier!«

Sie ließ sich von ihm mitziehen.

Als sie die niedrige Brüstung erreichten, die den Rand des Dachs begrenzte, sah Kate, dass das nächste Haus ein ganzes Stockwerk niedriger war als das herrschaftliche Anwesen des grässlichen Magnus. Sie wollte zurückweichen, aber Rafe legte den Arm um ihre Taille und sprang. Sie fielen und fielen und landeten schließlich in einem dicken Kissen aus Schnee. Rafe war im Nu wieder auf den Beinen, zog Kate hoch, und dann rannten sie weiter. Der Schnee war tief und Kate fiel das Laufen mit ihren neuen, hochhackigen Stiefeln und dem engen Kleid schwer, aber Rafe trieb sie an. Sie sprangen über die kleinen Firste zwischen den Hausdächern, wichen Schornsteinen und schneebedeckten Blumenkästen aus. Sie hatten schon den halben Block hinter sich gebracht, als Kate über die Schulter schaute und die dunklen Gestalten von vier Gnomen sah, die sie verfolgten.

»Sie sind …«

»Ich weiß«, sagte Rafe. »Renn weiter!«

Kate sah vor sich das Ende des Häuserblocks und dahinter den Abgrund, der sich über der Straße auftat. Der nasse Schnee zerrte an ihren Füßen und an ihrem Kleid, und sie hörte die stampfenden Schritte der Gnome hinter sich immer näher kommen.

»Da!«, rief Rafe.

Kate schaute, wohin er zeigte, und sie sah vor sich, zur Linken, die lange, dunkle Schlange der Hochbahn. Ihre Gleise führten direkt unterhalb der Häuser. Die Wagen würden sie in wenigen Sekunden erreicht haben. Kate erkannte, was Rafe vorhatte. Aber das war unmöglich, sie hatten keine Chance …

»Schneller!«, schrie Rafe.

Die ersten, mit Schneekappen besetzten Wagen ratterten bereits vorbei.

»Wir können nicht! Die Bahn fährt zu schnell Wir …«

»Spring einfach!«

Dann hatten sie das Ende des Blocks erreicht. Der feste Boden unter ihren Füßen hörte einfach auf. In ihrem Genick hörte sie das Atemgeräusch eines Gnoms, und Rafes Hand fest mit ihren Fingern umklammernd, sprang sie.

Der Abgrund war breiter, als sie gedacht hatte. Es lagen fast zweieinhalb Meter zwischen dem Dach des Gebäudes und der Bahn. Einen Moment lang sausten sie im freien Fall dahin. Kate sah die Tram unter sich hinwegziehen, und hatte Angst, dass sie zwischen den Wagen landen, auf die Gleise fallen und zerquetscht werden würden. Stattdessen schlugen sie mitten auf einem Wagendach auf. Ihre Füße rutschten weg, die Hand des Jungen wurde ihr aus den Fingern gerissen, sie kam hart mit der Hüfte auf und kullerte, von der Wucht des Sturzes getrieben, über den gewölbten Rand des Wagendachs. Zappelnd gelang es ihr, sich an der Kante des Dachs festzuklammern, und so hing sie mitten in der Luft, während die Tram über die Überführung ratterte.

Sie hörte ein schweres Aufklatschen auf einem Wagendach und wusste, dass mindestens ein Gnom ihnen nachgesprungen war. Kate war sich klar darüber, dass sie etwas unternehmen musste, sich hochziehen oder ein Fenster einschlagen, irgendetwas, aber nicht einfach hier hängen. In dem Moment bog die Tram um eine Ecke und Kates eine Hand rutschte ab. Ihr Körper wurde durch die Fliehkraft nach außen getragen und hing nur noch an vier Fingern am Dach. Sie sah unter sich die Straße, die Wagen, die Pferde und die Menschen. Dann fuhr die Bahn wieder geradeaus, und sie schwang zurück und prallte mit voller Wucht gegen die Seite des Waggons. Sie schaute auf und sah Rafe und den Gnom auf dem Wagendach miteinander ringen. Wieder bog die Straßenbahn um eine Kurve, und ein Finger nach dem anderen löste sich. Dann fiel etwas Dunkles, Schweres an ihr vorbei, und im nächsten Moment packte sie jemand am Handgelenk und zog sie hoch.

»Alles klar?«, fragte Rafe. »Bist du verletzt?«

Kate schüttelte den Kopf. Sie war immer noch völlig durcheinander. Sie waren allein auf dem Wagendach. Rafe kniete sich vor sie hin, seine Hände auf ihren Armen. Eine Weile kauerten beide einfach nur da, bis sich ihre hämmernden Herzen beruhigten.

»Scruggs hat mich mit einem Blendzauber belegt, damit ich ins Haus gelangen konnte. Deshalb sah ich anfangs so aus wie Rourke. Aber die Sache mit der Flucht hatte ich mir nicht so richtig überlegt.«

Kate fing an zu zittern und konnte nicht mehr aufhören.

»Warum … warum hast du mich gerettet?« Ihr Haar hatte sich gelöst und wehte wie eine seidige Fahne im Fahrtwind. Sie musste schreien, um über das Rattern und Rumpeln der Bahn hinweg gehört zu werden. »Warum hast du das getan?«

Schneeflocken umtanzten sie. Gebäude zogen rechts und links vorbei. Der Junge schaute sie an. Die Lichter der vorbeihuschenden Fenster blitzten auf seinem Gesicht auf. Er zog seine Jacke aus und legte sie Kate über die Schultern.

»Ich werd's dir sagen«, versprach er, »wenn wir in Sicherheit sind.«

Kate und Rafe fuhren auf dem Wagendach bis in die Innenstadt. In der Nähe der Bowery kletterten sie herunter. Rafe wollte nicht gleich zur Kirche zurückkehren, für den Fall, dass die Gnome ihnen folgten. Kate widersprach nicht, aber ihre Hände waren zu Eisklumpen gefroren und ihre Stirn und ihre Ohren schmerzten vor Kälte.

Während der Fahrt hatten sie geschwiegen. Es wäre zu mühsam gewesen, sich über das Getöse der Bahn, das Rattern der Wagen und das Quietschen der Bremsen Gehör zu verschaffen. Außerdem hätte Kate nicht gewusst, was sie sagen sollte. Jetzt, da die unmittelbare Gefahr vorbei war, musste sie unentwegt daran denken, was sie erfahren hatte und was ihr Wissen bedeutete. War Rafe ihr Feind? Wie viel wusste er? Und was sollte sie bloß tun? Scruggs hatte behauptet, das Buch Emerald hätte sie aus einem bestimmten Grund hierher geführt, aber aus welchem? Sie war verwirrt und wünschte sich, ihre Gedanken ausschalten zu können. Aber jedes Mal, wenn sie Rafe in die Augen blickte, wurde sie wieder an die milchigen Augen des grässlichen Magnus erinnert, die in jenem letzten Moment smaragdgrün geleuchtet hatten. Und schon wirbelten ihre Gedanken wieder durcheinander.

Als sie vom Wagen geklettert waren, sagte Rafe: »Du brauchst einen Mantel. Dieses Kleid ist viel zu auffällig.«

Die Geschäfte waren entweder schon zu oder im Schließen

begriffen. Schließlich war es Silvesterabend. Aber Rafe ergatterte trotzdem einen langen Wollmantel, der Kate bis unter die Knie reichte und sie sowohl wärmte als auch ihr Kleid vor neugierigen Blicke verbarg.

Zurück in der Bowery, hatte Kate das merkwürdige Gefühl, als würde sich ein Kreis schließen. Hier war sie vor zwei Tagen angekommen, und jetzt war sie wieder da, diesmal mit Rafe. Sie ahnte, dass sich die Dinge dem Ende näherten, aber sie wusste immer noch nicht, was sie tun sollte.

Während sie nebeneinander her gingen, bemerkte Kate zum ersten Mal, dass fast jedes zweite hell erleuchtete Gebäude entweder ein Casino, ein Theater oder einen Tanzpalast beherbergte. Lautes Gelächter und Musik drangen auf die Straße, und überall in den Schaufenstern hingen Schilder mit der Aufschrift: *Willkommen im nächsten Jahrhundert!* Männer und Frauen, fröhlich Arm in Arm, hüpften und tanzten singend vorbei.

Rafe blieb mitten auf der Straße stehen und schaute sich um.

»In ein paar Stunden wird keiner von ihnen sich daran erinnern, dass die Magie wirklich existiert. Irgendwie finde ich das nicht richtig. Nach allem, was sie uns angetan haben.«

Kate erschauerte und zog ihren Mantel enger um sich. Der Junge blickte sie an.

»Hast du seit dem Mittag irgendwas gegessen? Du musst ja halb verhungert sein!«

Er wollte weitergehen, aber sie hielt ihn fest.

»Du hast mich gerettet, weil du mich kennst, stimmt's? Weil wir uns schon früher begegnet sind. Wie …?«

»Keine Angst, ich erzähle es dir. Ich hab's doch versprochen.«

Ihnen kam ein Mädchen entgegen, das heiße Maiskolben verkaufte. In den Enden der dampfenden gelben Köstlichkeiten, die das Mädchen in einem Bauchladen vor sich hertrug, steckten kleine Holzspieße. Rafe kaufte für jeden von ihnen einen, und sie aßen, während sie durch das Labyrinth aus Straßen gingen, wobei sie immer wieder Gruppen von ausgelassen Feiernden ausweichen mussten. Der Maiskolben schmeckte Kate noch besser als die Kartoffel, die sie an jenem ersten Tag mit Jacke und Beetles geteilt hatte. Als sie fertig gegessen hatte, kaufte Rafe noch einen Becher heißen Apfelwein. Sie kauerten sich neben dem Karren des Apfelweinverkäufers eng aneinander und schlürften abwechselnd das heiße, mit Gewürzen versehene Getränk.

»Bist du ihm begegnet?«

Kate schaute Rafe an, aber der Junge hatte das Gesicht über den dampfenden Becher gesenkt. Sie wusste, wen er meinte, fragte aber trotzdem: »Wem?«

»Dem Mann, der die Gnome befehligt.«

Kates Stimme klang hohl: »Ja, ich bin ihm begegnet.«

»Wie lautet sein Name?«

»Ich… ich weiß nicht. Man nennt ihn den grässlichen Magnus.«

»Hat er etwas über mich gesagt?«

Kate war, als würden alle Geräusche aus den Spielhallen und Theatern ersterben. Sie hörte nur noch das laute Hämmern ihres eigenen Herzens.

»Er hat deinen Namen nicht erwähnt.«

Das war zumindest keine Lüge. Aber dennoch hatte Kate

das Gefühl, dass ihr die Dinge aus der Hand glitten, dass sie weder begriff, was geschah, noch einen Einfluss darauf hatte.

Der Junge nickte. »Du willst also wissen, woher ich dich kenne?«

»Ja.«

»Dann komm mit. Ich muss dir etwas zeigen.«

Sie bogen in die nächste Straße ein und durchquerten ein dichtes Gewirr aus Gässchen. Kate fielen die Zwerge auf, die Kobolde sowie die in Umhänge gehüllten Männer und Frauen. Sie merkte, dass sie das magische Viertel betreten hatten. Dann, in einer schmalen, stockdunklen Straße, bog Rafe in eine Gasse ein und führte sie zu einem dreistöckigen Mietshaus. Unter der Feuerleiter blieb er stehen, griff nach oben, packte die Leiter und zog sie nach unten. Er löste eine kleine Lawine aus frisch gefallenem Schnee aus, wovon das meiste auf seinem Kopf landete. Kate lachte; sie konnte nicht anders.

»Ja«, sagte der Junge und lächelte. »Daran hätte ich eigentlich denken sollen.«

Er schüttelte sich wie ein Hund und der Schnee flog nach allen Seiten. Doch noch geraume Zeit danach war sein dunkles Haar weiß gesprenkelt, wie das eines alten Mannes. Sie stiegen aufs Dach und er führte sie zu der Seite des Gebäudes, die auf die Straße hinausging. Er fegte den Schnee von der niedrigen Mauer, sodass sie sich dagegen lehnen konnten. Die Musik und das Gelächter aus den Vergnügungsetablissements klangen gedämpft und weit entfernt. Rafe deutete auf etwas.

»Siehst du das Gebäude gegenüber? Das Fenster im dritten Stock, ganz links. Warte, gleich geht das Licht an.«

Kate wartete. Es war kalt auf dem Dach und sie fühlte die Schulter des Jungen an ihrer eigenen.

»Da«, sagte er leise. Kate hörte, wie er den angehaltenen Atem ausstieß. Sie sah Licht in dem Fenster und eine alte Frau, die in der Wohnung herumging.

»Da haben meine Mutter und ich gelebt. Wir sind dort eingezogen, eine Woche, nachdem wir nach New York gekommen waren. Ich war noch ein Baby und mein Vater bereits gestorben. Deshalb sind wir hierher gekommen. Sie hat unseren Lebensunterhalt als Seherin verdient.«

»Was ist eine Seherin?«, fragte Kate. Sie hatte die Hände zu Fäusten geballt und tief in die Taschen des Mantels gestopft. Sie wandte den Kopf und blickte ihn an. Rafes Augen funkelten im Schein der Straßenlaternen. Der Rest seines Gesichts lag im Schatten.

»Sie konnte Dinge sehen, die nicht da waren. Sie nahm eine Schale mit Wasser, goss etwas Öl hinein, und dann sah sie, was immer man zu sehen wünschte, egal, wie weit entfernt es war. Die Leute bezahlten sie, damit sie ihnen Dinge zeigte. Manchmal war es ein kostbarer Gegenstand, den sie verlegt oder verloren hatten, ein Ring oder eine Uhr. Aber häufiger kamen Menschen zu ihr, die gerade nach New York gekommen waren und die ihre Lieben in der alten Heimat sehen wollten, ihre Eltern oder ihre Geschwister. Manchmal kamen auch Eltern, die ihre Kinder zurücklassen mussten und sie aufwachsen sehen wollten. Meine Mutter zeigte es ihnen. Sie tat es für jeden, für magische Wesen und normale Menschen. Und alle liebten sie deswegen. Unsere Wohnung bestand nur aus einem Raum. Ich war immer da, hinter einer Decke, die mein Bett verbarg, und ich sah sie alle, die

Männer und Frauen, die weinten und sie umarmten. Sie hat niemals viel Geld verlangt, nur so viel, dass wir davon leben konnten.«

»Wer wohnt jetzt dort?«

»Niemand. Ich selbst bezahle die Miete. Die alte Frau wohnt einen Stock tiefer. Sie geht jeden Abend nach oben und schaltet das Licht ein.«

Und du kommst her und schaust durch das Fenster, dachte Kate, und stellst dir vor, deine Mutter wäre noch am Leben.

Dann sagte er noch einmal, diesmal ganz leise: »Alle liebten sie.«

Kate wusste, dass er von sich selbst sprach.

Beide schwiegen. Kate spürte, dass der Junge sich sammelte, um ihr seine Geschichte zu erzählen. Sie wollte ihn nicht drängen. Dann begann er unvermittelt zu sprechen.

»Eines Abends kam ein Mann in unsere Wohnung. Er sagte, er wolle seine Frau sehen. Ich weiß noch, dass er sein ganzes Geld auf den Tisch warf. Er war betrunken und beschimpfte seine Frau. *Zeig sie mir!*, verlangte er von meiner Mutter. *Sie versteckt sich! Zeig sie mir!*

Ich saß hinter der Decke auf meinem Bett und schaute zu, wie meine Mutter die Schale holte, das Öl hineingoss und eine Kerze anzündete. Und dann sagte sie dem Mann, sie bräuchte etwas von seiner Frau, eine Haarlocke oder etwas, das ihr gehörte. Der Mann lachte, griff in seine Tasche und warf einen Silberring auf den Tisch. Es war ein Ehering. Ich sah, wie meine Mutter ihn nahm und ganz still wurde. Richtig still, weißt du? Sie legte den Ring in die Schale und ich sah, wie sie etwas flüsterte und sich konzentrierte. Der Mann atmete schwer und laut. Und dann fing er an, Fragen zu stellen: *Was sehen Sie? Wo ist sie? Wo versteckt sie sich?* Meine Mutter schwieg lange Zeit. Dann schaute sie von der Schale auf und fragte: *Haben Sie ihr das angetan?* Der Mann fing an zu fluchen, nannte sie *magischen Abschaum* und meinte, es ginge sie nichts an, und wenn sie nicht wollte, dass er dasselbe mit ihr anstellte, sollte sie ihm sagen, wo seine Frau war. Meine Mutter nahm die Schale mit Wasser, schüttete sie zu seinen Füßen aus und befahl ihm zu verschwinden.«

Rafe verstummte. Sein Blick war immer noch auf das erleuchtete Fenster gegenüber gerichtet.

»Er schlug sie zu Boden. Ich stürzte hinter der Decke hervor, schrie den Mann an und prügelte auf ihn ein. Ich hörte, wie meine Mutter schrie, ich solle mich verstecken. Dann schlug mich der Mann, und mein Kopf prallte gegen die Wand, und alles wurde schwarz. Als ich aufwachte, war es ganz still. Ich lag auf dem Boden neben meiner Mutter. Sie war tot.«

Kate starrte den Jungen fassungslos an. Sie konnte nicht glauben, was er durchgemacht hatte. Es war, als würde ihr das Herz brechen bei dem Gedanken an seinen Schmerz. Rafe sprach weiter; noch war seine Geschichte nicht zu Ende.

»Sie haben meine Mutter in einem Armengrab verscharrt. Als ich von der Beerdigung kam, wollten mich die Leute in ein Heim stecken. Aber ich bin weggelaufen. Ich wusste nämlich, wer der Mann war. Ihm gehörte eine Metzgerei ein paar Blocks die Straße hinunter. Niemand hatte ihn verhaftet oder angeklagt. Es waren ja alles gewöhnliche Menschen, er, die Polizisten, die Nachbarn… In der Nacht nach der Beerdigung schleiche ich mich also in seinen Laden, und als er am nächsten Morgen hereinkommt, nehme ich eins der

Fleischermesser und steche es ihm mitten ins Herz. Man hat mich dabei gesehen und verfolgt. Miss B hat mich gerettet.«

Er schwieg und die Stadt ringsum lag still.

»Die Sache ist die: Meine Mutter hat mir immer erzählt, dass mich ein besonderes Schicksal erwarten würde. Sie sagte: *Wenn du älter bist, musst du eine Wahl treffen*. Das sagte sie immer: *Du musst wählen*. Dann starb sie und Jahre später hatte ich diesen Traum. Ich sah eine Person. Der Traum kehrte wieder, immer wieder. Ich wusste nicht, was er zu bedeuten hatte und ging damit zu dieser Hexe. Sie ist noch jung, aber sehr mächtig. Sie kann Dinge sehen, wie meine Mutter. Sie sagte mir, dass die Person in meinem Traum mir eröffnen würde, wer ich bin und was mein Schicksal sein wird.«

Er schaute Kate an.

»Das warst du in meinem Traum. Deshalb habe ich dich erkannt.«

Ihrer beider Gesichter waren nur wenige Zentimeter voneinander entfernt. Kate konnte sich nicht rühren.

»Aber sie sagte mir auch«, fuhr der Junge fort, »dass du sterben würdest, sobald ich die Wahrheit erkannt hätte. Das ist der Grund, warum du gehen musst. Versprich es mir. Versprich mir, dass du die Stadt morgen verlässt. Geh nach Norden oder wohin immer du willst. Aber geh weg. Versprich es mir.«

Dann griff er in seine Tasche und zog etwas heraus. Kate sah, dass es das Medaillon ihrer Mutter war, und nicht nur das: Es hing an einer Goldkette. Es war die Goldkette ihrer Mutter. Kate wurde klar, dass er den alten Mann aufgespürt haben musste, der ihr den Mantel verkauft hatte. Ihr Herz wurde eng, als sie den Verschluss hinter ihrem Nacken einhakte.

»So, jetzt hast du alles. Nun musst du gehen.«

Sie stiegen die Feuerleiter nach unten und gingen durch die Straßen. Kate nahm an, dass sie auf dem Weg zur Kirche waren, fragte aber nicht nach. Ihre Hände fanden zueinander, aber ob nun er ihre Hand genommen hatte oder sie seine, hätte sie nicht sagen können.

Sie sprachen kein Wort. Es schneite wieder.

Drei Blocks weiter stolperten plötzlich die Feiernden einer Silvesterparty auf die Straße. Tänzer und Musikanten umringten den Jungen und das Mädchen. Die Musikanten fingen an zu spielen und die Menge tanzte munter drauflos.

Rafe wandte sich ihr zu. Kate hatte noch nie mit einem Jungen getanzt, und sie wusste nicht, was sie tun sollte. Wortlos legte Rafe einen Arm um ihre Taille, nahm ihre freie Hand in seine und drehte sich mit ihr langsam auf der schneebedeckten Straße im Kreis. Sie fühlte, wie sich seine Finger mit ihren verschränkten, und es dauerte nicht lange, da ruhte ihr Kopf an seiner Schulter. Sie glaubte, seinen Herzschlag an ihrer Brust zu fühlen.

Kate wünschte, dass sie die Magie in sich heraufbeschwören und die Zeit anhalten könnte.

Hier könnte ich leben, dachte sie, für immer. Hier in diesem Moment.

Das Lied ging zu Ende. Die Musikanten setzten zu einem neuen an, aber Kate und Rafe verharrten still inmitten der Tanzenden. Irgendwann schmeckte Kate Salz auf ihrer Zunge und merkte, dass sie weinte.

Rafe machte einen Schritt zurück. »Was ist los? Was ist denn?«

Sie starrte ihn an. Er hatte die Augen des Feindes, aber er war nicht ihr Feind. Er konnte es nicht sein!

»Es geht um ihn, nicht wahr? Um den grässlichen Magnus. Sag's mir. Bitte. Wovor hast du Angst? Es muss nicht geschehen, weißt du? Wir können alles verändern.«

Kate nickte. Sie musste es ihm sagen. Er hatte ein Recht darauf, es zu erfahren. Und vielleicht, vielleicht –

»Rafe!«

Eine kleine Gestalt schob sich durch die Menge der Tänzer. Es war Beetles. Sein Gesicht war gerötet und schreckverzerrt.

»Du musst kommen! Du musst unbedingt kommen! Sie brennen die Kirche nieder!«

KAPITEL 17
Die Geisel

Der Rauch stieg in einer dicken Säule hinter der Biegung des Tals auf. Es war nichts zu hören, alles lag still. Selbst die Vögel waren verstummt. Michael stand mit seiner Schwester und Gabriel auf dem zerschmetterten Turm.

»Woher sollen wir wissen, ob er es wirklich ist?«, fragte Emma. »Vielleicht hat da nur jemand vergessen, sein … nun, sein Lagerfeuer auszumachen.«

Gabriel sagte nichts, sondern starrte weiter hinaus über das Tal.

»Da bin ich!«

Sie drehten sich um und sahen Wilamena auf dem obersten Treppenabsatz auftauchen. Ihre Wangen waren vom Aufstieg gerötet und leuchteten wie zwei weiche, rosige Pfirsiche …

Hör auf damit!, befahl sich Michael.

Die Elfenprinzessin schleppte eine große, flache Tonschale und einen kleinen Krug, und über ihrer Schulter hing ein

Wasserschlauch. Sie kniete sich auf den Absatz und stellte die Schale vorsichtig ab.

»Das ist Xanbertis Spähschale. Damit können wir sehen, was sich durch das Tal nähert.«

Sie goss ein wenig Wasser aus dem Schlauch in die Schale, zog den Stopfen heraus, mit dem der Krug verschlossen war, und träufelte etwas Öl auf das Wasser.

»Tretet näher.«

Gabriel und die Kinder knieten sich im Kreis um die Schale. Michael fühlte, wie Wilamena ihre Hand in seine schob. Er wollte protestieren, ließ es dann aber doch sein.

Es dauerte nicht lange, da erschien ein Bild in der Schale. Es war klar und deutlich, aber es kräuselte sich leicht, als ob man auf dem Grund eines Schwimmbeckens fernsehen würde.

Emma keuchte auf. »Kreischer! Und so viele!«

Sie blickten auf eine Szene im Wald: Unzählige schwarz gekleidete Kreaturen mit Schwertern und Armbrüsten marschierten rasch im Dämmerlicht der mächtigen Bäumen. Es war ein angsteinflößender Anblick, aber es kam noch schlimmer: Die Kreischer waren nicht allein.

»Was ist das für ein Ding?«

Michael deutete auf eines der gedrungenen, kräftigen Wesen neben den Morum Cadi. Es hatte ledrige Haut und trug einen mächtigen Morgenstern mit Eisenspitzen. Aus dem Unterkiefer ragten kurze, gelbe Reißzähne.

»Das sind Gnome«, sagte Gabriel. »Fußsoldaten des grässlichen Magnus. Ich hatte früher schon mit ihnen zu tun.«

»Das bedeutet, dass er eine ganze Menge von ihnen kaltgemacht hat«, sagte Emma großspurig.

Michael beachtete sie nicht, sondern fragte: »Seit wann sind sie schon hier? Sie müssen während der Nacht ins Tal gekommen sein.«

Gabriel wandte sich an Wilamena: »Zeig uns, woher der Rauch kommt.«

Wilamena träufelte noch mehr Öl ins Wasser. Das Bild vor ihren Augen löste sich auf und ein neues trat an seine Stelle. Zunächst erkannten sie nur einen großen, hellen Schemen. Dann wurde das Bild scharf; Emma schrie und sprang auf.

»Das ist er!« Sie deutete auf den kahlköpfigen Mann, dessen Gesicht jetzt die Schale ausfüllte. »Das ist der Kerl, gegen den Dr. Pym in Malpesa gekämpft hat!«

»Also ist es tatsächlich Rourke«, sagte Gabriel. In seiner Stimme lag eine merkwürdige Endgültigkeit, als ob jede Möglichkeit und jede Hoffnung dahin waren. »Können wir noch mehr sehen?«

Die Elfenprinzessin bewegte ihre Hand über die Schale, und es war, als ob sich jemand mit der Kamera rückwärts bewegte. Das Bild wich in den Hintergrund zurück, und man sah nun Rourke auf derselben Lichtung stehen, wo am Abend zuvor die Elfen getanzt hatten. Und hinter ihm, wo die Eisfigur gestanden hatte, erhob sich eine Art Torbogen, der aus frisch gefällten Bäumen gezimmert worden war. Er war etwa viereinhalb Meter hoch und drei Meter breit. Flammen leckten an der Holzkonstruktion und sandten mächtige Rauchwolken in den Himmel.

»Schaut«, sagte Michael, »seht ihr das …?«

Zu zweit und zu dritt traten Gnome und Kreischer aus dem brennenden Torbogen auf die Lichtung. Aber das Merkwürdigste daran war, dass die Kreaturen nicht von einer Seite des

Torbogens auf die andere gingen, sondern aus dem Nichts unter den Balken aufzutauchen scheinen, als würden sie aus einem unsichtbaren Raum treten.

»Rourke hat ein Portal erschaffen«, erklärte Gabriel. »Er hatte vermutlich nur eine kleine Gruppe Gefolgsleute dabei, als er hierher kam. Mit Hilfe dieses Portals kann er den Rest seiner Armee herbeiholen.«

»Na gut, er hat also eine Armee«, sagte Emma. »Na und? Wir müssen einfach …« Sie schaute Gabriel an. »Was *machen* wir jetzt?«

Gabriel wandte sich an Wilamena: »Wie viele Wege aus dem Tal hinaus gibt es?«

»Nur einen. Durch die Drachenhöhle im Berg.«

Mit anderen Worten, dachte Michael, wir sitzen hier in der Falle. Rourkes Armee versperrte ihnen den einzigen Ausweg.

Gabriel fragte die Prinzessin, ob sie von den Elfen Hilfe erwarten konnten, aber das wusste Wilamena nicht.

»Ich habe im Morgengrauen ein Signalfeuer entzündet, als Zeichen, dass der Fluch von mir genommen wurde. Sie werden zu uns kommen, aber dazu müssen sie an diesen Ungeheuern vorbei.«

Emma hatte sich wieder hingekniet, und Michael spürte, wie sich ihre Finger in seine Hand schoben. Er schloss die Augen und stellte sich vor, dass es Kate war, die seine linke Hand hielt, nicht Wilamena, und dass seine beiden Schwestern bei ihm waren.

Wir schaffen das, dachte er. Ich bringe uns hier raus. Ich habe keine andere Wahl.

»Wenn Rourke hier ist«, sagte Gabriel, und Michael öffnete die Augen; der große Mann starrte auf die Säule aus schwarzem Rauch, »dann ist Dr. Pym nicht mehr weit. Lasst uns hoffen, dass er oder die Elfen rechtzeitig eintreffen, um uns zu helfen.«

»Aber es muss doch etwas geben, was wir tun können«, sagte Michael. »Ich meine … oder nicht?«

Gabriel schaute ihn an. »Doch. Du kannst frühstücken.«

Obwohl sie behaupteten, keinen Hunger zu haben, saßen Michael und Emma fünf Minuten später in dem kleinen Gebäude am Fuß der Festungsmauer, das als Küche diente, und schaufelten Schalen voller Eintopf in sich hinein. »Was immer heute auch geschehen mag«, hatte Gabriel gesagt, »ihr braucht all eure Kraft.« Und nachdem sie einmal angefangen hatten, den Eintopf zu essen, den Gabriel am offenen Feuer zubereitet hatte, merkten die Kinder, dass sie halb verhungert waren. Abgesehen von der kärglichen Mahlzeit aus Salami, Käse und Brot gestern, hatten Michael und Emma seit dem Frühstück in dem Außenposten am Rand der Antarktis keine anständige Mahlzeit mehr zu sich genommen. Und das schien schon Ewigkeiten her zu sein. Außerdem war der Eintopf köstlich. Gabriel hatte im Vorratsraum eine große Auswahl an frischem Gemüse vorgefunden, das dank der magischen Fruchtbarkeit der Erde in diesem Tal riesenhafte Dimensionen hatte.

Während Michael und Emma sich über ihr Essen hermachten, überprüfte Gabriel die Festungsanlage auf ihre Sicherheit. Michael dachte über den Wächter nach. Als er und Emma durch den Bergfried gegangen waren, hatte der Mann nicht aufgeschaut, aber immer noch klangen seine Worte in Michaels Ohren: »Du bist nicht der wahre Hüter!«

Emma senkte plötzlich ihre Schale und stieß einen Rülpser

aus, der aus der Kehle einer riesigen, prähistorischen Kröte zu kommen schien. Er hallte in dem Raum wider. Die Kinder sahen einander an. Emma war genauso peinlich berührt wie Michael.

»Entschuldige.«

»Schon gut.«

»Aber der war nicht schlecht, oder?«

Dann hörten sie Wilamena rufen: »Liebster Hasi und Schwesterchen! Kommt schnell!« Sie ließen ihre Schalen fallen und rannten hinaus.

Draußen auf dem Hof der Festung knieten vierzig Elfen in Reih und Glied vor ihrer Prinzessin. Gabriel stand neben Wilamena. Das Erste, was Michael und Emma an den Elfen auffiel – abgesehen von der Tatsache, dass sie alle umwerfend gut aussahen – war, dass sie nicht, wie die Elfen, die sie am Vortag auf der Lichtung gesehen hatten, wie Dandys aus dem vorigen Jahrhundert gekleidet waren. Diese Elfen sahen aus, als wären sie einem Märchen entsprungen: weiche Lederstiefel, weite Hemden, bestickte Waffenröcke, Kettenhemden und Umhänge mit Kapuzen aus grünem und braunem Tuch. Sie alle trugen Schwerter an der Hüfte und auf ihren Rücken ruhten hölzerne Bögen und Köcher mit Pfeilen.

Ein Elf stand vor den anderen. Er hatte dunkle, schulterlange Haare, sehr helle Haut und die blauesten Augen, die Michael und Emma je gesehen hatten. Seine Augen waren so blau, dass die Kinder ihre Vorstellung von dieser Farbe neu überdenken mussten, als ob alles, was ihnen früher blau erschienen war, eine neue Bezeichnung verdiente, wie »nicht ganz blau« oder »fast blau« oder »ansatzweise blau«.

»Und mein Vater ist wohlauf?«, fragte Wilamena.

»Er vermisst Euch«, antwortete der blauäugige Elf.

»Sagt mir, Hauptmann, in welchem Zustand befindet sich sein Haar?«

»Seit Eurer Gefangennahme hat es etwas an Glanz eingebüßt, aber ich bin mir sicher, dass es in alter Pracht und Herrlichkeit erstrahlen wird, wenn Ihr erst wieder zu Hause seid.«

»Der Ärmste. Hoffen wir das Beste.«

Die Elfenprinzessin wandte sich zu Michael und Emma. Ihr Lächeln war strahlend, musste Michael zugeben, und ausnahmsweise tadelte er sich nicht für diesen Gedanken.

»Ich sagte euch ja, dass meine Leute kommen würden. Dies ist Hauptmann Anton, der Kommandant der königlichen Wache. Hauptmann, Eure Männer dürfen sich erheben.«

Der blauäugige Elf gab den Befehl, und die Elfen sprangen auf.

Wilamena legte Michael die Hand auf die Schulter. »Und dies ist der furchtlose Ritter, der mich erlöst hat. Ihm verdanke ich mein Leben und meine Freiheit.«

Der Elfenhauptmann verbeugte sich vor Michael. »Ihr habt uns die Sonne zurückgegeben. Dank Euch leben wir nicht länger in Dunkelheit, Sir ...«

»Hasi«, sagte die Elfenprinzessin.

»Ähm«, sagte Michael, »eigentlich heiße ich ...«

»Ein Hoch auf Sir Hasi!«, rief der Hauptmann.

»Ach, vergesst es einfach«, brummelte Michael.

Aber er stand stramm, während vierzig Elfen den tapferen Sir Hasi hochleben ließen. Emma krähte begeistert und schadenfroh mit.

Danach hoben etliche Elfensoldaten die Hände und baten um Erlaubnis, sprechen zu dürfen. Wilamena erteilte sie ihnen und ließ sich in der Folge von den Soldaten mit Komplimenten überhäufen.

»Eure Augen strahlen wie Sterne. Sie funkeln wie der Andromeda-Nebel im Dunkel des Alls. Verglichen mit ihnen sind Diamanten nichts weiter als Kohlenstücke.«

»Der Schwung Eures Kinns ist vollkommen und drückt sowohl Eure unerschütterliche Willensstärke als auch Eure unermessliche Gnade aus. Und Eure Grübchen sind anbetungswürdig!«

»Ich habe eine Ode an die Linie Eures Fußes gedichtet: *Oh göttlicher Fuß …*«

Irgendwann machte Gabriel dem ein Ende und fragte den Hauptmann, was er ihnen über Rourke und die Armee aus Monstern im Tal sagen konnte.

Das hübsche Gesicht des Elfenhauptmanns verzog sich zu einer grimmigen Grimasse – sofern das möglich war.

»Sehr wenig. Wir marschierten auf der anderen Seite des Flusses und haben nur einen fauligen Gestank wahrgenommen. Wer ist dieser Rourke? Und was will er?«

»Er will diese beiden Kinder«, sagte Gabriel, »und das Buch, das Xanbertis bewachte.«

Dann sprach Wilamena, und schlug einen königlichen Ton an, den Michael ihr gar nicht zugetraut hätte. »Sir Hasi hat mir das Leben gerettet, und nun haben wir die Gelegenheit, es ihm und seiner Schwester zu vergelten. Seien wir dankbar, dass uns dies vergönnt ist.«

Der Elfenhauptmann verneigte sich. »Wir sind bereit, für Euch und Sir Hasi unser Leben zu geben.«

Gabriel fragte, ob sie mit Verstärkung rechnen konnten.

Der Hauptmann schüttelte den Kopf. »Wir haben nicht

mit Krieg gerechnet, sondern sind lediglich eine Abordnung, um die Prinzessin nach Hause zu geleiten. Unser ganzes Volk ist mit den Vorbereitungen für die Heimkehr Ihrer Königlichen Hoheit beschäftigt. Selbst wenn wir ein Signalfeuer entzündeten, würde es vermutlich nicht gesehen werden.«

»Tut es trotzdem«, sagte Gabriel. »Die Hoffnung, Hilfe zu erhalten, ist immerhin besser als nichts. Und wir haben jede Unterstützung nötig, die wir bekommen können.«

Michael und Emma wurden beauftragt, die Wasservorräte der Festung zu erkunden. Sie fanden vier große Fässer mit Wasser, wobei in einem davon ein Haufen Schlamm und Blätterreste schwammen.

Als er und Emma zurückkamen, um im Hof Bericht zu erstatten, waren die Vorbereitungen für die Verteidigung in vollem Gange. Elfensoldaten besserten die Lücken in der Wehrmauer aus. Andere Elfen spitzten mit langen Messern ihre Pfeile und stellten dicke Pfeilbündel entlang der Mauer auf. Eine weitere Gruppe verstärkte das Haupttor der Festung mit dicken Holzbalken. In der Schmiede war ein Feuer entzündet worden und ein Elf hämmerte klingend auf einem Amboss. Es war nicht weiter überraschend, dass die Elfen bei der Arbeit sangen. Michael konnte die Worte verstehen und der Inhalt des Liedes gefiel ihm nicht besonders.

»Oh, was für ein Tag für einen Kampf;
es mag unser letzter sein!
Die Armee der Monster rückt näher,
tra-la-la-la-la-la.

Wir kämpfen für unsere Prinzessin
und ihren tapferen, liebsten Hasi …

»Ich habe es selbst geschrieben«, sagte Wilamena und hüpfte leichtfüßig auf sie zu. »Als mir nichts mehr einfiel, schrieb ich einfach *tra-la-la.* Es gibt eine ganze Strophe über deine Nase und wie großzügig ich doch bin, weil ich mich nicht daran störe.«

»Na toll«, sagte Michael.

»Warum sind sie denn anders gekleidet als die Elfen, die wir letzte Nacht sahen?«, fragte Emma.

»Ach, was bist du lustig! Du kannst doch nicht erwarten, dass wir uns jeden Tag gleich anziehen! Wir sind doch keine Zwerge!«

»Hör mal …«, setzte Michael an, dessen Geduld jetzt am Ende war.

Aber in diesem Moment ertönte ein tiefes Rumpeln und die Erde unter ihren Füßen erzitterte. Unwillkürlich klammerten sich Michael und Emma aneinander, und Gabriel, der die Arbeit am Haupttor beaufsichtigt hatte, eilte zu ihnen.

»Ist das …«, stammelte Michael, »… ist das Rourke?«

»Nein«, sagte Gabriel. »Das ist etwas anderes.«

Sie drehten sich um. Aus dem Krater des Vulkans erhob sich eine schwarze Rauchwolke.

»Das ist nicht gut, oder?«, sagte Emma.

»Glaubst du, es liegt daran, dass wir die Chronik aus der Lava geholt haben?«, fragte Michael. »Was, wenn sie den Vulkan ruhig gehalten hat?«

»Falls es so ist, können wir es jetzt nicht mehr ändern«, antwortete Gabriel. »Kommt mit.«

Er ging voraus zu einer Leiter, und die Kinder und Wilamena kletterten hinter ihm auf den Wehrgang, wo Hauptmann Anton stand und den Waldrand beobachtete.

»Sie sammeln sich hinter der Baumlinie«, sagte er.

Michael bewunderte den scharfen Blick des Elfenhauptmanns. Er konnte am Waldrand nur dunkle Schemen erkennen.

Gabriel sagte: »Jetzt dauert es nicht mehr lang.«

Der Gesang verstummte. Die Elfen nahmen ihre Kampfpositionen ein. Bald darauf war alles ruhig, bis auf das stetige Hämmern in der Schmiede. Michael blickte sich um. Rechts und links von ihm hatten die Elfen entlang der Wehrmauer Aufstellung genommen. Sie alle schauten ruhig und gelassen in Richtung Wald, die Bögen in den Händen, die vollen Köcher auf dem Rücken. Michael kam sich plötzlich klein und gemein vor, weil er immer nur schlecht über die Elfen gedacht und gesprochen hatte. Es stimmte, sie waren eitel, kindisch und verbrachten viel Zeit mit Äußerlichkeiten, aber Michael war sich darüber im Klaren, dass jeder einzelne Elf in dieser Festung für ihn und seine Schwester sterben würde. Und bevor der Tag zu Ende war, würden einige von ihnen vielleicht tatsächlich ihr Leben gelassen haben.

»Da«, sagte Anton.

Michael blickte wieder zum Waldrand und sah, was sich dort bewegte.

Er versuchte zu schlucken, aber es war, als wäre seine Kehle voller Sägemehl.

»Das sind ziemlich viele, oder?«, ließ sich Emma vernehmen.

»Ja«, krächzte Michael, »ziemlich … viele.«

Rourkes Armee ergoss sich wie eine schwarze Flut aus dem Wald. Sie war schier endlos. Es kamen immer mehr Kreaturen. Michael versuchte, sie zu zählen, aber es waren einfach zu viele, und immer noch strömten neue Kreischer und Gnome auf den Vulkan zu. Es dauerte nicht lange und die ganze Ebene vom Fuß des Vulkans bis zum Wald war ein einziges Gewimmel aus mörderischen Monstern.

Das war's, dachte Michael. Wir sind erledigt.

Laut sagte er: »Wir … schaffen das.«

Und als Michael schon dachte, die Armee des Feindes würde überhaupt kein Ende nehmen, dass immer noch Kreischer und Gnome nachrücken würden, wenn die vorderste Linie der Armee längst die Festungsmauer erreicht hätte, da tauchte endlich Rourkes Nachhut zwischen den Bäumen auf.

»Trolle.« Der Elfenhauptmann spie das Wort förmlich aus.

Drei riesige, grauhäutige Kreaturen stapften ungelenk auf die Ebene und fielen in einen schaukelnden Trott, wobei sie Knüppel schwangen, die so lang waren wie Baumstämme.

»Na großartig«, sagte Emma, »als ob es nicht ohnehin schon schlimm genug wäre.«

Als die Ersten über die Felsen am Fuß des Vulkans kletterten, setzte das Kreischen aus den Kehlen Hunderter Morum Cadi ein. Die Schreie erhoben sich in einem entsetzlichen Chor, hallten von den Felswänden wider und wurden von dort zu den Verteidigern der Festung zurückgeworfen. Die Luft erzitterte; es wurde dunkel und Michael hatte ein Gefühl, als würden ihm Herz und Lunge zerquetscht.

Da hörte er Emma flüstern: »Es ist nicht wirklich … Es kann mir nichts tun … Es ist nicht wirklich …« Er fiel in ihre

Beschwörung mit ein. Der Schmerz verging und er konnte wieder atmen.

Neben ihnen blitzte etwas auf. Gabriel hatte seine Machete gezogen und machte sich für den Kampf bereit. Der Elfenhauptmann gab einen Befehl und die Elfen entlang der Wehrmauer legten Pfeile an ihre Sehnen.

Die schwarze Horde schob sich den Hang hinauf. Sie waren mittlerweile so nah, dass Michael die gezackten Schwerter der Kreischer sehen konnte und das gelbe Glühen in ihren Augen.

»Ihr beide«, setzte Gabriel an, »geht …«

Aber bevor er sie wegschicken konnte, blieb die ganze Armee etwa fünfzig Meter von der Festung entfernt stehen. Das Kreischen ging weiter. Michaels Blick wanderte über die zerfetzten Uniformen der Morum Cadi, ihre verfaulenden grünen Körper, die kleinen, hasserfüllten Augen der Gnome.

Warum griffen sie nicht an?

Warum befahl der Elfenhauptmann seinen Leuten nicht, das Feuer zu eröffnen?

Angreifer und Verteidiger schienen auf etwas zu warten. Aber worauf?

Die Antwort trat in Form einer einsamen Gestalt auf, die über die Ebene geschlendert kam. Selbst aus dieser Entfernung war Rourkes in der Sonne glänzender Schädel unverkennbar. Kreischer und Gnome wichen beiseite und machten eine Gasse für ihn frei. Mit langen, sicheren Schritten stieg Rourke den Hang des Vulkans hinauf. Im Näherkommen sah Michael, dass der riesenhafte Mann eine Art Uniform trug, augenscheinlich eine altmodische Kavallerie-Uniform: hohe Lederstiefel, weit geschnittene Reiterhosen, ein khakifarbenes Hemd mit goldenen Litzen an den Schultern. In der Hand hielt er eine kurze Reitgerte.

Vor seiner Armee kam Rourke zum Stehen und hob die Peitsche.

Das Kreischen verstummte.

»Einen guten Tag wünsche ich den Besatzern der Festung!«

Gabriel antwortete ihm: »Ihr seid hier nicht willkommen. Verlasst diesen Ort. Wir geben euch nur diese eine Chance.«

Der kahlköpfige Mann lachte. »Tatsächlich? Das ist aber nett von euch.« Er beschattete seine Augen mit der Hand. »Sehe ich da nicht den lieben Michael und sein Schwesterchen Emma zwischen all diesen nervtötenden Elfen? Du meine Güte, was für eine Jagd habt ihr uns in Malpesa geliefert! Warum seid ihr denn so eilig verschwunden? Ich hätte so gerne ein wenig mit euch geplaudert.«

Der Mann sprach mit einem lässigen, leicht lispelnden Akzent, den Michael nicht einordnen konnte.

»Und ich hätte euch einen Freund vorstellen können!«

Rourke wandte sich um und Michael sah eine weitere Gestalt über die Ebene auf sie zukommen. Dieser Gestalt fehlte die Unbekümmertheit von Rourkes Gang. Sie trat langsam näher, mit kleinen, festen Schritten. Es war ein Mann, erkannte Michael, ein mittelgroßer Mann, der sich mit gesenktem Kopf näherte, als ob er auf seine Füße achten müsse. Dann, als er die großen Felsen vor dem Vulkan erreicht hatte, schaute der Mann auf. Die Sonne spiegelte sich in seinen Brillengläsern, und Michael war es, als ob ihm eine Hand in die Brust griffe und sein Herz zerquetschen würde.

Er keuchte auf und musste sich an der Festungsmauer abstützen, um nicht zu fallen.

»Michael?«, sagte Emma fragend. »Was ist los? Alles in Ordnung? Wer ist das?«

»Das … das …«

Aber die Worte wollten ihm nicht über die Lippen kommen.

Dann stand der Mann neben Rourke. Er trug ausgebleichte Jeans und ein altmodisches Hemd. Er hatte einen kurz geschorenen Bart und rotbraune Haare, die dringend geschnitten werden mussten. Er war sehr dünn; die Kleider schlotterten um seinen hageren Körper. Und er wirkte müde.

Michael fühlte, wie sich Emma neben ihm versteifte. Sie wusste Bescheid.

Trotzdem musste er es aussprechen. Wenigstens einmal.

»Das … ist unser Vater.«

Rourke legte seine riesige Pranke auf die hängende Schulter ihres Vaters. »Ich glaube, ihr ahnt schon, um wen es sich bei meinem Freund hier handelt. Ich möchte nur der guten Ordnung halber darauf hinweisen, dass er völlig unversehrt ist. Du bist so gut wie neu, nicht wahr, Richard? Nun mach schon, sag's deinen Kindern.«

Der dünne Mann zögerte, als ob er keinen Anteil an dem Schauspiel haben wollte, das Rourke veranstaltete.

»Nicht so schüchtern, mein Freund!« In der Stimme des Riesen lagen Spott und Boshaftigkeit. »Spanne uns nicht auf die Folter. Ich bin sicher, dass sich Michael und Emma große Sorgen gemacht haben.«

Schließlich hob ihr Vater den Kopf. Michael sah, wie sein Blick über die Festungsmauer glitt und dann an ihm und Emma hängen blieb. Bei ihrem Anblick schien er in sich zusammenzusinken.

»Mir ist nichts geschehen! Uns beiden nicht. Eure Mutter und ich sind wohlauf! Es … es tut mir alles so leid.«

Die Stimme ihres Vaters war rau und krächzend, aber Michael spürte, dass sie wie der Schlüssel zu einem lang nicht mehr benutzten Schloss etwas tief in seinem Inneren öffnete.

»Es tut dir leid?«, rief Rourke aus. »Was gibt es da zu bedauern? Das sind doch gute Neuigkeiten! Ihr dürft nicht glauben, Kinder, dass wir eure Eltern nicht gerne als unsere Gäste hatten. Im Gegenteil, wir sind eine große Familie geworden! Aber wie das so ist mit der Familie, manchmal möchte man ihnen am liebsten den Schädel einschlagen, nicht wahr?« Er lachte und schlug seinem hageren Begleiter krachend auf den Rücken. »Aber nun zur Sache. Wir wollen ja nicht den ganzen Tag vertrödeln. Und eure Elfen haben bestimmt noch einen Termin beim Friseur. Hier ist mein Vorschlag – und ich denke, ihr werdet ihn mehr als fair finden: Die lieben Kinderchen – damit seid ihr gemeint, Michael und Emma – werden sich mit der Chronik in meine Hände begeben oder ich werde den guten alten Richard auf der Stelle töten. Irgendwelche Fragen? Nein? Großartig. Ihr habt zwei Minuten.«

So endet nun also alles, dachte Michael.

In all den Jahren hatte er sich immer wieder ausgemalt, wie es sein würde, seinen Vater und seine Mutter wiederzusehen. Und er hatte immer wieder das gleiche Bild vor Augen gehabt: Sie würden einander umarmen und küssen, und sie würden weinen, was Michael und sein Vater mannhaft zu verbergen versuchten. Und dann, nachdem seine Schwestern und seine Mutter sich zurückgezogen hätten, um »Frauenangelegenheiten« zu besprechen (wobei Michael nicht sicher war, worum es sich dabei handelte – vielleicht um weitere Küsse und Umarmungen), würde er seinem Vater sein Buch überreichen, *Alles über Zwerge*, und ihm sagen, dass er es für ihn aufbewahrt hatte. Und sein Vater würde sagen: »Aber es gehört dir!« Woraufhin Michael erklären würde: »Ich brauche es nicht. Ich kann es auswendig.« Und nachdem sich sein Vater genügend beeindruckt gezeigt hätte, würden sie sich zusammensetzen und den ganzen Abend lang über Zwerge reden. Das Wiedersehen fand nämlich stets am Abend statt.

Als Michael seine Fantasie einmal Emma anvertraut hatte, schüttelte sie nur den Kopf und meinte, sie hätte noch nie etwas so Dämliches gehört; Zwerge seien doch gar nicht so toll, wie er immer behauptete. Emma hatte nicht begriffen, dass es gar nicht um Zwerge ging, sondern darum, dass sein Vater erkannte, wer Michael war, und er ihn dafür schätzen und lieben würde. Er würde glücklich darüber sein, den Abend in Gesellschaft seines Sohnes zu verbringen. Darum ging es, nur darum. Mehr wollte Michael nicht. Und es war völlig egal, ob sie sich über Zwerge, Erdbeben oder Libellen unterhielten.

Nichts davon würde wahr werden. Jetzt nicht mehr.

»Erschießt doch diesen Kahlkopf endlich!«, schrie Emma Gabriel und den Elfenhauptmann an. »Er steht doch bloß da! Worauf wartet ihr eigentlich?«

»Es geht nicht«, sagte Michael. »Dann würden die Kreischer unseren Vater töten.«

»Aber …«

»Dein Bruder hat recht. Euer Vater würde es niemals bis in die Festung schaffen.« Gabriel kniete sich hin, sodass er auf Augenhöhe mit den Kindern war. »Ich werde nur so viel sagen: Wenn es nach mir ginge, würde ich euch nie im Leben dem Feind überlassen. Aber das ist eure Entscheidung und sie ist entsetzlich. Welche Wahl ihr auch trefft, ich werde mich euch nicht in den Weg stellen.«

Michael schaute zu seiner Schwester. »Was meinst du?«

Emma biss sich auf die Unterlippe und schaute fiebrig von Michael zu Gabriel und wieder zu Michael. »Ich … ich weiß es nicht. Was … was meinst du?«

Also war es an ihm. Genauso, wie es an Kate gewesen wäre, wenn sie bei ihnen hätte sein können. Unwillkürlich musste Michael an die Worte von König Killick denken: *Ein großer Führer lebt nicht in seinem Herzen, sondern in seinem Kopf*. Michael glaubte daran. Er wusste, dass sein Vater daran glaubte. Er wusste ebenfalls, dass die Chronik des Lebens nie dem grässlichen Magnus in die Hände fallen durfte. Wenn das geschah, war alles verloren.

Also lag der Weg klar und deutlich vor ihm.

Es gab nur ein Problem. Michael konnte nicht zulassen, dass man seinen Vater umbrachte.

Ich werde mich selbst und die Chronik im Tausch gegen Vaters Freiheit anbieten, dachte er. Aber nicht Emma.

»Die Zeit ist um!«, rief Rourke.

Michael fühlte Gabriels Hand auf seiner Schulter. Er hob den Kopf und blickte den großen Mann an. Stumm bat er um Verzeihung und Gabriel nickte.

Dann sagte Gabriel: »Tu mir einen Gefallen. Bitte darum, mit deinem Vater reden zu dürfen. Je länger wir die Sache herauszögern können, desto besser. Vielleicht kommt der Zauberer noch rechtzeitig.«

»Ja«, sagte Emma eifrig. »Das ist eine tolle Idee! Geh zu

ihm und rede und rede, so lange du kannst. Sei richtig langweilig. Das schaffst du bestimmt.«

Michael hatte seine Entscheidung getroffen und er wollte es nur noch hinter sich bringen. Dennoch gab er nach und fügte sich ihrer Bitte. Wenn es nicht funktionierte, war er zum Äußersten bereit. Er schaute den Abhang hinunter. Die Brillengläser seines Vaters waren zwei strahlende Kreise in der gleißenden Sonne.

»Ich … ich will erst mit ihm reden!«

Rourke zuckte mit den Schultern. »Von mir aus. Ich kann verstehen, dass man erst mal prüfen will, was man für sein Geld kriegt.«

Emma umarmte ihn. »Rede mit Dad. Mach nichts sonst. Versprochen?«

Michael versprach es, ohne ihr dabei in die Augen zu schauen. Dann drehte er sich um, fühlte die zarte Berührung von Wilamenas Hand und folgte schließlich dem Elfenhauptmann die Leiter hinunter zum Haupttor der Festung.

Dort hielt ihn Hauptmann Anton zurück und sagte leise: »Wenn Ihr das Zeichen gebt, edler Sir, dann stecken zwanzig Pfeile in diesem kahlköpfigen Riesen, noch ehe er blinzeln kann. Wenn Euer Vater bei Kräften ist, könnt ihr beide es bis zur Festung schaffen. Wir werden euch Deckung geben.

»Welches Zeichen soll ich geben?«

»Wie wäre es, wenn Ihr Euch am Hinterkopf kratzen würdet?«

»Okay. Aber … was, wenn ich mich wirklich am Kopf kratzen muss.«

Der Elf schaute ihn an. »Dann unterdrückt es, Sir.«

»Oh. Okay.«

Der Hauptmann gab das Zeichen, und die schweren Riegel wurden zurückgezogen, die zusätzlichen Balken abgenommen, und das Tor der Festung schwang auf. Der Elf schlug Michael ermunternd auf die Schulter.

»Gehabt Euch wohl, Sir Hasi.«

Einen Augenblick später war Michael durch das Tor getreten und befand sich außerhalb der Festung. Jetzt war nichts mehr zwischen ihm und der Armee aus Monstern. Er hatte sich noch nie so verwundbar gefühlt. Den Blick fest auf das Antlitz seines Vaters gerichtet, schritt Michael vorwärts. Unter seiner rechten Hand, die auf der Tasche an seiner Hüfte lag, fühlte er die Erhebung der Chronik und des Zwergenhandbuchs. Weit und breit war nichts zu hören, bis auf das Geräusch von Michaels Stiefeln auf den Felsen.

Zehn Meter vor Rourke und seinem Vater blieb er stehen. Der Hang ging hier in eine kurze Gerade über, sodass er mit seinem Vater und dem riesenhaften Mann auf einer Höhe stand. Michael blickte immer noch seinen Vater an. Er sah viel älter aus als auf dem Foto mit Hugo Algernon. Und er wirkte müde und abgespannt. Auch der Bart war neu. Michael vermutete, dass er einfach nicht die Zeit oder die Möglichkeit hatte, sich zu rasieren; der Bart wirkte wie etwas, das nicht zu seinem Vater gehörte. Aus der Nähe betrachtet, sah sein Vater nicht nur dünn, sondern geradezu abgemagert aus.

Er lächelte und sagte: »Es tut mir so leid, Michael.«

»Es ist nicht deine Schuld.«

»Geht es dir gut? Bist du verletzt?«

Michael schüttelte den Kopf. »Mir geht's gut.«

»Und Emma?«

»Emma auch. Sie ist in der Festung.«

»Aber Kate ist nicht bei euch, oder?«

»Nein. Das ist ... eine lange Geschichte.«

Rourke kicherte. »Wie wahr! Aber du wirst deine liebreizende Schwester schon bald wiedersehen, mein Junge, das verspreche ich dir!«

Michael spürte, dass der Mann etwas über Kate wusste und ihn mit seiner Bemerkung aus der Reserve locken wollte. Aber Michael schluckte den Köder nicht. Er dachte an das, was ihm Hauptmann Anton gesagt hatte, und überlegte, ob sein Vater und er es bis zur Festung schaffen konnten.

»Nur, damit du's weißt«, sagte Rourke, als ob er Michaels Gedanken lesen konnte, »wenn diese wankelmütigen Elfen irgendeine Dummheit machen, stehen ein Dutzend Morum Cadi bereit, um deinen Vater zu erschießen, bevor er auch nur einen Schritt machen kann.«

Tja, dachte Michael, so viel dazu.

»Wo ist Mom?«

»Das darf ich nicht sagen. Aber es geht ihr gut. Ich soll euch liebe Grüße ausrichten. Und sie sagt, dass sie euch nicht böse ist, egal, wie ihr euch entscheidet. Ich bin so froh, dich zu sehen. Trotz allem.«

Michael nickte und sagte leise: »Ich auch.«

Beide schwiegen einen Moment lang.

»Ich hab's versucht.« Michael hörte, wie seine Stimme brach. »Ich habe mein Bestes gegeben.«

»Das weiß ich doch«, sagte sein Vater. »Es ist alles gut.«

»Und Kate ist nicht hier!« Jetzt brach alles aus ihm heraus, als der Schutzwall, den Michael sich errichtet hatte, in sich zusammenbrach. »Ich musste ein Anführer sein! Ich musste alle Entscheidungen allein treffen! Ich habe versucht zu tun, was du getan hättest! Wie König Killick gesagt hat!« Er verstummte, weil er vor Rourke nicht weinen wollte. Als er schließlich seine Fassung wiedergefunden hatte, schaute er auf. Im Gesicht seines Vaters stand ein Ausdruck von Verwirrung. »Du weißt schon, was König Killick über wahre Herrschaft gesagt hat …«

Er wartete ab, ob sein Vater den Spruch zitieren würde. Dieser jedoch blieb stumm, und Michael sah, wie er Rourke einen kurzen Blick zuwarf.

»Es tut mir leid, Michael. In den letzten zehn Jahren ist so vieles geschehen. Ich kann mich wohl nicht erinnern.«

»Aber natürlich erinnerst du dich!« Und plötzlich war es ungemein wichtig, dass sein Vater sich erinnerte. »Dr. Algernon meinte, es sei dein Lieblingszitat. König Killick sagte: *Ein großer Anführer lebt nicht in seinem Herzen, sondern in seinem Kopf.* Weißt du es denn nicht mehr? Du musst dich doch erinnern!«

»Aber natürlich!«, sagte sein Vater und lächelte. »Dieses Zitat mochte ich in der Tat sehr gern. Und es ist so wahr.«

Ohne nachzudenken sagte Michael da: »Killick war ein sehr kluger König … der Elfen.«

Das Lächeln seines Vaters blieb unverändert. »Ja, jetzt erinnere ich mich wieder. Die Elfen sind ein sehr weises Volk. Danke, dass du mir diesen Satz ins Gedächtnis gerufen hast.«

»Tja«, mischte sich jetzt Rourke ein, »das ist ja in der Tat eine ganz reizende Wiedersehensfeier. Aber wir haben nicht den lieben langen Tag Zeit. Wenn du und deine Schwester mitkommen, habt ihr mein Ehrenwort, dass weder euch noch euren Eltern ein Leid geschieht. Solltet ihr euch weigern, werde ich den guten Richard und jeden einzelnen Elf in dieser Festung umbringen und euch am Ende doch bekommen. Verstanden?«

In Michaels Kopf drehte sich alles. Erst konnte sich sein Vater nicht an das Zitat erinnern. Dann tat er so, als ob er es doch täte! Und glaubte nun, Killick sei ein Elf gewesen! Hatte er denn alles vergessen?«

»Junge, du strapazierst meine Geduld!«

»Okay. Aber ich … ich muss es meiner Schwester erklären. Ich hole sie aus der Festung.«

Er musste hier weg. Er brauchte Zeit und einen klaren Kopf, um nachdenken zu können. Er wollte sich gerade abwenden, als …

»Halt!«

Rourke hatte seinem Vater das Messer an die Kehle gesetzt.

»Wenn du die kleine Emma holen willst, bitte sehr. Aber die Chronik bleibt hier.«

Michael fühlte die Anspannung seiner Freunde in der Festung, den Hunger und die Gier der Kreischer und der Gnome. Es schien, als ob ihrer aller Leben auf der Spitze von Rourkes Messerklinge balancierten. Er griff in seine Tasche und fühlte den festen Ledereinband, den er so gut kannte.

»Ich gebe die Chronik meinem Vater. Er soll sie behalten, bis ich mit Emma zurückkomme.«

Rourke lächelte. »Wie du willst.«

Michael trat vor und reichte seinem Vater das Buch.

»Es … es liegt ein Fluch darauf. Bitte nicht öffnen.«

Er sah, wie sein Vater mit der Hand über den Einband fuhr.

»Ich dachte, es sei rot.«

»Der Orden hatte es in der Lava versteckt und das Leder wurde verbrannt. Ich bin gleich wieder zurück.«

Er stieg den Hang zur Festung hinauf. Er musste sich zwingen, langsam zu gehen. Sein Herz hämmerte und seine Nerven lagen blank. Er stolperte auf dem lockeren Schotter. Auf halbem Weg zum Tor warf er einen Blick über die Schulter. Rourke beobachtete ihn scharf, und als sich ihre Augen trafen – vielleicht sah der kahlköpfige Mann etwas in Michaels Blick oder er hegte bereits einen Verdacht –, da riss Rourke Michaels Vater das Buch aus der Hand. Michael wartete nicht darauf, bis er es aufschlug, sondern sprintete los.

»Haltet ihn auf!«, brüllte Rourke. »Haltet den Jungen auf!«

Die Schreie der Kreischer zerrissen die Luft. Michael war noch zwanzig Meter vom Tor entfernt, als er stolperte und der Länge nach auf die Felsen schlug. Er war sofort wieder auf den Beinen, aber er hatte Zeit verloren. Er hörte die Kreischer näher kommen. Dann stürmte der Elfenhauptmann aus der Festung, den Bogen gespannt, und schoss in rasender Geschwindigkeit einen Pfeil nach dem anderen ab. Sie sirrten an Michaels Kopf und Schultern vorbei, und er hörte den leisen, dumpfen Aufprall, mit dem jeder einzelne sein Ziel traf. Der Elf packte ihn am Arm, zerrte ihn mit sich und schrie: »Lauf!« Dann stoben sie in die Festung; Michael hörte die riesigen Tore hinter sich zuschlagen und fiel keuchend auf die Knie.

»Michael! Was ist passiert? Bist du verletzt?« Emma hatte ihn am Arm gepackt und schüttelte ihn. »Du hast ihm das Buch gegeben! Und was ist mit Dad? Er ist immer noch da draußen!«

Michael kämpfte sich auf die Beine. »Das … das ist nicht … das ist nicht Dad.«

»Was soll das heißen?«

»Er hat sich nicht mehr … an den Spruch erinnert, an sein … Lieblingszitat. Und er dachte … König Killick sei ein Elf. Und … ich habe ihm das Zwergenhandbuch gegeben und er dachte es sei die Chronik des Lebens. … *Das ist nicht unser Vater!* «

Michael merkte, dass Emma nichts begriff, aber er hatte keine Zeit für Erklärungen. Da draußen vor der Mauer schrie Rourke seinen Namen. Mit Emma und dem Elfenhauptmann auf seinen Fersen kletterte Michael so schnell er konnte zum Wehrgang hinauf.

»Oh Häschen …« Wilamena stürzte auf ihn zu.

»Nicht jetzt«, wehrte Michael ab.

Er rannte zur Mauer. Gabriel war dort und starrte hinunter zu Rourke, der dem Mann, den Michael nicht länger für seinen Vater hielt, immer noch das Messer an die Kehle hielt. Das Zwergenhandbuch lag vor ihnen auf dem Boden.

»Junge! Ich gebe dir noch eine letzte Chance!«

Michael drehte sich zu Emma um. »Hör zu, ich weiß, dass du mir nicht vertraust …«

»Was? Wovon redest du?«

»Jedenfalls nicht mehr so wie früher. Und ich kann es verstehen. Aber jetzt musst du mir vertrauen! Das da unten ist nicht unser Vater!«

Emma starrte ihn an, und selbst ohne die Macht des Buchs Rubyn spürte Michael den Schmerz seines Verrats, der immer noch in ihr brannte. Es war schrecklich, miterleben zu müssen, wie sehr sie litt, und zu wissen, dass er dafür verantwortlich war. Aber er wich ihrem Blick nicht aus. Er wusste, dass er sehr viel von ihr verlangte.

»Bist du sicher?«, fragte sie. »Hundertprozentig sicher?«

War er das? War das überhaupt möglich? Obwohl alles dagegen sprach – dass sein Vater sich nicht mehr an das Zitat erinnern konnte, Killick für einen Elf hielt und *Alles über Zwerge* nicht erkannte –, konnten Zweifel doch nicht gänzlich ausgeschlossen werden. Es gab keine hundert Prozent.

Aber Michael spürte tief in seinem Inneren, dass dieser Mann nicht ihr Vater war.

»Ja. Ich bin mir sicher.«

»Okay«, sagte sie. »Ich vertraue dir.«

Michael wusste, es gab nur einen Weg, Gewissheit zu erlangen, und drehte sich zu Hauptmann Anton um. »Erschießen Sie ihn.«

»Den Kahlkopf? Mit Vergnügen.« Er legte einen Pfeil an die Sehne und spannte den Bogen.

»Nein«, sagte Michael. »Den Mann, der vorgibt, unser Vater zu sein.«

Emma, der Hauptmann, Gabriel und Wilamena starrten ihn an.

»Ist das dein Ernst?«

»Ja.« Er nahm Emmas Hand, spürte, wie sie zitterte. »Das ist nicht unser Vater.«

Emmas Augen zuckten nervös von Michael zu Gabriel. Sie hatte Angst, aber sie hielt zu ihm. Sie nickte.

»Junge …«

Ein leises Sirren war zu hören und dann steckte ein Pfeil in der Brust des Mannes neben Rourke. Es wurde totenstill.

»Michael …« Emma packte ihn am Arm.

»Wart ab.«

Der Mann sank auf die Knie und sackte mit dem Gesicht nach unten gegen die schwarzen Felsen.

Michael blieb reglos stehen. Er zuckte nicht mit der Wimper; er atmete nicht.

Dann fing Rourke an zu lachen, ein tiefes, grollendes Lachen, das in der Schlucht widerhallte. Mit der Stiefelspitze drehte er den Toten um. Ihr Vater war verschwunden. An seiner Stelle lag ein kleiner Mann mit sandfarbenem Haaren und einem Pfeil in der Brust.

»Er hatte einen Blendzauber angelegt!«, rief Wilamena. »Hasi, du bist ein Genie!«

Sie packte ihn an den Schultern und küsste ihn auf die Wange.

»Mein Vater hätte zumindest das Zwergenhandbuch erkannt«, sagte Michael, der sich Mühe gab, seine Erleichterung nicht zu offenkundig zu zeigen. »Und er hätte König Killick auch nicht für einen Elf gehalten. Lächerlich.« Dann schaute er Emma an und drückte ihre Hand. »Danke, dass du mir vertraut hast.«

Emma sagte nichts, sondern umarmte ihn nur fest.

»Nun, Junge«, rief Rouke, »dann müssen wir das wohl auf die altmodische Weise beenden.« Er wandte sich zu seiner Armee um. »Bringt mir die Kinder. Tötet die anderen.«

Und die Schlacht begann.

KAPITEL 18
Henrietta Burkes letzter Wille

»Was soll das heißen? Wer brennt die Kirche nieder? Die Gnome?«

Kate, Rafe und Beetles standen mitten auf der Straße. Die Feiernden tanzten und sprangen um sie herum. Rafe packte Beetles am Mantelkragen.

»Nicht die Gnome!« Beetles weinte. Seine Augen waren weit aufgerissen. »Die Menschen! Überall in der Stadt is der Mob unterwegs. Sie jagen die magischen Wesen!«

»Aber die Kirche ist doch verborgen!«, sagte Kate. »Sie sollte doch eigentlich unsichtbar sein!«

Der Junge schüttelte den Kopf. »Das is sie aber nich mehr!«

»Was ist mit Scruggs?«, wollte Rafe wissen.

»Er war doch bei dir. Er is mit dir zum Haus der Gnome gegangen, nich wahr?«

»Ja, aber er kam nicht mit hinein. Er blieb draußen, nachdem er mich mit dem Blendzauber belegt hatte.«

»Ja, und als er zur Kirche zurückkam, sah er, wie der Pöbel zwei Hexen gejagt hat. Er wollte sie aufhalten, aber jemand hat ihm mit ’nem Stein eins übergezogen. Er is tot.«

»Scruggs ist tot?« Kate stockte der Atem.

Beetles schluckte und nickte. »Die zwei Hexen haben ihn in die Kirche gebracht und uns erzählt, was passiert is. Ich war da, als sie ihn reintrugen. Er sagte noch, er hätte Durst. Dann fiel er um und war tot. Und die Kirche war auf einmal wieder sichtbar. Die Leute auf der Straße fingen an zu schreien und zu grölen. Und ’ne halbe Stunde später war der Mob da. Sie hatten Fackeln und Gewehre.«

»Haben sie gewusst«, stieß Rafe hervor, »dass Kinder in der Kirche sind?«

»Klar hamse das«, sagte Beetles. »Miss B hat’s ihnen gesagt. Aber das war ihnen wurscht. Sie ham einfach die Kirche angesteckt.«

Rafe stürmte durch die Menge und verschwand am Ende der dunklen Straße. Beetles rannte ihm nach, und Kate blieb nichts anderes übrig, als ihnen zu folgen. Der lange Mantel war hinderlich und mit den hochhackigen Stiefeln rutschte sie auf dem Schnee und dem Eis ständig aus. Sie war noch nicht weit gekommen, als ihr klar wurde, dass Beetles die Wahrheit gesagt hatte. Überall in den Straßen begegneten ihr Gruppen von Männern, manchmal nur drei oder vier, manchmal ein Dutzend, die mit Fackeln unterwegs waren und alles niederbrannten, was nur entfernt nach Zauberei aussah. Kate fragte sich, wie es sein konnte, dass sie und Rafe die brandschatzenden Truppen vorher übersehen konnten. Vielleicht hatten sie die Rufe und den Fackelschein irrtümlich für Freudenfeuer und festlichen Tanz gehalten. Es kam Kate so vor, als ob Wahnsinn die Stadt ergriffen hätte, und sie konnte nur annehmen, dass die Menschen etwas von der bevorstehenden Veränderung spürten und ahnten, dass dies ihre letzte Chance war, ihrem Zorn auf die magische Welt freien Lauf zu lassen, ehe sie für immer verschwand.

»Wie spät ist es?«, schrie sie Beetles zu, der an einer Straßenecke auf sie gewartet hatte.

»Nach elf! Noch 'ne knappe Stunde bis zur Trennung.«

»Wo sind die anderen? Wo sind Jake und Abigail?«

»Keine Ahnung. Die Menschen ham die Kirche eingekreist, und Miss B hat mich geschickt, damit ich Rafe suche. Sie hat gewusst, dass er dich zu diesem Haus bringen würde. Was habt ihr da gemacht?«

Kate gab keine Antwort. Mittlerweile sah sie die Flammen hoch in den Nachthimmel lodern, hörte das Geschrei und Gebrüll, und als sie um die Ecke bogen, blieb Kate wie angewurzelt stehen. Die Kirche war ein einziger Feuerkessel. Etliche Meter ringsum war der Schnee geschmolzen. Eine Menschenmenge umringte das brennende Gebäude. Viele von ihnen schwenkten Fackeln und schienen zu jubeln. Von Rafe war nichts zu sehen.

»Da drüben!«

Beetles rannte auf eine Gasse zu, die von der Hauptstraße abzweigte. Kate folgte ihm, und dort, versteckt im Schatten der Gebäude, kauerten Abigail und etwa zwanzig andere kleine Kinder. Ihre Gesichter waren rußverschmiert und ihre Augen groß und angsterfüllt. Abigail warf sich in Kates Arme.

»Seid ihr verletzt?«, fragte Kate und drückte das kleine Mädchen an sich. »Ist irgendjemand von euch verletzt?«

Abigail schüttelte den Kopf und wischte sich die Tränen ab, die ihr über das Gesicht liefen und helle Spuren auf ihre mit Asche verschmierten Wangen malten. »Miss B hat uns zur Seitentür rausgeschickt. Es brannte schon überall, aber sie ist wieder reingegangen, weil noch andere da waren, die sie rausbringen wollte. Sie ist immer noch drin!«

»Was is mit Jake?«, wollte Beetles wissen. »Hast du gesehen, dass Jake rausgekommen is?«

Das Mädchen schüttelte den Kopf.

»Mach dir keine Sorgen«, sagte Kate. »Er hat es bestimmt geschafft.«

Noch während sie redeten, kam eine weitere Gruppe von Kindern in die Gasse gerannt. Auch sie waren mit Ruß bedeckt und zitterten vor Angst. Sie sagten, sie seien in der Kirche eingeschlossen gewesen, aber Rafe hatte die Tür eingetreten und sie ins Freie geführt. Kate sah, wie sich Beetles hektisch umblickte. Er schien den Tränen nahe zu sein.

»Wo is Jake? Hat jemand Jake gesehen? Hat jemand gesehen, wie er rauskam?«

Die Kinder schüttelten die Köpfe.

»Ich hab ihn in der Kirche gesehen«, sagte ein Mädchen. »Ich dachte, er wäre bei uns. Ich weiß nich, wo er is.«

Ohne ein weiteres Wort rannte Beetles zur Kirche hinüber.

Kate blickte zu Abigail. »Gibt es einen Ort, wo ihr hingehen könnt?«

Abigail nickte. »Zum Bowery Theater. In der Nähe des magischen Viertels. Der Impresario ist ein Freund von Miss B.«

»Dann geht dorthin«, sagte Kate. »Abigail, du trägst die Verantwortung. Du schaffst das.«

Als Abigail die Schultern straffte und das Kinn nach oben

reckte, musste Kate unwillkürlich an Emma denken. Das jüngere Mädchen drehte sich zu den Kindern um.

»Also schön! Fasst euch an den Händen. Immer zu zweit! Wir gehen zum Bowery Theater.«

Die Kinder nickten und fanden sich zu Paaren zusammen.

»Und was machst du?«, fragte Abigail Kate.

»Ich gehe Beetles nach.«

Und damit drehte sie sich um und rannte auf das Feuer zu.

Die Kirche stand an der Ecke der First Avenue und einer schmalen Querstraße. Der Mob drängte sich auf der Hauptstraße. Es waren Männer und Jungen, die Fackeln, Messer und Knüppel dabeihatten. Sie schrien, lachten und jubelten, schleuderten Pflastersteine und Flaschen durch die Fenster der Kirche. Ihre Gesichter waren im Licht der Flammen rot und dämonisch verzerrt. Hinter der rasenden Menge blieb Kate stehen.

Wie konnten sie so etwas nur tun? Woher kam dieser entsetzliche, unbändige Hass? Es waren doch bloß Kinder! Sie hatten nichts Böses getan!

Kate spürte, wie der Zorn in ihr hochstieg. Sie hätte am liebsten auf die Menschen eingeprügelt, ihnen wehgetan, und es schoss ihr blitzartig durch den Sinn, dass Rafe vermutlich die ganze Zeit so empfand.

Sie zwang sich, ihre Aufmerksamkeit der Kirche zuzuwenden. Sie umrundete den Mob und gelangte in die Straße hinter der Kirche. Eine Mauer trennte das Grundstück, auf dem die Kirche stand, von dem Häuserblock. Kate rannte an dieser Mauer entlang. Die Hitze des Feuers war unerträglich. Kate fand Beetles, der sich wieder und wieder gegen eine schmauchende Holztür warf. Kate riss ihn zurück.

»Hör auf! Es ist zu gefährlich!«

»Er is immer noch da drin!«, schluchzte Beetles und versuchte, sich aus Kates Griff zu winden. »Jake is immer noch da drin! Lass mich los! Ich muss …«

Plötzlich explodierte die Tür nach außen. Schwarze Rauchschwaden quollen daraus hervor und kleine Gestalten taumelten ins Freie, etwa siebzehn, achtzehn Kinder. Sie krümmten sich, würgten und husteten.

Kate führte sie weg vom Feuer und ging zu jedem Einzelnen, um nachzusehen, ob jemand verletzt war. Jake war nicht unter ihnen. Kate drehte sich um und sah, dass Beetles seine Augen mit der Hand schützte und sich auf die Tür zuschob, hinter der es lichterloh brannte. Sie konnte ihn gerade noch packen, ehe er lossprinten wollte.

»Lass mich! Ich muss doch …!«

In dem Moment trat eine weitere Gestalt durch den Rauch aus der Kirche. Kate sah, dass es Rafe war. In seinen Armen hielt er ein Kind.

Beetles sackte in sich zusammen.

»Is das …?«, stammelte er. »Is er …?«

Es war Jake, den Rafe aus dem Feuer trug. Die Augen des kleinen Jungen waren geschlossen. Kate fühlte, wie sich ihr Herz verkrampfte. *Nein*, dachte sie, *nein, bitte nicht.*

Da wurde der Junge auf Rafes Arm plötzlich von einem Hustenanfall geschüttelt. Er blinzelte und öffnete die rot unterlaufenen und tränenden Augen. Er blickte Kate und Beetles an.

»Hallo«, sagte er leise.

»Hallo«, sagte Beetles, der gleichzeitig weinte und strahlte.

Kate streckte die Hand aus und strich dem Jungen übers

Haar. »Was hast du denn da drin gemacht? Wolltest du einen Laden aufmachen?«

Jake grinste schwach und sagte: »Ja, den Wir-brennen-die-Kirche-nieder-Laden.«

Rafe setzte den Jungen ab und Beetles legte den Arm um seinen Freund.

»Das sind alle.« Rafes Gesicht war gerötet und schweißüberströmt, seine Stimme heiser. »Wo sind diejenigen, die vorher rauskamen?«

»Abigail bringt sie zum Bowery Theater«, sagte Kate. »Sie meinte, der Impresario sei ein Freund von Miss B.«

Rafe schaute Beetles an. »Hast du gehört? Denkst du, ihr schafft es, diese Kinder auch dorthin zu bringen?«

»Na klar!«, sagte Beetles, wieder ganz der alte Aufschneider. »He, hört mal her! Alle *Wilden*, mir nach!«

Er schlang seinen Arm um Jakes Taille, um ihn zu stützen, und ging der kleinen Gruppe voraus die Straße entlang.

Kate und Rafe waren allein. Aus dem Inneren der Kirche erklang ein Krachen, gefolgt von einem lauten, metallischen Schlag, der das Gebrüll der Flammen übertönte.

»Das war eine der Glocken«, meinte Rafe. »Sie ist vom Turm gestürzt.«

Er steuerte wieder auf die Kirche zu, aber Kate fiel ihm in den Arm.

»Was machst du denn? Es sind doch keine Kinder mehr drin!«

»Aber Miss B. Ich muss sie rausholen.« Er schüttelte Kates Hand ab und verschwand in den Rauchschwaden.

Kate folgte ihm, ohne eine Sekunde zu zögern. Selbst wenn sie länger darüber nachgedacht hätte – über ihre Verantwortung ihren Geschwistern und ihren Eltern gegenüber, darüber, dass Rafe möglicherweise ihr ärgster Feind werden würde –, hätte sie genauso gehandelt. So wie Dr. Pym, Gabriel und König Robbie McLaur hatte auch Rafe sein Leben riskiert, um ihr zu helfen, und damit auch ihrer Familie. Und jetzt brauche er ihre Hilfe.

Mit gesenktem Kopf und einem Arm vor dem Gesicht betrat sie die Kirche. Die Hitze versengte ihr die Haut, der Rauch brannte in ihren Augen, aber dann stand sie im Kirchenschiff, das so hoch war, dass der Rauch sich weit über ihrem Kopf sammelte. Sie zog ihren Mantel aus und ließ ihn zu Boden fallen. Die heiße Luft glühte in ihrer Kehle und ihren Lungen, und sie fragte sich, wie lange es wohl noch dauern würde, bis die ganze Kirche zusammenstürzte.

Jemand packte sie am Arm und schwenkte sie herum.

»Was soll das?«, wollte Rafe wissen.

»Ich lasse dich nicht allein hier drin!«, erklärte Kate.

Rafes Augen blitzten vor Wut, aber in dem Moment stürzte ein Teil des Daches ein und begrub die Tür, durch die er und Kate gekommen waren, unter einem Haufen Schutt. Der Ausgang war blockiert.

»Wir haben keine Zeit zum Streiten!«, schrie Kate. »Wir müssen Miss Burke finden und dann so schnell wie möglich hier raus!«

Er packte ihre Hand. »Lass nicht los. Egal, was geschieht.«

Er rannte durch die Kirche und zog Kate hinter sich her. Am Fuß des Turms lagen nun zwei riesige zerschmetterte Glocken. Während Kate und Rafe über die Trümmer stiegen, rutschte Kate mit dem Stiefel weg und ihre Hand glitt aus Rafes Fingern. Sofort verbrannte die Hitze wieder ihre Lungen, und sie glaubte, ersticken zu müssen. Sie schrie auf, Rafe packte ihre Hand, und sie fühlte, wie kühle Luft sie umwehte.

»Ich kann dich schützen!«, schrie er. »Aber du musst meine Hand festhalten. Komm weiter!«

Kate nickte und gemeinsam stiegen sie die baufällige Wendeltreppe nach oben.

Die herabstürzende Glocke hatte etliche Stufen zerschlagen, und der Rest drohte, dem Feuer anheim zu fallen. Trotzdem eilten Kate und Rafe weiter nach oben, stiegen über Balken, die so aussahen, als würden sie gleich von selbst hinunterfallen, und sprangen über Lücken, wo keine Bretter mehr lagen. Kate musste daran denken, dass sie diesen Weg auch wieder zurückgehen mussten. Bis dahin hatten die Flammen sicher die ganze Treppe verschlungen. Und außerdem hingen über ihren Köpfen immer noch zwei tonnenschwere Glocken. Wie lange noch, bis auch sie hinunterstürzen würden?

Dann kletterten sie und Rafe durch die Falltür und taumelten hinaus in den offenen Glockenstuhl.

Kate hatte erwartet, dass Henrietta Burke entweder tot war oder eingeklemmt unter einem Balken irgendwo liegen würde. Weder das eine noch das andere traf zu. Die Frau stand am Rand des Glockenstuhls. Ihre aufrechte Gestalt wurde von den Flammen beleuchtet und sie blickte ruhig und gelassen auf die Straße tief unter sich. Rafe und Kate atmeten erleichtert die kalte Nachtluft ein und Rafe lief zu der Frau. Henrietta Burke drehte sich zu ihm um. Kate hörte, wie er auf sie einredete, bittend, fordernd, flehend. Doch sie schüttelte den Kopf und antwortete etwas, das Kate nicht verstehen konnte.

Was geht da vor?, fragte sich Kate. Warum verschwendeten sie kostbare Zeit mit Reden?

Über ihr schlugen die Glocken gegeneinander, in Bewegung gesetzt von dem aufsteigenden Hitzeschwall.

Rafe kam zu Kate. Er wischte sich die Tränen aus den Augen und schaute zur Seite.

»Sie möchte mit dir reden.«

»Was?«

»Sie möchte mit dir reden. Geh schon! Hier bricht gleich alles zusammen!«

Kate begriff nicht, was los war. Sie durchquerte den Glockenstuhl, und es kam ihr so vor, als würde der ganze Turm schwanken.

Henrietta Burke hatte ihren Schal um die Schultern gelegt und starrte immer noch unverwandt nach unten auf die Straße. Kate sah die Fackeln des Mobs hin und her zucken, wie Glühwürmchen.

»Rafe sagt, dass alle Kinder entkommen konnten.«

»Ja.«

»Und dass du sie zum Bowery Theater geschickt hast. Das ist gut. Mein Freund dort weiß, was zu tun ist. Ich habe schon vor langer Zeit Vorsorge getroffen, falls so etwas passiert. Im Norden gibt es einen verborgenen Ort, wo die Kinder geschützt aufwachsen können. Man wird sich um sie kümmern und sie werden eine Ausbildung erhalten. Dass es ausgerechnet jetzt so weit kommen musste, nur wenige Stunden, bevor wir endgültig in Sicherheit sind. Aber es ist nutzlos, über Dinge zu klagen, die man nicht ändern kann. Das Leben geht voran, selbst für eine Zeitreisende wie du eine bist.«

»Miss Burke …«

»Nein, hör mir zu.« Sie drehte sich um und schaute Kate an. »Die Leute halten mich für unbarmherzig, aber die Wahrheit ist nicht so einfach, wie es scheint. Ich habe vor langer Zeit mein eigenes Kind aufgegeben. Ich dachte, es wäre sicherer unter Menschen, die nichts von Magie wissen, würde aufwachsen als eines von ihnen. Ich hatte mich geirrt. Seine Natur setzte sich durch, und als es mich brauchte, war ich nicht bei ihm. Seitdem lastet diese Schuld auf mir. Rafe ist der Sohn, den ich hätte beschützen sollen. Aber ich kann ihn nicht mehr länger behüten.«

Kate fühlte, wie sich bei den Worten ein Gewicht auf ihre Schultern legte.

Henrietta Burke trat näher. »Weißt du noch, unsere Abmachung? Ich helfe dir, nach Hause zu kommen, und als Gegenleistung kann ich dich um etwas bitten, wann immer ich will. Ich bitte dich jetzt.«

»Aber wir müssen gehen! Das Feuer …«

»Kind«, sagte die grauhaarige Frau, »ich gehe nirgendwohin.«

Sie schlug ihren Schal auseinander, und Kate sah eine dicke, längliche Glasscherbe aus der Seite der Frau ragen. Blut rann über das Glas und tränkte ihr Kleid.

»Rafe will, dass ich mit euch gehe. Er glaubt, dass Zauberei alles vermag. Aber jede Magie hat ihren Preis und der für meine Heilung wäre zu hoch. Ich bleibe hier.«

Kate machte den Mund auf, aber es kamen keine Worte heraus. Der maßlose Schrecken der Situation, der sie sich gegenübersah, und die ruhige Entschiedenheit der Frau machten sie sprachlos.

Henrietta Burke sprach weiter.

»Ich weiß, wer Rafe ist. Scruggs glaubte, ich wüsste es nicht, aber ich wusste von Anfang an über das Schicksal Bescheid, das ihn erwartet. Aber er hat noch immer die Wahl.«

Die Frau packte Kate an der Schulter. Ihre grauen Augen starrten sie eindringlich an.

»Liebe ihn.«

»W…was?«

»Das ist der Grund, warum du hier bist. Deshalb bist du gekommen. Du hast ihn schon verändert. Du kannst es nicht sehen, aber ich. Du bist die einzige Hoffnung, die er hat. Du musst ihn lieben.«

Kate starrte die Frau an. Der Turm schwankte, die Glocken schlugen klingend aneinander, Schreie wurden von der Straße zu ihnen emporgetragen. Flammenzungen leckten über das Dach. Sie schüttelte den Kopf.

»Sie verstehen nicht… Sie verstehen nicht, wer…«

»Ich weiß genau, wer er ist. Wer er sein wird. Aber du kannst ihn immer noch retten. Liebe ihn, Kind. Liebe ihn, so wie er dich liebt.«

»Bitte… bitte verlangen Sie das nicht von mir.«

»Doch, das tue ich. Es ist die einzige Hoffnung, die uns noch bleibt.«

Dann beugte sich Henrietta Burke vor und flüsterte Kate ins Ohr: »Und hier ist mein Teil der Abmachung: Du brauchst weder eine Hexe, noch einen Zauberer oder sonst irgendjemanden, um die Macht in dir heraufzubeschwören. Das hast du nicht nötig. Hör auf, dagegen anzukämpfen, und lass sie frei.«

Instinktiv wusste Kate, dass die Frau recht hatte. Die Macht war in ihr. Sie konnte sie fühlen, selbst jetzt.

Und Kate fühlte auch, wie sie damit rang. Seit Monaten versuchte sie, diese Macht zu unterdrücken, seit sie die Gräfin in die Vergangenheit gebracht und vernichtet hatte. Etwas in ihr hatte sich seitdem verändert. Sie war nicht mehr dieselbe.

Die Macht des Buchs Emerald war die ihre. Sie konnte es nicht länger leugnen.

»Jetzt geh.« Immer noch in Kates Augen blickend, rief sie: »Nimm sie mit!«

Kate fühlte, wie sie am Arm gepackt wurde und dann zog Rafe sie zur Falltür. In dem Moment, als sie nach unten steigen wollten, ertönte hinter ihnen ein Knirschen und Krachen. Der Boden erzitterte und Kate und Rafe blickten sich um. Die Ecke, wo eben noch Henrietta Burke gestanden hatte, war in die Tiefe gestürzt. Mit ihr war auch die Frau verschwunden.

Der Rückweg über die Treppe des Glockenturms war noch gefährlicher als Kate befürchtet hatte. Viele Stufen existierten nicht mehr, und Kate fühlte, wie die schützende Schicht aus kühler Luft, die Rafe erschaffen hatte, wärmer und wärmer wurde. Trotzdem hatte Kate den Eindruck, dass sie sich in einem Traum befand und nichts von dem, was ringsum geschah, Wirklichkeit war. Ihr Geist konnte weder begreifen, dass Henrietta Burke tot war, noch all das, was die Frau ihr gesagt hatte.

Dann, auf dem untersten Treppenabsatz, vernahm Kate jenes Geräusch, vor dem sie die ganze Zeit Angst gehabt hatte. Sie blieb wie angewurzelt stehen. Sie und Rafe schauten nach oben und sahen die dunkle Öffnung der Glocke in rasender Geschwindigkeit auf sich zukommen. Rechts und links zersplitterte die schwere Holzkonstruktion der Treppe, als wäre sie aus Streichhölzern erbaut. Im selben Moment brach der Teil der Treppe, auf der sie standen, zusammen. Im Fallen stieß Rafe Kate in Richtung Ausgang. Sie landete auf der Seite, prallte gegen die Wand und erhaschte im Aufschlagen einen Blick auf Rafe, der zu Füßen der eingestürzten Treppe lag. Er rührte sich nicht.

Kate schrie seinen Namen, als die Glocke mit voller Wucht zu Boden krachte.

KAPITEL 19

Die Schlacht auf dem Vulkan

Horden von Gnomen und Kreischern stürmten den Hang hinauf. Sie trugen Belagerungsleitern, die sie aus frisch geschlagenen Baumstämmen gefertigt hatten. Sobald sie in Reichweite kamen, überzogen die Elfen auf dem Wehrgang der Festung die Feinde mit einem Pfeilregen. Die Bogenschützen waren Meister ihres Fachs und schossen nie daneben, aber sobald ein Gnom oder Kreischer getroffen zu Boden ging, trat ein anderer an seine Stelle. Und so kamen die Leitern stetig näher.

Ein stinkender, gelblicher Nebel verpestete die Luft. Er stieg von den gefallenen Kreischern auf, die sich – zu Tode getroffen – auflösten.

Und es kamen immer noch mehr.

Das entsetzliche Kreischen hallte von den Felswänden wider.

»Das ist so blöd!«, schimpfte Emma. »Wir sollten da unten sein und helfen!«

»Wir würden nur im Weg stehen«, gab Michael zu bedenken.

»Und außerdem helfen wir doch«, sagte die Elfenprinzessin. »Wir geben jenen, die dort für unsere Sache kämpfen, einen Grund, besonders tapfer zu sein. Obwohl ich mir wirklich wünschte, ich hätte ein Tuch, mit dem ich winken könnte.«

Auf Gabriels Befehl hin mussten sich die drei das Kampfgeschehen von der Spitze des demolierten Turms aus anschauen. Wilamena hatte den Kindern versichert, dass Gabriel keinerlei Befehlsgewalt über sie habe, sie es aber nicht ertragen könne, von ihrem geliebten Hasi getrennt zu werden.

Anfangs hatte Michael die Schlacht beobachtet, um die Chancen der Verteidiger abzuschätzen. Der Standort der Festung war, abgesehen von der Tatsache, dass sie an einen Vulkan gebaut war, gut geeignet, um einer Belagerung standzuhalten. Zu beiden Seiten fiel der Hang steil ab und war bedeckt mit feinem Splitt, auf dem kein Fuß Halt finden konnte. Das bedeutete, dass die Belagerer von vorne angreifen mussten, was wiederum zur Folge hatte, dass die Elfen nur eine Seite verteidigen mussten. Dieser kleine Vorteil war aber auch alles, was die Festung davor bewahrte, einfach überrannt zu werden. Michael war sich darüber im Klaren, dass sie nicht lange durchhalten konnten. Rourkes Armee war einfach zu groß. Und so blieb die Frage, ob die Verteidiger so lange ausharren konnten, bis Dr. Pym sie erreichte oder Verstärkung vom Volk der Elfen eintraf.

»Sieh doch!«, schrie Emma.

Unter ihnen am Hang erhob sich etwas in den Himmel, wurde immer größer und größer. Michael begriff zunächst nicht, was er da sah – wollte es vielleicht nicht begreifen –, bis der Felsbrocken, den er hatte heranfliegen sehen, mit einem gewaltigen Einschlag in die Mauer der Festung krachte. Michaels Blick wanderte über die Armee des Feindes und entdeckte schließlich einen von Rourkes Trollen, der sich gerade bückte und einen neuen Felsbrocken aufhob. Die Elfen überschütteten das Ungetüm bereits mit Pfeilen, aber die Geschosse ritzten kaum die dicke Haut. Nur Sekunden später durchbrach ein zweiter Felsbrocken den oberen Rand der Mauer. Steine und Geröll spritzten in den Innenhof.

Die erste Leiter wurde von außen an den Wehrgang angelegt.

Im Stillen schätzte Michael die Zeit, die den Belagerten noch blieb, neu ein. Ihre Chancen standen schlechter als je.

»Wir können doch nicht einfach hier herumstehen!« Emma war außer sich. »Wir müssen was unternehmen!«

Michael wollte gerade sagen, dass er ihren Ärger verstand, aber dass es nichts gab, was sie tun konnten. Da fiel sein Blick auf Wilamena, die ihre goldene Krone abgenommen hatte und durch die Luft schwenkte. Dabei rief sie: »Turulurulu! Turulurulu! Turulurulu! Turulurulu!«

»Weißt du«, sagte Michael langsam, »ich glaube, ich habe da eine Idee.«

Gabriel schwang seine Machete, als ein Kreischer über die Mauer hechtete. Die Kreatur torkelte rückwärts und stieß im Fallen einen unmenschlichen Schrei aus.

Die Schlacht dauerte nun schon eine Stunde an und immer noch waren die Festungsmauern nicht eingenommen. Kreischer und Gnome legten unablässig die Leitern an und die Elfen stießen sie ebenso unablässig wieder hinunter. Sie mussten die Mauern unbedingt halten. Wenn es Rourkes Truppen gelang, durchzubrechen, war der Bergfried ihre letzte Zuflucht – angesichts des drachengroßen Lochs im Dach allerdings keine besonders sichere. Gabriel schaute zur Sonne. Die Tage hier waren kurz und es blieben etwa noch zwei Stunden bis zum Anbruch der Nacht.

Und der schwarze Rauch, der aus dem Krater des Vulkans drang, sah mit jeder Minute bedrohlicher aus.

In diesem Moment erschütterte ein mächtiger Schlag die Festung und das große Tor erzitterte. Gabriel spähte über die Mauer und sah, wie zwei dickarmige Trolle das Tor mit einem Rammbock bearbeiteten, der aus einem Mammutbaum gefertigt war. Die Elfen schossen, was das Zeug hielt, und die Rücken und Schultern der Trolle waren mit Pfeilen gespickt, aber die riesenhaften Kreaturen beachteten die Geschosse gar nicht und stürmten immer wieder mit dem Baumstamm gegen das Tor an. Rourke, der sich außerhalb der Reichweite der Pfeile hielt, feuerte sie an. Noch ein paar dieser wuchtigen Schläge und das Tor würde bersten.

Gabriel drehte sich zu Hauptmann Anton um. »Holt ein Seil.«

»Warum?«

»Um mich nachher wieder hinaufzuziehen.«

Gabriel wehrte den Gnom ab, der gerade eine Belagerungsleiter anlegte, packte deren Ende und stieß sich damit von der Mauer ab. Mit Hilfe der Leiter gelangte Gabriel viel weiter, als er je hätte springen können, und als die Leiter genug Schräglage hatte, war er direkt über den Trollen. Er hörte Rourkes Stimme durch den Schlachtenlärm: »Da! Auf der

Leiter! Schießt ihn ab!« Im Fallen zielte Gabriel mit seiner Machete auf den Nacken des einen Trolls, der ihn nicht sah, weil er vollauf mit einem Felsbrocken beschäftigt war. Die Wucht des Sturzes, gepaart mit der von Gabriels starken Armen, sorgte dafür, dass die Machete den Kopf des Trolls sauber vom Leib trennte. Dann traf Gabriel am Boden auf, rollte sich ab und war in Sekundenschnelle wieder auf den Beinen. Er sprang gerade noch rechtzeitig beiseite, bevor der kopflose Körper des Trolls ihn unter sich begraben konnte. Der zweite Troll brüllte vor Schmerzen, als der mächtige Rammbock auf seinem Fuß landete, und Gabriel hörte Rourke die Kreischer anschreien, sie sollten verdammt noch mal schießen und sich nicht darum kümmern, ob sie dabei den verdammten Troll träfen! Gabriel setzte einen Fuß auf den Baumstamm, stieß sich ab, sprang in die Luft und grub die Machete in den Schädel des zweiten Trolls.

Und da blieb sie stecken, fünfzehn Zentimeter tief.

Den Griff mit beiden Händen gepackt, setzte Gabriel dem Troll den Fuß auf die Brust und versuchte, die Klinge aus dem Schädel zu ziehen. Sie rührte sich nicht. Gabriel hatte gerade beschlossen, seine Machete zurückzulassen und um sein Leben zu rennen, als der Troll – dem es nicht viel auszumachen schien, dass er eine Machete in der Schädeldecke stecken hatte – einen Wutschrei ausstieß und Gabriel packte. »So ist's gut!«, schrie Rourke. »Jetzt nur nicht loslassen!« Gabriel spürte, wie seine Rippen knackten, als sich die riesigen, stahlharten Finger in seine Brust und seinen Rücken bohrten. Mit aller Kraft, die ihm noch zur Verfügung stand, trat Gabriel mit der Ferse gegen die Nase der Kreatur, wieder und wieder, bis ihn nach dem fünften Tritt das Ungetüm plötzlich losließ.

Gabriel fiel keuchend zu Boden, während der vor Schmerzen fast wahnsinnige Troll durch die Reihen der Kreischer und Gnome stürmte. Schwarzes Blut lief ihm übers Gesicht. Gabriel taumelte zur Festungsmauer, packte das Seil, das für ihn heruntergelassen worden war, und wurde in Windeseile wieder nach oben gezogen. Der Elfenhauptmann half ihm über die Brüstung des Wehrgangs, von wo aus Gabriel miterleben konnte, wie Rourke sich dem durchgedrehten Troll in den Weg stellte und ihm mit einem Streich eines Langschwertes den Kopf abschlug.

Rourkes kalt lächelnde Fröhlichkeit war echtem Zorn gewichen. Mit dem blutverschmierten Schwert deutete er auf Gabriel. Die Geste war unmissverständlich: Irgendwann würden sie sich gegenüberstehen.

Gabriel wandte sich unbeeindruckt ab und machte sich auf die Suche nach einer Waffe.

»Du willst es uns nicht mal verraten?«

Michael schüttelte den Kopf. »Ich hätte gar nichts sagen sollen. Ich hatte noch nicht alle Aspekte bedacht. Die Idee ist absolut lächerlich. Vergessen wir's einfach. Gehen wir hoch und schauen uns die Schlacht an. Einverstanden?«

Michael, Emma und die Elfenprinzessin standen am Fuß des Turms und unterhielten sich leise, keine zwanzig Meter entfernt von dem immer noch an die Säule gefesselten Wächter. Bislang hatte der Mann noch nicht zu erkennen gegeben, ob er sie überhaupt bemerkt hatte.

Emma schaute die Prinzessin an. »Er hat vor irgendetwas Angst.«

Wilamena nickte. »Ich hätte es nicht für möglich gehalten, aber du hast recht. Irgendetwas hat Angst in das furchtlose Herz meines Häschens gesät.«

»Ich habe keine Angst!«, protestierte Michael, »vor gar nichts!«

»Hast du wohl«, sagte Emma. »Du hast solche Angst, dass du uns von deiner Idee nicht mal erzählen willst.«

»Das stimmt nicht.«

»Dann sag's uns.«

»Also gut. Aber es ist eine dämliche Idee.« Er holte tief Atem und sprach dann schnell, weil er die Sache hinter sich bringen wollte. »Als ich die Krone der Prinzessin gesehen habe, musste ich an das Band des Drachen denken. An das hier, seht ihr?« Er hielt das zerschlagene goldene Band hoch, das er aus den Trümmern des Turms geholt hatte. »Und ich dachte mir, wir könnten das Band vielleicht reparieren und sie wieder in einen Drachen verwandeln, damit sie uns hilft, die Schlacht zu gewinnen.«

»Du hast recht«, sagte Emma, »das ist eine dämliche Idee. Und *wie* dämlich!«

»Wäre so etwas überhaupt möglich?«, fragt Wilamena.

»Vermutlich nicht«, sagte Michael, »also reden wir nicht mehr da–«

»*Halt!*«

Michael hatte schon einen Fuß auf die Treppe gesetzt, aber Wilamenas Ton ließ ihn herumfahren. Ihre ganze Haltung hatte sich verändert. Sie wirkte plötzlich wieder ganz königlich und befehlsgewohnt, wie eine echte Prinzessin.

»In diesem Moment kämpfen Elfensoldaten für dein Leben, sterben vielleicht für dich! Du hast die Pflicht, mir zu sagen, was du weißt. Wie könnte uns dieses Kunststück gelingen?«

»Im Hof steht eine Schmiede mit einem Amboss«, sagte Michael, ohne ihr in die Augen zu blicken. »Wir schmelzen deine Krone, versiegeln mit dem geschmolzenen Gold den Spalt in dem Band, und dann werfen wir wieder den Zauber über dich, nur dass diesmal ich der Meister des Drachen bin, und nicht der Wächter. Vorausgesetzt, es muss einen Meister geben«, fügte er verlegen hinzu. »Vielleicht kannst du ja auch … na ja, dein eigener Meister sein.«

»Und wie willst du diesen Zauber weben?«, fragte Emma. »Du bist kein Magier. Du brauchst Dr. Pym. Oder … oder …«

»Oder meinen früheren Meister.«

Emma schaute erst die Elfenprinzessin an, dann quer durch den Saal zu dem Wächter und schließlich wieder zu Michael. »Der Kerl, der versucht hat, uns umzubringen? Der all seine Freunde getötet hat? Den Kerl wollt ihr bitten, euch zu helfen? Euer Plan ist ja noch viel dämlicher, als ich dachte!«

»Aber nein!« Wilamenas blaue Augen glänzten im Dämmerlicht. »Er ist brillant!«

Michael starrte wortlos zu Boden.

»Ich fange an zu verstehen«, sagte die Elfenprinzessin. »Es gibt eine Möglichkeit, Xanbertis zur Mithilfe zu bewegen, und der kluge Hasi hat sie erkannt. Aber aus irgendeinem Grund macht ihm diese Vorstellung Angst.«

»Verstehe ich das richtig?«, sagte Emma. »Der Plan ist also nicht dämlich?«

»Schau mich an, Hasi.«

Michael hob den Kopf. Das Wesen der Prinzessin war

wieder sanft geworden. Sie legte ihre kühle Hand auf seinen Arm.

»Ich weiß nicht, wovor du dich fürchtest, und ich werde nicht danach fragen. Nur so viel: Ich möchte nicht wieder zum Drachen werden. Es würde bedeuten, dass ich in ein Gefängnis zurückkehren müsste, aus dem zu entkommen ich nie zu hoffen gewagt hatte. Aber solange Elfen in dieser Schlacht sterben, werde ich meine Pflicht tun.« Leise fügte sie hinzu: »Du auch, Hasi?«

Die Elfenprinzessin hätte keine besseren Worte wählen können, um Michaels Meinung zu ändern. Pflichterfüllung war die höchste Tugend der Zwerge. Einem Zwerg vorzuwerfen, er vernachlässige seine Pflicht, war in etwa so, als würde man behaupten, er sei kein Zwerg. Trotzdem wusste Michael am Ende nicht, ob er seine Entscheidung deshalb traf oder wegen der kühlen Hand der Prinzessin auf seinem Arm und dem Blick ihrer blauen Augen.

Er straffte die Schultern. »Geht und entzündet ein Feuer in der Schmiede. Fangt an, die Krone einzuschmelzen. Ich folge nach, sobald ich kann.«

Wilamena drückte seinen Arm. »Danke.«

»Okay«, sagte Emma. »Aber kommt bloß nicht auf die Idee, mich in irgendwas einzuweihen. Das wäre ja wirklich zu viel verlangt.«

Wilamena nahm sie an der Hand und flüsterte: »Ich erzähle dir alles. Du hast wirklich sehr viel Geduld mit uns, weißt du das?«

Michael, der allein zurückblieb, vergeudete keine Zeit, sondern ging geradewegs zu dem immer noch gefesselten Wächter. Wenn er auch nur einen Moment zögerte, würde er es nicht schaffen, die Sache durchzuziehen. Und er hatte es versprochen. Trotzdem zitterten ihm die Hände und er packte den Gurt seiner Tasche fester.

»Ich brauche Ihre Hilfe.«

Der Mann schaute nicht hoch und ließ auch ansonsten nicht erkennen, ob er Michael gehört hatte.

»Draußen findet eine Schlacht statt. Eine Schlacht, die wir verlieren werden. Wenn das geschieht, wird Rourkes Armee die Elfen umbringen. Er wird Sie umbringen und die Chronik des Lebens an sich nehmen. Ich will, dass Sie das goldene Band reparieren, mit dem man die Prinzessin in einen Drachen verwandeln kann.«

Immer noch rührte sich der Mann nicht.

»Haben Sie mich gehört? Die werden das Buch stehlen. Und Sie töten!«

Da endlich hob der Wächter den Kopf. Das rote Glühen aus dem Loch in der Mitte des Bodens überzog seine Augen mit einem irren Glanz. Er funkelte Michael mit unverhohlenem Hass an.

»Gut.«

Und damit ließ er den Kopf wieder fallen.

Das war mehr oder weniger die Reaktion, die Michael erwartet hatte.

Also weiter im Text, befahl er sich. *Du weißt, was du zu tun hast*.

Michael kniete sich hin und blendete die Schreie der Kreischer und das Kampfgetümmel aus, um sich ganz auf den Mann zu konzentrieren, der vor ihm hockte.

»Ich glaube, Sie waren nicht immer so. Es sind diese unzähligen Jahre, diese Jahrhunderte – das war einfach zu viel für Sie. Ich brauche die Hilfe des Mannes, der Sie einmal waren.«

Der Wächter hob wieder den Kopf, und für den Bruchteil einer Sekunde glaubte Michael, etwas in seinem Gesicht zu sehen – ein Flehen vielleicht? Er erinnerte sich an die Augen des verrückten Bert, in denen ebenfalls eine Art Bitte gelegen hatte.

Dann war es vorbei. Der Wächter schnaubte und sagte: »Dieser Mann ist tot.«

»Nein«, widersprach Michael und verfluchte innerlich das Zittern in seiner Stimme. »Ich glaube, er lebt noch irgendwo tief in Ihrem Inneren.« Und damit öffnete er die Tasche und zog die Chronik heraus. »Prinzessin Wilamena sagt, dass dieses Buch Menschen zu heilen vermag. Es hat meine Schwester erlöst. Und ich glaube, Sie sind einfach nur krank. Vielleicht wollen Sie auch gar nicht gesund werden, weil Sie sich dann all den schrecklichen Dingen stellen müssen, die Sie getan haben. Aber die Chronik kann Ihnen helfen. Ich … kann Ihnen helfen.«

Der Kopf des Mannes schoss mit einem Ruck vor und er zischte: »Sei kein Narr! Weißt du nicht mehr, wie es bei deiner Schwester war? Du hast all ihren Schmerz und all ihr Leid gespürt. Es war der Schmerz und das Leid eines Kindes – und schon das war zu viel für dich! Und jetzt willst du das Gleiche bei mir machen? Bei mir, der ich fast dreitausend Jahre gelebt habe? Ich habe meine Brüder ermordet. Ich habe meinen Schwur gebrochen. Schreibe meinen Namen in dieses Buch, und *du* wirst derjenige sein, der gemordet und betrogen hat! Die Pein wird dich in Stücke reißen, mein Junge, das verspreche ich dir. Dein Herz ist nicht stark genug.«

»Glauben Sie, das weiß ich nicht?« Tränen verschleierten Michaels Blick. »Glauben Sie, ich würde es tun, wenn ich eine andere Wahl hätte? Am liebsten wäre ich gar nicht hier! Ich wünschte, ich wäre in Cambridge Falls. Oder im Edgar Allan Poe Waisenhaus, und das will was heißen, glauben Sie mir.« Er rieb sich mit den Fingerknöcheln die Augen und holte tief Atem. »Aber ich bin hier. Und Kate hat mir die Verantwortung übertragen.«

Damit öffnete er die Häkchen, mit denen der Griffel am Buchrücken befestigt war, nahm den Stift und schlug das Buch in der Mitte auf. Seine Hände zitterten so heftig, dass er drei Anläufe brauchte, um sich in den Daumen zu stechen und einen Blutstropfen herauszudrücken.

»Ich warne dich, Junge. Tu das nicht.«

Die Spitze des Griffels war rot verschmiert. Michael packte den Knochenstab fester. Dann zögerte er.

»Schreibt sich Xanbertis mit einem X oder mit einem K am Anfang?«

»Was?«

»Wahrscheinlich mit X. Na egal, das Buch wird es schon wissen.«

Michael setzte die blutige Spitze auf die leere Seite.

Ein Zittern fuhr durch seinen Körper, genauso wie bei Emmas Heilung, und mit einem Mal sah er den Wächter wie unter einem Mikroskop. Er konnte jedes einzelne Haar seines Barts sehen, hörte die Käfer in seiner Tasche scharren, roch den viele Wochen alten Schmutz und Schweiß – was er auch vorher konnte, aber nicht in dieser Intensität. Er fing an zu schreiben. Die Worte glimmten und versengten die Seite. Er fühlte die Macht des Buches in sich aufsteigen.

Michael setzte den Griffel ab. Der halbe Name stand in glühenden Buchstaben vor ihm auf der Seite. Er fühlte, dass der Mann ihn beobachtete, dass er abwartete. Und vielleicht war es der Wunsch, keine Schwäche zu zeigen, oder die Erinnerung an das Versprechen, das er Wilamena gegeben hatte, oder einfach nur Sturheit, jedenfalls kritzelte er hastig die fehlenden Buchstaben hin und die Magie erhob sich und trug ihn davon …

Michael war ein junger Mann in einer mächtigen Stadt am Meer. Die niedrigen, rotbraunen Gebäude, die sich um einen hohen Turm drängten, waren von einer Stadtmauer umgeben. Zu diesem Turm lenkte der junge Mann seine Schritte, denn er war in den Orden berufen worden. Seine Erregung, sein Stolz und seine Furcht waren Michaels Erregung, Stolz und Furcht.

Und Michael fühlte die Liebe des jungen Mannes zu seinen neuen Brüdern, seine Dankbarkeit für das große Vertrauen, das ihm und den anderen Wächtern entgegengebracht wurde. Als Alexanders Armee angriff, spürte Michael den Zorn, die Trauer und die Scham des jungen Mannes, als er und drei andere mit der Chronik des Lebens flüchteten und ihre verwundeten und toten Brüder zurückließen.

Michael blieb an der Seite des Mannes, der nicht länger jung war, während er und seine verbleibenden Brüder die Chronik über den Ozean nach Süden brachten. Er fühlte die eiserne Entschlossenheit, mit der sie das eisige Land durchmaßen, und Michael war auch bei ihnen, als sie in dem schneebedeckten Tal der Elfen ankamen. Er fühlte das Staunen des Mannes, als die Chronik den Vulkan zum Leben erweckte und das Tal grün und fruchtbar machte.

Jahrzehnte, Jahrhunderte vergingen.

Und dann war da der Same des Wahnsinns, der Wurzeln schlug, wuchs und sich schließlich wie eine alles erstickende Ranke um den Geist des Wächters schlang. Es war nicht Gier, die in seinem Herzen saß – und nun auch in Michaels Herzen – sondern Angst. Angst, dass jemand die Chronik an sich reißen würde. Anfangs richtete sich diese Angst gegen die Welt da draußen, aber als die Jahre vergingen, fand diese Angst Feinde im Inneren. Er – der Mann, Michael – glaubte in seinen Brüdern das Verlangen nach der Chronik zu erkennen. Er allein konnte das Buch beschützen. Er allein war sein Wächter. Es war seine Pflicht, seine Verantwortung. Und dann stand Michael hinter einem seiner Brüder, das gezückte Messer in der Hand …

Michael fühlte, wie er in eine bodenlose Dunkelheit fiel. Er versuchte, sich zurückzuziehen, versuchte, sich zu retten, aber es gab nichts, woran er sich hätte festhalten können. Er ertrank in der Verzweiflung und der Schuld des Mannes. Es war zu viel. Der Mann hatte recht gehabt: Er, Michael, war nicht stark genug. Michaels letzter Gedanke galt Kate und Emma. Er hatte sie schon wieder im Stich gelassen …

»Michael!«

Er schlug die Augen auf. Emma beugte sich über ihn und hielt einen Eimer in der Hand. Michaels Kopf und seine Brust waren klatschnass. Emma warf den Eimer beiseite und umarmte ihn fest.

»Du lebst! Gott sei Dank! Ich hatte solche Angst!«

Eine Weile tat Michael nichts anderes, als sich von Emma umarmen zu lassen. Nach und nach kam er wieder zu sich. Er war also nicht tot. Und er war nicht mehr im großen Saal des

Bergfrieds. Jemand hatte ihn in den Innenhof der Festung gebracht.

»Ich … ich muss mich aufsetzen.«

Emma stützte ihn und Michael richtete sich auf. Er fühlte sich zerbrechlich und leer, als ob er bei der kleinsten Erschütterung in seine Bestandteile zerfallen würde. Er wollte sich daran erinnern, was geschehen war, merkte aber, dass er dazu noch nicht bereit war. Nicht jetzt. Vielleicht niemals. Er war am Leben, das war die Hauptsache.

Er sah jetzt, dass er in einem der überdachten Unterstände war, die sich an der gesamten Festungsmauer entlangzogen. Links von ihm befand sich die Schmiede. Jemand schlug klirrend auf den Amboss.

»Wie bin ich hierher gekommen?«

»Na, was glaubst du denn?«, gab Emma zurück. »Er hat dich rausgetragen.«

»Wer?«

»Er!« Sie rückte ein Stück zur Seite, und da sah Michael, dass es der Wächter war, der vor dem Amboss stand. Er trug eine dicke Lederschürze und schwere Handschuhe. Seinen zotteligen Bart hatte er mit einem Stück Schnur nach oben gebunden. In einer Hand hielt er eine Zange, in der anderen einen Hammer. Zwischen den Greifern der Zange steckte das goldene Band, das jetzt vor Hitze rot glühte. Der Mann ließ den Hammer niedersausen und schlug damit wieder und wieder auf das Band ein. Dabei murmelte er leise vor sich hin. Michael war sprachlos; er fand einfach keine Worte für das, was er sah. Schließlich hob der Mann das rauchende Goldband hoch und ließ es in einen Eimer Wasser fallen. Es zischte und dampfte.

Michael kämpfte sich auf die Füße. »Er hat mich hergebracht? Er?!«

»Ja. Als ich gesehen habe, dass er dich auf den Armen trug, dachte ich, dass er sich losgerissen und dich getötet hätte, aber … he, was ist denn los?«

Michaels Blick war auf seine Tasche gefallen, die auf dem Boden lag. Er griff danach und leerte sie mit einem Ruck aus: Seine Kamera, seine Stifte, sein Notizbuch, Kompass und Taschenmesser, ein angebrochenes Päckchen Kaugummi, der Orden von König Robbie – alles fiel klappernd heraus, einschließlich der Chronik, an deren Buchrücken der Griffel wieder an seinen Platz gehakt war. Michael verstand gar nichts mehr. Er war ohnmächtig geworden, dann hatte sich der Wächter irgendwie befreien können. Aber anstatt mit dem Buch Rubyn zu fliehen, hatte der Mann die Chronik wieder in Michaels Tasche gesteckt und ihn hierher getragen. Und jetzt reparierte er augenscheinlich das goldene Band. Was war geschehen?

Oder hatte es etwa …?

Michael nahm das Buch und drehte es in seinen Händen hin und her.

Hatte es geklappt?

»Dein Plan hat funktioniert, was?«, sagte Emma, als hätte sie seine Gedanken gelesen.

»Was?«

»Der Wächter. Als er dich rausbrachte, war er nicht mehr verrückt. Er ist jetzt furchtbar nett. Also hat dein Plan funktioniert.«

»Ja«, sagte da eine Stimme. »Er hat mich geheilt.«

Der Wächter stand neben ihnen. Die Schürze und die Lederhandschuhe trug er nicht mehr, aber sein Gesicht glänzte vor Schweiß und seine Wangen waren rußgeschwärzt. Er sah teuflischer aus denn je – wenn da nicht die Augen gewesen wären. Michael fühlte sich an Dr. Pyms Augen erinnert. In ihnen lag nicht die gleiche Fröhlichkeit wie in den Augen des Zauberers, aber sie strahlten die gleiche Ahnung von Alter, Weisheit und Milde aus. Michael merkte, wie seine Panik abebbte.

»Du fragst dich vermutlich, wie ich mich befreien konnte«, sagte der Mann. »Als du zusammenbrachst, fielst du auf mich. Ich konnte das Messer aus deinem Gürtel ziehen.

»Oh, aber … aber warum …?«

»Warum ich nicht die Chronik nahm und floh? Wie ich schon sagte, du hast mich geheilt. Ich bin wieder der Mann, der ich einstmals war.« Dann kniete er sich vor Michael hin und hob seine Stimme über den Schlachtenlärm. »Hiermit lege ich Zeugnis ab, dass ich mich mit Leib und Seele in deinen Dienst stelle. Ich schwöre, dass mein Leben dir gehört, bis mich der Tod von diesem Band erlöst.«

»Wow«, hauchte Emma.

»Du hast mich dem Leben zurückgegeben«, sagte der Mann. »*Du* bist der wahre Hüter.«

So zerschlagen und leer, wie er sich fühlte, brachte Michael kein Wort heraus. Er schüttelte nur leicht den Kopf. Es war nicht so, dass er anderer Meinung war als der Wächter. Er wollte es bloß einfach nicht glauben.

Der Mann hielt ihm das goldene Band hin. »Es ist vollbracht. Der Zauber ist gewebt.«

Michael nahm es. Das Metall, fest und warm in seiner Hand, verlieh ihm neue Energie. Er fuhr mit dem Daumen über die Stelle, wo sein Messer es zerschnitten hatte. Das Gold aus Wilamenas Krone hatte eine kaum sichtbare, leicht erhabene Narbe hinterlassen.

Okay, sagte er sich, nicht an die Chronik denken, auch nicht daran, was alles geschehen ist. Denk nur daran, was du tun musst.

Aber das war genauso, als würde ein verwundeter Mann nicht an das Blut denken wollen, das aus seinem Körper strömt.

»Wo ist die Prinzessin?«, stieß er hervor.

»Hier bin ich.«

Wilamena trat zu ihnen. Ihre Augen waren rot, als hätte sie geweint, und erst jetzt fiel Michael auf, dass sie nicht da gewesen war, als er erwachte. Aber er fragte nicht weiter nach; dazu blieb keine Zeit.

»Das Band ist bereit.«

Die Elfenprinzessin streckte den Arm aus.

»Ich bin es auch.«

Gabriel kämpfte immer noch Seite an Seite mit den Elfen auf dem Wehrgang, als ein Aufbrüllen im Hof ihn herumwirbeln ließ. Gabriel erkannte das Brüllen, wusste genau, welche Kreatur es ausgestoßen hatte. Einen Moment lang zweifelte er an seinem Verstand. Das war nicht möglich! Doch da sauste schon ein goldener Schemen an ihm vorbei, und im Aufblicken sah er, wie sich die letzten Strahlen der untergehenden Sonne auf den Schuppen des Drachen widerspiegelten. Totenstille legte sich über die Festung. Angreifer und Verteidiger gleichermaßen waren wie erstarrt und schauten himmelwärts.

Schritte klapperten die Leiter hinauf, und dann waren Michael und Emma bei ihm, atemlos und mit geröteten Wangen.

»Gabriel!«, rief Emma. »Hast du das gesehen? Das waren wir! Hast du's gesehen?«

Sie deutete zum Himmel, aber Gabriel starrte die Kinder an.

»Ihr wart das?«

»Na ja, Michael hat das meiste gemacht, aber ich habe beim Feueranzünden geholfen.«

Michael fühlte die sorgenvollen Augen des großen Mannes auf sich ruhen. Gabriel wusste nichts von der Heilung des Wächters oder dass er, Michael, derjenige war, der Wilamena das Band angelegt hatte und damit nun ihr Meister war.

»Keine Angst, sie ist auf unserer Seite«, erklärte er.

Michael gab sich alle Mühe, zuversichtlich zu klingen, aber in Wahrheit hatte ihn die Verwandlung der Elfenprinzessin zutiefst verunsichert. Es war eine Sache zu wissen, dass jemand zum Drachen wird, und eine ganz andere, es leibhaftig mitzuerleben.

Michael hatte das Band über Wilamenas Handgelenk gestreift und dabei unwillkürlich die Zartheit ihrer nach Honig duftenden Haut bewundert, als seine Finger plötzlich eine Stelle berührten, die ein wenig rau war. Neugierig hatte er sie betrachtet und bemerkt, dass sich goldene Schuppen auf ihrem Arm ausbreiteten, dass ihre Fingernägel sich verdickten und zu Krallen anwuchsen. Er fing gerade an, sich ein wenig unbehaglich zu fühlen, als eine tiefe, leicht singende Stimme zischte: »Tritt zurück, Hasi.« Als Michael aufblickte, sah er, wie Wilamenas blaue Augen die Farbe von Blut annahmen.

Der Wächter riss ihn und Emma zurück und kurz darauf zerbarst der hölzerne Unterstand und der goldene Drache trat in seiner ganzen schrecklichen Pracht heraus.

Wilamena war jetzt schon hoch über der Festung. Michael starrte hinauf, unsicher, was er tun musste, wie das Band zwischen ihm und dem Drachen aktiviert wurde, als die Elfenprinzessin plötzlich zu ihm sprach. Er hörte ihre Stimme nicht in seinem Kopf, es war nicht so greifbar. Mehr das Gefühl, dass sie da war; er brauchte sich keine Sorgen zu machen; sie hatte alles im Griff.

Zum ersten Mal, seit Emma ihn mit dem Eimer voll kaltem Wasser übergossen hatte, hob sich Michaels Laune ein wenig.

Schau gut hin.

Die Armee des Feindes bedeckte die gesamte Ebene von der Festung bis zum Waldrand; ein Dutzend Belagerungsleitern mit Gnomen und Kreischern auf den Sprossen lehnten an der Wehrmauer. Alles war wie erstarrt; niemand hatte sich seit dem Auftauchen des Drachen gerührt. Alle warteten ab, was er tun würde. Dann vollführte der Drache einen Looping und stürzte aus dem Himmel herab. Michael fühlte einen heißen Wind, als er vorbeijagte, dann das Geräusch von zersplitterndem Holz. Die Leitern knickten wie dürre Stöckchen und die Gnome und Kreischer wurden zu Boden geschleudert.

»Hast du das gesehen?«, rief Emma und packte Gabriel am Arm. »Hast du das gesehen?«

Rourkes Armee geriet in Unordnung. Die Ungeheuer wussten nicht, ob sie ihren Angriff gegen die Festung fortsetzen oder sich der neuen Bedrohung widmen sollten. Die Elfen nutzten die Gelegenheit und schickten Pfeil auf Pfeil in ihre Mitte. In der Zwischenzeit wendete der Drache und flog im

Sturzflug auf die Armee zu, wobei er eine mächtige Flamme ausstieß. Aus der Unordnung wurde Chaos, und minutenlang sahen die Belagerten zu, wie der Drache die Angreifer massakrierte. Schließlich landete er inmitten der Armee und stieß einen Flammenstrahl aus, der zu einem Feuerwirbelsturm wurde, als er sich um die eigene Achse drehte.

»Oh-oh«, sagte Emma, »Wilamena scheint echt wütend zu sein.«

Michael sagte nichts, sondern blickte nach rechts und links, um zu sehen, wie die Elfen reagierten. Erst da fiel ihm auf, wie wenige noch auf der Wehrmauer standen. Verwirrt schaute sich Michael um – bis er in einem Unterstand an der Mauer mehr als ein Dutzend Elfen in ihre Umhänge gewickelt reglos nebeneinander auf dem Boden liegen sah. Michael wurde das Herz eng. Jetzt wusste er, wo Wilamena gewesen war, als er erwachte, und warum sie geweint hatte. Und nun nahm sie Rache.

Dann sagte Gabriel: »Da ist Rourke!«

Vorhin, während die Schlacht tobte, hatte sich Rourke an den Fuß des Vulkans zurückgezogen, wo ein Gnom Tisch und Stuhl bereitgestellt und ein Mahl aufgetragen hatte, das Rourke ohne Hast verspeiste, während er den Verlauf der Schlacht beobachtete. Jetzt aber lief er mit Riesenschritten den Hang hinauf, einen meterlangen, armdicken Speer in der Hand. Wilamena schwebte vier Meter hoch in der Luft und ließ gerade eine Truppe von Morum Cadi in Rauch aufgehen. Sie schien Michaels Panik zu spüren und drehte sich um, aber sie geriet aus dem Gleichgewicht. Michael keuchte auf, als die Speerspitze in ihre Schulter fuhr.

»Pass auf!«, schrie Emma, »er hat noch einen!«

Wieder kam die Warnung zu spät. Mit einem entsetzlichen Geräusch drang Rourkes zweiter Speer in die Brust des Drachen. Michael fühlte einen sengenden Schmerz und seine Verbindung zu der Elfenprinzessin riss ab. Einen Moment lang sah es so aus, als würde Wilamena inmitten der Gnome und Kreischer zu Boden gehen und von den Kreaturen in Stücke gerissen werden. Dann aber kämpfte sie sich mit einem Flügel hinauf in die Luft und flog davon. Michael blickte ihr nach, bis sie über dem Wald abstürzte.

Michael fühlte sich, als hätte er selbst einen Speer in der Brust stecken.

Sie ist tot, dachte er. Sie ist tot und ich bin schuld.

In der Zwischenzeit war Rourke vorwärtsgestürmt, hatte den Rammbock gepackt, den die Trolle fallen gelassen hatten, und rannte damit auf das Tor zu.

»In den Bergfried!«, schrie Gabriel und stieß Emma und Michael auf die Leiter zu. »Zieht euch in den Bergfried zurück!«

Michael fühlte seinen Körper kaum noch. Er wusste nicht, wie es ihm gelang, die Leiter nach unten zu klettern. Der Elfenhauptmann formierte seine Leute und ließ sie in einer Reihe antreten. Gabriel hob Emma auf und rief Michael zu, ihm zu folgen. Dann erklang ein lautes Splittern und die Tore der Festung fielen. Michael sah Rourke mit Gabriels Machete in der Hand in die Festung stapfen, gefolgt von schwarz gekleideten Kreischern und Gnomen.

Er hörte, wie Emma nach ihm rief, aber ihre Stimme klang wie aus weiter Ferne.

Wilamena war tot und es war seine Schuld.

Michael sah, wie sich die Elfensoldaten den Eindringlingen

entgegenstellten. Der blauäugige Hauptmann bekam es mit Rourke zu tun. Inmitten des Scharmützels trafen ihre Klingen blitzend und klirrend aufeinander. Dann wirbelte etwas durch die Luft und Michael erkannte, dass es das Schwert des Elfenhauptmanns war. Er lag am Boden und Rourke trat lachend vor, um ihm den Todesstoß zu verpassen. Michael dachte nicht nach. Er traf keine bewusste Entscheidung. Er rannte einfach, einen großen Stein in der Faust. Er zielte und zum ersten Mal in seinem Leben traf ein Wurf von ihm genau ins Schwarze. Der Stein prallte von Rourkes kahlem Schädel ab. Der große Mann blieb stehen und drehte sich um, wodurch er dem Hauptmann Gelegenheit gab, sein Schwert zu packen und auf die Füße zu springen. Michael empfand einen kurzen Moment des Triumphs.

Dann streckte Rourke den Arm aus, deutete auf Michael und schrie: »Der Junge! Schnappt euch den Jungen!«

Drei Kreischer lösten sich aus dem Gefecht. Michael wandte sich zur Flucht – und fiel hin. Er rappelte sich auf und warf einen Blick zurück in der sicheren Erwartung, dass die drei schwarzen Gestalten über ihm waren. Aber der Wächter hatte sich zwischen ihn und die Kreischer geworfen. Das Schwert des Mannes war nur als wirbelnder Schemen zu erkennen, während er Hiebe und Stiche von allen Seiten parierte. Er fällte den ersten Kreischer, kurz darauf den zweiten. Im Kämpfen schien sich sein Rücken zu strecken, seine ganze Gestalt richtete sich auf. Seine Bewegungen waren flink und sicher.

Michael wusste, dass der Mann ihnen einen Vorsprung erkämpfen wollte.

Steh auf, befahl er sich. *Lauf weg*.

Aber da erzitterte die Erde und er fiel wieder hin. Erst glaubte Michael, der Vulkan sei schließlich doch ausgebrochen, aber das Beben war merkwürdig rhythmisch. Er schaute auf und sah den letzten Troll durch das Tor auf sich zustürmen.

Er wollte aufstehen, aber seine Beine gehorchten ihm nicht.

Er sah zu, wie der Troll näher und näher kam und mit seiner riesenhaften Gestalt das Blau des Himmels verdeckte.

Der Wächter warf sich dem Ungetüm entgegen. Er schien den Troll förmlich umarmen zu wollen, aber der schleuderte ihn von sich, sodass er durch die Luft segelte und gegen einen Holzpfosten prallte. Michael wartete auf den Angriff des Trolls, aber der rührte sich nicht. Dann sah er, dass das Schwert des Wächters aus dem Nacken des Trolls ragte. Geistesgegenwärtig rollte er sich zur Seite, als das Ungetüm nach vorn kippte.

Sekunden später zog der Wächter Michael auf die Füße, schützte ihn mit seinem eigenen Körper und rannte mit ihm an den rauchenden Leichen der Kreischer vorbei, vorbei an den kämpfenden Elfen, die Stufen zum Bergfried hinauf. Erst im Inneren ließ der Mann ihn los. Emma schlang ihre Arme um Michaels Hals und klammerte sich an ihn, wobei sie ihn gleichzeitig ausschimpfte, weil er zurückgeblieben war. Einen Moment lang stand Michael einfach nur schwer atmend da. Das rote Glühen aus dem Tunnel war intensiver als je zuvor. Der Lärm der Schlacht wurde von den dicken Steinmauern gedämpft.

Gabriel schlug die Tür zu und verbarrikadierte sie.

»Was machst du denn da?« Michael löste sich aus Emmas Umklammerung. »Wenn du die Tür verriegelst, können die Elfen doch nicht hinein!«

»Die Elfen werden im Hof die Stellung halten.«

»Aber –«

»Es ist ihre eigene Entscheidung«, sagte Gabriel. »Wir steigen den Turm hinauf. Vielleicht kommt noch rechtzeitig Hilfe …«

»*Nein!*«

Michael, Emma und Gabriel wandten sich um. Der Wächter war auf ein Knie gesunken. Lange Streifen aus Blut befleckten seine Arme und Beine. Michael hatte nicht einmal bemerkt, dass er verwundet war.

»Es gibt einen Weg nach draußen.« Der Atem des Mannes klang gepresst, das Gesicht war in Schweiß gebadet. »Ihr müsst durch den Vulkan gehen. Um den Krater des Vulkans führt ein Pfad auf die andere Seite. Es ist der einzige Ausweg.«

Als er geendet hatte, sank er nach vorn. Michael rannte zu ihm. Noch im Laufen zog er die Chronik des Lebens aus seiner Tasche.

»Halten Sie durch! Ich kann Sie retten …«

»Nein … Dafür bleibt keine Zeit.«

»Aber …«

»Nein!« Der Mann packte Michael am Arm. Seine Stimme sank zu einem Flüstern. »Gib gut acht! Das Buch wird dich verändern. Vergiss nie, wer du bist.«

Michael nickte, obwohl er keine Ahnung hatte, was der Mann damit meinte.

»Bitte, lassen Sie mich Ihnen helfen …«

»Ich habe einen letzten Wunsch: Bitte sag mir, ob ich meinen Schwur erfüllt habe.«

Michael konnte kaum sprechen; ein dicker Kloß saß in seiner Kehle. »Ja.«

»Dann kann ich meinen Brüdern mit erhobenem Haupt gegenübertreten.« Als Michael den Mann betrachtete, hatte er den Eindruck, dass ein riesiges, unsichtbares Gewicht von seinen Schultern abfiel. Mit letzter Kraft stieß der Wächter Michael von sich. »Und jetzt geh. Geh!«

Michael folgte Emma und Gabriel die Stufen hinunter. Nur einmal schaute er zurück. Der Mann lag bewegungslos da. Seine Augen starrten ins Leere.

Der Wächter. Die Elfen im Hof. Wilamena.

Wie viele noch?, fragte sich Michael. Wie viele müssen meinetwegen noch sterben?

Mit tonnenschwerem Herzen steckte er das Buch in seine Tasche und rannte durch den Tunnel.

KAPITEL 20

Ins Feuer

Der Tunnel gabelte sich.

»Wo lang?«, fragte Emma.

Sie, Michael und Gabriel waren tief in den Berg eingedrungen. Die Höhle, wo Michael mit dem Drachen verhandelt hatte, lag weit hinter ihnen. Mit jedem Schritt wurde die Hitze schlimmer, während sich die Luft zu einem giftschwangeren, roten Nebel verdichtete. Zweimal hatte der Vulkan so heftig gebebt, dass Michael und Emma sich an die Wand lehnen mussten, um nicht umzufallen. Emma bemerkte trocken, dass der Kahlkopf sich wohl beeilen müsse, weil der Vulkan sie sonst umbringen würde, bevor es ihm gelang.

Jetzt standen sie an einer Gabelung.

»Wir dürfen nicht den falschen Weg wählen«, sagte Gabriel. »Ihr wartet hier.« Er stürmte in den rechten Gang.

Michael sank zu Boden.

Emma kniete sich neben ihn.

»Es ist nicht deine Schuld.«

Michael schwieg.

»Du wolltest ihn retten. Er hat abgelehnt.«

»Es … es war gut, dass er abgelehnt hat.«

»Was redest du denn da? Warum war es gut?«

»Er hat seine Brüder verraten, seinen Schwur gebrochen. Mit dieser Schuld musste er Jahrhunderte lang leben. Wir haben ihm die Möglichkeit gegeben, Buße zu tun. Er hat uns sogar freiwillig das Buch überlassen. Er war bereit zu sterben.« Michael schaute Emma an. »Es klingt unlogisch, ich weiß.«

Aber Michael wusste Dinge, von denen Emma keine Ahnung hatte. Er trug das Leben des Wächters in sich. Auch wenn er es Emma nicht begreiflich machen konnte, so wusste er doch, was es für den Wächter bedeutet hatte, diese Last abzuwerfen.

»Michael … was hat er dir gesagt, bevor er starb? Ich konnte nicht alles verstehen.«

Michael dachte an die geflüsterten Worte des Wächters: *Das Buch wird dich verändern.*

Aber wie verändern?, fragte sich Michael. *Und in was?*

Schulterzuckend sagte er: »Er meinte nur, ich solle die Chronik beschützen.«

Beide schwiegen eine Weile, dann fragte Emma: »Sag mal, muss man jemanden gut kennen, um ihn zu heilen?«

»Ich sagte dir doch, er wollte es nicht. Außerdem ist es zu spät …«

»Ich meine doch gar nicht den Wächter. Ich habe bloß nachgedacht.« Emma packte Michael am Arm. »Woher wollen wir eigentlich wissen, dass die Prinzessin tot ist?«

Michael stieß einen Schrei aus und zerrte das Buch Rubyn

aus seiner Tasche. Er verfluchte sich selbst, dass er nicht früher daran gedacht hatte. Er riss den Griffel aus der Halterung und wollte sich gerade in den Daumen stechen, als er zögerte. So sehr er die Prinzessin retten wollte, so sehr ängstigte ihn die Vorstellung, den Schmerz einer weiteren Person in sich aufzunehmen.

Wieder dachte er an die Worte des Wächters: *Das Buch wird dich verändern. Denk immer daran, wer du bist.*

»Michael? Was ist denn los? Was ist denn?«

»Jedes Mal ... jedes Mal, wenn ich einen Namen in das Buch schreibe, nehme ich das ganze Leben dieser Person in mir auf. Ich fühle, was der andere gefühlt hat. Bei dem Wächter fühlte ich, wie er empfunden hatte, als er seine Brüder ermordete. Ich fühle alles.«

Emma ließ seinen Arm los. »Bei mir auch?«

Michael schaute seine Schwester an. Sie betrachtete ihn mit weit aufgerissenen Augen. Um ihren Kopf stand ein rötlicher Schimmer. Er nickte knapp. Und dann sprudelten die Worte aus ihm heraus. Seit er sie aus ihrem todesähnlichen Schlaf erweckt hatte, hatte sich eine wahre Flut aus Emotionen aufgestaut. »Ich weiß jetzt, was ich dir angetan habe, als ich dich und Kate an die Gräfin verriet. Damals wusste ich es nicht. Ich hatte keine Ahnung. Jetzt schon. Und ich verspreche dir: Was immer geschieht, ich sorge dafür, dass du mir wieder vertraust. So wie früher. Ich verspreche es.«

Noch ehe Emma etwas darauf erwidern und noch ehe er es sich anders überlegen konnte, stach er sich in den Daumen, schrieb Wilamenas Namen in rauchenden, blutigen Buchstaben auf die Seite – und da war sie, die Macht der Chronik des Lebens, und riss ihn mit sich.

Michael hatte geglaubt, dass die Chronik ihn in den Wald führen würde, wo Wilamena abgestürzt war, aber er fand sich in einer Welt aus Eis und Schnee wieder. Er erkannte die Biegung des Tals, den hoch aufragenden Ring aus Bergen, aber es gab weder Bäume noch Vögel. Alles war kalt und still und weiß. Michael sah Wilamenas Leben vor sich, wie es am Anfang gewesen war. Er konnte jede einzelne Schneeflocke sehen, jeden Eiskristall.

Dann veränderte sich die Welt: Die Elfenprinzessin schaukelte auf einem dünnen Zweig hoch oben in einem Baum. Michael war bei ihr, und genauso wie er die Schneeflocken und das Eis in einem anderen Licht betrachtet hatte, so sah er die Blätter und Nadeln an den Bäumen mit ganz neuen Augen. Die Vögel antworteten auf Wilamenas Ruf und sie hob ihr Gesicht der Sonne entgegen. Michael hätte sich nie träumen lassen, dass sein Herz so übervoll sein konnte.

Dann kam die Dunkelheit. Michael erkannte die Höhle, den Lavasee, den Tunnel hinauf zum Bergfried. Er fühlte den Leib des Drachen, wie die Prinzessin ihn empfunden hatte: als immerwährendes Gefängnis. Er erlebte, wie sie Tag für Tag darum kämpfte, nicht die Erinnerung an den Schnee und die Bäume und die Sonne zu verlieren, aber es war, als wollte man eine Kerzenflamme auf einer windgepeitschten Ebene am Erlöschen hindern.

Und dann, ohne Vorwarnung, lag Michael auf dem Waldboden, umgeben von zersplitterten Bäumen. Er fühlte, wie Wilamenas Herz – sein Herz – das Blut aus dem Leib pumpte, sah, wie es sich zu einer dunklen Pfütze auf einem Bett aus zerdrückten Farnen sammelte.

Lebe, flehte er. *Oh bitte, bitte, lebe ...*

»Michael!«

Er war wieder im Tunnel, das offene Buch auf den Knien. Wilamenas Name verblasste auf der leeren Seite. Er fühlte sich ausgehöhlt und zittrig. Emma und Gabriel starrten ihn an.

»Es tut mir leid«, sagte Emma. »Gabriel sagt, dass der rechte Tunnel eine Sackgasse ist. Wir müssen den anderen Weg nehmen.«

»Aber ich weiß nicht, ob sie … Ich muss es noch mal versuchen …«

»Wir haben keine Zeit mehr«, sagte Gabriel. »Wir müssen gehen. Jetzt gleich.«

»Aber –«

»Michael, sie kommen!«

Und dann hörte auch er die Schreie der Kreischer, die von den Tunnelwänden widerhallten.

Mit dem markerschütternden Kreischen der Morum Cadi auf ihren Fersen rannten sie durch das pulsierende rote Glühen. Hinter einer Biegung weitete sich der Tunnel und dann standen sie plötzlich in dem riesigen, rauchenden Krater des Vulkans. Unter ihnen, achtzig Meter tief, brodelte ein kochender See aus Magma. Über ihnen hing das blauschwarze Zelt des Nachthimmels. Michael hatte den Eindruck, am Rand eines gigantischen Kochtopfs zu stehen.

»Seht doch!«, rief Emma.

Michael, der angestrengt durch den Rauch blinzelte, erkannte auf der anderen Seite die Öffnung eines weiteren Tunnels. Der Felsabsatz, auf dem er, Gabriel und Emma standen, ging in einen Pfad über, der geradewegs zu diesem Tunnel führte. Der Wächter hatte recht gehabt.

»Kommt«, sagte Gabriel, »wir müssen uns beeilen.«

Emma ging voraus. Sie beeilten sich, so gut sie konnten, aber der Pfad war schmal und uneben, der Abgrund tief, und nur ein einziger falscher Schritt konnte ihren Tod bedeuten. Das Atmen fiel ihnen schwer, denn die Luft war unerträglich heiß, und die Dämpfe, die aus dem Krater aufstiegen, verursachten ihnen Übelkeit und Schwindelgefühl. Die Kinder wollten sich an der Felswand abstützen, doch der Stein war so heiß, dass sie sich die Handflächen verbrannten. Und während der ganzen Zeit rumpelte und grollte der Vulkan. Große Blasen stiegen in dem Magma auf und zerplatzten, wodurch heiß glühende Fontänen in die Luft spritzten.

Michael versuchte sich zu konzentrieren, aber so wie ein Traum noch nachhallt, wenn man erwacht ist, so konnte auch er das Gefühl, in einem Drachenkörper gefangen zu sein, nicht abschütteln.

Sie hatten die Hälfte des Weges zurückgelegt, als ein Ruf hinter ihnen ertönte. Sie drehten sich um und sahen Rourke aus dem Tunnel treten und mit langen Schritten über den Pfad auf sie zukommen, Gabriels Machete in der rechten Hand.

Gabriel zog sein Schwert. »Geht voraus. Ich hole euch ein.«

Wortlos packte Emma Michael an der Hand und zog ihn mit sich.

Gabriel suchte sich eine Stelle, wo der Felsabsatz am breitesten war, und wartete.

Die Kinder waren nicht mehr weit von der Tunnelöffnung entfernt, als der Vulkan mit einem Mal erzitterte. Michael geriet ins Wanken, fiel hin und verknackste sich den Knöchel.

Das Fußgelenk fing an zu pochen. Er versuchte aufzustehen und zuckte vor Schmerz zusammen. Rennen konnte er mit diesem Fuß nicht mehr.

»Michael …«

»Schon gut. Es wird schon …«

»Nein, das meine ich nicht. Da!«

Sie deutete an der Tunnelöffnung vorbei, wo sie eine Gestalt über den Felsabsatz auf sich zukommen sahen. Es war ein Skelett, die Knochen geschwärzt und rauchend. Es hielt ein gezacktes Schwert gepackt und bewegte sich mit einem springenden Gang, den die Kinder kannten.

»Es ist einer der Kreischer, die vom Drachen verbrannt wurden!«, sagte Emma fassungslos. »Aber wie um alles in der Welt kann sich dieses blöde Viech noch bewegen?«

Michael wusste keine Antwort darauf und es war ihm auch egal. Die Kreatur war andersherum um den Krater gegangen und drohte nun, ihnen den Weg in den rettenden Tunnel hinein zu versperren. Dann säßen sie in der Falle. Michael versuchte noch einmal, Gewicht auf seinen verletzten Fuß zu legen.

»Emma, ich kann nicht rennen. Du musst allein weiter …«

»Was?! Nein! Ich lasse dich nicht hier zurück!«

Michael wollte gerade sagen, dass er der Ältere war und dass er ihr befahl zu fliehen, als zwei weitere Kreischer auf dem Pfad auftauchten. Auch sie waren versengt, aber nicht so vollständig wie ihr Kamerad – was sie noch gruseliger aussehen ließ als den Ersten. Alle drei Skelette kamen näher.

»Aber klettern kannst du doch, oder?«, wollte Emma wissen.

»Was?«

»Außerdem vertraue ich dir, hörst du? Wer sonst hat jemals um meinetwillen gegen einen Drachen gekämpft, hm?«

Michael zuckte mit den Schultern. »Ähm … niemand?«

»Verdammt richtig! Und du bist mein Bruder. Ich werde dir immer vertrauen. Sag das deinem blöden Buch! Und jetzt guck mal.«

Fünfzehn Meter über ihnen befand sich eine kleine Tunnelöffnung in der Felswand.

Emma stieß ihn auf die Wand zu und rief: »Kletter hoch!«

Der raue, poröse Fels des Vulkans bot genug Halt für Hände und Füße; Michael konnte mit einem Fuß klettern, allerdings nicht so schnell wie Emma, die ihm in Windeseile weit voraus war. Das eigentliche Problem waren seine Handflächen, die nach kurzer Zeit von dem heißen Fels verbrannt waren und höllisch schmerzten. Aber die Geräusche der Verfolger hinter sich – knochige Finger, die über die Felsen schabten –, ließen ihn den Schmerz vergessen und noch schneller klettern.

Michaels Gedanken drehten sich nur um Emma Worte. Er hätte so gerne gewusst, ob sie es ehrlich gemeint hatte. Dieser Gedanke verlieh ihm neue Hoffnung und Kraft und verscheuchte jene dunklen Schatten, die sich in seinen Geist geschlichen hatten.

Plötzlich durchlief den Vulkan ein ungeheures Zittern, und die Felsen, an die Michael sich geklammert hatte, lösten sich. Hektisch scharrte er mit den Händen an der Wand, während er nach unten rutschte. Sobald er wieder Halt gefunden hatte, schaute er hoch, um sich zu vergewissern, dass Emma unverletzt war – und sah, dass ein Kreischer ihr auf den Fersen war und versuchte, sie von der Felswand zu ziehen.

»Emma!«

Er kletterte hinauf, aber er war noch nicht weit gekommen, als das Skelett mit Emmas Stiefel in der Hand an ihm vorbei nach unten fiel. Michael schaute hoch; Emma grinste und wackelte mit den Zehen ihres rechten Fußes.

»Ich habe die Schnürsenkel aufgeknotet.«

Dann verschwand ihr Lächeln. Michael folgte ihrem Blick. Der Rauch hatte sich verzogen. Gabriel und Rourke waren gut sichtbar. Die beiden Männer standen dicht voreinander. Ihre Waffen waren nur als wirbelnde Schemen wahrzunehmen, das Klirren der Klingen war über dem Grollen des Vulkans nicht zu hören. Gabriel war nicht in der Lage, seinen Gegner anzugreifen; ihm blieb nichts weiter übrig, als Rourkes Hiebe und Stiche zu parieren, die nur so auf ihn niederprasselten. Es schien so, als hätte der kahlköpfige Riese nicht nur eine Waffe, sondern viele, die alle ständig in Bewegung waren. Dann verbarg eine neue Dampfwolke die Kämpfenden vor den Blicken der Kinder. Michael schaute zu Emma hoch und erwartete, dass sie nach unten klettern würde, um Gabriel beizustehen.

Aber Emma hatte sich nicht vom Fleck gerührt, und Michael erkannte, dass sie ihn nicht allein lassen würde, dass sie ihn niemals allein lassen würde. Sie hatte jedes Wort ernst gemeint.

»Hör auf zu träumen!«, schrie sie ihm zu. »Das Viech ist direkt hinter dir!«

Michael kletterte weiter. Er hörte einen weiteren Kreischer an den Felsen unterhalb seiner Füße schaben und scharren, und er redete sich ein, dass Gabriel schon irgendetwas einfallen würde, um diesen Kampf zu gewinnen. Das gelang ihm doch immer.

»Ich bin angekommen!«, rief Emma. »Da ist tatsächlich ein Tunnel. Mach schnell!«

Der Vulkan schien jeden Moment auseinanderbrechen zu wollen. Große Felsbrocken lösten sich aus der Wand des Kegels und wurden förmlich weggesprengt. Aus den Löchern schoss giftiges, kochend heißes Gas. Michaels Arme zitterten vor Erschöpfung. Als er den Absatz erreichte, wo Emma auf ihn wartete, brach der Krater weiter nach innen ein, und Michaels Tasche baumelte unter ihm wie ein Pendel. Emma legte sich auf den Bauch und griff nach ihm. Der Kreischer war schon fast über ihnen.

»Nicht runtergucken! Nimm meine Hand!«

Michael reckte sich und packte die Hand seiner Schwester. In dem Moment umschloss die Knochenhand des Kreischers sein Bein.

»Michael!«

Michaels Körper wurde von der Wand weggerissen. Emma lag flach auf dem Bauch und hielt mit beiden Händen seine Hand, während sich der Kreischer an seine Knie klammerte. Die Kreatur bestand nur aus Knochen und hatte so gut wie kein Gewicht, aber Michael fühlte, wie seine Hand aus Emmas schweißnassen Fingern rutschte.

»Michael! Ich kann dich nicht halten … Michael!«

Das Skelett kroch an Michaels Körper hoch. Seine Fingerknochen bohrten sich in seine Hüfte. Michael tastete nach dem Messer in seinem Gürtel.

»Ich muss …«

»Michael … hör auf … dich zu … bewegen … Ich kann … nicht …«

Und dann glitt seine Hand aus ihrem Griff.

Rourke schien keine Schwäche zu kennen. Er war stärker als Gabriel, schneller, besser ausgeruht und schwang Gabriels Machete, die er aus dem Schädel des Trolls gehebelt hatte, mit mehr Geschick als Gabriel selbst. Die einzige Schwäche des Mannes, wenn man es denn eine Schwäche nennen wollte, war seine Schwatzhaftigkeit; er redete unablässig, während er einen knochenzerschmetternden Schlag nach dem anderen ausführte.

»Versteh mich nicht falsch, Freundchen, du hast Mumm, und ich mag Leute, die Mumm haben – ha, beinahe hätte ich dich gehabt! –, aber am Ende des Tages bist du trotzdem nur ein Mensch, während ich – oh, jetzt hast du eine neue Frisur – während ich so viel *mehr* bin …«

Rourkes Klinge prallte von Gabriels Schwert ab und Gabriel nutzte die Chance, durch einen Ausfall Rourkes Waffe mit seiner zu blockieren. Es war lediglich der Versuch zu überleben; Gabriel hatte stundenlang gekämpft, hatte sich während der Schlacht keine Ruhepause gegönnt. Seine Bewegungen wurden langsamer, wirkten bleiern und unpräzise. Er konnte nicht mehr viele Angriffe abwehren.

Rourke lachte. »Aber Jungchen, du bist ja völlig fertig! Sollen wir eine Pause einlegen? Vielleicht ein Glas Limonade trinken? Soll ich jemanden besorgen, der deine Füße massiert?«

Gabriel sagte nichts, sondern versuchte, den Mann zurückzutreiben. Aber Rourke wich keinen Schritt von der Stelle. Er griff auch nicht an. Er stand nur da und grinste breit, Schwert an Schwert, ohne nachzugeben. Gabriel war klar, dass der Mann ihn verhöhnte.

»Sag mal«, gurrte Rourke, »wie fühlt es sich an, wenn man

weiß, dass der grässliche Magnus schon bald in die irdische Welt zurückkehren wird? Seine Füße wieder über unsere teure, geliebte Erde stolzieren werden? Erfüllt es dich nicht mit Ehrfurcht? Mit Staunen? Mit Dankbarkeit?«

Gabriel drängte sich mit vollem Gewicht gegen den Mann. Je länger Rourke redete, desto mehr Zeit gewannen die Kinder.

»Er ist nichts weiter als ein Scharlatan. Pym hat ihn schon einmal besiegt. Er wird es wieder tun.«

»Ach tatsächlich? Und wer soll ihm dabei helfen? Seine Verbündeten in der Zaubererzunft sind alle tot. Ich selbst habe sie getötet. Und allein kann Pym meinem Meister nicht die Stirn bieten.«

»Wir haben die Kinder.«

»Ja«, sagte Rourke. »Natürlich, die Kinder.«

Der kahlköpfige Mann schubste ihn mit einer raschen Bewegung von sich. Gabriel sah Stahl aufblitzen und hob das Schwert. Zu spät erkannte er, dass es eine Finte war. Rourkes Tritt traf ihn direkt vor die Brust. Seine Rippen brachen, er flog nach hinten, prallte von der Felswand ab, sein Schwert flog ihm aus der Hand und rollte über die Kante.

Gabriel hing, sich nur noch mit einer Hand haltend, über dem See aus Magma.

Rourke kam an die Kante und ging in die Hocke, die Machete lässig auf der Schulter balancierend. »Tja, mein Junge, du hast einen guten Kampf geliefert. Es gibt nichts, wofür du dich schämen müsstest. Ich habe nur eine Frage, bevor ich dich in den Kochtopf schubse.«

Gabriel schaffte es, seine andere Hand in eine Felsspalte zu schieben; seine Beine hatten immer noch keinen Halt.

»Hat Pym dir jemals erzählt, was mit den lieben Kinderchen geschehen wird, wenn die drei Bücher wieder vereint sind? Ich frage nur aus Neugier, denn du musst wissen: Als ich die Eltern der Gören darauf ansprach, stellte sich heraus, dass sie keine Ahnung hatten. Und daher frage ich mich, wie viel der alte Bursche dir überhaupt erzählt hat.«

Gabriel schaute hoch. Er wusste, dass Rourke genau diese Reaktion beabsichtigt hatte, aber er konnte einfach nicht anders. Denn Dr. Pym hatte ihm tatsächlich nie erzählt, was dann geschehen würde. Er hatte immer nur behauptet, dass es für die Sicherheit der Kinder unumgänglich sei. Und Gabriel hatte ihm geglaubt. Was wusste Rourke, und er nicht?

»Aha!«, sagte Rourke, auf dessen kahlem Schädel sich die rot glühende Lava spiegelte. »Das dachte ich mir …«

In diesem Augenblick erschütterte ein Erdstoß den gesamten Vulkan. Rourke verlor das Gleichgewicht und taumelte nach hinten. Wie der Blitz hatte Gabriel sich hinauf zur Felskante gezogen. Seine gebrochenen Rippen schabten gegeneinander und verursachten ihm ein übelkeiterregendes Schwindelgefühl. Aber er wusste, dass dies seine einzige Chance war. Mit einem Tritt fegte er die Machete weg, sodass sie in den Krater fiel. Dann trat er seinem Gegner mit voller Wucht aufs Handgelenk. Aufbrüllend kam Rourke wieder auf die Füße und rammte Gabriel seine Schulter in den Leib. Dann stieß er Gabriel gegen die Felswand und bearbeitete ihn mit Ellbogen und Fäusten. Gabriel fühlte weitere Rippen knacken. Er warf den Kopf nach oben; sein Schädel krachte gegen das Kinn des Kahlkopfs. Rourke fluchte und warf Gabriel wieder und wieder gegen die Felswand. Gabriels Blick verschwamm. Er konnte nur noch blind um sich treten. Er hörte etwas knirschen, fühlte, wie Knochen unter seinem Tritt nachgaben, dann kam ein Schmerzensschrei, und Rourke ließ ihn los.

Gabriel lehnte keuchend an der Wand und wartete darauf, dass er wieder klar sehen konnte. Rourke stand gekrümmt vor ihm und hielt sich das Knie.

»Du verdammter Hund hast mich zum Krüppel gemacht!« Er zog ein langes, blitzendes Messer. »Ich wollte es schnell zu Ende bringen, aber jetzt muss ich dir wohl einen langen, schmerzvollen Tod bereiten.«

Er sprang vor, und Gabriel, der zu schwach für irgendeine Gegenwehr war, fühlte, wie die Klinge zwischen seine gebrochenen Rippen getrieben wurde. Er hoffte inständig, dass Emma schon weit weg war und nicht sah, was gerade passierte.

»Aber ich werde dir dabei die Augen öffnen.« Rourke zog das Messer zurück. »Wenn die Bücher wieder beisammen sind – bist du noch am Leben und hörst mir zu? –, wenn das also geschieht, werden die Kinder sterben. Das ist die Wahrheit, mein Junge. Es wurde prophezeit und es wird geschehen. Du siehst also: Die ganze Zeit, während du sie beschützt hast, hatte der alte Pym nichts vor, als die kleinen Lämmchen zur Schlachtbank zu führen. Ich dachte, du würdest das gerne wissen, bevor du stirbst.«

Und erneut stieß er das Messer in Gabriels Leib.

Gabriel fühlte den Stahl in seinem Inneren. Er spürte, wie der Vulkan ein letztes Mal erzitterte. Und dann mobilisierte er all seine verbleibenden Kräfte und umklammerte Rourke mit seinen Armen, als der Felsen unter ihnen nachgab. Tief in seinem Herzen glaubte Gabriel, dass Rourke die Wahrheit gesagt hatte. Aber bedeutete dies, dass Pym ihn all die Jahre nur benutzt hatte? Gabriel wusste es nicht. Er wusste nur, dass Rourke die Kinder nicht bekommen durfte. Der kahlköpfige Mann kämpfte gegen ihn an, aber Gabriel hielt ihn eisern umklammert, während beide in die Tiefe stürzten. Erst als er sicher war, dass Rourkes Schicksal besiegelt war – ebenso wie sein eigenes –, ließ er ihn los.

Und keiner der beiden sah den großen Schatten, der an ihnen vorbei durch den Rauch schoss.

Als seine Hand aus Emmas Griff rutschte, hatte Michael geglaubt, sein letztes Stündlein hätte geschlagen. Er kullerte und rutschte an der schrägen Felswand nach unten, zerfetzte dabei seine Kleidung und zerschrammte sich die Haut, aber als er nach zwanzig Metern unten auf dem Absatz aufschlug, stellte sich heraus, dass er außer ein paar hässlichen Kratzern und einem zweiten verstauchten Knöchel unversehrt war.

Seine Erleichterung währte nicht lange, denn von hinten packte ihn etwas an der Kehle. Sein Kopf wurde zurückgerissen. Aufkeuchend wurde ihm klar, dass ihn der Schulterriemen seiner Tasche strangulierte. Michael schaffte es, sich auf den Bauch zu rollen, sodass der bis zum Zerreißen gespannte Riemen auf seinem Nacken lag. Vorsichtig spähte er über die Kante nach unten in den Abgrund. Und dort, über dem glühend heißen Magma, baumelte das Skelett, das sich an seine Tasche festklammerte.

Also ehrlich, dachte Michael. Ich hasse diese Viecher.

Die Tasche hing zwischen ihm und der Kreatur. Michael streckte sich und zog die Chronik des Lebens aus der Tasche. Das Skelett versuchte, nach oben zu krabbeln, aber Michael nahm sein Messer, verabschiedete sich im Stillen von seinem Tagebuch, dem Kompass, seinen Stiften, der Kamera und dem Taschenmesser sowie der Medaille von König Robbie, und dann schnitt er den Riemen durch und schaute zu, wie der Kreischer und seine Tasche samt Inhalt von der Lava verschluckt wurden.

Michael rollte sich auf den Rücken. Emma rief seinen Namen und er konnte ihr Gesicht weit über sich sehen. Er hob die Hand und winkte schwach.

Okay, dachte er, genug ausgeruht. Du bis ja schließlich nicht im Urlaub. Steh –

In diesem Moment bäumte sich der Vulkan erneut auf und der Absatz unter ihm zerbrach. Michael fühlte, wie er fiel. Er schloss die Augen und drückte die Chronik fest an seine Brust, als ob das Buch ihn irgendwie retten könnte. Und weil er die Augen geschlossen hatte, spürte er nur, wie lange, scharfe Klauen seinen Leib packten. Als er die Augen wieder aufschlug, wurde er von den Dämpfen und der Hitze geblendet, die von unten aufstiegen. Er sah nur das Aufblitzen goldener Schuppen, und dann stieg der Drache – denn es war niemand anderes als die völlig geheilte Wilamena in ihrer ganzen Pracht – bereits wieder in die Höhe. Im Flug packte sie zwei weitere Gestalten und schraubte sich mit mächtigen Flügelschlägen noch höher. Emma war über ihnen und schrie und jubelte vor Freude und ohne innezuhalten pflückte Wilamena auch sie noch von der Felswand. Dann gab es eine heftige Explosion, und als Michael nach unten schaute, sah er den gesamten Kessel voll glühender Lava auf sich zuschießen. Sie flogen, höher und höher, heraus aus dem Krater. Schließlich fühlte Michael die kühle Nachtluft auf seinem Gesicht.

Er blickte zurück und sah die Lava wie eine Fontäne in die Dunkelheit steigen. Der Drache flog eine Kurve und ging an der Flanke des Berges langsam in den Sinkflug, und da lag die Festung, umflossen von Strömen aus Lava. Ganz oben auf dem Turm kauerte sich ein kleines Grüppchen zusammen.

Der Drache schwebte näher, und der Elfenhauptmann und sechs erschöpfte, blutende Elfen wichen voller Ehrfurcht und Erstaunen zurück. Wilamena setzte Michael, Emma und Gabriel ab und hockte sich dann auf die geborstene Mauer. Rourke hielt sie immer noch mit ihren Krallen umklammert.

»Hoheit, Ihr seid am Leben!« Der Hauptmann fiel auf die Knie. »Ich werde eine Ode dichten …«

»Später«, knurrte der Drache. »Seid ihr die einzigen Überlebenden?«

»Ja. Es gelang dem Schurken, im Bergfried an uns vorbeizukommen. Wir haben uns nach oben gekämpft, weil wir dachten, hier die Kinder vorzufinden. Dann saßen wir in der Falle.«

Plötzlich stieß der Drache einen Schmerzensschrei aus. Rourke, der sich aus den Krallen gewunden hatte, taumelte und fiel über die Mauer hinunter in den Abgrund. Sein Messer steckte im Bein des Drachen, zwischen zwei dicken Schuppen. Michael zog es heraus und spähte über die Mauer.

»Er ist weg! Ich kann ihn nirgends sehen!«

Dunkles Blut floss über Wilamenas Bein.

»Tut es sehr weh?«, fragte Michael.

Wilamena, der Drache, schien fast zu lächeln. »Es geht mir gut, Hasi.«

»Michael!« Emma kniete neben Gabriel. In ihren Augen stand Panik. »Gabriel ist schwer verletzt! Du musst ihm helfen!«

Aber als Michael die Chronik des Lebens öffnen wollte, erzitterte der Turm, und Hauptmann Anton erklärte, sie könnten hier nicht bleiben; Michael müsse warten, bis sie in Sicherheit waren, um seinem Freund zu helfen. Die Elfen hoben den bewusstlosen Gabriel auf den Rücken des Drachen und Emma kletterte hinter ihm hinauf. Michael setzte sich vor ihn, sodass sie beide mit ihren Körpern den verwundeten Mann sicherten. Dann packte der Drache die restlichen Elfen, breitete die Flügel aus und erhob sich mit einem mächtigen Satz in die Luft. Als Michael zurückblickte, sah er, wie die gesamte Festung im aufgebrochenen Kegel des Vulkans versank.

»Schneller!«, schrie Emma, und ein Aufschluchzen ließ ihre Stimme brechen. »Ich glaube ... ich glaube, Gabriel stirbt!«

»Euer Freund ist stark«, sagte der Drache. »Er wird nicht sterben. Das werden wir nicht zulassen.«

»Wohin bringst du uns?«, fragte Michael.

»Nach Hause, Hasi. Ich bringe euch nach Hause.«

KAPITEL 21

Die Trennung

Die große Kirchturmglocke sauste ihnen entgegen. Rafe lag bewegungslos unter einem Haufen herabgestürzter Holzbalken. Kate kauerte an der Tür, ohne die Möglichkeit, noch rechtzeitig zu Rafe zu kommen. Sie konnte nur schreien …

»STOPP!«

Sie kniff die Augen zu.

Eine Sekunde verging. Dann zwei. Drei …

Wo blieb der Aufprall? Das Erzittern des Bodens? Alles war still und Kate spürte nichts außer dem Hämmern ihres Herzens.

Langsam öffnete sie die Augen. Die Szene war unverändert: Die Glocke war noch genau da, wo sie gewesen war – etwa fünf Meter über Rafes Kopf. Nur fiel sie nicht. Sie hing einfach bewegungslos in der Luft. Kate schaute sich um. Die Flammenzungen, die an der Wand emporleckten, waren erstarrt. Und dann fiel ihr auf, wie still es war. Das Brüllen des

Feuers, das Knacken und Splittern von Glas, das Brechen von Holz – alles war zum Stillstand gekommen.

Sie rappelte sich auf und stand einfach nur da.

Henrietta Burke hatte gesagt, dass die Magie des Buches Emerald ein Teil von ihr war, dass sie nur aufhören müsste, dagegen anzukämpfen. In dem Moment, als sie die Worte der Frau vernommen hatte, wusste Kate, dass sie die Wahrheit sagte. Seit Kate die Gräfin in die Vergangenheit gerissen hatte, spürte sie die Macht in ihrem Innern. Aber sie hatte sie unterdrückt, wollte sie nicht akzeptieren.

Und dann, als sie gesehen hatte, wie die Glocke Rafe zu zerschmettern drohte, waren alle Mauern, die sie in ihrem Inneren errichtet hatte, einfach zusammengefallen.

Aber wieso war es so unheimlich still?

Im selben Moment wusste Kate die Antwort.

Ich habe die Zeit angehalten.

Sie fühlte die Anstrengung. Es war, als ob sich in ihrem Inneren ein Damm befände, und der Fluss würde nun mit aller Macht versuchen, die Barriere zu durchbrechen. Sie merkte, dass sie nicht viel länger durchhalten konnte.

Sie machte einen Schritt auf Rafe zu – und blieb stehen.

Ein schrecklicher Gedanke hatte von ihr Besitz ergriffen.

Rafe war es bestimmt, der nächste grässliche Magnus zu werden. Er war der Grund, warum ihre Eltern sie, Michael und Emma verlassen hatten, warum sie und ihre Geschwister die letzten zehn Jahre in Waisenhäusern verbracht hatten. Er war der Grund, warum sie ohne Eltern hatten aufwachsen müssen. Sie musste sich nur entspannen, musste der Zeit ihren Lauf lassen. Die Glocke würde niederfallen und ihre Familie würde wieder vereint sein.

Sie blieb noch eine Sekunde länger stehen.

Dann bat sie stumm ihre Familie um Verzeihung.

Es tut mir leid. Es tut mir so leid. Aber ich kann es nicht tun.

Sie eilte zu Rafe, packte ihn an den Handgelenken und zog ihn aus dem Haufen zersplitterten Holzes.

Ohne nachzudenken, schleppte sie ihn durch das Kirchenschiff. Es kostete sie ungeheure Anstrengung und äußerste Konzentration, die Zeit in Schach zu halten. Je länger sie angehalten wurde, desto stärker wurde der Druck. Kate zog den Jungen durch ein Loch in einer halb zusammengefallenen Wand hinaus auf die dunkle, leere Straße. Dort legte sie ihn ab und brach neben ihm zusammen.

Dann ließ sie los.

Sie fühlte ein Donnern und Brüllen in sich und die Geräusche der Welt kehrten zurück. Sie hörte das Knistern des Feuers, das Krachen und Bersten der Glocke, die auf den Steinboden prallte, das Grölen und Rufen der Menschen vor der Kirche. Sie lag auf Händen und Knien, keuchend und klatschnass vor Schweiß.

»Was ... wo ...?«

Rafe hatte die Augen aufgeschlagen. Die kalte Luft hatte ihn belebt. Er stand mühsam auf, blickte sich verwirrt um und schaute dann zu Kate.

»Hast du ...? Wie bin ich hierher gekommen?«

Kate zitterte immer noch vor Anstrengung. Sie holte ein paar Mal tief Atem und richtete sich taumelnd auf.

»Sie hatte recht ... Miss Burke sagte, dass die Magie in mir sei. Ich hatte ... bloß Angst, sie einzusetzen. Ich habe die Zeit angehalten. Ich habe dich aus der Kirche gebracht.«

»Du hast mich rausgebracht?«

»Ja.«

»Du hast mir das Leben gerettet.«

»Ja.«

Und so war es. Egal, was von nun an geschah, ob es gut sein würde oder schlecht, sie hatte sich entschieden, sein Leben zu retten. Die Kirche brannte lichterloh und hinter der nächsten Ecke brüllte und tobte der Mob. Der Junge starrte sie an.

»Dann kannst du jetzt heimkehren. Zurück zu deinem Bruder und deiner Schwester.«

Kate nickte.

Dann verdunkelte sich sein Blick. »Miss B ist tot.«

Kate fühlte seinen Zorn und seine Traurigkeit so deutlich wie die Hitze des Feuers.

Dann ertönte ein Grollen, und als sie sich umdrehten, sahen sie, dass der Glockenturm schwankte und einstürzte. Das Fundament war von den Flammen verzehrt. Die Menge jubelte, als der Turm mit einem lauten Krachen das Dach der Kirche durchschlug. Rauch und Funken sprühten in den Nachthimmel.

Mit einem Schrei rannte Rafe zu einem zerbeulten Eisenzaun, riss eine Stange los und stürmte damit auf die andere Seite der Kirche.

Kate schrie seinen Namen und lief ihm auf zitternden Beinen nach.

Als sie um die Ecke bog, sah sie, dass sich mittlerweile gut vierzig Männer mit Fackeln und Knüppeln versammelt hatten. Sie johlten und lachten und ihre Gesichter wirkten im Feuerschein wie dämonische Fratzen. Keiner merkte, wie der Junge auf sie zugerannt kam. Rafes Angriff hatte nichts mit Zauberei zu tun, nur mit heißer, blinder Rachsucht. Er hieb einem untersetzten Mann mit Bierbauch die Stange auf den Kopf. Kate hörte es knacken und der Mann ging zu Boden. Dann stürzte er sich auf drei Jugendliche, von denen jeder einzelne größer und stärker war als er selbst. Dem ersten hieb er die Faust zwischen die Schultern. Der junge Mann ließ die Fackel fallen und sank mit einem Grunzen auf die Knie. Dem zweiten stieß Rafe das Ende der Eisenstange in den Magen. Als sich der Kerl krümmte, zog Rafe das Knie hoch und traf ihn im Gesicht, sodass sein Kopf nach hinten flog. Der dritte war flink und zog sein Messer, mit dem er Rafe einen Schnitt quer über den Arm verpasste. Die Eisenstange fiel klappernd auf die Straße und der Bursche mit dem Messer schubste sie mit einem Fußtritt zu seinem Freund – demjenigen, den Rafe zuerst angegriffen hatte –, der sie packte und ächzend auf die Füße kam. Derjenige, der die Eisenstange in den Bauch bekommen hatte, war ebenfalls wieder auf den Beinen. Das Blut lief ihm aus Nase und Mund. Auch er zog sein Messer. Das Trio kreiste Rafe ein, und Kate wollte ihm gerade zur Hilfe eilen, als Rafe sich eine Fackel griff und leise etwas murmelte, woraufhin Flammen aus der Fackel schossen und die drei Männer einhüllten.

»Nein!«

Kate schlug Rafe die Fackel aus der Hand. Die Flammen, die sich gegen die Männer gewandt hatten, erstarben. Im selben Moment waren Sirenen zu hören, die rasch näher kamen. Jemand rief, die Polizei sei im Anmarsch, und sofort stoben die Menschen in alle Himmelsrichtungen davon, einschließlich der drei jungen Männer, die Rafe und Kate noch über die Schulter Verwünschungen zubrüllten.

Rafe wollte ihnen nach, aber Kate hielt ihn am Arm fest.

»Hör auf damit!«

»Warum? Du hast doch selbst gesehen, was sie getan haben.«

»Aber das darfst du nicht! Ich lasse es nicht zu!«

Sie schlang ihre Arme um ihn und drückte ihn eng an sich. Er zappelte und wand sich, aber sie hielt ihn mit aller Kraft fest, den Kopf an seiner Schulter vergraben, bis sie spürte, wie seine Gegenwehr erlahmte. Sie hielt ihn noch ein bisschen länger in den Armen. Dann ließ sie ihn los. Er sank auf die Knie. Kate sah, dass seine Schultern zitterten. Sie wusste, was er fühlte: seine Mutter, Henrietta Burke, Scruggs – tot. Die Kinder, die er liebte, Gejagte der Menschen. Sie wusste, wie schnell der Zorn einen auffressen konnte, und sie dachte daran, was Henrietta Burke zu ihr gesagt hatte: *Liebe ihn, so wie er dich liebt.*

»Komm mit mir.«

Rafe schaute zu ihr auf. Die Tränen hatten weiße Spuren auf seinem rußgeschwärzten Gesicht hinterlassen.

»Was?«

Kate wusste, dass sie das Richtige tat. Sie wusste jetzt, warum sie hier war. Sie musste verhindern, dass er der grässliche Magnus wurde.

»Komm mit mir.«

Er schüttelte den Kopf. »Das kann ich nicht. Jemand muss sich um die Kinder kümmern.«

»Sie gehen nach Norden, wo man sie schon erwartet. Miss Burke hat alles arrangiert. Es wird ihnen an nichts fehlen. Komm mit mir.«

Er betrachtete sie aufmerksam, suchte in ihrem Gesicht nach einer Antwort. Die Glocken der Feuerwehr und der Polizei waren schon ganz nah.

»Wovor haben alle solche Angst? Du, Scruggs, Miss Burke … Ihr versucht, mich von irgendetwas abzuhalten. Was will der grässliche Magnus von mir?«

Kate konnte sich der Bitte in seinen Augen nicht verschließen.

»Er … er will, dass du seinen Platz einnimmst.«

»Was?«

»Ich kann es dir nicht erklären. Aber es würde bedeuten, dass du nicht mehr du selbst wärst! Du wärst er – und alle, die vor ihm existierten. Er will dich benutzen. Du musst mit mir kommen!«

Noch während sie das sagte, erkannte Kate, dass sie damit nicht nur den Willen der Chronik erfüllte. *Sie* wollte es auch. Und es hatte nichts damit zu tun, dass er der neue grässliche Magnus werden sollte. Sie wollte nur mit ihm zusammen sein.

Liebe ihn, so wie er dich liebt.

»Ich möchte, dass du mit mir kommst. Bitte.«

Rafe lag noch immer auf den Knien. Er starrte auf seine verbrannten und wunden Hände. »Miss Burke sagte mir, ich solle eine Entscheidung treffen. Sie meinte, ich könne wählen, wer ich sein würde. Meine Mutter hat dasselbe gesagt.«

»Dann triff die Wahl. Komm mit mir.«

Sie streckte die Hand aus. Rafe schaute erst die Hand an, dann in Kates Gesicht. Es kam Kate so vor, als würde die ganze Welt den Atem anhalten. Dann, ganz langsam, streckte Rafe die Hand nach ihr aus.

»Du da!«

Die Stimme kam vom anderen Ende der Straße. Kate schaute an Rafe vorbei zu der Stelle, wo eine Gestalt in der Dunkelheit auftauchte.

»Ich wusste, dass ich dich hier finden würde, du Schlampe! Ich habe dir doch gesagt, dass ich dich erwische!«

Es war der missmutig dreinblickende Junge, der sie, Abigail, Jake und Beetles heute Morgen durch die Stadt gejagt hatte. Jetzt aber hielt er ein Gewehr in der Hand, dessen Lauf auf sie gerichtet war.

Ringsum herrschte ein heilloses Getöse: das Brüllen des Feuers, das Läuten der Glocken der heranrasenden Feuerwehr, die Schreie der fliehenden Menschen. Trotzdem vernahm Kate klar und deutlich ein leises *Plop* und dann drehte sich der Junge um und rannte in die Dunkelheit davon. Rafe war auf die Füße gesprungen, aber er schien nicht recht zu wissen, was er tun sollte. Sein Blick wanderte zwischen dem fliehenden Jungen und Kate hin und her. Kate wollte ihm versichern, dass alles in Ordnung war und dass er sie nicht so anstarren solle, aber plötzlich fühlte sie sich schwach und zittrig. Ohne sich dessen bewusst zu sein, fiel sie hintenüber. Ihr Kopf schlug auf das Pflaster. Überrascht merkte sie, dass sie lang ausgestreckt im Schnee lag. Sie wollte aufstehen, aber es ging nicht. Rafes Gesicht tauchte über ihr auf.

»Was … was ist passiert?«, fragte sie. »Er hat doch danebengeschossen … oder?«

»Pst, nicht reden.«

Sie sah Angst und Sorge in seinen Augen und das beunruhigte sie mehr als alles andere. Mit großer Mühe hob sie den Kopf und sah auf dem Oberteil ihres weißen Kleides einen roten Fleck langsam größer werden.

»Rafe …«

»Schon gut. Wir kriegen das hin. Schon gut …«

Ihr erster Gedanke galt Michael und Emma. Sie musste zu

ihnen. Sie durfte hier nicht sterben. Sie würden nie erfahren, was mit ihr geschehen war. Sie musste zu ihnen. Sie suchte nach der Magie in ihrem Inneren, aber sie war zu schwach. Sie konnte sich nicht konzentrieren; die Magie entglitt ihr.

»Ich muss …«, murmelte sie. »Ich muss …«

Rafe hatte sie in seine Arme genommen und hob sie auf. »Ich bringe dich zu jemandem, der dich heilen kann. Scruggs … nein, nicht Scruggs. Wir … brauchen einen mächtigen Zauberer …«

Sie hörte die Panik in seiner Stimme. Sie wollte ihn trösten und sagte: »Es ist gar nicht so … schlimm. Nur … kalt …«

Etwas Merkwürdiges ging mit Rafes Gesicht vor sich. »Ich weiß, wer dir helfen kann. Halte durch.«

Und dann rannte er mit Kate auf den Armen durch die Straßen. Sie kamen an der Polizei und den Feuerwehrautos vorbei, die gerade um die Ecke bogen. Rafe rannte, als ob sie gar nichts wiegen würde, und es kam Kate tatsächlich so vor, als ob sie leichter werden, als ob alle Last, alle Sorge von ihr abfallen würde. Rafe rannte, so schnell er konnte. Sie hörte den Gesang, mit dem die Feiernden das neue Jahr begrüßten. Bald war Mitternacht. Und dann wieder Geschrei – aber nein, das war Rafe, der einem Droschkenkutscher etwas zuschrie und in das Gefährt sprang, noch bevor der Kutscher das Pferd angehalten hatte. Er rief eine Adresse und wies den Kutscher an, sich zu beeilen. Kate hörte das Knallen der Peitsche und fühlte den Ruck, mit dem die Kutsche anfuhr. Sie spürte, wie fest Rafe sie an sich drückte. Es war so kalt, so kalt. Aber es ging doch nicht, dass sie hier lag und starb …

»Mein Bruder … meine Schwester … sie werden nie erfahren, was passiert ist …«

»Du wirst es ihnen erzählen. Du wirst wieder gesund. Ich weiß, wer dir helfen kann. Halte einfach durch.« Tränen liefen ihm über die Wangen. »Ich werde dich nicht auch noch verlieren.«

Bildete sie sich das nur ein oder beugte er sich tatsächlich über sie und küsste sie zart auf den Mund?

Die Droschke raste durch die Straßen, wurde von der Fliehkraft förmlich um die Kurven geschleudert; der Kutscher brüllte die Leute an, aus dem Weg zu gehen, und Kate fühlte, wie sie wegglitt, wie das stetige Hämmern der Hufe und das Schaukeln und Wippen der Kutsche sie in einen tödlichen Schlaf wiegten. Rafe hielt sie fest und murmelte: »Alles wird gut. Ich werde dich nicht verlieren …«

Dann verlangsamte die Droschke ihre Fahrt. Der Kutscher zügelte fluchend die Pferde und Rafe stieß die Tür auf. Mit Kate in den Armen sprang er heraus und landete so weich, dass Kate den Aufprall nicht fühlte. Dann rannte er wieder los und Kate hörte jemanden etwas rufen. Obwohl sie nicht sah, wohin Rafe sie gebracht hatte, drang die Stimme durch den Nebel in ihr Gehirn.

»Nein, Rafe … du darfst nicht …«

»Es gibt keinen anderen Weg. Wenn er so mächtig ist, wie alle sagen, ist er unsere einzige Hoffnung.«

Rafe ließ sich durch nichts und niemanden aufhalten, auch nicht durch die Wachen, und er war bereits im Haus, als ihn vier knurrende Gnome schließlich stellten.

»Zurück mit euch!«, rief die Stimme, die Kate schon draußen gehört und erkannt hatte. Die Gnome wichen beiseite.

Mit verschleiertem Blick sah Kate, wie Rourke vortrat. Der massige, kahlköpfige Mann musterte sie und Rafe.

»Dein Meister muss sie gesund machen«, sagte Rafe. »Ich tue alles, was er will. Er muss sie nur gesund machen.«

Der große Mann schaute ihn eine Weile an, dann nickte er. »Er wusste, dass du kommen würdest. Folge mir. Es sieht so aus, als bliebe ihr nicht mehr viel Zeit.«

Kate hatte das Gefühl, sich in einem Traum zu befinden. Sie hatte keine Kontrolle über die Ereignisse. Sie war bloß eine Zuschauerin. Rafe trug sie die Treppe hinauf. Rourke ging ihnen voraus durch die große, doppelflügelige Tür hinein in den Ballsaal, der voller Menschen und anderer, düsterer Kreaturen war. Die Menge teilte sich und machte den Weg frei zum Herrn des Hauses. Der grässliche Magnus trug ein langes grünes Gewand. Rourke verbeugte sich vor ihm, aber Rafe ging einfach weiter, bis es nur noch sie drei gab: Kate, den Jungen, der sie in den Armen hielt, und den uralten Zauberer.

»Ich wusste es«, murmelte der grässliche Magnus. »Ich wusste, dass du kommen würdest.«

»Nein«, keuchte Kate und klammerte sich an Rafes Hemd, das mit ihrem Blut getränkt war. »Nein, bitte … geh weg … lauf …«

Sie wollte sich wehren, wollte ihn zwingen zu fliehen, aber sie hatte keine Kraft mehr. Ihr Leben sickerte mit jedem Blutstropfen aus ihrem Körper. Sie hörte Rafes Stimme nur noch wie aus weiter Ferne, als er den grässlichen Magnus aufforderte, sie zu heilen, und dass er, Rafe, tun würde, was immer der Zauberer von ihm verlangte, egal was, nur gesund müsse sie werden …

Sie fühlte die runzlige Hand des Zauberers auf ihrer Stirn.

»Sie driftet weg. Ist jetzt schon jenseits meiner Macht. Es gibt nur eins, was ich tun kann, um sie zu retten. Ich kann sie zurückschicken. Ich werde die Magie in ihr nutzen, um sie in ihre eigene Zeit zurückzuschicken. Dann wird sie leben.«

»Tun Sie es«, sagte Rafe. »Tun Sie es und ich gehöre Ihnen.«

»Sonst nichts? Das ist alles, worum du mich bittest?«

»Nein. Ich will, dass die Menschen für das büßen, was sie uns angetan haben. Ich will Rache nehmen.«

»Oh, mein Junge, *das* garantiere ich dir.«

Und dann fühlte Kate, wie der grässliche Magnus die Magie in ihr wachrief, die Magie des Buches Emerald. Sie hörte ihn flüstern: »Dein Bruder hat die Chronik des Lebens gefunden. Dorthin musst du gehen. Er wird dich retten.«

Sie schaute in Rafes Gesicht, blickte ihm direkt in die grünen Augen. »Nein …«, stammelte sie, aber er schüttelte den Kopf und flüsterte: »Zu spät. Es ist vollbracht. Du wirst leben, das ist alles, was zählt.«

Ihr Blick glitt von ihm weg; sie hörte die Glocken der Stadt Mitternacht schlagen. Die magische Welt löste sich von der Welt der Menschen. Bevor sich ihre Augen verschleierten, sah sie noch, wie der grässliche Magnus seinen knochigen Kopf neben den von Rafe schob und zu ihm sagte: »Keine Sorge, mein Sohn. Du wirst sie wiedersehen. Wir beide werden sie wiedersehen …«

KAPITEL 22

In den Bäumen

Michael erwachte zum Gesang der Vögel.

Er sah frisches grünes Laub und hin und wieder ein Stückchen blauen Himmels.

Er lag in einem Bett, dem weichsten, das er je erlebt hatte.

Darüber hinaus hatte er keine Ahnung, wo er war und wie er hierher gekommen war. Aber er beschloss, jeden Moment der Unwissenheit in vollen Zügen zu genießen.

Dann roch er … Pfeifenrauch?

»Fühlst du dich jetzt besser, mein Junge? Du hast ziemlich lange geschlafen. Es ist fast Mittag.«

Michael drehte sich um und sah Dr. Stanislaus Pym auf einem Stuhl sitzen. Der Zauberer sah beinahe aus wie immer. Er trug denselben zerknitterten Tweed-Anzug mit den ausgebeulten Taschen, sein Haar stand immer noch in alle Richtungen ab, die Brillengläser mussten – wie üblich – dringend geputzt werden. Anders war nur das Lächeln: es war ernst, gedämpft und ohne die gewohnte Fröhlichkeit. Wenn Michael nicht so schlaftrunken gewesen wäre, hätte er diese Veränderung bemerkt.

»Wo … wo bin ich?«, fragte er, nahm die Brille, die der Zauberer ihm reichte, und schaute sich um.

Der Raum, in dem er lag, kam Michael wie eine Art hölzerne Höhle vor. Allerdings bestand sie nicht aus Planken oder Balken, sondern schien aus einem einzigen knorrigen Holzblock geschnitten zu sein. Sein Bett und Dr. Pyms Stuhl waren die einzigen Möbelstücke. Es gab keine Tür. Aber dem Zauberer gegenüber befand sich eine Öffnung in der Wand, die zu einer Art Balkon führte, von dem aus ein breiter, flacher Ast bis zur nächsten Baumkrone reichte.

»Ist das hier …? Bin ich … in einem Baum?«

»Ganz richtig, mein Junge. Du bist bei den Elfen des Tals und dieses Volk lebt in den Bäumen. Ich hoffe, du hast keine Höhenangst. Aber was sage ich denn! Meine Güte – du bist auf dem Rücken eines Drachen hierher gekommen!«

Bei diesen Worten kehrten die Ereignisse der letzten Nacht in Michaels Gedächtnis zurück. Er erinnerte sich an den Flug, an das Brausen des Windes, die Hitze, die der Drache verströmte, das kraftvolle Schlagen der Flügel. Er erinnerte sich an Gabriel, den er aufrecht gehalten hatte, als seine eigene Kraft schwand, an Emma, die um Hilfe rief, die näher kommenden Baumwipfel, als der Drache zur Landung ansetzte. Dann war er von Gesang umgeben, während sanfte Hände ihm vom Rücken des Drachen halfen.

»War ich ohnmächtig?«

»Die Elfen merkten, dass du sehr schwach warst. Ihr Lied hat dich in den Schlaf gewiegt.«

»Aber wo ist Emma? Und Gabriel …?«

»Sie sind beide hier und werden gut versorgt. Emma hatte nur ein paar Schnitte und blaue Flecken und kleinere Brandwunden an den Händen. Gabriels Wunden waren schlimm, aber die Ärzte der Elfen sind Meister ihrer Kunst. Er ist außer Lebensgefahr.«

»Aber ich hätte ihn heilen können! Mit der Chronik …«

»Ein großherziges Angebot. Aber die Macht des Buches zu benutzen, sollte immer nur der letzte Ausweg sein. Schlaf und Erholung werden Gabriel heilen. Oh, und falls du dich fragen solltest, wo die Chronik ist: Das Buch liegt neben dir.«

Michael beugte sich über die Bettkante, und da, neben dem Bett, lag das Buch Rubyn. Er hatte sich so an die Anziehungskraft der Chronik gewöhnt, dass ihm erst jetzt, da er sie sah, das Ziehen in seiner Brust gewahr wurde. Insgeheim war er erleichtert, Gabriel nicht heilen zu müssen. Wenn es nach ihm ginge, wäre es in Ordnung, die Chronik nie wieder anrühren zu müssen.

»Du kannst es aufheben, wenn du möchtest«, sagte der alte Zauberer und beobachtete ihn aufmerksam.

»Danke, Sir, aber ich glaube, das ist nicht nötig. Ich muss Sie etwas fragen: Was ist mit Prinzessin Wilamena? Ist sie immer noch ein Drache, oder …?«

»Die Prinzessin hat ihre normale, liebliche Gestalt wieder angenommen. Und ich darf dir versichern«, fügte er mit einem Anflug seines alten, amüsierten Lächelns hinzu, »dass du in ihr wahrhaftig eine Bewunderin hast.«

»Na, da bin ich aber froh. Ähm, ich meine, dass sie wieder sie selbst ist. Hören Sie, Dr. Pym, ich muss mit Ihnen über die Chronik reden …«

Der Zauberer hob die Hand. »Mir ist klar, dass du viele Fragen hast, aber ich habe auch einige an dich. Erst aber solltest du etwas frühstücken.«

Auf dem Ast vor der Öffnung näherte sich ein Elf mit einem Tablett, auf dem Becher, Schalen und ein winziger Porzellankessel angerichtet waren. Der Elf trug grüne Beinkleider, lange weiße Strümpfe, schwarze Schuhe mit strahlend goldenen Schnallen und eine eng sitzende, hochgeschlossene, kurze grüne Jacke mit Brokatverzierungen.

Du meine Güte, dachte Michael, *das muss ja ewig dauern, bis sich ein Elf angekleidet hat!*

Dann dachte er an die Elfen, die in ihre Umhänge gewickelt im Innenhof der Festung gelegen hatten, und er schämte sich. *Vergiss niemals, was sie für dich getan haben*, ermahnte er sich.

»Danke«, sagte der Zauberer zu dem Elf. »Wir werden draußen speisen.«

Auf dem breiten Ast vor dem Schlafgemach waren ein niedriger Tisch und große, weiche Kissen vorbereitet worden. Der Elf nahm sich Zeit, um sorgfältig den Tisch zu decken, dann klopfte er die Kissen auf und verabschiedete sich mit einer tiefen Verbeugung.

»Hast du Hunger?«, fragte der Zauberer. »Wenn wir gegessen haben, können wir weiterreden. Deine Kleider liegen am Fußende des Bettes.«

Der Zauberer verließ das Gemach und Michael zog sich an. Seine Kleider waren in der Nacht gesäubert und ausgebessert worden. Oben auf dem Kleiderstapel lag die blaugraue Glaskugel an ihrem Lederband. Beim Anziehen bemerkte er verwundert, dass die Brandwunden, die Schnitte und Prellungen an seinem Körper verschwunden waren. Er bewegte seine Füße und fühlte keine Schmerzen mehr in den verstauchten Knöcheln. Es sah ganz so aus, als hätten die Elfenärzte auch bei ihm ausgezeichnete Arbeit geleistet.

»Beeil dich, mein Junge!«, rief ihm der Zauberer zu. »Es ist ein so schöner Tag! Oh, und bring doch bitte das Buch mit.«

Widerstrebend hob Michael die Chronik des Lebens vom Boden auf, zog seine Stiefel an, blickte sich instinktiv nach seiner Tasche um und erinnerte sich dann, dass sie in den Krater gefallen war. Seufzend ging er nach draußen.

Es war in der Tat ein herrlicher Tag. Die Sonne schien warm und eine leichte Brise säuselte durch das Laub. Das Mahl war einfach: Nüsse, Beeren, Sahne, Honig, ein Tee aus Blütenblättern. Doch solche Beeren hatte Michael noch nie gesehen: Erdbeeren, so groß wie Äpfel, Heidelbeeren, so dick und tiefblau, dass man sie für Pflaumen hätte halten können, riesige Himbeeren, prall und saftig …

»Du hast doch nichts dagegen, wenn ich mich bediene, nicht wahr?«, sagte der Zauberer, nahm sich eine der Mammut-Erdbeeren und tunkte sie in Sahne. »Oh, wie köstlich!«

Michael sagte nichts. Er schob sich ganze Hände voll Mandeln und Walnüsse in den Mund. Seit Gabriels Eintopf am Vortag hatte er nichts mehr gegessen. Eine Weile vergaß er alles andere und konzentrierte sich ganz darauf, seinen knurrenden Magen zu besänftigen. Die Beeren färbten seine Finger, Lippen und Zähne bläulich lila. Und erst als der Zauberer ihm Tee einschenkte – der erste Schluck schmeckte nach Sonnenlicht, und eine goldene Wärme breitete sich in seinem noch immer erschöpften Körper aus –, fing Michael an, langsamer und genussvoller zu essen.

Der Ast, auf dem Michael und der Zauberer saßen, war etwa dreieinhalb Meter breit und ganz flach. Als Michael über die Kante spähte, sah er den Waldboden etwa dreißig Meter unter sich, halb verborgen im Schatten der hohen Bäume. Bei näherem Hinschauen erkannte er andere Räume wie den, in dem er aufgewacht war. Sie befanden sich überall in den Bäumen und waren durch Leitern und Treppen miteinander verbunden, die an den mächtigen Stämmen hinauf- und hinabführten. Aber was Michael am meisten erstaunte und ihn wünschen ließ, er hätte seine Kamera und sein Tagebuch nicht verloren, war der Umstand, dass die Äste eines jeden Baums weit hinausragten und mit den Ästen anderer Bäume zusammenwuchsen, wodurch ein riesiges Netzwerk aus Pfaden entstand, auf dem die Elfen von einem Baum zum anderen gelangen konnten. Es war wie eine eigene Stadt, hoch in den sonnendurchfluteten Wipfeln des Waldes.

Er drehte sich wieder um und sah, dass der Zauberer ihn aufmerksam betrachtete.

»Was ist? Habe ich irgendwas am Mund kleben?«

»Oh ja, eine ganze Menge. Aber das ist es nicht. Ich musste über dich nachdenken, über den Jungen, den ich kannte und den, der in den vergangenen Tagen solch erstaunliche Dinge fertiggebracht hat. Deine Schwester und Prinzessin Wilamena haben mir alles erzählt. Ich bin sehr stolz auf dich, Michael. Und ich hoffe, auch du bist stolz auf dich.«

Michael dachte darüber nach. Früher hätte er dem Zauberer großspurig versichert, dass es keine große Sache gewesen sei, obwohl er insgeheim natürlich vom Gegenteil überzeugt gewesen wäre und auch davon, dass niemand die Situation so gut hätte meistern können wie er. Aber das war vorbei. Er dachte an den Wächter und seine Brüder, an die vielen, vielen Jahre, die er das Buch beschützt hatte. Er dachte an Wilamena und die Elfen, die ihr Leben für ihn und seine Schwester riskiert hatten. Und er dachte an Emma, die im Krater des Vulkans bei ihm geblieben war, während Gabriel um sein Leben kämpfte …

Dann schaute er den Zauberer ernst an und sagte: »Ich hatte jede Menge Hilfe.«

»Das stimmt. Aber trotzdem ist es dir gelungen, eine der Chroniken vom Anbeginn in Sicherheit zu bringen. Du hast einem Volk ihre Prinzessin wiedergegeben. Und du hast deine Schwester durch Feuer und Krieg in Sicherheit gebracht. Durch Cleverness, Mut und einen kühlen Kopf. Ehre, wem Ehre gebührt, mein Junge. Es ist nur recht und billig, dass du der Hüter der Chronik des Lebens bist.«

»Dr. Pym, bevor Sie noch mehr über diese Sache mit dem Hüter sagen …«

»Und wie passend«, fuhr der Zauberer fort, als ob er Michael gar nicht gehört hätte, »dass morgen dein dreizehnter Geburtstag ist. Du wirst erwachsen!«

»Was …?« Michael keuchte auf.

»Alles in Ordnung, mein Junge?«

Entgeistert und überrascht hatte Michael tief Luft geholt und dabei vergessen, dass er eine Heidelbeere von der Größe eines Vogeleis im Mund hatte. Er keuchte und hustete, bis er die Beere glücklich wieder ausgespuckt hatte. Dann krächzte er: »Was?«

»Sag bloß nicht, du hast deinen eigenen Geburtstag vergessen!«

»Ich … ähm, ich glaube … ja, ich habe ihn total vergessen. Und ist es nicht ein bisschen albern, über Geburtstage nachzudenken, wenn so viel Wichtiges und Bedeutsames geschieht?«

»Da muss ich dir widersprechen. Diese Schritte im Leben *sind* wichtig. Aber überlass alles mir. Ich werde mir etwas angemessen Festliches einfallen lassen. Und jetzt lass uns reden; ich habe es dir versprochen.

»Nun, wie ich schon sagte …«

»Wie wäre es, wenn ich damit anfange, dir zu erzählen, was ich deiner Schwester bereits erzählt habe? Wo ich gewesen bin, was ich herausgefunden habe, und so weiter, und so weiter, hm?«

Michael dämmerte es, dass Dr. Pym genau wusste, was er sagen wollte, und beabsichtigte, ihn davon abzuhalten. Na schön, dachte er, aber früher oder später würde der Zauberer sich anhören müssen, dass Michael nicht die Absicht hatte, der Hüter des Buches Rubyn zu bleiben. Er und die Chronik passten einfach nicht zueinander. Doch fürs Erste begnügte er sich damit, an seinem Tee zu nippen und der Erzählung des Zauberers zu lauschen.

»Nachdem das Gebäude, auf dem Rourke und ich in Malpesa kämpften, in sich zusammengefallen und in den Kanal gestürzt war – wobei ich glücklicherweise unverletzt blieb –, machte ich mich sogleich wieder auf zu der Kammer, wo wir das Skelett gefunden hatten. Leider war sie von Rourkes Helfershelfern geplündert worden. Ich musste mich entscheiden: Sollte ich Rourke folgen, der dich und deine Schwester jagte, oder …« Der Zauberer verstummte und zog seinen Tabaksbeutel hervor. »Sag mal, mein Junge, was weißt du über das Gedankenlesen?«

»Nicht viel«, antwortete Michael. »G. G. Greenleaf hält es für die Schnüffelei von Zauberern. Bitte entschuldigen Sie, das ist nicht persönlich gemeint.«

Dr. Pym hüstelte. »Erstens hat es nichts mit dem Riechorgan zu tun und zweitens würde ich mir wirklich wünschen, Mr Greenleaf hätte sich nicht über Themen ausgelassen, von denen er rein gar nichts weiß. Es ist eine sehr schwierige und unangenehme Sache, sich Zugang zu den Gedanken eines anderen zu verschaffen. Bei jemandem wie Rourke kann es sogar gefährlich werden. Aber als wir auf dem Dach miteinander rangen, war er so darauf versessen, mich zu vernichten, dass es mir gelang, die Verteidigungsmauern um seinen Geist zu durchbrechen und mir wertvolle Informationen zu verschaffen.« Er steckte das Ende des Pfeifenstiels in seinen Mund. »Eure Eltern werden nicht mehr vom grässlichen Magnus gefangen gehalten.«

»Was?!« Michaels Schrei hallte durch den Wald und scheuchte einen Schwarm Vögel auf.

Dr. Pym nickte verständnisvoll. »So ähnlich habe ich auch reagiert. Aber erinnere dich an das, was vor der Schlacht am Hang des Vulkans geschah. Warum sollte Rourke dir einen falschen Vater präsentieren, wenn er den echten hätte vorzeigen können? Eine gute Frage, nicht wahr?«

Michael musste zugeben, dass er daran noch nicht gedacht hatte. »Aber sind Sie wirklich absolut sicher? Es ist nicht so, dass ich Ihnen nicht glauben würde, aber …«

»Nein, nein, deine Zweifel sind durchaus berechtigt. Während meiner kurzen Reise durch Rourkes Geist konnte ich auch herausfinden, wo deine Eltern gefangen gehalten wurden …«

»Und dort sind Sie hingegangen?«, rief Michael aus. »Als

Sie Malpesa verlassen hatten, meine ich. Wo war es? Ich wette, es war in einer Wüste, wo es seit hundert Jahren nicht geregnet hat. Oder ein Dschungel mit Kannibalen und riesigen giftigen Insekten. Oder …«

»Sie wurden in New York gefangen gehalten.«

Michael erstarrte. Das konnte nicht sein.

»Zehn Jahre lang«, fuhr der Zauberer fort, »wurden deine Eltern in einem Herrenhaus in Manhattan festgehalten. Und während der ganzen Zeit haben Gabriel und ich den Erdball nach ihnen abgesucht! Ich kenne sogar das besagte Haus! Vor hundert Jahren haben es die Gefolgsleute des grässlichen Magnus als Hauptquartier ausgewählt. Aber nicht im Traum hätte ich mir vorstellen können, dass unsere Feinde so dreist sein würden, deine Eltern vor meiner Nase zu verstecken. Oh Michael, es gibt keinen größeren Narren als mich!«

Er seufzte und wirkte sehr zerknirscht.

»Und Sie waren da?«, fragte Michael.

»In der Tat. Das Haus ist mit einem Schutzzauber umgeben, aber trotzdem war es kein Problem für mich, es zu finden. Es stand leer. Meine Vermutung ist, dass die Bewohner geflohen sind, nachdem Richard und Clare die Flucht gelungen war. Denn sie mussten damit rechnen, dass die Freunde deiner Eltern – ich selbst und andere – Vergeltung üben würden. Wie auch immer, es war mir möglich, das ganze Haus vom Keller bis zum Dachboden zu durchsuchen. Und um deine Frage zu beantworten: Ja, ich bin mir sicher, dass sie dort waren und entkommen konnten.«

»Wann?«

»Ich vermute, dass es erst kürzlich geschah. In den letzten Wochen.«

»Aber … wo sind sie dann?«

»Wo sie sind und wer ihnen bei der Flucht half, das kann ich dir leider nicht sagen, mein Junge. Ich weiß es nicht.«

Der Zauberer schwieg und blies einen großen Rauchkringel, dem er nachschaute, als ihn die Brise davontrug. Michael war froh, dass seine Eltern frei waren, aber er fragte sich unwillkürlich, ob sich dadurch irgendetwas geändert hatte. Der grässliche Magnus war immer noch hinter ihm und seinen Schwestern her – und den Büchern. Und wo seine Eltern waren, wussten sie immer noch nicht.

»Weißt du, ich könnte mir vorstellen«, fuhr der Zauberer fort, »dass sie vielleicht versucht haben, Kontakt mit uns aufzunehmen. Ich denke da an die Glaskugel, die nach Cambridge Falls geschickt wurde und die du nun um den Hals trägst.«

Michaels Finger spielten mit der Murmel und er verspürte eine zitternde Erregung. Der Zauberer hatte recht. Es war mehr als wahrscheinlich, dass die Kugel von seinen Eltern stammte. Aber dann erinnerte er sich, an wen sie adressiert gewesen war: an den ältesten Wibberly. Und er weigerte sich immer noch, Kate diesen Titel streitig zu machen.

»Vielleicht.«

Der Zauberer zuckte mit den Schultern. »Natürlich kannst du damit verfahren, wie du es für richtig hältst. Als ich das Haus durchsuchte, machte ich noch eine andere interessante Entdeckung. Weißt du noch, dass ich dir sagte, der grässliche Magnus lebe bereits seit Tausenden von Jahren?«

Michael nickte.

»Nun, bislang ist nur eine Weise bekannt, wie man dieses Kunststück vollbringen kann – die Unsterblichkeit zu erlangen …«

»Sie meinen durch das Buch Rubyn?«

»Genau. Und wir wissen, dass er es nicht in den Händen hatte. Wie also ist es ihm gelungen? Ich war immer der festen Überzeugung, die Entschlüsselung dieses Rätsels sei von großer Bedeutung für uns, wenn wir ihn auf immer unschädlich machen wollen.«

»Aber Sie selbst sind doch ebenfalls so lange am Leben! Wie haben Sie das denn gemacht?«

Der Zauberer schüttelte den Kopf. »Das ist unwichtig.«

»Aber …«

»Wir sprechen über den grässlichen Magnus, über sonst nichts.«

»Aber …«

»Oh du lieber Himmel, also schön. Ich habe das Buch Rubyn geschrieben.«

Michael klappte den Mund auf und dann wieder zu. Was auch immer er erwartet hatte, das jedenfalls nicht.

»Guck nicht so überrascht. Die Bücher haben sich schließlich nicht selbst geschrieben, und du wusstest doch schon vorher, dass ich dem Rat angehörte, der sie erschaffen hat.«

»Sie … haben das Buch … geschrieben?«

»*Niedergeschrieben* trifft es besser. Das Wissen und die Macht der Chronik des Lebens sind viel größer als mein Wissen und meine Macht. Die Weisheit der versammelten Magier des Rates floss durch mich hindurch und ging in das Buch ein. Und währenddessen blieb ein kleiner Teil der Kraft der Chronik in mir zurück. So, bist du nun zufrieden? Können wir uns wieder dem grässlichen Magnus zuwenden?«

Michael nickte. Er war immer noch wie betäubt.

»Zunächst einmal müssen wir uns fragen, was es mit seiner

Langlebigkeit auf sich hat. Kannst du dich erinnern, dass Dr. Algernon ihn den *Unsterblichen* genannt hat?«

Wieder nickte Michael.

»Tja«, sagte der Zauberer und lächelte, »für einen Unsterblichen ist der grässliche Magnus ziemlich oft gestorben.«

»Aber Sie sagten doch …«

»Und jedes Mal wurde er wiedergeboren. Er stirbt und wird neu geboren, stirbt und wird neu geboren, immer wieder und wieder.«

»Sie meinen, es gibt eine Reinkarnation von ihm?«

»Nicht ganz …«

»Also eher so wie Phönix aus der Asche?«

»Auch das nicht …«

»Dann fährt sein Geist in den Körper eines unglücklichen Kindes? So was habe ich mal in einem Film gesehen …«

Der Zauberer hob die Hand. »Wir könnten den ganzen Tag lang hier sitzen und spekulieren. Viele Theorien, aber keine Beweise. Das war ja mein Problem. Aber jede Magie, und besonders die mächtige Sorte, hinterlässt Spuren, und in diesem Haus in Manhattan fand ich, wonach ich gesucht hatte.«

Michael war bemühte, sich jedes Wort des Zauberers einzuprägen, aber wie sehr sehnte er sich nach Stift und Papier! Es gab einfach keinen Ersatz für eine schriftliche Dokumentation.

Der Zauberer blies wieder einen Rauchkringel, und dann fragte er plötzlich: »Michael, was geschieht wohl, wenn das Universum stirbt?«

»Häh?«

»Was glaubst du, was passieren wird? Das alles hier wird

doch irgendwann einmal zu Ende gehen. Das Universum ist eine Masse von sich ständig ausdehnender Energie, und eines Tages wird es in sich zusammenfallen. Wie ein Kuchen, den man zu lange im Ofen gelassen hat. Und dann? Was wird dann sein? Das Nichts?«

Michael zuckte mit den Schultern. Da war er überfragt.

Der Zauberer beugte sich über den Tisch.

»Es wird wiedergeboren werden.«

Michael stotterte ein weiteres »Häh?« hervor.

»Die Existenz des Universums ist keine Linie von Punkt A nach Punkt B. Stell es dir eher als Zirkel vor. Und irgendwo entlang dieses Kreises wird das Universum geboren, zerstört sich dann selbst und wird wiedergeboren, wieder und wieder, bis in alle Ewigkeit. Verstehst du?«

»Ähm … tja, ich denke schon …«

»Nun, jetzt kommt das Erstaunliche daran: Genauso wie das Universum wird auch alles darin wiedergeboren.« Der Zauberer breitete die Arme mit einer allumfassenden Geste aus. »Dieser Wald, das Tal, die Welt da draußen, alle Kreaturen, die sie bevölkern, haben vorher existiert und werden wieder existieren.«

»Sie meinen, wir … uns alle gab es schon einmal?«

»Aber gewiss doch! Dich, mich, Emma, Katherine, Gabriel, diesen Baum – all das ist ein Ablauf, der sich bis in die Ewigkeit wiederholen wird. Wer weiß, wie oft wir beide, du und ich, schon hier gesessen und dieses Gespräch geführt haben. Was der grässliche Magnus getan hat, ist Folgendes: Er hat Kontakt mit den früheren Versionen des Universums aufgenommen, hat sich auf magische Weise mit ihnen verbunden und jene früheren Ichs herausgepickt und in diese Welt gebracht. Wie oft er das getan hat, wie viele Kopien von sich selbst er herangeschafft hat, vermag ich nicht zu sagen. Aber wie Steine in einen Ozean, so warf er diese anderen Versionen von sich selbst aus ihrer eigenen Zeit in diejenige, in der er sie brauchte, sodass alle paar hundert Jahre ein neuer grässlicher Magnus geboren wurde.«

»Aber … warum?«

»Weil vor langer Zeit prophezeit wurde, dass sich die volle Macht der Bücher erst in Tausenden von Jahren offenbaren würde. Und ohne die Macht der Bücher – und zwar aller drei Bücher, verstehst du? – konnte er nicht hoffen, sein Ziel zu erreichen. Und deshalb …«

»Dr. Pym«, unterbrach Michael ihn, »wissen Sie eigentlich, dass Sie uns nie gesagt haben, was genau sein Ziel ist?«

»Habe ich nicht?«

»Nein.«

»Kein einziges Mal?«

»Kein einziges Mal.«

»Nun, sein Ziel ist es, die Welt in ein Zeitalter der Magie zu führen, wo er die alleinige, absolute Macht hat. Ein Zeitalter, in dem die Menschen nichts weiter sind als Sklaven. Das ist sein Ziel. Ein Ziel, das er seit Jahrtausenden verfolgt.«

»Und könnte er das tun?«

»Ob er das tun könnte? Mein Junge, die Macht der Bücher ist untrennbar mit dem Stoff des Seins verbunden. Stell es dir folgendermaßen vor: Jedes Mal, wenn Katherine das Buch Emerald benutzt, und jedes Mal, wenn du das Buch Rubyn benutzt, wird die Welt ringsum verändert. Und das, obwohl ihr die Macht der Bücher bislang unbewusst eingesetzt habt. Stell dir jetzt vor, jemand verfügt über diese Macht und hat den Willen, die Welt zu verändern, sie völlig umzugestalten. Oh ja, wenn der grässliche Magnus die Chroniken vom Anbeginn kontrolliert, dann kann er sein Ziel erreichen.«

Michael fragte sich unwillkürlich, was er alles verändert hatte, als er die Chronik einsetzte. Kein Wunder, dass Dr. Pym gesagt hatte, die Bücher zu benutzen sei nur als letzte Möglichkeit zu sehen.

»Wie ich schon sagte«, fuhr der Zauberer fort, »gelang es dem grässlichen Magnus mit Hilfe dieser früheren Versionen von sich selbst eine lebende Brücke zu erschaffen, die ihn durch die Zeit trug. Von Anfang an – und jetzt kommen wir zu dem, was ich in dem Haus herausgefunden habe – war es die Pflicht des gegenwärtigen Magnus, den nächsten Magnus ausfindig zu machen und auf ihn alle Erinnerungen und alle Macht zu übertragen.«

»Was soll das denn bedeuten? Wozu denn?«

»Diese Personen wurden ohne das Wissen geboren, woher sie kamen und welches ihr Schicksal sein würde. Erst durch die Erinnerungen des vorherigen grässlichen Magnus – die gleichzeitig die Erinnerungen aller Individuen sind, die jemals der grässliche Magnus waren – erkennt der neue Magnus, wer er wirklich ist.

Der letzte grässliche Magnus trat in diesem besagten Haus zutage, wurde dort sozusagen erweckt, und zwar etwa um das Jahr 1900. Das ist es, was ich herausgefunden habe. Und es war dieser Magnus, gegen den meine Gefährten und ich vor vierzig Jahren kämpften und den wir besiegt zu haben glaubten. Seitdem hat kein anderer seine Stelle eingenommen. Ich glaube, dass er der letzte war, der aus der Vergangenheit geholt wurde.«

»Aber wenn Sie den letzten vernichtet haben, müsste die Sache doch eigentlich vorbei sein, oder?«

»Das möchte man glauben, ja. Aber selbst nach seinem Tod hat sein Geist seine Gefolgsleute inspiriert und angetrieben. Und jetzt, da die Prophezeiung sich erfüllt, da die Bücher gefunden und zusammengebracht werden, ist er entschlossen, wieder in die Welt der Lebenden zurückzukehren und seine alte Macht zu beanspruchen.«

»Aber wie ist das überhaupt möglich?«

»Mein Junge, die Antwort liegt neben dir.« Er nickte zu dem roten Buch, das auf dem Ast neben Michael lag. »Und das ist der Grund, warum er die Chronik des Lebens nie in seine Gewalt bringen darf.« Dr. Pym klopfte den rauchenden Tabak aus seiner Pfeife. »Und jetzt wird es wohl Zeit, nach deiner Schwester zu sehen.«

Michael nickte. »Emma ist wahrscheinlich bei Gabriel ...«

»Oh«, sagte der Zauberer, »ich habe nicht von Emma gesprochen, sondern von Katherine.«

Kate befand sich in einem anderen Baum, und um dorthin zu gelangen, mussten der Zauberer und Michael über etliche Brücken aus ineinander verschlungenen Ästen gehen und eine steile und unebene Treppe hinuntersteigen, die sich um einen mächtigen Baumstamm wand. Währenddessen erzählte Dr. Pym, dass er kurz nach Ausbruch des Vulkans im Tal angekommen war, gerade noch rechtzeitig, um den Drachen mitsamt seinen Passagiere vorbeifliegen zu sehen. Er war ihm zum Volk der Elfen gefolgt.

»Du kannst dir das Durcheinander vielleicht vorstellen:

In die Freude der Elfen über die Rückkehr ihrer Prinzessin mischten sich Trauer und lautes Wehklagen über jene, die in der Schlacht gefallen waren; Emma schrie nach jemandem, der Gabriel helfen solle; mein eigenes Auftauchen stiftete zusätzliche Verwirrung – und dann war mit einem Mal Katherine da.«

Dr. Pym blieb stehen und drehte sich um. Sie waren auf der Treppe, Michael stand zwei Stufen hinter ihm und hielt mit der einen Hand die Chronik fest, mit der anderen stützte er sich am Baum ab. Er hatte seinen Blick fest auf den Rücken des Zauberers geheftet gehabt, um zu vermeiden, in den gähnenden Abgrund zu seiner Linken zu schauen. Jetzt blickte ihn der Zauberer direkt an.

»Michael«, sagte Dr. Pym mit ernster Stimme. »Ich weiß nicht, wie ich dich auf das vorbereiten soll, was dich erwartet, aber sei versichert, dass alles gut werden wird.« Und ohne ein weiteres Wort der Erklärung wandte sich der alte Mann wieder um und ging weiter die Treppe hinunter.

Hinter einer Biegung kamen sie zu einem Raum, der dem Gemach ähnelte, in dem Michael erwacht war – eine tiefe Höhle im Stamm, zu der ein breiter, flacher Ast führte. Der Zauberer zögerte am Eingang und bedeutete Michael, einzutreten. Im Inneren befanden sich drei Personen. Prinzessin Wilamena stand links. Sie trug ein dunkelgrünes Seidenkleid, das mit Goldfäden bestickt war, die sich zu einem großen Baummuster zusammenfügten. Aus dem Augenwinkel betrachtet, sah es so aus, als würden sich die goldenen Zweige im Wind wiegen. Das Haar der Prinzessin war zu einem Zopf geflochten, der im Dämmerlicht wie pures Gold schimmerte. Sie schaute Michael mit einem mitfühlenden Blick entgegen, sagte aber kein Wort und machte auch keine Anstalten, auf ihn zuzugehen.

Ihr gegenüber, rechts von Michael, kauerte Emma. Sie hatte weder ihre Kleidung gewechselt, noch sich gewaschen oder geschlafen. Bei Michaels Anblick sprang sie auf, rannte zu ihm und warf schluchzend die Arme um seinen Hals. Michael wollte sie umarmen und trösten, aber etwas in seinem Inneren war erstarrt. Sein Körper schien ihm nicht mehr zu gehorchen.

Vor ihm lag Kate auf einem niedrigen Bett. Die Augen waren geschlossen. Sie trug ein elfenbeinfarbenes Spitzenkleid. Man hatte eine Decke über sie gelegt; die Arme sowie die gefalteten Hände, in denen das goldene Medaillon ihrer Mutter lag, ruhten auf der Decke. Kates Gesicht war leichenblass.

Michael musste nichts fragen. Er wusste, dass seine Schwester tot war.

Mit sanften Bewegungen löste er Emmas Arme von seinem Nacken, nahm sie an der Hand und kniete sich mit ihr neben Kate. Er brauchte einen Moment, um die Fassung wiederzuerlangen.

»Wann … wann ist sie …?«

»Gleich, nachdem sie angekommen war«, sagte der Zauberer, der im Eingang stehen geblieben war. »Die Ärzte der Elfen und ich selbst haben alles versucht. Es tut mir so leid.«

Michael streckte die Hand aus und berührte das Handgelenk seiner Schwester. Die Haut war kalt.

Das ist nicht wirklich, dachte er. Das ist irgendein Trick. Das ist nicht Kate. Aber er wusste genau, dass es kein Trick war und dass seine Schwester tot vor ihm lag.

Emma packte ihn am Arm und schüttelte ihn.

»Michael – bring sie zurück!«, schluchzte sie. »Nimm das Buch! Du kannst das doch, nicht wahr? Bring sie zurück! Du musst sie zurückbringen!«

Aber Michael brauchte keine Aufforderung. Er hatte die Chronik des Lebens bereits aufgeschlagen, hielt den Griffel in der Hand und wollte sich gerade in den Daumen stechen.

»Ich fürchte, das wird nicht funktionieren.«

Michael schaute zu Dr. Pym, dessen Gestalt vor dem grünen Hintergrund aus Laub und Baumkronen wie ein Scherenschnitt wirkte.

»Der Geist deiner Schwester ist ins Land der Toten eingegangen, dorthin, wo auch der grässliche Magnus seit vierzig Jahren gefangen sitzt. Seine Macht ist sehr groß. Er wird sie nicht freilassen.«

»Was reden Sie da?«, fragte Michael. Er war ungeduldig und hatte kaum auf die Worte des Zauberers geachtet.

»Es liegt ein Schatten auf ihr«, ließ sich die Elfenprinzessin nun vernehmen. »Er kam über sie in dem Moment, in dem sie starb.«

»Deine Schwester«, sagte Dr. Pym und betonte jedes Wort, »ist eine Gefangene im Land der Toten.«

KAPITEL 23

Der Geist

Michael verlangte, dass er zumindest versuchen dürfe, Kate zurückzubringen. Der Zauberer willigte ein, ermahnte ihn aber, beim geringsten Widerstand sofort abzubrechen. Michael hörte gar nicht hin. Er stach sich in den Daumen, setzte die blutige Spitze des Griffels auf die leere Seite, fühlte den mittlerweile vertrauten Strom der Macht durch seinen Körper zucken, sah Kates Gesicht überdeutlich vor sich und fing an zu schreiben.

Er kam nicht über den zweiten Buchstaben ihres Namens hinaus. Es war, als ob sich ihm eine unsichtbare Kraft entgegenstemmen würde, und als er versuchte, dagegen anzukämpfen, fühlte er, wie in dem Griffel knackend ein Riss entstand. Erschrocken hörte er auf.

Und das war das Ende. Dr. Pym bat die Kinder, die Hoffnung nicht aufzugeben. Er wollte sich mit Prinzessin Wilamenas Vater und dem Weisen Rat der Elfen besprechen. Er war sicher, so meinte er, dass sie einen Weg finden würden, Katherine zu befreien. Dann verabschiedeten sich der Zauberer und die Elfenprinzessin und ließen die Kinder allein.

Emma sank schluchzend gegen ihren Bruder, und Michael, der sich fühlte, als ob er sich am Grund eines dunklen Schachts befände, der alle Geräusche der Außenwelt auf ein Minimum an Wahrnehmung dämmte, legte den Arm um sie und ließ sie weinen.

Die beiden blieben den ganzen Tag bei Kate. Sie wechselten kaum ein Wort. Zweimal ging Emma zu Gabriel; beide Male kehrte sie zurück und erklärte, er würde noch immer schlafen.

Als die Nacht niedersank, erklang Gesang im Wald. Er war traurig und wunderschön, und der Elf, der ihnen das Abendessen brachte, erklärte, es sei ein Lied für die gefallenen Elfen. Die Kinder lauschten und fühlten sich getröstet. Sie hatten keinen Hunger und so blieb die Mahlzeit unberührt. Dr. Pym kehrte am späten Abend zurück. Er berichtete, dass sie noch keinen Weg gefunden hätten, um Kate aus den Klauen des grässlichen Magnus zu befreien. Er schlug ihnen vor, sich auszuruhen. Michael erklärte, er werde nirgendwo hingehen, war sich aber mit dem Zauberer einig, dass Emma dringend ins Bett gehörte. Emma versuchte zu widersprechen, aber da sie die ganze letzte Nacht bei Kate geblieben war, versagte ihr die Stimme und die Augenlider fielen ihr zu. Nach kurzem Widerstand gab sie nach.

Ihr Zimmer befand sich wiederum in einem anderen Baum. Bevor sie ging, umarmte sie Michael.

»Du hast morgen Geburtstag, nicht wahr? Nun, dann … alles Liebe.«

Dr. Pym bat Emma, draußen auf ihn zu warten; er würde sie zu ihrem Zimmer bringen, weil es schon recht dunkel war. Dann wandte er sich an Michael.

»Was ist los, mein Junge? Ich sehe doch, dass du etwas auf dem Herzen hast.«

»Hätte … hätte ich sie zurückbringen können? Habe ich etwas falsch gemacht?«

Diese Vorstellung hatte ihn den ganzen Tag lang gequält: dass es vielleicht möglich gewesen wäre, Kate ins Leben zurückzurufen, wenn er nur stark oder klug genug gewesen wäre, und dass der Zauberer ihn nur hatte schonen wollen, indem er die Schuld dafür dem grässlichen Magnus gab.

Dr. Pym schien von Michaels Frage weder beunruhigt noch überrascht zu sein. »Nein, mein Junge, du hast nichts falsch gemacht. Es bestand nie die Möglichkeit für dich, deine Schwester wiederzubeleben. Ich habe es dir nur gestattet, damit du verstehst, womit wir es hier zu tun haben.«

»Aber ich hätte beinahe den Griffel zerbrochen.«

Der Zauberer zuckte mit den Schultern. »Es gibt Schlimmeres. Der Griffel ist ein Hilfsmittel, mehr nicht.«

Der Elf, der ihnen das Abendessen gebracht hatte, trat heran. Er reichte ihnen brennende Kerzen. Im flackernden Licht betrachtete Michael das Gesicht des alten Mannes und versuchte, darin zu lesen. Aber sein Antlitz gab nichts preis.

»Sage mir«, fuhr Dr. Pym fort, »hat dich der Wächter vor dem Buch gewarnt?«

»Er meinte … es würde mich verändern.«

»Wie könnte es auch anders sein? Jedes Erlebnis, das wir haben, verändert uns. Und wenn du die Chronik des Lebens benutzt, trittst du in das Leben einer anderen Person ein, teilst ihre Hoffnungen und Ängste, liebst und hasst mit ihr. Es ist ein Leichtes, sich darin zu verlieren. Du darfst nie vergessen, wer du bist.«

»Genau das sagte er auch. Aber was, wenn … wenn ich nicht …?«

»Michael«, sagte der Zauberer mit leiser, vertraulicher Stimme, »ich weiß, dass es nicht dein Wunsch ist, der Hüter des Buches Rubyn zu sein. Du hast heute Morgen versucht, es mir zu sagen, und ich wollte es nicht hören. Aber das Buch hat dich aus einem ganz besonderen Grund auserwählt, und ich glaube, dass es eine gute Wahl getroffen hat. Ich könnte mir niemand Besseren vorstellen als dich.«

»Dr. Pym, ich bin Ihnen wirklich dankbar, dass Sie mich trösten wollen, und ich weiß, wir brauchen Durchhaltevermögen und das alles – aber ich bin einfach nicht der Richtige für diese Aufgabe.«

Schließlich war es heraus. Er hatte es ausgesprochen.

Der Zauberer schüttelte langsam und betont den Kopf. »Ach, mein Junge, wenn du wüsstest, wie sehr du dich irrst.«

»Aber …«

»Michael Wibberly, in dir brennt ein Feuer.«

»Ich … Moment mal … Was?«

Der Zauberer legte seine Hand auf die Stelle, wo Michaels Herz in seiner Brust pochte. »Es ist das Feuer der wahren Gefühle – Liebe, Mitleid, Schmerz. Das ist die rote Flamme, die der Chronik Leben einhaucht. Ohne diese Flamme hättest du das Buch nicht einsetzen können. Es stimmt, dass du noch nicht die ganze Macht des Buchs beherrschst, aber auch Kate brauchte Zeit, um das Buch Emerald in seiner Gänze zu begreifen.« Er fasste Michael an der Schulter. »Du hast so viel mehr in dir, als du denkst. Du hast so unendlich viel zu geben.«

Und damit trat er durch die Tür, nahm Emma an die Hand, und Michael blieb allein mit Kate zurück.

Er legte sich neben sie, aber sein Herz schlug heftig, und so stand er wieder auf und ging hin und her, die Chronik eng an die Brust gedrückt. Hin und her, auf und ab lief er in dem kleinen Raum, länger als eine Stunde, wobei er immer wieder zu seiner Schwester hinschaute, in der Hoffnung, ein Lebenszeichen zu erhaschen. Draußen fing es ganz plötzlich an zu regnen, ein heftiger, hämmernder Regen, der vor der Zimmeröffnung niederströmte. Michael ging hinaus in die Dunkelheit, das Buch immer noch in den Armen haltend, und ließ sich vom Regen durchnässen. Die Tropfen waren kalt, fast eisig, aber auch sie konnten das Fieber in ihm nicht kühlen. Sein Herz klopfte und klopfte, als wollte es aus seiner Brust springen. Aber er konnte um alles in der Welt nicht zurück in dieses Zimmer.

Er rannte die um den Baum gewundene Treppe hinunter. Das Wasser tropfte von seiner Brille; seine Füße rutschten und schlitterten über die klatschnassen Holzplanken. Es war ihm egal, ob er hinfiel und abstürzte, er lief immer schneller und schneller. Ihm wurde schwindelig, wie er so rund um den Baum rannte. Dann hatte er den Waldboden erreicht. Er ging rasch, ohne zu wissen wohin. Seine Füße versanken im Morast, aber auch das kümmerte ihn nicht. Rücksichtslos – die Arme eng um die Chronik des Lebens geschlungen, das Herz rasend wie ein Presslufthammer – brach er durch das Dickicht aus Farnen.

Nach einer Weile vernahm er trotz des stetigen Prasselns

des Regens Stimmen. Es war der Gesang, den Emma und er bereits vorhin gehört hatten – das Lied für die gefallenen Elfen. Michael steuerte darauf zu. Lichter tauchten vor ihm auf, schaukelten zwischen den Bäumen, und dann sah er die Prozession. Etwa dreißig Elfen mit dunklen Umhängen und brennenden Kerzen in den Händen schritten durch den Wald. Die Kerzenflammen schienen gegen den niederströmenden Regen immun zu sein, denn sie erloschen nicht. Michael versteckte sich hinter einem Baum und schaute zu, wie sie vorbeigingen. Wieder empfand er Trost, als er der Melodie lauschte, und fühlte, wie die Panik in ihm versiegte. Und dann, als die Elfen aus seinem Blickfeld verschwanden, hörte es auf zu regnen.

Michael stand da, tat lange, tiefe, langsame Atemzüge und lauschte dem Wasser, das vom Blätterdach und den Zweigen der Bäume tropfte. Seine Hand tastete nach der Glaskugel unter seinem Hemd. Es musste nach Mitternacht sein. Er war dreizehn Jahre alt. Und wenn man die Umstände in Betracht zog, war er jetzt der älteste Wibberly.

Er nahm die Kugel von seinem Hals und legte sie auf eine flache, dicke Wurzel. Mit voller Wucht trat Michael auf die Kugel, und das Glas zerbarst knirschend unter seinem Absatz. Etwas zischte, und Michael wich zurück, als sich ein silbrig grauer Nebel in dem Dunkel des Waldes ausbreitete. Aus dem Nebel bildeten sich die Konturen einer Gestalt; sie nahm Form an, Füße und Beine, Arme, Schultern, ein Kopf. Und Michael sah, wie sich aus dem zarten Rauchgespinst die vertrauten Züge seines Vaters herauskristallisierten.

Die Nebelgestalt glich in allem dem Avatar, den Rourke ihnen am Hang des Vulkans präsentiert hatte – er war genauso gekleidet, trug die gleiche Brille, Haar und Bart waren ebenso zerzaust und ungepflegt, selbst die Müdigkeit in seinen Augen war vorhanden. Der einzige Unterschied bestand darin, dass die Gestalt vor Michael aus Rauch bestand. Michael konnte geradewegs durch sie hindurch auf die Bäume dahinter blicken.

»Unglaublich«, murmelte die Nebelgestalt und blickte verdattert auf ihre eigenen geisterhaften Hände. Die Stimme war dünn und widerhallend, als würde sie von weither kommen. »Es funktioniert tatsächlich. Aber dann …« Blitzschnell wirbelte die Gestalt um die eigene Achse und erblickte Michael. »Oh mein Gott … bist du …? Das kann doch nicht sein … Michael?«

Michael nickte. Zu mehr war er nicht fähig.

»Aber … du … bist so … groß!«

Michael hatte sich nicht gerührt. Er hatte keine Ahnung gehabt, was geschehen würde, wenn er die Murmel zerbrach, aber ein zweites Mal in so kurzer Zeit seinem Vater gegenüberzustehen – oder besser gesagt einer Version seines Vaters –, war einfach zu viel für ihn.

»Oh mein Junge …« Die Gestalt stürzte vor, als wollte sie ihn umarmen. Michael konnte nicht mehr ausweichen, was auch nicht nötig war, denn die Erscheinung fuhr geradewegs durch ihn hindurch. Michael drehte sich um und sah den Geist einen Meter hinter sich stehen. Der wirkte verwirrt und ein wenig verlegen. »Nun, das war … dämlich.«

»Also schön«, setzte Michael an. Er wollte die Situation in den Griff bekommen.

»Sind wir in irgendeinem Wald?«

»Was? Ja, aber …«

Die Gestalt wedelte ungeduldig mit der Hand. »Völlig egal. Ich muss dir etwas sagen. Es mag schwer zu glauben sein, aber ich bin …«

»Ich weiß, wer du bist.«

»Wirklich? Du willst damit sagen, dass du mich erkennst? Aber du kannst dich doch unmöglich an mich …«

»Ich habe ein Bild von dir gesehen.« Michael hatte sich wieder gefasst, obwohl seine Stimme immer noch bebte. »Was für einen Beweis kannst du mir geben, dass du derjenige bist, der du zu sein behauptest?«

»Einen Beweis? Du meinst so eine Art Ausweis?«

»Keine Ahnung! Nur irgendeinen Beweis!« Michael spürte, wie er seine mühsam wiedergewonnene Fassung erneut zu verlieren drohte. »Woher soll ich denn wissen, dass du wirklich mein Vater bist?«

»Aber natürlich bin ich *nicht* dein Vater!«

Damit hatte Michael nun wirklich nicht gerechnet. Vor lauter Überraschung vergaß er, in Panik zu geraten.

»Ist dein Vater etwa eine seltsame, geisterartige Erscheinung? Nein. Dein echter Vater, der aus Fleisch und Blut, ist irgendwo anders. Das hoffe ich wenigstens. Ich bin ein Spiegelbild von Richard Wibberly, wobei ich nicht nur seine äußere Erscheinung wiedergebe, sondern auch alles andere, einschließlich seiner Erinnerungen. Ich weiß zum Beispiel noch ganz genau, wann ihr euch das letzte Mal gesehen habt, besser gesagt: wann er dich das letzte Mal sah. Es war am Weihnachtsabend von zehn Jahren. Er trug dich und Emma aus dem Haus und legte euch in Stanislaus' Wagen. Ihr beide habt geschlafen. Und ihr wart so klein.« Die Nebelgestalt schwieg einen Moment und fuhr dann fort: »Und ich habe auch seine Gedanken und Gefühle. Wenn er hier wäre und dich sehen könnte, würde er genau dasselbe denken wie ich jetzt.«

»Und was wäre das?«, fragte Michael mit rauer Stimme. »Nur so aus Neugier …«

»Wie sehr er sich wünschte, dass er hätte miterleben dürfen, wie du aufwächst.« Die Gestalt trat näher. »Michael, als wir dich aufgaben, haben deine Mutter und ich das getan, was wir für das Beste hielten. Aber diese Entscheidung hat uns jeden Tag in den vergangen zehn Jahren große Schmerzen zugefügt. Verglichen damit war die Gefangenschaft leicht zu ertragen.« Die Gestalt zuckte mit den Schultern. »Ist das Beweis genug?«

Michael steckte in der Klemme. Er wollte glauben, das dies sein Vater war – oder sein Spiegelbild –, aber wie konnte er sicher sein?

»Du hast also alle Erinnerungen meines Vaters, nicht wahr?«

»Richtig. Du kannst mich alles fra-«

»Wer ist König Killick?«

»Wie bitte?«

»Wer ist König Killick? Wenn du über die Erinnerungen meines Vaters verfügst, solltest du das wissen. Ich gebe dir einen Tipp: Er war ein berühmter Elfenkönig.«

Die Gestalt starrte ihn an; Unverständnis breitete sich auf dem Gesicht aus. »Ich … habe nicht die geringste Ahnung.«

Michael fühlte, wie etwas in seinem Inneren zerbrach.

So, sagte er sich im Stillen, *das wird dich lehren, der Hoffnung zu vertrauen*.

»Wenn du mich natürlich«, fuhr die Gestalt fort, »nach

dem Zwergenkönig Killick gefragt hättest, könnte ich dir Rede und Antwort stehen. Von einem Elf namens Killick habe ich noch nie gehört. Kommt mir komisch vor, dass ein Elf nach einem Zwerg benannt ist …«

»Was …?«

»Es gibt übrigens ein Zitat von Killick, an das ich mich noch gut erinnere. Von dem Zwergenkönig meine ich. Er sagte: *Ein großer Anführer lebt nicht in seinem Herzen, sondern –*«

»*In seinem Kopf*«, beendete Michael den Satz.

»Genau! Du kennst das Zitat also auch! Warum hast du dann behauptet, dass Killick ein Elf …? Ach, jetzt verstehe ich: Du wolltest mich auf die Probe stellen! Habe ich bestanden?«

Michael nickte. Er hatte seine Stimme nicht so weit in der Gewalt, dass er sich getraut hätte, etwas zu sagen.

»Gut.« Die Nebelgestalt kniete sich vor Michael hin. »Dann hör mir jetzt zu. Deine Mutter und ich sind entkommen. Wie uns das gelang und wer uns dabei geholfen hat, ist nicht wichtig. Wir schicken dir und deinen Schwestern diese Botschaft, um euch wissen zu lassen, dass es uns gut geht. Wir glauben, dass wir das Versteck eines der Bücher kennen, und wir werden uns auf die Suche machen …«

»Aber das müsst ihr nicht!«, platzte Michael heraus. »Ich habe es schon!«

»Was meinst du damit?«

»Wir waren bei Hugo Algernon. Wir haben das Grab in Malpesa gefunden. Ich habe die Chronik des Lebens! Siehst du?«

Er hielt das Buch in die Höhe. Die Gestalt griff danach, hielt jedoch inne. Kleine Rauchfäden kräuselten sich von ihren Fingerspitzen. »Oh je.«

»Was ist denn?«, erkundigte sich Michael.

»Wir haben nicht mehr viel Zeit. Dieser Körper wird sich bald auflösen. Hör mir zu.« Der Geist legte die durchscheinenden Hände auf Michaels Schultern – oder besser gesagt: ließ sie kurz darüber schweben. »Es ist fantastisch, dass du das Buch Rubyn gefunden hast. Aber wir sind hinter dem letzten Buch her.«

»Dem letzten ...«

»Wenn wir versagen – nein, hör zu: wenn wir versagen oder du es vor uns findest, lass nicht zu, dass Stanislaus alle drei Bücher zusammenbringt. Sie müssen voneinander getrennt bleiben. Wir haben bestimmte Dinge erfahren und wissen nicht genau, ob sie zutreffen, aber wir dürfen kein Risiko eingehen.« Michael wollte etwas sagen, aber der Geist hob abwehrend die Hand. »Du musst es nicht verstehen. Du musst es mir nur versprechen.«

Michael nickte. Die Gestalt vor ihm wurde immer durchscheinender.

»Aber .. du darfst nicht gehen ...«

»Ich fürchte, ich habe keine andere Wahl. Ich kann dir gar nicht sagen, wie stolz ich auf dich bin, wie stolz dein echter Vater wäre, wenn er jetzt hier sein könnte.«

Michael konnte nicht glauben, dass es schon zu Ende ging. Es gab so vieles, was er fragen und sagen wollte. Doch dann wurde ihm klar, dass alles, was er dem Geist sagte, mit ihm ins Nichts verschwinden würde. Es wäre, als würde man dem Wind etwas zuflüstern.

»Ich habe *Alles über Zwerge* verloren.«

»Was?«

»Das Handbuch. Das Handbuch über Zwerge, das du mir in

der Nacht, in der Dr. Pym uns mitgenommen hat, geschenkt hast. Ich hatte es die ganze Zeit bei mir. Ich wollte es dir zurückgeben. Aber ich habe es verloren. Es tut mir leid.«

»Ach mein Junge, das macht doch nichts. Ganz ehrlich.«

Michael schüttelte den Kopf. Er wusste, dass er die Worte, die er eigentlich sagen wollte, hinauszögerte. Dann holte er tief Atem.

»Ich habe Kate und Emma … verraten.« Die Worte waren bleischwer und blieben fast in seiner Kehle stecken. Er musste sie regelrecht hinausstoßen. »Letztes Jahr, in Cambridge Falls, habe ich sie an die Gräfin verraten. Sie versprach mir, sie würde dich und Mom finden. Sie hat natürlich gelogen. Und ich wusste … nun, ich wusste genau, was ich tat. Aber danach war alles so schrecklich. Es tat so weh. Ich … So etwas wollte ich nie wieder fühlen. Ich wollte nie wieder irgendetwas fühlen.«

Er weinte leise und wischte mit der Hand über sein Gesicht, auf dem sich Tränen und Regentropfen vermischten. Die Nebelgestalt schwieg.

»Das Buch Rubyn«, fuhr Michael fort, »lässt mich Dinge fühlen. Aber ich will das nicht! Ich kann das nicht! Niemand begreift das! Ich kann es einfach nicht.«

Dann senkte er den Blick und packte das Buch noch fester.

»Michael.« Zweimal musste der Geist seinen Namen wiederholen, ehe Michael aufblickte. »Dieser Spruch von König Killick, weißt du, warum ich ihn nie vergessen habe?«

»Weil«, sagte Michael erstickt, »er gut und richtig ist?«

»Nein. Ich habe ihn nie vergessen, weil ich selbst genauso war. Vor dir und deinen Schwestern. Vor deiner Mutter. Ich lebte einzig und allein in meinem Kopf.«

»Und es war besser so, nicht wahr?«, sagte Michael. »Alles war viel leichter, stimmt's?«

»Nein! Ich meine, ja, vieles war nicht so schmerzhaft oder quälend. Aber der Sinn des Lebens besteht nicht darin, den Schmerz zu vermeiden. Der Sinn des Lebens ist, lebendig zu sein! Er bedeutet, das Gute und das Schlechte zu akzeptieren. Natürlich gibt es den Schmerz und das Leid. Aber es gibt auch Freude, Glück, Freundschaft und Liebe. Und es ist die Sache wert, glaube mir. Deine Mutter und ich haben zehn Jahre unseres Lebens verloren, aber in dieser Zeit haben wir jede Sekunde die Liebe für dich und deine Schwestern gespürt. Und das würde ich nicht gegen alles in der Welt eintauschen. Lass dich nicht von der Angst vor Gefühlen beherrschen. Wähle das Leben, mein Sohn.«

Dann schlang sein Vater die durchsichtigen Nebelarme um ihn und Michael schloss die Augen. Es kam ihm fast so vor, als würde die Gestalt fester werden, wirklicher. Michael spürte förmlich die Brust seines Vaters an seiner Wange, hörte das Klopfen seines Herzens. Dann schlug er die Augen auf und sah, dass er die leere Luft umarmte.

Doch plötzlich war da ein goldener Schimmer. Er drehte sich um und da stand die Elfenprinzessin. Sie trug einen Umhang und hatte die Kapuze zurückgeschlagen. Ihr Haar leuchtete in der Dunkelheit.

»Hast du … zugeschaut?«

Sie nickte, kein bisschen verlegen. »Ja.« Sie trat vor und nahm seine Hand. »Komm mit.«

»Warum? Wohin bringst du mich?«

»Ich zeige dir, wie du deine Schwester zurückbringen kannst.«

KAPITEL 24

Die Rückkehr des grässlichen Magnus

Hand in Hand rannten Michael und die Elfenprinzessin durch den Wald. Wilamena führte ihn. Die regennassen Farnwedel wichen vor der Prinzessin zur Seite, während sie Michael wiederholt ins Gesicht klatschten und ihn mit Tropfen besprühten. Er fragte nicht, wo sie ihn hinbrachte, und sie verlor kein Wort darüber. Irgendwann erreichten sie die hoch aufragende Felswand der Schlucht, vor der ein Dutzend verhüllte Gestalten mit Kerzen in den Händen standen. Er erkannte in ihnen einige der Elfen, die vorhin an der Prozession durch den Wald teilgenommen hatten. Sie sangen noch immer, aber jetzt so leise, dass Michael sich anstrengen musste, um sie zu hören. Die Gestalten hatten sich vor einer dreieckigen, mannshohen Felsspalte versammelt, und Michael sah, wie einer der Elfen seine Kerze löschte, durch die Spalte trat und verschwand.

»Mein Volk kam vor Tausenden von Jahren in dieses Tal«, flüsterte die Prinzessin. »Damals war hier alles von Eis und

Schnee bedeckt. Hast du dich niemals gefragt, warum wir uns ausgerechnet in einer Eiswüste ansiedelten?«

Michael wollte schon sagen, dass niemand wüsste, warum Elfen dies taten und jenes nicht, besann sich aber eines Besseren. »Doch, schon«, sagte er.

»Wir kamen hierher«, sagte Wilamena, »weil unsere Art sich von Orten angezogen fühlt, wo die sterbliche Welt und die Welt der Geister einander überschneiden. Stell dir die beiden Welten wie zwei Kreise vor, die sich an den Rändern berühren. Dort gibt es einen kleinen Raum, der sowohl zu der einen wie auch zu der anderen Welt gehört.« Damit nickte sie zu der Felsspalte.

»Du meinst«, sagte Michael langsam, »dass diese Höhle ins Land der Toten führt?«

»Ja und nein. Das wahre Land der Toten ist ein Ort, an den die Sterblichen nicht gelangen können. Die Höhle führt in jene Zwischenwelt, wo sich die beiden Kreise berühren. Und dort können die Toten zu uns kommen. Hast du es nicht gespürt, als du das Tal betreten hast? Eine Präsenz, die man nicht erklären kann?«

Und Michael erinnerte sich, dass er tatsächlich etwas gefühlt hatte, als er mit Gabriel und Emma in das Tal gekommen war – er hatte den Eindruck gehabt, dass sie nicht allein wären, dass ihnen jemand über die Schulter blicken würde, hatte dieses Gefühl aber als bloße Einbildung abgetan.

Er sah zu, wie ein weiterer Elf seine Kerze auslöschte und durch den Spalt trat.

»Was tun sie da?«

»Sie verabschieden sich von jenen, die in der Schlacht gefallen sind. Niemand kann lange an diesem Ort bleiben, aber die Zeit reicht aus, um die Dinge zu sagen, die man im Leben nicht mehr vorbringen konnte. Dann wird ein jeder in seine eigene Welt zurückkehren – die Lebenden zu den Lebenden, die Toten zu den Toten.«

Michael schaute die Elfenprinzessin an. »Ich hätte versuchen sollen, sie zurückzubringen. Die Elfen, die gefallen sind, meine ich. Ich hätte die Chronik des Lebens benutzen sollen. Ich habe nicht daran gedacht. Es tut mir so leid.«

Wilamena schüttelte den Kopf. »Der Tod ist Teil der Natur. Ihre Zeit war gekommen und sie starben ehrenhaft. Bei deiner Schwester ist es anders. Ihre Reise in der Welt der Lebenden ist noch nicht zu Ende.« Sie schaute zu der Felsspalte. »Und wenn der Feind nicht erlaubt, dass sie zu dir kommt, dann musst du zu ihr gehen.«

Michael begriff. Er schluckte und packte das Buch Rubyn fester. »Weiß Dr. Pym hierüber Bescheid?«

»Er kennt diesen Ort, aber er weiß nicht, dass ich dich hierher gebracht habe. Während der Beratung mit meinem Vater und dem Weisen Rat der Elfen hat er sich ausdrücklich dagegen ausgesprochen, dass man dich in den Nimbus schickt.«

»In den Nimbus?«

»So nennen wir diesen Ort, wo sich die Welten überschneiden. Der Zauberer weiß, dass du allein dorthin gehen musst und er keine Möglichkeit hätte, dich dort zu beschützen. Er sucht nach einem sichereren Weg, um deine Schwester zu befreien, aber einen solchen Weg gibt es nicht.«

»Warum muss ich es allein machen? Was ist mit den Elfen, die schon drinnen sind?«

»Du wirst sie nicht sehen. Selbst wenn du und ich nebeneinander eintreten würden, wären wir getrennt, sobald wir die

Schwelle überschreiten. Du findest dich vielleicht in einer Stadt wieder, während ich auf einem weiten, leeren Feld stehe. Der Nimbus hält für jeden von uns etwas anderes bereit.«

Michael merkte, dass die Sache immer verwirrender wurde, je mehr Wilamena darüber erzählte. Aber eigentlich wollte er nur eins wissen: »Wie kann ich Kate finden?«

»Du musst nur an sie denken und dann wird sie zu dir kommen. Aber sei gewarnt: Es gab schon welche, die zu lange geblieben sind und den Weg zurück nicht mehr wiederfanden. Du musst dich beeilen, Michael.«

»Es ist das erste Mal, dass du mich bei meinem Namen genannt hast.«

Wilamena lächelte. »Nun, ich glaube, du bist längst kein Häschen mehr.«

Michael schaute sie an, und die Erinnerung an diesen kurzen Moment, in dem er ihr Leben geteilt hatte, kehrte wieder. Er dachte an die Verzweiflung und die Trauer während der langen Jahre als Gefangene im Körper eines Drachen, aber er erinnerte sich auch an die tiefe, nie versiegende Freude, die sie für die Welt und alles Lebendige empfand. Er war überzeugt, dass Wilamena all das, was sie erlitten hatte, mit Freuden noch einmal durchleben würde, bevor sie einen einzigen Tag ihres Lebens aufgab.

Sie tat, worum ihn sein Vater gebeten hatte. Sie hatte das Leben gewählt, im Guten wie im Schlechten.

Und dann tat Michael etwas, das ihn selbst überraschte. Er beugte sich vor und küsste die Elfenprinzessin. Ihre Lippen waren weich, und er wusste nicht, ob es Zauberei war oder etwas anderes, aber er fühlte Wärme auf seinen Wangen und Ohren, bis hinunter in seine Brust. »Danke«, flüsterte er, drehte sich um und ging an den Elfen vorbei in die Höhle. Die Wärme des Kusses nahm er mit sich.

Nach ein paar Schritten stand er in tiefschwarzer Dunkelheit. Immer wieder stolperte er über den felsigen Boden, ging aber trotzdem weiter, eine Hand vor sich ausgestreckt und die Erinnerung an Kate klar und stark in seinen Gedanken. Irgendwann nahm Michael in der Ferne ein trübes, graues Licht wahr. Er steuerte darauf zu und die Dunkelheit ringsum wich zurück. Der Boden wurde glatt und eben. Er merkte, dass er nicht mehr in der Höhle war, sondern in einer Art Gang.

Michael trat ins Licht und hielt die Luft an.

Er stand im Mittelschiff einer riesigen alten Kirche. Schier endlos zogen sich die Säulenreihen dahin; hoch über ihm leuchteten unzählige Buntglasfenster und weit darüber wölbte sich die Decke. Merkwürdigerweise befanden sich entlang der Wände keine Beichtstühle, sondern Matratzen mit Decken und Kissen. Die Kirche schien verlassen zu sein.

Und dann hörte Michael etwas, weit entfernt und schwach. Er hörte – Geigenspiel.

Emma erwachte mit dem untrüglichen Gefühl, dass etwas nicht stimmte. Sie setzte sich auf und musterte ihre Umgebung. Ihr Gemach glich dem ihrer Schwester; es befand sich lediglich in einem anderen Baum, etwa hundert Meter von Kates Zimmer entfernt. Emma zog ein paar weiche Lederschuhe über, die sie von den Elfen geschenkt bekommen hatte, und trat aus ihrem Zimmer auf den Ast, der sowohl Balkon war als auch Brücke zu den anderen Baumzimmern.

Das Wasser stand überall in kleinen Pfützen und tropfte von dem Blätterdach über ihrem Kopf. Es musste heftig geregnet haben – warum war sie nicht wach geworden? Emma durchfuhr ein Schreck bei der Vorstellung, dass sie einen ganzen Tag lang bis tief in die Nacht geschlafen haben könnte.

Sie steuerte auf den Baum zu, wo sie ihren Bruder und ihre Schwester zurückgelassen hatte. Sie zwang sich, langsam zu gehen, weil die Pfade glitschig vor Regenwasser waren und die Nacht sie tiefschwarz und undurchdringlich umschloss. In Kates Raum angekommen, fand sie ihre Schwester so vor, wie sie sie verlassen hatte. Michael war nicht da; an seiner Stelle stand Gabriel neben Kates Bett. Er schien von seinen Wunden völlig genesen zu sein, und als er sich umdrehte, rannte Emma zu ihm und umarmte ihn. Sie sagte seinen Namen, wieder und wieder, und er hielt sie fest, sodass sie sich so geborgen fühlte wie lange nicht mehr. Selbst die Dunkelheit des nächtlichen Waldes schien sich ein wenig aufzuhellen.

Emma trat einen Schritt zurück und wischte sich die Augen.

»Was machst du hier? Ich dachte, du würdest noch schlafen.«

»Ich bin aufgewacht und fühlte mich viel besser. Als ich von deiner Schwester hörte, musste ich einfach herkommen.«

Immer noch Gabriels Hand haltend, kniete sich Emma neben das Bett. Die Stirn ihrer Schwester war glatt und friedlich. Der Tod hatte die Sorgenfalten ausgelöscht.

»Wo ist Michael? Eigentlich wollte er heute Nacht bei ihr bleiben.«

Gabriel schüttelte den Kopf. »Es war niemand da.«

»Irgendwas stimmt nicht. Ich weiß es genau; Michael müsste hier sein.«

Gabriel schwieg einen Moment. Es war, als ob er auf etwas in der Ferne lauschte, obwohl Emma nur das stetige Tropfen des Wassers hörte. »Ich glaube, er versucht, deine Schwester zurückzubringen«, sagte Gabriel schließlich.

»Aber das hat er schon versucht! Er wollte ihren Namen in das Buch schreiben, aber es ging nicht!«

»Es gibt noch einen anderen Weg. Einen gefährlichen Weg. Er könnte ihren Geist zu sich rufen. Vielleicht hat der Zauberer ihm gezeigt, wie es geht.«

»Was? Warum haben sie mir nichts davon gesagt?«

»Michael wollte dich bestimmt nur beschützen.«

»Aber sie ist auch meine Schwester! Wir müssen ihn finden!«

»Dann komm mit. Ich weiß, wo er ist. Und vielleicht braucht er unsere Hilfe.«

Emma beugte sich vor und flüsterte Kate ins Ohr, dass sie sie liebe und bald zurückkommen werde. Dann stand sie auf und folgte Gabriel, der mit langen Schritten das Zimmer verließ.

Michael ging auf die Quelle der Musik zu, durch den langen Mittelgang, vorbei an den Matratzen, durch eine Tür in den hinteren Teil der Kirche. Er kam zum Fuß des Glockenturms. Mitten auf dem Boden lag eine große, zersprungene Glocke. Eine wackelig aussehende Treppe führte nach oben. Michael stand da und lauschte dem Klang der Geige, die durch den Turm nach unten drang. Dann stieg er hinauf.

Die Elfenprinzessin hatte gesagt, dass der Nimbus für jeden etwas anderes bereithielt. Aber wo kam diese riesige alte

Kirche her? Was hatte sie zu bedeuten? Sollte er der Musik folgen? Würde sie ihn zu Kate führen? Und wer spielte auf der Geige?

Die Treppe endete und eine Holzleiter führte nach oben zu einer Falltür in der Decke. Michael schob sich das Buch Rubyn unter den Arm und kletterte hoch auf eine weite, hölzerne Plattform. Steinsäulen entlang der Brüstung trugen ein spitzes Dach. Drei eiserne Glocken hingen in dem Gebälk. In der Mitte des Bodens gähnte ein Loch, das vermutlich die fehlende Glocke geschlagen hatte, als sie herunterfiel. Michael sah sich um. Die Kirche stand von undurchdringlichem Nebel umgeben.

Bin ich immer noch in der Höhle?, fragte sich Michael. Und wenn nicht – wo bin ich nur hingeraten?

Er war verwirrt und ängstlich und fühlte sich sehr allein.

Kate konnte er nirgends entdecken. Aber er hatte den Ursprung der Musik gefunden.

Ein Junge, ein paar Jahre älter als Michael, mit zerzaustem dunklem Haar und abgetragener, altmodischer Kleidung stand am Rand des Glockenturms und spielte auf einer zerkratzten Geige. Seine Finger waren schmutzig, aber er spielte mit einer leichthändigen, flüssigen Präzision, und seine Augen waren geschlossen, als wäre er ganz in die Musik versunken.

Michael stand nur da. Er wusste nicht, was er tun sollte.

Das Lied war zu Ende. Der Junge senkte die Geige.

»Das hat mir meine Mutter beigebracht. Ich habe es oft für sie gespielt. Ich heiße Rafe.«

»Ich bin Michael.«

»Ich weiß.«

»Wo … sind wir hier? Was ist das für ein Ort?«

»Die Kirche?« Der Junge streckte die Hand nach einer Säule aus. In der Geste lag große Traurigkeit und gleichzeitig große Liebe. »Dies ist ein Ort, der in der Welt der Lebenden nicht mehr existiert. Hier lernte ich deine Schwester kennen. Der Nimbus – um mit den Elfen zu sprechen – ist leicht zu beeinflussen, wenn man den Willen und die Macht hat. Als ich dich kommen spürte, schien mir die Kirche ein angemessener Treffpunkt zu sein. Aber vielleicht bin ich auch nur sentimental.«

Er schaute Michael an. Seine Augen waren von einem leuchtenden Grün, und da wusste Michael, wer er war. Es war nicht einfach ein Junge – dies war der Feind.

»Wo ist sie?«

»Hinter dir.«

Michael drehte sich um. Der große Schreibtisch, auf dem seine Schwester lag, war vorher nicht da gewesen. Kate trug dasselbe elfenbeinfarbene Spitzenkleid. Ihre Augen waren geschlossen, das Gesicht bleich, die Hände über der Brust gefaltet. Er ging zu ihr und berührte ihren Arm. Nein, sie war kein Trugbild, sondern Wirklichkeit.

»Du hältst sie hier fest, nicht wahr?«

»Ja, das tue ich.«

»Warum?«

»Ich glaube, du kennst die Antwort.«

Michael sagte nichts. Er spürte, dass der Junge hinter ihn getreten war.

»Meine Gefolgsleute in der Welt der Lebenden haben meinen leiblichen Körper jahrzehntelang aufbewahrt. Sie warten nur darauf, dass mein Geist in ihn zurückkehrt. Als Hüter der Chronik des Lebens hast du die Macht, mich zurückzubringen.

Gib meinem Geist die Freiheit und ich lasse deine Schwester frei. Wenn nicht, bleibt sie hier bei mir.«

Michael fühlte, wie sich sein Magen verkrampfte. Dies war der Grund, warum Dr. Pym nicht gewollt hatte, dass er hierher kam. Er hatte gewusst, dass Michael vor genau diese Wahl gestellt würde: Entweder er brachte seine Schwester und den grässlichen Magnus zurück, oder er verdammte seine Schwester dazu, auf ewig im Land der Toten zu bleiben.

Noch bevor er den Gedanken zu Ende gebracht hatte, wusste er, dass er keine Wahl hatte. Es war ihm egal, ob der grässliche Magnus in die Welt der Lebenden zurückkehrte und seine alte Macht wiedererlangte. Es war ihm egal, dass er für alles verantwortlich sein würde, was danach geschah. Nur Kate war wichtig. Sie war das Wichtigste überhaupt. Michael würde den Geist des grässlichen Magnus hundertmal zurück in die Welt bringen, wenn seine Schwester nur wieder die Augen öffnen und mit ihm sprechen würde.

Und womöglich hatte der Zauberer genau davor Angst gehabt.

Es war Michael, als hörte er irgendwo in der Ferne eine zweite Geige, die eine andere Melodie spielte, eine Melodie, die schneller und fiebriger war und irgendwie teuflisch klang.

»Triff deine Wahl.«

»Das habe ich schon getan.« Michael legte die Chronik des Lebens auf den Tisch, löste den Griffel und schlug das Buch auf.

»Deine Hände zittern. Es gibt nichts, wovor du dich fürchten musst.«

»Ich fürchte mich nicht.« Es stimmte: Er hatte keine Angst. Bloß nervös. Er wusste, dass er etwas Ungeheures tat, etwas

Verbotenes, aber er konnte nicht anders. Er wollte seine Schwester wiederhaben, und er war bereit, den Preis dafür zu bezahlen. Michael ahnte, dass alles, was er vorher erlebt hatte – Emmas Schmerz über seinen Verrat, die Verzweiflung der Elfenprinzessin, die Schuld und der Wahnsinn des Wächters –, nichts war im Vergleich zu der abgrundtiefen Schwärze und dem Hass, die ihn im Geist des grässlichen Magnus erwarteten. Wenn er die Magie der Chronik beschwor, würde er diese Schwärze und diesen Hass in sich aufnehmen. Er würde danach nie mehr derselbe sein.

Michael wusste all das, aber es kümmerte ihn nicht.

Er stach sich mit der Spitze des Griffels in den Daumen. Dann wandte er sich zu dem anderen Jungen um. »Lass Kate frei. Dann bringe ich dich ins Leben zurück.«

Der Junge lächelte. »Meine Bedingungen sind nicht verhandelbar. Ich gehe zuerst, oder ich werde deine Schwester an einen Ort bringen, wohin du ihr nicht folgen kannst. Und das wird das Ende sein.«

»Woher … woher soll ich wissen, dass du sie freilässt?«

Der Junge, der sich Rafe nannte, streckte die Hand aus und schob sanft eine Haarsträhne von Kates Stirn. »Weil auch ich will, dass sie lebt, genauso wie du.«

Michael schaute in die leuchtend grünen Augen des Jungen und glaubte ihm.

Dann packte der Junge ihn am Arm und sagte mit einer Stimme, die plötzlich kalt und herrschsüchtig klang: »Schreib meinen Namen.«

Michael setzte die Spitze des Griffels auf die Seite und schrieb in blutigen, rauchenden Buchstaben: *Der grässliche Magnus*.

Im nächsten Moment war er ein Mann, schlank und mit falkengleichen Gesichtszügen, mit denselben unglaublich grünen Augen, wie der Junge namens Rafe sie hatte. Er lebte in einem staubigen, von Kriegen zerrütteten Land. Der Mann war ein Dorfmagier; hart und stolz, aber er empfand große Liebe für die Menschen, die er beschützte, und auch für seine eigene Familie, Frau und Kind. Und als der Mann eines Tages heimkehrte und sein Dorf niedergebrannt und seine Familie ermordet vorfand, da verwandelte sich Michaels Herz in einen schwarzen Stein aus Hass und Schuldgefühlen. Gemeinsam mit dem Mann jagte er die Männer, die diese schändliche Tat begangen hatten, und nahm Rache. Und als es vollbracht war, da wandte sich der Zorn des Mannes gegen alle Menschen, und Michaels Herz brannte in demselben Zorn.

Michael packte den Griffel fester. Er zitterte am ganzen Leib; er war drauf und dran, sich selbst zu verlieren …

Die Magie zog ihn wieder mit sich fort.

Er war alt. Alle Länder hatte er bereist, hatte Wissen in sich aufgesogen und große Macht erlangt. Jetzt lag er im Sterben. Es war Nacht. Da war ein Feuer, und Michael starrte über die Flammen hinweg einen Jungen an, einen Jungen mit smaragdgrünen Augen, und er hörte, wie er selbst mit einer krächzenden, zitternden Stimme sprach. Von drei Büchern, Bücher voller unvorstellbarer Macht, und er erzählte dem Jungen, dass er – sie beide, denn der Mann und der Junge waren eins – mit diesen Büchern die Welt verändern würden. Dann nahm der Mann ein Messer und schnitt sich selbst die Kehle durch, und Michael wurde zu dem Jungen.

Die Zeit verging. Der Junge, der auf der anderen Seite des Feuers gesessen hatte, war lange tot, seine Knochen zu Staub zerfallen. Und doch war er noch am Leben, genauso wie jener erste Mann, wie Michael, im Körper eines anderen – eines Mannes mit denselben leuchtend grünen Augen. Der Mann sprach mit einem jungen Feldherrn, einem Eroberer, der an seinen Lippen hing. Er hatte gerade eine Stadt am Meer eingenommen, eine Stadt, die lichterloh brannte. Michael stolzierte durch die Straßen, in denen Schreie gellten, erfüllt von einer entsetzlichen Freude, einem Hochgefühl, seinem Ziel so nahe zu sein. Und dann stiegen Michael und der Mann in das Gewölbe unter dem Turm und stellten fest, dass die Bücher verschwunden waren. Tausend Jahre voller Zorn stiegen in Michael auf und verschlangen ihn.

Michael spürte, wie er immer tiefer und tiefer in der Dunkelheit versank, und er vermochte es nicht aufzuhalten; es gab nichts, woran er sich festhalten konnte.

Die Jahrhunderte vergingen. Die Welt veränderte sich. Michael starb und wurde wiedergeboren, starb und wurde wiedergeboren. Die Bücher fand er nicht, aber er häufte Macht an, und mit der Macht kamen die Anhänger. Und mit jedem Jahr, das verging, wurde die Erinnerung an die Frau und das Kind, die Familie, die der Mann verloren hatte, schwächer und verschwommener.

Er war ein anderer Mann, diesmal groß gewachsen und blond, aber immer mit diesen grünen Augen; er trug in sich viele Leben und viele Tode, und er hörte die Prophezeiung, dass drei Kinder die Bücher finden und zusammenbringen würden. Drei Kinder, die geopfert werden müssten, damit eine neue Welt entstehen konnte.

Und noch mehr Tode, noch mehr Leben. Michael verspürte eine wachsende Anspannung in dem Mann, weil es so viele Leben waren, die in diesem einen Körper miteinander verbunden waren.

Dann war Michael wieder ein alter Mann, älter als jemals zuvor. Seine Knochen waren krumm und verwachsen; sein Atem rasselnd und schwer. Er stand in einem von Kerzen erleuchteten Ballsaal, umgeben von dunklen Gestalten, die zurückwichen, um jemanden durchzulassen. Es war ein Junge, der Junge namens Rafe, und Michael sah, dass er Kate in den Armen hielt. Beim Anblick seiner Schwester erwachte ein Teil von Michael, den er vergessen geglaubt hatte, wieder zum Leben. Sie war verwundet; sie blutete und Rafe opferte sich für sie. Sein Leben für ihres. Auf dem Gesicht des Jungen lag ein gequälter Ausdruck, dann war Kate plötzlich verschwunden, und es geschah wieder: Michael starb und der Geist des grässlichen Magnus krallte sich wie ein Geschwür in die Seele des Jungen.

Aber etwas war anders, anders als in all den Jahrtausenden zuvor. Und das Andere lag in diesem Jungen, Rafe ...

»Das reicht.«

Jemand nahm Michael den Griffel aus der Hand. Er sank über dem Schreibtisch zusammen, keuchend und schweißgebadet. Er fühlte sich, als hätte er Gift geschluckt. Hass und Zorn strömten noch immer durch ihn hindurch. Er musste sich Mühe geben, um nicht umzufallen.

Die grünen Augen des Jungen glitzerten. »Hat dir die Reise durch meine vielen Leben gefallen? Es war vermutlich überwältigend – im wahrsten Sinne des Wortes. Ich kann dir gar nicht sagen, wie sehr ich das zu schätzen weiß, Michael. Aber bevor ich gehe ...« Er packte den Griffel mit beiden Händen und brach ihn entzwei.

»Was tust du …?«

»Oh, ich habe durchaus die Absicht, Kate wieder zum Leben zu erwecken. Aber nicht heute. Ich muss mich erst um einiges kümmern, und hier unten kann ich sie besser im Auge behalten. Du allerdings solltest jetzt gehen. Ich würde meinen, dass du bereits viel zu lange hier bist.«

Der Junge verblasste, wurde nebelhaft und durchscheinend. Michael sprang auf und wollte ihn packen, aber seine Hand fuhr durch den Arm des Jungen hindurch. »Warte! Bitte …!«

»Lebwohl, Michael. Wir werden uns bald wiedersehen.«

Die zwei Hälften des Griffels fielen klappernd zu Boden und Michael war allein. Er langte nach den beiden Teilen, aber der Turm erzitterte, und eine Hälfte rollte weg und fiel in den Spalt zwischen zwei Bodenbrettern. Michael ließ den anderen Teil aus der Hand gleiten. Es war hoffnungslos. Er schaute auf und sah, dass noch mehr Nebel heranwaberte und die Kirche einhüllte. Er hatte versagt. Schlimmer noch: Er hatte alles verdorben. Und wie sollte er Kate jetzt ins Leben zurückbringen? Was sollte er Dr. Pym sagen? Und was Emma? Er wandte sich dem Schreibtisch zu und nahm Kates Hand. Sie war kalt.

»Es tut mir leid«, flüsterte er. »Ich hab's versucht. Ich hab's wirklich versucht.«

Michael fühlte, wie etwas Dunkles in ihm aufstieg, und seine Verzweiflung wandelte sich in Wut. Das war nicht fair! So war das nicht geplant! Es hätte nicht passieren dürfen! Nicht Kate! Nicht ihm! Es war Dr. Pyms Schuld! Es war die Schuld seiner Eltern! Sie sollten jetzt hier sein, nicht er! Er wünschte, sie wären tot …

Eine Stimme sprach in seinem Kopf: *Das Buch wird dich verändern. Vergiss nie, wer du bist …*

»Das … bin ich nicht«, sagte Michael laut. »Das ist der grässliche Magnus. Nicht ich.«

Er schaute seiner Schwester ins Gesicht, konzentrierte sich ganz auf sie, und er fühlte, wie sich der Zorn und die Dunkelheit in ihm zurückzogen. Beides war noch da, tief in ihm drin, dort, wo auch alle anderen Erinnerungen waren – die von Emma, dem Wächter und von Wilamena. Aber Michael wusste, wer er war.

Die Sekunden vergingen. Michael war sich klar darüber, dass er gehen musste, aber er wollte seine Schwester nicht verlassen. Er konnte nicht. Das alles war zu viel für ihn: der Verlust von Kate, die Begegnung mit seinem Vater, die Erschöpfung nach den Ereignissen am Vulkan, und nun noch sein Kampf gegen das Gift des grässlichen Magnus. Er hatte keine Kraft mehr; da war nichts mehr, woran er sich aufrichten konnte.

Und dann schien etwas in seiner Brust aufzubrechen, und all die Gefühle, die er monatelang in sich aufgestaut hatte – die Schuld, die Traurigkeit und die Scham –, flossen aus ihm heraus.

Michael legte seinen Kopf auf das aufgeschlagene Buch und weinte.

Dann – vielleicht nach ein paar Sekunden, vielleicht nach einer halben Ewigkeit – hörte er ein merkwürdiges Zischen. Michael hob den Kopf und wischte sich über die Augen. Seine Tränen waren auf die Buchseite gefallen, wo sie zischten und tanzten wie Wassertropfen auf einer heißen Herdplatte. Und nicht nur das: Das Buch selbst – Michael traute seinen Augen kaum – stand in Flammen. Rote Feuerzungen leckten um die Kanten des Einbands, krochen über die Seite, aber das Buch und Michaels Hand, die auf der Seite lang, blieben unbeschädigt. Michael zog die Hand weg und die Flammen erstarben.

Einen Moment lang war er zu verblüfft, um überhaupt einen klaren Gedanken fassen zu können.

Dann erbebte der Turm erneut, die Glocken schlugen scheppernd aneinander, und in sein Gehirn kam wieder Leben. Er dachte an die Flammenzungen, die in den Einband geprägt waren, an die Buchstaben, die auf der Seite glommen und rauchten, wenn er jemandes Namen schrieb; er dachte an die Worte des Zauberers: *In dir brennt ein Feuer.*

Hatte er die Flammen verursacht? Oder hatte das Buch etwas in ihm gespürt und das Feuer war die Reaktion darauf? Wie auch immer, irgendwie war es ihm gelungen, die Macht der Chronik des Lebens hervorzulocken – ohne Blut und ohne Griffel –, und zwar viel intensiver als je zuvor.

Aber was nutzte ihm das? Ohne den Griffel konnte er Kates Namen nicht schreiben.

Dann schob sich eine andere Erinnerung in seine Gedanken. Es war im Elfenbaumhaus gewesen, wo Dr. Pym gesagt hatte, dass der Griffel ein Hilfsmittel war, mehr nicht. Michael hatte nicht verstanden, was Dr. Pym damit meinte. Aber was wäre, wenn …

Michael empfand eine Welle der Erregung, als ihm plötzlich eine Idee kam. Was wäre, wenn der Griffel so etwas Ähnliches war wie die Fotos, die sie anfangs verwendet hatten, um die Macht des Buchs Emerald zu aktivieren? Irgendwann war Kate in der Lage gewesen, die Chronik der Zeit völlig alleine und ohne Hilfe zu befehligen. War es möglich, dass hier das Gleiche geschah? War der Griffel vielleicht nur ein

Mittel, um die Macht des Buchs Rubyn zu beschwören, bis man herausgefunden hatte, wie die ganze Sache funktionierte? Immerhin hatte doch auch der grässliche Magnus, der eigenhändig den Griffel zerbrochen hatte, die Absicht, Kate wieder zum Leben zu erwecken. Also war der Griffel nicht der einzige Weg, mit der Chronik des Lebens zu kommunizieren!

Der Turm bebte und zitterte jetzt stärker. Graue Nebelfinger griffen zwischen den Säulen hindurch und schoben sich über den Boden.

Michael legte seine Hand auf die Seiten des Buches und richtete seine ganze Aufmerksamkeit auf seine Schwester. Er sah alles mit einer unheimlichen Klarheit. Es war der Chronik immer nur um *seine* Gefühle und *sein* Herz gegangen, als er die Gefühle jener anderen in sich aufgesogen hatte – Emmas Gefühle, die des Wächters und der Elfenprinzessin. Michael hatte es wohl schon die ganze Zeit geahnt. Vielleicht hatte er sich deswegen so sehr dagegen gesträubt, zum Hüter der Chronik des Lebens zu werden. Aber die Chronik gehörte zu ihm, das verstand er jetzt. Und er akzeptierte es.

Vergiss nie, wer du bist.

Ich bin Michael Wibberly, dachte er. Der Bruder von Kate und Emma. Und er griff tief in sich hinein, bis zum Fundament seines Daseins – der Liebe zu seinen Schwestern – und holte sie ans Tageslicht.

Seine Augen blieben geschlossen, aber er hörte das Prasseln des Feuers.

Plötzlich befand sich Michael in einem hohen Raum mit schmalen Fenstern, in dem etwa zwanzig Betten in ordentlichen Reihen standen. An den Wänden hing Weihnachtsdekoration. Michael erkannte den Schlafsaal des Waisenhauses in Boston, wohin er und seine Schwestern gebracht wurden, nachdem seine Eltern verschwunden waren. Kate hatte Emma auf dem Schoß und Michael sah sein dreijähriges Ich – bereits damals mit der Brille auf der Nase – am Fußende ihres Bettes sitzen. Kate erzählte ihnen, dass ihre Eltern eines Tages zurückkehren und sie dann wieder gemeinsam Weihnachten feiern würden. Michael und Emma müssten aber ganz fest daran glauben, denn nur dann würde es wahr werden. Kate war fünf Jahre alt, und Michael wusste nicht, woher sie die Kraft nahm …

Dann war er in Richmond, Virginia. Das Waisenhaus in Boston war abgebrannt. Ihre Eltern waren immer noch nicht zurückgekehrt. Das Waisenhaus in Richmond war in einer alten Tabakfabrik am Ufer des James River untergebracht. Es war Sommer und Kate hatte ihre Geschwister mit zum Schwimmen genommen. Sie planschten in dem kleinen Teich, sprangen von den Felsen ins Wasser und spritzten sich gegenseitig nass. Michael fühlte Kates Freude darüber, dass er und Emma so fröhlich und sorglos waren.

Dann waren sie in einem anderen Waisenhaus, das sich neben einer Privatschule befand. Kate schlich in die Bibliothek der Schule und lieh Bücher aus, die sie ihren Geschwistern vorlas.

Und er war bei ihr, als sie sich immer wieder den Leitern der diversen Waisenhäuser entgegenstellte, die versuchten, die Geschwister voneinander zu trennen; er blieb bei ihr, als sie die halbe Nacht vor seinem oder Emmas Geburtstag wach blieb und letzte Hand an die Geschenke legte, für die sie monatelang ihr Taschengeld gespart hatte. Michael erkannte die unzähligen Kleinigkeiten, mit denen sie versuchte, sein Leben und das seiner kleinen Schwester schöner und glücklicher zu machen; das meiste davon hatte er ihr niemals gedankt, sondern als selbstverständlich betrachtet. Und während sie von einem Waisenhaus zum nächsten gereicht wurden, fühlte Michael, wie Kates Liebe für ihre Geschwister stark und unerschütterlich blieb, wie am ersten Tag. Er begriff, dass diese Liebe unendlich war. Als er seine Hand von dem Buch wegzog, war sein Blick verschleiert vor Tränen. Der Körper seiner Schwester wurde durchscheinend und blass, bis er schließlich völlig verschwand.

Er stand da und atmete zitternd ein und aus. Er fühlte sich leer und gleichzeitig übervoll. Die Dunkelheit des grässlichen Magnus war von ihm gewichen. Seine Schwester hatte ihm neue Kraft gegeben. Mehr als das: sie *war* seine Kraft.

Der Turm schwankte und bebte. Nebel umwaberte seine Füße, und Michael wusste, dass es höchste Zeit war. Er klappte das Buch zu, rannte zur Falltür und stieg die Treppe hinunter, so schnell er konnte. Als er die letzte Stufe erreicht hatte, hörte er ein Krachen und Splittern von oben. Eine der Glocken hatte sich aus der Verankerung gerissen und stürzte in die Tiefe. Er schaute nicht nach oben, sondern rannte einfach weiter und war bereits im Kirchenschiff, als ein ohrenbetäubendes Krachen ertönte und der Boden unter seinen Füßen erzitterte. Die Kirche fiel auseinander, die Wände und alles ringsum lösten sich auf und dahinter war das Nichts. Die Tür zum Tunnel war noch da. Er sprintete darauf zu, während sich der Boden unter seinen Füßen in Nebel verwandelte.

Michael taumelte aus der Felsspalte und fiel auf die Knie, sog tief die kühle, saubere Luft ein. Er war durch den dunklen Tunnel gestolpert und hatte auf dem unebenen Boden immer wieder das Gleichgewicht verloren. Endlich hatte er Licht vor sich gesehen und war darauf zugesteuert. Er wusste, was es war – wer es war. Jetzt überzog der goldene Schimmer alles. Die Elfenprinzessin beugte sich über ihn und hüllte ihn in ihre glänzenden Haare ein.

»Geht es dir gut? Bist du verletzt?«

Michael fühlte ihre Hand in seinem Nacken, und er spürte, dass noch andere Elfen in der Nähe waren. Langsam und mit zitternden Beinen stand er auf.

»Es geht mir gut«, versicherte er ihr, aber die Hand, mit der er seine Brille zurechtrückte, zitterte.

»Hast du deine Schwester gesehen? Konntest du sie zurückbringen? Wo ist der Griffel? Was ist geschehen? Rede mit mir!«

Michael schaute hinunter zu dem Buch, dessen Rücken er umklammerte. Ja, der Griffel war weg, aber das Band zwischen ihm und dem Buch war so stark wie nie zuvor. Die Chronik des Lebens war jetzt ein Teil von ihm. Er blickte die Elfenprinzessin an.

»Ich muss zu ihr.«

Wieder liefen Michael und die Elfenprinzessin Hand in Hand durch den Wald. Als sie die Kolonie der Elfen erreichten, sahen sie, wie sich Lichter zwischen den Bäumen bewegten. Die Prinzessin führte Michael zum Baum seiner Schwester und dann die gewundene Treppe hinauf. Vor dem Gemach blieb Michael stehen. Die Elfenprinzessin wandte sich zu ihm. Ihr Antlitz wurde von dem Kerzenschein erhellt, der durch die Türöffnung fiel.

»Was ist denn?«

»Was, wenn ...«, flüsterte Michael. »Was, wenn sie nicht ...«

Wilamena drückte seine Hand und lächelte. »Komm.«

Zwei Schritte brachten ihn in das Gemach, und da war Dr. Pym, der sich über Kate beugte und leise auf sie einsprach. Und Kate hatte sich aufgesetzt, die Augen geöffnet, und sie hörte ihm zu und nickte. Michael hörte einen Schrei, nicht ahnend, dass er selbst ihn ausgestoßen hatte. Er flog auf seine Schwester zu und umarmte sie schluchzend, fühlte Kates Wange auf seinem Kopf, hörte das Schlagen ihres Herzens und hörte ihre Stimme, die seinen Namen aussprach.

Er wollte ihr sagen, wie sehr er sie vermisst hatte, wie sehr er sie liebte, dass er sein Versprechen gehalten und auf Emma aufgepasst hatte, aber er brachte keinen Ton heraus. Schließlich war es Kate, die sich aus seiner Umarmung löste. Sie legte ihre Hände auf seine Wangen und hob sein Gesicht empor, sodass er ihr in die Augen sehen musste. Auf ihrem Antlitz schimmerten Tränen, aber sie lächelte.

»Michael, hast du mich zurückgeholt? Dr. Pym sagte, dass nur du das könntest. Wie hast du das angestellt?«

Michael holte tief Atem und wischte sich die Augen. Er fühlte den Blick des Zauberers auf sich ruhen. Kate war wieder da. Sie war am Leben. Jetzt musste er die Konsequenzen seines Handelns tragen; er musste den Tatsachen ins Gesicht sehen. Er machte den Mund auf und wollte ihnen alles über den grünäugigen Jungen und den grässlichen Magnus erzählen. Doch Dr. Pym hob die Hand.

»Ich bin schon sehr gespannt auf deinen Bericht. Aber warten wir damit, bis Emma hier ist. Ich habe nach ihr geschickt, als Kate erwachte. Sie müsste jeden Moment hier sein.«

»Sie ist weg.«

Michael, Kate und der Zauberer drehten sich um. Gabriel trat ein.

»Ich war in ihrem Zimmer, aber es war leer. Sie ist weg.«

»Gabriel, bist du sicher, dass wir hier richtig sind?«, fragte Emma. »Hier ist doch niemand.«

»Ich bin ganz sicher.«

Sie befanden sich am Rand der Lichtung, wo Emma und Michael vor zwei Nächten die Elfen bei ihrem Fest beobachtet hatten. Hier hatte Rourke Bäume fällen lassen und das Portal errichtet, mit dessen Hilfe er seine Armee herbeigerufen hatte.

Das Portal, dessen Flammen erloschen waren, stand mitten auf der Lichtung.

»Wir müssen Geduld haben«, sagte der Mann.

Seit sie die Siedlung der Elfen verlassen hatten, war Emma versucht gewesen, ihre Befürchtung zu äußern, dass Kate für immer verloren war – hauptsächlich deshalb, weil sie wollte, dass Gabriel ihr widersprach. Aber jedes Mal, wenn sie an ihre Schwester dachte, die bleich und still auf diesem Bett lag, musste Emma ihre ganze Kraft zusammennehmen, um nicht wieder zu weinen. Außerdem hatte die ungewöhnliche Schweigsamkeit ihres Freundes etwas Beunruhigendes, was sie davon abhielt, ihre Ängste auszusprechen.

Ohne Vorwarnung schossen Flammen an dem hölzernen Portal empor.

Emma fuhr erschrocken zusammen. »Hast du gewusst, dass das passieren würde?«

»Ja.«

»Was bedeutet das?«

»Das Portal führt zu einer Hochburg des grässlichen Magnus. Von dort kam die Armee aus Kreischern und Gnomen. Und dort wird seit Jahrzehnten der Leib meines Meisters aufbewahrt.«

Emma wollte fragen, von welchem Meister er sprach und wie dieses blöde Portal dabei helfen sollte, ihre Schwester aus dem Land der Toten zu befreien – sie war sehr verwirrt und fing an, sich ein bisschen zu fürchten –, als sie hinter sich aus dem Wald Rufe hörte. Emma lauschte. Jemand rief ihren Namen. Aber diese Stimme … Das war doch nicht möglich …

Dann wurde sie am Arm gepackt. Die Luft schimmerte und flirrte.

Da sah Emma, dass das Gesicht des Mannes, der sie festhielt, nicht länger das ihres Freundes war.

Und Emma schrie.

Es dauerte eine Weile, bis sie die Puzzlestücke zusammengesetzt und den Verlauf der Ereignisse nachvollziehen konnten. Rourke hatte den Fall vom Turm der Festung überlebt und war später mit Hilfe eines Blendzaubers, der ihn als Gabriel ausgab, in das Dorf der Elfen eingedrungen und hatte Emma unter einem Vorwand weggelockt. Die beiden wurden gesehen, wie sie in Richtung Wald gingen.

Als Gabriel feststellte, dass Emma verschwunden war, alarmierte Wilamena ihre Leute, und die Elfen schwärmten im ganzen Tal aus. Es dauerte nicht lange, bis Berichte kamen, dass das Portal auf der Lichtung in Flammen stand.

Aber es war zu spät. Als Kate, Michael und Dr. Pym die Lichtung erreichten – Gabriel war mit den Elfen weit vorausgelaufen –, war Emma längst fort und das hölzerne Portal zu einem kleinen Häufchen Asche verbrannt. Anton, der blauäugige Elfenhauptmann, war als Erster eingetroffen, gerade noch rechtzeitig, um zu sehen, wie Rourke die schreiende und zappelnde Emma durch das Portal zerrte. Er sagte, dass er noch eine andere Gestalt gesehen hätte, die ihm im ersten Moment als Mann und im nächsten als Junge erschienen war. Sowohl der Mann als auch der Junge, behauptete der Elf, hätten strahlend grüne Augen gehabt.

Da packte Kate Dr. Pym am Arm und schrie: »Er war es, nicht wahr? Es war Rafe!«

Der Zauberer antwortete nicht. Denn Michael war zum Portal gestürmt und grub nun mit bloßen Händen in der heißen Asche, wobei er den Namen seiner Schwester brüllte, bis man ihn schließlich hochhob und wegbrachte.

John Stephens

ist als Drehbuchautor und Produzent bekannt geworden. Er wirkte nach seinem Studium an so erfolgreichen Fernsehserien wie *Gossip Girl* oder *Gilmore Girls* mit. Erst Philip Pullmans Trilogie *Der Goldene Kompass* brachte ihn schließlich auf die Idee, selbst etwas in diesem Genre zu schreiben. Seine Trilogie der »Chroniken vom Anbeginn« wurde weltweit noch vor Erscheinen bereits in 32 Länder verkauft.

Von John Stephens außerdem bei Goldmann erschienen:

Das Buch Emerald. Die Chroniken vom Anbeginn 1

GOLDMANN
Lesen erleben